COLLECTION FOLIO

Martin Winckler

Le Chœur des femmes

Gallimard

Martin Winckler, de son vrai nom Marc Zaffran, est né en 1955 à Alger. Après son adolescence à Pithiviers (Loiret) et un séjour d'une année à Bloomington (Minnesota), il fait des études de médecine à Tours entre 1973 et 1982. Écrivain depuis l'enfance, il commence à publier des textes de fiction dans *La revue Prescrire* et *Nouvelles Nouvelles* au milieu des années 1980 et son premier roman, *La vacation*, est publié par P.O.L en 1989. Entre *La maladie de Sachs* (P.O.L, 1998 ; adapté au cinéma en 1999 par Michel Deville) et *En souvenir d'André* (P.O.L, 2012), il a publié une cinquantaine d'ouvrages : romans, anthologies, contes, essais consacrés au soin et aux arts populaires. Entre 2001 et 2003, il est le premier écrivain français à prépublier en feuilleton interactif, sur le site de P.O.L, deux grands livres autobiographiques : *Légendes* et *Plumes d'Ange*. En 2002 et 2003, sur France Inter, il écrit et lit chaque matin *Odyssée*, une chronique scientifique décalée qui marque durablement la mémoire des auditeurs. En 2009, après avoir reçu une bourse de chercheur invité au CRÉUM (Centre de recherches en éthique de l'Université de Montréal), il émigre au Québec et s'installe à Montréal avec sa famille. Martin Winckler anime deux sites web très fréquentés par les internautes : *Winckler's Webzine* (www.martinwinckler.com), consacré à l'information sur la contraception et à la critique du système de santé ; et *Chevaliers des touches* (http://wincklersblog.blogspot.com/), un « blog pour écrivants ». En 2013-2014, il est écrivain en résidence à l'Université McGill de Montréal et y donne des cours de création littéraire.

Adresse courriel : martinwinckler@gmail.com

Avertissement

Ce livre est un roman : les personnages, l'Unité 77, la ville de Tourmens, son CHU et les événements qui s'y déroulent sont imaginaires.

Mais presque tout le reste est vrai.

M. W.

Avertissement

Ce livre est un roman : les personnages, l'Unité 77, la ville de Tourmens, son CHU et les événements qui s'y déroulent sont imaginaires.

Mais presque tout le reste est vrai.

M.W.

À Sandrine Thérie et Olivier Monceaux,
« My favorite Dragonslayers »
Et à N.B., en la remerciant d'avoir été
ma « patiente Alpha ».

Who feeds from the love and care
Women share with their hands ?
Who knows the pain and grief
Women nurture in their womb ?
Who listens to the words and flesh
Women carry in their songs ?

Qui reçoit l'amour et les soins
Que les femmes donnent de leurs mains ?
Qui connaît la douleur, le chagrin
Que les femmes nourrissent dans leur ventre ?
Qui écoute les mots et la chair
Que les femmes portent dans leurs chants ?

BETTY BOREN, *Women's Choir,* 1973

OUVERTURE

Qu'est-ce qu'on m'avait raconté, déjà ?

J'ai du mal à m'en souvenir parce que ça m'avait semblé incroyable, alors, et ça me semble risible aujourd'hui…

Ah, oui.

Que j'allais souffrir. Parce qu'il voulait toujours avoir le dernier mot. Que si je lui tenais tête, il m'écraserait. Que si au contraire je faisais mine de m'intéresser à ce qu'il raconte, il allait m'assommer, tant il s'écoutait parler. Que tout plein de femmes — infirmières, externes, internes — étaient passées dans son lit, un jour ou l'autre. Que beaucoup de patientes — les plus baisables, évidemment ! — y passaient elles aussi… et qu'il n'avait rien contre les garçons ! Qu'avec — ou peut-être grâce à — ma *belle gueule*, il essaierait sûrement de me coller dans son lit. Et que si par bonheur je ne l'intéressais pas, il me ferait une vie impossible. Bref : qu'il était insupportable.

Et aussi :

Qu'il n'arrêtait pas de donner des leçons à tout le monde. Qu'il disait du mal des confrères. Qu'il professait des idées insensées. Qu'il pratiquait des gestes dangereux et totalement irréfléchis. Qu'il prenait des risques et en faisait prendre aux malades. Qu'il était très copain avec Sachs, un autre généraliste agité du bocal qui pompait l'air des gynécos au

CHU, et qui avait bossé à l'unité 77 avec lui pendant des années avant de partir se geler les miches au Québec (bon débarras !). Qu'ils avaient écrit ensemble un bouquin sur la relation médecin-malade, et qu'il en avait pondu ensuite un autre sur la contraception dont les canards féminins avaient vaguement parlé — évidemment, ces journalistes, dès qu'on les caresse dans le sens du poil... Bref : qu'il ne se prenait pas pour de la merde, mais qu'il emmerdait le monde.

Et enfin : qu'il était secret et bavard, direct et sournois, agressif et mielleux. En un mot : imprévisible. Et versatile, en plus. Et que, dans les couloirs du CHU, on le surnommait Barbe-Bleue. Parce qu'en plus de jouer encore les séducteurs à la cinquantaine passée, il arborait une barbe pas toujours bien taillée et il était toujours prêt à bouffer ceux qui lui parlaient.

Tout ça m'avait fait rire jaune car, à vrai dire, je m'en foutais. Ce n'était pas mon problème. Mon problème, c'est que le doyen m'avait imposé de passer les six derniers mois de ma cinquième année d'internat — mon « allée d'honneur », avait-il ajouté avec un grand sourire censé me réconforter — dans la section de ce type, sous sa responsabilité, et ça me mettait hors de moi. Je n'avais rien à cirer du Dr Franz Karma, de ses nanas et de ses états d'âme. Rien du tout. Et puis, j'avais déjà dû passer deux fois six mois en salle d'accouchement, et ça m'avait pompé l'air, vu que Collineau, le praticien-chef, préférait l'haptonomie aux césariennes et s'excusait en pleurant chaque fois qu'il devait faire une épisiotomie à une gonzesse qui de toute manière ne sentirait rien quand il lui donnerait le coup de ciseau, et serait bien contente que ça aille plus vite et que son mouflet ait les joues bien roses au lieu d'être tout bleu d'avoir dû attendre, son cordon autour du cou, que Monsieur le praticien-chef décide en son âme et conscience si les coups de pied qu'il sentait quand il lui faisait l'imposition des mains sur l'abdomen voulaient vraiment dire : « Je suis pas pressé de sortir du ventre de maman, il fait froid dehors », et pas, plutôt : « Faites-moi sortir d'ici, bordel, si je moisis encore dans ce trou je vais claquer ou rester neuneu ! » Alors, les médecins New Age et les patientes geignardes, j'en avais eu ma dose. J'en avais marre de leur demander pardon en leur faisant écarter les cuisses pour récupérer *délicatement* des chiards hurlants gluants et prendre le placenta dans la tronche. J'avais envie de faire autre chose de mes mains.

En quittant les salles d'accouchement, je n'avais qu'une hâte, c'était de retourner au bloc. Là, au moins, les femmes ne crient pas, elles ne posent pas de questions, elles veulent seulement qu'on règle le problème, qu'on fasse sauter la tumeur qui leur dévore le sein ou le foutu utérus qui saigne de tous ses fibromes — et ça c'est seulement de la petite bière, le plus intéressant c'est tout de même la dentelle : monter du 95 B à une planche à pain sans lui laisser une cicatrice, prélever six ovocytes dans un ovaire infoutu de les cracher tout seul, les féconder *in vitro* et les mettre au four dans l'utérus en faisant en sorte que ça lève, ou alors, le fin du fin — je ne rêvais que de ça depuis la première fois que j'avais vu Girard, le chef de chirurgie plastique, refaire un hymen — en l'occurrence, celui d'une conne très pauvre qui avait baisé tant et plus depuis l'âge de quatorze ans et voulait se refaire une beauté à vingt-trois pour épouser un connard très riche afin de lui faire croire, au cours de sa nuit de noces, que c'était leur première fois à tous les deux — elle avec un homme, lui avec une vierge. Girard savait les tricoter exactement comme il fallait. Je me souviens en frissonnant de son sourire et de son monologue satisfait, au moment où il serrait le dernier nœud : « Voilà ! À présent, elle l'a juste assez étroite pour qu'il débande au premier essai ; juste assez sensible pour qu'elle crie au passage quand il remettra ça, comme si c'était *vraiment* la première fois, cette salope ; et juste assez fragile pour qu'elle se déchire et saigne au premier grand coup de queue — pas trop, mais quand même assez pour qu'elle fasse une tache sur son drap nuptial. Et si ça se trouve, la belle-mère voudra l'étendre au balcon... Bref, juste ce qu'il faut pour que le type ne l'ait pas volée, sa nuit de noces. Du grand art. »

Ça m'avait fait rêver pendant quinze jours.

Alors, le Dr Franz Karma, praticien-chef en charge de l'unité 77, « Médecine de la femme », j'en avais vraiment rien à battre. Ce type et son unité n'avaient rien pour m'intéresser. Seulement, je ne pouvais pas y échapper : tout interne se destinant à la chirurgie gynécologique devait passer au moins douze mois en salles d'accouchement (où, fallait bien le reconnaître, j'avais quand même appris à faire une césarienne proprement et aussi, à trois reprises — et j'avais eu du pot parce qu'on n'en voit quand même pas souvent —, une hystérectomie hémostatique en urgence à des femmes qui s'étaient mises à pisser le sang après avoir pondu leur niard) et — ça, c'était moins drôle — six autres mois dans une unité strictement médicale. Officiellement, pour « apprendre à établir des contacts avec les patientes et faire face à des situations cliniques courantes de soins primaires ».

J'avais eu beau expliquer à Collineau que les contacts, ça ne m'intéressait pas, tenir la main c'était vraiment pas mon style, et que les soins primaires ça n'était pas du tout ma tasse de thé — je ne me sentais bien qu'avec des écarteurs, un scalpel ou un bistouri électrique, des ciseaux, des aiguilles et du fil, bref, du solide entre les doigts —, il m'avait répondu que c'était le règlement et — en me regardant de haut — que si je voulais pas y aller, je n'avais qu'à changer de spécialité. Alors j'étais vachement fumasse d'aller perdre mon temps chez ce Karma. Mais ce qu'on disait de lui, je m'en battais, et je me promettais bien, de toute manière, de prendre des gardes en rab, histoire de m'éclipser pour aller au bloc chaque fois que je pourrais. Il ne fallait surtout pas que je perde la main.

Il y avait tout de même une chose qui me foutait les boules. Un mec que j'avais croisé à l'internat m'avait raconté que Barbe-Bleue — qu'on surnommait aussi « le gourou du MLF », car c'est lui qui avait imposé le nom de l'unité, paraît-il — l'avait viré, sans explication, le lendemain de son arrivée, après l'avoir entendu plaisanter devant une patiente. « C'est dingue ! m'avait-il dit, j'ai fait une remarque de rien du tout, la patiente — *quelle cruche* — l'a mal pris, j'ai vraiment pas compris pourquoi, elle s'est mise à chialer et là, Karma est arrivé comme Zorro sur ses grands chevaux et m'a foutu à la porte. » Depuis, le pauvre se cherchait un autre poste, mais les choses étant ce qu'elles étaient déjà à l'époque, il avait les pires difficultés à se faire adopter par un autre service du CHU. Et ça, c'était tout de même très inquiétant pour moi. J'avais appris à savoir qu'un chef de section, c'est un petit chef souvent hargneux, vicieux, et rancunier en plus. Les types qui n'ont pas pu avoir de service rien qu'à eux sont des frustrés, alors ils martyrisent les internes. Et se faire vider par un petit chef, même un tout petit comme Karma l'était sûrement (car son unité était la plus petite du CHU Nord), ça équivaut à dire adieu à une carrière dans le même hosto, ou alors à se retrouver obligé de bosser dans le service de son pire ennemi — autant dire en enfer parce que l'autre serait bien sûr heureux de déclarer que son collègue « avait fait une erreur en se séparant de cet excellent élément » mais ne raterait jamais la moindre occasion de laisser entendre au premier intéressé qu'il bosse comme une merde — bien normal, vu d'où il vient — et que si « même là-bas » il n'est pas arrivé à bosser correctement, c'est que vraiment…

Tout ça pour expliquer à quel point j'étais dans mes petits souliers ce jour-là — le premier jour, un jour gris et terne de février — lorsque, après avoir pris toutes les vacances dont je disposais pour reculer l'échéance au maximum et tenter par tous les moyens de changer mon affectation (pour un poste de gériatrie féminine, par exemple : là-bas, pas besoin de perdre son temps à poser des questions aux patientes, de toute manière elles ne sont plus en mesure de donner des réponses ; ou, à la rigueur, pour la rééducation fonctionnelle, où les éclopées ont beaucoup trop besoin de rééducation pour qu'on consacre plus de cinq minutes à leur tenir la béquille), j'ai fini par me résoudre à me présenter au… MLF (quelle blague !) en me disant que finalement, c'était comme les premières années d'amphi, ça n'était qu'un mauvais moment à passer, et s'il y avait moyen de quitter le navire en cours de route (j'avais assez de points pour briguer le premier poste de chef qui se libérerait lorsqu'un (ou une) titulaire en aurait marre de bosser pour des clopinettes et déciderait d'aller bosser dans le privé, ce qui arrivait déjà souvent, à l'époque) je sauterais sur l'occasion. Parce que, sinon, passer six mois au milieu des pisseuses sans pouvoir tenir un scalpel… Non, pas question.

Ce jour-là, donc, je me tenais à l'entrée du pôle Mère-Enfant de « l'Hospice », le CHU Nord de Tourmens, un machin construit dans les années soixante-dix et jamais rénové depuis — d'ailleurs il était question de le démolir. J'avais déjà fait un tour à la maternité quelques jours plus tôt pour apporter mon dossier en espérant tirer les vers du nez à la secrétaire, mais je t'en fiche ! Elle ne m'avait rien appris de plus, rien de rien, mais elle m'avait seulement tartiné du « Ah, vous allez chez le Dr Karma ! Comme vous avez de la chance, il est tellement gentil, vous verrez, vous allez apprendre beaucoup avec lui », de manière tellement dégoulinante que j'avais eu envie de la baffer.

De très mauvais poil, j'avais franchi la porte de l'infâme vestiaire-cagibi puant (tout le monde s'y déshabillait ensemble, infirmières, aides-soignantes et internes, comme si c'était pour garder les vaches) pour y déposer mes affaires, mais en voyant une paire d'escarpins rouge vif au sommet d'une armoire métallique, j'ai compris que ce serait pire que ce que j'imaginais. Quand on la voit en blouse et en sabots plastique, on ne devine jamais qu'une infirmière ou une aide-soignante, dans le civil, quand elle rentre chez elle, n'est qu'une pauvre pétasse vulgaire. Le blanc, ça camoufle.

Les casiers ne fermaient pas à clé. Je ne pouvais pas y laisser mon sac d'ordinateur et mon imper. J'ai seulement pris une blouse à ma taille, j'ai agrafé dessus un badge portant les mots « Dr Jean Atwood, interne » et glissé dans ma poche un petit carnet tout neuf : on m'avait dit que Karma aimait qu'on prenne ses tirades en note, que ça flattait son ego ; comme j'écris très vite et que je sais me relire, si ça pouvait m'aider...

*

Et puis j'ai pris une grande inspiration et j'ai poussé la double porte du long couloir qui sépare la maternité et le secteur de gynécologie de l'Unité 77, Médecine de la femme et Purgatoire.

Debout dans le couloir désert, la tête pleine de toutes ces pensées, le sac à l'épaule, la blouse sur le bras, je secoue la tête et je soupire de colère et de frustration. Ce qu'on fait dans ce service est aux antipodes de mes intérêts et de ce que j'ai fait jusqu'ici. Et je n'ai pas choisi d'y aller. Ce sont les circonstances qui m'ont forcé la main…

J'hésite. Je regarde ma montre. Si j'arrivais en retard, c'est pas comme au bloc, personne n'en mourrait. Je pourrais aller prendre un café avec les copains, là-haut… Mais finalement je prends une grande inspiration et je me dis qu'il faut y aller. Je remonte mon col pour qu'il n'y ait pas d'équivoque, je suis *l'interne,* et pas n'importe quelle lopette d'externe à boutons. Je lève la tête le plus haut possible et je m'engage dans le couloir, en essayant, pendant les quarante-cinq secondes qui me séparent de la porte, de me remémorer tout ce que je sais de la physiologie du cycle, de l'ovulation, des règles, de toutes ces foutues affaires de bonnes femmes dont je n'ai vraiment rien à foutre mais dont je vais probablement entendre parler jusqu'à plus soif. *Damn!*

Au bout du couloir, les deux battants de la porte vitrée ne sont pas tout à fait joints. Un rai de lumière triangulaire se projette sur le revêtement de sol plastifié. À travers l'une des vitres translucides, j'aperçois une silhouette en ombre chinoise et je m'arrête.

Car brusquement j'ai peur.

Peur de ne pas savoir et de ne pas savoir faire. Peur de ne pas savoir m'y prendre. Pas comme il faut.

Peur de ne pas faire face.

Peur de ne pas être à la hauteur.

J'ai appris énormément de choses pendant toutes les années écoulées, et d'un seul coup, je ne sais plus ce qu'il m'en reste. Est-ce que je vais m'en souvenir? *Est-ce que ça va me servir à quelque chose?*

Je reste là, fixant la porte, et lorsque la silhouette en ombre chinoise se met à bouger, d'un seul coup, comme dans un éclair, tout me revient.

Je me vois pousser la porte et entrer.

MARDI

(Andante Furioso)

UNITÉ

Demande-toi toujours :
« Qu'est-ce qu'il/elle (me) veut ? »

Je me trouve dans un autre couloir, long de quelques mètres seulement, au bout duquel une seconde porte vitrée donne sur un escalier extérieur. Un rayon de soleil éclaire le lino. À ma droite, deux portes fermées. L'une est celle des toilettes. La seconde porte un panonceau disant : « La conseillère sera de retour à 10 heures. » À ma gauche se trouve un petit secrétariat, séparé du couloir par un comptoir surmonté d'un volet mobile. Le volet est ouvert, une femme d'une quarantaine d'années — sans doute la silhouette que j'ai aperçue par la vitre — pose son sac sur le comptoir, le fouille et en tire une petite carte verte, qu'elle tend à une femme en blouse blanche assise derrière le comptoir.

Derrière le secrétariat, j'aperçois, à travers la demi-cloison surmontée d'une vitre, une salle d'attente sans fenêtre. Elle est vide.

À mon entrée, les deux femmes tournent la tête.

La quadra me salue sans ouvrir la bouche.

— Bonjour, fait la secrétaire en levant un sourcil.

Elle semble avoir la trentaine, à peine. Ses cheveux noirs sont retenus par des couettes de chaque côté de sa tête. Elle porte des bagues à chaque doigt ou presque, de grandes boucles et plusieurs piercings aux oreilles, un autre au-dessus de l'œil, un maquillage outrancier et un horrible tatouage en forme de toile d'araignée dans le cou. Elle me fait irrésistiblement penser à un personnage de je ne sais plus quelle série télé.

— Bonjour... dis-je de ma voix la plus grave et la plus ferme. Je suis le *docteur* Atwood, interne en gynécologie obstétrique. Je dois prendre mes fonctions... *Ici*.

Elle me lance un drôle de regard, mâchouille un chewing-gum et dit :

— Ah. *O.K.* Moi, chuis Aline, la secrétaire. Le *docteur* Karma m'a prévenue que vous veniez aujourd'hui. Il ne va pas tarder. Je vous fais patienter un peu pendant que je m'occupe du dossier de cette dame ?

— D'accord...

Il fait chaud dans ce couloir. J'ôte mon imperméable.

— Il y a une penderie dans le bureau, dit la secrétaire en me désignant la pièce contiguë au secrétariat.

En me forçant à sourire pour ne pas avoir l'air désagréable, histoire de ne pas la prendre à rebrousse-poil dès la première minute (la secrétaire d'un service, c'est parfois comme la femme du patron, une vraie teigne, une harpie, elle peut lui glisser ta lettre de licenciement au milieu de la pile et la lui faire signer sans qu'il s'en aperçoive — ils sont tellement cons, parfois), j'entre dans le bureau. Il est beaucoup plus petit que je ne l'imaginais. C'est probablement une ancienne chambre réaménagée, comme il y en a des dizaines dans cet hôpital. Au beau milieu, une cloison en bois fixée à deux rails métalliques sépare la pièce en deux. Côté fenêtre, j'aperçois une armoire, un bureau, un fauteuil à roulettes pour le médecin et deux larges sièges pour les patientes. Côté porte, le coin réservé aux soins, minuscule, est occupé par un lit d'examen aux pieds chromés ; contre le mur, un meuble de rangement et un lavabo sont surmontés par un placard mural.

La « penderie » dont a parlé la secrétaire est dans l'armoire qui se dresse face au bureau. Quand j'en ouvre les portes, je vois qu'elle contient, à droite, des cartons emplis de matériel divers (« spéculums », « compresses », « gants » « kits de frottis ») et, à gauche, des blouses blanches pendues sur des cintres métalliques. Sur la poche de poitrine de la première, je lis : « Franz Karma, médecin ». Pas « praticien hospitalier » ou « chef de service ». Juste « médecin ». *Pfff...*

Je pends mon imperméable sur un cintre, je case mon sac au fond de l'armoire, j'enfile la blouse prise au vestiaire en m'assurant que mon badge est bien fixé, et je ressors dans le couloir. La patiente vient de refermer son sac et pénètre dans la petite salle d'attente placée juste derrière la guérite de la secrétaire.

Je m'approche du comptoir et je reste là, debout, sans rien dire. Sur le formica bleu du comptoir, la secrétaire a posé la liste des consultations de la matinée.

Unité 77. Planification.
Docteur Karma, mardi 19 février.
8 h 50, Yvonne B. : post-IVG + pose DIU.
9 h 15, Colette E. : consultation.
9 h 30, Denise M. : consultation

Et le même genre de chose sur dix ou douze lignes.

Le téléphone sonne. La secrétaire prend un crayon et répond.

— Unité 77, j'écoute. Non, madame, vous êtes à l'unité 77... Oui. Je comprends. Vous avez de quoi noter ? Je vais vous donner le numéro du centre d'IVG pour que vous preniez rendez-vous… Oui ? (Elle pose son crayon.) Vous êtes majeure ? Alors, l'entretien n'est obligatoire que pour les mineures, mais si vous avez des questions à poser, vous pouvez parler à une conseillère avant de voir le médecin. Oui… Bien sûr… Je comprends… Justement, je pense que ce serait bien que vous parliez avec Angèle Pujade, notre conseillère… Non, rassurez-vous, elle n'est pas là pour vous dissuader… Quand ça ? Oh, mais ça fait longtemps, ça, quinze ans ! Vous êtes devenue une autre femme, depuis… (Elle sourit.) Non, il n'y a pas de risque. Ça fait partie de la vie des femmes… Eh oui… (Elle rit de nouveau.) Ah, si vous voulez reparler de contraception ensuite, vous pouvez venir consulter ici, bien sûr. Les délais d'attente sont bien moins longs qu'avec les spécialistes de ville ou les médecins de la maternité… Oh, dix, douze jours… Non, pas plus. Et en cas d'urgence on vous reçoit dans la journée. Oui. Bien sûr… Je vous donne le numéro ?… Je vous en prie. Moi, je suis Aline, la secrétaire. Si vous avez la moindre question, n'hésitez pas à appeler… Je vous en prie. Au revoir.

Elle repose le téléphone et secoue la tête.

Je regarde ma montre. 9 h 05. Il m'avait dit 9 heures. Il est en retard.

Sans quitter son écran des yeux, la secrétaire a dû apercevoir mon geste car elle dit :

— Franz ne va pas tarder.

« *Franz* » ?

Je ne réponds rien.

— Qu'est-ce que vous voulez faire, plus tard ? dit-elle.

— Que voulez-vous dire ? Ah. Comme spécialité ?

— *Mmhhh…*

Je la regarde, j'hésite, je finis par dire :

— De la chirurgie gynécologique…

— Vraiment ? Pourquoi venir ici, alors ?

Je ne sais pas quoi répondre. Elle mastique furieusement son chewing-gum et fait la moue.

— Ah, je comprends. On vous a *dit* de venir…

Je me tais. *De quel droit cette connasse me juge-t-elle ?*

— Vous avez déjà reçu des femmes en consultation ?

— Bien sûr. Mais surtout en chirurgie…

— Aïe ! Bon, ben va falloir vous y mettre. Mais il n'est jamais trop tard pour apprendre.

Elle lève la tête et l'incline sur le côté, à présent. Je n'ai jamais vu une secrétaire me jeter pareil regard. La plupart restent distantes et gardent leur hostilité pour elles, mais celle-ci semble prendre plaisir à se moquer de moi.

Sans me démonter, je m'approche de la guérite, je pose la main sur le comptoir, je dis :

— Pas de problème.

Elle hoche la tête, sort un autre chewing-gum de la poche de sa blouse, colle le premier dans le papier, fourre le second dans sa bouche.

— Bon ! Franz aime les internes qui ont de la personnalité.

« *Franz* ». *Ils ont gardé les vaches ensemble, ou quoi ?*

— Ah oui ? dis-je en tapotant le comptoir avec agacement.

— Yep. Ah, ce qu'on fait ici est moins passionnant que *faire sauter des utérus ou engrosser des bourgeoises pressées*, dit-elle en prenant une grosse voix. Mais c'est au moins aussi important…

Sa remarque me laisse sans voix. Son visage devient plus farouche.

— Désolée d'être agressive, mais vous venez de là-bas, explique-t-elle en tendant le menton en direction de la porte battante, et j'y ai fait de très mauvaises expériences avec des gens comme vous.

Je suis sur le point de lui rabattre son caquet en lui expliquant que je ne suis pas tout à fait « comme eux », mais elle tourne la tête vers la porte de rue.

— Ah… le voilà !

Je la regarde sans comprendre.

— Fr… le *docteur* Karma. Je viens de l'entendre passer sur son scooter.

Une demi-minute plus tard, une silhouette en caban bondit en haut des marches.

Le dos voûté, un petit sac à dos gris à la main, il entre, et lance : « Bonjour tout le monde. » Tandis que la porte se referme derrière lui, il s'avance dans ma direction, fait à la secrétaire un clin d'œil séducteur et un sourire auxquels elle répond par une œillade extatique avant de me désigner : « Voici… *le docteur* Atwood. »

Il me regarde et me tend la main.

— *Docteur* Atwood, *Mmhhh*… (Il y a dans sa voix grave, presque rauque, la même pointe d'ironie que dans celle de sa secrétaire.) Bienvenue ! Vous m'excusez une seconde ?

Et, sans me laisser le temps de répondre, il se détourne et entre dans le bureau de consultation.

Au moment où il disparaît, une femme gravit les marches à son tour, franchit la porte de rue et s'approche du comptoir, essoufflée et intimidée.

— Je suis en retard, je suis désolée… J'ai rendez-vous avec le Dr Karma.

BARBE-BLEUE

Quand on pose des questions, on n'obtient que des réponses.

Pendant qu'Aline s'occupe de la patiente, je fais quelques pas vers le bureau de consultation. Franz Karma a ôté son caban. Il enlève le gilet noir qu'il portait dessous, le roule en boule sur une étagère de l'armoire et sort une blouse. Il a le profil d'un rapace, des lunettes rondes, les cheveux plutôt courts mais hérissés d'épis et une barbe fournie. Il me rappelle vaguement quelqu'un. Mais je me dis que j'ai dû voir sa photo à l'internat.

Sous le gilet, il porte une chemisette à manches courtes ; j'aperçois trois stylos dans sa poche de poitrine. Il enfile la blouse, boutonne les pressions, ramasse le courrier sur le bureau, jette deux grandes enveloppes à la poubelle sans les ouvrir, ouvre deux lettres, en sort des résultats d'examen, les examine rapidement, puis lève la tête et me fait signe.

— Entrez, qu'on bavarde !

J'entre, je referme la porte derrière moi et je m'approche du bureau. Il désigne les sièges de patients.

— Asseyez-vous !

Il tire le fauteuil à roulettes vers lui, s'assied, actionne une manette sur le côté pour relever l'assise.

— Où en êtes-vous de votre internat ?

— Cinquième année, deuxième semestre.

— Mazette ! On n'accorde de cinquième année qu'aux meilleurs.

— Oui. Après mon passage ici, je retourne en chirurgie.

Il a sorti de sa poche un curieux stylo-bille en forme de seringue emplie d'un liquide rouge, le tourne entre ses doigts, le fait cliqueter.

— C'est votre truc, la chir ? dit-il avec un demi-sourire.

— Oui, c'est mon truc.

— Mmmhh… Et qu'est-ce qui vous amène ici ?

Sa question m'irrite. J'hésite, puis je décide de répondre franco.

— Vous le savez bien, il *faut* que je passe six mois dans une section médicale. Si j'avais pu…

Il me sourit de toutes ses dents.

— *J'aurais pas venu…* Qu'est-ce que vous pensez apprendre ici ?

Je réfléchis quelques secondes et je me racle la gorge.

— Ce que vous allez m'enseigner…

Il sourit encore plus, comme si c'était possible.

— *Mmhhh…* Et de l'humour, *super* !…

J'écarquille les yeux. Ça se complique. J'ai répondu ça pour botter en touche, histoire de ne pas me le mettre à dos, et voilà qu'il prend ça à la plaisanterie. Je décide de changer de sujet.

— Il paraît que vous retirez les implants.

Il lève un sourcil.

— Yep. Ce n'est pas de la chirurgie lourde, vous savez…

— Non (je ricane), mais les gynécos de la mat' ont l'air dépassés…

Il secoue la tête et hausse les épaules.

— Vous les avez déjà vus faire ?

— Pas eu l'occasion. Mais aux urgences de la mat', chaque fois qu'une patiente annonce qu'elle vient pour retrait d'implant, ils changent de couleur...

— Oui, comme si on leur demandait de désamorcer une bombe. C'est navrant...

Il éclate de rire.

— Ça se retire en soufflant dessus !

Le ton sur lequel il dit ça est détestable. Effectivement, il se prend pour le nombril du monde, ce type.

— Allez, au boulot ! dit-il en claquant dans ses mains.

Il se lève, me fait signe de l'attendre et sort du bureau, puis revient, la feuille de consultations à la main.

— Avant qu'on commence, sachez qu'on demande toujours à plusieurs reprises l'accord de la patiente pour que l'interne assiste à la consultation : quand elles prennent leur rendez-vous téléphonique, à leur arrivée dans le service, et je leur pose la question une troisième fois au moment où je les fais entrer. Je ne les mets jamais devant le fait accompli ; elles peuvent donc changer d'avis à tout moment. Elles ont même le droit de vous demander de sortir *en cours* de consultation si elles le souhaitent.

— Sans blague ? dis-je en pensant qu'il plaisante.

— Sans blague, répond-il sérieusement.

Qu'est-ce qu'il me chante là ? J'ai déjà vu des patrons faire sortir des internes parce qu'ils veulent bavarder tranquillement avec un ami ou une relation, ou même pour se rincer l'œil tranquillement sur une nana bien roulée, mais je n'ai jamais entendu parler d'un praticien qui met l'interne dehors lorsque la patiente le demande ! Comment peut-il avoir la prétention de m'enseigner quoi que ce soit s'il me fait sortir à tout bout de champ parce que telle ou telle gonzesse ne veut pas que je voie ses fesses ?

Il me regarde par-dessus ses lunettes rondes.

— Vous avez quelque chose à me dire ?

— Non, *Monsieur*.

Il me fait un grand sourire dont je ne comprends pas la signification. Il désigne mon nom sur la poche de ma blouse.

— Atwood… C'est anglais ?

— Anglo-canadien. Mon père est né à Toronto. (*Et il y est retourné. Qu'il y reste.*) Mais je n'y ai jamais mis les pieds. (*Et il aurait beau me supplier, c'est pas demain la veille…*)

— Vous avez des liens de famille avec l'écrivain ?

— L'écrivain ? *Qu'est-ce qu'il raconte ?*

— Margaret Atwood.

— Connais pas.

Il penche la tête sur le côté d'un air navré et condescendant.

— Quel dommage…

Il reste planté là, quelques secondes, à me regarder ; puis il pose la feuille de consultation sur le bureau, tourne les talons et sort.

INTRODUCTION

Quand la consultation tourne aux préliminaires, l'examen gynécologique est un viol.

Je bondis sur mes pieds pour le suivre dans le couloir et je le vois s'approcher du comptoir, y prendre un petit dossier blanc rectangulaire, entrer dans la salle d'attente, appeler un nom, ressortir. Une femme sort derrière lui, sac et écharpe au bras. Il lui serre la main et me désigne.

— Bonjour, madame. Est-ce que vous permettez que notre interne, *le docteur Atwood,* assiste à la consultation ?

Elle nous regarde, lui d'abord, moi ensuite, me fait un sourire un peu gêné, un peu bête, hoche la tête, murmure « Bien sûr... » et entre dans le bureau de consultation.

Il entre à sa suite, se retourne, pointe l'index vers les chaises tapissées d'un motif à carreaux rangées face au secrétariat. « Prenez-en une pour vous. »

Je soulève une chaise, je retourne dans le bureau, je m'installe entre le fauteuil à roulettes de Karma et une petite étagère de livres placée contre la cloison.

— Qu'est-ce qu'on peut faire pour vous, madame ? demande-t-il en posant sur le bureau le petit dossier blanc.

La patiente est encore debout. Karma s'installe sur le fauteuil à roulettes et l'invite de nouveau à s'asseoir.

La femme pose son sac et son écharpe sur une chaise, s'assied sur l'autre, croise les jambes, pose une main à plat sur le bureau et soupire.

Elle hésite, incertaine, ses yeux braqués sur le bureau comme si elle se concentrait sur ce qu'elle va dire ; et puis, brusquement, elle le regarde droit dans les yeux, et elle se met à lui raconter sa vie, très vite, sans s'arrêter, comme si elle avait peur qu'il l'interrompe, en commençant par sa mère, son père, son mari qu'elle a épousé à dix-neuf ans parce qu'elle était obligée, sa première, sa deuxième, sa troisième grossesse, les accouchements prématurés et les césariennes, les déchirures et les forceps, la couveuse du petit et les convulsions de la petite « et ma troisième qu'est un vrai garçon manqué »…

Et, pendant qu'elle dévide son chapelet, je m'attends à ce qu'il lève très vite la main et lui dise quelque chose comme : « Du calme, madame, pas tout en même temps, mettons un peu de l'ordre là-dedans, sinon nous n'y verrons pas très clair » — *parce que si on se laisse noyer dès le début par tout ce que les patients ont à raconter, on y est pendant des plombes.*

Mais il ne l'interrompt pas.

Pendant qu'elle énonce sa plainte, qu'elle explique en long et en large le motif de sa consultation, qu'elle énumère ses doléances et détaille par le menu les raisons de sa venue — bref, pendant qu'elle lui raconte ses salades, il parcourt le dossier des yeux, et en sort une liasse de feuilles blanches et jaunes qu'il déplie et examine une à une. D'abord je me dis qu'il ne l'écoute pas, mais je l'entends faire « Mmhhh » quand elle a du mal à finir une phrase, ou « Oui ? » quand elle s'arrête, incertaine, et reprendre telle ou telle information qu'elle vient de lui donner en pointant du doigt sur une ligne griffonnée dans le dossier par un autre praticien avant lui : « Oui, je vois que vous avez été hospitalisée. Effectivement, il vous a prescrit de la Fémorone. »

Parfois, aussi, je le vois deviner la fin d'une phrase avant elle, mais, au lieu de la terminer — *ça permettrait d'accélérer le mouvement* —, il se retient, il attend qu'elle crache la fin et, quand il voit qu'elle ne la trouve pas, il la suggère d'un mot, comme ça, en passant, l'air de rien. Du coup, ça la relance, elle se remet à parler, à vider son sac, à déverser ses litanies, à raconter sa vie.

Je décroise et je recroise mes jambes en soupirant.

Elle m'énerve. Ils m'énervent, tous les deux.

Parfois encore, au détour d'une phrase, il laisse échapper : « Que voulez-vous dire ? » ou : « Pardonnez-moi, je n'ai pas bien suivi… » Et puis, à un moment bien précis, un moment où la femme a laissé sa phrase en suspens et l'a regardé droit dans les yeux, comme pour lui demander de poursuivre et de dire à sa place les mots qu'elle n'osait pas prononcer, il se redresse sur son siège, se penche en avant, pose les avant-bras sur le bureau, croise les mains et sur un ton très calme, très tranquille, avec un sourire indéfinissable, il murmure : « Qu'est-ce qui vous soucie ? »

Il se prend pour sa mère, ou quoi ?

Elle hésite, et puis elle se lance et elle dit que ce qui la soucie, la tracasse, la mine, l'inquiète, l'angoisse, la préoccupe, lui pourrit la vie depuis trois jours ou trois semaines ou six mois ou cinq ans, eh bien, franchement, elle aurait bien aimé en parler plus tôt mais elle n'a jamais pu le dire à personne, ou elle n'a pas osé le dire à son médecin de famille parce qu'elle pensait qu'il allait se moquer d'elle, ou elle avait trop honte, trop peur, trop mal pour le dire jusqu'ici. Seulement, à présent, elle en a assez, elle n'en peut plus.

Moi aussi! Et j'ai de plus en plus envie de la frapper.

Karma, lui, dit : « Je comprends. »

Ohbondieu.

Et là, elle y va franco, plus envie de tourner autour du pot, elle sait ce qu'elle a, elle sait ce qu'elle veut, elle sait ce qu'elle attend. Alors elle déballe tout, sa vie sexuelle, les règles qui viennent ou pas, la pilule qui lui donne des vergetures aux seins, l'implant qui l'a fait grossir, les enfants qui lui pompent l'air, sa mère qui la tanne pour qu'elle cesse de travailler, son mari qui veut toujours quand elle n'en a pas envie — de toute manière ça lui fait mal et elle est toujours trop crevée pour penser à ça. « Pourquoi est-ce que les hommes n'ont que ça en tête ? »

De plus en plus à cran, je me retiens — c'est pourtant pas l'envie qui m'en manque — de dire : « Ben, vous savez, ma bonne dame, les bonnes femmes, c'est pas mieux », et je me mets à espérer qu'elle ne va pas continuer comme ça pendant des heures et, surtout, que Karma ne va pas la laisser faire, qu'il va bien finir par l'interrompre à un moment ou à un autre parce que là, je n'en peux plus et je vois sur le planning que derrière il y en a une dizaine qui poussent au portillon. Alors s'il ne met pas très vite un terme…

À ce moment, elle s'interrompt et lance :

« Je sais pas pourquoi je vous dis tout ça. »

Moi non plus, bordel!

Mais lui : « Parce que vous aviez besoin de vider votre sac… » — avec un sourire pas même ironique.

Et elle, fondant comme s'il lui avait fait des compliments sur une nouvelle robe : « Oui, c'est un peu ça. »

Et le voilà qui dit : « Bon, si j'ai bien compris… Vous m'arrêtez si je me trompe, n'est-ce pas ? » et lui annonce qu'il va lui expliquer ce qu'il en est, à son humble avis. *À son humble avis ? Mais qu'est-ce qu'il nous joue, là ?*

Il se tourne vers moi, tend le bras vers l'étagère contre laquelle j'ai posé ma chaise, saisit un cahier cartonné et l'ouvre sur le bureau.

C'est une série de planches anatomiques stylisées. Il désigne une silhouette de corps féminin.

— Ça, c'est *vous*, dit-il en souriant et en se penchant vers elle.

Elle lui rend son sourire et s'approche de la table.

Du bout du stylo, il désigne les organes sexuels (« Ici, le vagin, ici, l'utérus, les trompes, les ovaires »), tourne la page (« Les mêmes, en plus grand ») et lui explique comment l'ovocyte est expulsé de l'ovaire et roule tranquillement sur le tapis de cils des trompes, tandis que, de l'autre côté, les spermatozoïdes grâce à leur flagelle grimpent vaillamment à la rencontre de l'ovocyte et comment l'ovule ne peut descendre dans l'utérus que si le tapis de cils des trompes est en bon état, et qu'un ovocyte est fécondé comme ci, et qu'un embryon s'implante comme ça, *comme si elle pouvait comprendre de quoi il parle, je sais pas quelles études elle a faites, cette femme, mais ça m'étonnerait...*

Et lui, souriant : « Vous me suivez ? »

Et elle, souriante : « Oui, c'est très clair. »

Et moi, sur ma chaise à carreaux, je bous, je n'en peux plus, je n'en reviens pas parce que Karma ne regarde sa montre à aucun moment, d'ailleurs je l'ai vu l'enlever au début de la consultation et la fourrer dans sa poche de blouse et on dirait qu'il s'en fout complètement que l'heure tourne. Et en plus, dès qu'elle lève le petit doigt ou fait un petit bruit de bouche, il s'interrompt, dit « Oui ? » *et la laisse poser une question*.

J'ai envie de le secouer, de lui donner des coups de poing, de l'engueuler — *c'est pas permis de se laisser mener en bateau comme ça.* Mais Karma, imperturbable, me regarde à peine, il a oublié ma présence, il l'écoute, il lui parle, il n'est là que pour elle, comme s'ils étaient seuls au monde, comme s'il n'y en avait pas une douzaine d'autres dans la salle d'attente.

Et pendant que — j'allais dire : la consultation, mais je ne vois pas bien en quoi elle le consulte, là c'est plutôt une conversation entre copines — le bavardage, le va-et-vient des questions et des réponses, des sous-entendus et des allusions, des angoisses et des réassurances, des digressions et des incises se poursuivent, sans aucune perspective de se conclure bientôt, je me mets malgré moi à les écouter, et ce que j'entends dans sa voix à lui, ce n'est pas l'interrogatoire directif qu'on m'a appris, inculqué précisément, vivement conseillé de faire ; et ce que j'entends dans sa voix à elle, ce n'est pas la litanie de plaintes, de récriminations, de revendications qu'on m'a décrite tant de fois pendant mes cours (« Aujourd'hui, les filles sont majoritaires dans les amphis de médecine, de sorte que, messieurs, vous qui êtes désormais en petit nombre, vous serez bientôt l'élite de l'élite car vous saurez mieux que quiconque combien il est difficile d'empêcher une femme de parler ! »).

Et ce qu'ils tissent ensemble n'est pas non plus le dialogue de sourds entre une femme débordante qui aimerait pouvoir tout dire sans jamais y parvenir et un homme débordé qui aimerait bien comprendre de quoi elle parle. Non. Ça ressemble plutôt à…

Un duo.

Un duo improvisé, entre une danseuse débutante et un moniteur qui s'approche, sourire aux lèvres, s'incline, la salue *Vous permettez ?* la prend par la taille et la main et l'entraîne doucement sur la piste *N'ayez pas peur, je vais vous montrer, ça va bien se passer* et en deux temps, trois mouvements, l'encourage *Tout ira très bien, faites-moi confiance* et les voilà qui virevoltent, lui sans effort apparent, elle soudain éberluée de se découvrir légère et aérienne.

Comme dans un rêve.

Je vois bien qu'elle se demande ce qui lui arrive, si c'est bien la réalité ou s'il faut qu'elle se pince, si elle a bien affaire à un homme qui a le souci de la faire avancer sans lui marcher sur les pieds, sans se formaliser qu'elle marche sur les siens ou qu'elle trébuche et s'arrête, rougissante et la rassure en souriant *Ne vous excusez pas, je vous en prie, c'est bien naturel d'être mal à l'aise de parler de ça à un étranger* et elle, rougissant encore plus, confuse, elle ne sait plus où se mettre, elle fond devant tant de patience, tant de bienveillance, tant de gentillesse, venant d'un médecin, c'est inespéré, c'est miraculeux, c'est…

Beaucoup trop beau pour être vrai.

Et je sens de nouveau la colère monter.

Parce que je le vois venir, avec ses gros sabots. Comme ça, à première vue, il est bien poli, bien correct, bien délicat. Bien trop. Faut quand même pas rêver. Il est comme les autres. Toute cette gentillesse mise en scène, c'est une manière de l'embobiner. Je sais où il veut en venir. Je ne le sais que trop bien : j'en ai vu trop des types comme lui, je les ai trop souvent vus faire, les uns comme les autres, les rudes et les mielleux, les indifférents et les sarcastiques, les froids et les lubriques, les expéditifs et les sadiques… Quelle que soit leur manière de procéder, entre le moment où ils font entrer et asseoir et celui où ils referment le dossier, reposent le stylo, ils ont tous la même chose en tête, le même objectif : ce que les profs nomment doctement, l'index vers le ciel, « le moment cardinal de toute consultation gynécologique » (*cardinal, mes fesses !*). Et je le vois venir (il n'est pas différent des autres : ils ont beau chercher à faire illusion, un homme ça n'est jamais qu'un homme — son sourire va disparaître, il va se lever sans un mot, faire le tour du bureau, lui dire froidement : « Déshabillez-vous ! », se diriger vers le box d'examen, se savonner les mains et se curer les ongles pendant qu'elle, abasourdie, tombant de haut, se dépêchera d'ôter les chaussures et la jupe, de faire glisser le collant et le slip et s'approchera de la table — « Allongez-vous ! » — pendant que, le dos encore tourné, il s'essuiera les mains — « Installez-vous ! » —, et, pendant qu'elle s'allongera, soulèvera les jambes et posera les pieds sur les étriers, il saisira un doigtier en plastique, l'enfilera sur l'index et le majeur, se placera au bout de la table, posera d'un geste un peu négligent la main sur un de ses genoux pour lui faire écarter les cuisses — « Allons, détendez-vous ! » — pendant qu'elle, les fesses collées au papier de la table, se tortillera pour oublier que c'est un mauvais moment à passer tandis que, sans un mot, sans un regard, sans un soupir, une main fermement posée sur le bas-ventre comme pour l'empêcher de gigoter — « Allons, voyons, faut pas vous contracter comme ça ma p'tite dame ! » —, il lèvera les yeux au ciel ou fermera les paupières comme avant de plonger et lui fourrera d'un coup les deux doigts gantés dans le sexe et puis, les paupières inspirées ou l'œil vitreux, pas concerné, la bouche animée de petites grimaces, il farfouillera en haut, en bas, à droite, à gauche, parfois très très lentement, d'un air à la fois concentré et absent — « Vous sentez quelque chose ? » — parfois (et c'est un moindre mal) très, très vite — « Et là ? » —, trop vite pour que ça serve vraiment à quelque chose, mais trop souvent (et là, c'est vraiment l'horreur) il lui enfoncera les doigts dans le vagin *jusqu'à la garde*, et fouillera tout au fond, comme pour provoquer, déclencher, arracher quelque chose, comme pour lui montrer qu'elle est bien, *que toutes les femmes* sont bien peu de chose entre ses mains de salopard), il va quitter sa posture de praticien soi-disant *neutre et bienveillant* et montrer sa vraie nature, il va sourire, poser son stylo : « Bien, je crois avoir compris ce qui vous arrive… », et j'ai envie de crier à tue-tête *Ne la touchez pas ! Ne nous touchez pas, de quel droit posez-vous vos sales pattes sur moi sur elle sur nous comme ça ?* de lui sauter dessus pour l'arrêter et lorsqu'elle l'entend dire : « Alors, si vous voulez bien… », elle se lève comme une brave petite chose bien dressée résignée, déjà prête à tout abdiquer entre ses sales pattes et je me sens si mal que j'ai envie de hurler *Non mon salaud ! Elle ne veut pas !* Mais au moment où elle cherche où elle va poser son sac avant d'ôter son pull, Karma lève les mains comme en protestation, sourit et, d'une voix douce, sur un ton surprenant, l'arrête.

— Non, non, je vous en prie, restez assise.

Et elle, stupéfaite :

— Je croyais que vous vouliez…

— Vous examiner ? Pas tout de suite. Rien ne presse ! D'abord, je voudrais vous expliquer ce que j'en pense et voir si vous aviez d'autres questions à me poser — d'ailleurs…

Et tandis que mon cœur tambourine à tout rompre, je le vois se tourner vers moi, poser la main sur mon bras, et je l'entends demander :

— Mademoiselle — pardon ! — *docteur* Atwood, avez-*vous* des questions à nous poser ?

QUESTIONS

*Tu as le même corps que celles
que tu soignes.*

Des questions ? Si j'ai des questions ? Bien sûr que j'en ai. Des milliers de questions. Auxquelles je désespère d'avoir un jour une réponse. Auxquelles personne n'a jamais su ou pu ou voulu répondre. Et, en tout cas, jamais répondu.

À commencer par ma mère, qui aurait dû être là, je trouve, pour m'expliquer la vie et ce qui allait m'arriver. Elle était faite comme moi, non ? Enfin, j'imagine que je suis faite comme elle. Ou presque. Et de toute manière elle aurait dû être là pour me prévenir. Elle aurait dû. J'aurais bien aimé.

J'aurais bien aimé qu'elle m'annonce ce qui allait venir.

À commencer par les copines à l'école, qui quand je demandais ne voulaient jamais m'expliquer pourquoi une telle passait son temps aux toilettes et en ressortait blanche comme linge : « T'es trop petite, t'as bien le temps de te préoccuper de ça ! »

À commencer par le monde entier, tout l'univers, le ciel et les enfers quand ça t'arrive pour la première fois… Quand t'as eu mal au bide toute la matinée tu te demandes ce qui t'arrive et le sang qui coule sans prévenir, qui coule le long des cuisses, qui souille le lit ou poisse la culotte, tu te dis que tu es en train de mourir, pourquoi ça m'arrive à moi, maintenant, au pire moment ? Est-ce que c'est normal que ça m'arrive seulement maintenant alors que je croyais que ça ne viendrait jamais j'ai quatorze ans toutes mes copines ça fait des mois et moi je suis là comme une conne : je saigne, j'ai mal et je ne m'attendais pas à ce que ça saigne *autant* !

À commencer par le médecin qui me soignait lorsque j'étais toute petite et qui me faisait la bise quand mon père m'amenait pour qu'il me regarde la gorge quand j'avais du mal à avaler, et qui disait de me donner de la glace — ça me donnait envie d'avoir des angines tous les quinze jours ; pour moi c'était le Père Noël en blouse blanche — ben oui, en dehors de la période des fêtes, il fallait bien qu'il gagne de quoi bouffer, cet homme ! Seulement, quand enfin je me suis mise à les avoir, j'ai eu tellement peur, et tellement marre à la longue de saigner tous les mois que je me suis dit *Si j'arrête de manger je ne vais plus saigner plus avoir mal* et je n'y croyais pas une seule seconde mais pourtant ça marche. J'arrête de manger et je ne saigne plus, je me mets à flotter dans mes vêtements et je ne dis plus rien. Mon père, voyant ça, inquiet, me ramène au bonhomme en blouse blanche qui, je t'en foutrai du Père Noël, se transforme en Freddy, veut m'hospitaliser, m'envoyer chez les folles. Mon père dit qu'il faut patienter, attendre que j'aille mieux, je travaille bien en classe, ça prendra un peu de temps pour que je sorte de ce que je traverse, après tout, la puberté c'est pas de la tarte, et pas que pour les filles. Mais Freddy, lui, n'en a rien à faire, on dirait qu'il est possédé, il fait sortir mon père, me prend entre quat'z'yeux et me raconte que si je continue comme ça je vais mourir, et quand moi, toute naïve, je demande si c'est si grave que ça de pas manger (parce que j'ai pas vraiment faim depuis que la mère de ma meilleure amie est morte, je suis triste et plus rien n'a de goût et j'ai plus de goût à rien, mais ça m'empêche pas de me lever la nuit pour manger du chocolat), il sort ses griffes et dit *Ne me raconte pas d'histoires, je sais ce que tu as* et je sais que ça n'est que le début du film. Mais moi, quand le film ne me plaît pas je me lève et je sors, et quand Freddy essaie de me retenir mon père lui dit *Stop on s'en va.*

À commencer par la prof à qui j'ai demandé si, quand Chimène parlait de son hymen à Rodrigue dans *Le Cid,* ça voulait dire qu'elle était vierge, et qui m'a filé une colle en me disant que j'avais pas intérêt à me moquer d'elle encore une fois sinon elle me ferait expulser. Je ne connaissais pas l'autre sens du mot hymen à l'époque. Comment j'aurais pu savoir ? Cette salope ne nous l'avait pas expliqué !

À commencer par les profs qui parlaient en amphi, au début de mes études de médecine, et les praticiens hospitaliers qui défilaient au pas de course dans les couloirs, entraient dans les chambres très vite et ressortaient aussi sec un petit coup (d'œil) vite fait ni vu ni connu d'ailleurs ils ne connaissaient pas le nom des patientes la plupart du temps, quant à expliquer, ils n'avaient pas le temps, ils allaient au bloc, l'essentiel c'était qu'on leur fasse descendre les femmes avec le bon dossier, histoire qu'ils fassent pas sauter l'utérus à celle qui avait besoin de microchirurgie sur les trompes et inversement, ça aurait encore fait monter les primes d'assurance, ces conneries-là !

À commencer par les femmes qui depuis que je suis interne, partout, dans les couloirs de consultation, aux urgences de la mat', en salle d'accouchement, dans les chambres quand je faisais les contre-visites le soir, et jusqu'au bloc avant que l'anesthésiste ne les endorme, n'arrêtent pas de me poser des questions auxquelles je ne peux pas répondre, comme si j'étais Dieu tout-puissant ou sa grande prêtresse, comme si je savais expliquer ce qui leur arrive sous prétexte que je suis une femme moi aussi, comme si j'y connaissais quelque chose, comme si je comprenais quelque chose, moi qui ne sais pas ce qui se passe dans le mien, à ce qui se passe dans leur corps :

« La douleur qui me prend dans le bas-ventre, docteur, comme si on m'arrachait — ici, sur le côté, à l'ovaire droit, là, en bas, sur l'ovaire gauche, tout au fond du vagin à l'entrée dès qu'il essaie de me pénétrer, c'est insupportable, est-ce que c'est normal ? »

« Les contractions, docteur, dans les cuisses, dans le dos, j'ai l'impression qu'il veut se détacher de moi, il est gros, on me dit que c'est un garçon parce que je le porte haut, c'est vrai ça ? »

« Et les seins gonflés les mamelons crevassés les pertes à n'en plus finir les lèvres sèches la peau d'orange pleine de cellulite zébrée de vergetures qui tombe j'ai beaucoup maigri et tout de même j'ai eu six enfants vous me comprenez, docteur, n'est-ce pas, ce serait pas possible d'arranger ça ? »

« Et mes règles se sont arrêtées à dix-sept ans, j'ai eu un choc quand mon frère est mort et depuis plus rien alors qu'avant c'était régulier comme du papier à musique la plupart du temps mes règles je les voyais tous les vingt-neuf jours ou parfois trente-deux et de temps à autre vingt-cinq mais tous les mois j'étais sûre de les voir, le troisième vendredi ou le quatrième mardi, ça dépendait des mois, enfin avant que mon frère meure et que tout s'arrête… J'ai mis trois mois à m'en rendre compte et quand j'en ai parlé à ma mère elle m'a sauté dessus, elle avait peur que je sois enceinte et j'avais beau lui expliquer que j'avais jamais couché avec personne elle voulait pas me croire alors elle m'a emmenée de force chez son gynéco qui m'a examinée sous toutes les coutures mis ses mains ses instruments partout ça m'a fait horreur et des échographies et des analyses et il a fini par dire que c'était *idiopratique*, qu'il n'y avait pas d'explication, que c'était dans ma tête ou alors que c'était inexplicable sauf que moi je sais bien que mes ovaires se sont arrêtés à cause du choc de la mort de mon frère, il était cuistot il rentrait de son boulot un samedi dans la nuit après un mariage et comme on habite en dehors de la ville il a fait du stop, un type l'a pris et il s'est pas rendu compte que le type était saoul sa voiture s'est enroulée autour d'un pylône et c'est vraiment pas juste, vous voyez, parce que le conducteur n'a rien eu mais mon frère est mort sur le coup et comme j'étais très proche de lui ça m'a fait un choc vous comprenez du coup j'ai plus rien eu plus rien vu, est-ce que vous avez déjà vu ça avant moi ? »

Alors, est-ce que j'ai des questions, *Oh putain de bordel de* Oui j'en ai, des questions, et beaucoup : les miennes, celles des autres, celles que je voudrais poser et celles que je veux pas — forcément j'ai pas tout vu encore, j'ai pas pu tout voir — et celles qu'on m'a posées et que j'ai pas voulu entendre tant elles me faisaient mal au ventre, oui, j'en ai, je pourrais vous faire la liste mais je ne sais pas si vous pourriez répondre à tout aujourd'hui, *Monsieur*. Et il y en a tellement que j'oserais pas poser tellement j'aurais l'impression d'être une cruche, je ne veux pas vous ennuyer, vous faire perdre votre temps avec mes questions stupides.

FROTTIS

— Des questions ? demande Barbe-Bleue, les yeux brillants.

Je secoue la tête.

— N-non. Non, je n'ai pas de questions pour le moment. Plus tard, peut-être.

Il me sourit comme si j'avais douze ans.

— Très bien. Mais n'hésitez pas à intervenir quand vous voulez.

Tu me prends pour qui ? Pour une demeurée ? Tu crois vraiment que je n'arrive pas à suivre ?

— Bien sûr.

Il me regarde et poursuit.

— ... et il n'y a pas de question stupide.

Pourquoi tu me dis ça ?

Il se tourne vers la patiente.

— Bien, alors voici ce que j'en pense...

Et il commence à parler.

*

Après lui avoir longuement expliqué ce qu'il pense avoir compris de sa plainte, déduit de ses symptômes, inféré du fatras de détails probablement sans importance qu'elle nous a balancés et qu'il n'a pas eu le temps de trier, il lui explique, sur les planches anatomiques ou avec un schéma griffonné (« Vous m'excuserez, je ne dessine pas bien ») au verso de la feuille portant la liste des consultations du jour, l'examen qu'il propose de lui faire et ce qu'il pense en apprendre, ou le geste — frottis de dépistage, examen des seins, pose de stérilet, insertion d'implant — auquel il va procéder.

À plusieurs reprises, il demande : « C'est clair ? Avez-vous des questions à poser ? » Et à plusieurs reprises, la femme lui répond : « Oui, oui c'est très clair », ou bien elle dit : « Eh bien, justement, je voulais vous demander… » avant d'enchaîner sur la peur des hormones qui vont changer son corps *J'aime pas me sentir pas-comme-d'habitude*, du corps étranger dans le bras *C'est gros comment, l'implant* ou l'utérus *Mon mari va pas le sentir ?*, de la fécondité menacée *Je pourrai toujours faire un bébé ensuite ?* Et, chaque fois, il répond calmement, tranquillement, gentiment (mais beaucoup trop, j'insiste, pour que ce soit honnête : il ne peut pas être aussi patient que ça, personne n'est aussi patient que ça, *aucun médecin d'aucun genre* n'est aussi patient que ça avec des bonnes femmes, surtout si c'est un homme — ou alors, c'est que ça n'est pas *tout à fait un homme* —, mais d'après tout ce qu'on m'a dit sur lui, il n'a pas vraiment de problèmes à ce niveau-là, et bien sûr une réputation c'est toujours exagéré mais il y a toujours un fond de vérité). Et il lui réexplique parfois une deuxième, troisième, quatrième fois ce qu'elle n'avait pas encore compris ou pas voulu comprendre ou peur de mal ou de trop bien comprendre, et il sourit, de ce sourire qui se voudrait neutre et bienveillant mais que moi je trouve méchamment manipulateur calculateur démagogue, s'il sourit *de toutes ses grandes dents* ce n'est pas vraiment pour la rassurer, *mais pour mieux* l'endormir, la mettre dans sa poche, lui faire ce qu'il veut, *mon enfant*.

Enfin, après avoir demandé une dernière fois si elle a une question à poser et l'avoir entendue une dernière fois lui répondre *Non, tout est clair vous m'avez bien expliqué,* il dit : « Bon, alors il n'est pas *nécessaire* que je vous examine. »

Elle, évidemment, n'en croit pas ses oreilles mais dit : « Non, non, bien sûr tant mieux parce qu'il faut bien, mais je n'aime pas trop ça », et elle fait un petit bruit de bouche, comme si elle hésitait à dire quelque chose. Et lui, qui s'est déjà penché sur le dossier pour y marquer trois mots, lève la tête et dit : « Oui ? »

Elle : « Mais il faudrait peut-être que vous me fassiez un frottis ? »

Lui : « Le dernier remonte à quand ? »

Elle : « Je sais pas, ça doit être écrit dans le dossier… »

Lui : « Attendez, je regarde… Ça fait deux ans. »

Et moi : *Il serait temps d'en refaire un, ma cocotte.*

Mais lui : « Vous savez, tous les trois ans, c'est largement suffisant. »

Et elle : « Oui… mais je crois que ça me rassurerait… »

Et moi : *Ah je suis pas d'accord avec sa façon de faire mais tu vas pas lui apprendre son métier, poulette, si le docteur te dit trois ans…*

Et lui posant son crayon, souriant : « Pas de problème », il se lève et disparaît de l'autre côté de la cloison.

Je reste là quelques secondes, interdite, perplexe, parce que je ne comprends pas ce qui se passe. Elle se lève et commence à se déshabiller et à poser ses affaires sur la chaise pendant que j'entends brièvement un robinet s'ouvrir et se refermer, mais Karma passe la tête de ce côté-ci de la cloison et me fait signe de le rejoindre.

SOINS

Que fais-tu ?
Et pourquoi le fais-tu comme ça ?

Pendant que la patiente se déshabille, je me lève pour suivre Karma du côté soins. Debout devant le lavabo, il désigne du doigt l'espace entre la cloison et le lit d'examen, puis tend le menton vers l'autre côté de la pièce. Je comprends. Comme il n'y a pas de cabine ici, il la laisse se déshabiller de l'autre côté. Je croise les bras, je m'adosse à la cloison et j'examine les lieux.

De ce côté-ci, autour de la table d'examen gynécologique aux pieds chromés, il y a un escabeau, un meuble de rangement aux profonds tiroirs revêtu d'un matériau plastifié bleu, un placard fixé au mur, un lavabo, un miroir, un scialytique mobile au bout d'un bras articulé, un tabouret à roulettes et une table roulante, le tout rangé serré, comme des cubes dans leur boîte ou des jouets dans la chambre d'un enfant après le passage de sa mère.

— Faut-il que j'enlève le haut ? demande la voix de la patiente derrière moi.

Ben oui, faut qu'on t'examine les seins…

— Non, répond Karma. Avant l'âge de trente ans, il n'est pas nécessaire que vous vous fassiez examiner les seins. À moins que quelque chose ne vous inquiète ?

— Non, non, de ce côté-là tout va bien. (Elle rit.) Un peu trop bien. Parfois, j'aimerais bien en avoir un peu moins, mais mon mari ne se plaint pas, alors…

Mmmhh, fait Karma en se savonnant les mains soigneusement, longuement, à la manière d'un chirurgien, la tête penchée sur le lavabo. Dans le miroir placé juste au-dessus de son crâne hérissé d'épis, j'aperçois les mouvements de la patiente en train de se déshabiller.

Je l'entends qui ôte ses chaussures, son pantalon, son collant, sa jupe, pose le tout sur la chaise, et je devine qu'elle retire son slip.

S'il lève la tête, il peut les mater comme il veut.

Il relève la tête mais ne regarde pas dans la direction de la patiente. Il croise mon regard et ça me fait rougir.

— Vous avez déjà posé des *déyu* ?

— Je vous demande pardon ?

Il s'essuie méticuleusement le dos des mains.

— Des D-I-U, articule-t-il. Dispositifs intra-utérins. Des stérilets, quoi !

— Euh… Non. Je voulais apprendre mais chaque fois que j'ai été en consultation avec un des médecins de la mat', il n'avait pas le temps de me laisser le faire.

Et certains ont voulu que je m'entraîne sur des femmes endormies au bloc, mais je n'ai pas voulu.

Il s'essuie les paumes, puis les doigts, l'un après l'autre.

— Mais vous avez *vu* comment ils les posent… Ce n'est pas sorcier.

— Oui. Non.

Il jette les serviettes dans la poubelle.

— Par conséquent, vous sauriez le faire.

Il se frotte les mains avec du liquide antiseptique.

— Euh... Je pense.

Il sort d'une boîte en carton deux gants en plastique translucide.

— Bien. Et les frottis, vous en avez déjà fait ?

Je vais répondre mais son regard se détourne, car la patiente s'approche, timidement, vers le lit d'examen, une main tirant sa chemise vers le bas pour cacher son pubis. Il lui désigne l'escabeau, pose la main sur le drap en papier.

— Voulez-vous vous asseoir ?

Bien sûr qu'elle veut ! Elle a le choix ?

Elle le regarde, me regarde, pas tout à fait rassurée, gravit à reculons les deux marches de l'escabeau, s'assied, lève les jambes, pose les pieds en hésitant sur les étriers et, tandis qu'il sort d'un tiroir un spéculum en plastique, un flacon de liquide antiseptique et un kit de frottis puis les dépose sur la table roulante coincée entre la table d'examen et le meuble en formica, elle s'allonge. Quand il se retourne elle est installée inconfortablement, les jambes en l'air, les pieds posés sur les étriers, le dos à demi cassé sur le segment de table en partie relevé.

Il pose délicatement la main sur son épaule et se penche vers elle.

— Pourriez-vous vous rapprocher un peu du bord de la table, s'il vous plaît ?

Elle s'arc-boute aux montants chromés et tortille les fesses pour les glisser tout au bord du lit d'examen.

— Encore un peu... Je vous fais faire de la gymnastique, hein ?

— Oui, répond-elle en pouffant.

— Encore un tout petit peu... Voilà ! Merci !

À l'autre bout de la table, un petit oreiller déforme le drap en papier. Il le déplace — *Voulez-vous soulever la tête ?* — et le glisse sous la nuque de la patiente.

— Ah ! dit-elle, surprise.
— Ce sera plus confortable…
— Oui, merci…
— Je vous en prie.

Comme ils m'agacent avec leurs politesses !

Il tire un tabouret roulant rangé sous le lavabo, l'installe devant l'escabeau, tire la table roulante vers l'extrémité du lit d'examen, s'assied dans le compas formé par les cuisses de la femme. Il ouvre le tiroir métallique placé à l'extrémité du lit d'examen. Dedans, on a posé un haricot en plastique vert.

Il prend les gants et les enfile, déchire le sachet contenant le spéculum.

— Je vais vous poser un spéculum, dit-il en lui montrant l'instrument qu'il tient dans sa main droite.

Il me fait un signe de la tête qui veut dire : « Venez vous placer derrière moi, pour mieux voir. »

Il prend le flacon de liquide antiseptique, en verse sur le spéculum au-dessus du haricot.

Du bout des doigts de la main gauche, très délicatement, il écarte — « Pardon » — les grandes lèvres de la patiente et, de la main droite, glisse le spéculum dans la vulve. L'instrument pénètre sans effort mais la patiente sursaute un peu.

— Je vous fais mal ?
— Non, répond-elle, mais j'aime pas ça…
— Je comprends très bien… Personne n'aime ça.

Il fait faire un quart de tour au spéculum et ouvre doucement les valves — « Ah, pardon, j'ai oublié… » —, il se tourne vers moi : « Pouvez-vous m'éclairer s'il vous plaît ? »

Je lève les yeux, j'attrape le scialytique, je l'allume, je le dirige par-dessus son épaule, juste dans l'axe du spéculum.

— C'est… propre ? demande la patiente…
— Euhlamondieu, oui ! répond-il en riant. Pourquoi est-ce que ça ne serait pas *propre* ?

— Je sais pas, on entend dire tellement de choses, et puis, mon mari, je ne sais pas toujours où… *il va traîner,* vous comprenez, c'est pour ça que…

Il ne répond pas, il attend. Elle se tait. Il hoche la tête.

— Je vois. Mais oui, apparemment, tout va bien.

Il brandit la petite brosse à frottis pour la lui montrer.

— On fait le frottis, vous voulez bien ?

— Oui…

Pourquoi lui demande-t-il toujours son autorisation ?

— Vous voyez le fil du *déyu* ? me demande-t-il en désignant du menton le col de l'utérus, là-bas, au fond du spéculum.

— Euh… Non.

— Moi non plus.

Merde ! Va falloir lui faire une écho pour vérifier qu'elle l'a pas perdu.

Mais Karma ne s'émeut pas, il sourit.

— Et c'est bien normal, qu'on ne le voie pas, je l'ai coupé très, très court. (Il lance un clin d'œil à la patiente.) Ça valait mieux…

— Oui, dit-elle en riant…

Pourquoi est-ce que ça les fait marrer ?

Il glisse la brosse à frottis dans le spéculum, la pose sur le col et la fait tourner quatre ou cinq fois entre le pouce et l'index avant de la retirer délicatement et de la glisser dans un flacon à moitié empli de liquide.

— Ça peut arriver, qu'il tourne, le stérilet ? demande-t-elle.

— Dans l'utérus, vous voulez dire ? Oui, ça arrive, bien sûr. L'utérus se contracte tout le temps, alors le DIU peut tourner.

— C'est embêtant ?

Je m'entends murmurer : « Ben oui, faut l'enlever et en mettre un autre… » mais Karma secoue la tête de gauche à droite avec une petite moue et murmure :

— Pas du tout. Il est tout aussi efficace de travers. C'est le cuivre ou le progestatif qui sont contraceptifs. Et ils diffusent dans tous les sens. Mais quand le déyu tourne, on ne voit plus le fil, alors il faut vérifier de temps à autre qu'il est toujours dans l'utérus, qu'il n'a pas été expulsé.

— Ah, dit la femme. Et on fait comment ?

Karma se tourne vers moi.

— Tiens, oui, comment fait-on ?

— Euh… Avec une écho…

— « Échographie », mais oui ! C'est la bonne réponse ! Vous revenez en deuxième semaine ! Qu'est-ce que vous en pensez, madame ? demande-t-il en retirant le spéculum et en aidant la patiente à se redresser. On la fait revenir, notre petite stagiaire ?

— Bien sûr. Faut bien qu'elle apprenne !

Je les regarde.

Notre petite stagiaire ? Mais ils se paient ma tête !

« ATWOOD ! »

(Récitatif)

— Merci, docteur, dit la patiente en lui serrant la main. Et en passant devant moi elle ajoute : « Au revoir et bon courage pour vos études. »

Elle m'a pas bien regardée ? Elle croit que j'ai commencé la semaine dernière ?

Je lui fais un sourire poli. Karma la raccompagne puis revient se poster devant moi :

— Des questions ?

Son sourire ostensiblement bienveillant m'insupporte.

S'il croit qu'il va me tirer les vers du nez, comme à elles...

— Non. Pas de questions.

— Tout est clair ?

— Tout est clair.

Il a l'air un peu déçu, mais il sourit toujours. Il réfléchit une seconde, puis regagne le bureau, dépose le dossier de la patiente, me désigne les sièges et m'invite à m'asseoir.

Je pose mes fesses au bord du siège. Il s'installe sur sa chaise à roulettes, s'avachit contre le dossier, croise les mains sur son ventre. Il m'a paru grand et mince, presque maigre, tout à l'heure, et voici qu'à présent, il joue les vieux toubibs bedonnants.

— Que pensez-vous apprendre ici ?

Une fois encore, il me prend par surprise. Je ne sais pas quoi lui répondre, j'ai envie de me lâcher de lui balancer *Je ne voulais pas venir ici. Je ne devrais pas être ici. Je ne devrais même pas être encore à Tourmens, bordel ! L'an dernier en octobre le doyen m'a dit : « Atwood ! Vous avez le profil parfait pour le poste de chef de clinique à la maternité de Brennes, le service d'obstétrique est le meilleur de France. » Mais tout était pris. Mon directeur d'études a appelé le doyen de Brennes, qu'il connaît depuis quarante ans, et celui-ci lui a appris qu'un poste serait libre en février. En attendant, il pouvait s'arranger pour me faire avoir une cinquième année, et me conseillait de prendre un des postes libres à Tourmens car Collineau, le patron de la maternité, est un de ses élèves. Je me demandais pourquoi il y avait tant de postes libres, ici, et maintenant je le sais. Collineau est un obsessionnel. Il tient absolument à ce que les internes passent dans toutes les sections. Y compris aux IVG et en consultation de planification. Mais ça ne m'amuse pas du tout de rester assise ici pendant des heures pour écouter des bonnes femmes raconter leurs histoires de cul pour qu'on les caresse dans le sens du poil. Et puis, vous me foutez mal à l'aise avec votre barbe et vos épis sur le caillou et votre bouche qui n'arrête pas de bouger même quand vous ne dites rien, et votre bonhomie doucereuse et probablement faux jeton. Mais voilà, j'ai fait mes six mois et rien n'était libre à Brennes alors je dois rempiler et je commence à en avoir ma claque, j'ai bossé comme une folle, et, même si les chirurgiens d'ici ne sont pas au top du top, je suis devenue très bonne, et j'aimerais bien le dégoter, ce foutu poste de chef à Brennes, j'ai passé suffisamment de temps à ramer, heureusement Collineau m'aime bien alors il me soutiendra sûrement. Mais comme il respecte toutes les règles, il m'a dit que même si je veux faire exclusivement de la chirurgie, je n'ai pas fait encore assez de médecine et qu'il me ferait un très bon rapport, mais qu'il exigeait que je passe six mois soit de nouveau dans les salles d'accouchement (non, ça, j'en pouvais plus) soit ici, à faire des consultations, à voir des patientes, à passer deux matinées par semaine aux IVG, et comme je ne l'avais pas fait à l'avant-dernier semestre, il faut que je le fasse maintenant, si je deviens chef en octobre prochain je serai au bloc sans arrêt... Il m'a dit ça très calmement mais très fermement, et j'ai compris que je n'y couperais pas — même avec un bon scalpel — et que sans ça il me signerait pas ma validation, il est tellement pointilleux que ça en est insupportable. Alors, bon, j'ai râlé, mais je me suis fait une raison, s'il fallait y passer, j'allais prendre mon mal en patience et me faire une raison et puis je me suis dit que ça me ferait du bien d'avoir des horaires un peu plus compatibles avec ceux de Joël, parce qu'il commençait à râler de me voir rentrer tous les jours à pas d'heure et être de garde au bloc une semaine sur trois un week-end sur deux, et j'avais beau lui dire que ça ne durerait pas, que quand j'aurais le poste de chef ça irait mieux, je sais qu'il ne me croyait qu'à moitié mais moi j'y peux rien s'il ne connaît rien à ce métier, j'ai pourtant essayé de lui expliquer mais il ne voulait rien savoir, quand on a des horaires fixes, évidemment, et voilà qu'au moment où finalement je vais avoir un poste plus tranquille, qu'on va se voir plus souvent, il me dit mais c'est pas ça le problème et ça me gonfle tellement que je pète les plombs, j'en ai marre de tes remarques, de tes soupirs, de tes exigences à la con, si c'est ça t'as qu'à prendre la porte, et lui, au lieu de s'excuser comme il aurait dû le faire, il la prend! Connard! De toute manière ça n'allait plus, on ne se disait plus rien, et même si on baisait comme des dieux tous les deux c'est pas pour ça — pourquoi je pense à ça maintenant, c'est vraiment pas le moment...*

Karma me regarde de son air mi-compatissant, mi-inquisiteur, mais il n'est pas question que je lui raconte tout ça, après tout c'est pas ses oignons, et les filles qui déballent leurs états d'âme pour attendrir les mecs, très peu pour moi, et puis je suis en fin de cinquième année et je suis l'interne la mieux notée du service et même du CHU alors merde, je prends une grande inspiration et je réponds en le regardant droit dans les yeux :

— Franchement, il n'y a que la chirurgie qui m'intéresse, mais je suppose qu'il est utile d'en savoir tout de même un peu sur le reste.

Je m'attendais à ce qu'il me fusille du regard, mais il éclate de rire.

Et je vois qu'une de ses incisives du haut est ébréchée.

— Le minimum à savoir, ici...

Il ouvre l'un des tiroirs du bureau métallique, farfouille dedans, ne trouve pas ce qu'il cherche, le referme, ouvre celui du dessous, en sort un épais livre de poche à couverture de couleur vive et me le tend.

— ... c'est *ça* !

Je lis le titre : *Le Corps des femmes*.

Je lève la tête.

— C'est la septième édition entièrement révisée et refondue. Elle est sortie le mois dernier. Si vous avez une adresse courriel, je vous enverrai ce soir la version PDF et vous pourrez commencer à la lire d'ici la fin de la semaine. Et on en reparlera lundi.

J'essaie de deviner s'il plaisante ou s'il est sérieux, mais avant que j'aie pu dire quoi que ce soit, il se lève et sort. Je l'entends appeler la patiente suivante.

Je feuillette le livre et, presque aussitôt, je le repose sur le bureau. Six cents pages bien tassées en tout petits caractères. *Il croit vraiment que je vais lire tout ça ?*

PILULES

Les patientes ne sont pas tes faire-valoir.
Elles t'apprennent ton métier.

— Bonjour, mademoiselle. Est-ce que vous autorisez notre interne, le docteur Atwood, à assister à la consultation ?

Je saute sur mes pieds. Karma vient de faire entrer une jeune femme de vingt-trois ou vingt-cinq ans. Elle me regarde, le regarde, me regarde une nouvelle fois, hésite.

— Euh… Oui, pourquoi pas ?

— Asseyez-vous, je vous en prie.

Elle s'avance vers moi, hésitante. Je me réfugie dans le coin près de mon siège. Elle pose son sac sur l'un des deux fauteuils de patients.

Il passe devant moi, s'installe derrière le bureau, se retourne vers la patiente encore debout, répète.

— Asseyez-vous, je vous en prie…

Elle s'assied au bord de la chaise.

— Que puis-je faire pour vous ?

— Eh bien… Je viens vous voir… parce que… je ne supporte plus ma pilule.

Je souris, *Bon, ça c'est un problème simple. Elle a mal aux seins, ou elle saigne ou elle a des nausées, ou alors elle a le sentiment qu'elle a grossi mais c'est dans sa tête parce qu'elle supporte pas de voir cette cellulite sur ses cuisses, mais ma pauvre, tu sais pas encore que t'es faite comme ça? De toute manière, quoi que tu fasses, et quelle que soit l'épaisseur de crèmes et de gels que tu tartineras sur tes hanches, ça restera comme ça, autant te faire à cette idée, c'est pas à cause de ta pilule que tu mets plus les mêmes jupes mais parce que c'est ta triste condition de femme avec les douleurs juste avant les règles, les lolos hypersensibles, les fuites dans le slip t'es obligée de te changer sans arrêt; et les migraines; et l'acné et... Alors t'es bien mignonne, je vois d'avance ce qu'il va dire, il va faire semblant de regarder dans son gros bouquin pour te chercher une pilule de rechange, mais ça ou de la poudre aux yeux c'est pareil, tu vas simplement prendre ton mal en patience ou alors ça ira mieux pendant quelques mois et je parie que tu reviendras parce que t'as à nouveau deux boutons sur le menton trois poils de trop sur le bras et rebelote, faudra remettre ça*, et je tourne la tête vers lui, sûre et certaine de ce qu'il va faire — j'ai déjà vu tant de gynécos le faire à la maternité ou quand je faisais des remplacements d'infirmière à la clinique Saint-Ange —, il plongera la main dans le tiroir, sortira une ordonnance, ouvrira le grand livre rouge, demandera: *Qu'est-ce que vous prenez comme pilule d'habitude? Minibaise? Ah, pas étonnant que vous ne la supportiez pas, moi je prescris Maxinique qui est la dernière sortie et toutes mes patientes en sont toujours très con...*, mais non, je le vois poser ses avant-bras sur le bureau, se pencher vers elle, croiser les doigts et je l'entends dire.

— Racontez-moi...

*

Et, comme si elle trouvait ça tout naturel, elle se met à raconter.

Sa vie.

Depuis le début.

Dans les grandes lignes et dans les plus petits détails.

Comme si elle n'avait que ça à faire et nous aussi.

Et lui, il l'écoute. Sans l'arrêter, ou presque.

Et il ne prend aucune note. Et il ne regarde pas sa montre.

Et ça dure. Et ça dure. Et ça dure. Et ça n'en finit pas. Et l'horloge tourne et il y a encore du monde derrière *et si ça traîne comme ça à chaque fois je pourrai jamais aller participer au staff de cancéro à treize heures j'aurais dû lui dire que je tiens à y aller pour parler de la stade IV que j'ai opérée la semaine dernière mais qui refuse la chimio sous prétexte qu'elle veut être en forme pour le mariage de sa fille dans trois semaines seulement il va bien falloir qu'on trouve un moyen de lui faire comprendre que ça urge, le mari m'a l'air suffisamment angoissé pour qu'on le persuade de dire à sa femme que ça va bien comme ça les conneries, un cancer du sein avec des métas partout c'est pas une plaisanterie mais si Karma passe autant de temps avec chacune des gonzesses qu'il reçoit je suis pas sortie de l'au...* Et quand enfin ça s'arrête, il écrit deux mots sur le dossier et le referme. Et il lui parle. Et je ne comprends rien du tout à ce qu'il lui raconte, tant je suis énervée et frustrée et en pétard d'être menée en bateau comme ça. Et pour couronner le tout il ne glisse pas la main dans le tiroir, il ne sort pas d'ordonnance, il n'ouvre pas le grand livre rouge... et il ne lui prescrit rien !

*

— Merci beaucoup, docteur, dit la patiente avec un sourire.

Elle sort du bureau de consultation. Il la suit,

remet le dossier à la secrétaire, s'apprête à ramasser un nouveau dossier blanc sur le sommet de la pile apparue sur le comptoir et soudain se ravise, me fait signe d'entrer dans le bureau, entre, referme derrière lui, s'adosse au mur les mains derrière le dos, me regarde.

— Que pensez-vous de cette consultation ?

J'ai du mal à me retenir de hurler. Je serre les dents. C'est la troisième d'affilée qui entre en lui disant qu'elle ne *supporte pas sa pilule*. Si ça continue comme ça tous les jours pendant six mois, je vais crever.

— Ça ne m'a pas passionnée.

Il m'examine en fronçant un sourcil.

— Rien ne vous a frappée ?

— J'avoue que non… Cette fille n'avait pas grand-chose.

Il croise les bras.

— Qu'est-ce qu'elle venait nous demander, cette femme ?

— Elle supportait plus sa pilule. C'était un problème simple. Ça aurait dû prendre cinq minutes.

Et pas une demi-heure de bavasseries inutiles, mais je vais pas le dire — je suis fumasse mais je ne suis pas folle, c'est pas la peine qu'il m'ait dans le nez dès le premier jour…

— Vraiment ?

Il penche la tête sur le côté, me désigne les chaises des patientes.

— Asseyez-vous.

Il s'installe sur sa chaise à roulettes, pose les avant-bras sur le bureau, croise les mains et demande :

— Qu'est-ce qui ne va pas ?

Je me mets à ricaner, tant il est ridicule. Je pose la main sur le bureau et, pour lui faire comprendre que la plaisanterie a assez duré, je lui lance :

— À quoi jouez-vous ?

Son sourire disparaît.

— À votre avis ?

— Aucune idée ! En tout cas je peux vous dire que je ne suis pas une de vos patientes. Et je ne comprends pas votre manière de travailler.

— Évidemment. Comme je ne joue pas au docteur…

— *Quoi ?*

Son visage se durcit, et il se met à gronder, comme un bouledogue qui se prépare à mordre.

— Je ne fais pas comme tous les soi-disant professionnels de santé qui se prennent pour des pontes et reçoivent hommes et femmes de manière méprisante ou autoritaire. Un soignant, ça ne doit pas se comporter comme un juge… Ou comme un flic. Quel genre de médecin voulez-vous être ? Un soignant ou un flic ?

Je me sens rougir jusqu'aux oreilles, de rage et de frustration. *Mais pour qui se prend-il ? J'ai été major de ma promo cinq ans de suite.*

— … et inutile de me balancer vos états de service. J'ai commencé à lire votre dossier, mais il est tellement éblouissant que je l'ai refermé aussitôt. Major ou majorette ou pas, tout ce que vous avez appris par cœur pour passer vos examens est daté, partial, insuffisant ou faux. Et souvent les quatre à la fois. Dans les foutues facultés françaises, on déforme les médecins au point qu'ils s'imaginent, une fois leur diplôme en poche, qu'ils savent tout et n'ont plus rien à apprendre.

Bordel ! Qu'il arrête de me faire la morale ! Si j'avais eu le choix, je ne serais plus dans cette ville, ni dans ce service, et encore moins dans cette section. S'il croit qu'il…

— … n'est pas question de continuer comme ça, *mademoiselle*. (Il insiste sur le « mademoiselle ».) Alors, mettons-nous bien d'accord. Ce que vous pensez de moi m'indiffère. Vous n'avez aucune obligation à mon égard. Mais vous avez des obligations envers les patientes qui sont soignées ici. Donc, de deux choses l'une : *ou bien* vous vous comportez de manière correcte…

Je me redresse, indignée.

— Mais je ne vois pas du tout…

— *C'est-à-dire* sans soupirs, sans haussements d'épaules, sans sourires ironiques et sans remarques désobligeantes comme celles que vous pensez tellement haut qu'elles s'entendent à trois kilomètres… *Ou bien* vous prenez la porte et vous allez expliquer à Collineau pourquoi je vous ai virée. Il trouvera sûrement un endroit pour vous caser en attendant que vous ayez votre poste de chef à Brennes, à Paris ou à Pétaouchnok.

Comment ce salaud est-il au courant ?

— Alors je vais vous répéter la question que je vous ai posée en début de matinée : que pensez-vous apprendre ici ?

Je le regarde. Il ne plaisante pas. Mais il ne faut pas que je me fasse piéger. Si je rue dans les brancards, il va me sacquer. Alors, j'avale ma salive et ma colère avec.

— Le plus possible, *monsieur*.

— Très bien. Alors changez d'attitude.

— Que… voulez-vous dire ?

— Ne jugez pas les femmes. Écoutez-les.

— Mais je ne les juge pas…

Il secoue la tête comme s'il était fatigué.

— La patiente qui vient de sortir, de quoi nous a-t-elle parlé ? murmure-t-il d'un ton calme.

Je suis sur le point de répondre « de sa pilule » et son regard m'arrête. Je reste la bouche ouverte, sans répondre.

Brusquement, il sort du tiroir un bloc de papier ligné, se lève, me fait signe de le suivre, sort du bureau, traverse le couloir, ouvre la porte du bureau juste en face.

— Installez-vous là, écrivez ce que vous avez retenu de cette consultation et revenez me voir quand vous aurez fini.

Et puis, sans un mot, il me pousse à l'intérieur et me plante là.

OBSERVATION

Tu vas voir, mon pote, si je suis pas capable de te faire une observation en bonne et due forme, cette gonzesse m'a gonflée mais j'ai quand même entendu une bonne partie de ses jérémiades et c'est pas encore sorti de ma mémoire, toi tu l'as même pas interrogée, c'était le désordre le plus absolu mais moi, mon pote, j'ai une mémoire d'éléphante, je mémorise tout, *alors si tu crois que tu m'as plombée tu vas en être pour tes frais, tu te fourres le doigt dans l'œil et je vais pas te donner la satisfaction de me virer.*

Je jette le bloc sur le bureau encombré, je m'installe et je me mets à rédiger frénétiquement.

*

Femme de vingt-huit ans, en bon état général, de taille moyenne, probablement en léger surpoids.

Puberté : *chais pas. N'en a pas parlé. Ah si, il lui a demandé l'âge de ses premières règles.* « Euh… Douze ans ? J'étais en cinquième. » *Moi j'en avais presque quinze quand elles sont arrivées et mes copines n'arrêtaient pas de m'emmerder avec ça en me disant qu'il fallait que j'aille voir un médecin mais moi je les envoyais paître, qu'est-ce qu'elles croyaient, il n'était pas question qu'un vieux salaud me tripote et d'ailleurs j'étais très contente de pas les avoir, quand mes copines parlaient de ça, elles me gon-*

flaient, j'avais pas de temps à perdre avec ces conneries et le jour où ça m'est arrivé, évidemment c'était en gym, on faisait du basket, j'adorais le basket et j'étais en sueur, je dégoulinais de partout et soudain Karine m'a dit : « Attention tu les as », et je comprenais pas ce qu'elle me racontait jusqu'au moment où elle a désigné mes cuisses et j'ai vu que ce qui coulait n'était pas de la sueur mais du sang et j'ai cru que j'allais mourir de honte, je me suis sauvée dans les vestiaires et quand je me suis vue dans le miroir, je me suis dégoûtée alors que la copine de mon père, celle qu'il avait à ce moment-là, j'ai lu le soulagement sur son visage : « Tu es une femme à présent ma chérie quand ton père m'a dit que tu ne les avais jamais eues encore, je lui ai dit que ça n'arriverait jamais ! » *Je l'aurais tuée cette salope, j'ai plus jamais voulu me remettre en short et ça m'a dégoûtée du basket, les arts martiaux au moins tes adversaires ne passent pas tout leur temps à te reluquer les cuisses.*

Antécédents gynécologiques : *Bon, là j'ai pas grand-chose à mettre, vu qu'elle a pas énuméré toutes les mycoses, vaginites, vulvites et autres joyeusetés qui arrivent quand ces dames commencent à se faire tripoter par n'importe qui et même avant... Elle a juste mentionné :* « Je prends la pilule depuis que j'ai quatorze ans. » *Je ne comprends pas que des gamines se mettent à coucher si tôt ; déjà à vingt ans c'est pas une partie de plaisir, alors à quatorze !*

Antécédents obstétricaux : IVG à dix-sept ans (*pas surprenant, quand on se met à baiser avant d'être sortie des jupes de sa mère...*), première grossesse à terme à vingt et un ans — césarienne pour la première (souffrance fœtale pendant le travail), re-IVG cinq mois plus tard (*Elle pouvait pas prendre de précautions, cette andouille ? Qu'elles sont connes, toutes... Et leurs mecs ne valent pas mieux...*) Troisième grossesse il y a douze ans, accouchement à terme (*Quel âge elle a déjà ?*) Vingt-huit. (*Elle en fait bien plus que ça. Fatiguée la pauvre.*)

Antécédents familiaux : Père vivant. Mère décédée cancer de l'ovaire. Pas de fratrie. Pas d'autre cancer dans la famille. *Oui, un c'est bien assez.*

Antécédents pathologiques : RAS.

Traitements actuels : RAS.

Nom du médecin référent : *Il ne l'a pas demandé.*

Motif de la consultation : *Ah, nous y voilà.* « Je ne supporte plus ma pilule. » *Ça devrait être simple comme chou, on leur demande ce qu'elles ont, et c'est toujours pareil : elle a mal aux seins, ou bien elle a* « Trop de règles, ça me fatigue », *ou alors* « Je saigne pas beaucoup j'ai l'impression que je reste gonflée quand ça se termine, que tout est pas éliminé », *ou alors* « J'ai des pertes au milieu du cycle » *mais quand on prend la pilule y a* pas *de cycle, ma bonne dame ! Vot' docteur a bien dû vous l'expliquer, c'est pas difficile à comprendre mais visiblement c'est pas à la portée de tout le monde... Enfin, en tout cas, pas à la vôtre... Mais faut pas que je m'énerve comme ça. Qu'est-ce qu'elle a dit, déjà, quand l'autre mielleux comme tout lui a dit :* « Racontez-moi » ?

Impossible de me rappeler.

Je pose le stylo. Je regarde autour de moi. La pièce est plus vaste que le cabinet de consultation de Karma. Il y a des affiches au mur, et beaucoup de slogans édifiants.

Aimer, c'est protéger.

Contraception, sexualité : Vous avez des questions ? Nous avons des réponses.

L'aimer, c'est lui parler.

Le sida n'est pas une fatalité.

À gauche, une grande armoire encastrée dans le mur est bourrée de documents et de grands paquets de mouchoirs en papier. Sur le bureau, des dépliants, des papiers, des revues et des boîtes de mouchoirs en papier. Dans le tiroir ouvert à ma droite, des boîtes de pilule, des stérilets, des préservatifs masculins et féminins et des étuis de mouchoirs en papier. *On doit s'enrhumer souvent, dans ce service.*

Je suis sûrement dans le bureau de la conseillère.

Qu'est-ce qu'on m'a dit déjà ? Qu'il y avait deux conseillères, ici. Une jeune et une vieille. Que la jeune, allez savoir pourquoi, était bien plus salope que la vieille, qu'elle ne les ratait pas, les femmes, quand elles venaient pleurer là parce qu'elles n'avaient pas pensé qu'elles pourraient se retrouver en cloque.

Je me demande ce qu'elle aurait dit, la patiente, si, au lieu d'être assise face au bon docteur Karma, bien gentil, bienveillant, bien-pensant, elle avait été assise ici, avec cette peau de vache de conseillère qui, paraît-il, a fini par partir.

Je la vois bien, tiens, elle aurait été dans ses petits souliers, *Quoi ? Z'avez pas trente ans déjà deux grossesses deux IVG et vous venez pleurer parce que vous ne supportez pas votre pilule ? C'est quoi ces conneries ?*

Le téléphone se met à sonner. Je sursaute. Je le regarde. J'hésite avant de décrocher. Je décroche et j'entends la voix rauque de Karma.

— C'est pas encore fini ? Vous allez passer la matinée dessus, ou quoi ?

— J'en ai encore pour cinq minutes...

— Magnez-vous !

Il raccroche.

Je le tuerais. Maintenant, c'est sûr, je ne me souviendrai jamais de ce que cette foutue patiente lui a raconté.

DEMANDES

Elles se sentent coupables parce qu'elles ont des scrupules.
Si tu les accuses, c'est que tu n'en as pas.

Je sors du bureau de la conseillère. La porte du bureau de consultation est fermée. Le couloir est vide. La secrétaire n'est pas dans sa guérite. Je me sens toute conne, mon bloc de papier à la main comme une étudiante qui veut rendre sa copie et qui découvre que le prof est parti sans l'attendre. Je m'approche du comptoir. À travers la cloison vitrée du secrétariat, j'aperçois trois femmes assises dans la salle d'attente. L'une d'elles soupire très fort, pour signifier son impatience. Une autre bâille, et ça me fait bâiller à mon tour. Le téléphone se met à sonner.

Je reste là sans bouger. Le téléphone sonne une deuxième fois. Je regarde autour de moi. *Elle va revenir. Elle devrait revenir. Elle devrait être à son poste, là, et répondre, c'est son boulot.* Mais le téléphone s'en fout, il insiste. À la quatrième sonnerie, je me penche au-dessus du comptoir et je décroche.

— Euh... Unité 77.

— Bonjour, madame, j'aurais voulu un rendez-vous avec le docteur Karma.

Je lève les yeux vers la porte vitrée. *La secrétaire n'a pas l'air de vouloir revenir.*

— Euh… Ne quittez pas, je cherche le cahier de rendez-vous.

Je baisse les yeux vers le bureau, j'y vois un grand registre à couverture noire portant le chiffre de l'année en cours. Je l'attrape, je l'ouvre, je le feuillette. En haut de chaque page, on a marqué le nom du médecin qui consulte ce jour-là. Je constate que Karma est là tous les jours, sauf le jeudi. Et qu'il assure toutes les consultations. Je pensais qu'ils étaient au moins deux ou trois.

— Vous auriez voulu un rendez-vous quand ?

— Le plus tôt possible… Je saigne tout le temps.

— Que voulez-vous dire ?

— Mes règles ont commencé il y a huit semaines, ça n'arrête pas et j'ai mal dans le bas-ventre, je suis épuisée, alors je voudrais bien que le docteur Karma me donne quelque chose pour arrêter ça…

Merde, elle déconne complètement ! On peut pas lui arranger ça par téléphone.

— Si vous saignez sans arrêt, madame, il faut absolument venir aux urgences pour qu'on vous fasse une échographie et une hystéroscopie, il ne faut pas rester sans rien faire, vous avez déjà sûrement une anémie et il faut tout de même vérifier que vous n'avez pas un can… enfin, au moins un polype de l'utérus ou une grossesse extra-utérine ou…

Silence.

— Euh… Est-ce que vous pouvez me passer le docteur Karma ? Il me connaît bien et je…

— Il est occupé en consultation pour le moment, je suis le docteur Atwood, croyez-moi, madame, ce que vous avez est très sérieux et il faut ab-so-lu-ment que vous veniez aux urgences, je vais prévenir l'interne que…

— Non, non, vous savez j'habite loin. Pourriez-vous me passer le docteur Karma, s'il vous plaît ?

— Le docteur Karma n'est pas disponible pour le mo…

Une main apparaît devant mon visage et me prend le téléphone. Je résiste.

— Donnez-moi ça, dit la secrétaire d'un ton sec après avoir coincé son chewing-gum dans une joue. Allez !

Je lui laisse le combiné.

— Allô ? Oui. Bonjour, ici Aline, la secrétaire de l'unité 77… Ah ! Bonjour, madame !… Oui… Ah, je vois… Oui… Il vous l'a posé quand ?… Ah, oui, il vous avait prévenue. Oui, ça arrive souvent. Il a dû vous dire de rappeler si ça durait ?… Oui ?… Oui, mais vous pensiez que ça allait s'arrêter tout seul… Eh oui, les femmes c'est plus patient que les hommes, hein ? (Elle rit.) Enfin (elle me lance un regard en coin) la *plupart* des femmes. Oui, là il est occupé mais je peux lui demander de vous rappeler… Bien sûr ! Oui, je peux vous mettre une ordonnance au courrier dès aujourd'hui, mais qu'est-ce que vous avez à la maison pour les douleurs ou la fièvre ? De l'ibuprofène ? Oui, très bien… Oui, ça vous soulagera et ça diminuera les saignements en attendant. Oui, toutes les cinq-six heures. Très bien. Et moi je vous mets ça au courrier… Très bien ! Je vous en prie… Au revoir, madame !

Elle raccroche, saisit un bloc, prend trois notes dessus et me lance un regard glacé.

— Ça vous amuse, d'angoisser les gens ?

Son accusation me coupe le souffle. *Pour qui se prend-elle cette… cette…*

— Mais vous n'étiez… Vous n'étiez pas là pour répondre… Et elle saigne depuis…

— Elle a un implant. Ça arrive aux femmes qui portent un implant de saigner plusieurs jours et parfois plusieurs semaines de suite, elle le sait, Franz l'a prévenue. Elle n'avait pas besoin d'un diagnostic catastrophiste ou d'une condamnation à mort, elle avait besoin qu'on la *rassure*.

Je me sens blêmir. La colère me submerge. Et j'éclate.

— Mais *de quel droit* répondez-vous aux patientes en leur donnant des conseils médicaux ?

— Aline est parfaitement compétente pour répondre aux patientes, dit une voix derrière moi.

Je me retourne. Karma vient de sortir du bureau. Il s'approche, se penche au comptoir du secrétariat pour donner un dossier à Aline avec un sourire et un signe de tête complice. Derrière lui, une patiente me lance un regard désapprobateur et sort du service. Karma me fait signe de le suivre. Serrant les poings, j'entre dans le bureau de consultation. Il me désigne une nouvelle fois les fauteuils des patients.

— Asseyez-vous.

Je m'assieds, l'estomac noué. *Je me déteste d'avoir perdu mon calme comme ça. Mais j'en ai marre. Je ne comprends rien à ce qui se passe ici. Je ne comprends pas ce type qui n'arrête pas de caresser les femmes dans le sens du poil, qui laisse sa secrétaire répondre comme si elle avait fait médecine et me donner des leçons comme si j'étais la dernière des dernières. Cette fois-ci c'est fini, il va me virer, c'est sûr. Mais je m'en fous. Y a des limites. Je peux pas bosser dans ces conditions.*

Et le voilà qui s'assied. Pas de l'autre côté du bureau, mais dans le second siège de patient, et il le tourne vers moi comme pour me faire la conversation. Il retire ses lunettes, se frotte les yeux, prend un mouchoir en papier dans la boîte en carton posée sur le bureau, essuie ses verres, les repose sur le bout de son nez, croise les bras et soupire.

— D'abord, je vous dois des excuses. Je n'aurais pas dû vous parler ainsi au téléphone, tout à l'heure. Vous êtes interne dans ce service, mais vous n'êtes pas *à mon service*…

Il me regarde, mais je ne réponds rien. Ses excuses ne me font ni chaud ni froid.

— Je m'en veux d'avoir été cassant, mais ça m'a donné à réfléchir. Et je crois qu'on ne peut pas bosser ensemble dans ces conditions.

— Je suis d'accord.

— Bon. Alors si nous sommes d'accord sur ce point, je vous propose…

— Inutile de tourner autour du pot. Je comprends très bien. Je vais aller prendre mes affaires…

Je commence à me lever mais il met la main sur mon bras, me retient doucement, et je comprends qu'il faut que je me rasseye.

— Non, non, je ne me suis pas bien fait comprendre. Je vous propose qu'on reprenne tout à zéro.

— Quoi ?

Je le regarde, bouche bée. Il ne se moque pas de moi. Il est sérieux, calme, sans agressivité.

Il pose l'index sur le badge agrafé à ma blouse.

— Vous avez dit que votre nom est canadien. Alors, votre prénom, « Jean », se prononce… (Il sourit malicieusement.) *Djinn* !

Jean, Jeannie, Djinn, Djinnie — d'un seul coup mon angoisse s'effondre, et ma colère avec. Ma gorge se serre. Je lutte pour refouler mes larmes. Je m'en veux de me laisser prendre ainsi.

— Oui…

Il me tend la main.

— Franz Karma. Enchanté de faire votre connaissance, *Djinn* Atwood.

Machinalement, je lui tends la main ; il la serre fermement mais amicalement.

— Je suis ici depuis longtemps, vous savez. Trente ans bientôt. J'ai commencé comme vous.

Cette dernière phrase me fait sursauter. *Je n'ai rien de commun avec lui !* Pourtant, ce qu'il vient de dire sonne juste.

— Je conçois que vous soyez désarçonnée par la manière dont nous travaillons ici.

— Oui. C'est le moins qu'on puisse dire.

J'hésite. Il attend que je poursuive.

— Ça n'a rien à voir avec ce que j'ai vu…

Je penche la tête vers la porte.

— Ce que vous avez vu à côté ? C'est bien normal. Ce n'est pas la même médecine. D'ailleurs, comme vous le savez certainement, je ne suis pas gynécologue, mais médecin généraliste.

— Oui. On m'a dit ça. Vous n'avez…

— Ni les diplômes ni les habitudes des gynécologues hospitaliers. Ni leur attitude.

— Je comprends.

Il fait la moue.

— *Mmhhh…* Je ne suis pas sûr que vous compreniez.

Je me rends compte qu'il tient toujours ma main dans la sienne. En rougissant, je la retire. Il ne commente pas mon geste, mais poursuit :

— Je n'ai aucun désir de vous emprisonner ici, et encore moins celui de vous contraindre à travailler comme moi. Ça serait contre-productif, ça ne serait pas bon pour les patientes. On ne peut pas soigner contre son gré.

— Je n'ai pas du tout l'intention de soigner qui que ce soit… de force, dis-je pour me défendre.

Il sourit.

— Ce n'est pas ce que je voulais dire. Mais peu importe. Le problème que nous avons vous et moi est celui-ci : vous avez besoin de six mois en soins primaires pour valider votre internat ; et moi j'ai besoin d'un ou d'une interne pour m'aider dans le service.

— Je ne suis pas sûre d'être l'interne qu'il vous faut.

— Moi non plus, répond-il en hochant la tête. Et votre franchise vous honore. Mais les affectations sont closes et tout le monde est pris. Si vous partez, je n'ai personne, et vous risquez de mariner six mois avant de retrouver un poste. Alors je vous propose... un essai de cohabitation.

— Co... *comment* ?

— Pendant une semaine, vous allez me suivre comme une ombre. Je vous demanderai seulement de noter tout ce que vous voyez. Chaque soir, vous me lirez vos notes et vous me ferez toutes les remarques que vous voulez, toutes les critiques qui vous viennent sur le fonctionnement du service. Vous énumérerez tout ce qui vous pose problème, tout ce qui vous choque, tout ce qui vous insupporte, tout ce qui vous angoisse. Tout ce qui vous révolte. Et je ferai mon possible pour en tenir compte et m'adapter ; et vous montrer que passer du temps dans ce service est susceptible de vous apporter quelque chose. Si au bout d'une semaine vous pensez que nos différends sont irréconciliables, non seulement je vous laisserai partir, mais je vous validerai votre semestre sans discussion. Vous pourrez disposer des six mois à venir pour faire ce que vous voulez.

— Je ne comprends pas. Quel intérêt auriez-vous à me laisser partir ?

Il rit doucement en secouant la tête.

— Je n'ai aucun intérêt à vous *garder* contre votre gré, voyons ! J'ai besoin de quelqu'un pour m'aider, pas d'une interne hostile qui fera payer son humiliation au personnel et aux patientes. Si vous tenez à partir, il serait stupide de ma part de vous retenir. En revanche, si vous avez envie de rester, tout le monde y gagne. Vous, moi, tout le monde.

— Qu'est-ce qui vous fait penser que j'aurai envie de rester ?

Il croise les bras, soupire.

— Rien. Et comme moi aussi j'ai mon... petit caractère, je ne suis pas sûr non plus de m'entendre avec vous. Mais je suis un type pragmatique et vous une interne *très* brillante. J'ai eu beaucoup d'excellents internes dans ce service, mais jamais quelqu'un ayant votre… (il penche la tête pour chercher ses mots)… votre pedigree. Mes internes ressemblent le plus souvent à celui que j'étais il y a trente ans. Ce ne sont ni de bons élèves ni de purs produits de l'institution, comme vous l'êtes. Mais ici, ils ont beaucoup appris. Ceux qui passent ici ont beaucoup à apprendre… mais aussi beaucoup à nous apporter.

Il n'y a ni ironie ni défi dans sa voix. Seulement un étrange mélange de fatigue et de tristesse. Comme s'il envisageait calmement que je décline son offre. Brusquement, ma colère remonte et j'ai envie de fuir son regard. Je croise les bras et les jambes et je tourne les yeux vers la fenêtre recouverte de film translucide.

— Qui me dit que vous n'allez pas me faire un coup en vache ? Que tout ça n'est pas une manière de me coincer ici et de me faire bosser pour vous ? Qui me dit qu'en fin de compte vous ne refuserez pas de valider mon semestre ? Qui me dit que je peux vous faire confiance ?

Je m'attends à ce qu'il perde son calme, lève les bras au ciel, jure ses grands dieux, me prenne de haut ou m'invective, mais il décroise les bras, pose les mains sur ses cuisses, hoche la tête avec lassitude.

— Vous avez raison. Je ne peux vous donner aucune garantie.

Il se lève, fourre ses mains dans les poches de sa blouse.

— Je vais demander à Collineau qu'il vous trouve un poste ailleurs.

Il me tourne le dos et se dirige vers la porte. Je bondis sur mes pieds.

— Pourquoi faites-vous ça ?

La main sur la poignée de la porte, il se retourne, surpris.

— Quoi donc ?

— Pourquoi ne cherchez-vous pas à…

J'hésite, je ne sais pas exactement ce que je veux lui dire. Il finit à ma place.

— À avoir le dernier mot ? À vous contraindre, à vous menacer, à vous sacquer ?

— Oui.

Il soupire.

— Je suis désolé, je suis trop fatigué pour vous l'expliquer.

C'est moi qui perds mon calme.

— Mais *je voudrais comprendre* !

Un grand sourire, le sourire du chat d'*Alice au pays des merveilles*, apparaît sur son visage. Et ce sourire est contagieux. J'ai du mal à me retenir de sourire, et je vois qu'il s'en rend compte.

— Il ne tient qu'à vous.

Je reste sans voix un instant et puis je m'entends dire :

— Une semaine ?

— Une semaine. Vous faites tout ce que je vous demande. En échange…

— Je peux énoncer librement toutes les critiques que je veux ?

— Absolument.

— Et ensuite, si je ne veux pas rester ici, je retrouve ma liberté ?

Il se tait une fraction de seconde et murmure :

— *Quoi qu'il arrive,* vous retrouverez votre liberté.

Je hoche la tête. *On m'a dit qu'il tient toujours parole.*

— Bon. Que voulez-vous que je fasse ?

Il désigne le bloc de papier ligné que j'ai posé sur la table.

— Continuez sur votre lancée.

Et il sort pour aller chercher la patiente suivante.

TEATIME

Les médecins qui veulent le pouvoir font tout pour l'obtenir.
Ceux qui veulent soigner font tout pour s'en éloigner.

Pendant tout le reste de la journée, je prends des notes comme une folle. Oui, j'ai toujours eu une mémoire exceptionnelle, mais il y a tant de choses à noter et j'ai tellement perdu l'habitude d'écrire, voilà ce qui se passe quand on passe son temps sur un clavier, et j'ai peur de laisser passer des choses importantes. J'ai envie de lui montrer que je vois tout, que j'ai mille et une remarques à faire sur son comportement que je trouve toujours discutable... Enfin, souvent.

La dernière patiente de la matinée sort du bureau à 13 h 30. La consultation doit reprendre une heure plus tard. Karma me propose d'aller déjeuner avec lui à l'internat, mais je décline. Il n'insiste pas, je reste dans le bureau pour continuer à mettre sur le papier ce que j'ai vu et entendu, et surtout pour y ajouter mes commentaires.

Quand j'entends de nouveau sa voix s'adresser à Aline, il est 14 h 45, et j'écris toujours. Il vient voir où j'en suis. Je cesse d'écrire et je dis que je suis prête. Je ne veux pas qu'il pense que je me laisse déborder.

Chaque fois qu'il va chercher une nouvelle patiente, je me tiens à l'entrée et je souris. Il me présente et demande son autorisation pour que j'assiste à la consultation, en précisant que je prends des notes mais que sa vie privée sera respectée. Et que, bien entendu, elle pourra me demander à tout moment de quitter la pièce.

Mais aucune ne le fait.

À la fin des consultations, il me demande si je veux rentrer chez moi et revenir plus tard pour faire le bilan de la journée. Je regarde ma montre. Il est 18 heures. La dernière patiente avait rendez-vous à 16 h 30. Elle est entrée à 17 h 15 et il l'a gardée trois quarts d'heure. Je lui demande un instant, je sors, je rallume mon cellulaire. Pas de SMS, mais j'ai trois messages sur ma boîte vocale. Irritée et fatiguée, je les écoute. Le premier est un message d'une copine, Dominique : *Comment ça se passe dans ton nouveau service, ma chérie ?* Le deuxième de mon directeur d'études, qui me demande de passer le voir. Le troisième a été laissé par Mathilde Mathis, la déléguée régionale de WOPharma — elle me propose d'essayer l'endoscope qu'elle a présenté il y a quelques mois aux gynécologues-obstétriciens des cliniques privées de Tourmens et me demande où j'en suis de ma synthèse de l'essai clinique multicentrique. Elle m'énerve. Je n'en suis nulle part. Il y a une centaine de cas dans le dossier et je ne l'ai pas encore ouvert, je me suis dit que j'avais bien le temps, la première réunion de présentation a lieu… je ne sais pas quand, mais je verrai ça quelques jours avant.

En réalité, je sais très bien que ce n'est pas le message de Mathilde qui m'irrite. Ce qui me met hors de moi, c'est qu'*Il* n'a pas appelé. Quelque chose me dit qu'il ne m'a pas non plus laissé de courriel.

Je serre les dents et je retourne dans le bureau de Karma. Il est en train d'enlever sa blouse et d'enfiler son gilet. S'il croit que je vais le laisser se défiler comme ça, il se fourre le doigt dans l'œil.

— Bon. Débarrassons-nous du pensum tout de suite.

Il tourne les yeux vers moi.

— D'accord. Mais on va laisser l'aide-soignante faire le ménage, elle a tout le service à nettoyer. Venez, on va se trouver un autre endroit pour discuter.

Il me tend mon imper, enfile son caban, sort de l'armoire une sacoche en cuir d'où dépasse une sangle en toile blanche, et sort sans un mot.

Il franchit la porte vitrée, descend les cinq marches de l'escalier extérieur, s'engage dans l'allée en direction d'un bâtiment neuf en forme de cube érigé à cent mètres de la maternité, en bordure de l'hôpital. Il marche vite, j'ai du mal à suivre.

Arrivé dans le hall, il sort un trousseau de clés, déverrouille une porte du rez-de-chaussée et me fait entrer dans un appartement.

La pièce à vivre est sommairement meublée d'un petit canapé, d'un fauteuil, d'une télévision à écran 16/9 et d'une table basse. Les murs sont recouverts du sol au plafond de livres et de DVD. Il y a par terre des piles de livres, de revues, de cassettes vidéo. Une guitare dont une corde est cassée est posée sur le canapé.

— Je vais faire du thé. Vous en prendrez ?

Je tourne la tête vers la kitchenette. Je m'attendais à ce qu'elle soit aussi encombrée que la pièce à vivre, mais on dirait que quelqu'un vient de passer deux heures à la faire briller.

Il emplit une bouilloire électrique. J'ôte mon imperméable et je me rends compte que j'ai gardé ma blouse et que j'ai laissé mon sac dans l'armoire. Mais je me dis : *Bah, qu'est-ce que ça peut foutre, de toute manière ?*

— Oui, merci. J'aimerais… me laver les mains.

— Deuxième porte à gauche.

En ressortant de la salle de bains, j'aperçois l'intérieur de la chambre. Elle est parfaitement rangée, et le lit est fait. Sa mère habite à l'étage au-dessus, ou quoi ?

Non, ce n'est pas possible. Ce bâtiment est une annexe de l'internat ; il héberge les internes de garde au CHU, plus rarement les praticiens récemment arrivés quand ils n'ont pas encore de logement. J'ai déjà logé à plusieurs reprises dans l'une des quatre chambres installées à l'étage, mais j'ignorais tout à fait l'existence de cet appartement au rez-de-chaussée. Karma ne devrait même pas loger ici.

Quand je reviens dans la pièce à vivre, il est en train de déposer un plateau sur la table basse.

— Mettez-vous à l'aise, dit-il en désignant le fauteuil.

Le fauteuil porte deux piles de coffrets de DVD, *Grey's Anatomy, Urgences, Scrubs, Primary Care*…

— Vous regardez des séries médicales, dis-je étonnée.

— Yep. J'y apprends beaucoup. Et vous ?

Je déplace les DVD pour pouvoir m'asseoir et je désigne un coffret rouge portant les mots *House, MD*.

— J'ai commencé à regarder ça vaguement mais ça m'a agacée et… *Comme c'était* lui *qui m'avait tannée pour que je les regarde, en me disant que plusieurs épisodes parlaient d'ambiguïtés sexuelles et de mosaïques et de tous les trucs que j'avais envie d'opérer, je n'ai pas envie d'en dire plus alors n'insistez pas, s'il vous plaît…*

Du grand plateau il fait passer sur la table une théière, deux grandes tasses à fleurs et une assiette de pâtisseries orientales.

Ah, je comprends ! Il est gay…

— Du thé, des tasses à fleurs et des pâtisseries orientales… Si avec tout ça je ne suis pas gay…

Il lit dans mes pensées, ou quoi ?

Je rougis violemment et ça le fait rire.

— Asseyez-vous, je vous en prie, insiste-t-il en me désignant le fauteuil tandis qu'il ramasse délicatement la guitare, la range sur un trépied métallique installé dans un coin de la pièce, revient s'installer sur le canapé et verse le thé dans les tasses.

— Du sucre ? Du lait ? Du citron ?

— Non merci... Je... je suis désolée, je ne voulais pas...

— Quoi ?

— Être irrespectueuse.

— En pensant que je suis gay ? Ce n'est pas irrespectueux. C'est juste erroné. Et ça n'a aucune importance.

— Mais comment avez-vous...

— Su que vous pensiez ça ? Je ne le savais pas. C'est une plaisanterie que je fais chaque fois que je sers le thé sur la table basse. Mais à votre réaction j'ai bien vu que ça vous avait traversé l'esprit...

Qu'est-ce que c'est que ce type ?

Il dépose l'une des tasses à fleurs devant moi, s'assied confortablement dans le canapé, tenant sa propre tasse sur ses jambes croisées, et, sur un ton enjoué, demande :

— Eh bien, que pensez-vous de cette première journée ?

Il a sûrement une idée derrière la tête, mais je n'ai pas envie de deviner, alors je lâche :

— C'était long.

— Eh oui. Soigner c'est fatigant, déprimant et ingrat...

Il trempe les lèvres dans le thé, le trouve trop chaud, repose sa tasse et, pensivement, ajoute :

— Vous êtes sûre que vous voulez faire ce boulot ?

Je hausse les épaules. *Quelle question bête.*

— Je trouve fatigant d'avoir à entendre des gens se plaindre en permanence.

— Tout à fait d'accord. La vie des médecins serait bien plus simple si les malades limitaient leurs plaintes au strict énoncé de leurs symptômes.

Là, il se fout de moi…

— Pas du tout, dit-il.

— Quoi ?

— Je ne me moque pas de vous, je fais de l'autodérision. Mais ça me réconforte que vous vous sentiez incluse.

Je rougis une nouvelle fois, encore plus fort que la fois précédente. Cette fois-ci, je sens que mes épaules et mon cou rougissent, comme lorsque…

— Allons, vous n'avez pas répondu à ma question. Que pensez-vous de cette première journée ?

Je dois me ressaisir, il ne faut pas que je lui laisse l'initiative. Je sors le bloc de ma blouse et je tourne les pages à la recherche de la première consultation.

— J'ai… *beaucoup* de choses à dire.

— Je n'en doute pas, dit-il en buvant une gorgée de thé. Je vous écoute.

Je pose les yeux sur mes notes. J'ai rempli vingt pages recto verso et chaque entrée commence à peu près ainsi :

JF 19 a., bon e.g., ptf, cs rout., dem. ren. CO, Int. 3 min., Ex. clin = 0, Ex. cplt = 0, CO renouv. 12 mois !

J'hésite à lui lire le compte rendu de la première patiente, celle qui ne supportait plus sa pilule, mais, finalement, je le fais. Il m'écoute attentivement. Et puis, quand je m'arrête, il dit :

— Très bien, très précis. Vous êtes vraiment une bonne élève.

La remarque me brûle comme une gorgée de café trop chaud.

— Mais, à votre avis, *Djinn*, qu'est-ce qu'elle voulait

dire, cette femme, par « Je ne supporte plus ma pilule » ?

Je le regarde et je dis :

— Je ne sais pas. Je ne sais pas parce que j'étais tellement… énervée, en rédigeant ça, que je n'ai pas réussi à me rappeler ce qu'elle a… raconté.

— Oui. Ou peut-être que vous n'avez pas bien écouté son récit… (Il fait une moue compréhensive.) Mais c'est du passé, on ne va pas revenir dessus. Lisez-moi la suite.

Je lis :

— « Jeune femme de dix-neuf ans, bon état général… Consultation de routine, demande de renouvellement de contraception orale. Interrogatoire : trois minutes. Examen clinique : aucun. Examens complémentaires : aucun. Renouvellement de sa contraception pour douze mois. »

Il lève un sourcil.

— Que veut dire « ptf » ?

— Je vous demande pardon ?

— Tout à l'heure quand vous êtes sortie pour consulter vos messages, vous avez posé votre bloc sur le bureau. Vous aviez écrit : *JF 19 a., bon e.g., ptf, cs rout*, mais en me lisant le paragraphe, vous avez omis de traduire le « ptf ».

— Ça… ça n'a pas d'importance.

— Ça en a sûrement puisque vous l'avez écrit. Comme ça vient juste avant le motif de consultation, j'imagine que c'est destiné à la décrire.

Je suis tentée de mentir mais quelque chose dans son regard me donne à penser qu'il va s'en rendre compte. Et puis, je n'ai rien à perdre et il m'a dit que je pouvais faire toutes les remarques que je voulais.

— Ça veut dire « pas très fine ».

Il fait un petit hochement de tête. Sans lui laisser le temps de commenter, je replonge sur mon bloc et je lis :

1° Gestion du temps : ils ont passé les deux tiers de la consultation à bavarder ; il lui a demandé comment elle allait depuis la dernière fois et ils ont parlé de son boulot à la pizzeria de la zone commerciale et de l'appartement dans lequel elle vient d'emménager avec son jules. Perte de temps !

2° Médicalement : il ne lui a pas fait d'examen clinique, pas prescrit de bilan biologique (elle n'en a jamais eu ! ! !). Fautes médicales !

3° Déontologie : elle a dit qu'il y a quelques mois, en son absence, elle avait vu un de ses collègues (G., à la mat') et qu'il avait été désagréable avec elle et avait insisté pour la tripoter. Il a répondu que oui, il était comme ça. Qu'il valait mieux qu'elle l'évite. Faute de confraternité !

Je lève la tête et je lui lance un regard vengeur.

— *Mmhhh*, dit-il en posant sa tasse sur la table basse. C'est tout pour la première consultation ?

— Je trouve que ça fait déjà beaucoup…

Il croise les bras, tripote sa barbe pensivement et, avec une moue mi-figue, mi-raisin, me lance :

— Vous avez raison. Alors, reprenons. Sabrina est une jeune femme que je reçois régulièrement depuis cinq ans. La première fois que je l'ai vue, elle avait quatorze ans. Elle était très opposante, très en colère contre sa famille. Et contre les médecins. Et il y avait de quoi. Elle venait de subir sa première IVG, par la faute de sa famille et d'un jeune médecin qui avait votre âge et qui voulait trop bien faire. Elle était allée le voir pour lui demander la pilule. Et ce jeune médecin pourtant très bienveillant lui a posé la pire question qu'on puisse poser à une adolescente : il lui a demandé si elle avait des rapports sexuels.

Je sursaute.

— Pourquoi « la pire question » ? Il était tout naturel de la lui poser, non ?

— Pas du tout.

— Comment ça ?

— L'activité sexuelle des femmes ne nous regarde pas. Si elles l'abordent spontanément, libre à elles. Mais de quel droit devrions-nous d'emblée chercher à savoir avec qui elles baisent, à quelle fréquence et dans quelles positions ?

Je croise les bras. *Il est gonflé !*

— Il n'est pas question de ça ! Mais savoir si elles… ont des relations, c'est… utile au diagnostic…

— Quel diagnostic ? Une femme qui demande la pilule n'est pas malade, elle veut se protéger. Si elle n'a pas *déjà* des rapports sexuels, c'est qu'elle a *l'intention* d'en avoir et veut éviter d'être enceinte. En quoi le fait de *l'interroger* sur ses rapports sexuels est-il pertinent ?

— Oui, à moins qu'elle ne veuille faire comme les copines qui couchent déjà…

— C'est ça, oui… Vous aviez de bonnes copines qui prenaient la pilule, vous, quand vous étiez au lycée ?

— Euh, oui. Bien sûr.

— Et ça vous donnait envie de coucher ?

— Euh… non.

Ça m'aurait fait mal.

— Alors n'invoquez pas des motifs à la con ! Quand une femme demande une contraception, *c'est qu'elle en a besoin*. La demande se suffit à elle-même. Le médecin de Sabrina aurait dû se contenter de *faire son boulot,* c'est-à-dire lui demander ce qu'*elle* voulait savoir et lui donner le plus d'informations et d'options possible. Si elle avait envie d'en dire plus, libre à elle. Mais non, il lui est… *rentré dedans* avec sa « question toute naturelle » et…

SABRINA

(Aria)

Non, vraiment, désolée, j'ai pas envie de vous parler. C'est pas la peine de me poser des questions. Tout ce que je veux c'est que vous sortiez de la chambre, que vous me laissiez tranquille. Ça vous suffit pas de m'avoir tripotée avec vos grosses mains ? Ça vous suffit pas de m'avoir fait un mal de chien avec vos pinces, votre tube, et cette machine qui fait un bruit d'aspirateur atroce comme si ce qu'il y avait dans mon ventre c'était une moquette sale à nettoyer ? J'en ai soupé des médecins, c'est à cause d'eux que je suis ici. Comme si mes parents ne suffisaient pas déjà... J'ai pas envie de vous parler, je préférerais parler à Mme Angèle. Où est-elle ? Elle m'avait promis qu'elle serait là. Oui, je sais qu'il y a d'autres femmes à soigner... Et puis, elle m'avait dit que vous êtes gentil. Mais pardon, un docteur qui colle un tube dans le ventre des femmes, j'ai du mal à penser qu'il fait ça par gentillesse... Oui, j'ai mal. Bien sûr, j'ai mal ! Beaucoup ? Je sais pas. Combien ? Comment ça, combien ? De un à dix ?... Alors j'ai mal sept. Ou huit... Quoi ? Je peux prendre des comprimés ? Je croyais qu'il fallait que je reste à jeun. Ah... Plus maintenant... Alors oui, je veux bien. Ces comprimés-là ? Je les avale ? Avec de l'eau... Merci... De la glace sur le ventre ? Oui, je veux bien... Dans combien de temps j'aurai plus mal ? Est-ce que j'aurai mal comme ça toute ma vie ? Je pourrai quand même avoir des enfants, un jour ?

Pourquoi vous restez là à me regarder ? Z'avez pas de malades à aller voir ? Moi, je suis pas malade. Je suis juste... une pute. Une pute de quatorze ans. Pourquoi ? Pouvez pas comprendre... Et si je vous le dis vous préviendrez les flics et là... Non, j'ai rien fait de mal. Enfin, si. Enfin, non. Moi, je voulais pas. J'ai jamais voulu. Mais j'avais pas le choix. Quand ça a commencé, je ne comprenais pas ce qu'il faisait. J'avais dix ans. Je l'aimais bien. Il avait toujours été gentil avec moi. Il avait toujours vécu seul, et forcément, il était tout le temps fourré à la maison, parce que ma mère l'aime beaucoup, c'est normal, c'est son petit frère, son petit chéri, ils ont grandi ensemble, quand ils étaient gamins c'était vraiment pas marrant et toute petite déjà elle s'occupait de lui, alors elle a continué et pour nous c'était naturel qu'il soit toujours là, il aide ma mère pendant la semaine, pendant que mon père est sur ses chantiers à droite et à gauche, il rentre pas tous les soirs. Et toutes petites, il nous gardait souvent ma sœur et moi quand mes parents sortaient avec des amis. Lui, il était gentil, il nous faisait à manger, il nous lisait des histoires. Alors la première fois... la première fois qu'il est venu dans ma chambre... Mes parents avaient aménagé le premier étage de la fermette. Mon père et lui avaient fait une chambre de plus, et une salle de bains, et une salle de jeu. Et comme j'étais la plus grande, ils m'avaient dit que je pouvais aller dormir là-haut. Ils pensaient que je serais contente d'avoir ma chambre à moi...

Je sais pas pourquoi je vous raconte tout ça. Moi, j'avais peur d'être seule là-haut. La nuit, j'arrivais pas à dormir, j'avais une lampe de poche pour éclairer quand j'avais peur et je lisais sous les draps avec... Et comme j'arrivais pas à dormir, je descendais et j'allais me glisser dans le lit de ma petite sœur, qui elle aussi était contente de ne pas rester toute seule. Et le matin, quand j'entendais ma mère se lever, je remontais l'escalier pendant qu'elle était dans la cuisine et j'allais me coucher dans mon lit. Mais un matin, elle m'a surprise en train de sortir de la chambre de ma sœur et elle m'a engueulée comme du poisson pourri en me traitant de petite pute et elle m'a dit que si elle me retrouvait dans le lit de ma petite sœur, elle me foutrait à la porte, que c'était dégueulasse. Et moi je comprenais pas pourquoi elle m'en voulait comme ça... J'avais rien fait de mal. Enfin, je *pensais* que je faisais rien de mal.

À partir de ce moment-là j'ai dormi toute seule là-haut mais quand on m'envoyait me coucher, je pleurais pendant deux heures parce que j'avais peur et je m'endormais quand j'étais épuisée de pleurer. Et puis un soir, ma mère a eu envie de sortir avec mon père et bien sûr elle a demandé à son frère de rester avec nous, et lui bien sûr il voulait bien, il voulait toujours bien, et nous, ma sœur et moi, on était contentes qu'il soit là parce qu'il avait toujours été gentil avec nous.

Et ce soir-là, après nous avoir lu une histoire à toutes les deux sur le lit de ma petite sœur, on lui a dit bonne nuit et il m'a accompagnée dans ma chambre. Moi, je lui ai demandé de rester un peu, parce que j'avais peur, toute seule, alors il a demandé si je voulais qu'il me raconte une histoire à moi toute seule. Et moi, j'étais contente et j'ai dit oui.

Ne me regardez pas comme ça, j'ai l'impression de voir le regard de ma mère. Au début, je n'ai pas compris. Il a toujours été gentil. Il a commencé en restant allongé à côté de moi. Il me prenait dans ses bras et il attendait que je m'endorme. Et il m'embrassait sur le front. Il me disait que je sentais bon, que mes cheveux étaient doux. Il était gentil. Il a toujours été gentil. Il ne m'a jamais fait peur. Il ne m'a jamais forcée. Et au début, il me rassurait.

Pendant longtemps, il m'a rassurée. Tant qu'il m'a tenue dans ses bras. C'est seulement quand il a commencé à me caresser…

Ça a duré longtemps. Quatre ans. Presque un tiers de ma vie quand j'y pense.

Il me disait qu'il ne fallait pas que j'en parle à ma mère, mais il n'avait pas besoin de me le dire. Je n'aurais pas pu lui en parler. J'avais trop peur qu'elle me traite encore de pute. Qu'elle me dise que j'étais une salope d'accuser ainsi son petit frère, son petit chéri, qu'elle élevait déjà quand elle était petite fille. *Crève, sale pute.* Ma mère disait ça quand sa mère l'appelait au téléphone. Elle disait ça et elle raccrochait. Elle pouvait bien dire ça à sa fille.

J'avais tout le temps peur qu'elle se doute de quelque chose. Mais non, elle ne se doutait de rien. Et lui, quand mes parents sortaient et qu'il venait dans mon lit, il savait toujours à quelle heure ils allaient rentrer. Il savait toujours à quelle heure il fallait qu'il reparte. Et quand ils arrivaient, je l'entendais leur dire : « Elles ont été sages comme des images », avant de passer la porte et de s'en aller.

Moi, je restais dans mon lit à penser : je suis une petite fille, pas une femme, il ne peut rien m'arriver. Elle ne peut pas le savoir. Elle ne peut pas s'en douter.

Jusqu'au jour où je me suis mise à saigner.

Je saignais et j'avais mal au ventre. J'étais sûre que j'étais punie. J'ai cru que j'allais mourir. *Crève, sale pute.*

En me voyant me tordre comme ça, la prof m'a envoyée à l'infirmerie. L'infirmière a compris tout de suite et elle m'a donné des cachets pour la douleur. Et elle m'a dit d'aller voir un médecin. Qu'il me donnerait la pilule pour que je n'aie plus mal. Que c'est ce qu'on donne aux ados quand leurs règles les plient en deux.

Et je me suis dit que cette infirmière, que je croisais parfois dans les couloirs du collège et que je regardais à peine — et je me foutais de la gueule des filles qui entraient ou sortaient de son bureau —, que c'était mon ange gardien, elle tombait du ciel, elle me donnait la solution à tous mes problèmes à la fois... enfin, à deux de mes problèmes. Pas au plus gros, mais à des gros quand même. Pas avoir mal. Pas être enceinte. J'avais tellement peur d'être enceinte. J'avais tellement peur du jour où je me mettrais à saigner parce que je lisais tout ce qui me passait sous la main, vous voyez, tous les livres, tous les articles dans les revues chez le coiffeur et au CDI et je savais que dès que je me mettrais à saigner, je risquais d'être enceinte parce qu'il était là au moins un soir par semaine, tous les samedis soir, et tous les samedis soir il apportait un film, chaque fois, un dessin animé ou un film qu'on pouvait regarder avec ma petite sœur et il nous faisait à dîner pendant que mes parents étaient sortis, et après le film, il nous racontait une histoire à toutes les deux dans sa chambre et puis on éteignait et il me disait d'aller me coucher pendant qu'il faisait la vaisselle. Et là, je savais qu'il allait monter, et chaque fois je faisais semblant de dormir, en me disant que si je dormais, il ne ferait rien et il s'en irait...

Je ne savais pas qui aller voir. Je ne voulais pas aller voir le docteur qui me soignait quand j'étais petite, j'avais honte, j'étais incapable de lui demander la pilule, même pour mes règles. L'infirmière m'a dit d'aller voir le jeune docteur qui venait de s'installer à deux pas du collège. Un jour, je suis sortie à l'heure du déjeuner, je suis allée là-bas. La porte était ouverte, il n'y avait personne dans la salle d'attente, je suis entrée. Il est venu me chercher avant même que je sois assise, et puis il m'a fait asseoir, il était gentil, il n'était pas vieux comme notre docteur, je me suis dit que ce serait facile, que je n'avais qu'à lui dire que j'avais mal pendant mes règles et que l'infirmière scolaire m'avait dit que je pouvais prendre la pilule. Mais quand il m'a demandé pourquoi je venais, c'est pas venu dans le bon ordre, j'ai commencé en disant : « Je suis venue parce que je voudrais prendre la pilule », et avant que j'aie pu lui expliquer pourquoi il a pris un air surpris et il m'a dit : « Ah bon ? Vous avez déjà des rapports sexuels ? » Et là, je n'ai plus rien dit. Je n'ai rien pu dire. Je n'ai pas pu dire un mot de plus et je suis restée là comme une imbécile, à rien dire du tout, incapable de répondre à ses questions. Et lui, il avait l'air très embêté, et puis un peu en colère aussi, et il a fini par me gronder : « Je ne peux pas vous prescrire la pilule si vous ne me répondez pas », et comme je ne disais toujours rien et que ça faisait vingt minutes que je restais là sans rien dire, il s'est levé, il a ouvert la porte et je suis partie.

J'ai pleuré tous les jours pendant trois semaines. Un mois plus tard, j'ai attendu mes règles et je ne les avais pas. J'avais les seins qui me faisaient mal. Je suis allé voir l'infirmière, elle a compris tout de suite, elle m'a fait faire un test, et quand elle a vu qu'il était positif, elle a appelé ici. Et elle m'a accompagnée un mercredi pour rencontrer Mme Pujade — Angèle… Et me voilà.

Des questions ? Non, pas pour le moment… Vous m'avez bien expliqué, tout à l'heure, avant l'intervention. J'étais pas rassurée, mais je vous ai écouté quand même.

J'ai moins mal, à présent. Oui, ça diminue progressivement depuis que vous m'avez donné les gélules. Je peux vous demander quelque chose ?… On m'a dit qu'il fallait que j'attende deux heures pour manger, mais je commence à avoir vraiment très faim. Non, je n'ai pas envie de vomir. Non, ça ne tourne pas non plus. J'ai juste encore un peu mal au ventre. Euh… quatre sur dix. Oui, c'est vrai. Ah bon ? Je peux manger ? Ah, c'est gentil, parce que… Je sais pas si c'est le fait d'être enceinte, mais là… vraiment j'ai très très faim, je crois que je mangerais un éléphant.

MÉMOIRE

Elles savent toujours de quoi elles souffrent.

J'ai mal au crâne. J'ai l'impression que les murs se rapprochent.

— Je vous ressers du thé ? demande Karma.

Je secoue la tête. Autant pour me ressaisir que pour dire non. J'ai la bouche sèche. Il remplit sa tasse, prend un sucre, le laisse glisser doucement dans le thé à présent presque noir, tourne doucement la petite cuillère, puis murmure.

— Après son avortement, Sabrina ne voulait plus vivre chez elle, elle a demandé à aller en internat. À seize ans, elle est tombée amoureuse d'un de ses profs, qui devait avoir vingt-quatre ou vingt-cinq ans à l'époque. Le père de Sabrina a porté plainte contre lui, pour détournement de mineur. Alors Sabrina est allée voir sa mère, elle lui a expliqué qu'elle avait avorté à l'âge de quatorze ans, et dans quelles circonstances, et lui a dit que si elle ne l'aidait pas, elle porterait plainte, elle, contre son petit frère chéri, et qu'il irait en prison. Sa mère l'a immédiatement émancipée et la plainte a été classée sans suite. Aujourd'hui, elle ne venait pas *simplement* pour que je lui renouvelle sa pilule, elle venait me dire qu'elle est toujours amoureuse, que son ami l'aime aussi, qu'elle a un boulot qui, même s'il n'est pas extraordinaire, lui permet d'être autonome, et que maintenant qu'elle gagne sa vie, elle peut emménager avec son ami dans un appartement dont elle pourra contribuer à payer le loyer, dans un quartier sympa où personne ne leur posera de questions.

Karma sourit, et je sais qu'il pense à elle parce que ce matin, lorsqu'il l'a raccompagnée dans le couloir et qu'il est revenu dans le bureau, il avait ce même sourire ; j'ai eu le sentiment, alors, qu'il voulait me dire quelque chose, mais il a seulement murmuré : *Non, ça ne fait rien, on verra ça plus tard.* Je comprends pourquoi, à présent…

Ma bouche me brûle encore plus, et mes yeux aussi mais je tiens bon et je dis :

— Elle venait vous donner de ses nouvelles…

— Oui.

Je me lève, je prends ma tasse sur la table basse et je me verse une tasse de thé noir. Et, toujours debout, je la bois d'un trait et je le regarde.

— Il y a cinq ans, quand elle s'est fait avorter, elle était mineure… Elle n'avait pas besoin de l'autorisation de ses parents ?

— Non. Plus depuis que la loi a changé, en 2001. Il suffit aujourd'hui qu'une personne majeure lui serve de référent. C'est l'infirmière scolaire qui a tenu ce rôle.

— Qu'est-ce qui se serait passé si la loi n'avait pas changé ?

Il soupire.

— Ah, oui… Comment faisaient les femmes, autrefois, quand elles étaient enceintes à tout bout de champ ?

*

Comment on faisait ? Ah ! Comment on faisait…

D'abord, on pensait : c'est pas possible, pas déjà,

pas encore, pas maintenant, pas cette fois-ci, pas avec lui, putain pas avec lui !

Après, on se disait : je me suis peut-être trompée, et on recompte et on essaie de se souvenir si les dernières c'était bien le vendredi d'avant les vacances, ou bien le premier vendredi des vacances, comme cette année on n'est pas partis tout de suite je me vois pas les avoir à la plage, mais est-ce que c'était huit ou quinze jours avant, parce que huit jours près ça change tout, si c'était le deuxième vendredi ça me fait que deux jours de retard, si c'était le premier ça m'en fait dix et je me vois vraiment pas aller chez le médecin pour lui demander une prise de sang, déjà que la dernière fois il m'a dit : « Vous ne trouvez pas que vous avez assez d'enfants comme ça ? » *— comme si je les faisais pour m'amuser…*

Ou alors, on espérait que celle-ci, au moins, elle ne tiendrait pas. Ça ne tient pas toujours, Dieu merci ! Ma tante m'a raconté que pendant dix ans elle a été enceinte trois fois par an et que deux fois sur trois ça ne tenait pas : au bout de deux mois, comme une horloge, elle se mettait à saigner et elle faisait une fausse couche. Enfin, à la longue ça lui en a quand même fait sept et ça s'est arrêté seulement quand elle a fait une hémorragie à l'accouchement du dernier — ils lui ont enlevé l'utérus pour qu'elle ne perde pas tout son sang.

Ou alors, on essayait des trucs : sauter à la corde pour le décrocher, boire les remèdes de la vieille qui habite au bout de la rue ou dans la ferme juste en dehors du village — ou alors on cherchait dans le placard pour voir s'il n'y avait pas des médicaments interdits pendant la grossesse ou juste un peu périmés, pas trop, histoire de pas se faire trop de mal à soi.

Parfois on allait voir le médecin quand même et on lui disait qu'on n'avait pas ses règles et on lui demandait quelque chose pour les faire revenir. Et il y en avait qui vous regardaient de haut et qui vous disaient : je ne peux rien faire pour vous. Et il y en avait d'autres qui baissaient les yeux sur leur ordonnance et qui gribouillaient quelque chose dessus et qui vous la tendaient et vous poussaient dehors, et vous jetiez l'ordonnance parce que vous saviez que ça ne servirait à rien. Et de temps à autre il y en avait un qui disait : « On va essayer quelque chose, mais je ne peux pas vous jurer que ça va marcher », et on voyait bien qu'il faisait de son mieux mais qu'il était comme vous, il ne savait pas, c'était pas le bon dieu, il n'était que docteur et c'était déjà bien qu'il vous écoute, qu'il ne vous fasse pas les gros yeux, qu'il vous donne le sentiment qu'il était en sympathie.

Et puis parfois, on sortait de là et on n'avait pas de solution ou le médicament à l'essai n'avait pas marché et on sentait les nausées monter, les seins gonfler à ne plus pouvoir dormir — quand on dort sur le ventre c'est pas de pot —, les odeurs vous monter à la tête chaque fois qu'on sort dans la rue ou qu'on entre chez quelqu'un, et alors, à bout de nerfs, on en parlait à une cousine, à une amie à qui on pouvait se confier, il n'y en avait pas tant que ça, et cette amie vous disait : « Je connais une femme à qui c'est arrivé et qui a trouvé quelqu'un qui s'occupe de ça. » Et elle vous donnait l'adresse.

Parfois le quelqu'un était un docteur, qui avait pignon sur rue et qui vous recevait dans son cabinet, à qui vous expliquiez ce qui vous amenait et qui vous disait qu'il pouvait vous arranger ça mais que ça coûtait tant. Et là, ou bien vous aviez ce qu'il fallait ou bien vous ne l'aviez pas. Et si vous l'aviez, ou si vous aviez quelqu'un pour vous prêter la somme, vous vous disiez : « Je vais mettre du temps à rembourser, mais au moins je m'en tire à bon compte. »

Parfois, le quelqu'un était beaucoup moins reluisant. Une femme qui vous recevait dans son appartement ou sa loge de concierge, et on se demandait où « ça » allait se faire.

Et puis, le jour venu, c'était tout l'un ou tout l'autre. Que l'endroit soit chicos ou sordide, ça pouvait se passer bien, ça pouvait se passer mal, ce n'était pas seulement ce qu'on vous faisait qui comptait, c'était aussi l'humiliation, la peur, le sang, la douleur, la honte.

Et quand ça se passait mal on pouvait se retrouver à saigner sans arrêt et à souffrir le martyre et à faire de la fièvre ou même un empoisonnement du sang, et j'en connais quelques-unes qui se sont retrouvées à l'hôpital jaunes comme un coing dans un lit de réanimation que personne ne voulait approcher, personne ne voulait les prendre, pas même avec des pincettes, comme si elles avaient eu la peste puisqu'on pouvait pas leur en parler, on pouvait pas leur demander comment elles étaient arrivées là — d'ailleurs les docteurs ne voulaient rien savoir, les infirmières ne voulaient rien entendre, et souvent c'étaient les aides-soignantes qui vous donnaient un regard de compréhension — Moi aussi ça m'est arrivé, c'est un mauvais moment à passer mais vous verrez, vous allez vous en sortir — même si elles savaient que vous aviez une bonne chance d'y rester.

Et même quand ça se passait bien, vous aviez du mal à le croire, et vous viviez quand même dans la peur que ça se reproduise, dans la peur d'être enceinte une nouvelle fois, et dans l'horreur qu'il vous touche parce qu'après tout c'est bien sa faute, ou dans la culpabilité de ne pas le laisser s'approcher alors qu'il est si gentil et que vous ne lui avez pas dit pour ne pas le décevoir, pour ne pas l'inquiéter, pour qu'il ne se fasse pas de souci, il s'en fait bien assez comme ça.

Et ça, c'était quand on était mariée, qu'on avait déjà été enceinte en le voulant, qu'on avait accouché, qu'on avait touché tout ça du doigt…

Mais quand on n'était qu'une gamine…

*

Il se tait et, encore une fois, je suis partagée entre le poids de ce silence et l'impossibilité de dire quoi que ce soit.

Finalement, parce que je ne veux pas me laisser noyer par tout ça, je dis :

— Heureusement, le monde a changé…

Il me regarde par-dessus ses lunettes.

— Eh bien… Oui, sur certains points. Mais sur d'autres, pas tant que ça.

— Tout de même…

— Oui, je sais que c'est plus confortable de se dire qu'aujourd'hui, en France, les femmes ne meurent plus d'avortement clandestin. Ou même dans une grande partie de l'Europe. Mais ailleurs… Et puis, il n'y a pas que l'avortement. Ça, c'est la partie visible de l'iceberg, le sommet apparent du malheur dans la vie des femmes. Mais il y a tout le reste.

J'attends la suite, mais il fait un mouvement de menton en direction de mon bloc.

— Tout est là-dedans.

Je baisse les yeux vers les observations suivantes, et je sens une grande tristesse, une grande lassitude, m'envahir à l'idée de replonger, mais je l'entends dire :

— Il est tard. Ce que vous avez écrit là n'est pas perdu. Voulez-vous qu'on poursuive demain ?

*

En me raccompagnant à la porte, il me tend deux clés jaunes accrochées à un simple anneau.

— Ça vous permettra de récupérer vos affaires. À cette heure-ci, la porte de rue est verrouillée.

— Merci. Je vous les rends demain ?

— Rien ne presse. Il faut que vous puissiez entrer et sortir librement.

Il me raccompagne jusqu'à la porte du hall et me fait un petit signe de main quand je sors du bâtiment.

SYMPATHIE

Je gravis les quatre marches et j'ouvre la porte vitrée avec l'une des deux clés. L'autre ouvre la porte du bureau. L'armoire n'est pas verrouillée. Mon sac est toujours là, sagement rangé au fond. Je pends ma blouse sur un cintre.

Au moment de sortir, juste avant d'éteindre, je vois que, du « côté soins », l'aide-soignante a fait le ménage. Elle a mis un drap propre sur le lit d'examen, placé par-dessus un drap en papier et sur le drap en papier l'escabeau à deux marches et le tabouret à roulettes pour passer la serpillière. Elle a vidé les poubelles en plastique et nettoyé les haricots en plastique. Un appareil à tension et un stéthoscope rouge sont pendus à la poignée du placard mural.

Et je me demande : où sont-elles ?

Les femmes qui sont passées là aujourd'hui.

Qu'est-ce qu'il reste d'elles, de leurs mots, de leurs sentiments ?

Je fais un pas vers le « côté paroles », puis un autre, puis un autre encore, et finalement je me glisse derrière le bureau et je m'installe dans le fauteuil à roulettes.

J'ouvre les tiroirs du bureau métallique. Le premier est plein d'un bazar sans nom dans lequel je reconnais des plaquettes de pilules, des stérilets, des livres, des instruments métalliques, des planches anatomiques en couleurs. Le second contient des livres. Je les referme aussitôt.

Il a réglé l'assise du fauteuil à roulettes au plus haut. Pour dominer tout le monde, sans doute. Et soudain, je me souviens de son entrée dans le service ce matin et je me rends compte que je suis aussi grande que lui. Mais il se tient voûté.

Je fais tourner le siège vers la gauche, je pose un coude sur le bureau, je regarde la chaise à carreaux coincée contre la cloison et, d'une voix rauque, je fais : *Vous avez des questions à poser,* docteur *Atwood ?*

Je passe du fauteuil à roulettes à la chaise à carreaux et d'une voix de petite fille je réponds :

— Non, Honorable Maître, *Sensei,* je n'ai pas de questions. C'est très clair. Limpide. Comme de l'eau de roche. Continuez. J'apprends beaucoup. Baignez-moi de votre enseignement !

Je repasse sur le fauteuil à roulettes, je passe ma main sur la barbe qui tombe de mon menton imaginaire et je réponds d'une voix rauque :

— *Mmhhh.* Je suis heureux de constater que tu as vu la lumière, Scarabée...

Je joins mes mains devant moi et je m'incline avec déférence.

Petite voix : C'est grâce à vous, *Sensei !*

Voix rauque : *Mmhhh.* C'est bien, continue tes efforts.

Petite voix : Je ne suis qu'une misérable étudiante...

Voix rauque : *Mmhhh...* Un jour, peut-être, tu seras à la hauteur et tu pourras t'asseoir à ma place...

Petite voix : Oui, *Sensei.* Et j'aurai l'insigne honneur de pouvoir régler le siège à la bonne hauteur.

J'éclate de rire.

Allez, il me fallait bien ça pour me rendre compte que ce type-là est un grand manipulateur, au fond. Il essaie de m'embobiner avec toutes ces histoires de pauvres femmes éplorées et malheureuses, mais la vie c'est pas ça, c'est pas vrai. Et de toute manière, qu'est-ce que j'en ai à foutre de ces femmes et de leurs malheurs ? C'est pas moi qui vais m'en occuper. Moi, je suis faite pour ouvrir, découvrir, inciser, extirper, découper, réparer. Je suis là pour soigner des maladies, des vraies, pas pour tenir la main ou écouter pleurer.

D'un coup, je me sens mieux. Plus forte. Débarrassée de la torpeur dans laquelle Karma m'a plongée avec ses certitudes, sa morale et ses mélodrames.

Je me lève, j'enfile mon imperméable, je prends mon sac sur le fauteuil de patient et je me dirige vers la porte.

Quel démagogue ! Ce que je ne supporte pas, pardessus tout, c'est sa manière doucereuse, dégoulinante, révoltante de se pencher en avant, de poser ses avant-bras sur le bureau, de croiser les mains et de dire : *Racontez-moi.*

— Ben, c'est pas facile à dire… Mettez-vous à ma place…

Je me retourne. La phrase n'est pas sortie de nulle part, je sais qu'elle est dans ma tête, mais *qui* l'a prononcée ?

Ma main étreint la poignée de la porte mais mes yeux se posent sur le fauteuil de patient et, d'un seul coup, je me souviens.

*

Elle a dit :

« Je ne sais pas trop par où commencer… »

Et moi, je me souviens avoir pensé très fort : *Par le début, ma bonne dame,* mais Karma n'a rien dit, il s'est contenté d'agrandir son sourire 12 B, et elle, en voyant ça — et même sans le voir, parce que si je me souviens bien, elle regardait ses pieds —, elle a ouvert la bouche et ça s'est mis à sortir.

« Vous comprenez, j'ai trois enfants (*on le sait, tu nous l'as dit et alors même que ça se fait juste en suspubien, tu nous as décrit ta césarienne en long, en large et en travers…*) et vous savez comment c'est, quand on décide d'avoir des enfants on sait pas ce que ça va signifier, les soucis, les inquiétudes, la peur qu'il leur arrive quelque chose et puis le mari qui vous reproche de plus vous occuper de lui (*rires*) on sait pas que quand on fait un enfant on se retrouve tout de suite à en avoir deux, et par-dessus le marché la belle-mère sur le dos qui sait mieux que vous comment il faut s'occuper du petit — d'autant qu'elle m'a jamais fait tout à fait confiance pour *son grand*, alors… (Elle s'arrête et moi intérieurement : *Oui, bon, alors ?* Mais elle hésite, jusqu'à ce que Karma fasse *Mmhhh*, et là, comme par miracle elle continue.) Alors j'avais bien compris que pour lui *un* enfant ça passait, *deux* ça allait bien, mais *trois* pas question, et bon, je peux pas lui en vouloir, on a deux garçons et les garçons c'est dur, et si j'étais sûre d'avoir une fille, encore, mais on sait jamais ça pourrait être un troisième gars — et comme j'avais déjà eu la peur de ma vie quand j'ai été enceinte après ma césarienne et heureusement que j'ai fait une fausse couche parce que pour rien au monde j'aurais fait une IVG je suis contre, la mort dans l'âme je suis allée demander à mon médecin qu'il m'envoie me faire ligaturer les trompes et le voilà qui se met en colère et qui m'enguirlande, à l'âge que j'avais c'était pas pensable, j'avais beau lui expliquer que quoi qu'il arrive j'en voulais pas d'autre, je ferais pas ça à mon mari, on a beau avoir nos différences j'irais jamais arrêter la pilule et lui faire un enfant dans le dos, le mettre devant le fait accompli en lui disant pas question que j'avorte encore, j'ai trop souffert la dernière fois — mais vous savez ce que c'est : la pilule il faut la prendre tous les soirs, et si jamais je l'oubliais ? Même sans faire exprès ? Et si jamais je me retrouvais enceinte malgré tout *sans l'avoir oubliée* ? Je sais que c'est possible, c'est arrivé à une des amies de ma cousine. Et, même si le médecin n'a jamais voulu la croire, elle est pas folle, elle sait bien si elle a oublié sa pilule ou non... Alors vous comprenez, je suis vraiment inquiète et depuis quelques semaines je vais plus très bien, j'ai le ventre gonflé comme si j'allais avoir mes règles, alors que je suis pas encore à la fin de ma plaquette, je crois pas que je suis enceinte, je me sens pas enceinte, je l'ai bien prise comme il faut, mais je me demandais si ça pouvait m'arriver à moi aussi d'être enceinte sans l'avoir oubliée ou si je la supportais plus parce que ça fait trop longtemps que je la prends... ou si finalement l'idée de plus avoir d'enfant, si c'est pas cette idée-là qui me joue sur le système ? Bon, vous allez trouver ma question stupide mais c'est pas grave, puisque je suis là, autant vous la poser, et si je vous la pose pas à vous... Ça peut arriver qu'on fasse une grossesse *nerveuse* sous pilule ? »

Elle a levé la tête, mais au lieu de regarder Karma elle m'a fixée, moi, droit dans les yeux. Et je me souviens avoir pensé : *Mais qu'est-ce que tu veux que je te dise ?* Et ensuite, c'est comme quand on éteint le son de la télé parce qu'on ne supporte plus les conneries de ceux qui parlent, je l'ai vue se tourner vers lui parce que je me fermais, je n'entendais plus rien, je ne l'écoutais plus, je pensais : « Si tu savais, ma pauvre fille, comme moi aussi j'en ai marre de la prendre, cette foutue pilule à la con ! »

LES GARÇONS

C'est comme une fille, en plus costaud
Et oui, ils sont presque aussi beaux
Et tout petits, ils sont mignons
Les garçons
On aime les habiller en bleu
On aime leur couper les cheveux
Et leur mettre des pantalons
Aux garçons
On les nourrit avec amour
Et on rêve en pensant qu'un jour
C'est certain, ils nous le rendront
Nos garçons

Refrain
C'est mon petit chéri sucré
Mon gentil bébé adoré
Je l'enveloppe de paroles
J'en suis folle

Ils mettent du bazar partout
Là où ils passent, ils cassent tout
En courant après leur ballon
Les garçons
Ils ne veulent jamais s'arrêter
Et jamais nous laisser souffler
Ils galopent comme des bisons
Les garçons

On se saigne pour les élever
On se tue à les éduquer
Mais ils détestent les leçons
Les garçons

Refrain
C'est mon grand chéri sucré
Mon petit bébé adoré
Mais il n'aime pas l'école
Ça m'rend folle

Après les avoir tant aimés
Quand on veut juste les embrasser
Ils nous repoussent en disant Non
Les garçons
On ne comprend pas ce qu'ils veulent
Ni pourquoi ils nous font la gueule
Parfois, ce sont de petits cons
Les garçons
Ils vont nous piquer de la monnaie
Si on dit « Pourquoi tu l'as fait ? »
Ils nous mentent en baissant le front
Les garçons

Refrain
C'est mon grand chéri sucré
Mon gentil bébé adoré
J'voudrais le secouer par le col
Y m'rend folle

Un jour ils sont plus grands que nous
Si grands qu'on n'en voit pas le bout
Et on leur arrive au menton
Les garçons
Ils traînent sur le canapé
Ils foutent des miettes partout
On aimerait les tuer pour de bon
Les garçons

Ils se mettent à rentrer tard
À boire, à fumer des pétards
Ils ont la gueule pleine de boutons
Les garçons

Refrain

Il est vraiment à croquer
Mon grand dadais adoré
Mais il ne tient pas sa parole
Ça m'rend folle

Ils achètent des motos, des casques
Ils ont des copains dégueulasses
Qu'ils nous ramènent à la maison
Les garçons
Ils sont obsédés par les fesses
Des *meufs*, des *nanas*, des *gonzesses*
Et parfois par celles des garçons
Les garçons
Alors on tremble et on espère
Qu'ils foutront pas leur vie en l'air
Pour une pétasse complètement con
Nos garçons

Refrain

Il n'a pas encore grandi
Mon petit garçon chéri
Je ne veux pas qu'une fille le colle
Et l'affole

Avec de la chance, ils marient
Une gentille fille qu'on apprécie
Une jolie fille pleine d'illusions
Nos garçons
Et le soir où ils emménagent
On sait qu'on a tourné la page
Qu'on les a perdus pour de bon
Nos garçons

Et un jour ils nous disent Voilà
Ma petite maman, je suis papa
On dit, c'est la vie, au fond
Mon garçon

Refrain

Il est devenu un homme
Mon grand garçon adoré
J'ai bien fait de me démener
Comme une folle

… Et puis on la voit débarquer
Des cernes sous les yeux
La panade dans les cheveux
Crevée vannée épuisée
Et là on l'entend nous dire
J'en peux plus, vraiment il m'épuise
Il pleure et vomit sur ma chemise
Ça pourrait vraiment pas être pire
J'aurais jamais imaginé
Que ce soit si dur à élever
Je suis venue vous demander
Comment vous avez fait ?
Alors on la fait entrer
On lui fait poser le bébé
On dit « Donne-lui un biberon,
À ton garçon »

C'est comme une fille, en plus costaud
Mais oui, ils sont presque aussi beaux
Et tout petits, ils sont mignons
Les garçons
Tu les habilleras en bleu
Tu leur couperas les cheveux
Tu leur mettras des pantalons
De garçon
Et tu les goinfreras d'amour
Et d'ketchup, en sachant qu'un jour

C'est sûr, ils te le rendront
Tes garçons

Refrain

Et ce petit monstre sucré
On sera *deux* à l'étrangler
Comme des folles, comme des folles
Comme des folles

MERCREDI

(Adagio)

AUTORISATION

Ne néglige jamais ce qu'elles disent en entrant.

Karma tend la main à la patiente et sur un ton doucereux, en me surveillant du coin de l'œil, il demande :

— Bonjour, madame, est-ce que vous autorisez notre interne, le docteur Atwood, à assister à la consultation ?

Elle le regarde, me regarde, le regarde encore.

— Pourquoi pas ?

Elle baisse les yeux, fuit nos regards, hausse les épaules.

— Ça m'est égal.

Elle sourit.

— Bien sûr, pas de problème.

Elle hoche la tête d'un air pas concerné.

— Si vous voulez. De toute manière j'ai l'habitude.

Elle me regarde droit dans les yeux.

— Il faut bien qu'elle apprenne, la petite jeune.

Elle regarde Karma, hésite, finit par dire :
— Oui, mais pas pendant l'examen.

Elle hésite longuement, fait un petit bruit d'inspiration, ne répond pas.
— C'est-à-dire…
— Vous n'êtes pas obligée, vous savez.
— C'est vrai ?
— Bien sûr. C'est pour ça que je vous pose la question. Il faut que vous soyez d'accord. Si vous ne voulez pas, le docteur Atwood attendra dehors.
— Alors, je préfère vous voir seule à seul.

*

Je déteste ça.
Je déteste qu'il le leur demande systématiquement, je déteste la voix qu'il prend pour leur poser la question. Je déteste la manière qu'elles ont de répondre, ou de ne pas répondre. Et surtout, je déteste cette fraction de seconde pendant laquelle il s'arrête sur le pas de la porte pour poser cette foutue question et pendant laquelle je dois attendre qu'elle prenne sa décision, après m'avoir dévisagée ou à peine regardée, après avoir pris le temps de réfléchir ou avoir donné sa réponse de manière machinale. Je déteste ce moment où je dois attendre de savoir si je suis tolérée, acceptée, choisie, ou rejetée.

*

— Alors, je préfère vous voir seule à seul.
Elle me regarde à peine, ajoute « Désolée » avec un sourire bizarre et Karma dit : « Il n'y a pas de problème », la fait entrer et ferme la porte derrière lui.
Le nez contre la porte, je me sens bête et humiliée.

Qu'est-ce qu'elle peut bien avoir à cacher, cette pétasse ? Qu'est-ce qu'elle peut avoir de suffisamment important et intime à dire à ce type pour que ça justifie de me laisser en plan ? Est-ce qu'elle croit vraiment que j'en ai quelque chose à foutre, de ses fesses et de ses histoires de cul ?

Est-ce qu'elle croit que je suis incapable *d'oublier* tout ce qu'elle va raconter et dont je n'ai rien à cirer, rien à battre, rien à branler ? Tout ce qui m'intéresse — et encore, c'est pas sûr — c'est sa symptomatologie, la petite histoire clinique de démangeaisons de brûlures de j'ai mal par-ci j'ai mal par-là mes règles ne sont pas normales pourquoi je les ai eues deux fois ce mois-ci, la variante qu'elle va lui mettre sous le nez et la solution qu'il va lui donner : *C'est pas bien grave ça va passer,* ou peut être quand même un traitement pour sa mycose sa vaginite ses douleurs ses saignements... Toutes ces choses qui n'ont rien de passionnant mais qui les préoccupent beaucoup, et il faut bien leur donner des réponses simples pour qu'elles ne passent pas leur temps à nous tanner avec ça, qu'on puisse enfin passer aux choses sérieuses.

Je sais, je devrais la remercier de ne pas vouloir de moi, j'ai tellement l'impression que je perds mon temps, j'ai tellement l'impression d'étouffer dans ce défilé de plaintes, de gémissements, de jérémiades que ça me fait du bien de prendre un peu de champ, de faire la pause, pendant qu'il la couvre de ses paroles mielleuses et lui fait l'imposition des mains.

À moins que...

Qu'est-ce que c'était que ce sourire, d'abord ? Est-ce qu'elle se payait ma tête ? Ou bien est-ce que le sourire lui était destiné à lui ? Est-ce que sa gêne initiale, son hésitation, son regard étonné étaient une mascarade destinée à m'embobiner ? Et lui, son « Vous n'êtes pas obligée », est-ce que ça faisait partie de la saynète, de la mise en boîte, de la manipulation destinée à me faire croire qu'il respectait le protocole et la patiente alors qu'en réalité tout était prévu, son sourire « Désolée » c'était un jeu, un faux-semblant, ils étaient complices, ils s'étaient préparés, et moi comme une imbécile je n'y ai vu que du feu mais je sais bien ce qui se passe, je vois bien ce qu'ils ont derrière la tête, ce qu'ils vont faire derrière la porte.

D'abord, elle va aller poser son sac sur une chaise et puis elle se retournera vers lui et se mettra à défaire la ceinture de son imperméable, et lui il s'approchera tout près, passera les mains dans l'imper, la prendra par la taille pendant qu'elle posera ses mains sur lui comme pour le repousser tout en fermant les yeux, en levant le visage vers lui, elle entrouvrira les lèvres pour dire quelque chose mais voilà qu'il sera déjà en train de les mordiller de les dévorer et puis de glisser sa langue et de lui fouiller la bouche au point de l'étouffer et elle, malgré la surprise qui l'a d'abord laissée les bras ballants, elle va poser ses mains sur la nuque de ce salaud et sa langue à elle le repousse au-dehors et se glisse dans sa bouche à lui, leurs langues se battent en duel comme André et Noël sur le balcon du théâtre dans *Scaramouche* et tandis qu'elle tient toujours fermement sa tête, elle sent qu'il cherche sous son imperméable, tire sur le chemisier, glisse ses mains, brûlantes, sur son dos, ses hanches, ses fesses, son dos encore, remonte vers l'attache du soutien-gorge, la défait et libère mes seins, repasse l'une de ses mains devant, empaume mon sein gauche comme il le faisait toujours et me saisit la fesse droite de son autre main pendant que l'une de mes mains à présent descend frénétiquement défaire sa ceinture, baisser sa fermeture éclair sans que l'autre lâche sa nuque nos langues toujours en duel il ne faut surtout pas que…

Je me réveille.
J'ai la bouche sèche.
Je suis couchée sur le ventre.
Mon bras gauche est replié sous moi, ma main posée sur mon sein gauche.
Mon autre main coincée entre mes cuisses est trempée.
Putain de bordel de merde.

J'allonge le bras. Il n'y a personne dans le lit près de moi.
Bien sûr, qu'il n'y a personne. Il est parti. J'en pouvais plus.
Pourquoi alors est-ce que je continue à le chercher ?
Et pourquoi ce rêve absurde dans lequel ce connard de Karma…

Je regarde le réveil. Il est cinq heures quinze.
Merdemerdemerde. Faut que je dorme faut que je dorme faut que je dorme. Ça me vaut jamais rien de rester sans dormir.

Je me retourne dans le lit et je fixe le plafond, jusqu'à ce qu'il se transforme en champs opératoires. Quatre champs tout bleus, tout propres, encadrant un pubis rasé.
Je ne bouge pas la tête, juste les yeux et à droite du champ je vois le plateau, les instruments tous rangés impeccablement. Je prends un scalpel, j'allonge l'index pour le poser fermement sur le dos de la lame, de l'autre main je tire sur la peau des grandes lèvres et je pose mon index scalpel sur la fente qui dégouline déjà *omondieuputainmondieuputainputainmondieu…*

J'ouvre les yeux. Il y a de la lumière au plafond. Il fait jour.

Merdemerdemerde! Mon radio-réveil n'a pas sonné. Si je ne me magne pas, je vais être en retard et je ne veux pas lui donner cette satisfaction-là!

Je saute hors du lit, je verse du café d'hier dans un bock et je le colle au micro-ondes, je me douche en vitesse, j'enfile un blue-jean, un pull fin à col roulé et je me maquille au minimum, je n'ai pas envie d'avoir la même tête que certaines des femmes que j'ai aperçues hier dans la salle d'attente. Mais pendant que je me brosse les dents je réalise que *j'ai encore oublié de prendre ma pilule hier soir.* Merde, merde, merde! Putain de bordel comme j'en ai marre, marre de marre!!!

COMPLAINTE

Je n'ai pas très envie de retourner chez Barbe-Bleue. Mais je n'ai pas non plus envie de laisser tomber. Il m'a donné une semaine. J'ai envie de le prendre à son propre jeu. J'ai envie de voir jusqu'où il va. Je ne veux pas partir battue.

J'ai été trop humiliée, trop rabaissée auparavant, parce que je suis une *nana*.

J'ai été trop souvent mise en demeure de faire aussi bien qu'un mec, ou mieux.

On ne me l'a pas dit. Ils n'avaient pas besoin de le dire. Ils n'avaient qu'à être là et me regarder, et je savais ce qu'il en était. J'avais droit à leurs regards de méfiance et de mépris pour savoir à quoi m'en tenir. Une femme, faire de la chirurgie de précision, de la chirurgie d'artiste, de la chirurgie d'homme ? Jamais de la vie.

Ils pensaient que je céderais, que je n'irais pas jusqu'au bout, que je me mettrais à pleurer devant les humiliations, devant les brimades, devant les insultes. Ça marche sur les mecs. J'en ai vu plus d'un plier, changer de service ou d'hôpital, s'en aller, dégoûté. Et chaque fois que je voyais un interne prendre une cuite parce qu'il avait été humilié par son patron, chaque fois que l'un d'eux était absent le matin suivant, je me sentais plus forte. Plus sûre de moi. Meilleure qu'eux.

Alors ce Karma, avec sa bienveillance à vomir, il croit vraiment qu'il va m'embobiner ?

Ces paroles et ma colère en tête, je tourne dans la rue de la Maison-Vieille et je longe les bâtiments de la pédiatrie avant d'entrer dans la cour de la maternité. Bien entendu, tous les emplacements sont pris. Je fais le tour de la cour, je ressors et je passe cinq bonnes minutes à chercher une place libre et non payante, à trois cents mètres du service, devant une école maternelle.

*

En montant l'escalier extérieur, j'aperçois deux silhouettes debout dans le couloir. L'une d'elles est une femme noire obèse vêtue d'un boubou, penchée sur le comptoir d'Aline, une main nonchalamment posée sur une carte d'identité plastifiée, l'autre secouant une poussette dans laquelle braille et gigote un énorme garçon qui, à vue d'œil, n'a guère plus de dix-huit mois. La seconde silhouette est celle d'une femme d'une quarantaine d'années, blonde et mince, au visage fin, portant un tailleur impeccablement ajusté. Elle se tient en retrait. Quand je pousse la porte, les deux femmes tournent la tête dans ma direction. La patiente obèse me regarde à peine, puis se remet à répondre de manière indolente à la question que vient de lui poser Aline. L'autre femme m'examine de la tête aux pieds.

— Bonjour, mesdames. Bonjour, Aline.

— Bonjour, *miss* — pardon —, *docteur* Atwood, répond Aline.

Encore plus énervée, je me réfugie dans le bureau. Je pose mon sac sur une chaise, j'ôte mon manteau, je sors la blouse de la veille, je constate que mon badge n'est plus accroché dessus, je me retiens de hurler. Dans les tiroirs du meuble, côté soins, au milieu des kits de prélèvements, des hystéromètres en plastique, des spéculums à usage unique, des seringues et des aiguilles, je trouve un rouleau de sparadrap blanc. J'en découpe deux morceaux, que je colle l'un sur l'autre, sur lesquels j'inscris : « Dr J. Atwood, interne », et que je place sur la poche de poitrine de la blouse.

Puis, de rage autant que par défi, je vais m'asseoir au bureau, à la place de Karma.

C'est seulement à ce moment-là que je vois l'ordinateur portable.

C'est un parallélépipède plat, aux coins arrondis, à peine plus grand qu'une page blanche.

Sans réfléchir, je l'ouvre. L'écran s'allume et affiche une double page couverte de texte.

Et, toujours sans réfléchir, je lis.

Une vie de femme

Quand j'étais bébé
La vie était gaie
Papa et Maman
M'cajolaient tout l'temps

Ils m'faisaient des bisous
M'donnaient des p'tits noms
Chatouillaient mes pieds
Chantaient des chansons

Ah mon dieu
C'était épatant
D'être ce tout petit bout de femme
Ah, mon dieu c'était épatant
D'être aimée comme ça
Tout l'temps
(bis)

Quand j'étais p'tite fille
J'adorais la neige

Mamie et Papie
M'emmenaient au manège

J'allais à l'école
J'faisais des dessins
Pour que la maîtresse
Me donne des bons points

Ah Maman,
C'était épatant
D'être une jolie petite femme
Ah Maman,
C'était épatant
D's'amuser comme ça
Tout le temps
(bis)

Mais il faut grandir
Le temps a passé
Et sans prévenir
Mon corps a changé

Et un beau matin
Quand j'ai eu douze ans
Au fond d'la cuvette
J'ai trouvé du sang

Ah mon dieu
Ça fait peur, Maman
De se voir devenir une femme
Ah mon dieu
ça fait peur, Maman
De saigner comme ça
Tout le temps

Je me surprends à rire jaune à plusieurs reprises. Et je ne l'imaginais pas écrivant en vers. La chanson s'arrête là, et la suite du document est très différente.

— La loyauté d'un soignant va d'abord à ses patients, ensuite seulement à ses confrères.

— Ton imaginaire n'est pas aussi riche que la réalité ; mais il est souvent plus angoissant.

— Quand tu es paresseux ou négligent, c'est le patient qui en fait les frais.

— N'hésite jamais à interpeller tes enseignants. Leur ignorance est plus grave que la tienne, car ils n'ont pas l'excuse de ton inexpérience.

— Soigner, ce n'est pas une relation de pouvoir.

— Les médecins se droguent et se suicident plus souvent que le commun des mortels ; ça ne veut pas dire qu'ils souffrent plus que le commun des mortels. Et ça ne les autorise pas à se venger.

— Tu ne soignes pas des résultats d'analyse, tu soignes des personnes.

— Ce qu'une femme ressent est plus important que ce que tu sais. Et ce que tu crois compte beaucoup moins que ce qu'elle ne dit pas.

J'appuie plusieurs fois sur la touche « page suivante ». Ces aphorismes courent sur une demi-douzaine d'écrans. Brusquement, l'ordinateur s'éteint. J'appuie sur tous les boutons pour tenter de le rallumer mais il ne veut rien savoir. Dans le couloir, j'entends une voix masculine. Karma. Je me lève précipitamment et je me précipite vers le couloir.

— Ah, vous êtes déjà là ? dit-il en apparaissant sur le seuil. Vous avez bien dormi ?

— Ça va…

Je fais un pas en avant, il fait un pas en arrière, je comprends qu'il veut entrer, je me colle contre le mur, il passe devant moi, pose son sac sur le bureau, pend son manteau dans le placard, enfile une blouse, regarde à peine l'ordinateur portable, cherche des yeux quelque chose puis lève les yeux et secoue la tête avec un grand sourire.

— Mais oui, c'est vrai, on n'a pas de consultations...

— *Ah bon ?*

— Non, ce matin je vous fais faire le tour de ma petite section.

Il repasse devant moi en boutonnant sa blouse.

— Vous venez ?

— Je ne savais pas que vous aviez des lits...

— Je n'en ai pas...

— Mais alors... ?

— ... de plus, il n'y a pas de malades dedans...

— Pardon ?

— ... et d'ailleurs, personne ne les soigne, conclut-il, sourire en coin.

Mais qu'est-ce qu'il raconte ?

Il franchit la double porte vitrée et s'engage dans le long couloir de la maternité mais oblique tout de suite vers l'escalier du sous-sol. Vingt marches plus bas, il pousse une autre porte et la tient derrière lui pour me laisser entrer.

C'est un hall très lumineux. À droite, j'aperçois trois ou quatre portes de chambre et un couloir obscur. Karma file à gauche, entre deux murs couverts d'affiches de films et de posters éducatifs, et passe la tête par la porte d'une minuscule cuisine dans laquelle une aide-soignante d'une vingtaine d'années, aux cheveux frisés et au visage constellé de taches de rousseur, prépare des plateaux.

— Bonjour, Héloïse !

Elle se tourne vers lui et ses yeux s'illuminent comme s'il était le messie.

— Bonjour, Franz.

« Franz » ? Elle aussi l'appelle par son foutu prénom ?

— Je vous présente *le docteur* Atwood.

— Bonjour, *le docteur Atwood,* dit Héloïse.

Karma pouffe et se tourne vers la porte ouverte d'un bureau, à sa gauche.

— Bonjour, Caroline.

La secrétaire, une quadra brune à chignon portant de grandes lunettes, lui répond avec le même sourire que l'aide-soignante.

— Bonjour, Franz. Tu vas bien ?

— Très bien. Je te présente *le docteur* Atwood.

— Bonjour, *docteur* ! dit la secrétaire en fronçant un sourcil.

— B'jour, dis-je entre mes dents avant de le suivre vers la dernière porte, au fond du couloir.

— Bonjour, Angèle, dit Karma en entrant dans la pièce.

Une femme d'une soixantaine d'années, aux cheveux blond passé, pose une seringue emplie d'un liquide blanc sur la paillasse en formica bleu, se retourne, lui fait un sourire encore plus énamouré que les autres et murmure :

— Bonjour, *mon* Franz.

Elle tourne la tête vers lui, pose la main sur sa joue, et je crois qu'elle est à deux doigts de… mais non, curieusement, ils ne vont pas jusque-là, pourtant, parti comme il était, j'étais presque sûre qu'elle allait lui faire la bise.

Il lève le pouce pour me désigner.

— Voilà le *docteur Atwood*.

Angèle ouvre de grands yeux.

— « *Docteur* » Atwood ?

J'avale ma salive.

— Vous pouvez m'appeler Djinn.

— Bienvenue, Djinn.

Elle me tend la main, j'hésite, je la prends et je ne

sais pas pourquoi, je sens comme un vent tiède souffler sur mon visage.

— Qu'est-ce qu'on a aujourd'hui ? demande Karma.

— Trois IVG, trois consultations. Tu vas faire un tour dans la petite section, d'abord ?

— Si tu veux. Des problèmes ?

— Non, pas vraiment, mais Aïcha a trois ou quatre questions à te poser, on a une sortante et Mme X… te réclame.

— Comme tous les mercredis…

— Oui, comme tous les mercredis.

— Alors j'y vais. Vingt minutes ?

— Pas de problème. La troisième dame n'est pas encore arrivée.

Il tourne les talons, s'apprête à ressortir, hésite sur le seuil, lance un regard à Angèle, qui secoue la tête négativement.

— Non, pas aujourd'hui.

Quoi ?

— Bon, la prochaine fois, peut-être…

— Oui. Elle finira bien par te donner de ses nouvelles. Et tu sais que si elle se présente ici et te demande, je t'appelle tout de suite.

Il incline le menton et file comme s'il allait attraper un train. Je lui cours après.

Il se dirige vers le couloir plus sombre que j'ai aperçu tout à l'heure, en arrivant dans le sous-sol.

Quelques mètres plus loin, il pousse une porte sur laquelle un panneau déclare : « Entrée interdite à toute personne étrangère au service. »

CHAMBRES

Tu ne les empêcheras pas de mourir.

Au mieux, tu leur éviteras de mourir ce jour-là.

C'est une toute petite section, effectivement. L'endroit est sinistre, moins bien éclairé que le couloir des IVG. Il n'y a pas de posters aux murs, la peinture est écaillée, les fauteuils datent des années cinquante. On se croirait dans un hôpital soviétique. Enfin, ce que j'en ai toujours imaginé.

Il fait une chaleur infernale. Si je ne savais pas qu'on est au même niveau que le service des IVG, je jurerais qu'on est près du magma en fusion qui monte droit des entrailles de la terre pour irriguer la chaudière centrale. Et quelque chose me dit qu'ici, il n'y a pas l'ombre d'une fenêtre.

Nous nous trouvons dans une zone à peu près carrée, au milieu de laquelle deux bureaux placés comme des serre-livres encadrent une grande armoire métallique.

En dehors de celle que nous venons de franchir, la section a quatre autres issues. Deux au fond, une de chaque côté.

Karma se penche vers l'un des bureaux, y prend l'un des dossiers et l'ouvre.

— Mademoiselle !

Il a lancé cet appel sans lever la tête, et n'a pas l'air pressé d'obtenir une réponse.

À gauche, la porte s'ouvre sur une infirmière. Elle tient à la main un garrot et un nécessaire à prélèvements. Elle a l'air très abattue mais, dès qu'elle aperçoit Karma, elle redresse les épaules, jette ses seins en avant et :

— Bonjour, monsieur.

Ah, enfin quelqu'un qui s'adresse à lui avec respect...

— Ma chérie, tu peux m'appeler Franz.

L'infirmière, qui m'a l'air toute jeune, rougit comme une pivoine.

« *Ma chérie.* » *Je rêve. Il a pas intérêt à m'appeler ma chérie !*

— J'ai fait un nouveau prélèvement à Catherine...

Karma hoche la tête.

— Comment va-t-elle aujourd'hui ?

— Pareil. Elle n'a pas mal, mais elle se sent toujours oppressée.

— Elle ne veut pas d'oxygène ?

— Non.

Il hoche la tête une nouvelle fois, pensif.

— J'envoie ça au labo et je vous rejoins ?

— Prends ton temps. Je vais mettre le *docteur Atwood*, ici présente, au parfum.

L'infirmière me sourit.

— Je m'appelle Aïcha.

Je me racle la gorge.

— J... *Djinn*.

Son visage s'éclaire.

— J'ai droit à trois souhaits ?

Je mets un moment à comprendre ce qu'elle m'a dit, et alors que je cherche encore, elle sourit à Karma, sort un trousseau de clés et disparaît derrière une porte verrouillée.

Karma me regarde par-dessus ses lunettes.

— Votre matière préférée en fac, c'était pas l'humour, on dirait.

Sans attendre ma réponse, il me tend un dossier et entre dans la première chambre.

Elle est assez vaste pour accueillir deux patientes, mais il n'y en a qu'une. Le reste de la pièce est occupé par deux fauteuils et un canapé convertible portant des coussins et des couvertures. Plus loin, la salle de bains attenante est éclairée. J'y aperçois une très grande baignoire carrée.

Dans le lit, une femme d'une quarantaine d'années, la peau jaune comme un coing, extrêmement amaigrie, gît, les paupières closes. Karma s'approche d'elle, s'assied au bord du lit et lui prend la main. Elle n'ouvre pas les yeux mais murmure :

— Bonjour, Franz...

— Bonjour, Catherine.

— Il est déjà... (elle bâille) dix heures ?

Sa voix déformée est presque inaudible.

— Non, onze heures moins le quart...

Elle tente d'ouvrir les yeux, sans succès.

— Je dors tout le temps, je suis désolée...

— Ne soyez pas désolée. C'est pénible de somnoler en permanence.

Elle fait un petit rire.

— Oui, je peux pas... regarder les rediffs d'*Urgences*... Est-ce qu'on peut réduire un peu la dose... pour que je sois moins endormie... cet après-midi ?

— Bien sûr. À quelle heure Mona et Jacques viennent-ils ?

— Je sais pas... Dans l'après-midi.

J'ouvre le dossier. Je lis : « Catherine L., née en 1968. Remariée, une fille. Cancer du pancréas. » Le diagnostic remonte à seize mois et la première IRM a montré qu'elle avait des métas partout. *Seize mois ?!! Elle devrait déjà être morte.*

— Est-ce que vous avez besoin d'autre chose ? demande Karma.

Catherine secoue la tête. Puis elle ouvre les yeux comme si elle venait de se rappeler quelque chose et lève la main.

— Si, si… J'ai dû vous le demander déjà… mais j'oublie…

— Oui ?

— Quand… Quand Mona aura dix-huit ans…

— Oui. Je lui donnerai le cahier.

Catherine sourit de nouveau, son bras glisse, comme d'épuisement, jusque dans la main de Karma.

— Vous n'oublierez pas…

— Je n'oublierai pas. Il faut juste que je retrouve dans quel tiroir je l'ai rangé.

Le visage de Catherine s'éclaire et son murmure se transforme en rire silencieux.

Il se met à lui murmurer quelque chose et je crois entendre un bruit de ressac. Je me retourne. Face au lit, au-dessus d'un bureau portant un ordinateur et encombré de livres et de DVD, un écran plat de grande taille est encastré dans la cloison. Des vagues vont et viennent sur une plage de galets.

— Je repasse cet après-midi pour bavarder avec Mona et Jacques.

— Elle… ça va, mais Jacques… Elle me dit qu'il pleure tout le temps… ça me fait mal au cœur… J'ai beau lui dire que j'ai pas peur… Lui…

— Il a peur de vous perdre.

Catherine ne répond pas. Sa respiration semble comme suspendue, puis elle pousse un long soupir et ses paupières s'ouvrent.

Le blanc de ses yeux est jaune, aussi jaune que sa peau. Elle tend la main vers la table de chevet. Karma y prend une pipette et la soutient pour qu'elle boive.

— On… se serait perdus, de toute manière… C'est trop tôt, je sais bien… mais c'est toujours trop tôt. Et puis, c'est bien comme ça… Je veux pas qu'il me voie comme ça encore longtemps… Et je trouve…

confortable de partir la première... C'est égoïste, hein ?

— Oui, mais je ne le dirai à personne.

Les yeux de Catherine se portent sur moi. Pendant quelques secondes, j'ai le sentiment qu'elle me regarde sans me voir. Et puis, contre toute attente, elle dit :

— Bonjour... On ne se connaît pas...

— Je suis *Djinn* Atwood, la nouvelle interne.

J'ai parlé très vite, je ne voulais pas que « Franz » fasse le moindre commentaire.

— Bienvenue... Vous serez... heureuse, ici...

Ses yeux se referment. Au bout de quelques secondes, elle se met à ronfler doucement.

Karma dépose doucement la main de Catherine sur le lit.

Ma gorge se serre et brusquement, je me mets à les détester, tous les deux.

Quand nous sortons, je demande :

— Depuis quand soigne-t-on les cancers du pancréas dans les services de gynéco ?

Il me regarde droit dans les yeux.

— On n'est pas en gynéco, ici... Et on ne *choisit* pas les femmes qu'on soigne. Ce sont elles qui nous choisissent.

— Qu'est-ce que c'est que cette... chambre ?

— Que voulez-vous dire ?

— Le canapé, le grand écran, l'ordinateur, la baignoire à bulles... Elle a emménagé ici, ou quoi ?

Il soupire.

— C'est la chambre des adieux. Les posters, les coussins, les couvertures sont à elle et à sa famille, mais le reste, c'est du mobilier permanent. Les patientes au stade terminal qui ne veulent mourir ni en réanimation ni chez elles peuvent venir ici. C'est moins lourd pour leur famille. Son mari ou sa fille peuvent dormir là s'ils veulent, et il y a toujours une infirmière pendant la journée et un médecin d'astreinte la nuit. Tiens, d'ailleurs, ça me fait penser qu'il faut que je vous donne la date de la vôtre. Même si vous ne restez pas, vous nous en ferez une.

Damn !

— Une astreinte de nuit ? Ici ?

— Yep. On était huit médecins à les prendre, jusqu'à la semaine dernière, mais l'une de nous accouche dans quinze jours alors on s'est mis d'accord pour la laisser tranquille pendant deux ou trois mois, le temps que son petit fasse ses nuits.

Je m'attends à ce qu'il me plante là pour passer dans la chambre suivante, mais non, il attend je ne sais quoi.

— D'autres questions ? demande-t-il enfin.

Je désigne la porte de la chambre.

— Mme L...

— Catherine.

— Oui, Cath... pourquoi les appelez-vous par leur prénom ?

— Certaines patientes veulent qu'on les appelle par leur prénom. Je n'accepte que si elles font de même avec moi. Si elles m'appellent docteur, je les appelle madame.

Et la petite infirmière, alors ?

— Je vois... Alors, Catherine... Elle... Elle sait ce qu'elle a ? Elle sait qu'elle n'en a plus...

— Pour très longtemps ? Bien sûr. Elle le sait depuis qu'elle m'a apporté son IRM. Le brillant esprit médical qui a fait le diagnostic ne lui a pas adressé la parole, mais il a annoncé à son mari qu'elle en avait pour trois mois. Comme vous l'avez lu, ça en fait seize. La première année, elle a préféré faire de petits voyages d'une semaine dans presque toute l'Europe avec sa fille et son mari plutôt que de se confier aux chirs et aux oncos ; il y a deux mois, quand elle n'a plus pu sortir de chez elle, on lui a organisé une hospitalisation à domicile. Ça fait seulement quinze jours qu'elle est ici.

— Je comprends. Sa famille n'en pouvait plus.

— Pas du tout, c'est elle qui n'en pouvait plus de les savoir enfermés, assignés à résidence avec elle. Ici, quand elle n'a pas envie de les voir, elle peut leur dire de la laisser tranquille. Ils savent qu'elle n'est pas seule. Ils ne passent pas leur temps à écouter aux portes pour vérifier qu'elle respire encore.

— Oui, mais si jamais…

Je vois son sourcil se soulever.

— Si jamais quoi ?

— On ne choisit pas le moment où on va mourir…

À présent, ce sont les coins de ses lèvres qui se soulèvent. Je me demande ce qui le fait sourire comme ça.

— C'est vrai. On en a parlé tous ensemble le jour où elle est arrivée. Ils n'habitent pas loin. Et puis, la vie c'est risqué. Et elle préfère savoir qu'ils vivent, eux.

— Combien de temps…

— Je suis médecin, ma belle, pas devin. Par principe, je ne fixe jamais l'heure d'un décès avant de l'avoir prononcé.

Je reste sans voix plusieurs secondes, je ne sais pas pourquoi.

Il regarde sa montre au moment où j'arrive enfin à dire :

— Mais sa famille…

— Faut qu'on se dépêche, il y a des IVG qui nous attendent. On reparlera de ça plus tard, voulez-vous ?

Il me prend le dossier des mains, le pose sur l'un des bureaux et entre dans la seconde chambre.

Dans cette chambre-là, il y a deux lits, deux berceaux, un lit d'enfant à barreaux. Et un parc. Et des jouets partout sur le sol. Dans un fauteuil, une jeune fille qui a l'air de n'avoir pas plus de dix-sept ans donne le sein à un bébé au crâne noir de cheveux.

Dans le parc, un mouflet presque nu, en couche et tout en muscles fait des tractions vers le haut en bavant et en riant. Sur un des lits, une jeune femme de vingt ou vingt-deux ans est allongée et donne le biberon à un autre bébé chevelu.

— Et ici, c'est quoi ? L'annexe de la maison maternelle ?

J'ai dit ça tout haut, sans m'en rendre compte.

Les deux femmes lèvent la tête et, presque en même temps, s'exclament :

— Ah, mais non ! C'est bien mieux !

— Bonjour, mesdames, dit Karma.

Et puis il se met à quatre pattes, nez à nez avec l'athlète en herbe. Et d'un seul coup, le gamin éclate de rire.

Et là, d'un seul coup, ça remonte. Là-bas, dans le couloir, je sais pourquoi je suis restée pétrifiée un instant. Je ne m'en suis pas rendu compte sur le coup, parce que c'est passé dans la phrase sans que j'y prenne garde, mais il m'a appelée *ma belle*.

LAETITIA

(Ballade)

Ah, tu verras, tu verras, on est vachement mieux ici qu'à la maison maternelle. Pour Kévin, mon premier, j'y suis allée, à la maison mat'. J'avais seize ans, mon copain s'est tiré le jour où je lui ai dit la bouche en cœur que j'attendais un bébé, j'étais conne j'ai cru que ça lui ferait plaisir, il arrêtait pas de me dire que je serais belle enceinte et qu'il m'en ferait plein le moment venu, et puis voilà, un jour on n'avait pas de capotes, le distributeur du lycée était vide, l'infirmerie était fermée ce jour-là, et on n'avait pas d'argent pour aller en acheter à la pharmacie où ils te vendent ça parfumé à la fraise mais à un prix pas possible. Mon copain m'a dit c'est pas grave, tu me tailles une pipe comme ça tu risques rien mais je lui ai dit « Et moi ? Je m'en contente ? » et comme lui, me brouter la chatte il aimait pas ça du tout, ça lui donnait envie de vomir — et de toute manière il le faisait pas bien… J'aurais mieux fait de lui dire merde et puis voilà. De toute manière tous les deux on n'a pas fait long feu. D'abord il était pas gentil, il me traitait comme de la merde, et puis quand il a su que j'étais enceinte et comme je m'en suis pas rendu compte tout de suite j'ai rien pu faire… Bon, tout compte fait je regrette pas. Kévin est dur… c'est normal pour un garçon, mais il est mignon et puis il rit, et il est câlin. C'est ma petite, là, tu vois, qui me soucie, parce qu'elle dort tout le temps et bon elle prend le sein mais pas beaucoup, et puis elle redort, ça m'inquiète. Ma deuxième, c'était encore pire quand elle est née. Elle réagissait pas du tout. Pour Kévin, j'ai accouché en une demi-heure, la sage-femme n'en revenait pas, alors que pour ma deuxième, l'accouchement a duré un temps pas possible, j'avais pas de contractions et ils arrêtaient pas de regarder le monitoring et de dire que quelque chose n'allait pas, sans me dire quoi. Et moi j'étais dans les vapes, j'en pouvais plus, je voulais que le bébé naisse, Kévin était chez ma tante parce que j'habitais chez elle à l'époque et j'étais venue là toute seule. Non, j'avais pas d'ami à ce moment-là, je faisais un peu n'importe quoi, je couchais à droite et à gauche et je savais même pas qui était le père, et comme là encore je m'en suis pas rendu compte tout de suite, vu que j'ai maigri les premières semaines, quand j'ai compris que j'attendais un autre bébé, c'était trop tard pour avorter, et puis je voulais pas de toute manière. Les sages-femmes étaient débordées, c'était le soir de Noël, elles avaient jamais vu autant de femmes accoucher en même temps, en plus de celles qui avaient voulu déclencher plus tôt pour passer les fêtes en famille et qui avaient eu une complication, bref, elles n'arrivaient pas à s'en sortir et l'interne qui était bien gentil n'y comprenait rien alors il a appelé le gynécologue de garde, qui est arrivé pas content qu'on l'ait arraché à son repas, il devait être de sortie parce qu'il avait pas enlevé sa chemise et son nœud papillon à pois, il avait juste enfilé une blouse parce qu'il devait penser qu'il allait expédier ça en trois minutes, que si l'interne l'appelait c'est qu'il était incapable, et voilà tout. Seulement c'était pas ça, le bébé souffrait et le travail se faisait pas bien, elle avait la tête coincée ou quelque chose je sais pas parce qu'on me parlait pas. Mais quand il est arrivé il a demandé ce qui se passait et l'interne et la sage-femme lui ont dit qu'il y avait un problème et il m'a pas regardée, m'a pas dit un mot, il s'est penché sur le rouleau de papier qui défilait de la machine avec les contractions que j'avais pas et le cœur du bébé qui était beaucoup trop lent et il a dit quelque chose comme : « Qu'est-ce que c'est que cette merde ! », et il a demandé des forceps et sans rien me dire sans rien m'expliquer il m'a mis un drap sur le visage et puis il a commencé à me monter son truc dans le vagin et ça m'a fait si mal que j'ai hurlé mais il m'a crié : « Taisez-vous si vous voulez que je travaille. » Ça n'a pas duré longtemps j'ai senti presque tout de suite qu'il sortait le bébé de mon ventre et j'étais soulagée parce que je me suis dit : « Fallait pas que ça dure trop longtemps pour elle, elle risquait d'avoir du mal. » Mais je l'ai pas entendue pleurer, j'ai entendu un grand « boum », comme quelque chose qui tombe par terre et le chirurgien qui s'écriait : « Merde merde merde ! » et bien sûr j'ai pas vu ce qui se passait, j'ai entendu les autres s'agiter et lui je l'ai senti qui se baissait entre mes jambes et j'ai senti quelque chose qui me tirait sur le ventre encore une fois et j'ai senti quelque chose qui sortait de mon vagin comme si c'était une catapulte et puis un grand « splash ». J'ai crié : « Donnez-moi mon bébé. Montrez-moi mon bébé ! » J'ai relevé le drap de sur ma tête et entre mes cuisses j'ai vu la tête du gynéco qui apparaissait, il avait du sang partout sur le visage et des trucs rouges et blanchâtres sur son nœud papillon à pois et j'ai éclaté de rire. Il m'a jeté mon bébé sur le ventre et en s'essuyant la figure il a dit à l'interne : « Vous n'avez qu'à la recoudre, maintenant », et puis il est parti. Et moi je riais je pleurais à moitié de douleur et j'étais contente, mon bébé ma petite fille était née c'était fini je sentais plus rien, j'étais soulagée. Seulement elle bougeait très peu, elle disait rien, elle pleurait pas, elle cherchait pas à téter et quand je l'ai mise au sein elle le gardait pas dans sa bouche, je savais que c'était pas normal parce que Kévin, lui, quand je l'avais mis au sein il voulait plus le lâcher, il me pinçait quand j'essayais de le retirer.

J'ai demandé à la sage-femme ce qu'elle avait ma fille, pourquoi elle tétait pas, pourquoi elle disait rien, et la sage-femme ne répondait pas, elle regardait l'interne et lui il a dit : « C'est rien, elle est un peu assommée par l'accouchement », et il m'a fait un sourire bizarre, pas net, un sourire que j'ai pas aimé, et il s'est remis à me recoudre, je m'étais pas rendu compte que j'avais été déchirée, je sentais rien — il paraît que c'est normal quand c'est dilaté brusquement comme ça, et c'est surtout après, le lendemain matin, que je l'ai senti, que ça m'a fait un mal de chien et que ça me faisait pleurer mais que je pensais qu'à une chose c'est que mon bébé n'était pas normal, elle ne réagissait pas, elle avait les bras ballants comme quand ils dorment profondément, mais là elle c'était tout le temps, elle ouvrait pas les yeux, elle ouvrait pas la bouche, et elle tétait lentement, lentement…

Deux jours après, sans crier gare, ils m'ont mise à la maison maternelle et là c'était l'enfer, chaque fois que je demandais qu'on montre ma fille à un pédiatre parce que c'était pas normal qu'on l'ait pas montrée avant de me transférer, la surveillante de la maison mat' me disait que j'étais pas la seule dont il fallait s'occuper, qu'il fallait que je patiente et que j'arrête d'asticoter tout le monde.

Et plus ça allait, plus ma petite fille perdait du poids, plus elle avait l'air endormie, plus je demandais que le pédiatre la voie, et plus on me renvoyait que je savais pas m'en occuper, que je l'avais eue trop jeune comme Kévin et que les grossesses quand on n'a pas vingt ans c'est dangereux et que c'est pas bien de mettre des enfants au monde à c't'âge-là, comme si j'avais fait exprès de me retrouver enceinte !

Je lui avais pourtant dit au médecin que la pilule me faisait vomir et il m'a pas crue et il me l'a donnée quand même alors que moi je voulais un implant. Et comme je vomissais ma pilule un jour sur deux j'ai fini par laisser tomber et je me suis dit les préservatifs ça suffira, mais comme les types avec qui je couchais en mettaient pas toujours, je me suis remise à la prendre, et quand j'ai eu des vomissements j'y ai pas fait attention, je me suis dit c'est normal avec la pilule, mais c'était la grossesse qui avait commencé. J'ai mis du temps à m'en rendre compte…

Ça faisait deux jours qu'on avait été transférés et que je ne dormais pas parce que je savais qu'elle n'allait pas bien, et j'avais peur de m'endormir et de la laisser, mais j'étais tellement fatiguée et tellement inquiète aussi de savoir que Kévin était chez ma tante et qu'il pleurait tout le temps et qu'elle n'arrivait pas à s'en occuper. L'infirmière de nuit était gentille ; c'était la seule, à la maison mat'. Elle m'a dit qu'il fallait que je dorme, qu'elle allait me donner une tisane pour que je me détende, et je ne voulais pas, mais elle a insisté en me disant que si j'étais fatiguée je pourrais pas bien m'occuper de mon bébé. Quand je me suis réveillée, au bout de presque huit heures, je me suis levée en sursaut, je ne trouvais plus mon bébé, on m'avait retiré le berceau pendant que je dormais. La surveillante m'a dit qu'on l'avait emmené parce qu'elle ne respirait pas bien. Elle m'a envoyé à la réanimation. J'ai couru jusqu'à la réanimation et là on m'a dit que mon bébé était mort dans la nuit, quand on le leur avait amené, ils n'avaient rien pu faire. L'interne était une jeune femme, elle était en colère, elle a commencé à me disputer en me demandant ce que j'avais fait, si je l'avais secouée ou laissée tomber ou frappée, et moi je suis restée muette, j'en croyais pas mes oreilles, *elle me disait que mon bébé était mort et elle disait que c'était ma faute !*

J'ai hurlé et je l'ai secouée comme un prunier tellement j'étais folle. Ils me sont tombés dessus à plusieurs et m'ont fait une piqûre pour me calmer.

Quand je me suis réveillée, j'étais à l'hôpital psychiatrique.

Ils m'ont gardée là-bas pendant quinze jours. Au début j'arrêtais pas de crier que je voulais qu'on me rende mon bébé, que c'était ce gynécologue qui l'avait tué, il l'avait laissé tomber par terre et c'est pour ça qu'elle n'allait pas bien. Et là, bien sûr, on me refaisait des piqûres pour me calmer.

Au bout de trois jours comme ça j'ai compris qu'ils allaient me garder là tant que je me calmerais pas, et je ne voulais pas qu'ils m'assomment sans arrêt, je voulais retourner chez ma tante m'occuper de Kévin. J'ai ravalé ma peine et ma colère et j'ai plus rien dit, j'ai plus accusé personne.

Alors ils ont fini par me laisser sortir.

Quand je suis sortie, j'ai passé trois jours à pleurer et Kévin ne dormait pas la nuit, on aurait dit qu'il sentait mon chagrin. Et puis je suis allée voir un avocat. Je lui ai dit que je voulais porter plainte contre le médecin qui m'avait accouchée. Que j'étais sûre qu'il avait laissé tomber mon bébé. L'avocat m'a regardé d'un drôle d'air et il m'a dit : « Ce genre de procès coûte cher. » J'ai demandé combien. Il m'a dit une somme tellement élevée que j'ai rien pu dire. J'ai demandé : « On peut gagner ? », et je l'ai vu qui réfléchissait et puis il a dit : « Franchement, je ne crois pas. Je connais ce genre de situation. Vous êtes malheureuse que votre bébé soit mort, vous vous sentez coupable, et vous êtes tentée de faire porter la responsabilité à quelqu'un d'autre. Mais votre bébé a sûrement eu un problème pendant que vous étiez enceinte, c'est pour ça que l'accouchement a duré longtemps. Je connais le gynécologue, il a très bonne réputation, il a sûrement tout fait pour le sauver. Vous devriez abandonner cette idée. »

Et puis il s'est levé et il est allé jusqu'à la porte pour me faire sortir.

J'étais complètement assommée. À aucun moment il n'a eu l'air de vouloir m'aider. Pour lui, c'était comme si ça n'en valait pas la peine.

J'ai dit : « Alors je peux rien faire contre ce salaud ? »

Il s'est énervé et il a dit : « Le docteur Machin est un praticien respectable. Je ne peux pas vous aider à le poursuivre et je doute que quiconque veuille vous aider à le faire. Au revoir, mademoiselle. »

Tu vois, je suis pas violente, je crois que je ferais pas de mal à une mouche, mais là, si j'avais eu un flingue, je l'aurais tué, et quitte à aller en prison, je serais aussi allée tuer le salaud qui a tué mon bébé. Ou peut-être que je lui aurais juste tiré une balle dans les couilles, pour qu'il ne puisse plus jamais faire l'amour de sa vie, et qu'il souffre longtemps. Parce que bon, j'ai lu un jour une interview du type qui avait greffé deux bras à un malheureux qu'en avait plus, et qui disait qu'il pourrait même greffer des couilles, mais je sais que c'est des conneries, il voulait juste se vanter, comme tant de médecins.

J'ai failli tomber en dépression après ça, mais Kévin était là, il me secouait quand il sentait que j'allais pas bien, il grandissait, et quand je le regardais je me disais : « C'est pour lui que je tiens debout. » J'ai trouvé du travail dans une boulangerie, je me suis levée à 6 heures du matin, Kévin restait avec ma tante, et là j'ai rencontré Jonathan qui est arrivé comme apprenti trois jours après que j'ai été embauchée. Tout de suite il a su que j'avais un petit et il s'est intéressé à moi, on parlait au moment de la pause déjeuner, il apportait son sandwich et moi je m'en faisais un au travail. Un après-midi, je devais emmener Kévin au pédiatre et j'avais pas de voiture, il fallait que je prenne le bus avec la poussette, et tout, alors Jonathan m'a dit qu'il viendrait avec moi pour m'aider. Dans la salle d'attente il s'est mis à jouer avec Kévin qui était énervé et qui voulait marcher, alors il le tenait par les deux mains devant lui et il allait partout où Kévin allait et Kévin riait, riait, et Jonathan aussi et moi aussi forcément. Quand le docteur m'a fait entrer, ils sont entrés tous les deux devant moi et quand Jonathan a voulu sortir, je l'ai retenu par la main, j'ai dit : « Reste. »

On avait pas prévu que je serais enceinte presque tout de suite, et j'avais très peur de sa réaction mais quand il l'a su, il a souri et il a dit : « Le patron m'a dit que le commis voulait partir pour prendre un commerce à lui, il m'a demandé si je voulais le remplacer, alors on aura du travail tous les deux dans la même boulangerie et on pourra s'organiser. »

J'avais peur d'accoucher encore à la maternité, et je voulais pas aller à la clinique Saint-Ange, dans la zone Sud, parce que là-bas, c'est tout juste s'ils te demandent pas ta feuille d'impôts à l'entrée avant de te dire s'ils veulent bien t'accoucher — on aurait pas eu les moyens parce qu'ils te font payer tout un tas de choses en plus, alors non. Et puis — tiens, ça, c'est quelque chose que j'ai oublié de te raconter — quand j'étais enceinte de ma fille, j'avais de l'hypertension, j'étais à deux doigts de faire de la prééclampsie, et les sages-femmes m'avaient dit que je risquais d'en refaire à mes grossesses suivantes, et ça aussi ça me faisait peur : qui est-ce qui allait me soigner, alors ? Un jour, Jonathan m'a dit qu'il fallait quand même qu'on aille voir un médecin, alors pendant notre jour de fermeture de la boulangerie, on y est allés ensemble, on a laissé Kévin à Jacqueline, la maman de Jonathan, elle l'aime beaucoup et au début ça me plaisait pas trop de le lui confier, par rapport à ma tante, mais Jacqueline a une grande maison et elle a élevé six garçons alors un petit comme ça, ça lui fait pas peur, et quand Kévin va chez elle il est toujours de bonne humeur quand on retourne le chercher, alors que chez ma tante, il est toujours énervé, ça veut bien dire quelque chose.

Le médecin avec qui on avait rendez-vous pour la déclaration de grossesse n'était pas là, il était aux urgences et il a pas pu me recevoir, et moi j'étais angoissée parce que je m'étais mise à saigner le matin, et j'avais peur que le bébé n'aille pas bien. Alors la secrétaire a pris son téléphone et elle a appelé l'unité 77, et là, Mme Angèle, la conseillère-surveillante, a tout de suite dit : « Envoyez-la-nous. »

C'est le docteur Karma qui m'a reçue et tout de suite j'ai su que ça irait bien parce qu'il souriait et me parlait comme à une adulte, pas comme à une gamine, parce que c'est vrai, j'ai pas encore vingt ans, et j'entends tout le monde me dire que c'est pas raisonnable d'avoir des enfants à cet âge-là et au début je passais mon temps à expliquer pourquoi — maintenant j'en ai marre, je dis c'est mes affaires mêlez-vous des vôtres. Seulement des trucs comme ça tu peux le dire à ta voisine ou aux étrangers, pas à un docteur qui en te voyant enceinte pour la troisième fois à dix-neuf ans te fait le même regard que si t'avais volé une banque ou collé des coups de ceinture à tes mômes... Eh ben, le docteur Karma, il te regarde pas comme ça. Avec plein d'autres t'as toujours l'impression que t'es personne. Avec lui, t'as toujours l'impression que tu es une personne. Enfin, que tu es quelqu'un, quoi. Et quand je lui ai dit que j'avais peur de faire de l'éclampsie et de me retrouver là-bas il a regardé le dossier et il a dit : « Pas question de vous remettre dans les pattes de ce boucher, ni pendant votre accouchement, ni après ; quand vous accoucherez, vous m'appellerez et après vous irez vous reposer dans la petite section. » Alors là, telle que tu me vois, comme tout s'est bien passé et que ma petite est arrivée comme une lettre à la poste, je ne vais pas rester ici longtemps, deux jours ça suffit, et je sais que si j'ai un souci je peux appeler. Mais tu as bien fait de t'en aller de la maison mat', surtout avec un gaillard comme ton petit garçon, là, qu'est-ce qu'il est éveillé, il me fait penser à Kévin, c'est fou. Oui je sais que c'est fatigant mais tu vas voir, tu fais le plus dur, là. Regarde, moi, j'ai eu du mal avec Kévin, surtout avec tout ce qui nous est arrivé, mais dans deux heures Jonathan viendra avec lui nous chercher, la petite et moi, et il a beau avoir que deux ans et demi, je sais déjà qu'il va adorer sa petite sœur, quand j'étais enceinte et que j'étais fatiguée il venait vers moi, il me faisait un bisou sur le ventre et il disait : « Dodo bébé. Manman tiguée. Dodo bébé. » Et il lui chantait une chanson. Quand il sera plus grand, le tien, crois-moi, tout l'amour que tu lui as donné, tu verras, il te le rendra.

DISPENSAIRE

Le soignant, c'est celui à qui le patient prend la main.

En sortant de la chambre où Karma a joué pendant cinq bonnes minutes avec le nourrisson-colosse avant de parler avec les deux jeunes mères — elles le regardaient avec un regard amoureux qui m'a, encore une fois, exaspérée —, je me dirige vers la troisième chambre, au fond de la section. Au même moment, Aïcha sort de celle où elle était entrée, et referme la porte à clé. *À clé ?*

— Il n'y a personne dans la troisième chambre, dit Karma. Ça ne va pas durer, mais ce matin, c'est calme.

Je désigne la pièce d'où Aïcha vient de sortir.

— Et là ?

Karma repousse d'un doigt ses lunettes vers son front.

— C'est la chambre de Mme X. Une patiente privée.

— Que voulez-vous dire ?

— Que personne d'autre que les infirmières ou moi ne va la voir.

— Elle ne veut pas qu'un autre médecin l'examine ?

Il soupire.

— Ce n'est pas exactement ça. Il *vaut mieux* qu'aucun autre médecin ne l'examine.

— Pourquoi ?

— Parce que je suis le seul qu'elle ne risque pas de tuer.

Avant que j'aie pu lui demander des explications, il regarde sa montre.

— Faut qu'on y aille… Je passerai la voir plus tard, dit-il en posant la main sur le bras d'Aïcha.

Il reprend le couloir en direction de la salle d'IVG.

— La première dame est prête, dit la surveillante en lui tendant un dossier.

— Alors, au boulot.

Il entre dans une chambre, deux femmes sont allongées en chemise de nuit sur des lits encore faits.

— Madame V. ?

Une femme se lève, elle est pâle et a l'air un peu assommée, elle fait deux pas, titube, et Karma est tout de suite à son côté pour la soutenir.

— Bonjour, je suis le docteur Karma, c'est moi qui vais procéder à l'intervention. Je vais vous conduire jusqu'à la salle.

— Ça tourne…

— Oui, ce sont les tranquillisants que vous avez pris en arrivant.

Il me tend le dossier et passe devant moi, la femme à son bras.

D'abord, ça m'énerve qu'il me prenne pour son boy, je les suis dans le couloir et puis je baisse les yeux vers le dossier, je l'ouvre, et en marchant, je lis :

Âge — 43 ans (née en 1968)

Date présumée du début de la grossesse : 12 janvier (8 SA)

Nombre d'enfants — 5 (4 vivants)

Fausses couches spontanées — 3

IVG antérieures : 2 (1985 ; 1999)

Contraception antérieure : pilule combinée entre les grossesses ; DIU au cuivre depuis 2001.

Ben voyons ! Garder un stérilet dix ans c'est bien trop long, c'est de la folie ! Faut pas s'étonner de se retrouver en cloque. Mais putain à quoi elles pensent ?

Devant moi, ils entrent dans la salle d'IVG.

C'est une pièce en sous-sol, équipée d'une table gynécologique à commandes électriques, avec des jambières rembourrées. Au bout de la table on a placé une grande bassine métallique tapissée d'un sac en plastique noir. À droite, dans le coin de la pièce, il y a un petit bureau à deux chaises. À gauche, une aide-soignante tend la main vers la patiente pour la soutenir pendant qu'elle gravit un escabeau et s'allonge sur le drap en papier.

Une fois qu'elle s'est installée, Karma se penche vers elle.

— Est-ce que vous avez des questions à poser ?

— Ça va faire mal ?

— Pas forcément. On vous fait respirer du protoxyde d'azote, ça va vous détendre, et puis je fais une anesthésie locale du col de l'utérus, tout ça c'est fait pour que vous n'ayez pas mal. Quand ça fait mal quand même un peu, c'est le même genre de douleurs que les contractions d'un accouchement (*Ah, c'est malin de lui dire ça, tiens ! Tu l'accouches pas, là, tu l'avortes ! Comment tu crois qu'elle peut prendre ça ?*), mais en moins fort et en moins long. Et si vous avez encore des contractions après, on vous mettra de la glace sur le ventre et on vous donnera des anti-inflammatoires. D'accord ?

Elle hoche la tête.

— Je vais vous expliquer ce que je fais au fur et à mesure, vous voulez bien ?

Elle hoche la tête à nouveau.

— On y va ?

— On y va, murmure-t-elle.

Il se dirige vers le point d'eau, se savonne les

mains soigneusement, les sèche avec des serviettes en papier, se frictionne les doigts avec de la solution antiseptique. Puis, du bout du pied, approche un tabouret à roulettes de la table gynécologique, s'assied entre les cuisses écartées de la patiente, se tourne, tend la main vers le plateau que pousse vers lui l'aide-soignante, sort un spéculum d'un sachet transparent, écarte délicatement les grandes lèvres et demande :

— Vous voulez bien me donner de la lumière ?

Je pose le dossier sur le bureau, je lève les yeux au plafond, je descends le scialytique vers lui et je le braque dans l'axe du spéculum. La main de Karma pousse sans hâte l'instrument à l'intérieur du vagin, l'ouvre très lentement pour écarter les parois jusqu'à ce que le col apparaisse, anneau rose centré d'une tache sombre, comme une cible au fond d'un couloir.

Avec une pince longuette, il passe sur le col, à une ou deux reprises (« C'est froid, c'est mouillé, c'est désagréable… ») des compresses imbibées de liquide stérile.

Il se tourne vers l'aide-soignante, pêche une paire de gants stériles dans l'enveloppe qu'elle vient d'ouvrir, les enfile, puis prend la seringue, arrime l'aiguille épicrânienne au bout de la pince longuette, la glisse dans le spéculum, puis dans le cul-de-sac vaginal à droite (« Je vous fais l'anesthésie locale, si jamais vous avez la tête qui tourne ou un mauvais goût dans la bouche, ne vous inquiétez pas, ça va vite passer ») et pousse lentement sur le piston de la seringue jusqu'à mi-hauteur avant de retirer l'aiguille, de la piquer à gauche et de vider la seconde moitié.

Une fois qu'il a terminé, il repasse de l'antiseptique sur le col. Deux filets de sang s'écoulent à présent des culs-de-sac. Il se lève, repousse le tabouret du pied, s'approche de la patiente.

— Ça va ?

Elle hoche la tête.

— On va attendre trois minutes que l'anesthésie agisse, et puis on vous fera respirer un peu de protoxyde au masque. D'accord ?

— D'accord...

Il s'adosse à la paillasse en formica et me regarde.

— Vous avez lu le dossier ?

— Oui.

— Des remarques ?

J'hésite.

— Dix ans, c'est long pour laisser un DIU, non ?

— Non. Celui que Mme V. portait pouvait être laissé en place plus longtemps que ça. Aux États-Unis, il est agréé pour douze ans.

Jamais entendu dire ça.

— Si c'est vrai, c'est drôlement bien...

— C'est vrai, c'est drôlement bien et ce serait encore mieux si tous nos confrères le savaient. Comme vous avez l'air de le découvrir, je doute que ce soit une information très répandue. Encore un truc que les mandarins ont omis de noter. Mais donner une méthode de contraception qui dure douze ans sans avoir la mainmise sur les femmes, c'est pas enthousiasmant ; c'est tellement plus gratifiant de les obliger à revenir deux fois par an pour le toucher vaginal et l'échographie obligatoires avant prescription de pilule et de cholestérol...

Je suis sur le point de répondre, mais le téléphone de la salle sonne. L'aide-soignante décroche.

— C'est pour vous, c'est Aline.

Karma s'approche avec un sourire. L'aide-soignante lui place le combiné sur l'épaule et, sans y toucher, il penche la tête pour le coincer contre son oreille.

— Je t'écoute, ma chérie.

Encore ? Va falloir que je fasse la liste des petits noms qu'il leur donne à toutes.

— Mmhhh… Mmhhh… Aha ! dit Karma. O.K. On va se débrouiller.

Il fait signe à l'aide-soignante de récupérer le téléphone et retourne se pencher vers la patiente.

— Ça va ?

Elle hoche la tête.

— Alors, on va y aller.

Il se retourne vers l'aide-soignante.

— Angèle est occupée là-haut. Donnez le masque à *Djinn*, elle va s'occuper du proto.

L'aide-soignante me fait signe de prendre sa place.

— Mais… je…

— Vous inquiétez pas, vous allez vous en tirer très bien, dit Karma en souriant dans sa barbe.

Le masque à protoxyde dans la main, comme une imbécile, je me retrouve dans une de ces positions que j'ai toujours détestées. Je devrais être à l'autre bout de la table, avec lui, pas ici comme une simple sous-fifre.

Mais Karma n'a pas l'air de se préoccuper de ça, il fixe déjà une compresse au bout de la longuette, l'imbibe d'antiseptique et badigeonne l'intérieur du vagin, tandis que l'aide-soignante sort d'un étui une longue sonde translucide et la fixe sur le tuyau d'aspiration.

— Allez-y ! me lance Barbe-Bleue. Qu'est-ce que vous attendez ? Qu'elle dérouille ?

La patiente a les yeux fermés. Je pose le masque sur son visage, mais elle réagit vivement en me prenant le poignet.

— Qu'est-ce que vous me faites ?

— Pardon… Je vous mets du gaz… du protoxyde d'azote. Pour vous détendre.

Elle hoche la tête, se laisse faire.

— Respirez profondément.

Elle respire profondément, mais sa main ne quitte pas mon poignet et le serre un peu plus fort.

— Je commence l'aspiration, dit Karma.

La machine se met à siffler.

La main de la femme cherche ma main, emprisonne mes doigts dans les siens. Je la laisse faire sans lâcher le masque. J'approche l'autre main de sa tête et je la pose sur ses cheveux.

Là-bas, à l'autre bout de la table, Karma s'est mis debout, sa main va et vient entre les cuisses de la femme, une bouillie rouge et blanche court dans le tuyau d'aspiration et va éclabousser les parois du flacon posé sur la machine à aspiration.

La femme gémit.

J'ai mal au ventre.

CONCEPTIONS

Un corps humain n'a pas de boulons.

Quand j'entre dans la chambre, deux des trois femmes que Karma a avortées sous mes yeux sont assises sur leur lit devant un plateau-repas. L'une des deux sourit et engloutit une assiette de petit salé aux lentilles. L'autre chipote sur du poulet et de la purée. Karma est assis sur une chaise entre les deux lits, les dossiers sur les genoux. Je regarde le visage des deux femmes et, sans les bonnets qu'elles portaient sur la tête tout à l'heure, j'ai du mal à les reconnaître.

— Ah, voilà notre interne, le *docteur* Atwood. C'est elle qui vous a aidées à vous détendre tout à l'heure, pendant l'intervention.

Ensemble, les deux femmes me font un signe de tête et murmurent merci.

Je hoche la tête bêtement, je ne sais pas quoi répondre.

— Nous étions en train de parler de contraception, chère amie. Mme V. (il désigne le lit à sa gauche) va bien sûr opter pour un stérilet, qu'on va d'ailleurs lui poser tout à l'heure, avant qu'elle parte, si elle n'a plus mal… Vous avez mal combien ?

— Moins que tout à l'heure, répond Mme V. Quatre sur dix.

— Bien, les anti-inflammatoires sont en train de faire de l'effet, alors. (Il se retourne vers moi.) Mais Mlle A. (il désigne l'autre lit) ne veut plus prendre de pilule, car elle a été enceinte deux fois avec.

J'ouvre de grands yeux.

— Vous l'avez oubliée ?

Aux longs cheveux tombant sur ses épaules, je devine qu'elle n'a pas vingt ans. Elle me fusille du regard.

— Pas une fois.

— Vraiment ?

Comme si t'allais reconnaître que t'es tête en l'air tiens !

— Ja-mais. Mon cellulaire sonne tous les soirs à la même heure, ma plaquette est dans la même poche que le cellulaire. Je ne l'ai *jamais* oubliée.

Dans sa voix et ses yeux il y a de la colère.

Je me tourne vers Karma, que je vois hocher la tête.

— Quand Mlle A. est allée consulter une gynécologue pour se faire prescrire une contraception, l'an dernier, cette... consœur lui a prescrit la dernière pilule en date en lui expliquant qu'elle était « très légèrement dosée » et que par conséquent, elle ne risquait ni cancer du sein, ni hypertension, ni prise de poids, ni cholestérol... et qu'elle n'aurait aucun effet secondaire.

La jeune femme pose ses couverts et me regarde droit dans les yeux.

— Ah, ça ! C'est sûr, j'ai pas fait de cancer du sein. Seulement, au bout de trois mois, j'ai pas eu de règles et quand je l'ai appelée elle m'a dit : « Ça arrive, c'est pas grave », et je voyais bien que je l'embêtais, mais j'ai insisté et comme elle connaît mes parents, elle m'a donné un rendez-vous trois jours plus tard, entre deux autres patientes. J'avais pas dit à ma mère que j'allais voir la gynéco pour la pilule la première fois, je lui avais raconté que j'avais mal au moment de mes règles et pour que j'aie pas besoin d'aller à la pharmacie, la gynéco m'avait donné deux boîtes de trois plaquettes qu'un représentant venait de lui laisser. Mais là, trois mois plus tard, quand je suis arrivée dans son cabinet, elle faisait la gueule, elle m'a fait déshabiller sans rien me dire et m'a mis sa sonde dans le vagin, et elle a commencé à m'engueuler en me disant que si j'étais pas capable de prendre la pilule correctement, c'était vraiment pas la peine qu'elle se casse la tête à me la prescrire. Je ne comprenais rien à ce qu'elle me disait, je lui ai demandé et elle m'a dit : « Vous êtes enceinte de huit semaines ! Ne me dites pas que vous ne vous en êtes pas rendu compte ! » Eh non, je m'en étais pas rendu compte, j'avais juste les seins un peu gonflés et je lui en avais parlé en l'appelant et elle m'avait dit : « C'est rien. » Sur ce, elle m'engueule en me disant que j'ai sûrement pris ma pilule n'importe comment, et avant même que j'aie pu m'expliquer, elle me dit qu'elle va me faire ça sans le dire à mes parents parce que je suis mineure mais que c'est bien la dernière fois et qu'il faut pas que je *lui* refasse ces conneries-là. Je me suis retrouvée dans la salle d'attente pas encore rhabillée avec à la main un papier de rendez-vous dans sa clinique la semaine suivante. Forcément, j'étais tellement soufflée, d'abord de savoir que j'étais enceinte et puis de l'engueulade que je m'étais reçue que je suis rentrée chez moi je ne sais pas comment, je me souviens même pas avoir pris le bus et traversé le pont piéton qu'il faut prendre au-dessus de la voie ferrée pour rentrer, quand je suis arrivée j'étais trempée comme une soupe, j'avais même pas vu qu'il pleuvait, je me suis mise au lit, ma mère a cru que j'étais malade, elle a voulu me parler mais je pouvais rien lui dire, forcément, elle savait pas que je couchais avec mon petit ami. La semaine d'après, je suis partie de chez moi à sept heures et demie comme d'habitude mais au lieu d'aller au lycée je suis allée à la clinique et pour que le lycée ne prévienne pas mes parents que j'étais absente, ma tante à qui j'en avais parlé a appelé le matin en se faisant passer pour ma mère et a dit que j'étais malade et que je viendrais pas de la journée. Je suis ressortie l'après-midi à cinq heures et demie et comme ça je suis rentrée à l'heure chez moi. La gynéco m'a avortée sous anesthésie générale mais elle n'est pas passée me voir de toute la journée, je crois bien que je l'ai même pas vue pendant l'avortement, j'ai vu que l'infirmière et l'anesthésiste, elle m'a fait ça pendant que je dormais et elle est partie avant que je me réveille. Quand je suis sortie, ma tante est venue me chercher, c'est elle qui avait signé tous les papiers, puisqu'il faut qu'un adulte signe quand on n'est pas majeure. L'infirmière lui a donné un sac en lui disant qu'il y avait six mois de pilule dedans. Elle a ouvert le sac et elle a dit : « Mais c'est avec cette pilule-là qu'elle est tombée enceinte. » Et l'infirmière a répondu : « Elle l'a sûrement oubliée. C'est pas possible d'être enceinte quand on ne l'oublie pas. » Et quand elle me l'a donnée, je me suis mise à pleurer parce que j'étais sûre, certaine de chez certaine, que je l'avais pas oubliée. Et pendant les premières semaines, après, je voulais pas faire l'amour avec mon copain, j'avais trop peur d'être enceinte à nouveau. Alors pendant plusieurs mois, il a mis des préservatifs aussi, tout pendant que je prenais la pilule. Et puis petit à petit je me suis dit que ça m'était peut-être arrivé parce que je ne la prenais pas depuis assez longtemps, et on en avait marre de mettre des préservatifs, lui ça le gênait pas, mais moi je sentais pas les mêmes choses, c'était pénible, ça me chauffait, ça me faisait mal, alors un jour je lui ai dit de pas en mettre et pendant un mois y a pas eu de problème et puis le deuxième mois j'ai pas eu mes règles. Et là je suis allée faire un test aussitôt et il était positif. Et maintenant je suis très en colère...

Elle se tourne vers Karma.

— Et il y a de quoi! enchaîne-t-il, parce que notre... *con*sœur ne lui a pas dit, sûrement parce qu'elle l'ignore — et si tel est le cas, venant d'une professionnelle, c'est bien regrettable —, que chez une très jeune fille, *toutes les pilules n'endorment pas l'ovulation*...

— Quoi?

— Eh non. Les ovulations sous pilule sans oubli, ça se voit, surtout quand on donne une pilule «très légère» avant vingt-cinq ans...

— Je ne le savais pas.

— Oui, pour le savoir il faut lire, ou avoir un peu de bouteille. Maintenant vous le savez et (il me regarde droit dans les yeux à son tour) vous ne l'oublierez plus. Mais cette... *consœur* doit avoir quinze ans de plus que vous. Elle est inexcusable. Et elle est encore plus inexcusable de ne pas avoir cru Mlle A. quand elle lui a affirmé qu'elle n'avait pas oublié sa pilule.

La jeune femme hoche la tête.

— C'est ça que je lui reproche le plus. Je savais que j'allais faire l'amour, et j'en avais envie, et je savais que ça serait la première fois pour mon ami comme pour moi, et je voulais pas risquer d'être enceinte. Mais cette... femme m'a traitée comme si j'étais irresponsable.

— Alors que tu avais tout fait pour ne pas prendre de risque, dit une voix. Parfois les médecins eux-mêmes nous empêchent de nous protéger...

Dans l'autre lit, Mme V. sanglote.

— Je suis navré que certains confrères vous aient fait subir ça, à toutes les deux, mais vous n'allez pas sortir d'ici sans être parfaitement protégées, l'une comme l'autre.

Il sort de la poche de sa blouse un tube en plastique transparent, moitié plus fin et deux fois plus long qu'un stylo. Au bout du tube pendouille un T en plastique entouré d'un fil de cuivre.

— Savez-vous ce que c'est ?

— Un stérilet, c'est ça ? fait la jeune fille. J'en ai vu sur un site Internet. C'est tout petit... Je voyais ça plus gros, d'après les photos.

— C'est ça, un stérilet ? demande Mme V. J'ai porté le mien pendant plus de dix ans et j'avais jamais vu comment c'est fait.

— Votre médecin ne vous en a jamais montré ?

— Non.

Pendant le quart d'heure qui suit, il leur fait une démonstration genre tour de passe-passe pour leur expliquer comment on pose un stérilet ou un implant, comment ça agit, comment prendre sa pilule sans risquer d'être enceinte, tout ça dans le plus parfait désordre, en s'arrêtant pour répondre à leurs questions et en leur demandant où il s'est arrêté pour reprendre après leur avoir répondu. J'arrive pas à suivre. Je ne comprends pas où il veut en venir. À la fin j'ai l'impression que c'est une conversation entre filles, qu'il s'est transformé en gonzesse lui aussi : il plaisante, il les fait rire en leur racontant des histoires, il rit, comme s'il n'était pas au boulot. Et puis brusquement le silence tombe, il dit à l'adolescente : « Je vous prescris tout ça, comme ça vous pourrez choisir », puis se tourne vers Mme V.

— Comment ça va ?

— Ça va mieux. Je n'ai pratiquement plus mal.

— Tant mieux... Je vous poserai votre stérilet tout à l'heure, juste avant que vous rentriez chez vous. Vous voulez bien ?

Elle hoche la tête.

— À plus tard, alors.

Il se lève.

— Au revoir, mademoiselle.

— Au revoir, monsieur, dit la jeune fille, et elle lui tend la main, et il a l'air surpris, il rit doucement et il va la lui serrer. Et puis elle me la tend à moi aussi, et quand je m'approche d'elle pour la serrer, elle dit : « Merci », et je me sens rougir.

— Je n'ai rien fait…

— Si, si, vous m'avez rassurée tout à l'heure avant de me mettre le masque, ça me faisait peur, j'avais peur d'étouffer mais vous l'avez posé tout doucement sur ma bouche, et je n'ai plus eu peur et je me suis sentie détendue et ça s'est bien passé. Alors, merci.

J'ai l'impression que les yeux de Karma se posent sur ma nuque mais quand je me retourne, il est déjà sorti de la chambre.

ALINE

(Récitatif)

Le premier jour, elle m'a déplu profondément.

D'abord, avec ses cheveux très courts, elle avait l'air d'un mec. Ne vous méprenez pas : j'ai rien contre les filles masculines, qu'elles soient lesbiennes ou pas, mais là, elle, c'était pas ça, c'était pas comme si elle avait quelque chose de masculin en elle, ce genre de truc qui déborde même quand on ne le sait pas soi. Elle, c'est comme si elle avait voulu *ressembler* à un de ces petits mecs qui roulent les mécaniques à l'internat, relèvent leurs cols pour bien montrer qu'ils sont le sel de la terre et laissent leur stéthoscope pendre négligemment sur leurs épaules même quand ils sortent du bâtiment.

Ce n'est pas tant les cheveux courts, d'ailleurs, que la façon dont elle m'a regardée en arrivant, genre : « C'est moi que v'là, comment se fait-il que vous ayez autre chose à faire que me dérouler le tapis rouge ? » Je l'aurais baffée.

Alors, j'adore Franz, je tuerais pour lui, mais j'ai pas bien compris qu'il la vire pas immédiatement, alors qu'il en a viré bien d'autres, de bien moins gratinés qu'elle… Il faut dire que c'est la première femme interne qu'on voit ici depuis que… eh bien, depuis que je travaille au 77. Ça fait donc bientôt quinze ans, ça nous rajeunit pas, hein ? Quinze ans déjà, j'en reviens pas.

Mais bon, elle avait beau être une nana, ça n'excuse pas tout, et surtout pas la brutalité ou la bêtise, et je peux te dire que dans les deux domaines, elle en tenait une couche.

Le premier jour ça ne s'est pas bien passé du tout. Et puis, je sais pas ce que Franz lui a dit, mais le deuxième déjà, elle était moins pète-sec, moins hautaine, moins supérieure et *c'est moi que v'là*. Elle s'est concentrée sur le boulot. Le deuxième jour, je l'ai presque pas vue, ça m'allait parfaitement, j'avais pas très envie de la voir de toute manière. En arrivant le matin, j'avais trouvé un courriel de Franz me disant que « Djinn » était à l'essai pendant la semaine, et que si ça ne gazait pas, il la mettrait dehors vite fait mais qu'il avait besoin que je prenne mon mal en patience. Il a bien fait, parce que je risquais de lui sauter dessus à la moindre remarque, déjà qu'elle avait engueulé une patiente au téléphone la veille et que rien que pour ça elle aurait mérité que je lui arrache les yeux ; elle a jamais dû se trouver dans la même situation que ces femmes, c'est sûr. Enfin bon, toujours est-il que le mercredi matin y a pas de consultation au 77 alors elle suivait Franz dans la petite section, puis aux IVG, et moi, ça m'a permis de me calmer.

Et puis, vers 13 h 30, j'ai entendu des pas à l'extérieur, et j'ai vu la Djinn pousser la porte vitrée de la rue, blanche comme un linge, se tenir là dans l'entrée sans rien dire, puis tourner les talons et ressortir. Ça m'a intriguée, je me suis levée pour regarder par-dessus le comptoir et je l'ai vue fouiller dans la poche de sa blouse, sortir un paquet de clopes, constater qu'il était vide, le froisser en boule et le remettre dans sa poche et puis s'asseoir sur les marches et rester là un bon moment, la tête entre les mains.

J'ai pensé : « Ça va lui faire du bien. »

Elle était là depuis plusieurs minutes quand le téléphone a sonné. C'était Franz.

— Djinn est là ?

— Oui, elle prend l'air, *pauv'chochotte*.

Il a hésité à répondre.

— Envoie-la-moi, tu veux bien ?

— *Grmmmph*.

— Sans grogner, ma poule.

— *Grmmmph*.

Je me suis levée et je suis allée ouvrir la porte vitrée.

— Franz te demande.

Elle a tourné la tête, elle était pâle comme la mort, elle n'a rien dit, elle s'est levée, elle a fait « oui » de la tête et murmuré quelque chose comme « merci » et puis elle a descendu les marches jusqu'à la rue, puis les six marches vers le sous-sol, et elle a franchi l'entrée des IVG.

Quand elle m'a regardée, j'ai juste eu le temps d'apercevoir ses yeux et il y avait quelque chose de différent. Elle n'avait pas pleuré, non, c'est pas le genre — je suis sûre qu'elle pourrait enlever cœur et poumons à sa propre mère sans sourciller. Mais elle avait le regard… je sais pas comment dire.

Cassé.

CRIMES

En chacun de nous sommeille un bourreau.
Le tien, tu es sûr qu'il dort ?

Je cours après lui, parce que quelque chose ne va pas, je me sens complètement con, complètement ignorante, et ça me fout dans tous mes états, je pensais que je savais tout ce qu'il y avait à savoir, les histoires de gonzesses, la contraception, c'est quand même pas compliqué, t'ovules ou t'ovules pas, quand tu prends la pilule t'es tranquille sauf si tu l'oublies ou alors tu la prends pas et là, t'as à t'en prendre qu'à toi-même comme la fois où tu t'es retrouvée au lit avec ce type qui était beau comme un dieu et parlait à ta copine, on voyait qu'elle lui avait tapé dans l'œil comme c'était pas possible et il arrêtait pas de lui tourner autour putain quel beau mec un mec à te faire chaud partout, mais elle, cette imbécile, elle voulait rien savoir, elle faisait comme si elle ne le voyait pas et toi, tu le regardais tu le dévorais des yeux et finalement quand elle l'a envoyé promener il avait l'air tellement blessé et il a dit : « Qu'est-ce que je suis con… », et toi quand tu as entendu ça tu t'es plantée là et tu lui as dit : « Dis pas ça, c'est elle qu'est conne », et lui : « Tu es gentille, quel âge tu as ? », et toi tu commences à dire : « Dix-sept », mais tu te retiens pour pas avoir trop l'air d'une gamine seulement comme le « *Dix* » est déjà sorti faut que tu finisses alors tu dis… « *neuf ans* » et il te fait un sourire à mourir et deux heures plus tard vous êtes au pieu et bien sûr tu prends pas la pilule parce que c'est un de tes tout premiers et bien sûr il a pas de capote parce que ça se passe dans une piaule au deuxième étage de la grande maison où ta copine fête son anniversaire et il y a du monde partout et c'est la seule pièce qui ait une clé à la porte, il a fermé et tu as dit qu'il ne fallait pas allumer la lumière, tu ne voulais pas qu'il te voie, pas comme ça pas quand ça peut être fini en cinq minutes et quand il t'a pénétrée le premier mouvement de son sexe dans le tien c'était fulgurant et bon tu as senti ton cœur s'arrêter mais tout de suite il a refait un grand mouvement pour s'écarter sortir de toi et revenir te planter son sexe comme un poignard et ça t'a surprise, ça t'a fait si peur que ton vagin s'est resserré comme un étau et la deuxième fois bien sûr il s'est cogné et il a eu mal comme s'il avait essayé de faire l'amour à un mur…

Je cours derrière Karma, putain comme je me sens conne comme je me sens bête pourquoi je sais pas ces trucs-là ? Si ça se trouve, moi aussi je prends la pilule pour rien et j'ovule sans arrêt, et comme j'ai pas arrêté de baiser c'est comme si je sautais chaque fois sans parachute. Mais comme j'étais toujours au bloc de garde ou en contre-visite quand je rentrais Joël n'était plus là ou alors quand j'étais là et qu'il rentrait j'avais plus envie, je l'envoyais paître et parfois je m'endormais mais je disais oui quand même fais ce que tu veux et ça, je sais que ça lui coupait l'envie complètement. Il se mettait en colère, il me disait toi tu peux leur faire ce que tu veux quand elles sont *out* mais moi je peux pas faire l'amour à une fille qui dort. Ça me foutait hors de moi qu'il me parle comme ça, qu'il me traite comme…

Je le vois franchir la porte de l'escalier et je le rattrape au moment où il atteint le palier et je lui crie :

— Expliquez-moi !

Il s'arrête.

— Vous expliquer quoi ?

— Elle est vraiment tombée enceinte sans oublier sa pilule ?

— Bien sûr, puisqu'elle nous l'a dit ! Et si *l'autre imbécile* l'avait crue et lui avait posé un stérilet au lieu de lui represcrire la même foutue pilule, elle n'aurait pas eu besoin de nous aujourd'hui !

— *Mais comment savez-vous qu'elle dit la vérité ?*

Il lève les yeux au ciel, prend une grande inspiration.

— Mais bon dieu, réfléchissez deux secondes ! On ne peut pas soigner les hommes et les femmes en partant du principe qu'ils mentent !

— Quoi ? Vous pensez que vos patientes ne mentent jamais ?

— Non, je pense qu'elles passent leur temps à mentir, mais pas toujours là où je crois. Et je pense que même si elles mentent sur les détails, elles ne mentent pas quand elles expriment leurs sentiments. Depuis vingt ans, chaque fois que j'accueille une femme enceinte qui a oublié de prendre sa pilule, elle le dit avant même que j'aie posé la question parce *qu'elle s'en veut*. Elle se sent coupable et elle a besoin de le dire. Mais celles qui ne l'ont pas oubliée sont en colère, parce qu'elles ont tout fait correctement. Comme cette jeune femme. Les ovulations spontanées sous pilule, sans oubli, ça existe. C'est démontré. Je suis désolé que vous ne le sachiez pas…

Là, j'explose.

— Ça suffit ! J'ai été major de ma classe cinq

années de suite, j'ai une mémoire photographique, j'ai enregistré tous les cours qu'on m'a donnés, je me souviens de toutes les conversations que j'ai eues avec mes profs et mes patrons ! *Comment se fait-il que je ne le sache pas ?*

Je monte une marche vers lui.

Il me regarde, les yeux écarquillés. Il doit se demander si j'ai bu ou si je délire de lui raconter ça, mais il ne sourit pas, il ne me fait pas cette moue de mépris que j'ai essuyée trois cent mille fois à la moindre occasion, non, il soupire, ses épaules s'affaissent et il dit :

— Vous ne pouvez pas savoir ce qu'on ne vous a pas appris. Et vous ne pouvez pas apprendre avec des lunettes noires.

— Qu'est-ce que vous racontez ?

Il descend une marche vers moi.

— Je parle de la morgue, de la vanité, de la boursouflure de vous-même qu'on vous a inculquées après vous avoir soigneusement humiliée et culpabilisée. Je parle de la manière dont les patrons à qui vous avez eu affaire vous ont *déformée* pour vous transformer en robot. C'est de *ça* que je parle.

Je grimpe une marche de plus et je me trouve nez à nez avec lui à présent, si près que j'ai l'impression de lui cracher au visage.

— Mais *bordel de dieu* les autres peuvent pas avoir *tout le temps* tort, quand même, et vous, toujours raison ! Ils ne font pas tout mal, tout le temps. Arrêtez donc de vous prendre pour le nombril du monde et pour le meilleur médecin de bonnes femmes de la planète !

Il ne répond rien. Il me regarde. J'ai l'impression que je lui ai soufflé toute ma colère dans la figure et alors que je m'attends à ce qu'enfin il me foute dehors, je le vois hocher la tête.

— Vous avez raison, dit-il calmement.

Il me plante là et se remet à gravir l'escalier.

Salopard!

— Mais même un stérilet, ça tombe en panne!

Il s'arrête.

— Qu'est-ce que vous voulez dire?

— Elle aurait pu se retrouver en cloque comme sa voisine de lit!

— Bien sûr qu'elle aurait pu. Mais là, personne n'aurait pu l'accuser de mentir ou d'être une crétine. Quant à sa voisine, ce n'est pas la faute du stérilet si elle s'est retrouvée enceinte.

— C'est la faute de qui, alors? Du Saint-Esprit?

— Vous n'avez pas lu le dossier?

Je fouille ma mémoire, ma mémoire qui ne me lâche jamais et je me rends compte que les trois IVG sont un trou noir, un trou sans fond où je me vois seulement tenir le masque sur un visage que je ne connais pas et où je vois le sang s'écouler dans le tuyau, et le bras de Karma aller et venir comme s'il passait un goupillon dans une bouteille et comme rien ne vient je l'entends dire:

— C'est la *quatrième* patiente de ce salopard que j'avorte en six mois. Les trois autres, il leur a retiré le stérilet et leur a dit de revenir plus tard pour leur en poser un autre; il aurait dû le leur laisser et procéder aux deux gestes le jour de la deuxième consultation. Mais non, il les a laissées sans contraception et, en attendant qu'elles reviennent, il leur a dit de «s'abstenir ou de faire attention». Mme V., elle, est allée le voir parce qu'elle avait peur que le sien ne soit plus efficace. Au lieu de la rassurer et de lui en prescrire un autre, ce connard le lui a enlevé et l'a renvoyée dans ses foyers *en lui disant qu'à son âge elle ne risquait plus rien*! Quel âge a-t-elle?

— Qua… quarante-six ans… C'est vrai qu'à cet âge…

— Elle est ménopausée? lance-t-il sèchement.

— N… non.

— Elle est bonne sœur ? Elle est lesbienne ? Elle vit seule ?

— Non…

— Eh non ! Et je suis prêt à parier qu'elle s'envoie en l'air de temps à autre et que ça devait la soucier, et peut-être même son jules aussi, *puisqu'elle avait peur que son stérilet ne la protège plus* ! Mais ce connard n'a pas pensé à ça. Ou alors il y a pensé mais il s'est dit : « Je m'en fous ! » Et vous, qu'est-ce que vous en pensez ? Que c'est un *détail* ?

— Non… non, c'est… une erreur. Tout le monde peut faire une erreur…

Son visage est tout près du mien à présent.

— *Quatre patientes en six mois.* Quand ça arrive une fois, c'est peut-être une erreur. Quand ça se répète, c'est un crime.

CORVÉE

Arrivé à la porte du bureau, il se retourne et me dit sur un ton glacial :

— Vous vous souvenez que pendant notre semaine d'essai, vous devez faire *tout* ce que je vous demande ?

Je le toise. S'il croit qu'il m'impressionne…

— Je me souviens. Qui voulez-vous que je tue ?

Je le vois réprimer un sourire.

— Je veux que vous rangiez mes tiroirs.

— Je vous demande pardon ?

— Vous m'avez bien entendu. Il y a trois tiroirs dans ce bureau. Rangez-les.

— Mais… comment voulez-vous que je les range ?

— Comme vous voulez. Débrouillez-vous.

Et il disparaît dans le bureau de la conseillère.

Putain de bordel de merde. Comment est-ce que j'ai pu me fourrer dans cette galère ? Ce type est encore plus chiant que le plus chiant des patrons que j'ai eu à subir quand j'étais externe. Il y avait ceux qui t'envoyaient chercher les résultats d'examens, ceux qui te chargeaient du café, ceux qui te laissaient entendre que si on baisait avec eux *Ça ferait du bien à ta carrière et ça te ferait peut-être même du bien tout court* (et là, c'était simple, il suffisait de répondre : « Pourquoi pas, mais j'attends le résultat de ma sérologie trimestrielle, j'ai plusieurs partenaires et je suis allergique au latex », pour avoir la paix) et puis, bien sûr, ceux qui faisaient chier pour faire chier, *une bonne femme qui fait médecine c'est déjà une plaie, il y en a bien trop mais maintenant en plus elles veulent opérer on va leur montrer que la chir c'est un truc de mec, on va voir si elle peut rester debout au bloc huit, dix, douze heures d'affilée sans demander la permission de sortir, cette pisseuse.*

Je les ai tous vus, je les ai tous entendus, je les ai tous mouchés : les résultats d'examen ou les radios étaient sur le bureau avant même qu'ils l'aient demandé ; le café était chaud avant qu'ils en aient parlé — quant à passer huit heures au bloc, qui est-ce qui se mettait à se tortiller sur ses pattes au bout de trois quarts d'heure et finissait, tout penaud, par demander à une des aides-soignantes de lui coller un pénilex équipé d'un sac au bout de la queue après avoir mouillé son slip, son froc et ses chaussettes ? Le mâle, pas la pisseuse. Normal : j'avais pas bu de café. Mais comme les diurétiques que j'avais mis dedans n'ont pas de goût, il n'y avait vu que du feu et il avait pris du café trois fois, ce gros con.

Mais *ranger des tiroirs* ?

Je suis tentée de claquer la porte derrière moi, mais je résiste, je voudrais pas lui donner le sentiment qu'il me déstabilise.

Je passe côté soins, j'ouvre le robinet, je prends de l'eau dans mes mains, je m'éclabousse le visage pour me calmer.

Déjà, accuser un confrère d'être un assassin, comme si c'était lui qui avait fait des galipettes sans prendre de précautions.

Je lève la tête. Dans le miroir, le visage de Mme V. me regarde.

Merde.

Je m'essuie les joues avec ma manche, je passe côté bureau, je m'installe à la place de Karma, je prends une grande inspiration et j'ouvre le premier tiroir.

C'est un tiroir plat à crayons et à bazar. Un tiroir plat portant des alvéoles carrées ou rectangulaires dans lesquelles gisent en vrac des stylos, des ciseaux, du scotch, des carrés autocollants, un abaque circulaire avec les dates de grossesse d'un côté et l'indice de masse corporelle de l'autre, des élastiques, des trombones, un paquet de chewing-gums à la chlorophylle, et tout un tas de débris, parmi lesquels un bout de plastique de la taille d'une allumette, bleu et mou comme un scoubidou.

Je range les crayons par ordre de taille décroissante, les stylos par couleur, et je suis à deux doigts de jeter le bout de scoubidou à la poubelle, et puis je me dis que si c'est un souvenir qu'une patiente lui a donné, il va me faire des convulsions. Alors je le pose sur un lit de trombones dans le plus petit compartiment du tiroir.

Le troisième grand tiroir, je le sais pour avoir vu Karma l'ouvrir, contient les papiers administratifs : ordonnances, feuilles de soins, déclarations de grossesse, formulaires d'arrêt de travail, bordereaux d'examens biologiques (hématologie, biochimie, endocrinologie, dosages urinaires), enveloppes. Rien à ranger, là, tout est au carré. Je suis sûr que la secrétaire vérifie tout chaque matin.

Pour le deuxième tiroir, c'est une autre paire de manches : il est très grand et mon téléphone sonne.

— Vous n'oubliez pas que vous nous prenez en colle ce soir ?

J'hésite une fraction de seconde et je reconnais la voix : c'est Mylène, la plus assidue des étudiantes de ma conf' d'internat. Pas très futée, mais elle bosse.

— Oui, ma chérie, dis-je en me rendant compte tout de suite de ce que je viens de dire. « Oui, Mylène », je corrige. Tu as distribué le programme à tout le monde ?

— Oui, mais il y en a deux qui ne viendront pas.

— Ah bon, qui ça ?

— Étienne et Luc.

— Juste cette fois-ci ?

— Non. Non, je crois qu'ils ne veulent plus venir. Ça leur coûte trop cher.

— Dommage. S'ils préfèrent se retrouver à Pétaouchnok, c'est leur droit, mais faut savoir ce qu'on veut. Vous serez combien, alors ?

— Huit.

— Bien.

Non, c'est pas bien, ce connard de Gérard a onze trimards dans son groupe, je vais encore avoir l'air d'une conne, je l'entends déjà me dire : « Ce sont tous des lopes, mais c'est à toi d'en faire des battants. S'ils laissent tomber, c'est parce que tu ne les tiens pas assez solidement par les couilles. »

— *Okay*. Alors, à ce soir. 21 heures à la Salle d'armes.

— D'habitude vous nous prenez à 20 heures…

— Je n'aurai pas fini. C'est moi qui vous rends service, tu te souviens ? Je ne suis pas à votre disposition.

— Oui. Toutes mes excuses.

— Et rappelle-leur qu'ils paient d'avance. La dernière fois j'ai attendu deux jours pour que Luc me règle ce qu'il me devait. Cette fois-ci, ceux qui ne paient pas n'entrent pas.

Je raccroche. J'ai la bouche sèche et un goût amer sur la langue. J'avais oublié cette corvée. Si j'avais eu mon poste à Brennes, j'aurais pas besoin d'argent et je pourrais les envoyer paître.

Je pousse l'ordinateur portable de Karma vers le bord du bureau, je sors à pleines poignées le bazar du tiroir et je l'empile devant moi.

BAZAR

Il y a deux grandes boîtes en plastique à couvercle hermétique, des feuilles blanches éparses couvertes de textes dactylographiés annotés, des livres, des monographies à couverture plastifiée estampillées de sigles de labo, et plusieurs carnets Moleskine à couverture noire. Comme ceux que je me suis mise à acheter sans savoir pourquoi, il y a deux ans, et que j'ai empilés sur une étagère de l'appartement sans jamais y noter la moindre phrase, sans jamais les ouvrir, sans même les sortir de leur emballage en plastique.

Je suis tentée d'ouvrir les carnets, et je résiste. Karma a beau être un sale con, je ne vais pas lire ses notes personnelles, son journal ou je ne sais quoi *et détailler son tableau de chasse une page par soirée : le menu, le film et la meuf qu'il s'est envoyée, avec une note et des commentaires pour chacun des trois : trop salé, trop mièvre, trop bruyante*...

Je secoue la tête. Qu'est-ce qui m'arrive ?

J'empile les quatre carnets noirs sur un angle du bureau et je me mets à farfouiller dans les boîtes. La première boîte en plastique est carrée et contient des échantillons de toutes les marques de pilules possibles et imaginables et quelques autres médicaments — antibiotiques, antimigraineux, antimycosiques...

Dans le tas de pilules, bien sûr, il y a la mienne. Et

là, je me demande si j'ai bien... Je me lève, j'ouvre le placard, j'en tire mon sac, je fouille dedans, je sors la plaquette de la boîte et je vois que le comprimé du mardi est toujours là merde merde merde avec tout ça et le numéro que m'a fait Karma hier, j'ai oublié de la prendre. Je regarde ma montre, il n'est que midi, ça va c'est pas encore trop grave et puis de toute manière ça fait huit jours que j'ai pas...

Putain comme j'en ai marre

Brusquement, j'éclate de rire.

Je viens vous voir parce que je supporte plus ma pilule.

Secouée par le rire, je replie les notices et je glisse les plaquettes de pilule dans leurs boîtes respectives, je les range par ordre alphabétique « Adopill », « BelleAura », « Célestia », « Ellover »... et je me rends compte que pour les deux tiers j'en ignorais l'existence. Il y a des plaquettes à vingt et un comprimés de la même couleur, d'autres de trois couleurs différentes, d'autres à vingt-quatre comprimés d'une couleur et quatre d'une autre, qu'est-ce que c'est que ce carnaval ? Et pourquoi ces couleurs de pétasses — roses, bleues, vertes, mauves ? Pour ne pas nous faire peur ? Ils nous prennent pour qui ?

La boîte carrée contient aussi plusieurs poignées de préservatifs masculins dans leur étui hermétique, et un ou deux étuis de préservatifs féminins. Intéressant. Je n'en ai encore jamais vu. J'ai entendu Galleau, le « numéro 2 » de la mat', dire qu'il n'en parlait jamais à ses patientes parce qu'elles étaient trop cruches pour les utiliser. J'en ouvre un, par curiosité. Il est couvert de lubrifiant. On dirait une chaussette transparente. Une chaussette sans élastique. Il y a une sorte d'anneau rigide à l'extrémité fermée. Ah, je comprends, c'est ça qui sert à le maintenir contre le col, derrière le pubis. Qu'est-ce qu'il raconte, cet imbécile de Galleau ? C'est pas plus compliqué que de mettre un tampon. Mais bien sûr l'idée de fourrer sa queue dans une chaussette doit le gêner aux entournures. *Chochotte, va !*

La deuxième boîte en plastique est rectangulaire. Elle contient un spéculum à usage unique, un hystéromètre métallique, une pince de Pozzi dont les crochets pointus sont plantés dans un bouchon de liège, un gadget transparent dont la forme évoque celle d'un utérus, des sondes d'aspiration, une demi-douzaine de stérilets. Ainsi qu'une seringue creuse d'un diamètre respectable et un demi-cylindre de mousse recouvert d'une membrane en plastique percée de trous.

Je rouvre le tiroir à stylos, j'y pêche le scoubidou bleu, je le glisse dans la seringue. Il y entre sans difficulté. C'est un implant factice. Et le demi-cylindre, c'est un simulacre de bras, pour apprendre à insérer des implants sous la peau sans les enfoncer dans un muscle.

Après avoir rangé et fermé la boîte rectangulaire, j'examine les livres. Un Formulaire national de prescription usagé datant de plusieurs années. Je le feuillette. Les médicaments y sont rangés par types d'affection traitée et par classe thérapeutique, et non par ordre alphabétique comme les ouvrages que les labos offrent gratuitement aux étudiants et aux médecins. Et il ne contient pas de publicité. Un avertissement en début d'ouvrage affirme : « Toutes les informations contenues dans ces pages sont fidèles à l'état des connaissances actuelles. L'équipe éditoriale du FNP n'a bénéficié d'aucun soutien privé et la rédaction de ce livre a été effectuée par une équipe indépendante, hors de tous conflits d'intérêts. »

Je consulte la liste des collaborateurs et je n'y reconnais que trois noms. Dr Yves Lance, urologue-urgentiste (CHU Tourmens-Nord). Dr Bruno Sachs, généraliste (Play). Dr Franz Karma, généraliste (CHU Tourmens-Nord). Je ne suis pas surprise : hier, il m'a rappelé qu'il n'était pas gynéco, mais je n'arrive pas à comprendre qu'on lui ait confié une antenne de la maternité. Je consulte le sommaire. Sachs et Karma ont écrit le chapitre « Méthodes contraceptives » et « Troubles des règles ». Ou bien ce sont des frustrés, ou bien ils sont furieusement obsédés par les bonnes femmes, ces deux-là. Je regarde la date. Le bouquin a six ans. Ce qu'ils racontaient à ce moment-là a dû prendre un coup de vieux.

Le livre suivant, je le connais par cœur. C'est le *Précis de gynécologie et d'obstétrique* de LeRiche, 13e édition, 2008. Je l'ai mémorisé intégralement quand je préparais mes examens de cinquième année. Je savais ce que je faisais : les profs d'obstétrique de Tourmens vénéraient LeRiche comme un dieu et ce sont ses élèves qui ont écrit toutes les éditions depuis sa mort à la fin des années quatre-vingt. Je l'ouvre. Il est constellé de remarques et de corrections en rouge. De graffitis, plutôt. Comme si celui qui l'avait annoté — Karma, certainement — avait voulu le récrire entièrement. Je lis : « N'importe quoi ! » « Autoritaire ! » « Non validé ! » « Ça fait vingt ans que c'est faux ! ! ! » « Et pourquoi tu les tues pas, carrément ? »

Énervée, je referme le précis. Les autres bouquins sont pour la plupart des monographies publiées par des laboratoires. Quand je les feuillette, je découvre qu'elles aussi sont lourdement annotées. Le mot qui revient le plus souvent dans la marge est : « Mensonge ! »

C'est bien ce que je pensais, ce type est obsédé.

Le dernier bouquin est celui que Karma m'a montré hier : *Le Corps des femmes* par Olivier Manceau. Connais pas. C'est un bouquin bizarre. Si je comprends bien la manière dont il est construit, c'est la description du corps féminin et de son... fonctionnement à tous les âges de la vie, depuis la conception et la croissance intra-utérine jusqu'à la mort. Et il passe tout en revue : physiologie, psychologie, activité sexuelle, grossesse, vieillissement... Mais ce n'est pas un livre de pathologie. Il n'y est pas question de maladies, mais essentiellement... de tout ce dont on ne parle jamais dans les cours de gynécologie. Je lis le sommaire, dont les intertitres me semblent plus qu'étranges :

« Chapitre 2 : "L'embryon choisit-il son sexe ?" » « Chapitre 17 : "À quoi servent donc les règles ?" » « Chapitre 33 : "Qu'est-ce que je trouve à ce type ?" » (*Bonne question, tiens...*) Et aussi — et ça me surprend tellement que ça me fait rire aux éclats une nouvelle fois :

« Chapitre 39 : "Je ne supporte plus ma pilule." »

Bon, au moins, je sais d'où il tire les réponses qu'il leur donne.

Sur la quatrième de couverture, qui vante les qualités « exceptionnelles » de l'ouvrage, l'éditeur annonce un autre guide de la même ampleur, intitulé *Le Corps des hommes.*

Sans blague.

Je range les livres en pile dans un coin du tiroir et j'entreprends de ramasser et de mettre en ordre les feuilles dactylographiées.

Elles portent des aphorismes dans le style de que ce que j'ai aperçu plus tôt sur l'écran de Karma.

— Quand un médecin met deux doigts dans le vagin d'une femme qui va bien et ne lui a rien demandé, il le fait essentiellement pour se rassurer. Ça ne fait pas de lui un bon médecin, mais un anxieux pervers.

— La profession de médecin, c'est risqué, même quand on s'occupe de cadavres. Si tu ne veux pas faire face à l'inconnu, change de métier.

— On devient soignant parce qu'on a un patient symbolique à soigner. Qui est le tien ?

— Tu n'as pas de jugement à porter... mais tu en porteras quand même. Et ils reviendront te frapper en pleine gueule.

— Il est difficile de ne pas porter de jugement. Tu es un être humain. Mais ça ne t'autorise ni à condamner ni à appliquer des peines.

— Tous les patients ne sont pas aimables ; mais ils n'ont pas besoin d'être aimés pour aller moins mal. Ils ont juste besoin que tu les respectes.

— Si tu ne les respectes pas, qui donc te respectera ?

— Qui donc es-tu pour affirmer que ce patient ne dit pas la vérité ?

— Soigner, c'est autre chose que jouer au docteur.

— Tu ne sauveras peut-être jamais personne. Mais tu peux soulager et soigner presque tout le monde. Choisis.

— Pose ton stylo, tu écriras plus tard. Regarde. Enlève tes bouchons d'oreille. Ôte tes lunettes noires. Écoute. Regarde. Sens !

— N'hésite jamais à dire NON quand on t'impose une sale besogne. Si elle est vraiment importante, ton patron doit pouvoir la faire lui-même.

Ha ! Elle est bien bonne, celle-là ! Quel donneur de leçons !

J'empile les feuilles les unes sur les autres mais une autre phrase m'accroche le regard.

— Tout le monde ment. Les patients mentent pour se protéger ; les médecins mentent pour garder le pouvoir.

BALANCIER

L'après-midi, les consultations se déroulent dans l'ennui le plus profond. *C'est ma consultation de psychothérapie de soutien,* me dit-il juste avant d'aller chercher la première patiente. Je ne me méfie pas, je hausse les épaules, je fais ma fanfaronne et au bout de la troisième, je comprends mon malheur. Il fait entrer une douzaine de patientes et n'en examine aucune. Il passe son temps à les écouter. Elles n'ont pas de symptômes gynécologiques, elles ne sont pas malades, elles n'ont… rien. Elles ont juste besoin de parler. De leurs règles, de leur dépression, de leurs enfants, de leurs parents, de leur boulot, de leur libido, de leur désir ou de leur peur d'être enceinte, et toutes, sans exception, *des mecs* qu'elles ont dans leur vie tordue, de leur absence ou de leur omniprésence, de leur comportement fuyant ou de leur silence, on dirait qu'elles n'ont que les mecs à la bouche. (Non, c'est pas vrai, il y avait une femme d'une quarantaine d'années qui après avoir expliqué que *depuis la dernière fois* et *ce qu'ils s'étaient dit* [regard dans ma direction pour s'assurer que je n'allais pas sauter en l'air sans doute] *sur son désir ancien mais croissant pour des femmes,* elle a commencé à sortir et à se rapprocher de deux femmes à qui elle est très attachée et de sa difficulté à choisir avec laquelle elle va sauter le pas et coucher, *le seul problème* [et il n'est pas tout petit] *c'est que l'une, que j'aime vraiment beaucoup et qui est très sensible à ma… transformation, m'a toujours dit qu'elle aimait les femmes alors je me sens plus en sécurité avec elle, parce qu'elle a de l'expérience, tandis que l'autre, dont je suis de plus en plus amoureuse, je crois qu'elle préfère les hommes alors je ne sais pas du tout comment elle prendrait le fait que je lui fasse… des avances… moi qui n'en ai jamais fait… je ne sais même pas comment…* Et moi j'avais envie de lui dire : « Eh bien tu la prends dans tes bras et tu lui roules un patin et tu vois comment elle réagit… Ça devrait pas être différent de ce qui se passe avec les mecs ! » Mais Karma, lui, faisait seulement *Mmhhh, Mmhhh* et chaque fois qu'elle posait une question *Qu'est-ce que vous en pensez, docteur ?* se contentait de lui répondre par une autre question *Mais qu'est-ce que vous en pensez, vous ?* et j'avais envie de le battre, parce qu'à ce rythme-là j'étais sûre qu'on était coincés jusqu'à la fin de l'après-midi et d'ailleurs quand il a refermé la porte sur la dernière, il était 18 h 40 et Aline était partie depuis longtemps.)

Chaque fois qu'il a raccompagné une patiente, il revient vers moi et demande : « Des questions ? », et moi, butée, déterminée à faire de l'obstruction le plus possible pour bien lui signifier que je ne supporte pas son attitude, que je le trouve pénible et que j'ai hâte que la semaine soit finie, je réponds sèchement : « Aucune, c'est très clair », de manière aussi sarcastique que possible.

Quand je lui ai répondu ça quatre ou cinq fois de suite, je me dis qu'il va se fatiguer et comprendre à quel point j'en ai rien à foutre de sa psychologie de soutien-gorge, et arrêter de me poser la question. Mais non, il le fait à chaque fois. Et parfois, même quand je n'ai pas de questions, il dit quelque chose de la patiente qu'il vient de voir, parfois c'est juste un mot : « Triste » (une histoire incroyable de catastrophes en série, de mère en fille, depuis quatre générations), ou un vrai discours (à propos d'une toute jeune de vingt-trois ans qui en faisait à peine seize et qui venait pour la quatrième fois lui parler de sa peur morbide d'être enceinte et lui demander de l'envoyer à quelqu'un pour la stériliser, et lui de me déballer ses interrogations éthiques en se grattant la tête *C'est son droit le plus strict, la loi l'y autorise et ça serait pas la première fois que je vois une femme aussi jeune se faire ligaturer les trompes sans regret, mais elle, je ne sais pas, je sens qu'il y a quelque chose qui ne va pas, et je ne suis pas chaud pour l'envoyer au chirurgien avant qu'elle ait dit quoi mais je n'arrive pas à l'aider à le dire*), et moi, évidemment, je fais semblant de l'écouter, et je fais tout mon possible pour ne rien retenir parce que j'aime pas encombrer ma mémoire de choses inutiles, et comme je vais pas faire long feu ici…

Et puis, aussi, pour dire vrai, je suis sur mes gardes parce que je m'attends à ce qu'il reparle de la matinée aux IVG et de notre altercation dans l'escalier.

Mais il n'y fait pas allusion une seule fois.

Quand la consultation est finie, il me propose de revoir mes notes et je baisse les yeux sur mon bloc et je me rends compte que je n'ai rien noté.

Et, alors que je me sens rougir comme une pivoine, je l'entends faire *Mmmhh*… et je le vois sourire comme s'il avait réussi un bon coup.

Comme on n'a plus rien à se dire pour la soirée — et je ne tiens pas plus que ça à le subir plus longtemps — je lui explique que j'ai une conf', qu'il faut que j'y aille, que je suis désolée, que je ferai des observations au propre pendant que mes étudiants rédigent et que je lui apporterai tout ça demain sans faute.

Il fait une moue qui veut dire « C'est ça » et hoche la tête, puis me salue et quitte le service en me demandant de verrouiller en partant.

Quand je retourne dans le bureau, je réalise qu'il n'a pas ouvert ses tiroirs une seule fois. Pourquoi donc me suis-je cassé le cul à ranger ?

*

J'ai deux heures devant moi, je pensais que j'aurais plus de temps, mais c'est déjà bien. J'ai envie de rentrer me doucher, boire quelque chose, me détendre avant d'aller me fader la conférence d'internat. Ils sont bien mignons, et j'ai besoin de leur pognon, mais franchement ça me gonfle.

Toute guillerette, je sors du service, je verrouille, je me dirige vers l'excellente place que j'ai trouvée pour me garer dans la rue à cent mètres à peine, et quand je mets le contact, la bagnole refuse de démarrer.

J'ai beau tourner la clé, rien de rien. La batterie, encore. Et ce crétin… *Joël, bordel de merde !* Il me l'emprunte pendant quinze jours et il dit qu'il va en acheter une autre mais *je t'en fiche* ! C'était bien la peine de dire qu'il veut qu'on emménage ensemble s'il n'est même pas capable de remplir ce genre d'engagement.

Je prends une grande inspiration, je hurle dans l'habitacle et je frappe le volant violemment, à plusieurs reprises, si fort qu'une douleur abominable me traverse le poignet et je m'arrête de peur de m'être amoché quelque chose.

Dans la petite rue, le bus 83 vient de passer. Je sors de la voiture en quatrième vitesse, je la verrouille et je cours en direction de l'arrêt. C'est loin. Je ne sais pas si je vais l'attraper, *bondieubondieubondieu* faites qu'il m'attende à cette heure-ci il n'y en a que toutes les demi-heures *putainputainputain* j'ai pas envie de moisir ici mais dans ma course je vois que personne ne se tient dans l'abri personne ne lui fera signe et à cette heure-ci y a plus d'étudiants le soir pour tirer sur le cordon, je suis trop loin, je l'aurai jamais, je suis bonne pour claquer je sais pas combien dans un taxi, quelle conne quelle conne quelle conne. Mais je galope comme une dératée et je jure de donner mon cul et mon âme au diable s'il me donne le pouvoir de l'arrêter par la seule force de ma pensée parce que s'il faut compter sur le chauffeur pour qu'il regarde dans son rétroviseur, tu peux toujours courir.

Et pendant que je cours et que mon poignet me fait mal et que mon sac ballotte sur mon dos et que j'ai du feu dans la poitrine et que je prie pour ne rien semer dans ma course, j'ai le sentiment insensé que quelqu'un a dû m'entendre, le bus ne repart pas, on dirait qu'il m'attend c'est le grand balancier cosmique ma batterie est en panne mais ce foutu bus m'attend, ou bien l'enfer m'a entendu je vais peut-être m'en mordre les doigts parce que mon âme j'en ai plus rien à foutre mais mon cul il pourrait encore servir si jamais je tombais pas encore une fois sur un connard un tocard un inca…

À bout de souffle, je saute dans le 83 et j'entends les portes se refermer derrière moi aussi sec, le chauffeur me saluer et démarrer sans hésiter. Hors d'haleine, je fouille dans mon sac et mon cœur bat si vite et je tremble tellement que toute ma monnaie se retrouve par terre. Quand je me penche, quatre mains s'emploient déjà à les ramasser et les mettre dans la mienne. J'ai mal dans la gorge, j'ai l'impression de ne plus pouvoir respirer tellement j'ai mal (je paie le chauffeur), mais j'emmerde le ciel et l'enfer et Karma, je l'ai eu ce putain de bus (il me donne un ticket) et je veux même pas penser (je dis merci) à la manière dont je vais me débrouiller demain pour revenir au boulot (je m'accroche, je titube) et pour faire réparer cette (jusqu'au fond du bus) batterie à la…

— Heureusement que je vous ai vue courir, j'ai tiré sur le cordon, sinon il ne s'arrêtait pas.

Je tourne la tête. La jeune fille qui vient de parler, à côté de qui je me suis assise, je la connais, je ne sais pas d'où, je l'ai déjà vue et son visage me dit quelque chose mais je n'arrive pas à la remettre et je cherche mes mots… mon souffle… et je dois la connaître un peu bien quand même… pour qu'elle prenne… la peine d'arrêter un éléphant en pleine course. Pour moi.

Je tousse « Merci » et je l'entends répondre :

— Non, c'est moi qui vous remercie pour tout à l'heure.

J'ouvre de grands yeux, je n'en crois pas mes oreilles, je ne comprends pas ce qu'elle me dit et elle poursuit :

— D'habitude, les femmes me font toujours la morale… Et vous non.

Et je ne sais pas quoi répondre et j'avale ma salive pour parler, mais la voilà qui se lève déjà et dit : « C'est mon arrêt. Bonsoir… » et descend et en repassant sous la fenêtre me fait un petit signe de main avant que j'aie pu me remettre à penser et tandis que mon cœur se calme, que le feu s'atténue derrière mon sternum, je sens de nouveau que mon poignet me fait mal, je vois qu'il a triplé de volume ah merde il ne manquait plus que ça j'ai envie de pleurer j'ai encore vingt minutes de trajet avant de pouvoir me tremper la main dans la glace est-ce que j'ai seulement des anti-inflammatoires à l'appart ? Brusquement, je revois le visage de celle qui a arrêté le balancier juste le temps que j'attrape mon bus — j'avais pourtant fait tout mon possible pour l'oublier, elle comme les autres, mais là ça me revient clairement et toute son histoire avec elle, son air d'avoir seize ans alors qu'elle en a vingt-trois et ce qui m'a troublée empêchée de la reconnaître c'est que sur le visage tendu crispé douloureux qu'elle avait tout à l'heure quand elle parlait de sa peur d'être enceinte et de son désir insensé de se faire stériliser, sur ce même visage à l'instant dans le bus il y avait un sourire et j'entends et je dis son nom, Cécile.

CONFÉRENCE

Qui soignes-tu, en cet instant ?
Eux, ou toi ?

Penchées sur leurs copies, elles grattent. Comme de bons petits soldats. Et ce soir, elles ont toutes payé rubis sur l'ongle sans chichi sans protester sans discuter.

Ça me console un peu d'avoir un mal de chien comme ça, mon poignet n'a pas dégonflé malgré la glace et les médocs ne me font ni chaud ni froid mais tout ce que j'ai trouvé c'est ce qu'*il* prenait quand il avait mal au dos, un truc homéopathique à la noix, j'aurais dû m'en douter.

Comme toujours, l'énoncé des questions a suscité son compte de soupirs *Oh putain c'est juste ça que j'ai pas révisé*, de sourires *Ah j'en étais sûre tu vas voir comment je vais te la cuisiner aux petits oignons ta question*, de hoquets nerveux et de bavardages et de murmures et de *Oh, non, si c'est comme ça maintenant faut pas compter décrocher un poste correct ici, je vais me retrouver à Pétaouchnok et Antoine voudra jamais aller là-bas. Oui je sais qu'il y a plein de postes à pourvoir en médecine générale à Tourmens et qu'ils n'ont plus de généralistes dans les bleds paumés alentour mais pas question que je fasse ce métier de forçat, j'ai envie de vivre ! Comment veux-tu élever des enfants à la campagne quand y a plus de poste de boulangerie d'école ? Moi je colle pas mes gamins dans les cars de ramassage scolaire avec l'alcoolisme chronique des chauffeurs — mon oncle qu'est à la ville m'a dit qu'en plus, l'entretien des véhicules, c'est pas terrible non plus...*

— Bon, vous savez qu'au concours si vous vous mettez à bavasser comme ça c'est zéro pointé rhabillez-vous et vous repasserez l'an prochain ?

Et là, elles se sont toutes mises à gratter.

Je dis toutes, parce qu'il n'y a qu'un garçon dans le lot, on se demande ce qu'il fout là, il a l'air d'être venu avec sa copine qui doit le tenir par les couilles pour qu'il révise — j'entends ça d'ici boulot boulot boulot : « Si on a bouffé les quatre chapitres dans la soirée comme prévu planifié et si-et-seulement-si on les connaît au rasoir dans tous les sens à l'endroit à l'envers en long en large et en travers — *après*, on fera des galipettes. »

Je vois ça d'ici. Je connais. J'ai pratiqué moi aussi. Quand je préparais le concours. Sauf que.

J'étais avec Pierrot. Il était beau. Il était bon. Il faisait pas médecine. Il faisait rien. Il était là, couché sur le lit, un magazine ou la télécommande sur le ventre. Cool. Zen. Toujours prêt, jamais pressant : il attendait. Que je craque. Je lui disais : j'ai envie. Il tournait une page à moitié ou il appuyait sur Pause et il me disait : « Il faut que tu bosses », et il finissait de tourner la page ou il appuyait sur Play. Et moi je me disais : il m'aide. Il m'aime. Il est bon. Et je me remettais à bosser. Et au bout de cinq minutes je pensais : il est bon. Et je levais la tête. Et je sentais que ça montait. Dans mes cuisses, dans mes seins, dans mon cou. Et je me disais : « Non, il faut que tu bosses. » Et je me replongeais dans l'hémato, la physio, l'embryo, et sur la page je voyais l'ovule trôner sur les madrépores de la trompe, sans bouger, sage, cool, zen... et je me disais : putain si j'étais un spermatozoïde tu verrais ce que tu verrais et je levais le livre pour ne pas voir Pierrot mais même en le tenant devant moi, je voyais l'ovule se transformer en beau mec blond musclé toujours en tee-shirt et jogging et sa paire de pompes pas lacées qu'il enlevait d'un seul petit coup de cheville dès qu'il allongeait sur le lit ses belles jambes avec au bout des chaussettes blanches toujours immaculées même quand il venait de courir dix kilomètres. Alors, ça se remettait à monter je me disais : « Putain si j'étais un mec je t'aurais déjà *fauktubosses fauktubosses fauktubosses.* »

Et quand j'y tenais plus je disais : j'ai envie de t'embrasser. Et Pierrot levait le nez de ce qu'il était en train de faire et il disait : « Il faut que tu bosses. » Et je disais : « Juste un. » Il ne bougeait pas, il disait : « Tu sais comment ça commence, et tu sais aussi comment ça finit. Et tu sais que ça va prendre du temps et tu n'aimes pas perdre ton temps. » Et moi je disais : « C'est maintenant que tu me fais perdre mon temps, j'ai envie de t'embrasser. » Et lui : « Et moi j'ai pas envie de bouger. » Et moi bien sûr comme une conne en chaleur je me levais je m'approchais je me penchais vers lui je posais mes lèvres sur les siennes et il répondait à mon baiser du bout des lèvres et il murmurait : « Retourne bosser », dans mon cou ou dans mon oreille et là je mouillais tellement que j'en pouvais plus je prenais sa main je la fourrais entre mes cuisses et...

Faut pas que je pense à lui. Il était pas bon pour moi. Il a failli me coûter cher. Pourquoi je pense à lui ce soir ?

J'ai mal au poignet.

Au bout de trois semaines je l'ai foutu dehors. Sur le moment je l'ai regretté, j'avais mal au ventre quand je me disais que je le sentirais plus poser sur moi sa bouche ses mains en moi sa queue si dure que ça ne pouvait pas durer. Je savais ce que je voulais. Je voulais être *majordemapromo*. J'ai été *majordemapromo*. J'ai choisi les postes que je voulais. J'aurais pas pu si j'avais continué à le voir.

De temps en temps, je me demande... où il est. Ce qu'il est devenu. Mais j'arrête tout de suite. C'était bon, mais ça n'allait pas loin. J'ai bossé pour arriver où je suis. Lui, il me foutait bien mais il ne foutait rien. Il a pas dû aller bien loin.

Et elles, elles grattent. Celles qui sont là, au moins, ne sont pas en train de perdre leur temps avec leur copain au cinéma avant de s'envoyer et de foutre leur vie en l'air par la même occasion.

J'ai mal au poignet.

Je regarde ma montre. Ça fait seulement une demi-heure qu'elles ont commencé. J'en vois déjà deux qui laissent tomber et qui se sont mises à texter un copain une copine. Elles n'ont pas envie de bosser. Elles n'en ont jamais eu envie. Elles attendent que la séance soit finie pour avoir la correction. Elles ont du fric, probablement celui de leurs parents. Moi je m'en tape tant qu'elles me le donnent je vais pas les emmerder, elles paient, elles auront leur petite correction de copie privée. Seulement si elles croient que ça suffit, elles se gourent. Elles n'ont pas compris que passer le concours c'est pas juste reproduire la version de celle qui l'a passé déjà haut la main. Que ce ne sont pas des fiches à apprendre par cœur. Tout se tient, d'un bout à l'autre, de la question 1 à la question 666. Qu'écrire qu'il faut thrombolyser dans la demi-heure qui suit l'infarctus ça suffit pas si t'as pas tout le tableau en tête : comment il est arrivé là ce type ? Qu'est-ce qu'il a fumé ? Qu'est-ce qu'il a bouffé ? Qu'est-ce qu'il a bu pour que ses coronaires ressemblent à du bâton de berger — un truc tout fin autour d'un gros boudin ? Et qu'est-ce qu'il va devenir ensuite si la thrombo ne marche pas ? La plastie le pontage le traitement médical désolé mon ami on peut plus rien c'est cuit ? Et si c'est bouché là, c'est bien bouché ailleurs — les iliaques je peux plus courir derrière les filles, les honteuses je ne peux plus lever la queue, les carotides — dès qu'elle commence à me faire des bisous dans le cou, à la première tachycardie (ou si j'ai fait l'erreur d'acheter les comprimés bleus sur Internet rien que pour voir rien qu'une moitié), allez Pof ! Je grille la moitié de mon cortex et je me retrouve neuneu...

J'ai mal au poignet. J'ai chaud. Je transpire à grosses gouttes. Ça tourne.

Je ne vais pas tomber dans les pommes ici, pas devant elles de quoi j'aurais l'air, je vais sortir le prendre, tiens.

« Je reviens. »

J'ai envie de dire « Ne trichez pas » mais ça me fatigue, je leur ai déjà dit cent fois, quel intérêt de tricher à une colle de concours ? *C'est pour se mesurer à elles-mêmes* qu'elles la font, pas pour mes beaux yeux — d'abord, je ne les poserai même pas sur leur copie.

Je monte l'escalier et l'air frais qui vient du café me fait du bien.

« Ça bosse, en bas ? » me fait le patron, mais je ne réponds pas.

Dehors, il fait doux. C'est une riche idée de réserver ce sous-sol un mercredi soir sur deux, au moins j'ai pas besoin de galoper pour rentrer chez moi : j'habite à deux rues.

Ça tourne moins. Ça passe. J'ai toujours mal au poignet mais au moins j'ai pas l'impression que je vais mourir dans la minute.

Je ne sais pas ce qui m'arrive. Foutue bagnole. Foutue batterie. *Quel connard ce type.* Tous des connards. Même Pierrot quand je l'ai foutu dehors. Moi j'étais déchirée, je me disais comment je peux faire ça, est-ce qu'il va comprendre, il est peut-être amoureux, mais désolée, moi non, enfin je crois pas et puis de toute façon j'ai pas le temps de penser à ça si je veux arriver à mes fins et c'est vrai qu'il est bon, tellement bon quand il me… il me parle il me dit ça et ça et… et il est toujours là, toujours prêt, jamais pressant et…

Quand je lui ai dit que je ne voulais plus le voir dans mon appartement tant que j'avais des examens, il a posé son magazine ou sa télécommande, il s'est assis sur le lit, il m'a regardée longuement, il a demandé : « Tu es sérieuse ? », et j'ai dit « Oui. Il faut que tu t'en ailles. Si tu restes je pourrai pas bosser. » Il a hoché la tête, il a remis ses pompes délacées, il a dit : « O.K. » et il est parti. Moi j'attendais qu'il dise : « Oui, tu as raison, il vaut mieux que je te laisse travailler, appelle-moi. » Je pensais qu'il avait compris que tant que je préparais ce foutu concours je pouvais pas me permettre qu'il soit tout le temps là sous mon nez. Mais ça ne voulait pas dire que je n'aimais pas qu'il soit là. Ou que je n'avais plus envie… De lui… En moi… Je me suis dit qu'il allait comprendre.

Cinq jours plus tard, je n'y tenais plus — il ne me manquait pas mais *ça* me manquait, quand je suis trop énervée j'ai besoin de ça pour me vider la tête, il le savait, je le lui avais dit souvent. Je l'ai appelé à plusieurs reprises mais ça sonnait deux fois sur son portable, le temps qu'il voie mon nom s'afficher, et puis j'entendais clic et l'appel finissait sur la boîte vocale. Je me suis dit : « Il est occupé. » J'ai rappelé deux heures plus tard, et cette fois-là, je suis tombé directement sur son message et j'ai entendu sa voix cool, zen, pas pressante, pas pressée, me dire : « Si vous vous appelez Atwood et si vous tombez sur ma boîte vocale c'est parce que je ne veux pas vous parler ou vous entendre. Plus jamais. Alors, inutile de vous fatiguer. Si vous vous appelez autrement, laissez-moi un message. »

Je me suis sentie humiliée comme je ne l'avais jamais été.

Quel connard quel connard quel connard — *Quelle conne mais quelle conne.*

Je vais jusqu'au bar, je demande un grand verre de vin blanc, bien frais. J'ai du calmazépam dans mon sac. Ça va me faire du bien.

Quand je redescends elles grattent toujours. Il fait chaud mais ça va, ça ne tourne plus.

Je fais fondre un demi-comprimé de calma sous ma langue et je bois le blanc à petites gorgées.

Quand elles finissent de gratter, j'ai moins mal. Un peu.

Je leur demande d'échanger les copies avec leur voisine pour les corriger et comme je ne suis pas d'humeur je décide de pas leur offrir de pause, je commence immédiatement à leur lire la correction ; elles me font la gueule, évidemment, mais aucune n'ose sortir et rater la moindre virgule de ce que je dis, elles sont pas folles, on quitte pas comme ça la conf' d'une major et elles se remettent à gratter mais peu à peu je ne m'entends plus lire, je ne vois plus bien les lignes et je les vois me regarder d'un drôle d'air, qu'est-ce qu'il y a ? je parle plus français ou quoi ? et puis rideau trou noir…

… et quand j'en sors je suis sur mon canapé dans l'appartement, les rideaux sont ouverts et la fenêtre aussi, il pleut, les rideaux sont trempés, il y a de l'eau par terre, je suis pieds nus, je ne sais pas comment je suis arrivée là mais quand on veut parvenir à ses fins l'essentiel c'est d'y arriver, faut ce qu'il faut et telle que vous me voyez là, j'ai fait ce qu'il fallait.

PERDU ET RETROUVÉ

(Musette)

Ton premier garçon
Avait les cheveux blonds
Tu le trouvais très mignon
Tu as dit Gaston
Tu es très mignon
Allez bécote-moi donc
Mais au lieu de te donner un baiser
Il a préféré te lécher le nez
Et pour toi ma belle, qui étais sensible
C'était incompréhensible
Alors tu as juré, Jamais Oh jamais
Je ne recommencerai
Tu es sotte, ma fille, sais-tu ?
Un garçon, ça n'est qu'un garçon,
Et pour un garçon perdu
Dix de retrouvés, voyons !

Ton deuxième garçon
Tu l'as enlacé
Tu le trouvais très musclé
Tu as dit Jérôme
Toi qui es un homme
Mets tes bras autour de moi
Mais au lieu de t' prendre dans ses bras
Il a regardé la télé ce soir-là
Alors toi ma belle, qu'étais pas de bois

T'as failli attraper froid
Et tu as juré, Jamais Oh jamais
Je ne recommencerai
Tu es sotte, ma fille, sais-tu ?
Un garçon, ça n'est qu'un garçon,
Et pour un garçon perdu
Dix de retrouvés, voyons !

Ton troisième garçon
Tu l'as embarqué
Tu voulais parler d'amour
Tu as dit Charly
Tu sais, j'ai envie
Viens te coucher dans mon lit
Mais au lieu de te faire l'amour
Il s'est endormi, ce balourd
Et pour toi ma belle, qui étais pucelle
Ça manquait vraiment de sel
Alors tu as juré, Jamais Oh jamais
Je ne recommencerai
Tu es sotte, ma fille, sais-tu ?
Un garçon, ça n'est qu'un garçon,
Et pour un garçon perdu
Dix de retrouvés, voyons !

Quant au quatrième
Tu l'as épousé
Tu voulais une vraie famille
Tu as dit Albert
Je veux être mère
Allez, fais-moi donc des filles
Mais au lieu d'la fille attendue
Il t'a fait des triplés couillus
Alors, toi ma belle, c'est bien naturel
Tu t'es écrié « Bordel ! »
Et tu as juré, Jamais Oh jamais

Je ne recommencerai
Tu es sotte, ma fille, dis donc !
Un garçon, ça n'est qu'un garçon,
Pour une fille aux cheveux blonds
Faut recommencer, voyons !
(*bis*)

JEUDI

(Moderato)

PRÉFACE

Quand je me réveille je suis sur le ventre, la bouche dans une flaque de salive, je suis nue, j'ai froid, je tire la couverture sur mes épaules, je cherche la chaleur de son corps mais il n'est pas là, il n'est plus là il ne sera plus là, il est passé je ne sais pas quand reprendre toutes ses affaires, ses vêtements, ses pompes, ses foutus bouquins et ses foutus disques et bon débarras il n'avait pas à me traiter comme ça je suis pas un meuble j'ai pas besoin de lui pour exister — et d'abord, un de perdu dix de retrouvés mais je te garantis qu'il faudra qu'ils prennent un ticket et qu'ils passent l'inspection, déjà que j'étais pas facile, je vais être encore plus sélective qu'avant.

Je lève un œil vers le réveil et je vois pas l'heure, ça veut dire que j'ai retiré mes lentilles hier soir putain je me souviens de rien, mais je sais qu'il est sûrement pas très tard, quand j'ai picolé, le sommeil ne dure pas, dès que mon alcoolémie baisse mon cortisol grimpe et j'ai mal au sexe, il est gonflé douloureux et faut pas y toucher — c'est pas comme les mecs avec leurs triques du matin, eux ça leur fait du bien.

J'ai la bouche pâteuse, le visage trempé de salive, le nez bouché.

Mais je sais que je vais plus dormir.

Je m'assieds dans le lit, je cherche quelque chose

à me mettre sur le dos, mes pieds touchent quelque chose au fond du lit, je plonge la main j'en ressors un sweat-shirt. Un des siens. Celui qu'il portait en se couchant la dernière fois. Comment se fait-il qu'il soit toujours là ?

Je l'enfile, je m'en fous, *lui* il n'est pas là, c'est pas lui c'est rien qu'un sweat-shirt et de toute manière j'ai le nez bouché, je sens pas son odeur.

J'allume la lampe de chevet, je cherche mes lunettes, je les trouve, le monde reprend du volume mais il reste flou. Toujours sales, ces verres. Mais j'ai trop froid pour me lever et remettre mes lentilles. J'essuie les lunettes avec le bord du sweat-shirt.

6 h 15. Deux heures à tuer et je sais que je vais pas redormir.

Je me mets à genoux sur le lit, les fesses au froid pour me pencher au bord, de chaque côté et puis enfin au bout, je finis par trouver mon sac — chouette ! je l'ai pas laissé dans le salon — et j'en sors mon portable.

Y a plus qu'à prier pour que le wifi du voisin soit branché sinon je suis bonne pour aller chercher le câble dans le salon et je veux pas me lever j'ai trop froid.

Je m'enfouis complètement sous la couette avec le portable et quand je le mets en marche la lumière de l'écran éclaire ma cabane sous les arbres ma tente sous la neige mon vaisseau sous-marin c'est fou la mémoire je me souviens j'ai lu le Club des Cinq et Jules Verne dans mon lit avec une lampe de poche.

Chouette ! Le wifi marche. J'ai sûrement pas de messages mais je regarde quand même, on sait jamais : Mathilde, la déléguée régionale du labo, m'envoie parfois des questions pendant la nuit, cette femme ne dort jamais on dirait.

Rien de Mathilde mais un courriel venant de <Karma@U77chtourmens.net>. Allons, bon !

« Voici le PDF du livre que je vous ai conseillé de lire. FK »

Quel livre ?

Il y a un fichier attaché.

Le_corps_des_femmes.pdf

Putain ce type ne me lâche pas ! On s'engueule sec, je l'envoie bouler quand il me propose de discuter de la journée de travail écoulée et lui en représailles il me balance un pavé. C'est ça : je vais lire six cents pages à l'écran. Et puis quoi, encore ?

Évidemment, j'ouvre le fichier. Je vais lire les premières pages, je serai vite fixée.

Préface à la septième édition
par Bruno Sachs et Franz Karma

À la « patiente Alpha »

La publication de cette septième édition marque un anniversaire important. Lorsque ce volume sortira des presses, cela fera exactement vingt ans qu'Olivier Manceau disparaissait en laissant sur son bureau le manuscrit originel du *Corps des femmes*. Il venait probablement de le terminer lorsqu'il mit fin à ses jours. Depuis, nous n'avons jamais cessé de nous poser la même question : comment un homme de trente ans à peine, médecin remarquable et écrivain doué, avait-il pu décider de se donner la mort après avoir accompagné la vie de tant de personnes ?

Olivier n'était pas seulement notre ami, il était un exemple. Au cours d'une brève période de dix-huit mois, à la fin des années quatre-vingt, il fut le pilier d'une expérience sans précédent qui inspira par la suite de nombreux praticiens de par le monde, mais n'a jamais été reproduite dans ce pays. Interne puis médecin attaché à la maternité de Tourmens-Nord, il fut l'un des premiers en

France à lutter contre la surmédicalisation des naissances en concevant une méthode originale, radicale et audacieuse au cours de laquelle la femme elle-même planifiait et organisait son accouchement avec l'aide des soignants de son choix. Pendant dix-huit mois Olivier Manceau fut chargé des salles d'accouchement sous la tutelle d'un autre praticien d'exception, le Dr Abraham Sachs. La fréquence des épisiotomies devint proche de zéro ; celle des césariennes baissa de soixante pour cent ; les souffrances néonatales nécessitant une hospitalisation furent réduites de moitié et les complications du post-partum furent si peu nombreuses que certains accusèrent l'hôpital de truquer les chiffres. Mais une maladie soudaine frappa Abraham Sachs, qui fut remplacé temporairement à la tête de la maternité Nord par un mandarin bien moins favorable aux méthodes révolutionnaires de son prédécesseur et de ses élèves.

Résolu à poursuivre le travail entrepris aux côtés de son mentor, Olivier tint bon pendant plusieurs années. Enseignant infatigable, il forma des dizaines de sages-femmes et d'internes désireux, comme lui, que les femmes accouchent avec l'aide des soignants et non sous leur autorité. Écarté des accouchements et bientôt de toute activité d'enseignement par des gynécologues-obstétriciens de la vieille école, il décida de consigner tout ce qu'il avait appris dans un livre d'une forme et d'une conception aussi originales que l'était son approche de l'obstétrique. Son projet, très ambitieux, n'aurait rien à voir avec les traités de médecine classique, toujours préoccupés de pathologie et de normalisation. Ni catastrophiste ni béat, ce livre décrirait, dans toutes ses nuances et toutes ses variations, la vie des femmes de leur conception à leurs derniers jours.

Dans le même esprit que le classique *Our Body, Ourselves*, manuel féministe publié à Boston dans les années soixante-dix, *Le Corps des femmes* décrirait simplement mais précisément, intelligiblement, la vie du corps féminin en parlant de sa croissance, sa maturation et son vieillissement naturels, dans la santé et la maladie, sans le terrorisme normatif des livres de médecine et sans l'idéologie revancharde, psychologisante, moralisatrice, religieuse ou *new age* qui teinte trop de livres engagés et la plupart des ouvrages de « naissance naturelle » et de santé/bien-être qui fleurissent aujourd'hui dans les librairies.

Lorsque la famille d'Olivier nous a confié son manuscrit, quelques mois après sa disparition, nous n'étions pas du tout certains de pouvoir le faire publier. Et cependant, Saul Laurentieff, directeur des éditions du Saule, a accueilli ce livre avec enthousiasme. C'est lui qui nous a encouragés à mettre ce livre à jour régulièrement, et à en faire aujourd'hui l'ouvrage de référence en médecine des femmes dans les milieux alternatifs d'Europe et d'Amérique du Nord. Le courage d'éditeur de Saul Laurentieff est remarquable, quand on sait à quel point l'agressivité du milieu médical le plus obscurantiste à l'égard de ce livre et de tous ses collaborateurs n'a fait que croître au fil des années. Mais ce courage se double d'une connaissance infaillible du lectorat : prudemment imprimées à quelques milliers d'exemplaires chacune, les six premières éditions du *Corps des femmes* ont toutes été épuisées en l'espace de quelques années, ce qui justifie chaque nouvelle édition enrichie et complétée.

Cette septième édition ne fait pas exception. De nombreux chapitres ont été entièrement revus et augmentés, en particulier ceux qui concernent la différenciation sexuelle ; l'hormonologie de l'adolescence ; la contraception ; l'accouchement à domicile ; la chirurgie de la transsexualité (les méthodes les plus récentes mises au point au Canada et en Thaïlande sont précisément décrites et les complications des techniques scandaleusement mutilantes qui ont encore cours en France sont vivement dénoncées) ; un nouveau chapitre décrit des découvertes surprenantes sur les relations entre la sexualité et la délicate physiologie du sein ; toute la section consacrée à la fécondité et à l'analyse qualitative et quantitative des méthodes de fécondation *in vitro* a également fait l'objet d'une refonte ; les chapitres consacrés à la biochimie des sentiments ont bénéficié des développements les plus récents de la psychobiologie ; et bien entendu, les chapitres juridiques rédigés par Salomé Viviana, contributrice des premiers jours et aujourd'hui présidente de la Cour d'appel de Tourmens, font état de la jurisprudence la plus récente. Nous invitons vivement les lecteurs et les lectrices à les consulter lorsqu'ils se trouvent confrontés à des praticiens ou à des administrations peu scrupuleux des lois et règlements de la République.

Notre travail de directeurs d'ouvrage n'aurait pas été possible sans les soixante coauteurs de la présente édition[1] et les cent cinquante témoignages et contributions venus de femmes de tous âges et de toutes origines. (Le point de vue des hommes n'est évidemment pas oublié, comme en témoigne la section six, qui leur est entièrement consacrée.) À tous, nous voulons témoigner notre reconnaissance pour le travail fourni, souvent dans des conditions difficiles.

Cette septième édition, comme les précédentes, apporte beaucoup à toutes celles et ceux qui veulent mieux comprendre la vie à travers le continuum du corps féminin ; nous sommes heureux d'avoir une nouvelle fois pu l'améliorer et le compléter ; et cependant, comme chaque fois, nous le terminons avec gravité et tristesse. Car sans le travail d'Olivier Manceau, ce livre qui a éclairé et honoré des milliers de femmes et d'hommes depuis sa première publication n'aurait jamais vu le jour.

Olivier n'est plus là, mais son engagement et son travail vivent et grandissent à chaque nouvelle édition. Comme grandit, nous l'espérons, la liberté de penser et de *vivre* des lectrices et des lecteurs.

Franz Karma,
Bruno Sachs

1. Les auteures, cette fois encore, sont majoritaires : quarante-six femmes pour quatorze hommes.

NOTES

Finalement, je lis longuement. Troublée par un chapitre intitulé : « Violences médicales infligées aux femmes françaises au début du XXIe siècle », je m'arrête et je réalise que l'heure a tourné. Je me douche en vitesse, je m'habille et je cours à l'arrêt de bus en voyant le 83 arriver. Il pleut. Lorsque le bus démarre, je me rends compte que je n'ai pas encore réfléchi à la manière de récupérer ma voiture. Appeler un dépanneur ? Je vais perdre deux heures au moins et ça va me coûter bonbon. Bah, je verrai bien ce soir.

Je vais m'asseoir au fond du bus et je réalise que je n'ai pas pris le roman que j'essaie de lire depuis quelques semaines. *Zut !* Qu'est-ce que je vais pouvoir faire pendant les vingt minutes de trajet ?

Je sors le bloc-notes de mon sac et je relis mes notes de l'avant-veille.

Mes notes sont impeccables, tracées d'une écriture bien régulière sur la page lignée de mon carnet noir. Mais je n'arrive pas à les lire. Chaque fois que je commence à lire la description du motif de consultation (*Demande de pilule* ou *Retrait d'implant* ou *Démangeaisons vaginales* ou *Douleur à la pénétration*) je vois le visage de la femme et j'entends sa voix (*j'ai envie d'un enfant et mon mari n'en veut pas de deuxième / j'ai peur de ce truc-là dans mon bras il me fait mal je saigne tout le temps c'est pas naturel / je suis sûre qu'il faudrait qu'il se fasse soigner lui aussi je sais pas toujours où il va traîner / du coup j'ai pas très envie de faire l'amour et mon mari évidemment il n'est pas content il dit que c'est un prétexte parce que moi j'ai jamais vraiment aimé ça mon premier mari me frappait quand je voulais pas ça m'a pas donné plus envie que ça*) comme… comme…

Comme quand j'ai mis les pieds pour la première fois à l'hôpital. On m'a collé des observations à rédiger comme à tout le monde mais pour moi c'était l'enfer, je retenais tout et je pensais que tout était important puisqu'on me l'avait dit : « Chaque détail compte, notez tout », et je notais tout ! Ça prenait des pages et l'interne ne comprenait pas pourquoi je passais toutes les matinées à rédiger, et même debout pendant la visite qu'il fallait suivre quand même. C'est là que j'ai appris que les filles doivent avoir plusieurs zones de langage dans le cerveau parce que j'étais capable de suivre en même temps ce que le patron disait ET d'écrire ce que j'avais oublié dans le dossier avant qu'on n'arrive dans la chambre de ma patiente ET d'écouter les deux connards à côté de moi parler de la femme qu'ils avaient vue aux urgences la veille et qui disaient : « Quelle pute ! » « Eh, oui ! C'en était une, justement — et une vieille pas belle, en plus ! », avec un rire gras qui me donnait envie de prendre le pistolet plein d'urine posé sur le lit du patient et de le leur jeter à la gueule.

Je me suis fait mal voir.

Les infirmières me regardaient de travers parce que j'étais toujours dans leurs pattes, même après que tous les autres s'étaient barrés du service. Mes camarades râlaient parce que je passais trop de temps à rédiger et que du coup, aux yeux des patrons, j'avais l'air de travailler plus et mieux qu'eux. Les internes râlaient parce que je marquais des détails sans importance : le nom des enfants des patients, ce qu'ils pensaient de leur maladie, les informations à demander au médecin de famille... Les patrons m'engueulaient parce que je n'étais pas entièrement absorbée par leurs paroles.

Il a fallu que je m'organise. J'ai appris à omettre tout ce qui agaçait les internes, en ne gardant que ce qui les intéressait, individuellement : je me souviens d'un interne qui voulait toujours connaître toutes les allergies des patients ; d'une autre qui voulait savoir s'il y avait des maladies génétiques dans leur famille ; d'un autre encore qui cherchait des patients qui n'avaient jamais été opérés... (Par la suite j'ai compris que chaque fois, c'était pour leur thèse ou pour recruter des patients dans un essai de labo...) J'ai appris à finir de rédiger chez moi entre midi et 15 heures, sur des feuilles volantes que j'ajoutais au dossier ensuite ; j'ai appris à faire semblant d'écouter tout en faisant mine d'en foutre le moins possible. Tout ça c'était assez facile.

Ce qui était difficile, c'était d'entendre les voix sans arrêt. Jusqu'à la nuit. Même quand j'étais partie. Il m'a fallu apprendre à les faire taire.

*

Je referme le carnet, je ferme les yeux. Quand je les rouvre de nouveau, je vois que la moitié des passagers sont descendus place de la Mairie. Une très vieille femme vient de monter, soutenue par un homme plus jeune, au visage rond de trisomique. La mère et le fils, je me dis, Et je ferme mes oreilles internes pour ne pas l'entendre penser. Je sais ce qu'elle pense. J'ai entendu d'autres femmes — sa sœur, sa cousine, son double — parler de cet enfant qui ne serait jamais autonome ; de leur peur qu'il soit perdu quand elles seront parties, du mari disparu parce qu'il s'est tué à la tâche ou parce qu'il n'a pas supporté ; des autres enfants qu'elle n'a jamais eus ou qu'elle ne voit plus parce qu'ils ne supportent pas leur frère…

Assez !

Je n'aurais jamais dû faire…

J'aurais dû plutôt…

Une main se pose sur la mienne.

Je baisse les yeux. C'est la main de ma voisine. La peau fripée est celle d'une femme âgée d'au moins soixante-dix ans.

— Vous avez mal à la tête ?

— Euh… oui, dis-je pour couper court.

Elle fouille son sac, un profond fourre-tout vert, informe et usé, mais qu'elle a dû acheter il y a très longtemps, et auquel elle tient sûrement beaucoup pour continuer à le trimbaler comme ça et en ressort deux comprimés découpés dans une plaquette d'aspirine bon marché.

— J'ai des comprimés. Ça me soulage bien quand j'ai une migraine.

Je fais non de la tête, je bafouille un merci quelconque et comme quelqu'un vient de demander l'arrêt, je me lève d'un bond et je sors du bus à sa suite.

Je suis descendue trop tôt, j'ai encore au moins dix minutes de marche avant d'arriver à l'hôpital, et c'est pas très malin parce qu'il pleut à verse et à cette heure-ci faut pas espérer trouver un taxi, mais je commençais à étouffer.

PARTAGE

Tu n'as pas toujours été médecin.

Si j'imaginais que j'allais avoir la paix en arrivant, Karma me détrompe sur-le-champ. Quand j'entre dans l'unité 77, il est dans le couloir et discute avec Aline. En me voyant entrer, il se tourne vers moi avec un carré de papier jaune à la main.

— Faut qu'on se parle, dit-il sur le ton de celui qui va vous expliquer la vie.

Je suis pas d'humeur, je viens de me taper le pavé sous la pluie, et aucun foutu chauffeur ne ralentit pour éviter d'éclabousser les piétons. Je dégouline par tous les bouts.

— D'accord. Bonjour ! dis-je, histoire de lui rappeler que la politesse, c'est pas à sens unique. Et je m'approche du comptoir.

— Bonjour, *Aline*.

— Bonjour, *docteur* Atwood, répond Aline avec un sourire étonné.

— *Djinn*... S'il vous plaît ?

— Bonjour, Djinn, dit-elle, et son sourire s'élargit encore.

Elle est belle, cette fille, quand elle sourit. Son sourire me fait du bien. Tant qu'à se faire engueuler — pour quelle raison ? Je n'en sais rien, mais je ne vais pas tarder à l'apprendre...

Karma me regarde et éclate de rire.

— Tenez, dit-il en me tendant le carré de papier. Une régionale de WOPharma a demandé que vous la rappeliez. Il paraît que vous savez de quoi il s'agit.

Je rougis comme une pivoine et je lui prends le papier des mains.

— Merci.

Il penche la tête sur le côté et me fait un sourire en coin.

— Qu'est-ce que c'est que cet essai ?

— Quel essai ?

— Celui dont vous devez lui rendre les résultats bientôt. Elle est charmante, cette femme, et très aimable…

Si elle se met à bavasser dès qu'elle entend ta voix de vieux beau, elle est surtout très conne !

— Rien. Pas grand-chose.

— Allons ! Une kador de la chirurgie comme vous ne bosse pas sur une étude multicentrique si ça n'est pas grand-chose.

Là, il m'emmerde. Je le fusille du regard. Son visage s'assombrit.

— J'aimerais savoir… Comme vous faites partie de la race des saigneurs, et pas de celle des *dealers*, j'imagine que ça porte sur du matériel et pas sur un médoc…

Va te faire foutre.

— C'est confidentiel.

— Les informations concernant les patientes sont confidentielles. Pas les essais thérapeutiques. Leur but, en principe, c'est d'améliorer les soins. Les informations qu'ils produisent appartiennent à tout le monde.

— L'entreprise qui finance un essai a le droit de protéger ses investissements…

Il ouvre de grands yeux.

— Mon dieu ! Vous avez complètement intégré leur discours !

Mais je t'emmerde ! Qu'est-ce qu'il a, aujourd'hui ?

— Vous me ferez lire le dossier, lance-t-il sur un ton péremptoire.

— Certainement pas !

— Vous ne voulez pas partager ce que vous avez appris ?

— Je ne veux pas trahir les gens qui me font confiance.

J'ai dit ça à dessein, parce que j'attends une réplique du style : « Ce sont des requins. Ils ne vous font pas confiance, ils vous exploitent », mais contre toute attente, il hoche la tête et murmure : « C'est tout à votre honneur. »

Il se fout de moi ou...

— Quoi ?

Il se gratte le crâne, à présent et fixe le sol.

— Votre loyauté envers votre... *employeur*. Le problème, dit-il en relevant la tête, est de savoir comment vous la conciliez avec celle que vous devez aux patientes...

Là, j'ai envie (une fois encore) de l'étrangler. C'est le mot « employeur » qui me fait bouillir. Je ne suis employée par personne. Je ne suis le jouet de personne. Je suis mon propre maître. Et si cet abruti pense que...

— Venez, dit-il, il faut qu'on parle. Si vous restez ici, vous allez prendre racine.

Il désigne le sol. À mes pieds, la pluie qui dégouline de mon imperméable forme une petite flaque. J'entre dans le bureau pour poser mes affaires. Quand je ressors, ma blouse à demi boutonnée, je vois Karma passer la serpillière sur le lino.

Après avoir rangé le balai sur le chariot de ménage, de l'autre côté de la double porte, il passe devant moi, entre dans le bureau et se savonne les mains du côté soins.

— Qu'est-ce que vous savez de la méthode *Freedom* ?

— C'est une méthode de stérilisation tubaire. Ça se fait par voie endoscopique et sous anesthésie locale. On ne la propose pas encore ici, je ne sais pas pourquoi… C'est pourtant plus rapide, plus simple et moins dangereux qu'une ligature des trompes par laparoscopie. Pas de risque anesthésique, pas de risque hémorragique…

Il tourne brièvement la tête vers moi pendant qu'il se rince les mains, et je crois apercevoir un sourire.

— Vos… confrères de la maternité sont en train de s'y mettre.

— Ah oui ?

— Oui. Seulement, ils veulent qu'on leur *prépare* les patientes.

— Que voulez-vous dire ?

— Ils demandent que toute femme demandeuse d'une stérilisation par cette méthode porte préalablement un stérilet hormonal pendant six mois.

Je réfléchis quelques secondes.

— Le progestatif atrophie l'endomètre.

— Ah. Et alors ?

— Ben, ça facilite la procédure…

— Donc, vous trouvez ça normal ?

— Oui…

— Pas moi.

— Pourquoi ?

— Parce que c'est aux professionnels d'adapter leur savoir-faire aux patientes, et pas l'inverse. La procédure peut être pratiquée sans cette « préparation » — elle a été mise au point sans ça. On n'a donc pas à la leur imposer.

— Mais si c'est plus facile pour nous, c'est mieux pour les patientes aussi, non ?

Il prend trois serviettes en papier, s'essuie les mains, se retourne vers moi, désigne la table gynécologique.

— Montez là-dessus.

— Quoi ?

— Montez sur la table.

— Mais je…

— Je vais vous montrer quelque chose. Montez.

Je pose un pied sur l'escabeau, je monte à reculons et je m'assois au bord de la table.

— Mettez-vous en position gynécologique.

— Quoi ?

— Allez-y ! Vous êtes en jean, Djinn. Vous ne risquez rien.

Je rougis une nouvelle fois, mais je m'exécute. Je lève les jambes, je pose les pieds dans les étriers, je m'allonge et je pose ma tête sur le drap en papier. Pour le regarder, je dois plier le cou en avant.

Karma pousse le tabouret du pied et se plante juste entre mes cuisses, sa braguette contre mes fesses.

Il est grand, hirsute, très barbu, très brun sous la lumière électrique. Je me dis que les femmes doivent avoir peur de lui quand il fait ça.

— Confortable ?

Je me sens humiliée et vulnérable mais je ne vais pas lui faire plaisir en le montrant.

— Pas vraiment, mais j'en ai vu d'autres.

Il sort de mes cuisses, fait le tour de la table, tend le bras, soulève ma tête d'une main et glisse le petit coussin sous ma nuque.

— C'est pas mieux ?

— Si…

Un sourire éclaire son visage.

— À présent, levez-vous.

Je descends, il met tous les segments de la table à l'horizontale, me désigne le drap une nouvelle fois.

— Allongez-vous en chien de fusil.

Je le regarde sans comprendre.

— En « décubitus latéral gauche », dit-il avec un sourire.

— Ah !

Je m'exécute, sans le quitter des yeux. Il fait le tour de la table, se place derrière moi, se penche. Je dois seulement tourner la tête un peu pour le voir.

— En Angleterre, on examine depuis très longtemps les patientes dans cette position. Dans le temps, on parlait de la « posture anglaise ».

— Pour désigner le décubitus latéral ?

— Oui.

— Et c'est la position de l'examen gynécologique ?

— De *tous* les gestes gynécologiques. Des accouchements, en particulier. Il y a une très jolie nouvelle de Jacques Ferron, « Le petit William »...

— Qui ?

— Jacques Ferron. Un écrivain-médecin québécois du XXe siècle. Il est mort au milieu des années quatre-vingt, par là.

— Connais pas.

— *Mmhhh*...

— J'ai un nom canadien mais je n'ai jamais vécu là-bas, dis-je pour couper court à tout commentaire.

— O.K., O.K., ne vous fâchez pas. Bref, dans la nouvelle de Ferron, un jeune médecin de Gaspésie est appelé auprès d'une femme qui accouche et qui refuse de se mettre sur le dos et d'écarter les cuisses ; elle reste obstinément allongée sur le côté gauche. Ça n'étonne pas la vieille sage-femme, mais le jeune docteur est un peu désemparé... jusqu'à ce qu'il voie que l'accouchement se déroule pratiquement tout seul. Je ne fais plus d'obstétrique depuis dix ans, et aujourd'hui je ne sais pas comment ça se passe (il désigne du pouce un tiers absent), à côté. Vous ne les faites jamais accoucher en décubitus latéral gauche ?

— Pas que je sache...

— Dommage. Ça n'a que des avantages. Moins de risque de déchirure périnéale, pas de compression de la veine cave pendant le travail, meilleur contrôle de la tête pendant l'expulsion...

Pour quelqu'un qui ne fait plus d'obstétrique, il a de bons restes...

— L'examen gynécologique est sûrement moins confortable, dis-je.

— Pour qui ?

— Pour le médecin ! Dans cette position les cuisses sont serrées l'une contre l'autre...

— Ça n'empêche nullement de poser un spéculum. Il suffit d'être délicat. Les patientes paraplégiques, ou qui ont une luxation de hanche, ne peuvent pas du tout s'installer en position dorsale, ou alors il faut leur attacher les jambes. Notez bien que jusque dans les années soixante-dix, en France, attacher les femmes enceintes, c'était la norme... Inutile de vous dire qu'elles préfèrent s'allonger sur le côté. Et pour un certain nombre d'entre elles, c'est plus pudique que de regarder le médecin s'affairer entre leurs cuisses... Vous ne croyez pas ?

Je secoue la tête, perplexe.

— Je ne sais pas... Je n'ai jamais examiné personne dans cette position.

— Et vous ne l'avez jamais été non plus.

— Non !

Je ne montrerais pas mes fesses à n'importe qui, n'importe quand.

— Si vous voulez le savoir...

Je saute de la table.

— Merci, je n'ai pas besoin d'examen gynécologique en ce moment.

Cette fois-ci, il reste sans voix et rougit violemment.

— Ah ! Mais non ! Ça n'est pas ce que je voulais dire.

— Que vouliez-vous dire, alors ?

Il rit.

— Si vous voulez le savoir, demandez-le aux premières intéressées !

— Ah. (*C'est ça, oui, rattrape-toi comme tu peux.*)

Mais je ne suis pas sûre que ce soit possible sur cette table d'examen. Elle est beaucoup trop étroite.

— *Mmhhh*... dit-il en croisant les bras. Et si on se procurait une table plus large ?

Je vois qu'il est sérieux.

— Oui, peut-être... Ça permettrait de proposer les deux positions. Et elles pourraient.

— Oui... ?

— Choisir.

Il hoche la tête et sourit.

Je me mords la lèvre.

Je le déteste.

SOUS-SOL

Le docteur est pressé ; le soignant est patient.

— Bon, c'est pas le tout, ça, dit Karma en prenant le dossier de la première patiente de consultation, mais on a du boulot, vous et moi.

Je me dirige vers le bureau.

— Non, non, dit-il pour m'arrêter. Vous êtes de garde aux urgences, ce matin !

— Ah bon ? Depuis quand ?

— Depuis que je vous ai inscrite sur le tableau. Hier.

— Pour assurer les entrées gynécologiques ?

— Oui, et les autres s'il y a du monde.

— Il y a *toujours* du monde aux urgences !

— Sans blague ?

— Mais...

Il penche la tête comme par compassion.

— C'est trop loin ? Vous êtes rouillée ? Vous ne savez plus faire la différence entre une salpingite et une appendoc ?

Il se fout de moi. Je commence à comprendre comment il fonctionne.

— Bien sûr que si ! Mais ce n'est pas pour ça...

— Que vous êtes ici ? Vous devez faire tout ce que je vous demande cette semaine, vous vous souvenez ?

Oh, mais si ! Je me souviens… Et je m'en mords les doigts.

— Allez ! Au turf. Il est 8 h 50, on vous attend là-bas dans dix minutes.

Et il me laisse pour entrer dans la salle d'attente.

— Mademoiselle Miguérès ?

J'ai envie de hurler. L'idée d'avoir à ressortir sous la pluie et de traverser l'hôpital pour me rendre aux urgences me met hors de moi, mais je respire un bon coup, je retourne prendre mon imperméable et je franchis la porte extérieure.

— Djinn !

Je me retourne. Aline se penche par-dessus son comptoir et me fait signe.

— Tenez, prenez ça.

Elle me tend une poignée de fascicules en couleurs : *Choisissez votre contraception*.

— C'est pour les patientes des urgences, ça peut leur rendre service. Et passez par la petite section, pour aller plus vite.

Je la regarde sans comprendre.

— Les couloirs souterrains de l'hôpital. Il y a une porte au fond de la petite section.

— Jusqu'aux urgences ?

— Tous les bâtiments sont reliés par leurs sous-sols. Il faut connaître. Moi, je m'y perds toujours, mais (elle désigne le bureau de la conseillère) demandez à Angèle, elle vous expliquera.

Je regarde Aline. Elle me paraît encore plus belle que tout à l'heure. Et moi, je me sens bête. Mauvaise. Pourquoi est-ce qu'elle est gentille avec moi, d'un seul coup ?

*

Quand je frappe à la porte du bureau, Angèle est en grande conversation avec une femme d'une trentaine d'années portant un pantalon passé de mode, un pull usé et une croix de bois autour du cou.

Elle m'explique le trajet, me demande si je veux qu'elle répète, mais j'ai tout mémorisé.

Quand j'entre dans le couloir des IVG, l'aide-soignante passe devant moi, un plateau entre les mains. En m'apercevant, elle s'arrête.

— Bonjour, Djinn.

— Bonjour…

— Moi, c'est Sylviane.

— Bonjour, Sylviane. Je suis désolée, je ne me souvenais pas.

— Oui, il va vous falloir quelques jours pour retenir le prénom de toutes les filles. Je peux vous aider ?

— Non, merci, je vais aux urgences, dis-je en désignant la petite section.

— D'accord. Vous connaissez le chemin ?

— Oui. On m'a expliqué.

— Si vous croisez Renée, dites-lui que j'ai un plateau à lui apporter, à midi.

— Renée ?

Mais elle a déjà disparu à l'intérieur de la chambre.

La petite section a l'air très calme. Toutes les chambres sont fermées, pas d'infirmière en vue. Alors que je me dirige vers l'entrée du sous-sol, la porte de « Mme X… » s'ouvre, et une infirmière apparaît. Elle me regarde en souriant : « Je peux vous aider ? »

C'est une femme d'une quarantaine d'années, très ronde, aux cheveux très noirs. Elle boite et son pied gauche est enfermé dans une chaussure orthopédique.

— Non, merci, je vais aux urgences.

— Vous êtes la nouvelle interne ? Djinn, c'est ça ?

— Oui. Les nouvelles vont vite…

— Ici, tout le monde connaît tout le monde. Et on vous apprécie déjà.

— Ah, bon ? Mais je n'ai pas fait grand-chose…

Et rien pour me faire apprécier…

— Assez pour vous faire une bonne réputation. Vous allez vous plaire, ici.

— Eh bien… tant mieux, dis-je sans conviction. *Me plaire ici ? Désolé, ma cocotte, mais je ne m'éternise pas.*

Je lui fais un vague signe de la main et j'entre dans le sous-sol.

*

Il fait chaud. Plus chaud encore que dans la petite section. Et encore plus sombre. En dehors des veilleuses, au sommet des issues de secours, la seule lumière vient de plafonniers à néons qui, pour la plupart, grésillent et clignotent. D'après ce que m'a dit Angèle, j'ai d'abord un très long segment à parcourir jusqu'au bâtiment central de l'hôpital. Mais je commence par hésiter : il y a deux portes coupe-feu : l'une à droite, l'autre à gauche. Laquelle dois-je prendre ?

Mon sens de l'orientation a toujours été approximatif, mais je crois bien avoir entendu Angèle dire qu'il fallait prendre à droite.

Je marche pendant plusieurs minutes, franchissant une porte coupe-feu après l'autre, dans des segments de couloir toujours identiques, où rien n'indique que je progresse, au point que je pourrais avoir le sentiment de toujours traverser le même, comme dans ces rêves insensés où on essaie de franchir une porte et où, une fois qu'on l'a fait, on se retrouve à son point de départ. De chaque côté du couloir, il y a des portes fermées portant des panneaux numérotés, chacun à peine différent du précédent.

Au bout d'un moment et de six ou sept segments de couloir identiques, ça ne me fait plus rire, je commence à me sentir vraiment mal à l'aise. L'hôpital est grand, mais là j'ai vraiment le sentiment que je ne suis plus nulle part.

Je me dis : encore une et si c'est pareil, je rebrousse chemin et je passe par l'extérieur — *encore faut-il que je retrouve la porte par laquelle je suis arrivée, et qu'elle s'ouvre de l'intérieur* —, mais je décide de ne pas penser à cette éventualité, je pousse la porte coupe-feu et je me retrouve dans un appartement.

Enfin, pas tout à fait, mais ça y ressemble furieusement. Il y a là une table, des chaises, un coin cuisine et une cabine de douche entourée d'un rideau de plastique. Et un lit double surmonté par des étagères croulant sous les livres. Tout ça dans l'espace habituellement compris entre deux portes coupe-feu. Mais j'ai beau regarder, je ne vois pas de porte de l'autre côté.

Sur le lit double, une forme allongée lit à la lueur d'une lampe de chevet.

Le lecteur pose son livre et me regarde par-dessus ses lunettes.

— Eh, bonjour, ma poulette !

— Qu'est-ce que... vous faites là ?

Il s'assied sur le lit, ôte ses lunettes et me lance d'une voix grave :

— Je te retourne la question : ici, tu es chez moi, ma grande.

C'est un homme d'une soixantaine d'années, aux cheveux longs attachés derrière la nuque. Son visage léonin est très brun, ses joues sont mal rasées, mais ses vêtements semblent avoir été lavés et repassés le matin même, et ses pieds nus et fins sont parfaitement propres. Il s'assied au bord du lit, glisse les orteils dans une paire de sandales, s'avance vers moi d'un pas souple et me tend la main.

— René.

— Jean Atwood.

— Ah, *le petit génie*... On m'a parlé de toi.

— Qui ça ?

— Les filles. Elles m'apportent mes repas, je les garde à dîner et elles me racontent tout. Tu viens de la petite section ?

— Oui...

— Quel jour est-on ?

— Jeudi...

— Ah, c'est Sylviane qui est aux IVG. Elle t'a donné un message pour moi ?

— Oui, elle a dit qu'il y avait un plateau pour vous à midi.

— Elle est mignonne, dit-il en me montrant ses dents gâtées. Il y a *toujours* un plateau pour moi. Depuis le début.

— Vous êtes ici depuis longtemps ?

— Oui, mais je n'ai pas le temps de te raconter. Tu vas aux urgences, c'est ça ?

— Oui... (*Comment peut-il savoir ce que je ne savais pas il y a encore cinq minutes ?*)

— Alors, tu as pris la mauvaise direction.

Évidemment...

En voyant ma mine déconfite, René se met à rire.

— Mais parfois, il faut se tromper pour trouver le bon chemin. Et parfois, il faut en essayer plusieurs...

— Ouais, enfin, tourner en rond c'est pas mon genre.

— Ah, bon ? Tu sais toujours où tu vas, toi ?

Je me rends compte qu'il me tutoie depuis que je suis... entrée chez lui.

— En principe. J'aime savoir où je vais avant de m'engager.

— *Lucky you...*

Il reste là à me regarder, comme s'il attendait quelque chose.

— Excusez-moi, il faut que j'y aille.

— *No problemo*. On se reverra.

— Euh, c'est ça. (*Compte là-dessus.*)

Et je franchis la porte coupe-feu en sens inverse.

Quand, une éternité plus tard, je lis le panneau

« Urgences » sur l'une des portes du couloir, je n'ai toujours pas trouvé d'explication rationnelle à la présence de ce type au fin fond du sous-sol d'un hôpital public — j'ai déjà lu ou entendu parler de patients perdus dont on retrouvait les cadavres momifiés, mais qui élisaient domicile entre les tuyauteries, jamais ! Et comment se fait-il que l'administration... —, mais je n'ai pas le temps d'épiloguer : aux urgences c'est le souk, il y a du monde partout, plein de monde assis et debout et des blouses qui galopent dans tous les sens, je suis là comme une conne avec mes fascicules *Choisissez votre contraception* en main, alors je m'en débarrasse en les jetant sur une table basse dans la salle d'attente, ça leur fera de la lecture, et à ce moment-là une infirmière me met le grappin dessus, *On vous attendait !* Elle tire un rideau et me pousse dans un box où un homme grand en blouse blanche à manches courtes, les mains en sang gantées et un masque sur le visage me dit : *C'est bien, toi au moins tu es à l'heure*, je regarde ma montre, il est 9 heures pile, comment c'est possible ?

GARDE

— Tiens-moi donc ça, faut que je trouve où ça saigne.

Ils sont quatre autour de la table. Pendant que deux infirmières s'affairent, l'une sur les sacs de perfusions et l'autre sur les instruments, un jeune externe livide et un homme âgé — celui qui vient de m'accueillir — s'agrippent au corps d'une femme. Le jeune homme tente de maîtriser les jambes agitées de soubresauts en la tenant par les pieds. Tandis que son aîné, un chirurgien en blouse à manches courtes (*il opère en manches courtes ? ? ? ?*) est penché sur l'abdomen d'où les intestins jaillissent comme les bras d'une pieuvre.

— Viens nous aider, toi, au lieu de rester plantée là ! Tu sais tenir des écarteurs ?

Je me précipite vers la table, j'attrape une paire de gants au passage, je les enfile en un tournemain et je saisis les écarteurs que l'homme, un plus que sexagénaire au visage souriant, me désigne sans perdre son calme.

— Coince-lui le bras aussi pour qu'elle évite de cogner pendant que je localise le saignement.

Un jet de sang jaillit de l'abdomen.

— Ah, voilà.

— Qu'est-ce qui lui est arrivé ?

Contre moi, le corps de la femme s'est calmé.

— Le valium est passé, dit une infirmière.

— Je vois ça. Ça va me simplifier la vie et nous permettre de sauver la sienne… (Il lève brièvement les yeux vers moi.) Elle s'est ouvert le ventre avec un couteau de cuisine.

— On sait pourquoi ?

— Non, mais en général y a que trois explications possibles. Tiens-moi ça sans tirer dessus, pour rien arracher.

Il me tend la pince qu'il vient de refermer sur un vaisseau du mésentère et plonge des compresses dans le puits de sang.

— Quand une nana tente d'en finir, c'est soit à cause d'un mec, soit à cause de sa mère, soit parce qu'elle a l'impression d'être une merde.

Il parle comme Karma. C'est son père, ou quoi ?

— Admettons, dis-je sur un ton ironique. Et elle, c'est quoi ?

Il ajuste un catgut sur un porte-aiguille et le glisse dans la plaie béante.

— Ah, pour qu'elle aille jusqu'à faire *seppuku*, faut au moins que ce soit les trois ! Moi, c'est Yves Lance. Et toi ?

— Jean Atwood.

Il fait plusieurs nœuds très vite, plus vite que je n'ai jamais vu le faire.

— Ah ! Franz m'a parlé de toi. (*Mais comment ils font pour tout se raconter ? Ils ont le cerveau branché sur le même podcast ?*) Bienvenue ! Voyons si elle a abîmé son grêle, cette petite…

Il soulève l'intestin et se met à l'examiner centimètre par centimètre.

Au bout de la table, l'externe hoquette, se retourne, traverse le rideau et disparaît. On l'entend vomir dans le couloir.

Lance me regarde.

— C'est son premier jour. Il est pas à la fête, le pauvre. T'as fait de la chirurgie, d'après ce que j'ai compris ?

— Oui…
— T'es passée partout ?
— Sauf en neurochir.
— T'en auras pas besoin ici. Bon, ça nous arrive d'avoir à percer des trous dans un crâne, mais ça, c'est à la portée de n'importe quel imbécile, hein ? Qu'est-ce que tu veux faire quand tu seras grande ?

Il empoigne l'intestin à pleine main avant de le ranger dans l'épiploon comme de la viande hachée.

— De la chirurgie du sein et des organes sexuels.
— Tiens donc… Cancéro ou réparatrice ?
— Quelle différence ? C'est toujours de la chirurgie…
— Tu crois ça ? C'est pas le geste qui fait la différence, c'est le motif. Les circonstances. La femme. Prends celle-ci… Lui recoudre l'abdomen ça suffira pas. Il va aussi falloir la soigner.

Lance désigne la femme, dont je vois le visage à présent. Elle a trente ans à tout casser. Son visage est couvert d'ecchymoses et elle a le nez de travers.

— … et dans ce métier, on n'a que deux options : soigner ou se faire chier.
— Pardon ?
— Si tu n'aimes pas soigner, tu te feras chier…

Il me désigne le plateau d'instruments.

— Tu m'aides à la recoudre ?
— Une minute.

Pendant que je me lave les mains, il discute à voix basse avec l'infirmière anesthésiste.

J'enfile une paire de gants propres, une blouse stérile, un masque, je découpe un morceau de plaque en polypropylène, je choisis un porte-aiguille et du fil résorbable et, sans tarder, je me mets à réparer la paroi abdominale plan par plan.

— Je te laisse faire, dit Lance (*Ouais, tu vas en profiter pour te barrer et me laisser finir refermer c'est pas très glorieux, un chir, un vrai de vrai, ça laisse faire les sous-fifres*), mais il reste là, au-dessus du champ (*pour s'assurer que je lui sabote pas le boulot*), fait un mmmm, d'appréciation.

— Tu fignoles.

— Faut que ce soit aussi solide qu'avant... dis-je.

— Pour quoi faire ? Elle risque de recommencer. T'as vu la gueule qu'elle a ?

— Peu importe. Si je lui laisse un trou, elle va en souffrir et je crois qu'elle en a assez comme ça.

Il éclate de rire, et je comprends qu'il me testait, le vieux singe.

— Franz a raison. Tu es une sensible, au fond. Il y a encore de l'espoir.

Il lance un regard complice à l'infirmière-anesthésiste et à la panseuse.

Encore trois que je vais devoir tuer. Mais, sous le masque, je ne peux pas m'empêcher de sourire.

DOMINIQUE
(Aria)

Ce matin, pour une fois, j'étais en avance et j'avais une bonne raison, je ne voulais pas rester à l'appart et risquer une nouvelle scène de ménage avec mon mari. En roulant en direction de l'hôpital, je prenais mon temps, je m'étais mise en pilote automatique pour essayer de penser à ma situation — est-ce que je n'ai pas fait une connerie en acceptant d'avoir un bébé ? Est-ce que je ne devrais pas lui demander de réfléchir un peu plus, après tout je n'ai rien signé —, et devant moi, le bus s'arrête. Au lieu de déboîter pour le dépasser comme je le fais toujours, j'attends patiemment qu'il se déleste de sa charge humaine et je vois en descendre la dernière personne que je m'attendais à voir.

En redémarrant, je roule au pas, je la rattrape, j'ouvre la vitre et je crie : « Djinn ! »

Elle se retourne, elle a l'air plutôt mal mais quand elle m'aperçoit son visage s'éclaire, elle s'approche de la voiture, se penche à la fenêtre et me dit :

— Tu vas à l'hôpital ?

— Oui, je t'emmène ?

— Chouette !

Elle monte, m'explique que sa voiture est en panne, son ex n'a même pas eu l'élégance de recharger la batterie avant qu'elle le foute dehors. Je lui demande vaguement pourquoi ils ont rompu, à vrai dire ça m'étonne un peu parce que si je me souviens bien, ça faisait presque trois ans qu'ils étaient ensemble, je dis : « C'est peut-être temporaire... » Et elle répond du tac au tac :

— Non, c'est tout vu, j'en ai marre de ses exigences, de ses habitudes, de ses lubies, de ses projets à court, à moyen et à long terme, de toute manière on n'est d'accord sur rien alors pourquoi je me ferais chier plus longtemps ? En plus, le soir, j'allais me coucher à reculons, parce que j'avais de moins en moins envie qu'il me touche...

— C'était... c'était pas bien ?

— Oh, si ! C'était bien. C'était très bien... (Elle s'est arrêtée quand elle a dit ça et ce silence m'a fait frissonner.) Mais je peux pas continuer à baiser avec un type avec qui je ne suis jamais d'accord... Tu vois, on dit que les disputes ça permet de se réconcilier au pieu et que le sexe ça détend l'atmosphère, mais moi, je ne fonctionne pas comme ça, je fais le boulot paraît-il le plus stressant de la planète, mais justement, opérer, j'aime ça, quand j'opère je suis parfaitement détendue, et quand je fais l'amour c'est pas pour me détendre...

Je ris.

— Tu le fais parce que tu aimes ça.

Je sens qu'elle rougit.

— Yep.

— Et pas lui ?

— Je sais pas. J'en sais rien. Je sais rien de lui, de toute manière. À la fin je ne savais plus qui c'était. On ne se disait plus rien, on ne se parlait plus, quand j'avais envie de lui il avait son ordinateur sur les genoux, quand j'avais envie de bouquiner il se mettait à m'embrasser dans le cou, bref, on n'était jamais en phase et ça commençait à me pomper parce qu'en dehors de baiser, il ne se passait plus rien. On n'allait plus au cinéma, on n'allait plus chez les copains, on ne partait plus en vacances...

Je soupire.

— La médecine, c'est pas un métier facile pour les conjoints.

— Oui. Surtout quand on n'est pas amoureux.

— Tu n'étais pas amoureuse de lui ?

— Je ne l'étais plus. Je ne le suis plus depuis un moment. Je ne sais pas depuis quand… (Elle se met à rire.)

— Quoi ?

— Je viens de penser à quelque chose que j'ai entendu en consultation chez Karma.

— Tu es chez Karma, maintenant ? Au 77 ? C'est pas vrai ! Raconte !

— Ah, ne me lance pas là-dessus, tu le regretterais. C'est infernal mais heureusement, c'est temporaire. En tout cas, je ferai tout pour en partir le plus tôt possible… Mais là, tout de suite, je viens de repenser à un truc qu'une femme a dit, je ne sais plus laquelle, je les mélange toutes, j'ai l'impression qu'elles ont toujours les mêmes trucs à raconter, d'autant que pendant les consultations, il y en a une sur trois qui entre en disant : « Je ne supporte plus ma pilule. » Et les premières fois je me disais : « C'est pas vrai ! Elles se sont donné le mot, ou quoi ? » Et lui, Karma, il est incroyable, il les écoute à chaque fois comme si elles étaient les premières à lui dire ça alors qu'il en a entendu vingt-cinq lui seriner la même chose depuis le début de la semaine. Et j'ai beau faire tout ce que je peux pour écouter le moins possible ce qu'elles racontent — parce que tu comprends, j'ai beau être une bonne femme, j'ai pas choisi et y a pas que des inconvénients mais je me contenterais bien des avantages, moi les histoires de gonzesses ça m'intéresse pas plus que ça —, il y a quand même des trucs qui passent et j'ai fini par comprendre que chaque fille qui s'amène en disant : « Je supporte pas ma pilule », c'est un prétexte, une porte d'entrée chez le médecin pour pouvoir vider son sac. La première ça sera peut-être : « J'en ai marre d'avoir mal aux seins en fin de plaquette », la deuxième ça sera : « Depuis que je la prends, mon mec me dit que je suis plus comme avant, moi je m'en suis pas rendu compte, mais lui il commence à penser que je suis frigide. »

— C'est dans leur tête…

— C'est ce que je me disais aussi, et Karma m'a expliqué que non. J'y avais jamais pensé, mais c'est logique : les pilules bloquent l'ovulation en apportant des hormones en quantité constante, *donc en simulant une grossesse…*

— Ah bon ?

— Eh oui… C'est pour ça que plein de filles ont mal aux seins, des nausées, et plus envie. T'as jamais eu ce genre de trucs en la prenant ?

J'hésite une seconde et je réponds :

— J'ai jamais pris la pilule…

— Ah oui ? dit Djinn, pas plus étonnée que ça. Et elle poursuit : « Moi, j'ai commencé à la prendre à quinze ans j'avais un putain de mal au bide chaque fois que j'avais mes règles, tu peux pas savoir. Avec la pilule ça allait mieux mais pendant la semaine où je la prenais pas j'avais mal quand même et puis j'ai lu un truc dans un magazine de filles… à l'époque où je lisais encore des magazines de filles… mon dieu ! c'était dans une autre vie… Une nana qui faisait du sport intensif, du volley ou de la natation synchronisée ou je ne sais quoi, enfin un truc hyper-prenant, et elle expliquait qu'elle prenait sa pilule en continu pour pas avoir de règles du tout et bien sûr la connasse de médecin qui répondait aux questions lui disait qu'il fallait surtout pas faire ça.

— Pourquoi ?

— Je me souviens plus mais en gros elle disait qu'à force, ça risquait de compromettre la fécondité, bref, une connerie grosse comme elle parce que toi et moi on connaît plein de copines qui se sont retrouvées en cloque après avoir oublié *un* comprimé, par conséquent dire que la pilule en continu ça rend stérile alors que si tu l'oublies *une fois* ça te colle un polichinelle dans le tiroir, c'est tout sauf une attitude scientifique et putain de bordel de merde (là, je l'entends qui s'énerve), *elle était médecin, cette connasse* ! Alors qu'est-ce qui lui prenait de foutre la trouille à toutes les filles comme moi qui lisent des revues de filles pour être moins cons, pour être moins désarmées, pour pas se retrouver dans la panade, hein ? Tu veux me le dire ?

— Elle croyait bien faire…

— C'est ça ! Non, elle ne parlait pas comme un médecin, comme quelqu'un dont le métier est de soigner. Elle parlait comme si elle était une mère supérieure ou une belle-mère pressée que sa bru lui fasse des petits-enfants ! Et y en a marre d'entendre que le seul avenir envisageable pour une fille c'est de pondre. Merde !

J'attends un peu qu'elle se calme et je demande :

— Tu n'as pas envie d'avoir des enfants un jour ?

— Ça fait pas partie de mes plans immédiats, non.

— Et à long terme ?

— À long terme non plus. Mais j'ai pas de plan à long terme, tu vois. Mon seul plan en ce moment c'est — tourne là, tu vas me déposer devant la maternité — de finir la semaine et de me barrer. À l'occasion je te raconterai, j'ai passé un accord avec Karma, si tout se passe bien il me laisse partir à la fin de la semaine en me validant mon stage et pendant six mois je fais ce que je veux, du bloc à en crever, des remplacements en clinique, ce que je veux !

Je m'arrête à la hauteur de l'unité 77, et je lui demande si elle veut qu'on dîne ensemble, je la ramènerai chez elle puisqu'elle n'a pas de voiture en ce moment.

Elle sort de la voiture et me répond : « T'es mignonne, mais avec Karma, je sais jamais quand je vais sortir du service… »

Je lui explique que de toute manière un soir sur trois je suis de garde de dialyse jusqu'à 22 heures, si elle finit tard je peux prendre la garde ce soir, celle qui doit s'y coller sera ravie de pouvoir partir.

Penchée à la portière encore ouverte elle dit : « O.K. Appelle-moi vers 19 heures, je te dirai où j'en suis. »

À 18 h 45, juste avant le début de la garde de dialyse, j'appelle Djinn et elle m'explique qu'elle est aux urgences, son patron lui a encore fait un sale coup, elle est de garde pour la soirée, jusqu'à minuit et demi au moins, le dîner ce sera pour une prochaine fois. Une fois qu'elle a raccroché, je pense : « Mais il faudra bien que tu rentres chez toi… »

Tard dans la nuit, après avoir fini ma garde puis appelé plusieurs fois et demandé aux infirmières où elle en est, je passe aux urgences et je la trouve assise dans l'office devant une tasse de café, pas pressée de rentrer chez elle.

— T'es encore là ? lui demande une des infirmières.

— Oui, y a pas le feu, j'ai de la vaisselle sale dans l'évier. Je préfère qu'elle m'attende.

— Quoi, une belle fille comme toi, t'as pas un mec à la maison pour faire ça ?

— Je préfère laver mes assiettes moi-même.

C'est le moment que je choisis pour entrer, elle se lève en souriant, elle m'embrasse, elle a l'air fatiguée, elle désigne un carnet ouvert sur la table de l'office :

— J'essaie de noter ce que j'ai vu au cours des seize dernières heures et il faut que je le fasse avant de rentrer sinon j'en perds la moitié. Comme je n'ai pas la liste des entrées sous les yeux, j'écris dans mon carnet comme ça me revient. J'en ai pour un moment…

Je lui dis que ça ne fait rien, je peux l'attendre, alors pendant qu'elle finit de noter et pour que je ne m'impatiente pas trop, elle me raconte au fur et à mesure.

Plaie de l'abdomen (coup de couteau auto-infligé) réparée avec Lance.

— Je me demande pourquoi elle n'est pas montée en chirurgie se faire rafistoler et pourquoi il a fait ça aux urgences. Officiellement, le bloc chirurgical était impraticable… En réalité, m'a expliqué une infirmière, les instructions venues directement d'en haut recommandent aux chirurgiens de ne plus prendre de patients sans couverture sociale quand un certain quota mensuel a été atteint. Motif : ils occupent des lits trop longtemps parce qu'ils préfèrent rester au chaud et en profitent pour se faire soigner leurs ongles incarnés. Je ne l'ai pas crue jusqu'à ce que Lance me le confirme un peu plus tard.

— Et tous les chirurgiens sont d'accord ?

— D'après Lance, pas tous, mais la plupart n'ont pas envie de se mettre la direction générale à dos. Évidemment, cette forme de ségrégation ne concerne pas les urgences, mais il m'a confié que s'il n'était pas chirurgien de formation et s'il n'avait pas un ou deux internes pour l'aider, il serait dans la merde. Dans la zone Nord, les plaies par balles ou à l'arme blanche sont monnaie courante…

Trois personnes cassées de partout après avoir participé à un rodéo sur le parking de l'hyper.

— Deux motards rentraient bien tranquillement chez eux rejoindre leurs copines quand un type en voiture électrique a déboulé à fond la caisse et leur a grillé la priorité. Et c'était lui le moins abîmé, bien sûr. Il a fallu le cacher pour que les nanas des deux motards n'aillent pas lui arracher les yeux. Ils avaient plusieurs fractures ouvertes. Chirurgicalement parlant, c'était intéressant mais crevant... Tu as déjà fait du bloc d'orthopédie ?

— Non, je réponds, fascinée par ce qu'elle me raconte.

— Ah, c'est sportif !

Un type presque entièrement scalpé après avoir été projeté de la banquette arrière d'une vieille bagnole.

— Il était bourré de chez bourré, dit Djinn en pleurant de rire, il n'avait pas attaché sa ceinture ; il s'était collé entre les sièges avant pour parler à ses copains aussi bourrés que lui, celui qui conduisait a cru voir un chien traverser et a pilé net. L'autre a fait un grand bond en avant et s'est empalé la peau du crâne sur un saint Christophe collé au tableau de bord. Je l'ai réparé sans anesthésie : son alcoolémie était si élevée qu'il ne sentait rien du tout et il m'a raconté sa vie pendant que je le rafistolais.

— Il va rester défiguré ?

— Quoi ? Non, penses-tu ! La peau du crâne, c'est pas comme celle du sein. C'est épais comme du cuir. Et comme la suture est au ras de sa ligne d'implantation, ça ne se verra même pas. Enfin, sauf s'il devient chauve. Là, son crâne ressemblera à une boîte de conserve.

J'éclate de rire.

— Et après ?

— Bah, le reste de la journée, jusqu'en fin d'après-midi, c'était moins passionnant, il y a eu des rhumes, des angines, des arcades sourcilières éclatées, des entorses, des corps étrangers dans l'œil, des hameçons dans les doigts et un dans une fesse. Je ne sais vraiment pas comment il a fait pour qu'il glisse entre pantalon et caleçon. De la petite bière, mais de quoi m'occuper les mains.

« Et puis, vers 16 heures, on a vu arriver une famille entière, les parents et quatre des cinq enfants, avec douleurs abdominales, vomissements et diarrhée. Le seul qui tenait encore debout — et qui avait appelé l'ambulance — était un garçon de douze ans, privé de repas parce qu'il n'avait pas voulu décrocher de sa console vidéo quand sa mère l'a appelé. Le père excédé avait dit un truc du genre : "Tant pis pour lui." Sauvé parce qu'il a été puni ! Comme le plat de résistance était une omelette aux champignons, ils étaient persuadés que leur dernière heure était arrivée. Mais c'étaient des champignons de Paris. Lance et moi on pensait plutôt qu'il y avait un staphylocoque dans la macédoine de légumes, la mère avait oublié de la mettre au frigo hier soir.

« Ça se serait arrêté là, avec tout le monde sous perf et antiémétique injectable, mais voilà qu'à 21 heures, alors qu'il joue avec sa console portable dans la chambre où sont hospitalisés ses parents, le gamin qui n'avait rien se met lui aussi à vomir tripes et boyaux. Ce n'est pas moi qui le vois, mais l'interne du service de gastro où toute la famille est hospitalisée. Pour lui, la cause est entendue, il le met illico sous perf comme les autres. Une heure plus tard, à la cafétéria, il se marre devant moi en racontant ça et conclut que le gamin a dû aller bouffer de la macédoine en cachette, finalement.

« Mais dès que je l'entends, je me dis que quelque chose ne colle pas. Toute la famille s'est mise à dégueuler ensemble, trois heures après avoir bouffé, comme dans les livres. Une heure après ils étaient aux urgences. Le seul qui n'a rien bouffé se met à dégueuler *neuf heures* après le repas infecté. Lorsqu'il était arrivé avec ses parents, je lui ai expliqué ce qui s'était passé et j'ai bien vu qu'il était à la fois soulagé et coupable, mais pas du tout inquiet à l'idée d'être malade lui aussi. Il a dit : "J'suis pas allé manger parce que je déteste la macédoine ; ma mère m'aurait forcé à en prendre, mais je savais que mon père dirait de me laisser tranquille."

« Le gastro me regarde d'un drôle d'œil et me dit en rigolant : "Qu'est-ce que t'en dis, poulette ? Le môme fait une couvade ? Il est malade par empathie ? C'est un syndrome du survivant ?" Je n'ai rien répondu, je l'ai trouvé stupide. Je suis montée voir le gamin, qui n'allait pas bien du tout, il avait le teint terreux et 35°7 — l'hypothermie aurait dû alerter l'interne — et surtout, le pauvre môme avait une défense nette à droite. J'ai appelé le chirurgien digestif d'astreinte, il l'a opéré deux heures plus tard, d'une appendicite perforée. Comme quoi, il faut toujours garder l'esprit frais. Je regrette seulement d'avoir été de garde, j'ai pas pu aller aider au bloc. C'est bizarre, cette histoire, non ? S'il avait mangé la macédoine et fait la même intoxication alimentaire que ses parents, personne n'aurait fait le diagnostic... Demain matin, je retournerai lui dire un petit bonjour.

Je pose ma main sur la sienne.

— Tu es adorable...

— Tu parles. Enfin, heureusement qu'il y a eu ça pour m'occuper un peu l'esprit parce que pendant toute la fin d'après-midi, après la fermeture des consultations de la maternité, j'ai surtout vu des bonnes femmes. Des bonnes femmes de tous les âges. Des femmes qui avaient mal aux seins, au sexe, au ventre pendant leurs règles, après leurs règles, entre leurs règles. Des bonnes femmes qui avaient peur d'être enceintes là tout de suite ou de ne plus jamais l'être. Des mères de famille qui saignaient sans arrêt, ou pas assez, ou trop souvent ou pas comme d'habitude, ou pas le jour où elles l'attendaient. Des femmes battues. Des minettes qui avaient oublié leur pilule ou qui me balançaient *encore* le coup du préservatif qui a craqué.

— Comment ça « encore » ?

— Quand tu vois comment ils ont été testés, tu sais qu'il ne peut pas y en avoir *autant* qui craquent. Ils glissent, ou alors dans le feu de l'action leur jules n'en a pas mis et une fois qu'elles se remettent à penser, elles s'en mordent les doigts et quand elles viennent chercher leur contraception d'urgence, parce qu'elles ont peur de se faire engueuler, elles disent qu'il a craqué, ce qui revient au même, mais à moins que le type ait une queue coupante ou la fille un vagin denté, « le préservatif a craqué », ce n'est pas une description, c'est une phrase rituelle... Et puis il y avait des mères qui venaient pour faire soigner le bobo d'un enfant et finissaient par parler d'un truc qui les angoissait infiniment plus. Bref, beaucoup de consultations pour rien. Ou presque. « Je savais pas quoi faire. Qu'est-ce que je pouvais faire ? Qu'est-ce que vous en pensez, docteur ? » Elles voulaient seulement que je leur tienne la main et que je les écoute pleurer.

— Et tu l'as fait... dis-je en lui prenant les doigts.

— Oui, dit-elle en haussant les épaules — sans comprendre que je la dévore du regard ni ce que je veux lui dire... —, mais franchement, je t'assure, ça m'a fait tellement chier que je me suis mise en mode veille parce que franchement, tout ce qu'elles racontent, toutes leurs histoires de mecs, d'enfants, de fesses, et je ne sais quoi, je m'y intéresse le moins possible ! J'imagine que Karma m'a imposé de passer une semaine entre ses murs pour me convaincre de rester, que je peux me rendre utile et qu'il a des choses à m'apprendre, mais tout le mal que je me suis donné depuis quatre ans pour devenir ce que je veux, tout ce que j'ai appris, tout ce que je sais faire, et faire mieux que bien, mieux que la plupart des autres chirs, c'est beaucoup trop bien pour le gâcher en écoutant des nanas qui se plaignent d'avoir mal aux seins ou qui flippent parce qu'elles ont *peut-être* un polichinelle dans le tiroir ! Tu comprends, quand je ne prends pas mon pied à les opérer, les bonnes femmes, moi, je m'en passe très bien.

VENDREDI

(Animato)

OUBLI

Hier soir, après que je lui ai raconté ma garde, Dominique m'a raccompagnée. J'aime bien Domi et j'ai bien vu, quand elle m'a déposée, qu'elle n'avait pas sommeil et qu'elle avait encore envie de parler, mais je ne lui ai pas proposé de monter, j'étais trop crevée, et je pensais à la journée d'aujourd'hui et à ce que Karma avait en réserve pour moi, quel genre de tour de cochon il allait encore me faire.

Quand j'arrive, Aline m'accueille avec un sourire comme je ne lui en ai jamais vu jusqu'ici.

— Bonjour, Djinn. Ça va ? Pas trop fatigante, la garde ?

— J'ai survécu… Barbe-Bleue est arrivé ?

Elle lève un sourcil, mais son sourire ne disparaît pas.

— Pas encore, tu es en avance.

Je regarde ma montre. Il est 8 h 40. Je me suis réveillée toute seule, tout de suite j'ai vu qu'il faisait grand soleil alors je suis allée me doucher avant d'aller boire un café sur mon petit balcon. J'ai vu un bus arriver de loin, et comme je n'avais plus de café dans ma tasse, j'ai pris mon sac, je suis descendue et j'ai sauté dedans sans réfléchir.

— Tu vas avoir le temps de recevoir tes patientes, dit Aline.

— Mes patientes ?

Elle me tend une feuille de consultation. Je lis :

Unité 77. Planification.

Docteur Atwood, vendredi 22 février.

8 h 30, Frédérique R. : consultation.

8 h 45, Diane A. : consultation.

9 h 00, Nadège B. : contrôle de DIU.

— Qui leur a donné un rendez-vous ?

— Mais, toi ! Hier, aux urgences. C'est ce qu'elles m'ont dit en arrivant. Elles étaient à la porte à 8 h 15, quand je suis arrivée.

— Toutes les trois ?

— Toutes les trois. Tu ne te souviens pas leur avoir dit de venir ?

Non, je ne me souviens pas, je me suis efforcée de mémoriser tout ce que j'ai vu les chirurgiens faire hier, mais les nanas venues pour des bricoles, sûrement pas, j'ai pas de place à perdre pour ça dans ma tête. Qu'est-ce qui m'a pris et comment... ?

— Si, je me souviens très bien, dis-je pour ne pas perdre la face, mais ça me surprend qu'elles soient venues toutes les trois. Comme je leur ai dit de venir très tôt, je pensais...

— Que ça allait les décourager ? Tu sais, c'est très difficile de voir une bonne gynéco dans cette ville. Alors quand on te donne rendez-vous — pas dans six mois mais le lendemain — tu sautes sur l'occasion !

Une bonne *gynéco ? Elle se fout de moi ?*

Elle ne se fout pas de moi. Elle sourit.

— Elles t'attendent.

D'un seul coup, je suis prise d'une angoisse insupportable. Je crois que je perds la tête. Je regarde les noms. Je n'ai *aucun* souvenir de ces femmes. Je regarde de nouveau la date. On n'est pas le 1er avril.

Je ramasse le premier dossier sur le comptoir, j'entre dans la salle d'attente et je dis : « Madame R. ? »

Une femme se lève. Je ne la reconnais pas mais elle me sourit, elle dit « Bonjour, docteur », passe devant moi en serrant contre elle un sac d'où dépasse un sachet en plastique, sort dans le couloir, hésite parce qu'elle ne sait pas quelle porte prendre, se dirige vers le bureau de la conseillère, me regarde et je dis : « Non, par ici », en lui désignant le bureau.

Pendant qu'elle pose ses affaires sur la chaise, je ferme la porte, je me rends compte que j'ai toujours mon imperméable sur le dos, je l'enlève, je passe entre elle *Pardon !* et l'armoire, je prends une blouse *Excusez-moi on n'a pas beaucoup de place ici*, je m'installe derrière le bureau et je lui dis machinalement :

— Asseyez-vous, je vous en prie…

— Merci.

Elle a une quarantaine d'années, elle porte un tailleur-pantalon très élégant, elle a des cheveux blonds coupés court, elle est bien maquillée — un peu trop peut-être, mais à peine…

Et je suis infoutue de me rappeler quoi que ce soit de ce qu'elle m'a raconté hier, et même de l'avoir vue. J'ouvre le dossier pour regarder ce que j'ai écrit, les rares fois où je ne me souviens pas de quelque chose, c'est parce que j'étais fatiguée (mais c'est pas fréquent) ou parce que je pensais vraiment à autre chose (mais c'est pas souvent) ou que j'avais pas la tête à ce que je faisais (et quand je bosse ça ne m'arrive jamais), mais j'écris toujours tout, alors…

Le dossier est vide. Je n'ai rien écrit.

Je sens mon cœur s'arrêter, une main froide me serrer le cou, et ça me frappe comme une gifle, comme la gifle qu'*il* aurait dû me donner le jour où il est parti, le jour où j'ai dit que je ne voulais plus le voir et où j'ai failli lui dire, pensé très fort que j'en avais ma claque de voir sa gueule au petit matin, marre de me coucher chaque soir dans le même lit que lui et de me réveiller à force de l'entendre ronfler et de le sentir poser ses mains sur moi quand il se tournait dans son sommeil, poser sa bouche sur ma joue et chercher mes lèvres glisser les mains sur mes seins sur mon ventre entre mes cuisses que je n'en voulais plus et si j'avais dit tout ça là il m'aurait giflé, ou il aurait dû me gifler à toute volée, mais la gifle je l'attends encore.

Je lis encore la surprise dans ses yeux, la colère et l'humiliation sur son visage. Juste avant qu'il me tourne le dos, enfile sa veste et claque la porte.

Et en cet instant, sur le visage de Mme R., je m'attends à lire la même humiliation, la même colère, la même douleur. Parce que dans son dossier, son putain de dossier que je n'ai pas rempli, je ne lis rien de rien. Je ne sais pas pourquoi elle est venue hier je ne sais pas pourquoi elle revient ce matin *et du coup je ne sais pas ce que je fous là.*

Tout ça, c'est de la faute de Karma, *putain de bordel de merde !*

Ça me faisait chier d'être là-bas hier (j'avais bien compris son manège : en m'envoyant aux urgences, il savait qu'à la fin des consultations, la maternité m'enverrait toutes les femmes qui se présentaient et qu'en tant qu'interne gynéco de garde, toutes les misères de nana, ce serait à moi de me les taper, pour m'humilier, pour me mettre en demeure de bosser selon ses termes, ses foutues règles), alors, j'ai décidé de faire l'impasse, la grève, la conne. De ne rien noter. De pas lever le petit doigt. De ne rien dire. De me contenter de faire semblant d'écouter ce qu'elles débitaient. De faire *Mmhhh Mmhhh* comme lui, je t'en foutrai du *Mmhhh Mmhhh,* et tu vas voir si elles vont en redemander parce que je vais leur dire à toutes : « Et si jamais ça ne va pas mieux demain, venez à l'unité 77, le docteur Karma consulte et vous verrez, il est très, très gentil… »

Seulement cette Mme R. — comme, j'imagine, les deux autres femmes arrivées à 8 h 15 — n'a rien compris, elle n'est pas revenue comme je l'espérais pour *le* faire chier avec ses conneries, *elle est revenue me voir, moi !*

Et moi, comme une conne, je ne sais pas ce qu'elle a !

Alors, je fouille dans ma boîte à répliques laquelle des phrases apprises par cœur et bien rangées depuis le temps que je fais ce métier je pourrais lui lancer pour qu'elle s'y raccroche et qu'elle ait le sentiment que je sais de quoi je parle : « Est-ce que le traitement a été efficace ? » (Je sais pas ce que je lui ai donné !) « Est-ce que vos symptômes ont régressé ? » (J'ai oublié ce qu'elle avait.) « Je vois que vous allez mieux. » (Tu parles !) « Comment ça va depuis hier ? » (Non, là j'aurais l'air vraiment cruche.) « Vous m'avez rapporté vos résultats d'examen ? » (Elle les aurait à la main.) « Quelle décision avez-vous prise ? » (C'est même pas la peine d'y penser, elle venait sûrement pas me demander s'il fallait qu'elle se fasse opérer — et de quoi, d'abord ?) Et j'ai beau fouiller, toutes ces phrases de circonstance tombent à plat et je me sens très, très conne, d'autant qu'elle a vu que le dossier est vide, que je n'ai rien marqué et elle me regarde à présent, elle va comprendre, elle va savoir que je me suis foutue d'elle hier, elle va se sentir humiliée insultée, ses yeux vont me fusiller, je vois sa bouche s'ouvrir, je sens qu'elle va me gifler avec ses mots et je l'entends dire :

« Ça m'a fait beaucoup de bien de vous voir, hier. »

Je fais absurdement « Oui » de la tête.

Elle désigne le dossier vide.

« Et vous n'avez rien écrit. »

Je fais absurdement « Non » de la tête.

« Je vous remercie… »

Mais de quoi ?

« J'avais très peur que vous me trahissiez, mais j'avais besoin de faire confiance à quelqu'un. »

J'ouvre de grands yeux.

« Je ne regrette pas d'être venue à l'hôpital hier. J'avais peur… Mais j'ai eu de la chance, quand je vous ai vue, j'ai su tout de suite que je pouvais vous parler… »

Je me mords la lèvre pour m'assurer que je ne rêve pas.

« J'avais très peur de dire tout ça, vous savez. Peur que tout ça se lise sur mon visage. Mais il fallait que je fasse quelque chose, je n'y tenais plus. »

Je hoche la tête tout doucement et, sans réfléchir, je dis la première chose qui me vient à l'esprit :

« Vous en aviez gros sur le cœur. »

Et là, elle me regarde, elle sourit, elle fait : « Oh oui, vous avez compris ça tout de suite, vous avez bien vu que je n'en pouvais plus… »

Elle baisse la tête, elle murmure :

« Je n'aurais jamais cru qu'on pouvait souffrir comme ça… »

De ma gorge serrée, j'entends monter un *Mmhh*…

Et comme s'il s'agissait d'un signal, en entendant ce *Mmhh*, elle lève le visage vers moi et je vois une larme, une seule, couler sur sa joue maquillée, un peu trop bien peut-être et, derrière cette larme, comme un flot, son histoire me revient.

FRÉDÉRIQUE
(Aria)

Hier, elle est entrée, elle s'est assise, elle m'a à peine regardée et puis elle a baissé les yeux, elle est restée silencieuse plusieurs secondes, et puis elle m'a regardée à nouveau, bravement, et elle a dit :

« Je suis un peu gênée de vous raconter tout ça, mais je ne devrais pas me plaindre, vous me recevez sans rendez-vous et je suis sûre que d'autres patientes attendent et qu'elles ont des motifs bien plus graves que les miens de venir un soir, tard, se confier à vous, alors je voulais d'abord vous remercier du temps que vous allez me donner, parce que somme toute, je ne vais pas bien, pas bien du tout, mais je ne suis pas malade, alors je n'ai pas le droit de me plaindre.

« Vous comprenez, j'ai tout ce qu'il faut pour être heureuse. Ça fait vingt ans que je suis mariée, à un homme… adorable. Travailleur, gentil, il se mettrait en quatre pour moi. Pour nous. Nous avons trois enfants, deux garçons et une fille. Ils vont bien, ils sont beaux, intelligents, en bonne santé. Mon mari est haut fonctionnaire, il travaille à la Banque de France. Je travaille, moi aussi, à temps partiel. Je suis conseillère conjugale. Non, pas à l'hôpital, dans une association de soutien aux femmes enceintes, SOS Grossesse en péril. Je réponds aux appels, mais je reçois aussi les femmes en entretien. Je fais tout mon possible pour les convaincre de ne pas interrompre leur grossesse. Il y a beaucoup trop d'avortements, je pense. Et moi qui ai eu mes enfants par désir, je ne supporte pas l'idée qu'on... qu'on tue, au fond, c'est le mot, une vie sur le point de s'épanouir. Mais je ne suis pas naïve, je sais que la vie est dure pour la plupart des femmes. Je sais qu'elle est compliquée. Elle l'est même quand on a tout, alors quand on n'a rien... Quand elles appellent je les accueille, quand elles viennent je les écoute et j'essaie de comprendre. Et souvent, c'est très difficile parce que ce qu'elles disent n'a pas vraiment de sens pour moi. Je ne sais pas ce que c'est de ne pas avoir de travail. Je ne sais pas ce que c'est de ne pas avoir d'homme à la maison. Je ne sais pas ce que c'est d'avoir des parents qui vous battent ou qui boivent. Je ne connais rien de tout ça. Je ne sais pas ce que c'est que d'avoir des relations sexuelles contre son gré. Je ne sais pas ce que c'est que d'être enceinte sans l'avoir voulu. Non... Je sais que ça *existe*, je ne crois plus au Père Noël depuis longtemps, mais j'ai du mal à *imaginer* ce que c'est. C'est juste hors de ma compréhension. Mais ce que je sens, ce que je vois, c'est que les femmes qui viennent pour parler de cette grossesse dont elles ne veulent pas, dont elles n'ont jamais voulu, je vois qu'elles souffrent. Je ne comprends pas toujours *de quoi* elles souffrent, si c'est d'être enceintes ou de vouloir avorter, ou de ne pas pouvoir élever cet enfant, ou d'avoir eu des relations sexuelles avec un homme qu'elles n'aiment pas, ou qui les a forcées, mais je vois qu'elles souffrent. Je le sens. Et je fais tout ce qui est en mon pouvoir pour les soulager, pour les rassurer, pour leur permettre de prendre une décision qu'elles ne regrettent pas par la suite... Et ça n'est pas facile, parce que pour elles, il n'y a pas de bonne solution. Elles sont enceintes et elles ne voulaient pas l'être et elles ne veulent pas le rester, et elles ne veulent pas de cet enfant. Pour certaines, c'est — enfin, ce serait — leur premier enfant, et pour certaines c'est un enfant de plus. Pour toutes, c'est un enfant de trop. Alors moi — enfin, *nous*, l'association —, nous essayons de les convaincre de garder leur grossesse jusqu'à ce que l'enfant naisse, de ne pas prendre une décision trop vite, trop tôt, une décision irréparable parce que, tout de même, tuer une vie ça n'est pas réparable, je sais bien que parfois on n'a pas le choix, et que parfois, c'est peut-être mieux, lorsque l'enfant risque de souffrir trop, ou d'être malformé et de faire souffrir sa famille avec lui, mais souvent je pense qu'on pourrait éviter ça, qu'on pourrait éviter de faire souffrir les femmes et de tuer les enfants dans le ventre de leur mère, de tuer des enfants qui pourraient devenir des gens bien, des médecins ou des avocats ou des architectes ou des musiciens. Je sais, ce n'est pas sûr ; mais même si ce n'est pas sûr, ce n'est pas impossible. Et donc, vous voyez, je passe mon temps à expliquer ça aux femmes, à leur faire comprendre que l'enfant qu'elles portent, cet enfant qui n'est pas encore fait, pas encore né, pourrait être la meilleure chose qui leur arrive, finalement. Mais bien sûr, elles pensent que c'est la pire chose qui leur soit arrivée, parce qu'elles sont dans le présent, et pas dans un futur hypothétique. Alors je leur dis qu'il y a des solutions intermédiaires — par exemple, donner leur enfant en adoption à un de ces couples qui n'ont pas pu en avoir, il y en a tellement ici même, et ce n'est pas moins humain que d'aller dans un pays lointain prendre un enfant dont personne ne veut plus, qui pourrait mourir de la main d'une mère qui n'en peut plus, ou de faim, ou de maladie, ou survivre et se retrouver obligé à mendier dans une ruelle malpropre, ou à vendre son corps pour survivre. Mais je sais que c'est difficile pour une femme, d'abandonner l'enfant qu'elle vient de mettre au monde. C'est peut-être plus difficile que là-bas, dans les pays lointains où on manque de tout, sauf d'enfants qui naissent à tout bout de champ et qu'on risque de voir mourir à tout moment, du sida ou du paludisme ou simplement parce qu'on n'a plus de quoi le nourrir, parce qu'on est soi-même tellement maigre ou tellement malade que les seins ne peuvent plus donner de lait. Là-bas, pouvoir donner son enfant à quelqu'un qui pourra le nourrir et l'élever et l'éduquer, je suis sûr que pour certaines femmes, c'est une bénédiction. Mais ici, donner l'enfant dont on ne veut pas à un couple qui ne demande que ça, la plupart des femmes voient ça comme un abandon, comme une mauvaise action. C'est paradoxal, n'est-ce pas ?

« Je vous vois hocher la tête et m'écouter patiemment et je suis sûre que vous pensez : "C'est bien beau tout ça, mais elle ne me dit pas l'essentiel. Elle ne me parle pas d'elle." Et vous avez raison, je suis très forte quand il s'agit de parler d'autre chose que de moi. Je n'aime pas parler de moi. Enfin, je n'aimais pas ça jusqu'à…

« Ah, je ne sais pas comment je vais arriver à le dire, et puis je m'en veux de vous prendre du temps comme ça, mais maintenant que je suis ici, il faut que j'aille jusqu'au bout, je ne suis pas le genre de femme qui recule devant les difficultés, vous savez, quand j'étais petite ma mère me disait qu'elle admirait ma volonté, et je ne comprenais pas de quoi elle me parlait, bien sûr, j'étais une enfant, mais à présent je vois : je ne fais jamais les choses à moitié. C'est ma force… et ma faiblesse. Quand je m'engage… je m'engage pleinement, complètement. Il y a une expression qui exprime ça très bien, comment dit-on déjà ? Oui, c'est ça : *À corps perdu*.

« *Ohmondieu*, mais qu'est-ce que je dis là ? Je suis sûre que je suis toute rouge. Je suis sûre que dans votre for intérieur vous pensez que je suis folle, que je raconte n'importe quoi. Et je sais que ça n'est pas clair, ce que je vous raconte, je pars dans tous les sens, et je sais bien que c'est pour ne pas aller à l'essentiel. Pour ne pas dire la vérité. Ne pas dire ce qui m'amène ici.

« J'ai failli ne pas venir. J'allais voir le docteur Galleau. C'est mon gynécologue. Je ne vais pas souvent le voir, en tout cas beaucoup moins depuis que j'ai eu mes enfants. Depuis la naissance de ma fille, je n'ai pas besoin de consulter. Je n'ai pas de raison d'aller le voir, je n'ai pas de contraception, quand ma fille est née il m'a demandé si j'en voulais une, et je n'en avais jamais utilisé, et je lui ai dit que je n'avais pas vraiment de besoin particulier de ce côté-là. Je n'en voyais pas la nécessité...

« Mais ces derniers temps, j'étais dans un tel état, il fallait que je me confie à quelqu'un. Et bien sûr je ne voyais pas à qui m'adresser. Il n'était pas question que j'en parle à notre médecin de famille, vous comprenez : je sais qu'il aurait gardé ça pour lui, mais je ne voyais pas comment il pourrait encore recevoir sereinement mon mari en cas de besoin ou soigner mes enfants après m'avoir entendue lui dire... ce que j'ai à dire. Ce n'était pas possible. Il pourrait garder ça pour lui, mais il ne pourrait plus les soigner de la même manière et je ne voulais pas prendre ce risque-là, vous comprenez ? Mes enfants, mon mari, ils sont presque tout pour moi.

« Alors j'ai pensé au docteur Galleau. Après tout, me suis-je dit, il est médecin. Il doit savoir entendre les secrets que les femmes lui confient, c'est la même chose que ce que je fais au fond, écouter les femmes raconter leur histoire, partager leur secret, enfouir ça dans son cœur et en marquer le moins possible dans le dossier...

« Je vois que vous n'écrivez pas. Vous avez seulement écrit mon nom sur le dossier. Est-ce que je pourrais vous demander quelque chose... de très grave... Mais de très important pour moi... ? Je sais que professionnellement ça n'est pas correct de ne rien écrire dans le dossier et bien sûr je ne sais pas ce que vous ferez quand je serai partie d'ici — ou quand vous aurez poliment mis fin à la consultation en disant que vous avez du travail, mais en pensant que je suis monstrueuse — et je ne veux pas le savoir au fond, mais j'aimerais que vous réfléchissiez et que, si ça vous paraît possible, si ça ne vous oblige pas à trahir vos convictions, à enfreindre votre serment, j'aimerais que vous réfléchissiez à l'éventualité de ne rien écrire de ce que je vous ai dit... Enfin, de ce que je vais vous dire, de ce que j'essaie de vous dire depuis tout à l'heure... Vous comprenez ? Je n'insiste pas, je ne veux pas vous donner le sentiment que je fais du chantage ou que j'essaie de vous manipuler, ce n'est pas ça du tout.

« J'essaie...

« J'essaie de trouver la force de vous dire.

« C'est difficile à comprendre, sûrement, et pourtant, ça devrait être très simple à dire. Donc, à entendre. Je sais qu'on peut entendre sans comprendre, je le sais parce que je le fais deux fois par semaine, à l'association. Le mercredi, à la permanence téléphonique, et le vendredi après-midi, en entretien. J'écoute des femmes me raconter des choses que je ne comprends pas, et parfois que je ne veux pas comprendre, mais je les entends. Et je vois que les entendre — sans chercher à comprendre ou à rejeter, vous voyez ? — ça leur fait du bien. Ça ne les amène pas toujours à faire le choix que je ferais, moi, à leur place, mais au moins ça ne leur fait pas plus de mal. Ça ne les accable pas. Je n'ai jamais voulu accabler personne. Et je le voudrais encore moins aujourd'hui... Alors je me suis dit : "Je vais aller voir le docteur Galleau, il m'a accouchée, je suis une de ses patientes, il ne me connaît pas personnellement, il ne connaît mon mari que de vue, il n'a jamais soigné mes enfants et il ne s'occupe pas de mes amies, qui contrairement à moi ont toutes accouché à la clinique Saint-Ange. Alors il ne sera pas gêné par ce que je vais lui dire, et ça n'aura pas de répercussion sur ses consultations avec d'autres personnes. C'est un médecin compétent, il peut m'écouter, il peut m'entendre. Et quand je lui aurai parlé, je me sentirai mieux. Ça ne résoudra pas mon dilemme, rien ne peut le résoudre, mais ça me fera du bien, je le vois quand j'entends les femmes me parler. Si ça leur fait du bien, à elles qui souvent manquent de tout, ça m'en fera aussi à moi, qui ai tout pour être heureuse."

« C'est en pensant comme ça que je suis parvenue à prendre un rendez-vous avec lui. J'avais rendez-vous aujourd'hui. À 18 h 30. C'était son dernier rendez-vous de l'après-midi. Je me suis dit qu'il aurait besoin de tout son temps pour m'écouter. Je ne voulais pas être pressée. Je ne voulais pas retarder une patiente qui attendrait de passer après moi, alors j'ai fait jurer à la secrétaire qu'elle me mettrait en dernier et qu'elle ne donnerait pas d'autre rendez-vous après moi, même si le docteur Galleau le lui demandait, les bonnes secrétaires se débrouillent toujours pour faire ce qu'elles veulent de leur patron et celle-ci, Sylvie, je la connais, je l'ai souvent appelée pour des femmes que je venais de voir à l'association…

« Je suis arrivée à l'heure, je savais qu'il aurait probablement du retard mais je ne voulais pas courir le risque de le faire attendre. Moi, j'avais tout mon temps. J'avais préparé le dîner de mes enfants et de mon mari, j'avais prévenu que je rentrerais tard, je m'étais libéré l'esprit de ce côté-là, il me fallait bien ça pour dire tout ce que j'avais… ce que j'ai sur le cœur. J'avais bien réfléchi, et tourné ça dans ma tête pendant des heures, et j'avais finalement décidé de commencer comme ça, simplement, sans détour, sans m'inventer je ne sais quel prétexte, je ne sais quelle… maladie de femme en guise d'entrée en matière. J'ai remarqué ça, au fil des entretiens, vous l'avez sûrement remarqué vous aussi, quand on fait un métier comme le vôtre on le remarque toujours, et même parfois on le sait déjà avant même de commencer ses études, j'en suis sûre : les gens qui vont voir une conseillère, ou un médecin, ont toujours besoin d'un prétexte, d'un motif pour aller consulter. Parfois, ils n'en ont pas alors ils en inventent. Mes amies, quand elles ont un secret à partager, s'inventent une excuse pour aller voir leur gynécologue ou leur psychologue ou leur astrologue ou je ne sais quoi et puis après les avoir testés avec leur prétexte elles leur expliquent le vrai motif de la consultation et le plus souvent, c'est simplement qu'elles s'ennuient et qu'elles ont envie de raconter leur vie comme si elles étaient avec une copine de classe, en étant sûres que cette copine-là — qu'elles paient pour les écouter — n'ira pas en parler à leurs autres copines, elles ne veulent pas du tout qu'elles soient au courant.

« Mais moi, je ne venais pas pour bavarder, je venais pour dire ce qui me déchire. Alors j'avais décidé d'entrer dans le cabinet du docteur Galleau, de m'asseoir et, quand il me demanderait ce qui m'amenait, de lui dire simplement : “Je viens vous parler parce que j'en ai gros sur le cœur.”

« Et c'est ce que j'ai fait. Et j'étais fière de moi, d'avoir pu le faire, et j'attendais qu'il me réponde comme j'aurais répondu à sa place, comme j'essaie de le faire lorsqu'une femme s'assied en face de moi ou demande à parler au téléphone. J'attendais qu'il lève les yeux vers moi et qu'il me réponde simplement : “Je vous écoute” ou “Dites-moi ce qui ne va pas”.

« Mais il n'a pas répondu ça.

« Il m'a dévisagée sans comprendre, il a regardé sa montre, il s'est penché vers moi, il a croisé les mains devant lui sur son bureau comme s'il allait me faire une confidence et, avec un sourire que j'ai trouvé haïssable, un sourire de moquerie, de mépris, il a dit : "Mais, ma petite dame, je ne suis pas cardiologue..."

« Je suis restée là un instant sans rien dire, surprise, choquée... humiliée. Et puis je me suis levée, j'ai pris mon sac et mon imperméable et je suis sortie sans me retourner, et une fois dans le couloir, j'ai couru jusqu'à l'entrée de service, vous savez, celle qui donne sur la cour intérieure, où se garent les ambulances et les camions de livraison, je me suis appuyée contre un mur, et je m'en suis mordu les doigts, littéralement, d'avoir été si stupide, et aussi pour ne pas pleurer, je me suis mordue jusqu'au sang, regardez.

« Je ne sais pas combien de temps je suis restée là sans bouger, j'avais peur de me mettre à crier si je faisais un pas. Au bout d'un moment, je me suis dit quand même qu'il fallait que je bouge, je ne pouvais pas rester là toute la soirée. On m'attendait.

« Comme j'avais garé ma voiture dans la rue, il fallait que je repasse par les consultations. J'ai passé la tête par la porte de service, en surveillant les couloirs pour ne pas tomber de nouveau sur le docteur Galleau. J'avais honte et j'étais en colère. J'ai vu que son bureau était ouvert et qu'une aide-soignante en sortait avec son balai. Alors j'ai retraversé le hall et j'ai entendu un téléphone sonner, une infirmière décrocher et répondre qu'à cette heure-ci il fallait se rendre aux urgences du CHU-Nord, que là-bas, il y a un gynécologue de garde vingt-quatre heures sur vingt-quatre.

« Je n'ai pas réfléchi, je suis venue ici, j'ai donné mon nom, je me suis assise dans la salle d'attente et j'ai attendu. Et quand je vous ai vue raccompagner la patiente précédente, j'ai senti que je pouvais vous parler, que je pouvais vous ouvrir mon cœur et vous dire que ce soir, après vous avoir quittée, je vais aller retrouver Patrick, et que pour la première fois de ma vie, à quarante et un ans, je vais faire l'amour. Je n'ai jamais fait l'amour avec mon mari. J'ai eu des... relations sexuelles... pendant quelques semaines... trois fois en vingt ans, pour avoir des enfants. Je suis attachée à mon mari, je lui suis reconnaissante de tout ce qu'il a fait pour moi, pour nous, mais je n'ai jamais été amoureuse de lui. Il y a six mois, à l'association, j'ai rencontré Patrick. Il est éducateur. Nous avons le même âge. Il accompagnait une toute jeune femme enceinte qui est hébergée dans le foyer où il travaille. Dès que nous nous sommes vus, je suis tombée amoureuse de lui. Et lui de moi. Depuis cette première rencontre, nous nous appelons tous les jours, trois fois par jour, et depuis six mois, j'ai envie de lui, comme je n'ai jamais eu envie d'aucun homme, car je n'ai jamais eu envie d'aucun homme avant lui. Et ce soir, j'ai préparé le repas de mon mari et de mes enfants, et je vais aller retrouver Patrick chez lui, dans son studio, derrière le foyer où il travaille, et je vais faire l'amour avec lui. Mais ça, je m'en rends compte en vous le disant, c'est seulement le prétexte, c'est seulement le début de ce que je voulais vous dire. Ce qui me pèse le plus, ce que j'ai de plus gros sur le cœur, ce n'est pas d'être amoureuse — ça, c'est bon ! Ce n'est pas le désir que j'ai de lui — ça, c'est très fort ! Ce qui me pèse, c'est la certitude — vous allez vous moquer de moi, et je sais que rien n'est jamais sûr, mais je suis *certaine* que je vais aimer faire l'amour avec lui, et que je vais avoir envie de refaire l'amour encore et encore, parce que chaque fois ça sera mieux, plus fort, plus intense, et que comme je ne prends pas de contraception, je serai enceinte. Non. Non, je ne veux pas de contraception. Je ne veux pas me protéger. Je veux faire l'amour par amour, et je sais bien que si je ne me protège pas, je risque d'être enceinte. Mais si je me retrouve enceinte aujourd'hui, à quarante et un ans, pour la première fois de ma vie je serai enceinte par amour, vous comprenez ? J'adore mes enfants mais — comment vous dire ? J'ai si peur de vous paraître monstrueuse — j'ai l'impression quand je les regarde qu'il me manquera toujours quelque chose. Alors, je ne sais pas si ça durera, Patrick et moi, et je ne veux pas le savoir, je veux seulement le vivre pleinement, intensément, le temps que ça durera, et si je suis enceinte, je sais que ça sera terrible, mais j'y ai déjà pensé cent fois depuis six mois, alors je suis prête. Si je suis enceinte, il est hors de question que je tue cet enfant, et il n'est pas question non plus que je demande à mon mari d'élever un enfant que je n'aurai pas fait avec lui, alors je le lui dirai, nous divorcerons, j'assumerai mes responsabilités, mon mari est un homme bon, je sais qu'il ne m'empêchera pas de voir nos enfants et qu'il saura les élever comme il le faut, et moi je me débrouillerai, je trouverai du travail, et j'élèverai mon enfant seule s'il le faut, mais je pourrai me dire, et je pourrai lui dire, plus tard, que j'ai été enceinte par amour, une fois dans ma vie. Vous comprenez ? »

*

Hier, après l'avoir entendue me raconter tout ça, je ne pouvais pas bouger, je ne pouvais pas respirer, je ne pouvais rien dire. J'ai simplement, bêtement, hoché la tête, et j'ai dit : « Je comprends. »

Elle a versé une larme, une seule, elle s'est levée, elle m'a dit : « Merci, docteur », et elle est partie en me laissant là, bouleversée.

Et aujourd'hui, de nouveau, elle est là devant moi. Elle a demandé à me revoir. Elle s'est assise, et j'avais tout oublié, j'avais rejeté son histoire de ma vie et de ma mémoire et pourtant, j'ai dit la première chose qui me venait à l'esprit :

« Vous en aviez gros sur le cœur. »

Et c'étaient *ses* mots.

Et là, elle me regarde, elle sourit, elle fait : « Oh oui, vous avez compris ça tout de suite, vous avez bien vu que je n'en pouvais plus... »

Elle baisse la tête, elle murmure :

« Je n'aurais jamais cru qu'on pouvait souffrir comme ça... »

De ma gorge serrée, j'entends monter un *Mmhh*...

Aujourd'hui, comme hier, une larme coule sur sa joue, mais cette fois-ci ce n'est pas une larme de douleur. Et ce matin, son visage est lumineux.

Elle dit : « Hier, en vous quittant, j'ai pris un des livrets que vous aviez déposés dans la salle d'attente, en arrivant.

— Quels livrets ?

Elle sort de son sac un des fascicules dont Aline m'avait lestée avant de m'envoyer aux urgences. *Choisissez votre contraception.*

— Tout ce que je vous ai dit hier, ça m'a fait beaucoup de bien, ça m'a libérée et ça m'a permis d'aller retrouver Patrick, et de passer... la nuit la plus merveilleuse de ma vie. Nous n'avons pris aucune précaution. Je voulais tout sentir. Et je ne le regrette pas. Mais (elle tend la main vers moi) votre attention quand vous m'avez écoutée m'a fait réfléchir à tout ce que je vous ai dit et j'ai compris qu'il ne fallait pas tout mélanger. Je suis amoureuse, j'en suis encore plus sûre ce matin qu'hier soir, et je suis sûre aussi que je veux être enceinte par amour. Mais pas aujourd'hui, ni dans quinze jours. Ce ne serait pas sain. Ce ne serait pas bien. Ni pour moi, ni pour Patrick, ni pour mon mari, ni pour mes enfants — ceux que j'ai déjà, mais aussi celui ou ceux que j'aurai peut-être un jour. Alors, ça m'a décidée à revenir vous voir. Et sur mon chemin, je me suis arrêtée dans une pharmacie. J'aurais pu me contenter d'acheter une « pilule du lendemain », mais j'ai lu ici (elle désigne le fascicule) qu'il existe une autre méthode de contraception d'urgence, encore plus efficace (elle rougit) et qui me servira plus d'une fois. Aujourd'hui, je veux faire l'amour librement avec l'homme que j'aime, mais je ne suis plus très pressée d'être enceinte. J'ai surtout envie de *vivre*.

Elle ouvre son sac, en sort un étui cartonné emballé dans un sac en plastique et me le tend avec un grand sourire.

— Vous voulez bien me poser mon stérilet ?

FORMAT

Quand je sors du bureau de consultation pour raccompagner « ma » troisième patiente, Karma, plongé dans un livre, est installé sur un des sièges du couloir.

Il pose son bouquin et attend que la patiente soit sortie pour me demander :

— Ça s'est bien passé ?

— Pas mal, je vous remercie.

— C'est bien, que des patientes *vous* demandent.

Je croise les bras.

— Vous trouvez ? Vous n'avez pas peur de me les confier ?

Il ne bouge pas de son fauteuil et penche la tête.

— Mais ce n'est pas *moi* qui vous les confie ! C'est clair, pourtant !

Je soupire et, sans réfléchir, je m'assieds sur le siège voisin.

— Eh bien non, ça ne l'est pas. Je ne suis pas sûre de comprendre ce qui se passe ici. Et même de ne pas bien comprendre ce qui m'arrive. Ces patientes pour qui je n'ai *strictement rien fait* hier, et qui viennent me revoir aujourd'hui en me disant que je leur ai sauvé la vie ou presque. Je n'y comprends rien. Et j'aime comprendre.

— Il n'est pas toujours nécessaire de comprendre...

— Co... *comment* ?

Il me donne une tape amicale sur la cuisse.

— Venez, on va causer.

Je désigne la salle d'attente.

— Il n'y a plus d'autres consultations ?

— Si, mais la première trouvait le temps long, elle est repartie, la deuxième n'est pas venue et la prochaine ne sera pas là avant vingt minutes. Alors, profitons-en.

Il se lève mais il n'entre pas dans le bureau de consultations, il franchit la porte de la conseillère conjugale et entre dans un réduit installé juste derrière la porte. C'est une sorte de profond placard dans lequel sont installées une armoire à pharmacie, des étagères de fournitures (rouleaux de papier, instruments à usage unique) et une machine à café flambant neuve.

— *Expresso* ou *cappuccino* ?

— *Expresso*…

— Tenez, choisissez-vous une tasse.

Il sort la tête par la porte et demande à Aline ce qu'elle veut.

— Comme d'hab' !

— Vous avez réfléchi à ce que je vous ai demandé hier ?

— À quel sujet ?

— L'essai auquel vous participez pour WOPharma.

Il est incroyable !

— Vous êtes obstiné…

— Pas vous ?

— Je ne peux pas en parler, j'ai signé un engagement de confidentialité.

— Et si vous ne le respectez pas, qu'est-ce qui se passera ?

— Mon travail ne sera ni rémunéré ni publié.

— Je vois. On vous paie cher ?

— Très cher.

— Combien ?

Je réfléchis une seconde. *Et puis merde !*

— Six mois de mon salaire d'interne.

Il émet un sifflement sonore.

— *O.K.*, je comprends. J'espère que cet essai ne vous expose à aucun dilemme moral.

Qu'est-ce qu'il insinue ?

— Les commissions d'éthique n'ont rien trouvé à redire au protocole, dis-je.

Il s'esclaffe.

— L'éthique des commissions n'a souvent rien à voir avec la protection des patients !

Il me regarde, j'attends la suite, mais mon cellulaire se met à vibrer.

C'est Galleau. Qu'est-ce qu'il peut bien me vouloir ?

— Atwood ? Salut, je vous appelle de la part de Mathilde Mathis, à WOPharma. Elle voudrait que vous me communiquiez vos conclusions.

Je regarde Karma. *Ils se sont donné le mot, ou quoi ?*

— Je ne peux rien communiquer avant la réunion de présentation. Sauf à Mathilde elle-même ou à ses responsables. C'est une obligation contractuelle.

— Allons, me dit-il d'une voix doucereuse, il ne s'agit pas de faillir à vos obligations, puisque c'est Mathilde qui vous le demande…

— Elle ne m'a rien demandé de tel.

— Je viens de lui en parler personnellement ! insiste Galleau.

— J'ai bien compris, mais je préfère qu'elle me le précise en personne.

— Ma chère amie, vous ne doutez tout de même pas de ma parole ? demande le chirurgien sur un ton mi-amusé, mi-choqué.

Si tu crois que tu peux me flatter ou me culpabiliser, mon salaud, tu te fourres le doigt dans l'œil jusqu'au coude.

— Qu'allez-vous chercher là, *mon cher ami (je t'emmerde)* ? Non, c'est beaucoup plus… trivial. Je ne voudrais pas qu'une erreur de protocole mette en danger la crédibilité des résultats et son exploitation par le commanditaire. Vous savez combien ces grandes entreprises deviennent paranoïaques quand elles soupçonnent le moindre manquement à la confidentialité. S'il y avait une fuite, WOPharma pourrait décider de me poursuivre pour rupture de contrat, ainsi que les personnes à qui j'aurais confié mes conclusions… Mais si Mathilde m'indique officiellement, par écrit, que je peux sans hésitation vous communiquer mes dossiers, je me ferai un plaisir de vous les remettre.

Un long silence. Puis un rire gêné.

— Très bien. C'est très, très bien. Mathilde sera heureuse de savoir que vous méritez pleinement la confiance de WOPharma. Je lui avais bien dit que vous étiez réglo, réglo, mais elle n'en était pas tout à fait convaincue. Je vous félicite, Atwood.

— Vous êtes trop bon. (*Et je t'emmerde one more time.*)

— À mardi soir, à la présentation, alors ?

— Mardi ?

— Oui, la présentation a été avancée d'une semaine. Vous ne le saviez pas ? Mathilde m'a pourtant affirmé qu'elle vous avait prévenue.

Une sueur froide coule le long de mon dos.

— Effectivement. Je me perdais dans les dates. À mardi, donc.

Damn ! Damn ! Damn ! Je n'ai pas rappelé Mathilde et je n'ai pas consulté mes courriels depuis trois jours, tout ça par la faute de…

— Des soucis ? demande Karma en me tendant une tasse de café.

Je m'attends à lire de l'amusement sur son visage, mais non. Il a l'air grave, et même préoccupé.

— Non, pas vraiment. Mais je ne supporte pas qu'on me prenne pour une conne parce que je suis une femme. Quel connard sexiste !

— *Mmmhh*… C'est une question de sexe, vous êtes sûre ? Ou une question de pouvoir ?

Je ne sais pas ce que Karma a compris ou cru comprendre en entendant ma moitié de la conversation. Je n'ai pas envie de poursuivre sur ce sujet, alors je lui prends la tasse des mains et, sans un mot, je bois une gorgée de café. Bien sûr, je me brûle. Les larmes me montent aux yeux, ma bouche me fait un mal de chien, mais j'essaie de ne rien laisser paraître.

— De… de quoi vouliez-vous me parler, tout à l'heure ? dis-je.

— Je voulais vous demander si vous seriez prête à assurer la permanence de mon forum en ligne pendant quelques heures ce week-end.

— Quel forum en ligne ?

Il me désigne le bureau de la conseillère.

— Je vais vous montrer.

Il déplace une chaise, la pose près du bureau, et pendant que je m'installe, il s'assied devant l'ordinateur. Sur l'écran s'affiche la page d'accueil du *MANIF — Mouvement alternatif national pour l'information des femmes*. Près d'un édito d'accueil, un menu renvoie à plusieurs rubriques : « Droit et législation », « Éducation », « Théories du féminisme », « Culture », et d'autres que je n'ai pas le temps de lire : Karma a déjà cliqué sur le mot « Santé ».

Comme j'aurais pu le prévoir, la nouvelle page qui apparaît s'intitule *Le Corps des femmes*.

— Un week-end par mois, avec un collectif de soignants, dit-il, j'anime un forum en temps réel, pour répondre aux questions de santé des internautes.

— Vous faites des consultations sur Internet ?

Il hausse les épaules.

— Vous êtes quand même drôlement formatée…

— Formatée ?

— Pour penser comme un mandarin.

Il désigne l'écran.

— Le propos n'est pas de « faire des consultations » en ligne, mais de partager les connaissances. En général, malheureusement, on passe beaucoup de temps à apaiser les angoisses des femmes — et d'un certain nombre d'hommes, d'ailleurs ; des angoisses injustifiées qui leur ont très souvent été collées par des médecins !

— Et c'est pas risqué de faire des diagnostics ou de rassurer sans savoir à qui on a affaire ?...

— Parce que les patientes qui entrent dans votre cabinet, vous les connaissez intimement ?

— Non, mais en ligne vous ne les voyez pas, elles peuvent raconter n'importe quoi... et manipuler la personne qui leur répond.

Il pose les mains à plat sur le bureau et secoue la tête, puis se tourne vers moi.

— Vous n'êtes pas une petite fille et il ne s'agit pas de répondre à des pédophiles.

Il voit que sa remarque me révolte et il pose la main sur mon bras.

— Excusez-moi. Je ne voulais pas être désagréable. Je veux simplement dire que si vous voulez soigner, il faut vous préparer à l'idée d'être manipulée. Toute relation comporte une certaine part de manipulation. La question est de savoir *jusqu'où* on se laisse manipuler, et par qui. Et on peut éviter la manipulation en passant à la coopération. Au partage. À l'entraide.

Je scrute son visage. Il n'est ni ironique ni pontifiant. Il a dit ça sur un ton très calme.

— Bref, poursuit-il, un week-end par mois, le forum en ligne est ouvert pendant quarante-huit heures d'affilée. Nous sommes une douzaine à assurer quatre heures de permanence chacun. Ce week-end, l'un de nous ne peut pas assurer son tour. Je voulais vous proposer de le remplacer. Vous pouvez faire ça chez vous, sur votre propre bécane, bien sûr... Évidemment, c'est du bénévolat...

— J'avais compris, dis-je en regrettant immédiatement la sécheresse de ma réponse.

— O.K., dit-il en hochant la tête. Je n'insiste pas.

— Je n'ai pas dit que je ne voulais pas. Mais je voudrais que vous m'expliquiez !

— Quoi donc ?

— Pourquoi vous passez votre temps à me confier des tâches qui ont l'air de vous tenir à cœur, alors que… Alors que vous me méprisez profondément !

Son visage exprime à la fois de la surprise et une sorte de désarroi.

— *Mais je ne vous méprise pas du tout !* Si vous avez ce sentiment, j'en suis désolé…

— Oui, j'ai ce sentiment — j'ai le sentiment que vous méprisez tous ceux qui ne pensent pas comme vous. Tous ceux qui ne voient pas les femmes comme de pauvres victimes malheureuses…

— Vous faites erreur. Je ne méprise personne, et surtout pas vous. Au contraire. Mais je suis en colère… Comme vous.

— Comment ça, « comme moi » ? Où avez-vous vu ça ? Je serais en colère contre qui ? Contre quoi ?

Il hésite un instant, et je vois qu'il cherche ses mots, mais au moment où il ouvre la bouche pour répondre, le téléphone sonne.

— La patiente suivante est arrivée, dit-il en raccrochant.

Je suis énervée, je voudrais des réponses, et comme je sais que je ne vais pas en avoir maintenant, je me raccroche comme je peux.

— Quand est-ce que je participe à SOS Pilule ? dis-je en désignant l'écran.

— Je vous dirai ça par courriel ce soir ou demain matin, répond-il avec un grand sourire. Mais ça me fait bien plaisir que vous acceptiez.

Et là, pris d'une brusque bouffée d'enthousiasme ou de chaleur, je ne sais pas, il pose les mains sur mes épaules comme s'il allait me prendre dans ses bras. Puis, tout aussi brusquement, il interrompt son geste, me grommelle des excuses pour ce geste déplacé, sort de la pièce.

Et me laisse interdite.

GESTES

Le grand balancier cosmique doit être en phase ascendante, car les consultations qui suivent, ce matin-là, sont aussi dénuées de pathos que possible. Pendant trois heures, les patientes qui défilent viennent presque toutes pour des motifs assez simples. Concrets. Reposants.

Chaque fois qu'il prend le dossier d'une patiente sur le comptoir d'Aline, Karma examine le motif de la consultation et, lorsqu'il s'agit d'un geste technique, me demande si je veux le faire sous sa supervision. Chaque fois, je réponds oui. Chaque fois, il me demande de l'attendre dehors, entre seul dans le bureau avec la patiente, lui demande si elle est d'accord. Chaque fois, la patiente acquiesce.

— J'ai de la chance, aujourd'hui, dis-je à Karma entre deux consultations, elles sont toutes d'accord.

— Ce n'est pas de la chance. Elles me font toutes confiance, elles transfèrent cette confiance sur vous. Si vous leur faites du mal, c'est moi qui les aurai trahies, pas vous.

— Vous n'avez pas peur que je leur fasse du mal ?

— Si, bien sûr, *mais la vie c'est risqué*, répond-il avec un sourire en coin.

*

La première patiente a vingt-cinq ans, elle a porté deux implants contraceptifs sans interruption, elle va très bien et elle en veut un troisième. Avant qu'on ait eu le temps de dire ouf! elle nous a donné la boîte, saute sur la table d'examen et ôte son pull. Dessous, elle ne porte qu'un soutien-gorge rouge. Elle s'allonge sur le dos, la main derrière la nuque, pour exposer la face interne de son bras maigre. L'implant est parfaitement visible.

Après avoir désinfecté, injecté un peu d'anesthésique et attendu trois minutes, je pousse d'un doigt sur une extrémité de l'implant et je pose la pointe du scalpel sur la bosse que l'autre extrémité forme juste sous la peau.

— Vous sentez quelque chose ? dis-je à la patiente.

— Rien du tout. Allez-y, dit-elle en fixant la lame.

— Vous ne voulez pas tourner la tête de l'autre côté ?

— Oh, j'ai pas peur, et puis ça m'intéresse de voir comment vous faites, la première fois qu'on me l'a changé, le médecin n'a pas voulu me montrer.

J'enfonce la pointe de ma lame. De la minuscule incision jaillit un scoubidou blanc.

— C'est tout ? Vous pourriez le faire les yeux fermés !

J'extrais délicatement l'implant avec une pince et je le lui montre.

— C'est pas grand, dit-elle...

— Non, n'est-ce pas ? Trois ans de tranquillité dans un réservoir de la taille d'une allumette.

— Oui ! J'en avais marre des préservatifs et de la pilule, et en plus, j'ai pas de règles alors je suis royalement tranquille. Quel pied ! Mais qu'est-ce qu'il a fallu ramer pour vous trouver ! Ce truc-là, ça fait peur aux gynécologues...

— Peur ?

— Oui, j'ai appelé tous les gynécos en ville et aucun ne voulait me l'enlever.

— Qui vous l'a posé, alors ?

— Mon médecin généraliste, à Brennes. Mais ici,

apparemment, personne ne veut entendre parler de *ça*. Même à la maternité, ils m'ont dit qu'ils avaient pas envie de perdre leur temps à me l'enlever. Parce qu'ils ne me l'ont pas posé eux-mêmes !

Je regarde Karma. Il hoche la tête avec un air navré.

— En tout cas, je suis bien contente de vous avoir trouvés, tous les deux. Deux médecins, c'est toujours mieux qu'un !

*

La deuxième patiente est une très jeune femme qui vient se faire poser un stérilet.

Avec le pouce et l'index de ma main gauche, j'écarte très délicatement ses grandes lèvres, et je glisse tout doucement le spéculum fermé dans son vagin. Puis je prends la pince longuette, je fixe une compresse au bout, je la plonge dans le liquide antiseptique et je désinfecte le col. Je repose la longuette et je tends la main vers la Pozzi, mais Karma l'a déjà ôtée du plateau.

— Vous n'en avez pas besoin.

Je suis sur le point de protester, mais il me fait un regard qui veut dire : « Allez-y, vous allez voir, ça va bien se passer. »

Je sors le tube d'insertion du stérilet de l'emballage hermétique, je tire sur le fil pour replier le stérilet à l'intérieur du tube, je glisse l'ensemble dans le spéculum et pose doucement l'extrémité du tube sur l'orifice du col.

— Si ça bute, inutile de forcer. Poussez-le doucement, mais fermement.

Je glisse un mandrin en plastique à l'intérieur du tube et je pousse le stérilet. Il rencontre d'abord une résistance, qui cède presque aussitôt sur ma poussée. La jeune femme pousse un petit cri.

— Je vous ai fait mal ?

— Non, ça m'a surprise. Ça ressemble aux crampes des règles. Mais c'est déjà fini.

— Vous ne sentez plus rien ?

— Non. (Elle hésite.) Non, je ne sens plus rien.

— Bon, je raccourcis le fil et je vous libère.

Une fois le spéculum retiré, elle se redresse précautionneusement et s'assied au bout de la table.

— Est-ce qu'il faut que j'attende un peu avant de... Enfin, je veux dire, quand est-ce que je peux avoir des relations sexuelles à nouveau ?

— Il est efficace dès qu'il est posé, dit Karma. Alors, c'est quand vous voulez.

— Est-ce que je vais avoir mal ?

— Vous pouvez avoir des crampes comme au moment de la pose — c'est l'utérus qui se contracte — pendant un jour ou deux. Si vous en avez, prenez de l'ibuprofène, ça soulage très bien. Et bien sûr, si ça recommence au moment des règles, vous pouvez en prendre aussi.

— C'est tout ?

— C'est tout ! Vous êtes tranquille pour sept ans...

— C'est vrai ? dit-elle ravie. Bon, je pense que j'aurai peut-être un enfant d'ici là...

*

— Des questions ? demande Karma avant d'aller chercher la patiente suivante.

— Oui. Pourquoi avez-vous enlevé la pince du plateau ?

Il sort du tiroir la Pozzi dont les crochets pointus sont serrés sur un bouchon. Il retire le bouchon. Les crochets ont laissé dans le liège des trous impressionnants.

— Tout à l'heure, vous avez posé un stérilet à votre première patiente de la matinée, n'est-ce pas ?

— Oui.

— Elle a eu mal ?

— Euh... oui. Elle a même sauté en l'air. Ça fait toujours mal, une Pozzi.

— Elle a des enfants ?

— Trois.

— Souvent, les femmes qui ont accouché par voie basse ont un col peu sensible, mais ça n'est pas toujours vrai. La preuve. Alors vous imaginez le mal que ça peut faire à une toute jeune femme dont le col utérin est intact ?

Je frissonne.

— Oui.

Et je le savais. Je l'imaginais. Et c'est pour ça que je n'ai jamais voulu me faire poser un stérilet. Je ne voulais pas que de sales pattes avec leurs grands crochets mordent ma chair et me fassent saigner avec ces crocs de boucher... Et puis je préfère ne pas imaginer ce que les gynécos auraient dit en me voyant débarquer, la bouche en cœur, quand ils auraient vu...

— Mais, dis-je, je pensais qu'il était souhaitable d'utiliser une Pozzi pour tirer sur le col et le maintenir dans l'axe...

— Non. La preuve. L'utérus est coudé, nous sommes d'accord, mais les stérilets sont en plastique souple. Ils plient et se déforment pour s'insérer dans la cavité. Inutile de maltraiter les femmes.

Je réfléchis.

— Je n'ai jamais entendu ça. Je ne l'ai jamais lu dans aucun bouquin...

— Les livres de médecine ne parlent jamais des douleurs provoquées par les gestes des médecins. Et beaucoup de médecins pensent que « si c'est pour le bien des patientes », la douleur est justifiée. Aucune douleur n'est justifiée. Jamais. Et la moindre des choses, pour un soignant, est de tout mettre en œuvre pour *ne pas* faire mal. D'ailleurs, quand on leur fait mal, elles se mettent à avoir des contractions, et elles expulsent le stérilet. Alors, en plus, c'est contre-productif ! Vous voyez, la patiente précédente elle aussi a de la chance d'être tombée sur nous. En continuant à chercher elle aurait fini par trouver des praticiens qui posent et retirent des implants, en ville. Mais pour gagner du temps, beaucoup font ça *sans anesthésie locale*.

VARIATIONS

1. Préambules

Merci de me recevoir.
J'ai eu du mal à avoir un rendez-vous.
Faut se battre, pour arriver à vous joindre !
Ça fait longtemps que je cherche à vous voir, la dernière fois vous étiez en vacances.
C'est gentil de me prendre entre deux.
Je viens pour une visite de contrôle. De routine. Pour la révision générale, quoi.
J'ai une amie à qui on vient de découvrir un cancer, et comme mon frottis date déjà de dix-huit mois...
Ça fait longtemps que je ne suis pas venue, je me suis dit qu'il était temps.
Ça fait longtemps que ça ne va pas, mais j'ai tardé.
J'en ai assez, ça ne peut plus durer.
Ça m'inquiète beaucoup et je n'ai personne à qui en parler.
J'ai une question à vous poser et je ne sais pas si vous pouvez m'aider.
Je me pose beaucoup de questions. D'ailleurs, pour ne rien oublier, j'ai fait une liste.
Je ne comprends pas ce qui se passe, vous allez pouvoir me l'expliquer ?
J'espère que vous avez du temps devant vous parce que, vous savez, j'ai tout plein de choses à vous raconter.

2. Le vif du sujet

J'ai mal aux seins et je me demande si ça n'est pas ma pilule, quand on prend la même depuis longtemps comme moi c'est sans doute normal qu'on ne la supporte plus, à force, non ?

J'ai quelque chose dans le sein.

J'ai un sein qui coule et pas l'autre et pourtant je ne suis pas enceinte.

J'ai mal au bras à l'endroit où vous m'avez posé mon implant.

Depuis que j'ai un stérilet, je sens mon ovulation.

Je sais pas ce que c'est mais depuis que vous m'avez prescrit la pilule / posé un implant / posé le stérilet hormonal, je n'ai plus du tout envie. Et mon mari se plaint.

Je saigne chaque fois que j'ai un rapport.

Mon sexe me démange, c'est abominable.

J'ai une boule sur une de mes grandes lèvres.

J'ai des pertes pas belles. Jaunes. Vertes. Qui moussent. Marron. Qui sentent pas bon.

J'ai mal aux deux seins et j'ai le même âge que ma mère quand elle a eu son cancer.

J'ai mal quand je fais l'amour. J'ai toujours eu mal. Depuis la première fois.

3. En avoir ou pas

J'ai deux mois de retard, mais je ne peux pas être enceinte. Je ne peux vraiment pas.

Le mois dernier j'ai eu mes règles deux fois de suite à quinze jours d'intervalle et ce mois-ci j'ai huit jours de retard, ça commence à m'inquiéter.

J'ai perdu du sang noir, pendant plusieurs jours, le mois dernier. Ça peut être la fatigue ?

Je n'ai pas de règles depuis que j'ai pris dix kilos ; est-ce que ça pourrait être le stress ?

On m'a posé un stérilet hormonal et depuis je n'ai plus mes règles, ça m'angoisse, je ne trouve pas ça naturel.

Je n'ai pas mes règles, est-ce que vous pourriez me donner quelque chose pour les faire revenir ?

4. ÊTRE OU NE PAS ÊTRE

Si j'arrête ma contraception, combien de temps faut-il que j'attende avant d'essayer d'être enceinte ?

Après mon accouchement, quand est-ce que j'aurai mon retour de couches ?

Quand mon bébé sera né, je l'allaiterai trois semaines pour qu'il ait les bons anticorps, là. Mais je ne veux pas que ça dure trop longtemps pour que ça ne m'abîme pas les seins. J'ai une jolie poitrine, je veux la garder.

Depuis ma grossesse / mon IVG / ma fausse couche / mon dernier accouchement — qui a été très dur — je n'arrête pas d'avoir des problèmes. À commencer par le fait que lorsque je cours, éternue ou ris, je n'arrive plus du tout à me retenir.

Mon mari et moi ça fait six mois qu'on essaie et je ne suis toujours pas enceinte. Mes deux jeunes sœurs ont déjà des enfants et me demandent ce qui se passe ; quant à ma belle-mère, elle commence déjà à dire à son fils qu'il a peut-être fait une erreur en se mariant avec une femme trop âgée. J'ai trente-deux ans.

Oui, j'ai fait le test et il est positif. Non, je ne veux pas le garder.

Je voudrais que vous me fassiez une échographie pour me dire si c'est un garçon ou une fille. Je ne peux pas supporter l'idée d'avoir un garçon.

5. ELLE ET LUI

Je suis sèche. Et comme il est toujours pressé, il me fait mal. Mais comme il aime ça, je n'ose pas le lui dire.

Pourquoi est-ce que les hommes ont toujours plus envie que les femmes ? Et d'abord, comment font-ils pour avoir envie *tout le temps* ? C'est dans leur cerveau ou quoi ?

Je voudrais me faire refaire les seins pour l'anniversaire de mon mari.

Les pilules bleues, pour les hommes qui n'y arrivent plus, vous savez ? J'ai entendu dire qu'il y a un équivalent pour les femmes qui ont du mal à jouir. C'est vrai, ça ?

Les hommes n'ont pas la moitié des problèmes que nous avons, nous. C'est vraiment pas juste.

6. À LEUR CORPS DÉFENDANT

J'ai la peau grasse et je perds mes cheveux. Ça ne serait pas un dérèglement hormonal ?

Mes seins tombent, il n'y a rien à faire ?

J'ai la poitrine beaucoup trop grosse. Est-ce que vous pouvez me conseiller un chirurgien ?

Ces marques de grossesse, sur le visage, elles vont rester ?

Il m'a fait une vilaine cicatrice après ma césarienne. Est-ce qu'il y aurait moyen de l'enlever ?

Tous ces plis, sur le ventre, c'est vraiment pas beau. J'ai beau faire du sport, je n'arrive pas à les faire disparaître.

Vous ne connaîtriez pas de remède miracle contre les vergetures ?

Dites-moi que les crèmes antirides et les gels contre la cellulite, ça marche vraiment. Quoi ? Même pas un peu ?

7. MA FILLE, MON MIROIR

Je sais que vous ne la suivez pas mais est-ce que je peux vous parler de ma fille ?

Ma fille a un problème et je ne sais pas comment l'aider.

La dernière fois que je suis venue vous m'avez prescrit quelque chose pour les règles de ma fille. Mais maintenant elle a un petit copain. Je peux vous l'envoyer pour que vous lui fassiez la morale et que vous lui expliquiez qu'il *faut absolument* qu'elle prenne des précautions ?

Je vous amène ma fille, elle a des questions à vous poser mais d'abord laissez-moi vous expliquer la situation.

Ma petite a seulement douze ans, est-ce qu'il faut vraiment que je la fasse vacciner contre le cancer du col ?

Je vous amène ma fille, expliquez-lui ce que je vous ai dit la dernière fois, elle ne me croit pas quand je lui dis que je suis inquiète.

Ma fille attend son premier bébé et elle ne veut pas l'allaiter, elle dit que ça ne sert à rien. Moi, ça m'inquiète pour cet enfant, je trouve que ce n'est pas un bon départ dans la vie.

8. EXAMEN

J'aimerais mieux que vous m'examiniez la prochaine fois, je n'avais pas prévu, et aujourd'hui évidemment j'ai mes règles.

Je me déshabille ?

J'enlève tout, ou juste le bas ?

Où est-ce que je peux poser mes affaires ?

Je peux me peser sur votre balance ? Ah ! Elle est plus sympa que la mienne ! Elle est juste ?

Je peux garder mes chaussettes ?

Où est-ce que je peux jeter mon tampon ?

Brrr, c'est froid, votre table ! Même avec le drap.

Votre truc, là, le spéculum, je n'aime vraiment pas ça.

Ça va faire mal ?

Je suis désolée, c'est juste que je ne suis vraiment pas détendue.

9. SORTIE DE SCÈNE

C'est déjà fini ? Ah, tant mieux…

Vous voulez bien me prendre la tension ?

Je peux me relever ?

Je peux me peser sur votre balance ? Ouhlà, j'aurais dû m'abstenir… Elle est juste ?

Je peux me rhabiller ?

Vous n'auriez pas une serviette ou un tampon à me prêter, par hasard ?

Vous ne me prescrivez pas une prise de sang ?

À qui je règle la consultation ? À vous ou à votre secrétaire ?

Je reprends un rendez-vous ?

DOULEUR

— Il y a deux sortes de médecins, dit Karma, les docteurs et les soignants.

Nous sommes assis face à face dans le minuscule office des IVG, où les aides-soignantes nous ont fait réchauffer les deux repas qui restaient.

Une bouchée de blanquette dans la bouche, je souris avant de répliquer :

— Admettons. Et comment faites-vous la différence ?

— C'est l'attitude face à la douleur qui fait la différence. En France, il a fallu attendre la fin des années quatre-vingt-dix pour qu'un ministre de la Santé suggère de rendre l'enseignement du traitement de la douleur obligatoire dans toutes les facs de médecine françaises. Avant ça, personne n'y avait pensé. Personne ne pensait qu'il était important d'enseigner ça aux étudiants en médecine. Le rôle des médecins, ça n'était pas de soigner ou de prévenir les souffrances. Ça, c'était bon pour les infirmières. Le rôle des médecins, c'était de faire des diagnostics.

— *Jouer au docteur*...

— Voilà.

Je pique ma fourchette dans un autre morceau de blanquette.

— Depuis quand est-ce que vous n'utilisez plus de Pozzi ?

— Je ne sais plus mais ça fait bien dix ou douze ans. À peu près au moment où j'ai commencé à poser des stérilets aux nullipares. Au début, j'avais une trouille terrible.

Il avait la trouille, lui ? Il a toujours l'air de n'avoir peur de rien…

— Pourquoi ?

— Ce n'était pas « orthodoxe ». On m'avait inculqué qu'il ne fallait pas. D'après le dogme, une femme qui n'avait pas eu d'enfant était « plus sensible aux infections ». Lui poser un stérilet c'était comme lui mettre un bâton de dynamite dans l'utérus. Tandis qu'une femme qui avait déjà enfanté était « plus forte », « plus solide ». Vous voyez à quel point c'était une conception purement idéologique ?

— Oui, pas scientifique du tout…

— Mais à l'époque, en France, on continuait à affirmer que les stérilets étaient source d'infection, alors qu'en Angleterre ou dans les pays en développement, où on étudiait de près quelles étaient les méthodes de contraceptions les plus simples, les moins coûteuses et les moins dangereuses, on savait déjà que les infections étaient transmises par les partenaires, et que le stérilet n'y était pour rien. Vous lisez l'anglais couramment, je suppose ?

— Oui. C'est un des rares petits avantages de mes origines mixtes…

Il me décoche un sourire paternel.

— Ce n'est pas un *petit* avantage. Ça change tout. Vous avez libre accès aux informations médicales publiées dans le langage de la communauté scientifique. En France, pendant très longtemps, les médecins ont méprisé tout ce qui n'était pas écrit en français, et aujourd'hui encore, nombre de médecins français ne lisent pas l'anglais. Ça les enferme encore plus dans les dogmes… Quand un mandarin dit qu'un stérilet c'est dangereux, tous ceux qui sont passés dans ses cours prennent ça pour parole d'évangile. Et pas question de remettre ça en cause. C'est vrai pour la gynécologie, mais aussi pour tout le reste. Prenez le traitement de la douleur : à une réunion de formation continue, il y a quelques années, je soulignais que la morphine et les autres antalgiques étaient sous-utilisés en France. Un type se lève pour protester en me disant que je raconte des conneries, que tous les médecins soulagent leurs patients. Un autre s'exclame : « C'est toi qui dis des conneries ! Ils ne soulagent même pas leurs confrères ! », et il explique qu'il vient de se faire opérer d'un genou, et qu'il a souffert le martyre pendant la nuit qui a suivi, dans la clinique où on l'a opéré, parce que l'anesthésiste n'avait donné aucune instruction dans ce sens. Il a fallu qu'il se prescrive un antalgique lui-même et envoie sa femme le chercher à la pharmacie. Et il poursuit : « Mais vu la manière dont j'ai fait souffrir mes patients, je l'ai bien mérité. » Je lui demande pourquoi il dit une chose pareille. Il me répond (il est gastro-entérologue) qu'il fait des colonoscopies depuis vingt ans, et que pendant les dix premières années, il les a faites sans aucune analgésie des patients. Il leur introduisait le fibroscope dans le rectum et le montait comme ça, jusqu'au grêle, sans rien leur donner. « Et tout le monde souffrait, et moi je souffrais de les maltraiter », dit-il. Et il poursuit : « Au bout de dix ans, j'ai demandé aux anesthésistes si on ne pouvait pas faire ça sous anesthésie générale ou au moins sous neuroleptanalgésie, pour que les patients somnolent mais ne souffrent pas. Ils m'ont répondu que si, bien sûr. Depuis, plus personne ne souffre et je crois que je fais les colonoscopies beaucoup plus soigneusement. Avant, bien sûr, j'étais toujours très pressé de finir. »

— Je ne comprends pas… pourquoi a-t-il attendu dix ans pour changer de méthode ?

Karma hoche la tête.

— Je le lui ai demandé. Il m'a répondu : « *Parce qu'on m'avait appris à faire comme ça.* »

Il repousse son assiette, se lève, verse du café dans une tasse.

— Il avait fait ses études en France à la fin des années soixante-dix. À l'époque, on disait encore des horreurs comme : « Soulager la douleur ça empêche de faire le diagnostic », et dans le même esprit on affirmait mordicus que les petits enfants avaient un cerveau immature, et que par conséquent, s'ils ne pleuraient pas quand on leur faisait des piqûres ou des gestes douloureux, c'est qu'ils ne souffraient pas... En 1976, je suis allé rendre visite à des amis aux États-Unis. Pas à New York ou Boston, mais à Minneapolis, dans le Minnesota. L'un des membres de leur famille venait d'être opéré d'un cancer de l'estomac. J'étais étudiant hospitalier à l'époque. Pour moi, un opéré de l'estomac c'était un malheureux cloué au lit, gémissant de douleur, des tubes branchés sur tous les bras ou plongés dans tous les orifices. Je connaissais un peu la personne en question, je propose de les accompagner pour lui rendre visite sur son lit de douleur. Quand j'arrive dans la chambre, je trouve un homme en peignoir de soie, assis en tailleur sur son lit, occupé à jouer aux échecs avec son fils adolescent. Je me dis : « Il n'a pas encore été opéré, c'est pour ça... » Je lui pose la question, et il me dit : « J'ai été opéré il y a trois jours, je sors après-demain », et il ouvre son peignoir pour me montrer sa cicatrice. Je demande : « Vous ne souffrez pas du tout ? », et il répond avec un grand sourire : « Pas du tout. Je suis sous morphine depuis les heures qui ont suivi l'opération. » En France, à la même époque, mes patrons affirmaient — et qui étais-je pour les mettre en doute ? — que donner de la morphine aux cancéreux c'était dangereux parce que ça risquait de les transformer en toxicomanes et autres conneries de ce genre.

Ajoutez à ça l'idée très archaïque que les grands malades, quelque part, « ont dû le chercher » pour se choper pareille saloperie et que, somme toute, « c'est un peu normal qu'ils dérouillent » — et vous comprenez qu'en rentrant en France, j'étais très, très en colère. Dix ans plus tard, avec mon pote Bruno Sachs, on publiait un des tout premiers articles hexagonaux sur le traitement de la douleur des cancéreux par la morphine. Les Britanniques, les Américains et les Canadiens, eux, enseignaient déjà ça à leurs étudiants depuis belle lurette…

Pensive, je me lève pour me verser du café à mon tour et, avant de me brûler la langue pour la seconde fois de la journée, je demande :

— Pourquoi sommes-nous tellement à la traîne — sur tout, ou presque. Le traitement de la douleur, la prévention des cancers, la chirurgie réparatrice des organes sexuels…

Je me rends compte de ce que je viens de dire, et je lis la perplexité sur le visage de Karma, mais il ne relève pas ; il fronce les sourcils et soupire :

— La société française est encore féodale, et le monde médical en est un reflet caricatural. À l'époque où Bruno et moi avons fait nos études, dans les années soixante-dix, on disait en rigolant que la fac de Tourmens était aussi pyramidale que la France de Louis XIII ! Le doyen de l'époque, Fisinger, se comportait comme un monarque incompétent ; son vice-doyen, LeRiche — oui, celui qui a écrit le bouquin de gynéco qui fait encore malheureusement référence aujourd'hui —, était un vrai cardinal à l'ancienne, avec manœuvres, trafic d'influence et manipulations ; il avait deux chefs de clinique qu'on surnommait Rochefort et Milady — une vraie vipère, celle-là ; d'ailleurs (il me fait un clin d'œil taquin) elle est allée bosser pour l'industrie pharmaceutique. Et bien sûr, ils avaient leur cour de saigneurs en herbe qui ne juraient que par la chirurgie et les spécialités hypertechniciennes. Nos héros à nous, c'étaient des atypiques, des soignants, pas des hommes de pouvoir. Des types comme Yves Lance, comme Vargas, un bactériologiste qui s'était formé aux États-Unis, comme le père de Bruno…

— Abraham Sachs, dis-je.

— Oui. Je regrette de ne pas l'avoir connu, dit Karma tristement. J'ai commis l'erreur de fuir Tourmens pendant plusieurs années, et quand je suis revenu ici, il était mort. Mais un de nos copains a fait de l'obstétrique avec lui. Et il nous a transmis ce qu'il avait appris.

— Olivier Manceau, c'est ça ?

Il me regarde, étonné.

— Tu as entendu parler de lui ?

Je suis surprise par le tutoiement soudain.

— J'ai lu la préface du livre.

— Ah, dit-il en prenant un air embarrassé. J'espère que tu auras l'occasion de feuilleter le reste… La préface n'est qu'une profession de foi plutôt lourdingue. L'essence du bouquin est dans son contenu.

— J'en ai déjà lu plusieurs chapitres, dis-je en approchant mes lèvres de la tasse.

— Lesquels ? demande-t-il, intéressé.

Je me cache derrière mon café et fais mine de chercher dans ma mémoire.

— Les anatomies intersexuées, la PMA[1], les démarches de transition…

— Vraiment ?

— Oui.

Il semble réfléchir à ce qu'il va dire.

— Et… qu'est-ce que tu en penses ?

— Que les opinions exprimées dans ces articles ne sont pas du tout… orthodoxes.

— En France, c'est sûr, elles ne le sont pas. En

1. Procréation médicalement assistée.

Angleterre, en Hollande, en Scandinavie, en Amérique du Nord, en revanche... Tu as déjà fait de la chirurgie des organes sexuels ?

— Un peu. Avec Girard, le chirurgien plasticien. Et Galleau, il y a trois ans, quand j'ai été son interne. Mais ils ne s'occupent pas des interventions lourdes, ils se contentent de reconstruire des hymens chez des femmes qui n'en ont peut-être jamais eu. Réparer une excision ou faire un néo-vagin doté de sensibilité, c'est une autre paire de manches...

Il ouvre de grands yeux.

— C'est ce type de chirurgie que tu aimerais pratiquer ?

— Entre autres, dis-je en haussant les épaules.

Et puis, sur un air de défi, en le fixant droit dans les yeux :

— Oui.

— *Mmmhh...*

Je m'attends à ce qu'il me pose *la* question. Celle qu'on me pose sans arrêt, chaque fois que j'annonce la couleur. Mais il se contente d'une moue de perplexité dans laquelle il me semble lire une appréciation admirative. Il se lève, pose ses couverts dans l'évier, désigne les miens pour que je les lui passe, ouvre l'eau et se met pensivement à les nettoyer. Je prends un torchon propre et, sans un mot, à mesure qu'il lave, j'essuie.

APARTÉS

Quand nous retournons aux consultations, il reprend le vouvoiement.

— Vous prendrez ma place et vous conduirez l'entretien.

— O.K. Mais si les patientes sont d'accord…

— Bien sûr.

Marie S., vingt-cinq ans, vient pour un « examen de routine ». Elle est jolie, mais habillée n'importe comment. Elle a l'air assez agitée. Elle passe son temps à regarder la porte, comme si quelqu'un allait entrer.

Elle dit : « Ça fait longtemps que je ne suis pas venue. Alors comme j'ai très mal aux ovaires, en ce moment… »

Je lui demande ce qu'elle veut dire par « mal aux ovaires », et je poursuis en lui expliquant que les ovaires, ça ne *peut pas* faire mal, ils n'ont pas de nerfs sensitifs, mais Karma pose la main sur mon bras pour m'arrêter et demande : « Depuis quand avez-vous mal ? Vous pouvez nous décrire cette douleur ? »

*

— Pardon de vous avoir interrompue, tout à l'heure, au début de la consultation. Vous avez compris pourquoi je l'ai fait ?

— Non.

— Ce qu'une femme ressent est beaucoup plus important que ce que vous savez…

— Ouais. « *Et ce que je crois compte moins que ce qu'elle ne dit pas…* »

— Ah. Vous avez lu…

— Oui. C'est difficile de ranger des papiers dans un tiroir sans apercevoir ce qui est écrit dessus.

— Chaque fois que vous interrompez une patiente, vous l'empêchez de dire ce qui est essentiel pour elle. Chaque fois que vous remettez en question la véracité de ce qu'elle dit, vous la faites douter.

— Mais si elle dit quelque chose de faux ?

— D'abord, ce n'est pas « faux », c'est ce qu'elle *ressent*. Son interprétation n'est peut-être pas conforme aux acquis de la science, mais elle lui permet d'appréhender la situation d'une manière intelligible, de ne pas se laisser gagner par la panique. Notre boulot, ça n'est pas de lui dire que ce qu'elle ressent est « vrai », ou « faux », mais de chercher pour son bénéfice, et avec son aide, *ce que ça signifie*. Si tu veux que les patientes respectent ton avis, il faut d'abord que tu respectes leur perception des choses…

— Même si elle repose sur une vision complètement fantasmatique ?

— Bien sûr. Respecter ça ne veut pas dire *adhérer*. Ça veut dire : plutôt que perdre son temps dans un bras de fer (j'ai raison, tu as tort), essayons de trouver un terrain commun. Une relation de soin, ce n'est pas un rapport de force.

Karma : Depuis quand avez-vous mal ? Vous pouvez nous décrire cette douleur ?

La patiente décrit une douleur abdominale diffuse, pas vraiment rythmée par les règles ou le moment du cycle, et réveillée par les rapports sexuels.

Moi : Aha ! Alors c'est peut-être une infection de l'utérus…

Elle, paniquée : Ah, c'est de *ça* que j'avais peur !

Moi : Ne vous inquiétez pas, on va vous soigner ça ! Vous avez des pertes ?

Elle : Oui, de temps en temps...

Moi : (*Comment ça, de temps en temps ?*) En dehors de vos règles, vous saignez ?

Elle : Non, jamais.

Moi (déçue) : De la fièvre ?

Elle : Pas du tout.

Moi : Vous vous sentez fatiguée en ce moment ?

Elle : Non, justement, je pète la forme, c'est pour ça que ces douleurs m'inquiètent !

Moi (irritée — *Qu'est-ce que c'est que cette histoire ?*) : Est-ce que vous avez déjà fait une infection de l'utérus ou des trompes ?

Elle : Non, mais une de mes amies vient d'être hospitalisée avec une salpingite. Et on lui a dit qu'elle risquait de ne jamais avoir d'enfants, alors comme ça fait des semaines que j'ai mal, je me suis dit qu'il fallait que je consulte...

Moi : Oui, mais enfin les salpingites ça n'est pas contagieux, ce n'est pas parce que votre amie...

Karma (à moi) : Vous permettez ? (à elle) : Est-ce que vous avez mal *chaque fois* que vous avez des rapports sexuels ?

Elle : Non, pas à chaque fois, quand même. Mais... souvent.

Karma : Ça dépend de la position, n'est-ce pas ?

Elle fait oui de la tête.

Il se tait et me laisse poursuivre. Après avoir posé plusieurs autres questions, et conclu que mon hypothèse diagnostique avait du plomb dans l'aile, ce qui ne manque pas de m'irriter un peu plus, je propose à la patiente de se déshabiller pour que je puisse l'examiner, et je m'éclipse côté soins pour me laver les mains et enfiler des gants, tandis que Barbe-Bleue, arborant un sourire de sphinx qui m'énerve passablement, s'installe, les mains derrière le dos, contre la cloison, de l'autre côté de la table d'examen. Je m'attends à ce qu'il me fasse des réflexions, mais il ne dit rien.

— Je me déshabille entièrement ?

Je suis sur le point de répondre par l'affirmative — *comment veux-tu que je t'examine, sinon ?* —, mais j'entends Karma dire :

— Restez en sous-vêtements, pour le moment.

*

— Ça vous plaît, de vous mettre entièrement à poil, quand vous allez chez le médecin ?

— Je ne vais jamais voir un médecin. Mais quand on y va, il faut bien, non ?

— Non. C'est une convention. Dans les pays nordiques ou anglo-saxons, on n'examine jamais les patients nus, toujours avec une chemise. Bien sûr qu'il faut pouvoir accéder à la peau, pour l'examiner aussi, mais tout dépend de ce que vous cherchez. S'il s'agissait d'une douleur abdominale chez un homme, est-ce que vous lui feriez enlever son caleçon d'emblée ?

— Euh... Non, probablement pas. J'attendrais le dernier moment pour examiner ses organes génitaux...

— Alors pourquoi fait-on déshabiller les femmes d'emblée ?

— Parce que... ça permet de gagner du temps. Autrement, il faut qu'elles redescendent de la table pour enlever leur slip...

— C'est donc pour le confort des médecins, pas pour celui de la patiente...

— Mais si elle vient pour un frottis et un examen des seins ?

— Comment préféreriez-vous procéder, s'il s'agissait de vous ?

— Je ferais ça... en deux temps, pour ne jamais être complètement nue... D'abord le bas, ensuite le haut...

— *Mmhhh.*

— Ouais. O.K. J'ai compris.

*

La jeune femme apparaît, en slip et en soutien-gorge. Karma relève l'extrémité de la table, et l'invite à s'allonger dessus de tout son long, et non en position gynécologique. Il s'écarte d'elle et me fait signe de prendre sa place pour l'examiner.

Je palpe son abdomen en long, en large et en travers, mais je ne trouve rien de particulier et je ne réveille aucune douleur. Je suis sur le point de lui demander d'enlever son slip, mais, encore une fois, Karma me prend de vitesse et dit :

— Pouvez-vous nous montrer où se situe la douleur que vous ressentez ? Qu'est-ce ce que ça vous fait ? Que sentez-vous ?

La patiente pose ses deux mains de chaque côté de son ventre et serre en direction de son nombril.

— Voilà, ça serre, comme ça.

— Vous permettez ? me dit Karma, en prenant ma place.

Il pose délicatement une main sur l'abdomen de la jeune femme, à droite du nombril, l'autre main sur sa cuisse, et dit : « Essayez de lever la jambe. »

La jeune femme s'exécute.

— Aïe ! C'est ça, dit-elle ! C'est cette douleur-là !

— *Mmhhh*. Et de l'autre côté ?

Il reproduit la même manœuvre, et cette fois encore, la jeune femme pousse un petit cri.

— Pardon ! dit Karma. Je ne vous embête plus. Alors je vous rassure tout de suite, ce n'est pas un problème gynécologique. C'est un problème musculaire. Ce sont les psoas, les deux grands muscles qui s'attachent sur les vertèbres et qui permettent de plier les cuisses, qui vous font mal, pas votre utérus...

Il l'aide à se redresser et à s'asseoir sur la table.

— Il n'y a pas d'infection, alors ?

— Non, vous n'avez pas d'infection.

— Il faut que je prenne un traitement ?

— Des antidouleurs, comme si vous aviez un lumbago. Rien de méchant.

Avec un grand sourire, elle se sauve pour aller se rhabiller.

*

— Elle était drôlement pressée de partir…

— Oui, elle avait une explication à sa douleur et elle était rassurée. Elle se doutait que ce n'était pas grave : elle allait bien, elle ne se sentait pas malade. Mais elle avait besoin qu'on le lui confirme.

— Comment pouviez-vous être sûr qu'elle n'avait pas une salpingite ou une endométrite ?

— Quand une femme a une infection gynécologique profonde, ça se voit à son visage, et surtout, le moindre contact d'un sexe masculin contre le col de l'utérus provoque une douleur insoutenable. Cette jeune femme n'avait mal que dans certaines positions… Ce qui veut dire qu'il s'agissait d'une douleur purement mécanique, et non de la douleur d'un organe profond, qui aurait été permanente. On a tendance à vous faire oublier que la cause de douleur la plus fréquente est l'un des muscles innombrables qui s'accrochent au squelette et qui servent de haubans, de poulies, d'écoutes, de treuil à ce grand vaisseau qu'est le corps humain. Un muscle, quand on tire trop dessus, ça fait mal. Neuf fois sur dix, chez quelqu'un qui va bien par ailleurs, une douleur intermittente mais répétée est d'origine musculaire ou tendineuse. Encore faut-il y penser et mettre le doigt dessus… Mais on vous a formée pour penser d'abord au plus compliqué, au plus rare et au plus grave, pas au plus simple, au plus courant, au plus bénin. Quand votre patient semble aller plutôt bien, avant de penser à une maladie rare et grave, recherchez d'abord une explication simple et courante. *When you hear hoofbeats in the hallway…*

— *Think Horses, Not Zebras*[1].

1. *Si vous entendez un bruit de sabot, cherchez des chevaux, pas des zèbres.* Aphorisme classique des enseignants dans les écoles de médecine anglo-saxonnes.

— Hé. Vous connaissez…

— Oui. Ça m'est revenu quand vous l'avez dit. Parfois, je suis étonnée de tout ce que j'ai mémorisé et oublié.

— Vous n'avez pas oublié. Vous l'avez mis de côté en attendant d'en avoir besoin.

INVENTAIRE

La peau blanche ou noire ou couleur paille ou livide ou constellée de grains de beauté (« Faudrait peut-être que je me les fasse tous enlever, qu'est-ce que vous en pensez ? ») ou de taches de rousseur sur toute sa surface ou brûlée par trop d'UV.

Les dos grêlés de cicatrices d'acné, les dos tordus de scoliose, le dos courbé douloureux des femmes fatiguées, le dos cambré des femmes en escarpins, la croupe montée en épingle pour attirer le regard des hommes et, quand elles descendent de leur piédestal, le mouvement de bascule du bassin qui les fait retomber, revenir à la réalité, rattraper par la gravité (« J'ai les fesses qui tombent, c'est moche »).

Les poitrines cachées ou gâchées par un soutif usé, ou mises en valeur par un tout petit très joli tout fin l'air de rien orné de dentelles et de motifs, assorti à la culotte — ou pas (« Aller voir le médecin on prévoit pas toujours et on sort du boulot on n'a pas eu le temps de rentrer se doucher se changer, si on vient c'est pas vraiment par désir par plaisir »).

Les cicatrices sur le bas-ventre, juste à la limite supérieure de la toison pubienne. Sur la ligne médiane de l'abdomen. Sous les côtes, à droite. Sur les flancs. En zébrures irrégulières sur les avant-bras (« Quand j'étais jeune j'ai fait des bêtises »). Les brûlures sur les mains et (« J'étais petite, je voulais aider, j'ai soulevé une casserole d'eau bouillante, elle était lourde, je la tenais pas bien, l'eau a coulé sur mes doigts, j'ai tout lâché et elle est tombée sur ») les cuisses. Les tatouages — la chaînette sur la cheville, le serpent sur l'intérieur de la cuisse, la rose sur le sein, le papillon ou la colombe au creux des reins (*Putain je comprends pas qu'une femme se fasse tatouer ça là, moi j'aimerais vraiment pas qu'un mec fixe son regard là-dessus pendant qu'il me*) et celui qui m'a le plus surprise : une larme au coin d'un œil. Les piercings sur le front, les sourcils, le nez, les oreilles, la langue, les seins (*Aïe !*), le nombril, les grandes lèvres et même les petites, le clitor… (*AÏÏÏÏÏEE !*).

Les toisons rares ou touffues, décolorées ou coloriées, épilées maillot de bain ou rasées de près, en triangle, au carré ou en lignes R8 Gordini — est-ce que comme ça on vient plus vite ?

Les sexes odorants et humides de transpiration ; les sexes gonflés d'avoir passé trop de temps enfermés dans un pantalon trop serré ; les sexes rouges luisants de s'être grattée furieusement ; les sexes ensanglantés par les règles qui n'en finissent pas ; les sexes serrés par la peur d'être pénétrée ; les sexes couverts d'ecchymoses.

Les sexes douloureux d'avoir été coupés par un accoucheur trop pressé — pas le temps de réparer.

Les sexes noirs excisés mutilés par les matrones agréées.

Les sexes massacrés par les chirurgiens pédiatriques obsédés de normalité.

*

— J'ai mal au sexe quand je fais l'amour, dit Emmanuelle O. Et même quand je le fais pas. Comme si j'avais été excisée !

Je reste sans voix. Elle a trente ans, une queue de cheval de cheveux bruns derrière la tête, des yeux clairs, un nez fin, une bouche mince et la langue bien pendue. Elle porte un blouson de daim, une chemise de toile bleue, des jeans très, très serrés et des bottes de cow-boy.

— Depuis quand avez-vous mal comme ça ? dis-je enfin.

— Ça fait au moins six mois. Ça a commencé par une mycose, m'a dit le gynéco que j'allais voir avant. Il m'a traitée une fois, deux fois, trois fois et le traitement me soulage pendant dix, quinze jours, et puis ça recommence, ça me brûle, je ne peux plus supporter que mon ami me pénètre… Oh ! Il est très compréhensif, plus que moi, parce que j'en ai marre de ne pas pouvoir faire l'amour, vous comprenez ? Et bon, si on ne vivait pas ensemble depuis dix ans, je trouverais ça suspect qu'il ne trouve pas le temps long, mais je le connais, c'est un type bien et il ne trouve pas normal que je continue à souffrir et que personne ne sache ce que j'ai. À la fin, le gynéco m'a dit qu'il avait fait tout ce qu'il fallait, et qu'il ne voyait plus ce qu'il pouvait faire pour moi, que ça devait être dans ma tête. Alors, je lui en veux, et j'ai décidé de venir voir quelqu'un d'autre. J'ai appelé tous les spécialistes de Tourmens mais personne ne veut prendre de nouvelle patiente, et j'étais désespérée jusqu'à ce que j'en parle sur un forum. Une fille m'a donné le numéro de téléphone de votre service et (dit-elle en me regardant car elle ne m'a pas quittée des yeux) le nom du docteur Karma. Alors je suis venue pour que vous me disiez ce que j'ai, et que vous m'arrangiez ça ! Il y a bien une explication… Il y a sûrement un traitement efficace, j'en ai assez, ça ne peut plus durer et je veux que ça s'arrête.

J'attends que Barbe-Bleue dise quelque chose mais il se tait, le saligaud ! Il veut que la suite vienne de moi. *Eh bien, allons-y !*

— Qu'est-ce que (*J'allais dire* « … vous attendez de moi ? » *mais je change d'avis et je poursuis*) vous avez utilisé comme traitement ? Vous vous souvenez ?

— Ah, m'en parlez pas, j'ai dû tout essayer ! Regardez-moi cette pharmacie !

Emmanuelle O. sort de son sac à dos une demi-douzaine d'ordonnances portant dix produits de toutes les formes — ovules, crèmes, pommades, lotions, spray, poudre — aux noms exotiques (Myctoris, Vulvoster, Vagyzone) et à la composition superposable (rien que des noms en -zazole).

— Et vous dites que ça vous calme pendant quelques jours et qu'ensuite ça revient ?

— Oui, dès que j'arrête le traitement, huit jours après je recommence à me gratter comme une folle ! Et c'est encore pire le soir quand je me couche, je vous raconte pas les nuits ! ! ! D'autant que moi, le soir en semaine, je suis en déplacement, je suis fatiguée et je m'endors dès que je pose la tête sur l'oreiller, mais le week-end, je suis énervée comme une puce de pas avoir vu mon jules et je ne peux pas m'endormir si on ne fait pas l'amour comme des malades. Alors je ne vous dis pas dans quel état je suis en ce moment ! Surtout avec le boulot que j'ai !

— Que faites-vous ?

— Je suis chauffeur poids lourd. Je conduis un trente tonnes.

Je me pince l'oreille pour avoir l'air de réfléchir, je ne veux pas demander ouvertement son avis à Karma mais je nage et j'aimerais bien qu'il vienne me donner un coup de main, cette fille est si pleine d'énergie, si catégorique et si désespérée à la fois que ça me donne le tournis, alors je lance un regard de côté et je dis :

— Il arrive parfois que les traitements…

— … ne soient pas assez longs, poursuit-il comme s'il lisait dans mes pensées.

— Mais j'ai tout bien fait à chaque fois, comme il m'avait dit ! Quand c'était trois jours je faisais ça trois jours, quand c'était quinze j'en faisais quinze, mais ça sert à rien ! J'en peux plus, vraiment !

— Je comprends — *finalement, c'est pas très compliqué à dire,* « Je comprends », *ça n'engage à rien, ça permet de faire une pause pour réfléchir, ça permet de gagner un peu de temps et ça permet aussi de laisser entendre qu'on se sent concerné, solidaire. Mais est-ce que ça avance vraiment à quelque chose ?*

— Ah, ça me fait du bien d'entendre ça, vous savez ! dit Emmanuelle O. sur un ton soulagé.

— Vraiment ?

— Mais oui ! Les dernières fois que je suis allée le voir, l'autre... *crétin*, j'avais vraiment le sentiment que je l'emmerdais. Mais bon dieu, quand on a mal comme ça et qu'on ne tient pas en place, on ne va pas passer une heure sur un siège inconfortable de salle d'attente uniquement pour emmerder un professionnel ! Et puis c'est son putain de métier et je le paie, nom de dieu ! crie-t-elle en donnant sur la table un coup de poing qui fait sauter mon stylo.

— Vous êtes drôlement en colère...

— Vous l'avez dit ! Et je regrette de me mettre en colère avec vous, qui êtes charmante et compréhensive, maintenant je vois pourquoi les filles du site m'ont dit d'aller voir le docteur Karma, vous avez bien de la chance d'apprendre sous son aile et vos patientes en auront beaucoup de se faire soigner par vous.

Là, je me sens très mal à l'aise, alors je me lève et je lui dis :

— Et si on essayait d'identifier ce qui se passe ?

— Mais je vais vous envoyer toutes mes copines ! dit-elle en bondissant sur ses pieds comme si elle allait m'embrasser.

Karma s'est déjà levé lui aussi, je le suis « côté soins », je bredouille :

— C'est gentil à vous...

Elle commence déjà à défaire l'énorme ceinturon qui serre sa taille de guêpe dans une paire de jeans hypermoulants. Je me savonne les mains.

— Non, mais c'est vrai, dit-elle en retirant son string et en se plantant au milieu de la pièce, les jambes écartées, le buste droit comme un I, les seins en avant sous son débardeur, *comme une Wonder Woman qui n'aurait pas fini d'enfiler son costume*, les poings sur ses hanches nues et les yeux flamboyants, faut pas déconner ! Les dernières fois, cet abruti n'a même pas voulu m'examiner, soi-disant qu'il m'avait déjà trop regardée et la dernière fois il a été carrément insultant, il m'a fait un sourire entendu, il a dit que si je continuais à venir lui montrer mes fesses comme ça à tout bout de champ, sa secrétaire allait se poser des questions et comme elle est copine avec sa femme, ça chaufferait pour lui à la maison ! Mais pour qui il se prend, ce trou du cul ? Il croyait vraiment que ça m'intéressait de me foutre à poil devant lui ? Moi je voulais qu'il *m'e-xa-mine* ! Pas qu'il se rince l'œil ! Alors que vous, au moins, vous faites votre boulot correctement ! Quand on vous dit : « J'ai mal là », vous dites : « Voyons ce qui se passe ! » Faut quand même pas être polytechnicien ! Ah, les mecs, je vous jure ! — Oh, pardon, docteur (la main devant la bouche), je parlais pas de vous… Toutes mes excuses…

Karma sourit, lui tend la main galamment, l'aide à gravir les deux marches de l'escabeau et à s'asseoir au bord de la table. Elle s'allonge, se met en position. Je m'essuie les mains. Il place le petit coussin sous sa tête. J'enfile des gants et j'ouvre le tiroir à spéculums. Karma allume le scialytique, le braque sur le sexe d'Emmanuelle O. et me dit : « Il y a des kits de prélèvement dans le tiroir du dessous. »

Je le regarde, je comprends qu'il veut me dire quelque chose, j'ouvre le tiroir, j'en sors un tube contenant un long coton-tige. Il place le tabouret entre les cuisses d'Emmanuelle O. pour que je m'installe et dit (en s'adressant à elle) : « Parfois, même lorsque le traitement est assez long, il y a encore une zone minuscule, dans un repli des lèvres, qui reste irritée, et qui se remet à faire mal au bout de quelques jours sans traitement. » (Il fait devant moi le geste d'écarter le pouce et l'index ; j'écarte les lèvres d'Emmanuelle O.) « Alors le docteur Atwood va vous examiner très doucement, avec le bout de son coton-tige, et vous allez lui dire si elle touche une zone sensible... »

Soigneusement, j'écarte les pétales de chair et j'aperçois, au fond d'un pli, un fin liseré rouge. Je pose le coton-tige dessus.

— C'est là ! s'écrie Emmanuelle O. C'est toujours à cet endroit-là que ça recommence !

— Alors nous venons de mettre le doigt sur ce qui vous pourrit la vie. On va vous aider à guérir ça rapidement.

— Super ! dit-elle en s'asseyant si vite que j'évite à grand-peine deux grands coups de pied dans la figure.

— Cela dit, ajoute Karma avec un sourire, il va falloir aussi faire un peu de prévention.

Il me fait signe de regagner le bureau.

— Tout ce que vous voulez ! dit Emmanuelle en ramassant son string et ses jeans et en se rhabillant devant nous sans aucune gêne.

— Parce que, vous voyez, les strings et les pantalons très serrés... dit-il en me signifiant du regard que je devrais poursuivre.

— ... ça favorise la transpiration, dis-je, et les mycoses. Alors ça n'aide pas... Vous avez des slips en coton, à la maison ?

— Bien sûr...

— Et des jupes ?

Emmanuelle fronce un sourcil contrit.

— Chuis pas vraiment une fille à jupe. Pour conduire un trente tonnes, et puis pour décharger, c'est pas pratique-pratique... (Un sourire éclaire son visage.) Remarquez, mon mec me dit souvent qu'il aimerait bien me voir en jupe de temps en temps... Alors, le week-end, pourquoi pas.

— Oui, hein ? Pourquoi pas !

— Ah ! dit-elle en levant les bras. Faut que je vous embrasse, tous les deux ! Vous me redonnez le goût de vivre, vous savez ?

FIGURES

Du couloir, derrière lui, ou de ma place, à côté du bureau, je regarde les femmes entrer.

Elles entrent et parfois se dirigent directement vers le côté soins comme s'il fallait qu'elles se déshabillent tout de suite, pour ne pas faire perdre du temps au médecin, son temps est si précieux.

Elles posent parfois leur sac sur la deuxième chaise, parfois par terre.

Elles ôtent leur imperméable ou leur manteau et cherchent vaguement un endroit où le pendre avant de le poser sur le dossier.

De temps à autre, l'une d'elles reste entièrement habillée, la main sur la poignée du sac, signifiant ainsi qu'elle n'a pas l'intention d'y passer la matinée, d'ailleurs elle vient pour une toute petite chose.

Il y en a qui croisent les jambes et s'installent confortablement pour parler, comme si elles venaient prendre le thé.

Il y en a qui restent les jambes serrées le sac posé sur les genoux ou les mains jointes et parlent en regardant le sol ou leurs mains ou la fenêtre, enfin partout sauf devant elles.

Il y en a qui ont l'air complètement perdues et n'arrêtent pas de bouger sur leur siège et de secouer la tête — non, non, non — comme si elles n'en croyaient pas leurs oreilles de s'entendre dire *ça*.

Il y en a qui ont du mal à aligner deux mots.

Il y en a qui boivent ses paroles et battent des cils.

Il y en a qui le fusillent du regard.

Il y en a qui lui font des sourires à fondre.

Il y en a dont le front n'est que souffrance.

*

Les mains croisées derrière moi, adossée contre la cloison de séparation pendant qu'il se penche sur le lavabo, je regarde les femmes dans le miroir.

Le bruit d'eau qui coule pendant qu'il se lave les mains. Est-ce que ça leur donne envie d'aller aux toilettes ? Non, elles ont dû penser à y aller en arrivant. Et elles ont eu le temps d'y aller en attendant.

La manière dont elles délacent leurs bottes ou retirent leurs chaussures, d'un coup de pied ou délicatement, à la main.

Leur sursaut au bruit que font les instruments tombant un peu lourdement tintant sur le plateau métallique de la table roulante.

La manière dont elles retirent leur collant ou gardent leurs chaussettes.

Sa voix à lui disant : « Si vous voulez bien venir par ici... »

Leur mouvement d'approche vers la table, tirant sur le bas de leur pull pour se cacher... et la valse-hésitation quand elles montent à reculons en ayant gardé leur culotte, lèvent les jambes puis s'arrêtent et doivent redescendre quand, avec une toute petite voix, il leur demande de la retirer (« Pour faire le frottis, ce sera plus pratique... »).

Les serviettes en papier qu'il tire par quatre du distributeur pour s'essuyer les mains, et jette dans la poubelle verte.

La manière empruntée, embarrassée, dont elles roulent leur slip en boule dans leur poing, cherchent des yeux où le poser, avant de choisir le tabouret — dont il a besoin pour s'asseoir et les examiner. Son geste à lui quand, une fois la femme allongée sur la table, il prend le slip et va le poser sur la chaise où elle a laissé sa jupe.

Le clac ! des gants en latex quand il les enfile.

Les jambes qui se lèvent quand elles s'allongent et les pieds qui vont se poser sur les étriers froids.

Leurs bras qui s'arc-boutent sur les bords de la table, la danse du bassin et du ventre lorsqu'il leur dit de se rapprocher du bord... encore un peu... encore un tout petit peu... c'est ça. Son bras à lui qui s'allonge pour placer le petit coussin sous la nuque.

Il ne fait presque jamais de « toucher vaginal ». Seulement quand il pense que c'est utile. Ou lorsque la patiente le demande (« J'ai mal au ventre, vous pensez que c'est ma salpingite qui recommence ? »). Et quand il le fait, il ne se place pas entre leurs cuisses, les deux doigts en avant, mais sur le côté, en commençant par poser sa main gauche sur le ventre, comme pour l'apprivoiser.

Le grincement du tabouret qu'il pousse vers elle, et celui de la table roulante qu'il attire vers lui.

Le mouvement du bras vers le scialytique, le cône de lumière braqué sur le sexe.

Les instruments sur le plateau, certainement inquiétants et hostiles pour celle qui ne sait pas à quoi ils vont servir.

Il a une manière toute personnelle de verser quelques gouttes de liquide antiseptique sur un spéculum, de le poser sur la vulve entre les lèvres qu'il a écartées délicatement avec le pouce et l'index, de le glisser sans effort jusqu'au fond du vagin et, avec un tout petit mouvement de rotation, de faire apparaître le col tout de suite, facilement, comme s'il examinait cette femme-là tous les jours. *Pourquoi est-ce qu'on ne m'a jamais appris à faire comme ça ?*

Certaines croisent les doigts, fixent le plafond et sursautent quand il leur pose le spéculum ; d'autres braquent le regard (*Je te surveille de près, mon bonhomme*) sur son crâne entre leurs cuisses ; d'autres tournent les yeux vers moi et commencent à bavarder : « Vous êtes en quelle année ? » ; d'autres encore ferment les yeux ou posent les mains sur leur visage comme quand on joue à cache-cache ; d'autres ne disent rien et se tordent les mains sur leur ventre.

Il leur pose des questions anodines (« Quel âge ont vos enfants ? Ils vont bien ? ») pour détourner leur attention.

Il annonce chaque geste avant de le faire. Quand il commente et m'explique ce qu'il fait, il le fait à voix haute, en s'adressant aussi à la patiente. Parfois, elle pose des questions, il répond, ça devient une conversation à trois.

Au cours d'une consultation il dit :

— Il faudrait que je porte un casque avec une caméra, pour que chaque patiente voie ce que je fais sur un écran près d'elle.

— Je ne crois pas que j'aimerais voir ce que vous faites, dit la patiente.

— Je comprends. De toute manière, vous auriez le choix, et vous pourriez toujours regarder ce que j'ai fait *après* l'examen. Après tout, il s'agit de votre corps.

Il a levé les yeux vers moi : « Les chirurgiens filment les interventions. Les gastro-entérologues filment les endoscopies. Je me demande combien de gynécologues seraient prêts à filmer les examens qu'ils pratiquent... »

Le *poc!* de sa tête quand il se relève trop vite et se cogne au scialytique.

SALOPE

Tu n'es pas responsable de ce qu'elles font, tu es responsable de ce que tu leur fais.

Quand la dernière patiente sort du service, il est tard, Aline est partie, je suis à la fois contente et énervée, contente parce que pour une fois je n'ai pas vu le temps passer alors même que je n'étais pas au bloc ; énervée parce que Karma m'a mené la vie dure, donnant des explications aux patientes quand je m'apprêtais à le faire, se taisant quand j'attendais de l'aide, répondant à mes questions par d'autres questions, me noyant d'anecdotes entre deux patientes, mais laissant ses phrases en suspens au beau milieu d'une tirade, parce qu'il avait vu l'heure, pour bondir sur ses pieds et aller chercher la patiente suivante.

J'ai beaucoup de questions à lui poser, je les ai notées au fur et à mesure sur le carnet noir que j'ai pris pour la première fois ce matin sur une de mes étagères, sans être vraiment sûre qu'il allait servir ; je m'en suis servie toute la journée, entre deux et parfois pendant les consultations.

Ce qui m'a vraiment tracassée pendant une partie de l'après-midi, ce qui me tracasse encore, c'est qu'il ne m'a pas du tout interrogée sur mes projets de carrière. Lorsque j'ai parlé de chirurgie reconstructrice et de mutilations sexuelles, ça m'est venu spontanément, sans arrière-pensée. Mais une fois les mots sortis de ma bouche, je me suis mise à guetter sa réaction et j'ai bien vu qu'il choisissait de ne pas relever. J'ai passé le reste de la journée à me demander pourquoi. Par manque d'intérêt ? Ça m'étonnerait : ce genre de projet attire l'attention de tout le monde. Par discrétion ? J'ai du mal à le croire. Il a essayé de me tirer les vers du nez à propos de WOPharma — tiens, il faudrait que je pense à appeler Mathilde et à jeter un coup d'œil sur les fichiers, quand même… — et plutôt deux fois qu'une. Par calcul ? Peut-être. Mais dans quel but ? Pour me signifier son mépris à l'égard de la chirurgie ?

Je me sens bête et mauvaise.

La dernière patiente était… est une femme de quarante-huit ans, ultra bien maquillée, très bon chic bon genre, qui s'est assise et, sans aucun détour, s'est mise à expliquer qu'elle est restée seule dix ans et a recommencé une vie commune avec un homme de vingt ans plus jeune qu'elle. Sans lâcher le sac qu'elle avait posé sur ses jambes serrées l'une contre l'autre, et sur un ton parfaitement neutre, elle a poursuivi :

— J'ai deux garçons de vingt et vingt-deux ans, mais mon ami n'a pas d'enfant. Je ne suis pas ménopausée, j'ai des règles tous les mois et j'aimerais savoir si je peux encore être enceinte.

À ton âge ? Avec un jeune con à peine plus vieux que tes fils ? Ça va pas, la tête ?

J'ai tourné les yeux vers Barbe-Bleue. Les mains croisées sur le ventre, il fixait la patiente avec attention.

— Tant que vous n'êtes pas ménopausée, vous pouvez être enceinte, dit-il tranquillement. Mais bien sûr, votre fécondité est moins importante qu'il y a dix ans. Vous aurez donc probablement besoin d'attendre un peu…

Ouais, et si t'es rattrapée par la ménopause avant d'être en cloque, ça sera pas forcément un mal, je te parle pas des risques pour toi, les complications pour le gamin, la probabilité que tu meures avant ses vingt ans, j'en passe et des moins bonnes.

— Oui, je sais, dit-elle, le visage toujours aussi fermé. Mes œufs ont vieilli. Justement : est-ce qu'il faudrait que je fasse des examens pour savoir si je peux encore ? Ou que je prenne des traitements ?

Je bondis. *Si tu crois que tu vas nous…*

— Il est hors de question…

— Si vous n'avez pas de problème de santé particulier, il n'est pas nécessaire de faire quoi que ce soit pour le moment, interrompt Karma. Si vous désirez être enceinte, la seule chose à faire, c'est arrêter votre contraception.

Elle hoche la tête, pensive.

— J'ai toujours été en bonne santé, je n'ai jamais eu de souci. Je porte un stérilet au cuivre. Si vous me l'enlevez aujourd'hui, au bout de combien de temps puis-je être enceinte ?

Compte là-dessus !

— Théoriquement, vous pouvez être enceinte dès le premier cycle sans contraception. Mais, encore une fois, à quarante-huit ans, ça peut prendre du temps.

Elle hoche la tête une nouvelle fois, puis soupire.

— Alors, je voudrais que vous me l'enleviez.

Non, mais je rêve !

Je ne rêve pas. Trois minutes plus tard, elle est allongée sur la table, la tête à plat (elle a refusé le petit coussin que Karma lui proposait), le regard fixé sur le plafond. Elle a enlevé sa culotte — un modèle en soie noire, très affriolant, très surprenant sous le tailleur strict qu'elle portait sous son manteau — et la serre sur son ventre. Elle porte — et n'a pas retiré — des bas et des porte-jarretelles. *Invraisemblable !*

Très énervée, je me suis lavé les mains et j'ai sorti du tiroir une pince longuette et, rageusement, une Pozzi, dont j'épluche à présent les emballages stériles. Je lui pose un spéculum à la hussarde mais lorsque je tends la main vers la Pozzi, j'entends la voix de Karma murmurer tranquillement : « Je pense que vous n'en avez pas besoin », et je le vois éloigner la pince. Je me rabats sur la longuette que je referme sur une compresse pour désinfecter le col, puis j'attrape les deux fils, je demande à la patiente de tousser et j'extrais le stérilet sans effort.

— Voilà ! dis-je en jetant bruyamment longuette et stérilet sur le plateau de la table roulante.

— Déjà ? dit-elle sans émotion apparente.

— *Yep*. C'est pas long à retirer.

Elle se redresse et s'assied au bord de la table.

— Je pensais que ça ferait mal.

Je ne réponds rien. Elle retourne s'habiller et se rassoit dans la même position que tout à l'heure. Quand je regagne le siège après m'être savonné les mains à la brosse jusqu'à m'en faire rougir la peau, elle frôle son cou de ses doigts comme si elle avait trop chaud et dit simplement :

— Est-ce que j'ai besoin de prendre des précautions avant d'essayer d'être enceinte ?

Est-ce que t'as fait les tests pour t'assurer que ton jules ne baise pas ailleurs et qu'il ne va pas te coller une saloperie ?

— Je ne crois pas que ce soit nécessaire, dit Karma en lui tendant la main. Au revoir, madame.

Il la raccompagne jusqu'à la porte de rue.

Très, très énervée, je retire ma blouse, je la jette en boule sur la table d'examen et j'ouvre le placard pour y prendre mon imperméable.

— Elle est complètement dingue ! dis-je en sentant Karma s'approcher de moi.

Il retire ses lunettes, déboutonne sa blouse, glisse la main dans sa poche de pantalon pour y prendre un mouchoir, s'assied sur l'un des deux sièges de patients, me désigne l'autre et se met à essuyer ses verres.

— Parlons-en, voulez-vous ?

— De quoi ? J'ai rien à dire. Elle est folle, c'est tout !

— « Folle ». Qu'entendez-vous par là ?

— Cinglée. Timbrée. Ou alors elle est très conne. Passe encore qu'elle soit à la colle avec un type qui pourrait être son fils, mais qu'elle veuille faire un môme avec lui, ça me dépasse ! Elle veut un petit mongolien, ou quoi ?

Il tapote le siège en face de lui.

— Asseyez-vous…

Je serre la ceinture de mon imper et je m'assieds, furieuse.

— Ça ne vous a pas choqué, vous ?

Il examine les verres de ses lunettes à la lumière du néon et les remet sur son nez.

— Ça m'a surpris. J'ai des préjugés comme tout le monde. Mais j'essaie de les mettre de côté. Pour ne pas être choqué, justement.

— C'est pour ça que vous n'avez rien dit, que vous avez fait comme si de rien n'était ?

Il se frotte la barbe.

— Vous pensez avoir des enfants bientôt ?

— Ça m'étonnerait ! Et puis d'abord… (Je me retiens de dire « Faudrait avoir un mec pour les faire » et je poursuis)… pas avant un bon moment, en tout cas.

— À quel âge, au plus tard ?

— À un âge normal ! Trente-deux, trente-cinq ans, pas plus tard !

— À un âge « normal ». *Mmhhh*. Et si vous ne pouviez pas envisager d'en faire avant d'avoir atteint la quarantaine ? Vous trouveriez ça dangereux pour vous — médicalement parlant ?

— Eh bien, pour commencer, c'est vachement plus aléatoire !

— D'après qui ?

— Les obstétriciens du CHU n'arrêtent pas de voir débarquer des femmes qui ont tardé à avoir des mômes et qui pleurent pour qu'on leur en fasse !

Il ouvre de grands yeux,

— « *Qui pleurent pour qu'on leur en fasse ?* » Ce sont les obstétriciens qui font des enfants aux femmes, aujourd'hui ? J'ignorais...

— Vous comprenez très bien de quoi je parle !

Je sens qu'il s'énerve à son tour.

— Oui, mais cette... formule m'agace un tout petit peu, dit-il en croisant les bras.

— Je sais ! J'ai lu le chapitre de votre bouquin sur la PMA, vous vous souvenez ? J'ai bien compris que vous méprisez complètement les équipes qui en font.

— Oh, mais je ne méprise personne. Je suis simplement très préoccupé de voir tant de femmes servir de cobayes à des gens qui, très souvent, se prennent pour Dieu.

— Parce que vous, dis-je, excédée, vous ne vous prenez pas pour Dieu, peut-être ?

Il sourit.

— Il ne s'agit pas de moi, en l'occurrence, mais de vos réactions violentes face à la demande de cette patiente.

— Violentes ? Qu'est-ce que vous racontez ?

Il soupire.

— Pourquoi aviez-vous préparé une Pozzi ?

Salopard ! Je fais semblant de ne pas comprendre et je hausse les épaules.

— Pour lui retirer son putain de stérilet !

— Non. Pour lui faire mal et la punir. De quoi ? Je ne sais pas. Vous le savez, vous ?

Il a dit ça tranquillement, sur le même ton, je m'en rends compte, que lorsqu'il a parlé à cette femme d'une hypothétique grossesse.

Je le regarde dans les yeux et je crache :

— Ce que vous me dites…

Ma gorge se serre.

— Ce que vous me dites, c'est que je suis une vraie salope…

— Lorsque vous avez cherché sciemment à lui mettre un croc de boucher sur le col, oui, vous étiez une vraie salope. Mais vous ne l'étiez pas auparavant, et vous ne l'êtes plus maintenant.

Je me lève, le ventre douloureux, la gorge nouée, en luttant pour retenir les larmes.

— Vous avez des sentiments conflictuels. Ça rend les choses difficiles. Je comprends que vous préfériez la chirurgie. Vous imaginez que ça sera moins dur. Mais je pense que vous faites erreur.

— En choisissant la chirurgie ?

— Oh, je suis sûr que vous ferez du bon travail. Mais si vous croyez que ça vous évitera de souffrir, vous vous plantez.

Je n'ai pas envie de l'écouter. Je lui tourne le dos et je sors du bureau en claquant la porte. Arrivée à l'entrée, je me rends compte que j'ai oublié mon sac dans le placard.

Je reste là, debout, comme une imbécile, à me demander quoi faire. Et puis zut ! J'ai refusé de plier devant des patrons bien pires que ça. Pourquoi est-ce que je fuirais devant lui ?

Je frappe et j'entre.

Il n'a pas bougé du fauteuil. Il sourit en me voyant, mais il n'y a pas d'ironie dans ce sourire. Seulement de la fatigue, je crois. Ou bien c'est moi qui suis fatiguée.

Les mains dans les poches, je m'assieds de nouveau face à lui. Je respire un bon coup et je me lance.

— Pourquoi ne m'avez-vous pas posé *la* question quand je vous ai parlé du type de chirurgie que je veux faire ?

Il se redresse, intrigué.

— Quelle question ?

— « Pourquoi ? » Pourquoi cette chirurgie-*là* ?

Il sourit.

— *Quand on pose des questions, on n'obtient que des réponses.* Tu m'aurais donné la réponse officielle.

— Officielle ?

Il soupire.

— Celle que tu t'es fabriquée au fil des années, à mesure que tu rationalisais l'idée de faire de la chirurgie réparatrice. La réponse *politiquement correcte*. Quelque chose du genre : « Les femmes sont les éternelles victimes des hommes. Les chirurgiens hommes sont des bouchers, ils ne connaissent rien au corps des femmes, il faut savoir ce que c'est pour le réparer correctement, c'est de la chirurgie fine, de la dentelle », etc.

Je rougis.

— Mais… c'est *vrai* !

— C'est peut-être vrai pour toi, mais ça n'est pas vrai pour tout le monde. Je connais des hommes d'une extrême délicatesse et des femmes qui sont de vrais bourreaux. Ton discours féministe a eu, il y a trente ans, sa raison d'être, mais dans ta bouche, aujourd'hui, c'est uniquement de l'idéologie. C'est une profession de foi, pas une quête personnelle.

— Qu'est-ce que vous en savez ?

— Disons que je parle d'expérience. J'ai plus de cinquante ans et j'en ai mis trente à comprendre pourquoi je pratique des avortements, milite pour la contraception et m'intéresse à la santé des femmes. Ce ne sont pas les occasions de faire autre chose qui m'ont manqué, mais c'est ça que je voulais faire : je sentais que c'était ma place. Seulement, il m'a fallu du temps pour comprendre exactement ce qui m'animait. Quand j'avais ton âge, toutes les bonnes raisons que je me donnais — la solidarité avec les femmes, la lutte contre le patriarcat et le sexisme, le désir d'équité et d'égalité entre les sexes face aux médecins — étaient tellement omniprésentes qu'elles me cachaient l'essentiel.

— Ce n'étaient pas de bonnes raisons ?

— Si, bien sûr, et je ne les renie pas, comme tu as pu le voir. Mais c'était aussi... un prétexte.

Je sors les mains de mes poches et je me mets à les frotter l'une contre l'autre.

— Comme celui que les patients apportent en consultation...

Il sourit.

— C'est ça. Un visa. Un viatique. Qui ne dit rien de nos motivations profondes.

Il se tait, me regarde longuement, puis reprend.

— Alors, je sais que tu as des raisons de vouloir te spécialiser, mais je n'ai pas besoin d'en savoir plus pour te trouver intéressante. Ni de te cuisiner pour les connaître un jour.

J'éclate d'un rire amer.

— C'est ça ! Il vous suffira de m'analyser sous toutes les coutures pour deviner !

— Je fais au contraire tout mon possible pour ne rien deviner, ne rien imaginer. Et crois-moi, dit-il en riant, ça m'est bien difficile, car j'ai beaucoup d'imagination ! Mais je peux soigner... ou travailler avec quelqu'un sans connaître son intimité. Sans le contraindre à se déshabiller. Sans l'obliger à révéler des secrets qu'il a lui-même du mal à regarder en face.

Le regard de Karma est... je voudrais qu'il soit ironique, pour pouvoir lui voler dans les plumes, mais il ne l'est pas. Il est... *putain de merde !* amical. Je le tuerais ! Je voudrais avoir la force de lui sauter dessus et de lui arracher sa foutue barbe !

— Mais il *faut* connaître et comprendre les motivations des gens pour les soigner !

Il fait très lentement « non » de la tête.

— Tu n'as pas besoin de les connaître intimement, ni même de les comprendre. Est-ce que tu as besoin de savoir ce que pense un nourrisson pour soigner son otite ou sa bronchiolite ? Est-ce que tu as besoin d'entendre la voix d'un aphasique pour essayer de lui rendre la vie moins pénible ? Pour soigner quelqu'un, tu as juste besoin de lui faire sentir que tu le respectes. S'il éprouve le besoin de s'expliquer, à lui de choisir le lieu et l'heure.

— Pour vous, il faut attendre que les gens se décident à parler ?

— Un soignant, ça n'est pas un inquisiteur…

— Mais c'est pas le Bouddha non plus, merde ! Il y a des moments où il faut bien intervenir ! Cette femme, vous trouvez vraiment *normal* qu'elle veuille un gamin ? À son âge ?

— Je ne trouve ça ni « normal » ni « pas normal », je l'entends, c'est tout. Et elle ne nous a pas demandé de *lui faire un gamin*, elle a demandé qu'on lui retire son stérilet. Rappelle-toi que si elle avait pu le retirer elle-même, ou si elle avait pris une quelconque pilule qu'elle pouvait arrêter du jour au lendemain, elle n'aurait pas fait appel à nous. Un peu d'humilité, ça permet de remettre les choses en perspective…

— Mais nous devons l'informer des risques !

Du pouce, il désigne un tiers imaginaire, quelque part.

— Tu vois, c'est exactement ça que je voulais dire en disant que tu es formatée par l'université. Depuis quand est-ce que la grossesse est un *risque* ? Par quelle perversion de l'esprit t'a-t-on fourré ça dans la tête ?

— À quarante-huit ans, c'est un risque !

— Pour une femme en mauvaise santé, vivant

dans un milieu défavorisé et qui n'en veut pas, sans doute ! Mais pour *elle* ? Elle pète la forme, elle a de l'argent et son jules l'aime tellement qu'il veut faire un gamin avec elle ! *Où est le risque ?*

— C'est un jeune con ! Il peut changer d'avis ! Il peut se barrer alors qu'elle est enceinte de huit mois !

— Oh, crois-en ce que disent les femmes : quand un type se barre, ça n'a rien à voir avec son âge. Et quel que soit son âge, il peut passer sous un autobus. La vie c'est risqué. Mais c'est *sa* vie, pas la tienne.

— Mais… mais… mais… dis-je hors de moi… Elle ! Elle n'est pas normale ! Elle est… *sinistre* ! Elle n'a pas exprimé la moindre émotion en nous parlant !

Il hoche la tête.

— Je vois… Eh bien, nous n'avons pas du tout entendu la même personne, toi et moi.

— Quoi ?

— Si je comprends bien, tu as vu une femme froide et dénuée d'émotion. Moi, j'ai vu quelqu'un d'autre.

GENEVIÈVE

(Aria)

Je suis folle. Folle à lier. Un jour, je vais me réveiller, on m'aura passé une camisole et attachée à un lit dans une chambre capitonnée et je passerai mon temps à baver sur mon oreiller parce qu'on m'aura bourrée de calmants, et tous les jours on m'emmènera faire des électrochocs pour me remettre les idées en place et ce sera bien fait pour moi.

Je suis folle d'être amoureuse de lui.

Je suis follement amoureuse de lui.

Et lui… non, lui il n'est pas fou, il est seulement… jeune. Très jeune. Trop jeune. Il ne sait pas. Il ne sait rien. Enfin, si, il sait… il sait me rendre folle. Il sait… être bon avec moi. Oh, *mais qu'est-ce qui m'a pris* de lui tomber dans les bras ? Je n'aurais jamais dû, jamais, jamais, jamais !

Qu'est-ce que je fais ici ? Pourquoi est-ce que je suis venue ? Je ne serais pas venue si Francine ne m'avait pas donné l'adresse.

Quand elle m'a vue dans cet état, Francine a dit : « Tu ne peux pas rester comme ça. Il faut faire quelque chose. Va voir un médecin. » Il n'était pas question que j'aille voir Galleau. Il m'a accouchée, il a mis au monde mes deux enfants, il dîne avec mon ex-mari depuis qu'il est entré au conseil d'administration de la clinique Saint-Ange. Il ne comprendra pas.

Je ne pouvais pas non plus aller voir ses confrères,

ils se seraient posé des questions, ils m'auraient demandé pourquoi je n'allais pas le voir, lui ; ils risquaient d'aller lui en parler, on ne sait jamais ce que ces médecins se disent entre eux, ils se parlent forcément de leurs patientes, ils se disent forcément des choses confidentielles, ce n'est pas possible autrement. Je ne pouvais pas courir ce risque, et je ne pouvais pas courir celui *qu'ils en parlent à leurs femmes*, j'en connais certaines, même si ce ne sont pas des intimes je les croise chez des amies, je ne supporterais pas leur regard.

Je ne voulais pas attendre au milieu de femmes que je risquais de connaître, qui pouvaient me reconnaître. Je ne voulais pas avoir à les entendre parler de leur vie intime, de leur mari, de leurs enfants. Je n'avais pas envie de parler de ma vie. Ma vie de femme sans homme pendant trois ans, et ma vie de maintenant. Ma vie chamboulée, ma vie que je ne reconnais plus.

Je ne me reconnais plus quand je me regarde dans la glace. Mon visage a changé. Son regard m'a changée. Je me sens plus gaie, plus vivante, plus... folle.

Je sais que c'est insensé.

Je sais que c'est de la folie pure de s'amouracher d'un garçon aussi jeune et de le laisser s'amouracher de moi.

Mais je vis seule, je n'ai de comptes à rendre à personne, j'ai le droit de vivre ma vie comme je l'entends.

Enfin, en principe.

Quoi, « mes enfants » ? Qu'est-ce qu'ils viennent foutre dans cette histoire, mes enfants ? Ils sont adultes et ça fait longtemps qu'ils m'envoient balader quand je leur fais une remarque qui ne leur plaît pas sur leur manière de s'habiller ou sur les copains les copines qu'ils fréquentent. Et moi, je devrais dire « Amen » à *leur* moindre remarque ?

De toute manière, ils ne m'en font pas. Je vois bien qu'ils sont surpris et troublés, mais ils ne me font pas la tête, ils ne me font pas de reproches.

C'est surtout moi qui m'en fais.

Je l'aime, il m'aime et ça devrait suffire et je sais que ça ne suffit pas. Depuis que je l'ai rencontré, depuis que je passe toutes mes nuits avec lui et une bonne partie de certaines journées, je sens que je change, que j'ai changé. Je me sens moins inhibée, plus forte, plus décidée, plus heureuse de vivre et plus ouverte à tout. J'ai moins peur de *désirer* : il me demande sans arrêt de quoi j'ai envie et jamais il ne rit ou ne se moque de moi quand je le dis.

Je ne me sens plus seule. J'ai tellement peur de me retrouver seule plus tard, quand il en aura marre de moi. Je sais, il dit qu'il m'aime, mais c'est ce qu'on ressent quand on est amoureux fou. Et puis, ça finit par passer. Tôt ou tard. J'étais amoureuse de mon ex-mari quand je l'ai rencontré.

Je crois.

Je ne sais plus. J'oublie. Ça fait un temps fou. Et puis, je perds la tête. J'ai toujours pensé que ça n'était pas correct, que ça n'était pas convenable de se laisser aller à ses sentiments, à ses sensations, à ses... folies. Mais c'est lui. Il me rend folle.

Il fallait que j'aille voir quelqu'un pour parler. Pas pour parler de tout ça, qui ne regarde personne, après tout c'est ma vie, j'en fais ce que je veux, je prends mes responsabilités. Mes enfants sont grands, ils ont leur vie à vivre, de quel droit pourrait-on me juger ?

Jadis, on brûlait les femmes pour moins que ça, on mettait à l'asile celles qu'on disait hystériques. Une folle comme moi passe *toujours* en jugement.

Arrêtez de me regarder comme ça.

Je ne suis pas venue vous raconter ma vie, seulement l'essentiel.

— *J'ai deux garçons* (deux beaux monstres, que

j'aime et que je voudrais tuer) *de vingt et vingt-deux ans, mais mon ami* (mon amant, mon amoureux, mon diable, mon chevalier, mon héros, mon poète, mon athlète complet comme j'aime ses bras sur moi) *n'a pas d'enfant. Je ne suis pas ménopausée, j'ai des règles tous les mois* (et je fais l'amour avec lui tous les jours, trois fois par jour, que je les aie ou pas, et quand je les ai, ça ne le gêne pas, et moi non plus parce que) *j'aimerais savoir si je peux encore* (c'est une question simple, alors j'aimerais une réponse simple. Vous êtes médecins, vous devriez pouvoir me la donner. Je ne sais pas encore si je *veux* être enceinte, je veux juste savoir si je *peux* encore l'être. Je veux savoir si la femme dont mon amant est amoureux est encore une femme, une femme qu'il peut remplir d'amour et d'un bébé ou s'il se fait des illusions, je ne veux pas savoir si c'est de la folie — je le sais parfaitement — mais si ce n'est pas pire que ça : un mirage. Je veux savoir s'il ne se trompe pas, s'il ne risque pas de comprendre, un jour ou une nuit, que je ne suis pas celle qu'il croyait. Que je ne suis pas… déjà trop vieille, presque morte, pour) *être enceinte.*

— *Tant que vous n'êtes pas ménopausée, vous pouvez être enceinte. Mais bien sûr, votre fécondité est moins importante qu'il y a dix ans* (où est-ce que j'étais il y a dix ans, qu'est-ce que je faisais il y a dix ans ? Je vivais enfermée dans mes conventions, un mariage étouffant, une maison que je vomissais, des garçons qui tantôt ne voulaient pas me lâcher, tantôt me repoussaient, on me disait alors : « C'est normal ça va passer », et on me dit aujourd'hui : « C'est de la folie ça va passer » — c'est vraiment à n'y rien comprendre !) *est donc possible* (que ce soit en pure perte)…

— *Oui, je sais. Mes œufs ont vieilli* (ma peau se flétrit j'ai beau la tartiner, les rides je les vois, et le soir je ne veux pas qu'il me voie, quand je me glisse dans le lit je baisse la lumière avant d'enlever mon peignoir et de me serrer contre lui, ma peau fanée contre la sienne, et le matin je me lève avant qu'il se réveille et même s'il vient se coller contre moi dans la douche, j'espère qu'il ne voit rien avec toute cette buée et tout de suite en sortant je me cache derrière un mon drap de bain, je ne veux pas qu'il s'aperçoive à quel point je suis moche fripée marquée pas belle) *que je fasse des examens pour savoir si je peux encore ? Ou que je prenne des traitements ?*

— *Il est hors de question...*

(Mais pourquoi me sauter dessus comme ça ? Vous croyez que ça n'est pas difficile d'être là devant vous deux ? Vous, monsieur, qui devez avoir l'âge de mon mari, pas loin ; et vous, mademoiselle, qui êtes belle à tuer et qui avez probablement l'âge des femmes que mon amant pourrait, qu'il devrait — *normalement*, s'il n'était pas complètement fou, lui aussi ou alors seulement inconscient...)

— *Si vous n'avez pas de problème de santé particulier, il n'est pas nécessaire de faire quoi que ce soit pour le moment. Si vous désirez être enceinte* (mais *je ne sais pas* si je veux être enceinte ! Je sais seulement que je sens son désir, quand il parle en posant sa bouche sur mon ventre, le désir que je sois pleine de son désir à lui quand) *la seule chose à faire, c'est arrêter votre contraception.*

— *J'ai toujours été en bonne santé, je n'ai jamais eu de souci. Je porte un stérilet* (et ça faisait si longtemps que je l'avais oublié, je ne faisais plus l'amour depuis si longtemps, la première fois que j'ai fait l'amour de nouveau, fait l'amour avec *lui*, j'étais si surprise, je l'ai laissé... *m'emporter*... Après... quand j'ai repris mes esprits... quand j'ai fini par comprendre ce qui m'arrivait... quand je me suis réveillée dans ses bras endormis... d'un seul coup j'ai eu peur, j'ai pensé : « Je ne me suis pas protégée ! » Je ne pensais pas aux maladies, il est tellement jeune tellement beau tellement… inexpérimenté, tellement… intact… non, je pensais : « Et si je me retrouvais enceinte ? », et il m'a fallu un temps infini pour me remettre à… penser, pour me souvenir, pour réaliser que j'avais ce truc-là tout au fond). *Si vous me l'enlevez aujourd'hui, au bout de combien de temps* (risque-t-il de se rendre compte que je suis foutue, vieille, usée, laide, plus bonne à rien, plus bonne à vivre, plus bonne à aimer et à donner la vie) *puis-je être enceinte ?*

(Vous êtes choquée, je le vois bien, mademoiselle. Je vois bien que vous me jugez. Je vois bien que vous m'en voulez de prendre un homme qui aurait pu être le vôtre. Que vous pensez : « Tout ça c'est contre nature, elle est folle, c'est une malfaisante, une dévoreuse. Une sorcière. »)

— *Alors* (et je t'emmerde, ma poupée, tout médecin que tu es), *je voudrais que vous me l'enleviez* (que vous me libériez. Pour que je sache, une fois pour toutes, si ça marche encore, si je suis encore bonne à remplir, bonne à prendre) *Est-ce que j'ai besoin de prendre des précautions* (mais ne me cassez pas les pieds avec les maladies le sida les infections les je ne sais quoi je m'en fous, je l'aime, il m'aime, il ne peut rien nous arriver de mal et je sais que je suis folle mais je suis assez grande pour savoir ce que je fais et je n'ai pas besoin de vos conseils) *avant d'essayer* (j'ai besoin de savoir, j'ai besoin d'être libre j'ai besoin) *d'être enceinte ?*

SAMEDI ET DIMANCHE

(Largo)

MIGRAINE

J'ai un mal de tête carabiné. Après trois jours de sevrage hormonal, c'était prévisible : j'ai oublié ma pilule trois soirs de suite et hier soir j'ai décidé de ne pas la reprendre. À quoi bon ? Je n'ai pas de mec en vue. Ni envie.

Quand je me réveille avec une migraine, je reste souvent assommée pendant un bon moment, je suis incapable de me lever. Il faut que je me concentre sur quelque chose pour oublier les coups de marteau que quelqu'un m'assène à l'intérieur du crâne.

Je m'allonge sur le dos, je regarde le plafond et j'essaie d'y écrire des mots, une phrase, un texte qui m'entraîne quelque part. Parfois, ça marche, je plonge dans un songe et je m'endors de nouveau malgré la douleur.

Ce matin, quand je braque mon regard sur le plafond très clair (il doit faire exceptionnellement beau, ce matin) je me souviens qu'un jour, au beau milieu de mon internat, j'ai dressé la liste de tous les mecs avec qui j'avais couché, ou essayé. Ça commençait comme ça :

— *J.-P., au lycée en seconde (dans la salle de SVT). Il aurait pu être mon premier mais au dernier moment, il n'a pas pu, il était incapable de bander et moi je ne savais pas quoi faire pour redresser la situation.*

— *Bernard, au lycée en première (dans les toilettes). Mon premier vrai. Aussitôt dit, aussitôt fait, aussitôt oublié. Il n'avait même pas l'air satisfait. Je ne l'étais pas non plus. Une copine m'avait dit qu'il était gentil. À l'époque, je pensais que c'était une raison suffisante.*

— Ulysse, pendant l'été qui a suivi le bac. Non, j'avais pas eu de petit ami pendant la terminale, tous les garçons étaient très cons et je bossais trop pour aller en chercher un ailleurs…

J'ai le sentiment d'oublier quelqu'un…

Quand je me suis arrêtée d'écrire, je me suis rendu compte que j'avais déjà rempli trois pages et que je n'avais pas terminé la liste. Mes aventures d'une nuit ont été nombreuses, pendant mes premières années de fac. J'avais envie de goûter à tout et je me foutais de ce qu'on pouvait dire de moi. Mais je ne couchais jamais avec un autre étudiant en médecine ; je ne voulais pas qu'on m'emmerde. J'allais plutôt chasser dans les cafés d'étudiants du côté de la fac de lettres ou des beaux-arts.

J'avais, un temps, envisagé d'aller poser nue mais c'était de la pure provocation. Je sais que j'aurais mis tout le monde mal à l'aise. Et je crois bien, rétrospectivement, que je n'aurais pas supporté le regard des filles.

Trouver un partenaire n'était pas très difficile. Des mecs jeunes qui ont envie de tirer un coup, ça ne manque pas. J'allais chez eux. Je ne voulais pas qu'ils sachent où j'habitais. Et très vite je savais s'ils avaient envie de me garder… Le plus pénible, c'est qu'ils ne me regardaient pas toujours avant de me sauter dessus. C'est après, seulement, quand ils m'examinaient de plus près, qu'ils voyaient comment je suis faite. Le moindre regard de dégoût ou même d'étonnement était le signal de me rhabiller. Je n'avais pas envie d'attirer des questions ou, pire, un silence gêné. Ils étaient rentrés tout excités pour baiser avec une fille qui leur paraissait facile. Et quand, une fois que c'était fait, ils ouvraient enfin les yeux, ils se sentaient trahis en découvrant que je leur avais caché la nature de la marchandise.

Il n'y a que Pierrot et *lui* qui n'aient pas reculé d'horreur en me voyant ou en posant les mains sur moi.

Pierrot n'a rien dit. Rien de rien. Il n'avait rien à dire. Il me prenait comme j'étais. Littéralement. Ça me facilitait la vie, je ne me posais pas de questions, mais je suis passée à côté de quelque chose. Je n'ai pas compris qu'il m'aimait.

Lui, c'est différent. Je ne sais pas s'il m'a aimée. Je sais que je tenais à lui mais qu'à la fin ça n'était plus possible. Il attendait beaucoup trop de moi.

Ça commence à me manquer de ne pas baiser mais les rencontres d'une nuit, c'est fini. Depuis que j'étais avec *lui*, je n'avais plus envie d'autres hommes, alors qu'avec Pierrot, il m'était encore arrivé de m'offrir de petites gâteries à droite et à gauche. Probablement dans l'espoir de rencontrer quelqu'un d'autre qui ne me trouverait pas monstrueuse. Pierrot est parti par ma faute et je l'ai rencontré, lui, par hasard ou par chance... Deux hommes qui veulent bien de moi en permanence et sans arrière-pensée en moins de trois ans, c'est une chance. Il n'est pas dit que cette chance se reproduira de sitôt.

Seulement je ne vais pas me remettre en chasse. Je n'ai plus envie de m'exposer aux regards troublés et aux réactions embarrassées. Ni aux conneries qu'on me dit avant que j'aie enlevé ma culotte.

Les mecs mentent autant que les filles, et je me fous d'entendre que je suis belle ; ceux qui commencent comme ça sont en général mal barrés. Je n'aime pas non plus qu'on me demande ce que je fais et qu'on fasse mine de s'y intéresser. Ce que j'aime, ce sont les types qui me traitent comme leur égale. Comme si j'étais des leurs. Qui aiment les bras de fer intellectuels même s'ils sont face à une femme, qui savent gagner sans vanité et perdre avec élégance. Qui savent attendre. Et se laisser faire quand je décide de leur sauter dessus — qui ne s'imaginent pas que je vais devenir une petite chose soumise sous prétexte que j'ai le feu aux fesses et qu'ils y mettent la main.

Autant dire que j'ai moins de chances de rencontrer un type comme ça que de trouver les six bons numéros du Loto. D'ailleurs, si je regarde autour de moi, en dehors de *lui*, personne ne correspond à ce profil. Sauf peut-être… Karma. Oui. Je sais. C'est sûrement parce que la migraine me met K.-O. que je me l'avoue, parce que, dans mon état normal, ça me ferait mal aux seins de l'admettre, mais c'est comme ça. Il m'emmerde, mais il ne me traite jamais comme une moins que rien. Et il sait m'entendre quand je lui rentre dans le lard, sans me prendre de haut. Bon, je ne le laisserais *jamais* s'approcher à moins de vingt centimètres, mais intellectuellement parlant…

*

Hier, à propos de la dernière patiente de la consultation, Karma a dit :

— Si je comprends bien, tu as vu une femme froide et dénuée d'émotion. Moi, j'ai vu quelqu'un d'autre.

Il s'est tu et j'ai vu à ses yeux qu'il partait ailleurs.

Je m'attendais à ce qu'il en dise plus, mais au bout d'un moment, il a regardé sa montre : « Il est tard », il s'est levé, il est passé côté soins et il s'est mis à ranger.

— Personne ne va faire le ménage ?

— Il est tard. On est vendredi. Il n'y aura personne ici, demain. Seulement dans la petite section, pour s'occuper des femmes hospitalisées. Si je veux que ce soit propre lundi, il faut que je le fasse. Tiens, tu veux bien prendre ça et l'apporter aux sages-femmes ? Elles l'enverront à la stérilisation.

Il a désigné la bassine dans laquelle nous avions empilé les instruments utilisés au fil des consultations. J'ai ouvert le tiroir d'où nous les avions sortis.

— Est-ce qu'il ne faudrait pas refaire le plein ?

— Si, bien sûr. Regarde ce qui manque et demande-leur de te donner des kits stériles.

Comme je m'étonnais de son commentaire, il m'a expliqué :

— Nous ne sommes pas réapprovisionnés avant le milieu de la semaine, ici. Alors on prend les instruments là où on en trouve. À une ou deux exceptions près — mais elles ne sont jamais là le soir — les sages-femmes sont très accommodantes. Mais ne leur demande pas ça en présence d'un médecin ou d'un interne.

J'ai arpenté les couloirs jusqu'aux salles d'accouchement. Par la porte entrouverte de la « salle nature », j'ai aperçu une femme donnant le sein à son nouveau-né. Équipé d'une caméra plus petite que la tête du bébé, le père faisait des gros plans.

Le visage de la sage-femme qui sortait de la salle m'était familier. C'est son sourire en me voyant qui m'a rappelé qui elle était. Je l'avais croisée lors de mon précédent stage. Elle finissait sa formation. Elle avait eu quelques soucis avec l'autre interne et j'avais été obligée de m'en mêler.

— Docteur Atwood ! Comment allez-vous ?

— Bonjour… Charlène ?

— Oui ! Vous vous souvenez !

— Vous… Tu bosses ici, à présent ?

— Une des anciennes a pris une retraite anticipée et je l'ai appris le jour où elle allait déposer sa demande, alors j'ai postulé tout de suite. Par chance, personne ne voulait le poste…

— Ça m'étonne que tu en aies voulu, toi…

— Je me suis dit qu'il fallait sauter sur l'occasion. Et puis, je n'avais plus peur. Grâce à vous.

J'ai secoué la tête. *Qu'est-ce qu'elle me raconte ?*

— Je n'ai pas fait grand-chose.

— Si, si ! Vous m'avez aidée à tenir tête à ce type. Et, du coup, à toutes les personnes qui cherchent à m'humilier. Pour moi, c'était très important.

Ça devait l'être aussi pour moi, ma chérie...

Charlène m'a laissée puiser dans le matériel stérile de la maternité et a sorti d'un placard une boîte contenant des instruments à usage unique et une demi-douzaine de stérilets et d'implants laissés là par la représentante d'un fabricant.

— Les médecins d'ici ne les utilisent jamais, mais on en demande pour Franz.

— Tu... *connais* Franz ?

Est-ce le ton sur lequel j'ai dit ça ? Elle a rougi et baissé les yeux un instant, avant de répondre.

— Pas... intimement, non, mais tout le monde le connaît ici. Heureusement qu'il est là. Je suis très heureuse que vous soyez allée travailler avec lui. Plusieurs des filles disaient que vous n'iriez jamais là-bas, que vous étiez trop coincée, que ça ferait des étincelles, et moi je pariais le contraire. (Son sourire s'élargit encore.) D'après ce que j'ai entendu dire, vous vous entendez très, très bien.

Alors on ne doit pas avoir les mêmes informations...

J'étais tellement surprise que sans réfléchir, pour me donner une contenance alors que je ne savais pas vraiment quoi répondre, j'ai grommelé : *Mmhhh*. Ça l'a fait rire une nouvelle fois et elle a fait quelque chose d'encore plus surprenant : elle s'est approchée de moi et m'a embrassée sur la joue.

Quand je suis retournée à l'Unité 77, Karma avait rangé le bureau de consultation, ôté les draps de la table d'examen, et posait dessus, à l'envers, le tabouret et l'escabeau.

— Je te laisse ranger ça avant de terminer.

J'ai rangé les instruments dans les tiroirs, je suis allée poser ma blouse, et au moment où j'enfilais mon imperméable, je l'ai vu revenir avec un seau contenant un balai-brosse et une serpillière.

— On se voit lundi ? Ce sera le dernier jour…

— Pas avant ? Je croyais que vous deviez me coller une nuit d'astreinte dans la petite section…

Il s'est appuyé sur son balai.

— Ah, tu t'en souviens… Tu as vraiment une très bonne mémoire ! Quand tu lis un roman, arrivée au milieu, tu te souviens de tout ce que tu as lu ?

— Si le roman m'intéresse, oui. Mais je n'en lis pas souvent. Quand les histoires ne sont pas vraies, j'ai le sentiment de perdre mon temps.

— C'est pour ça que tu t'ennuies en consultation… a-t-il murmuré.

Une fois encore, j'aurais voulu lui demander ce qu'il voulait dire, mais il ne m'en a pas laissé le temps.

— Pour l'astreinte, je regrette de t'en avoir parlé comme ça. Je ne veux pas t'y « coller ». Catherine ne va pas bien, elle peut décompenser d'une heure à l'autre, et le médecin qui va prendre la garde doit être prêt à ce genre de situation.

J'ai haussé les épaules.

— J'ai déjà déclaré des décès…

Il a penché la tête.

— *Mmhhh…*

Une fois encore, je me suis sentie très bête. Mais cette fois-ci, ce n'est pas son attitude qui m'a donné ce sentiment, c'est tout simplement le ton de ma phrase, vantard et immature, tel celui d'un gamin qui veut faire croire à ses parents qu'il a déjà tout compris.

Soudain, j'ai imaginé Catherine étendue sans vie sur son lit, le drap remonté jusqu'au cou, son visage livide, sa tête emmaillotée et, à côté du lit, un homme et une adolescente en pleurs.

Je secoue la tête — *Que t'es conne, ma pauvre fille* — et je dis :

— Je suis désolée. Pour ce genre de situation, il vaut mieux avoir… de la bouteille.

— Oui, répond Karma pensif. Ça aide. Mais c'est surtout la présence qui compte.

Je ne suis pas sûre d'avoir bien compris, mais je hoche la tête comme si.

— Les astreintes de ce week-end, qui les fait ?

— Ce soir, c'est Collineau — c'est toujours lui le vendredi. Demain et dimanche, c'est moi. À lundi.

— À lundi.

Crevée et déprimée, j'ai pris un taxi pour rentrer.

*

Je me demande s'il a une vie sexuelle, ce type. Est-ce qu'il *peut*, seulement ? Et s'il en a une, qui aurait envie de la partager ? Oui, oui, tous les goûts sont dans la nature… Et je ne connais pas les goûts de toutes les femmes.

Et je n'aime pas le regard qu'il pose sur elles en général. Je le trouve… indéfinissable, et ça me gêne. Je ne sais pas s'il les aime ou s'il les déteste, s'il les admire ou s'il les méprise, s'il a envie de les protéger contre toute l'humanité ou de les envoûter dans une secte. Parmi les patientes que j'ai vues hier, la plupart venaient pour la première fois, mais quelques-unes le connaissaient déjà et l'écoutaient parler comme s'il allait leur montrer la lumière. Comme s'il allait changer leur vie.

Alors que — c'est bizarre de dire ça alors que je ne l'observe que depuis peu — j'ai le sentiment que c'est lui qui change.

Avec moi, pour commencer.

Hier, il ne me demandait plus si j'avais des questions. Chaque fois qu'il avait raccompagné une patiente à la porte, je m'attendais à ce qu'il dise

« Elle avait envie de parler » ou « Il fallait qu'elle vide son sac » ou « Elle en avait gros sur le cœur » ou une banalité du même ordre. Mais non. Il restait debout, il me passait le dossier quand j'avais quelque chose à y écrire et, quand je levais les yeux, il demandait : « Qu'en pensez-vous ? » Ça m'a surprise, mais j'avais des choses à dire, alors je les ai dites. Et parfois il m'a écoutée en silence, en hochant la tête seulement une fois ou deux, comme s'il avait besoin d'y réfléchir.

Tantôt il me vole dans les plumes, tantôt il m'écoute. Qu'est-ce qu'il veut à la fin ? Il me fait perdre mes moyens. Et moi, du coup, j'oublie ma pilule le soir et je fais n'importe quoi, je décide de l'arrêter sans réfléchir aux conséquences. Si j'ai une migraine pas possible, *c'est de sa faute* !

MONSTRE

Quand je pose le pied par terre, la pièce se met à tourner et mon estomac à faire des vagues. Mes cuisses sont humides. Pourvu que… Non. Ouf… Il ne manquerait plus que ça, tiens. Mais il est un peu tôt, peut-être. La dernière fois que j'ai oublié de prendre ma pilule et que j'ai décidé de faire une pause, je n'ai pas saigné du tout. Quand j'y réfléchis, ça fait une éternité que je n'ai pas eu de vraies règles. Peut-être que c'est fini. Définitivement. Ça m'arrangerait. Je n'aurais plus toujours la même question à me poser. Ça serait réglé. Ça réglerait aussi le problème du mec éventuel. « Je ne peux pas avoir d'enfant. C'est à prendre ou à laisser. » Non, ça ne réglerait rien, il essaierait je ne sais quoi pour me montrer que j'ai tort, que je peux être mère, que je serais belle enceinte, et toutes les autres conneries que je ne veux pas entendre…

Je vais avoir encore plus mal si je pense à ça.

Mais quand j'ouvre mon armoire à pharmacie, *putain de bordel de merde j'en ai marre j'en ai marre j'ai plus de migrazine* !

Je n'ai pas d'ordonnance non plus. Comment est-ce que je vais me débrouiller ? La pharmacienne, au bout de la rue, est particulièrement psychorigide, pas question de lui demander quoi que ce soit. Et en plus, elle a l'air de détester les étudiants en médecine… Je l'entendais râler l'autre jour et raconter qu'un jeune homme était venu deux semaines plus tôt pour lui acheter une boîte de soixante préservatifs. Il la lui avait rapportée le lendemain en disant que l'un d'eux avait craqué, qu'il voulait qu'on la lui échange car il ne voulait pas courir de risque et que si on ne la lui échangeait pas, il porterait plainte pour délivrance de produits non conformes et tromperie sur la marchandise. Elle l'a échangée, bien sûr, mais la semaine suivante un autre jeune homme lui avait fait le même cinéma. Et la semaine suivante également. *Et il n'y a que des petits cons de carabins pour faire ce genre de tour de cochon à une pharmacienne*, tant le mépris des uns pour les autres est ancestral, depuis le Moyen Âge ou pas loin, l'époque où Philippe le Bel ou l'un des numéros suivants décida que dorénavant, à l'avenir et jusqu'à désormais, les chirurgiens royaux feraient la nique aux apothicaires…

Je ris en pensant au défilé des carabins avec dans une main leur boîte de cinquante-neuf préservatifs intacts, dans l'autre un sachet marron aux armes de la pharmacie contenant le préservatif-qui-a-craqué-et-qu'on-a-laissé-en-l'état-des-fois-que-vous-ne-voudriez-pas-nous-croire. Et, sous l'effet du rire, mon mal de tête redouble.

Quelque part dans ma tête, la tronche et la tranche jaune et vert d'une boîte de migrazine apparaît. Où est-ce que je l'ai vue ? Ça ne date pas de longtemps. Une image se forme autour de la boîte. D'autres boîtes. Des boîtes de pilules.

— Le tiroir !

Il y a de la migrazine dans le tiroir de Karma.

Comme dans un rêve, j'enfile une paire de jeans, un pull, des tennis, je prends mon sac, je sors et je titube jusqu'au parking, et je me souviens *que la bagnole est encore à l'hôpital et que la batterie est à plat*.

J'ai envie de pleurer, mais j'ai seulement un hautle-cœur, heureusement que je n'ai pas essayé d'avaler quoi que ce soit.

Sans réfléchir, j'avise une rangée de cyclovilles et j'en détache un, je ne sais comment. Je grimpe dessus.

Le vélo se met à ronronner.

Ça y est je déraille complètement : non seulement ma migraine ophtalmique me colle des hallucinations visuelles, mais en plus j'ai l'impression que le vélo vibre comme une voiture, enfin l'essentiel c'est qu'il se mette à rouler quand j'appuie sur les pédales. Je ne sais pas si c'est très sain de faire du vélo dans mon état, mais je m'engage bravement, en zigzag, sur le boulevard Magne. Heureusement, on est samedi, il n'y a pas un chat et — je regarde ma montre — il est 8 h 20 ? Ah ! C'est pour ça qu'il fait sombre encore… Avec tous ces feux de Bengale dans mon hémichamp de vision à gauche et les tambours sur ma tempe droite, je ne m'en étais pas rendu compte.

Dieu merci à partir du boulevard c'est tout droit, si je serre à droite tout le temps je ne peux pas rater la sortie vers le CH Nord, la rocade est déserte elle aussi. Normal, les week-ends de février, à Tourmens, y a plus personne : ils sont tous partis à Brennes ou à Mémère-les-Bains marcher sur les galets au bord de l'Océan.

Dans la cour de la maternité, il n'y a pas grand monde non plus. Je roule trop vite, j'arrive pas à freiner, j'essaie de viser le parking à cyclovilles mais je me cogne au trottoir, et je me retrouve par terre. Complètement sonnée, je me lève et j'abandonne le vélo à même le sol. Accoudée au balcon d'une chambre du premier étage de la maternité, une femme en robe de chambre me regarde en tirant tranquillement sur sa clope.

Je grimpe les marches de l'unité 77, je fouille dans mon sac pour y prendre mes clés, et bien sûr je n'arrive pas à les trouver, perdues dans le bordel. Mais à travers la porte vitrée je vois de la lumière. Un samedi ? Je tourne la poignée et j'entre.

Il y a de la lumière dans la guérite d'Aline. Il n'y a personne dans la salle d'attente, ni dans le bureau de consultation, mais l'ordinateur portable de Karma est ouvert. J'entre. L'écran affiche le portail de *BioMedLine*, un moteur de recherche scientifique. J'en ai souvent entendu parler, mais l'accès coûte la peau des fesses. Mathilde Mathis m'a déjà proposé plusieurs fois de m'y abonner, mais je n'ai pas eu le temps de m'en occuper. Ça me serait pourtant bien utile...

J'ouvre le tiroir. Ma mémoire ne m'a pas trahie : j'y trouve deux boîtes de migrazine. *Alléluia !* J'en ouvre une, je glisse deux comprimés solubles sous ma langue, c'est beaucoup mais ma migraine a commencé il y a une heure au moins et si je veux arrêter la douleur il me faut bien ça, je ferme les yeux et je compte jusqu'à vingt.

À huit, les feux de Bengale commencent à s'éteindre. À treize ou quatorze, les coups de marteau se ralentissent. À dix-sept, la douleur s'atténue nettement.

Quelle merveille, ce médoc. Merci, WOPharma !

À vingt, j'ouvre les yeux. Mon champ visuel est encore amputé, mais dans une demi-heure, je pourrai retourner chez moi sans risquer de me faire écraser par une bagnole.

Je suis assise au bureau, face à l'ordinateur ouvert de Karma. Je ne me souviens même pas être arrivée là. Pour patienter et lutter contre la torpeur qui ne va pas tarder à s'installer, je tape les mots « chirurgie réparatrice des organes sexuels féminins » dans la zone recherche de *BioMedLine*. Le site hésite quelques secondes puis affiche une dizaine de références classées par ordre chronologique, en commençant par la plus récente. Évidemment, je les connais toutes. Rien de nouveau depuis le dernier article que j'ai téléchargé — et pas encore lu.

Je commence à taper « méga... » mais je ne vais pas jusqu'au bout. La première et dernière fois que j'ai fait ça, la recherche n'a rien produit d'autre qu'un article en serbe et, quand j'ai fait l'erreur de taper le même mot dans un moteur de recherche non médical, je me suis retrouvée avec une centaine de sites pornographiques.

Je me dis qu'il est temps de rentrer, si ça ne tape plus, je pourrai ouvrir enfin le dossier de Mathilde, mais au moment où je vais sortir, une femme en chemise de nuit et robe de chambre de patiente apparaît dans l'encadrement de la porte.

— Le docteur Karma est là ? demande-t-elle d'une voix fatiguée.

— Je ne sais pas. Il devait passer vous voir ? Vous êtes hospitalisée à la maternité ?

— Non.

Elle a l'air désemparée, perdue. Sans un mot, elle entre, passe devant moi et va s'asseoir sur l'un des sièges de patients.

— Je vais l'attendre. Il va venir.

Mal à l'aise à l'idée de repartir en laissant cette femme seule dans le bureau, je ferme la porte derrière moi et je retourne lui faire face.

— Est-ce que je peux faire quelque chose pour vous ?

Elle me regarde sans comprendre, sa bouche se déforme étrangement et elle murmure :

— Je ne sais pas. Peut-être. J'ai l'habitude de parler au docteur Karma. Il me connaît bien.

— Si vous m'expliquez, je pourrai peut-être...

— J'ai été violée.

Elle dit ça dans un murmure, puis baisse la tête, honteuse, croise les bras comme pour se protéger du froid. J'attends quelques instants, puis mes réflexes prennent le dessus et je demande :

— Quand est-ce que ça s'est passé ?

— Hier soir.

— Qui vous a agressée ?

— Mon mari. C'est un monstre.

— Vous avez été examinée ?

— Non.

— Ça serait souhaitable, pourtant. J'imagine que le docteur Karma vous l'a dit.

— Oui, il me l'a dit, mais je ne veux pas. Je ne veux plus qu'un homme me touche, dit-elle en relevant les yeux pour observer ma réaction.

— Et… et si vous étiez examinée par une femme ?

Elle lève la tête.

— Par une femme… médecin ?

— Oui.

Elle me désigne du menton.

— Vous ?

— Si vous le désirez, oui.

Elle hausse les épaules.

— À quoi bon ?

— Si vous voulez pouvoir porter plainte, dépister les infections que votre agresseur aurait pu vous transmettre…

— Ça m'est égal. Je n'ai plus envie de vivre, dit-elle sur le ton las, désespéré, des femmes dépressives.

Je n'ai plus de feux de Bengale dans les yeux, mais un signal d'alerte s'allume dans ma tête. *Cette femme est en danger. D'où vient-elle ?* Elle a probablement été hospitalisée dans une des chambres de la maternité à la suite de son viol.

— Est-ce que vous désirez porter plainte contre votre agresseur ?

— À quoi bon ?

Comment ça, « à quoi bon » ?

— Pour l'empêcher de recommencer, dis-je en essayant de ne pas perdre mon calme. Pour le punir de ce qu'il vous a fait.

— Je n'ai pas de preuve... C'est sa parole contre la mienne.

Je me mords la lèvre. Je n'ai jamais su y faire avec les femmes violées, je n'ai jamais su m'identifier à ce qu'elles ont subi, j'ai toujours pensé que ce genre de chose ne pouvait pas m'arriver.

Pour le moment, la migraine a disparu, mais les effets secondaires de la migrazine, en particulier la somnolence, sont en train de s'installer. Si je veux pouvoir faire quelque chose pour cette femme, il faut que je me dépêche un peu. Dans une demi-heure, je serai juste bonne à m'écrouler dans un fauteuil pour ronfler.

— Pardonnez-moi de vous poser ces questions, mais... il a utilisé un préservatif ?

Elle ferme les paupières très fort et se tord les mains.

— Pourquoi m'obligez-vous à revivre ça ?

— Je suis désolée, je ne voulais pas vous maltraiter...

Elle éclate d'un rire aigre et se lève.

— C'est ce qu'ils disent tous ! Qu'est-ce qui me dit que vous êtes différente ? Je sais très bien quoi faire pour en finir avec toute cette souffrance !

À travers le brouillard qui me gagne, la panique commence à monter. Si je la laisse partir, elle va aller s'isoler dans un coin sombre, peut-être dans le sous-sol, défaire la ceinture de sa robe de chambre, l'attacher à un tuyau, faire un nœud autour de son cou, se laisser glisser au sol, tout doucement, pour que ça ne fasse pas mal, pour que ça arrête très lentement la circulation dans ses carotides, pour s'évanouir tout doucement avant que l'air ne commence à lui manquer et...

Je me lève à mon tour, je m'approche d'elle, je pose la main sur son bras maigre.

— Laissez-moi m'occuper de vous.

— Personne ne s'est jamais occupé de moi, murmure-t-elle.

— Pas même le docteur Karma ?

Elle fait « Non » de la tête.

— Vous croyez que vous pouvez faire quelque chose pour moi ? Vous croyez que vous pouvez m'aider ?

— Oui, si vous me faites confiance...

Elle me regarde avec des yeux pleins d'espoir.

— Vraiment ?... Qu'est-ce que je dois faire ?

J'essaie de gagner du temps.

— Il faudrait *vraiment* que vous soyez examinée, car plus le temps passe, plus il est difficile de tirer des éléments objectifs de l'examen...

Elle s'écarte, inquiète :

— Vous n'allez pas me faire mal ?

— Non. Je serai très douce.

Elle réfléchit puis fait « oui » de la tête.

Je désigne le côté soins.

— Voulez-vous vous asseoir ?

J'enfile une blouse. Je n'ai pas d'appareil photo, mais je fouille mon sac à la recherche de mon téléphone portable, ça sera mieux que rien.

— Je ne vais pas commencer par l'examen gynéco...

Je me retourne vers elle et je la vois gravir sans hésitation les marches de l'escabeau, s'asseoir au bord de la table d'examen puis, d'un seul mouvement, s'allonger sur le dos, écarter largement les cuisses, poser ses pieds sur les étriers et étendre les bras vers le bout de la table pour y attraper le petit coussin et le glisser sous sa tête.

— Finissons-en, dit-elle.

Si c'est ce qu'elle veut...

Je glisse le téléphone dans la poche de ma blouse et je passe du côté soins. Je me souviens avoir vu des kits d'examen médico-légal dans l'un des grands tiroirs. J'en sors un, je le pose sur la table roulante, et je me savonne les mains.

— Comment vous appelez-vous ? dis-je pour gagner du temps.

— Germaine.

Je me retiens de sourire. Je sais que j'ai un prénom bizarre, mais je n'aimerais pas m'appeler Germaine…

— Vous avez des enfants ?

Elle fait non de la tête, et retient un sanglot.

— Dieu merci…

— Je suis désolée.

— Ça ne fait rien, vous ne pouviez pas savoir. Vous êtes gentille…

J'enfile des gants et je m'approche de la table, sans me précipiter. Je remonte doucement la chemise sur ses cuisses. Elles sont deux fois plus rondes que ses bras, et couvertes de bleus. J'aperçois aussi des ecchymoses sur son bas-ventre et sur son pubis, qu'elle a épilé récemment. Je pose mes mains sur son ventre pour lui signifier que je ne vais pas lui faire mal.

Elle se met à pleurer et serre ses cuisses l'une contre l'autre si fort qu'elles se mettent à trembler.

— J'ai mal.

— Où avez-vous mal ?

Elle se cache le visage, écarte très lentement les cuisses et, du bout des doigts, désigne sa vulve.

Je fais le tour de la table, j'allume et je braque le scialytique sur son sexe, et tandis qu'elle écarte les cuisses plus largement encore, je m'assieds sur le tabouret à roulettes et je me penche vers elle pour l'examiner. Ses grandes lèvres sont un peu gonflées, sans plus.

— Vous n'avez pas de déchirure. Tant mieux…

— « Tant mieux » ? Comment pouvez-vous dire ça ? (Elle se prend le visage à deux mains.) J'ai mal ! Il m'a fait mal ! Il m'a pénétrée de force, il m'a déchirée, j'ai mal j'ai mal j'ai mal !

Je pose la main sur sa cuisse pour la calmer. La

tête me tourne, je vois flou, la migrazine m'empêche d'accommoder, mais si je veux que ça serve à quelque chose il faut que je l'examine de près.

— Si vous voulez bien, je vais vous poser un spéculum…

— Ah, dit-elle, vous êtes vraiment…

Je tourne la tête vers la table roulante pour prendre le spéculum et brusquement deux formes blanches s'enroulent autour de mon cou.

— … *comme tous les autres.*

— Hey !

Mon cri se perd contre un mur de chair. Je cherche à comprendre ce qui se passe et je n'arrive pas à y croire. Tels des tentacules, ses mains se sont refermées sur ma nuque, ses cuisses autour de mon cou, et avec une force inimaginable, la fragile Germaine est, ni plus ni moins, en train de m'étrangler, de m'étouffer contre son sexe. La violence de son étreinte est telle, et je suis tellement assommée par la migrazine que je n'arrive pas à me défendre. Un voile noir me tombe sur les yeux. J'ai curieusement envie de rire : *pourquoi n'a-t-elle pas fait ça au mec qui…*

Comme dans un rêve, j'entends la porte s'ouvrir, des cris, deux grands bruits secs et brusquement l'étreinte se desserre. Je m'effondre comme un sac de patates et ma tête heurte l'escabeau au passage avec un bruit sonore.

Autour de moi, j'ai l'impression qu'il y a foule, on s'agite, j'entends des exclamations mais tout ça n'a pas grande importance, je n'ai mal nulle part, je crois que je vais dormir, la migrazine ça calme vraim…

SUTURE

Je vois double. Comme d'hab, après deux comprimés de migrazine. Il y a deux grandes lumières blanches dans mon champ de vision. Au paradis y en a qu'une et en enfer elle est rouge… Donc, je suis vivante. Ça, c'est bien. Mais il y a deux Karma dans mon champ gauche. Ça, c'est moins bien.

Je suis sur la table d'examen côté soins. Vingt doigts voltigent au-dessus de mon sourcil. Je lève la main.

— Ne bougez pas, laissez-moi faire mes points.

— Qu'est-ce que j'ai ?

— Une arcade fendue. Pas beaucoup. Vous avez encore votre bouille de pin-up…

— Je suis tombée ?

— Oui.

— À vélo ?

— Ici, sur l'escabeau. Entre les cuisses de Germaine.

Je me souviens. J'éclate de rire et ça déclenche une nausée épouvantable. Pendant que je me penche hors de la table pour hoqueter sans rien vomir, Karma attend patiemment.

Quand ma nausée s'est calmée, épuisée et en sueur, je me rallonge.

— M'sieur l'docteur, dis-je sur le ton le plus sérieux possible, je crois que je ne supporte plus ma pilule…

Il me gratifie d'un rire et d'un clin d'œil complices.

— Ça vous arrive souvent de prendre deux migrazines d'un coup ?

— Quand je vais très mal, oui. Je sais que je ne devrais pas...

— *Mmhhh,* la vie c'est risqué, mais, la prochaine fois que vous venez en prendre, soyez gentille : appelez-moi. Vous êtes vraiment arrivée au mauvais moment. Et moi, j'ai failli ne pas arriver au bon.

Mes yeux se remettent à accommoder à peu près. Le gauche voit toujours flou. J'ai perdu une lentille dans la bataille. *Merde. Je n'ai plus de paire de secours.*

Je me frotte la paupière. Ouf. Ma lentille s'est seulement déplacée. Chouette...

— Je suis restée dans les vapes combien de temps ?

— Une heure, dit-il en tamponnant doucement mon arcade sourcilière avant de se remettre à la suturer.

— Pourquoi est-ce que... Qu'est-ce qu'elle...

— Elle vous a dit qu'elle a été violée et vous avez voulu tout faire selon les règles médico-légales, c'est ça ?

— Oui.

— Elle n'a pas été violée. Elle voulait seulement que vous vous approchiez assez près d'elle pour avoir une raison de vous tuer, comme son mari.

— Elle a tué son mari ?

— Non, mais elle a essayé. Au début, il a pris ça pour un jeu érotique : ils venaient de se marier. Il est costaud, elle n'a pas réussi. Mais au bout de dix ou douze fois, elle a bien failli ; il a fini par comprendre qu'elle ne jouait pas et il a dû la faire hospitaliser.

— En psychiatrie ?

— Yep.

— Qu'est-ce qu'ils ont dit ?

— Rien. À l'hôpital, elle va très bien. Elle ne comprend pas pourquoi elle est là. Elle répète qu'il a essayé de la violer. Et bien sûr, qu'elle est une pauvre victime. Elle ne devient violente que lorsqu'un médecin s'approche à moins de vingt centimètres de son sexe. Ce qui explique, ajoute-t-il en se pliant de rire, que les psys n'y ont vu que du feu ! ! ! (Il s'essuie les yeux.) Quand son mari a essayé de leur expliquer ce qui se passait, ils ne l'ont pas cru. Pour eux, il s'agit d'une « relation sadomasochiste mal assumée par le conjoint ». Texto.

— Son mari est médecin ?

— Oui. C'était même *son* médecin. Il est tombé amoureux de sa patiente, il a quitté sa famille pour vivre avec elle et, deux mois après leur mariage, elle a commencé à essayer de le tuer. Toujours avec la même méthode.

— Pendant qu'il…

— Oui.

Je passe machinalement le dos de ma main sur mes lèvres.

— Alors, elle est folle à lier…

— Ce n'est plus un diagnostic répertorié, mais on peut dire ça, oui.

— Pourquoi est-ce qu'on la laisse en liberté ?

— En principe, elle ne l'est pas. La patiente de la chambre verrouillée, en bas, c'est elle.

— Mme X…

— Oui, dit-il en faisant son dernier nœud et en coupant le fil. Voilà, vous êtes toute neuve.

Tandis qu'il pose son porte-aiguille dans le plateau et retire ses gants, je me tourne sur le côté, et je sors les jambes de la table.

— Vous voulez absolument vous lever ?

— Oui. Il faut que je sorte d'ici.

Je reste assise au bord de la table, sans bouger, pour vérifier que le monde ne s'effondre pas autour de moi.

— Comment est-elle sortie de sa chambre ?

— Comme elle le fait toujours. En embobinant la personne qui veille sur elle. Aïcha était fatiguée, elle s'est laissée endormir et Germaine en a profité pour lui piquer ses clés et s'éclipser. Quand je vous ai trouvées enlacées, ça faisait trois quarts d'heure qu'on la cherchait dans tout l'hôpital. J'ai mis du temps à me dire qu'elle était peut-être ici, tout simplement. Elle passe son temps à me réclamer, et ça faisait près d'une semaine qu'elle ne m'avait pas vu.

Mon cou me fait mal.

— C'est de ma faute. Je n'aurais jamais dû venir ici ce matin.

Il tire sur sa barbe, secoue la tête, retire ses lunettes et se frotte les yeux.

— Non. Vous ne pouviez pas savoir. Vous ne l'aviez jamais vue, et on ne vous avait pas prévenue. Ce n'est pas la première fois qu'elle échappe à notre surveillance. J'aurais dû passer la voir avec vous, l'autre jour, et vous expliquer. Mais j'étais pressé, et… je ne vous faisais pas assez confiance, alors j'ai remis ça à plus tard. J'ai eu tort. Ça a failli vous coûter cher. C'est moi qui suis responsable de ce service, pas vous. C'est moi qui vous ai mise en danger.

Encore une fois, je suis surprise par le ton calme et posé sur lequel il fait son autocritique. Le même ton que lorsqu'il a entendu l'un de mes arguments et a semblé prendre conscience que j'avais peut-être raison. Il ne s'accuse pas, il fait une constatation. Et dans cette constatation il y a tout à la fois de la tristesse et de la perplexité. Mais ni culpabilité ni lamentation.

— Pourquoi est-elle dans la petite section ? dis-je en descendant de la table et en titubant vers l'armoire.

— Parce qu'il n'y a pas d'autre endroit où la mettre. Elle n'est pas psychotique, les neuroleptiques n'ont pas d'effet sur elle, sinon celui de l'assommer. Ça ne lui enlève pas ses pulsions homicides. Et quand elle n'est pas suffisamment réveillée pour étrangler son mari avec ses cuisses, elle arrive tout de même à ouvrir le gaz ou à mettre le feu aux rideaux.

— Il faudrait au moins qu'il divorce !

— Il ne veut pas.

— Il est aussi fou qu'elle !!!

— Il l'aime.

Je n'ai rien à répondre à ça. C'est absurde... et imparable.

— Je le connais depuis longtemps. Quand il m'a raconté ce qui lui arrivait, personne en dehors des psys n'était au courant, il avait trop honte. J'ai proposé de la voir. Il l'a amenée, nous a laissés en tête à tête. Elle m'a fait le même numéro qu'à vous, le mari qui la viole, le sexe douloureux, et tout ça. J'ai joué le jeu, jusqu'à ce qu'elle essaie de me tordre le cou, à moi aussi.

— Et comment avez-vous échappé... à ça...? dis-je en frissonnant.

— Quand on est prévenu, on évite de se jeter... dans la gueule du loup.

— Évidemment...

— J'avais une chambre vide, j'ai proposé de la garder ici. Personne ne pose de questions. Il vient la voir tous les jours. Il cherche désespérément à savoir s'il existe d'autres cas similaires, quels traitements on leur a fait prendre, et il les essaye sur elle. Jusqu'ici, rien n'a marché.

— Ça fait... combien de temps qu'elle est là ?

— Quatre ans.

Il soupire.

— Si la direction de l'hôpital avait la moindre idée de ce qu'elle fait ici, je pense qu'elle la mettrait dehors rapidement. Heureusement pour nous, personne ne s'intéresse à ce qui se passe dans la petite section. Pour l'administration, c'est comme si elle n'existait pas…

J'ôte ma blouse et je ramasse mon sac et mes clés.

— Où allez-vous comme ça ? demande-t-il, surpris.

— Je rentre chez moi.

— En voiture ?

— Non, à vélo.

— Je ne vous laisse pas partir dans cet état.

À ces mots, je sens que j'en ai assez. Les larmes me montent aux yeux.

— J'ai failli… crever entre les cuisses d'une folle… Je veux rentrer chez moi.

— Où est votre voiture ?

— Dans la rue. La batterie est à plat.

— Bon, alors elle peut rester là jusqu'à lundi. Je vous raccompagne.

Il enfile un manteau sur sa blouse et me pousse hors de la pièce.

Il conduit vite, et sa bagnole grince et vibre comme un vieux coucou. Je m'attends à ce qu'elle décolle à tout moment. Quand il me dépose devant chez moi, je dis :

— Vous connaissez mon adresse ?

— Je sais lire. Quand on vous a affectée chez moi, on m'a donné votre dossier.

Il sort quelque chose de sa poche. C'est la boîte de migrazine entamée.

— Ça vous évitera de revenir en chercher.

Il me regarde attentivement.

— Ça va ?

— Non, mais je vais me doucher pendant une heure, je vais me mettre au lit, et si vous ne faites jamais plus allusion à cette histoire, je pourrai m'imaginer que c'était une hallucination née de ma migraine.

— *Comme vous voudrez,* dit-il sur un ton étrangement familier.

Quand je me retrouve dans l'appartement, je laisse

tomber mon sac, je sème mes chaussures et mon imperméable, j'entre dans la salle de bains, puis dans la douche et je fais couler l'eau avant de me rendre compte que je suis encore habillée.

Et à ce moment-là, enfin, je me mets à pleurer.

COLLABORATION

Quand le téléphone me réveille, il est presque quinze heures. J'ai la bouche pâteuse, mais les effets secondaires de la migrazine ont disparu et le mal de tête n'est plus qu'un lointain souvenir. La séance de lutte gréco-romaine avec Germaine, en revanche…

— Atwood ! dis-je en décrochant.

— Ma chérie ! Enfin, j'arrive à vous joindre !

Mathilde… Une seule harpie dans la journée, ça m'aurait suffi.

— Vous n'avez pas oublié que nous avons une réunion de synthèse mardi ?

Oui, Galleau me l'a rappelé.

— Bien sûr… Tout sera prêt, je suis en train de bosser sur le dossier.

— Je n'en doute pas. Que faites-vous ce soir ?

— Euh… rien, que je sache.

— Je vous invite à dîner, pour qu'on bavarde un peu avant la réunion ?

— Je veux bien, mais pas trop loin… Le petit restaurant dans la forêt, la dernière fois, c'était délicieux, mais j'ai trop bu et au retour j'ai failli… Ah, mais, de toute manière, je n'ai pas de voiture, elle est restée à l'hôpital…

— Je passerai vous prendre en taxi. 19 h 30 ?

— D'accord… *Ça me laisse quatre heures pour potasser son dossier et avoir quelque chose à lui raconter.*

J'éteins le portable et je repousse la couette. J'ai chaud. J'ai dormi dans le *jogging suit* qu'il mettait quand allions courir ensemble, et qu'il me faisait enfiler lorsque je rentrais avec une fièvre de cheval avant de me faire chauffer un bol de soupe ou un grog. Je l'avais rangé avec mes fringues...

D'abord, je m'en veux de régresser ainsi ; et puis je hausse les épaules — *qu'est-ce que ça peut faire ? Je suis bien dedans* —, je vais me préparer un café.

*

Pendant que mon ordinateur s'allume, je bois mon café en essayant de ne pas me brûler, et je me remémore l'étrange relation qui me lie à Mathilde Mathis. Je la connais depuis presque quatre ans. J'étais interne de gynécologie depuis peu, elle était visiteuse des produits gynécologiques de WOPharma sur le secteur, elle attirait tous les regards sur son passage et, à la maternité, j'étais le seul médecin qui ne cherchait pas à coucher avec elle. Elle ne souffrait pas trop de ce harcèlement, et je la soupçonne d'avoir fait goûter plusieurs internes et chefs des deux sexes à ses échantillons personnels. Ce n'étaient pas mes affaires, mais je me suis immédiatement méfiée d'elle. Pendant plusieurs mois, je l'ai soigneusement évitée. Un jour, elle est entrée dans le bureau des internes et m'a tendu une boîte cartonnée.

— Notre maison d'édition américaine vient de le publier. J'ai pensé que ça vous intéresserait.

C'était un précis de chirurgie gynécologique, magnifiquement illustré et contenant les articles les plus récents rédigés par les meilleurs spécialistes du domaine.

— Il y a un très grand chapitre sur la chirurgie plastique, dit-elle sur le ton de quelqu'un qui vous invite à l'accompagner en croisière.

— Qui vous a dit…

— Que vous vouliez vous spécialiser ? Tout le monde le sait, ici. Plusieurs de vos collègues n'arrêtent pas de faire des blagues graveleuses à ce sujet, d'ailleurs.

— Je m'en doute, ai-je dit avec colère. Il y a beaucoup de cons dans ce service de gynécologie.

Elle a éclaté de rire à ma remarque. J'ai mis un moment à comprendre mon jeu de mots involontaire et puis je me suis mise à rire moi aussi. À partir de ce jour-là, nous sommes devenues… un peu plus proches. J'étais heureuse que quelqu'un prenne enfin ma sous-spécialité au sérieux, et si la première qui le faisait était une visiteuse de labo, ça en disait long sur l'obscurantisme du milieu.

Pendant les années qui ont suivi, j'ai vu Mathilde régulièrement, deux ou trois fois par trimestre. Elle passait dans le service, m'invitait à prendre un café ou à partager un repas, m'apportait des articles, des documents, des livres fraîchement publiés consacrés à la chirurgie des organes génitaux. Puis vinrent les invitations à des colloques, d'abord en Europe. Ensuite dans des pays plus lointains — le Canada, la Thaïlande, le Japon. Pendant mon stage en chirurgie plastique, elle a non seulement suggéré au patron, Girard, de me choisir pour l'accompagner à un grand congrès international en Australie, mais aussi de me laisser faire une communication concernant deux jeunes femmes africaines dont j'avais réparé les excisions. Le fait que WOPharma prenne en charge tous nos frais avait, évidemment, achevé de le convaincre. De mon côté, j'étais très satisfaite de battre des internes plus âgés — tous des mecs — au poteau, et extrêmement fière de pouvoir présenter mon travail à une audience venue du monde entier. En échange, j'ai toujours répondu à l'appel quand Mathilde avait besoin de moi pour animer des séances de formation continue destinées aux médecins généralistes de la région. Je lui ai précisé d'emblée que je ne parlerais pas des produits de son labo. Elle m'a dit qu'il n'en était pas question : c'était son affaire, pas la mienne. Elle tenait à ce que je sois aussi objective et libre que possible.

Mais curieusement, jamais elle ne m'avait interrogée sur ma « vocation » jusqu'au soir de décembre, l'année dernière, où elle m'emmena dîner dans un restaurant très coté, en pleine forêt domaniale de Tourmens. Assise devant mon cuissot de chevreuil (j'ai toujours eu un faible pour la barbaque et, comme je ne prends jamais un gramme, je me fous des calories) et un verre de margaux à la main, j'ai compris que Mathilde n'avait pas choisi le lieu ou le moment par hasard. Quelques jours plus tôt, je lui avais annoncé que j'allais briguer — et probablement décrocher, je rêvais encore au Père Noël, à l'époque — le poste de chef de clinique en gynéco à Brennes, à la rentrée suivante. J'allais enfin pouvoir me spécialiser en chirurgie réparatrice des organes génitaux.

— Justement, puisque vous en parlez, je me suis toujours demandé… Pourquoi cette spécialité ? a murmuré Mathilde, sans le voyeurisme que je lisais habituellement dans les yeux de mes interlocuteurs.

*

Quand elle m'a posé cette question, je n'avais pas encore mis au point la formule toute faite que Karma n'a pas voulu entendre hier, mais je venais d'être appelée par une copine interne en pédiatrie, qui voulait un avis chirurgical au sujet de deux nouveau-nés. Le premier, un garçon, était né avec un micropénis, le second, une fille, n'avait pas de vagin. Leurs parents étaient bouleversés et très inquiets, certains leur avaient déjà parlé de chirurgie réparatrice, et la naissance quasi simultanée des deux enfants avait tendance à faire monter la mayonnaise.

L'interne m'avait appelée car — en partie grâce au soutien de Mathilde — ma réputation avait grandi au CHU et j'étais la seule qui, apparemment, n'avait pas peur d'aborder le sujet ouvertement avec les parents, sans me cacher derrière des réunions de staff ou de pseudo-comité d'éthique. Après avoir discuté avec l'interne, je venais de dire aux parents, à qui j'avais proposé de leur parler ensemble, car ils se connaissaient et en parlaient sans arrêt :

— La plupart des chirurgiens vous diront d'opérer. Les chirurgiens sont faits pour ça, et d'abord pour ça. Est-ce que c'est l'intérêt de votre enfant ? Je ne crois pas. D'abord parce que pour l'heure, le pénis de votre garçon n'a pas besoin de faire vingt centimètres de long, il lui sert essentiellement à uriner, sa sensibilité me semble parfaitement normale (il avait des érections au moindre contact, comme tout garçon nouveau-né). Sa croissance n'est pas terminée, et de loin, et la taille définitive de son pénis, il la connaîtra à l'âge adulte. Beaucoup d'hommes qui ont un pénis de petite taille ont une sexualité satisfaisante et peuvent avoir des enfants. Mais s'il désire se faire opérer, il pourra le faire. Quant à votre petite fille, l'écho montre qu'elle a un utérus, et qu'elle aura donc des règles, mais pas avant d'avoir atteint la puberté, c'est-à-dire — même si elle est très précoce — probablement pas avant l'âge de huit ou neuf ans. D'ici là, les techniques de chirurgie plastique auront évolué. Aujourd'hui, pour l'un comme pour l'autre, un geste chirurgical serait purement cosmétique, et pourrait avoir des conséquences dramatiques pour eux, en termes de perte de sensibilité, de cicatrisation problématique, et j'en passe. Il vous faut du temps pour digérer ce qui vous arrive. Il va vous en falloir aussi pour en apprendre plus sur les variantes anatomiques des organes sexuels comme celles que présentent vos enfants. Prenez votre temps, rien ne presse, regardez-les grandir et entourez-les. C'est cela le plus urgent. Pas la chirurgie.

J'avais dit tout ça simplement, sans avoir besoin de réfléchir beaucoup, car c'était la seule réponse qui me paraissait sensée. (Je n'avais pas ajouté, mais je le pensais très fort, qu'il y avait chez beaucoup de chirurgiens un puissant désir de se prendre pour Dieu, et cela, encore plus chez les chirurgiens plasticiens que chez les autres. Je me rappelais parfaitement avoir entendu à la radio le coordinateur d'une des premières greffes de bras dire qu'il « pourrait même greffer une paire de couilles » ; ce commentaire m'avait mise en fureur et convaincue, s'il en était besoin, que ce genre de type devait être si possible écarté de la profession.) Les parents m'avaient écoutée et s'étaient, je crois, sentis d'autant plus rassurés que j'étais une femme. Ils avaient peut-être le sentiment que ça me conférait une plus grande sensibilité sur le sujet. Bien sûr, ça n'avait pas grand-chose à voir avec mon sexe chromosomique, mais je ne les avais pas détrompés. Cependant, ça m'avait fait réfléchir sur l'influence et le pouvoir démesurés que je pouvais, en tant que chirurgien, exercer auprès de parents désemparés — en les poussant à accepter une intervention en urgence ou, au contraire, en les rassurant, en leur assurant qu'ils pouvaient attendre.

*

Quand Mathilde Mathis m'a posé *la* question, j'ai donc répondu :

— Je crois qu'avant de toucher au corps d'un individu, il faut mûrement réfléchir aux conséquences, mais malheureusement, trop de chirurgiens coupent d'abord et réfléchissent ensuite.

— C'est vrai pour tous les actes chirurgicaux, non ?

— Oui, mais les conséquences d'une appendicectomie superflue sont moins lourdes que celles d'un néovagin chez un nourrisson. Selon les critères, on estime que la fréquence des nouveau-nés ayant des organes génitaux « non conformes aux canons » se situe entre un pour mille et deux pour cent... sans que ça menace leur vie dans l'immédiat. Mais beaucoup trop de pédiatres et de chirurgiens sont pressés de « normaliser » la situation sans consulter les premiers intéressés.

— On ne peut tout de même pas demander l'avis d'un nourrisson...

— Non, mais on peut informer les parents sans leur mettre le scalpel sous la gorge et leur dire qu'il est possible d'attendre que leur enfant soit assez grand pour *exprimer* un avis. Il ne restera pas nourrisson éternellement. On n'exige pas des enfants prépubères qu'ils expriment ce que seront leurs préférences sexuelles. Alors, de la même manière, je pense qu'il n'est pas scandaleux d'attendre la puberté pour laisser les enfants intersexués exprimer ce qu'ils veulent faire de leur corps.

Mathilde a hoché la tête d'un air pensif, puis elle a dit :

— Et s'il était possible de... disons « harmoniser » les organes génitaux d'un nouveau-né intersexué dès la naissance, à l'aide d'une technique non chirurgicale ?

Elle savait ce qu'elle faisait. Cet *Et si... ?* attira immédiatement mon attention.

— Ça pourrait être un progrès immense, mais je ne vois pas comment...

— WOPharma a mis au point une méthode hormonale de stimulation cellulaire qui permet de produire du tissu génital à partir des cellules-souches d'un donneur...

— Je croyais que la culture des cellules-souches était interdite ?

— Elle l'est en France. Mais nous avons des laboratoires de recherche partout dans le monde...

— Ça ne vous permet pas d'utiliser la technique en France.

— Non, mais un de nos voisins ne l'interdit pas...

— Vous voulez dire que cette technique a *déjà* été expérimentée sur des nouveau-nés ?

Mathilde connaît son métier. Elle a reposé son verre en balbutiant qu'elle en avait déjà trop dit, qu'elle allait manquer à son obligation de confidentialité, que si quiconque avait vent de ce qu'elle venait de me dire, son boulot serait probablement menacé, qu'elle me faisait confiance, bien entendu, mais qu'elle préférait en rester là. Est-ce que je comprenais ? Bien entendu, je comprenais, et bien entendu, son inquiétude m'a mise immédiatement en mode culpabilité et j'ai fait tout mon possible pour la rassurer sur mon silence.

Au retour, à l'arrière du taxi, tandis qu'elle laissait sa tête reposer contre le sommet de la banquette, elle a murmuré :

— Est-ce que ça vous intéresserait de participer à l'étude dont je vous ai parlé ?

Je me suis tournée vers elle.

— Bien sûr, mais à quel titre ? Je ne peux pas encore exercer hors de France...

— Pour le moment, il ne s'agirait pas d'exercer, mais de participer à l'analyse des données recueillies au cours d'un essai. Si les résultats sont concluants, WOPharma déposera toutes les demandes d'autorisation nécessaires pour utiliser cette technique en France. Ça demandera au moins deux ou trois ans, mais d'ici là...

— Oui, j'aurai fini mon clinicat. Je serai sur la liste de nomination des praticiens hospitaliers.

— Ou sur celle des agrégés...

— Ça, j'en doute, ai-je répondu en secouant la tête. Les places sont très chères, il faut être le chouchou ou le joujou d'un patron. Et je n'ai pas ce profil-là.

Affalée sur la banquette du taxi, Mathilde a rempli deux coupes de champagne imaginaires, elle m'en a tendu une et, en levant la sienne, elle m'a lancé un regard plein de promesses.

— Quand il est bien conseillé, un patron ne laisse jamais passer une collaboratrice de talent...

Quelques jours plus tard, elle me donnait rendez-vous à son bureau et me présentait à son patron, le directeur médical de WOPharma pour la région Centre-Ouest. Le cadre, un homme grand, sec, chauve — dont le physique me faisait irrésistiblement penser à un tueur russe dans un mauvais film d'espionnage mais qui parlait avec un fort accent du Midi — me proposait officiellement une mission ponctuelle d'experte indépendante, et l'analyse de l'essai clinique qui venait de s'achever. Il m'a tendu un contrat en bonne et due forme, incluant une clause de confidentialité draconienne, accompagné d'un très gros chèque.

— Ce n'est que le premier versement. Mlle Mathis vous remettra le deuxième, du même montant, lorsque vous nous présenterez vos conclusions, en février prochain. Un troisième, égal à la somme des deux premiers, vous sera remis à l'acceptation du rapport d'expertise, en juin.

Je n'avais jamais vu — et encore moins reçu — autant d'argent en une fois, mais je n'avais aucune idée de ce que je pourrais en faire. Ce n'était pas le chèque qui m'intéressait. C'était l'idée d'acquérir, en quelques années, une technique réparatrice qui me permettrait d'exercer mon métier comme je l'avais toujours rêvé.

Au moment de signer, j'ai levé la tête, comme pour chercher l'assentiment d'un aîné. Assise dans le bureau voisin, les yeux fixés sur moi à travers la cloison vitrée, Mathilde souriait.

RAPPORT

La clé USB que m'a confiée Mathilde il y a quelques semaines ne porte pas le sigle de WOPharma, comme celles que je l'ai vue distribuer par poignées à tous les internes de l'hôpital.

— Ce ne serait pas très malin, m'a-t-elle répondu quand je lui en ai fait la remarque, ni très discret. Celle-ci contient des données confidentielles, je ne voudrais pas que n'importe qui tombe dessus.

— Et vous me la confiez ?

— Bien sûr, a-t-elle répondu de la voix chaude dont j'ai déjà lu les effets dans les yeux — et sous la ceinture — des médecins sagement assis dans les salles de staff, les jours où elle venait présenter ses produits. Bien sûr, que je vous la confie. Et voici le mot de passe, a-t-elle ajouté en s'approchant de moi pour le murmurer à mon oreille.

— Vous avez vraiment toute confiance en moi.

— Pas vraiment, ma chérie, mais vous avez signé une clause de confidentialité...

Salope.

Je frissonne, ou plutôt je m'ébroue pour chasser le souvenir de cette voix, et je me concentre sur mon écran.

La clé USB contient les dossiers d'une centaine de cas recrutés sur l'ensemble du territoire français, mais traités dans un pays d'Europe qui n'est pas nommé. Les critères de sélection étaient très précis :

des nouveau-nés porteurs d'une variante anatomique des organes génitaux externes, susceptible d'entraîner une gêne sexuelle ou des difficultés reproductives à la puberté ou à l'âge adulte, ont été systématiquement identifiés, dès leur naissance, dans les maternités participantes. Seules les variantes externes bénignes étaient concernées : anomalies des grandes lèvres, agénésie scrotale, micropénis, etc. Les enfants présentant des anomalies plus profondes, chromosomiques (XXY, XO, XYY) ou anatomiques (agénésie vaginale, pseudo-hermaphrodisme manifeste) n'étaient pas inclus dans l'essai.

Et les autres ? Les enfants qui naissent avec tout ce qu'il faut, là où il faut, mais pas tout à fait comme tout le monde ?

Quelques heures après la naissance, les parents s'étaient vu offrir non seulement un soutien psychologique — conformément aux recommandations des consensus médicaux depuis le rapport de la Commission des droits de la personne de San Francisco, en 2004 — mais aussi une information complète sur l'état de leur enfant, les options thérapeutiques disponibles, le but de l'essai, la nature de la méthode étudiée et son mode de déroulement. Ceux des parents qui consentaient à l'inclusion de leur enfant dans l'essai avaient signé un document de consentement éclairé. Une fois le sexe chromosomique de l'enfant confirmé par examen de son ADN, des cellules-souches, prélevées dans sa moelle osseuse, avaient été mises en culture sur le milieu spécial mis au point par la filiale génie génétique de WOPharma. Le bilan anatomique de leurs anomalies avait donné lieu à une simulation informatique en 3D des structures à reconstruire. À partir de cette simulation, un autre département du labo avait élaboré des prothèses synthétiques qui serviraient de « tuteur » aux cellules mises en culture. Quelques semaines plus tard, le néotissu constitué à partir des cellules de l'enfant était greffé sur le ou les organes malformés. L'essai visait, en principe, à montrer que la greffe aboutissait, au bout de quelques mois, au développement d'organes sexuels anatomiquement proches de la « normale ». *Ou de ce qui est communément considéré comme tel.*

Si tel était le cas, la méthode constituerait un progrès médical majeur, pas seulement pour les personnes intersexuées mais aussi pour tous les patients nécessitant une chirurgie réparatrice : les blessés, les brûlés, les malades défigurés par une tumeur…

*

Le travail que m'a confié Mathilde consiste à synthétiser les résultats des interventions pratiquées au cours des cinq années écoulées.

Elle ne m'a pas demandé de juger de la qualité de l'essai ou des protocoles, mais simplement de synthétiser les observations que les chirurgiens ont remises au labo.

Dans chaque dossier, le fichier « Observations/Conclusions » occupe au plus un ou deux feuillets. La clause de confidentialité spécifie clairement que je ne peux, sous aucun prétexte, *effectuer des copies imprimées ou numériques, totales ou partielles* des documents qui me sont remis. Mais ouvrir et travailler sur une centaine de fichiers en même temps, ça va être galère.

Je réfléchis deux secondes, puis je décide de faire un copié-collé du contenu de toutes les observations. Malheureusement, ça ne marche pas. Apparemment, la clé est si bien protégée que je ne peux rien en extraire. C'est malin, ça ! Pour rédiger un rapport écrit, c'est pas pratique.

À moins que… Oui. Le système de sécurité m'autorise à créer un fichier supplémentaire à *l'intérieur* de la clé et je peux y copier ce que je veux. C'est dans ce document que je vais rédiger mon rapport, en un seul exemplaire. Pour le remettre à Mathilde, je devrai bien sûr lui rendre sa clé. Je peux toujours prendre des notes à part, sur mon ordinateur, bien sûr, mais je ne pourrai conserver aucun document original de l'essai. Plus protégé que ça…

Je hausse les épaules. On ne peut pas vraiment reprocher à un labo de se protéger contre l'espionnage industriel. De toute manière, la paranoïa sécuritaire de Mathilde Mathis et de son employeur m'indiffère. Ce qui m'intéresse, c'est de savoir si cette technique de greffe est efficace.

*

Deux heures plus tard, je m'arrache à ma lecture avec un sentiment mêlé de perplexité et de frustration.

Les conclusions des chirurgiens portent essentiellement sur la tolérance des patients à la greffe, l'absence de complications et la bonne vitalité des greffons pendant les douze mois suivant l'intervention. Un point c'est tout. Je ne vois nulle part la moindre comparaison entre cette nouvelle technique et les techniques utilisées auparavant. Pour les patients les plus anciens (certains ont été opérés il y a sept ans) il n'y a pas de suivi indiquant si les tissus greffés se sont développés harmonieusement avec les autres. De même, aucun parent n'a été interrogé sur le confort de l'enfant. Bref, tout ce que je suis parvenue à tirer d'un bon tiers des cent observations, c'est que la technique mise au point par WOPharma est — apparemment — sans danger pour les nourrissons dans l'année qui suit l'intervention. Mais sur son *efficacité*, rien.

Évidemment, il va falloir que j'étudie tous les

dossiers, mais je doute que le reste de ma lecture m'apporte des surprises.

Énervée et déçue, je me lève, je referme l'ordinateur et je vais me faire un café.

Il est presque 17 h 30. Je ne devrais pas boire du café à cette heure-ci, je vais être encore debout à 3 heures du mat, mais je m'en fous. J'ai été tellement sonnée toute la matinée que l'idée de me survolter un peu a quelque chose de rassurant.

Quand je reviens au salon, je vois une diode clignoter. Mon ordinateur ne s'est pas éteint. Il s'est seulement mis en veille.

Je relève l'écran. Plusieurs messages instantanés se sont affichés successivement au cours des minutes écoulées.

FK77 : Vous êtes disponible ?

FK77 : Si vous vous en sentez le courage, je voulais vous proposer de répondre aux questions en ligne des internautes, au sujet de la contraception, entre 20 et 22 heures. Faites-moi signe si vous recevez ce message. Si vous n'êtes pas en forme, dites-le-moi.

FK77 : Bon, j'imagine que vous devez dormir. Reposez-vous bien.

FK77 : À bientôt.

Je me mets au clavier et je tape :

Djinn@Wood : Vous êtes encore là ?

Quelques secondes plus tard, il me répond :

FK77 : Ah, vous tenez encore debout ?

Djinn@Wood : Oui. J'ai dormi, ça va mieux.

FK77 : Vous pouvez prendre le relais pendant une heure ou deux ? C'est moi qui dois m'y coller toute la soirée et une partie de la nuit, et là, j'ai une urgence, j'aimerais pouvoir m'absenter pendant deux petites heures.

Je réfléchis un instant.

Djinn@Wood : Pourquoi pas ? Je n'ai rien de prévu et je n'ai pas envie de sortir ce soir.

Et ce sera peut-être intéressant, qui sait ?

FK77 : Merci, ça me rend vraiment service.

Il m'explique rapidement ce qu'il attend de moi (répondre aux questions le plus simplement possible) et comment me connecter sur le forum.

FK77 : Je vous conseille d'aller sur le site www.lecorpsdesfemmes.com et de lire les questions-réponses déjà postées, pour vous imprégner du ton général des réponses.

Djinn@Wood : O.K.

FK77 : Si vous avez des difficultés à répondre, temporisez. Conseillez-leur d'aller consulter. Ou mettez-moi le message de côté, je répondrai plus tard. Je vous ferai signe dès mon retour.

Djinn@Wood : O.K. Vous pouvez compter sur moi.

FK77 : Je sais. Merci.

D'un seul coup, j'ai très chaud. Je me lève pour ouvrir la fenêtre et je me penche au balcon. Il fait bon, même s'il fait déjà presque nuit. Je laisse la fenêtre ouverte, je retourne prendre l'ordinateur, je m'installe sur le canapé et, mon café à la main, je me connecte au site.

ARTICLES

Le site ressemble à un petit journal. De part et d'autre du titre en fronton (*Le corps des femmes* — un site interactif) sont affichées deux photos. À gauche, plus chevelu et plus barbu encore qu'aujourd'hui, Franz Karma brandit un stéthoscope et un sourire méphistophélique. À droite, un homme d'une trentaine d'années, imberbe, aux cheveux courts et portant des lunettes rondes, sourit à l'objectif. Si le portrait de Karma est sarcastique et provocateur, il y a quelque chose de tendre dans le sourire de l'autre homme, une tendresse tournée vers la personne qui tient l'objectif.

Sur la page d'accueil du site, la colonne de gauche contient les habituels liens d'usage, empilés de manière plus ou moins logique.

→ **Qui sommes-nous ?**
→ **Politique du *Corps des femmes* (à lire avant de nous écrire)**
→ **Nous écrire**
→ **Mentions légales**
etc.

La zone principale, qui occupe les trois quarts de la page, comprend plusieurs grandes rubriques sous lesquelles s'empilent les titres d'articles :

Contraception et gynécologie

Pilule, patch et anneau vaginal | Les règles, le cycle, la fécondité | DIU («stérilet») | Implant progestatif | Contraception : questions/réponses | Préservatifs et contraception d'urgence | Cancer du col et vaccination anti-HPV |

La pilule : comment la prendre ? Que faire quand on l'oublie ? (version mise à jour) — par Bruno Sachs et Franz Karma

Tout ce que vous avez toujours voulu savoir sur le DIU («stérilet») au cuivre — par Olivier Manceau et Franz Karma

Ai-je le droit de me faire stériliser ? — par Bruno Sachs

Contraception progestative : pilule, implant ou DIU ? — par Franz Karma

Autres articles…

Violences médicales contre les femmes

Rappel de la loi | Les obligations des médecins en matière de respect du patient | Définition du viol et des violences exercées par une figure d'autorité |

Les avortements provoqués par l'incompétence médicale — par Franz Karma (à propos de huit témoignages)

Les violences pendant l'accouchement — par Olivier Manceau, Jacky Collineau et Franz Karma (à propos de dix témoignages)

Les examens gynécologiques imposés — par Salomé Viviana et Marc Zaffran (en réponse à des questions d'internautes)

Stérilisation illégale des femmes handicapées dans le Sud-Ouest au cours des années 80-90 — par Salomé Viviana

Autres articles…

Tous les sexes sont dans la nature

Changer de sexe — un livre d'Alexandra Augst-Merelle & Stéphanie Nicot

Manifeste des intersexué(e)s de la ville de Tourmens — collectif

La chirurgie imposée des nourrissons intersexués : une mutilation semblable aux excisions rituelles — par Emma Markson (généraliste, Tourmens)

La sexualité, pas la plomberie ! — par André Solal (professeur de sexologie, Tourmens)

Autres articles…

La médecine, les patients, les soignants

Comment soigner son médecin — une fantaisie d'Olivier Manceau, Bruno Sachs et Franz Karma (1983)

L'école des soignants : premières conférences — par Bruno Sachs (Montréal)

Confiance et secret dans la relation de soin — par Christophe Bloom (professeur de médecine interne et d'éthique, Tourmens)

En relisant le « serment d'Hippocrate » — par Basile Grey (généraliste, Tourmens)

Autres articles…

Soignants en formation, soignants en souffrance

La caste hospitalo-universitaire française est l'ennemie du système de santé — Christophe Bloom, Bruno Sachs, André Solal (Tourmens)

Les femmes et la médecine de famille — Sandrine Thérie (médecin de famille, Montréal)

L'exercice médical en France : l'emprise de l'industrie — par Christian Lehmann (médecin et écrivain)

Les infirmières françaises doivent se révolter — par Andrée Duplantie (bioéthicienne, Montréal)

Autres articles…

Contributions et opinions

Être femme sans être mère — par Mona Chollet

Ai-je le droit d'aimer le sexe sans être traitée de nymphomane ? — par Aline K.

La cruche et la battante : étude comparée des figures de femmes dans les téléfictions françaises et américaines — par Violette Moriarty

Le paon et la conne — une nouvelle de Marcia Franks

Autres articles…

Partager le savoir

Les règles, à quoi ça sert ?

PMA : mode d'emploi et pièges à éviter

L'endométriose : autodiagnostic, traitement… et prévention des agressions gynécologiques injustifiées

Le clonage : réalités, mythes et fantasmes

Autres articles…

Annuaires et ressources

Praticiens français agréés par l'Association nationale des femmes pour le libre choix de la contraception (ANFLCC)

Chirurgiens agréés par la Ligue française des personnes transgenre et des personnes intersexuées

Maternités et obstétriciens ayant signé la charte de l'accouchement coopératif

Annuaire des sages-femmes pratiquant des accouchements à domicile

Autres annuaires…

Je résiste au désir de lire tout de suite une demi-douzaine d'articles et je clique sur la zone :

FORUM questions / réponses

POLYPHONIE

Partage ce que tu sais ; elles te le rendront au centuple.

Bonjour

Je vous écris car je suis un peu en panique. Voilà, j'ai arrêté la pilule y'a un mois et trois semaines (ns sommes le 20 février) et toujours pas de règles. Le dernier rapport que j'ai eu était le 30 décembre protégé et sous pillule. J'ai quand même fait deux tests de grossesse qui sont négatifs quand j'ai pas vu arriver mes règles y'a trois semaines. Pourtant je les ai eue durant le mois de décembre ; j'étais alors encore sous pilule, donc je pouvais pas être enceinte mais j'ai fait les tests de grossesse quand même pour être sûre car je panique beaucoup sur toute la contraception. J'ai presque 20 ans (dans deux mois) et j'ai pris la pilule durant trois ans. Mais on me dit d'attendre trois semaines pour un rdv chez le gynéco. Donc j'aimerais une réponse sérieuse qu'est-ce qui se passe pourquoi j'ai pas mes règles ? quand peuvent-elles revenir ? comment faire si on veux reprendre la pilule et que les règles viennent pas ? comment faire en cas de rapport sexuel si on veut une protection en plus du préservatif ?

*

Bonjour,

J'ai 21 ans et je prenais la pilule Amourett depuis 5 ans sans souci particulier. Pour réduire mes migraines, ma gynéco m'a prescrit Minibaise. Il est vrai que je n'ai plus de migraines, en revanche, j'ai pris 1 kilo et demi en un mois et j'ai les seins douloureux. Dois-je abandonner la Minibaise et reprendre l'Amourett ?

*

Bonjour,

J'ai 10 ans 1/2 et avec mes pertes j'ai un tout petit peu de sang. Est-ce des règles ?

*

Bjr

J'ai eu un rapport sexuel non protégé avec mon copin le 21 Déc passé c'etait le dernier jour de mes régles, j'ai pris la pilule du lendemain je me souviens pas exactement mais de 24 h à 36 h. J'ai eu des seignements abondantes pendant 6 jours exactement le 29 Déc (une semaine après avoir pas pris reprendre la pilule) et depuis je n'ai pas eu mes régles voici mes questions :

le seignement que j'ai eu est il considérré comme des régles ?

a partir de quel date je dois attendre mes règles ? mon premier sycle ou je commence à calculer à partir des seignements; que j'ai eu après avoir prendre la pilule

aidez moi s'il vous plait j'ai peur d'etre enseinte je peux pas avoir un bébé sans etre marriée je suis musulmane

J'ai vraiment peur aidez moi svp

*

Franchement je vous dis j'ai déjà vu beaucoup de docteurs mais j'ai l'impression qu'ils ne me comprennent pas du tout ! j'ai 19 ans. J'ai eu un gosse à 17 ans, un garçon. à cause de mes rapports sexuels pas trop fréquents j'ai adopté la pillule du lendemain comme contraception mais elle m'a bien eue cette méthode, parce que je suis tombé enceinte et il n'y avait rien à faire. J'ai du faire une IVG chirurgical à 7semaines4jours de grossesse. Oui le cauchemar pour moi est terminé parce que j'ai retrouvé mes règles avec simultanément des brefs petits saignements brunatres mais... ca va quand mème. Une chose est claire pour moi je ne veux pour rien au monde tombé encore enceinte pendant une durée minimale de 2 ans (en plus j'avais accouché par césarienne et ils ont dit d'attendre 3 ans au moins avant de pouvoir accoucher par le vagin et ça aussi c'est important pour moi !). Je n'ai pas de rapports très fréquents (1 ou 2 fois par semaine) mon partenaire_pas le père de mon enfant_ que j'aime très sincèrement n'apprécie pas le préservatif (moi non plus d'ailleurs parceque j'aime les sensations intenses), la pillule m'avait bien déçu aussi quand j'avais 15 ans parce qu'elle donne les pertes blanches que je ne supporte pas et surtout elle baisse la libido auquel moi je tiens beaucoup ; la pillule du lendemain, elle alors m'a trop décu ; et les gynécos que j'ai vu me parlent de stérilet (ma mère aussi) ou de spermicides. J'apprécie pas les spermicides parce qu'ils sont liés à une mise en place préalable alors que moi j'ai souvent aussi des rapports imprévisibles. Et ce que je trouve très décevant chez le stérilet c'est qu'il peut provoquer une infection des trompes et je ne veux surtout pas etre victime de stérilité à mon age même si j'ai déjà un gosse, j'envisage de biens d'autres pour l'avenir ; et je ne supporte pas aussi les saignements abondants et les crampes, ça me fait plutot peur. Dites moi franchement qu'est-ce-que je dois faire ? ma mère me parle de stérilet c'est normale, elle est vieille ! les gynécos me proposent donc les spermicides, mais je vous ai dit, je leur ai dit aussi ça ne me convient pas ! mais j'ai l'impression que maintenant je suis livré à moi même ! Aidez moi je vous en supplie ! ! vous imaginez à mon age comment j'aimerais finir au moins mes études supérieures avant de retomber dans le trou de la grossesse ! Alors pensez y. Je me sens vraiment toute seule et confuse...

*

Rare pour moi de prendre des contraceptions mais j'ai fais 4 avortement. Aujourd'hui j'ai 45 ans et je souhaite avoir un garçon car j'ai deux filles. Je commence à avoir de la chaleur souvent et pendant la nuit mais pas trop fortement. Mon libido n'a pas diminué et je ne suis pas sèche pendant le rapport. Que faut-il faire ? J'attends le retour des règles pour voir ma gynéco. Je suis inquiète de ma possibilité de pouvoir fait un garçon.

*

Cher Docteur Karma,

Avant tout merci pour ce site, que je consulte régulièrement, merci de répondre à toutes nos questions, car je pense que vraiment il y a un décalage important entre les attentes des patientes et la façon dont les gynécologues soignent les femmes. Je suis une jeune femme de 28 ans, je me suis faite traitée il y a 6 mois par laser pour enlever des condylomes sur le col utérin suite à une infection par le HPV. Je suis très inquiète car en me renseignant sur internet, sur certains sites il semblerait qu'on retrouve ce virus dans d'autres types de cancer comme celui du poumon ou de la peau. Quand j'ai posé la question à ma gynécologue, elle m'a dit que cela ne pouvait induire qu'un cancer de l'utérus ou de la vulve sans rien m'expliquer d'autre. Je ne sais plus quoi penser et je suis très très inquiète, j'ai très peur de me retrouver avec un cancer du poumon dans dix ans et souvent cela m'empêche de dormir.

*

Bonjour j'ai deux enfants, à la suite d'un rapport le préservatif à craquer, j'ai pris la pillule du lendemain dans l'heure qui à suivi c'était donc hier depuis je n'ai aucun effet secondaire est-ce normal, et peut-être une question bête la pillule du lendemain fait elle grossir merci de me répondre.

*

Je suis anceinte pendant les premières semaines. Je veux faire un avortement sans aller à la clinique. Quels sont le médicament que je peux prendre et est-ce que les pillules ont un effet sur mon état maintenant ?

*

JE SUIS PANIQUE DE DEVENIR STERILE A CAUSE DE LA PILULE DU LENDEMAIN QUE J'AI PRIS 4 FOIS MERCI D ME REPONDRE JE SUIS EN DETRESSE

*

Je ne prends pas de contraceptif (cycles naturels) et je me marie bientôt, j'aimerais savoir s'il existe un médicament (hormones…), autre que la pilule, que je pourrais prendre pour éviter d'avoir mes règles ce jour-là… Sinon, ce n'est pas dramatique, je la prendrai pendant un mois seulement, le mois qui précède le mariage ; mais étant donné que la suite logique de cette union est d'avoir un bébé, ce serait un peu bête !

*

Bonjours je prends la pilule depuis l'âge de mes onze ans (maintenant j'ai 25 ans) car je n'avais pas mes règles régulière j'ai mis trois pour avoir mon fils qui a cinq mois et j'ai recommencé la pilule cela fait 3 mois le premier mois tout s'est bien passé le deuxième mois j'ai oublier la pilule pendant 1 semaines donc j'ai eu un retard de règle mais la ce mois si je l'ai bien pris mais j'ai mes règle en pleine pilule je l'ai est eu a la 8 éme pilule et cela son très abondante et j'ai du l'arrêter car j'avais mal dans le bas du ventre et cela fait plus d'une semaine que j'ai des grosse perte de sang mais je ne peu pas être enceinte quand même la j'ai peur pourriez vous me dire si s'est normal ou pas et que dois je faire merci d'avance Samantha 25 ans et un bébé de 5 mois

*

Chers Bruno, Olivier et Franz

Cela fait quelque temps que je lis votre site web et je vous écris aujourd'hui pour apporter mon témoignage concernant ma rencontre avec une dermatologue très particulière.

Je suis allée la consulter car depuis quelques semaines, j'ai des boutons sur les joues : j'ai pensé que c'était également lié au stress à mon travail, mais j'ai décidé de consulter un dermatologue pour avoir un produit adapté à ma peau.

Comme je n'en avais pas consulté depuis que j'habite à Tourmens, je l'ai choisi au hasard dans les pages jaunes. Ce qui s'est avéré être une très mauvaise idée, et dorénavant j'essayerai toujours de trouver un médecin par bouche à oreille...

Quand j'arrive au rendez-vous, j'assiste à une scène curieuse dans la salle d'attente. Il n'y a pas d'autre patient, mais deux dames représentantes de 2 laboratoires différents, qui se sont rencontrées par hasard dans la salle d'attente. Leur discussion me rappelle fortement ce que vous dénoncez sur la pression des fabricants de médicaments sur les médecins. « Tu as combien de dermatologues dans ton parc ? — 250, et toi ? — Moi j'en ai 400 ! Et j'ai 6 gammes de produits à leur présenter en 20 minutes ! — Ah ? Nous on se concentre sur nos 2 gammes phares... » L'une d'entre elles passe avant moi alors que c'est l'heure de mon rendez-vous. J'ai déjà un mauvais pressentiment, je pense à partir sans attendre, mais finalement je décide de rester.

C'est enfin mon tour. Le médecin me demande mon nom, mon adresse, puis me dit de but en blanc : « Alors, ça fait combien de temps que vous vous payez cette tête ? »...

Je lui dis que cela fait quelques semaines que j'ai de l'acné sur les joues. Elle me pose alors plusieurs questions sur mon cycle, et je lui indique ce que j'ai écrit plus haut (arrêt pilule, durée des cycles). Et là, elle me dit que mes cycles irréguliers signifient que mon ovulation n'a jamais repris depuis l'arrêt de la pilule, que je dois le vérifier en faisant ma courbe de température et des bilans hormonaux, et que je dois également faire une échographie des ovaires car mon acné est un signe de « micro-polylkystose ovarienne ». Elle me dit que cela arrive lorsqu'on a pris la pilule trop longtemps (et encore je ne lui ai pas précisé que je l'ai prise pratiquement en continu les 2 dernières années). Elle me dit qu'elle va me prescrire un traitement hormonal pour régulariser mes cycles. Je réponds que je ne souhaite pas un traitement hormonal : cela ne me dérange pas d'avoir des cycles irréguliers, et je préfère attendre que mes ovulations reprennent sans traitement, si ce n'est pas déjà le cas. Elle me dit : « Mais avec vos cycles foireux, vous n'avez quasiment aucune chance d'être enceinte ! » Je lui dis que je ne suis pas pressée, je n'ai que 25 ans et suis prête à attendre sans traitement pour avoir des enfants, et que ce n'est pas pour cela que je suis venue la consulter. Elle me dit alors que mon ovulation ne reprendra jamais toute seule si j'ai des microkystes aux ovaires, comme elle le soupçonne. Mais en attendant que je fasse l'échographie, elle me prescrit 2 pages de médicaments divers. Comme je refuse de prendre un traitement hormonal, elle me prescrit un traitement antibiotique pour 3 mois mais m'indique que mes boutons risquent de réapparaître dès que j'arrêterai l'antibiotique… Je lui demande si ce n'est pas déconseillé de prendre un antibiotique pendant des mois puisque j'aimerais avoir un enfant, elle me répond : « Il faut que vous arrêtiez d'essayer d'avoir un enfant ! Mais de toute façon, avec vos pseudocycles, vous n'avez aucun risque de tomber enceinte… »

Je suis vraiment surprise qu'elle me parle ainsi, mais j'essaye tout de même de rester calme (et de comprendre). Et si je ne veux pas prendre d'antibiotique pendant des mois, qu'est-ce qu'il me reste ? Elle : « Dans ce cas, vous n'avez plus qu'à prier… » Moi : « Ça tombe mal, je suis athée. »

Elle : « Vous êtes un cas particulièrement difficile, en refusant le traitement hormonal et la prise d'antibiotique. »

Voyant que je ne suis pas très convaincue, elle m'encourage vraiment à faire tous les examens qu'elle m'a prescrits. « Je ne vous les prescris pas pour vous emmerder, mais pour que vous puissiez agir au plus vite pour votre problème hormonal. »

Je suis ressortie de la consultation avec les prescriptions suivantes

— acheter du papier millimétré et prendre ma température tous les matins avant de me lever

— faire une échographie des ovaires

— faire deux bilans hormonaux au 4e et 17e jour de mon cycle

— 2 pages d'ordonnance pour 1 antibiotique, 2 crèmes locales et 3 lotions différentes (Berckaline H20 ; une préparation composée d'acide salicylique + alcool à 60° + un autre composant illisible ; une préparation de clitomycine + eau florale), le tout à prendre ou à appliquer quotidiennement.

Cela m'a vraiment semblé excessif par rapport à mon problème.

Elle m'a dit de revenir dans 2 mois, quand j'aurai fait l'échographie et les bilans hormonaux.

Au passage, la consultation m'a coûté 80 euros.

Quand je suis sortie de son cabinet, j'ai fondu en larmes. Je suis passée à la pharmacie, qui m'a déconseillé la plupart des choses qu'elle m'avait prescrites (notamment le mélange à base d'acide et d'alcool à 60° qui serait particulièrement agressif). Et qui m'a dit que cette dermato avait très mauvaise réputation dans le quartier. Et qu'il n'était pas utile que je fasse l'échographie et les bilans hormonaux. La pharmacienne m'a donné l'adresse d'un autre dermato, que je ne suis pas allée voir pour l'instant. Elle m'a dit que je pouvais essayer l'antibiotique et les 2 crèmes. J'ai essayé les 2 crèmes (bof, ça rend la peau rouge) mais pas encore l'antibiotique.

Je me demande si je ne vais pas tout arrêter et me contenter de la Berckaline H20, qui a l'air inoffensif. Et de mon nouveau fond de teint qui est très efficace…

Mais voilà, cette dermato a quand même réussi à m'inquiéter en me prescrivant tout cela… Qu'en pensez-vous ? Peut-on diagnostiquer une micropolykystose ovarienne parce que mes 2 derniers cycles étaient longs et parce que j'ai quelques boutons sur les joues ?

*

Bonjour, je suis une jeune fille de 16 ans et je souhaiterais savoir si l'on peut prendre la pilule pour la première fois après le premier rapport sexuel ou faut-il la prendre avant ce premier rapport ? Je souhaiterais une réponse assez rapide car cette question me tourmente.

*

Ça fais deux mois que j'ai accouché et dés la deuxième semaine après l'accouchement j'ai commencé la pilule sans interruption ce qui me fais peur que j'ai commencé le rapport sexuel juste le lendemain du jour que j'ai commencé la pilule est ce y a t il un risque de tomber enceinte et la je n'ai pas eu mes règles est ce que je suis enceinte ! !!!!!!!!!!!!!!!!!!!!!!!!!!!!!!!!!!!!!

Bonjour je voudrais savoir si un gynécologue sait voir si une grossesse se prépare 1 semaine après un rapport.

*

J'ai un petit problème et je n'ose pas aller voir un gynécologue. J'ai 22 ans et je me masturbe depuis l'adolescence et jamais eu de problèmes à ce niveau. Depuis quelques jours lorsque je me masturbe je ressens une douleur qui me fait mal vers la fin de la masturbation mais je ne serai pas trop vous dire à quel niveau je sais que c'est à l'intérieur et que c'est une douleur qui tire. J'ai très peur et je n'ose pas aller chez le gynéco. J'espère que vous allez pouvoir m'aider. J'attends vos conseils avec impatience.

*

Salut, Bruno ! Ma petite amie vient de découvrir qu'elle souffrait du virus HPV et c'est la panique totale. En faisant des recherches je me suis rendu compte que je l'ai également, ce qui me fait vraiment peur. J'aimerai savoir la conduite à tenir et que devons nous faire pour pouvoir surmonter le problème ? Et comment devons nous des maintenant avoir des rapports sexuels ? Est-il nécessaire de se protéger à chaque rapport ? J'aime ma petite amie et j'ai l'intention de l'épouser. J'aimerai vraiment recevoir des conseils de vous sur le problème car j'ai pas du tout l'intention de me séparer d'elle. Merci de répondre a mon courrier et surtout de l'accorder un intérêt capital.

*

Quelle pilule de contraception pour prendre du poids ?

*

Est ce que l implant diminue les envies sexuelles ? Est ce que l implant fait prendre du poids ? Est ce que l implant donne énormément des maux de tète ?

*

J'ai 44 ans et me suis remariée, mon mari n'a jamais eu d'enfant et aimerait beaucoup en avoir un avec moi ma gynécologue me dit qu'à mon âge il n'y a rien à faire et que cela arrive c'est un cadeau du ciel. Pensez-vous que je puisse avoir un espoir (j'ai déjà une fille) et puis-je faire quelque chose pour favoriser. Des rapports quatre fois par jour est-ce que ce n'est pas un peu trop quand même ? Est-ce qu'à force il a encore des spermatozoïdes ?

*

Je vous écris dans l'espoir de trouver une petite issue ou un apaisement d'esprit. Voila j'ai 41 ans et depuis l'âge de 38 ans ou je me suis mariée je désir et souhaite un enfant que j'ai jamais pu avoir j'ai eu mes règles a l'âge de 13 ans et demi très douloureuse et fortes mais jamais traitées cycle régulier jusqu'a mon mariage ou j'ai pris la pilule pendant une courte durée car j'ai pas supporte mon cycle commence a se perturber un mois pendant une année ou j'ai été perturbée (retard de 10 jours) après prise de sang et analyses FSH tres élevée jusqu'a 29 et après des haut et des bas et le dernier examen qui date depuis septembre le taux fsh était de 8 CAD normal et maintenant j'ai un blocage de deux cycles presque alors que mon gynéco voulait stimuler pour provoquer une grossesse svp dites moi si même c'est la menapose s'installe j'ai des chances? Est ce que j'aurai encores des cycles ou c'est la fin? peut on stimuler en provoquant des cycles? je suis tres malheureuse surtout que mon mari me repete tous les jours que je suis menauposée et qu'il faut voir la realite en face. Aidez moi svp

*

J'ai plus de libido depuis deux ans que je prends la pilule j'en ai parlé à mon gynéco qui me dit que c'est dans ma tête et moi je sais bien que c'est pas vrai et j'en suis à mon troisième copain ils ne veulent pas faire l'amour avec moi parce que j'ai pas envie, et c'est vrai que j'ai pas très envie mais j'aurais envie qu'ils aient envie eux mais eux ils ne veulent pas si je l'ai pas. Qui est-ce que je dois aller voir?

*

Je suis etudiant en architecture. Je voudrais savoir quelle distance peut franchir un spermatozoide lors d'une ejaculation et si la vitesse des spermatozoides hors de l'appareil reproducteur de la femme cause un probleme. Si oui lequel?

*

Je vais peut être poser une question conne mais je n'ai jamais pris la pillule comme il faut et je ne suis jamais tombée enceinte. Je l'oublie un jour sur deux et je la prends jamais à l'heure. Est-ce normal que je ne sois jamais tombée enceinte alors que je ne la prends pas correctement? Est-ce que le peux être stérile?

*

Bonjour Docteur Karma

Je ne sais pas si vous daignerez répondre à cette question mais qui ne tente rien n'a rien! J'ai 30 ans et j'ai arrêté la pilule depuis 6 mois. J'ai des cycles très réguliers depuis 3 mois : 26 jours. Je n'ai jamais eu d'infections ou IVG. Ma dernière écho de décembre ne signalait rien d'anormal. J'ai lu que vous préconisiez la patience dans la conception d'un enfant mais j'aimerais être rassurée. Mon gynécologue me dit qu'il n'y a pas de raison que ça ne marche pas car « tout est propre là dedans... ». Avec des cycles réguliers, cela signifie-t-il que la qualité de mes ovules est médiocre ? ? ?

*

J'ai 25 ans et je n'ai encore jamais eu de vrais rapports vaginaux. J'ai essayé il y a peu mais surement par manque de lubrification du vagin, la pénétration a été douloureuse (brulures) et n'a pas pu se faire de beaucoup. Mon partenaire réussissait à me mettre un doigt bien profondément et a même introduit la moitié d'un godemichet (environ 9 cm). Je n'ai pas saigné mais est ce que je peux avoir perdu ma virginité quand même (rupture de l'hymen), sachant que la moitié du godemichet a été introduit ?

*

Bonjour j'ai une question Ma copine ne prend pas la pillule elle a eu ses regle mais on a eu un rapport mal protégé mais sans ejaculation interne... Elle a eu ses regle pas de decalage mais j'ai lu que les regle ne voulait rien dire qu'on pouvais les avoir meme si on est enceinte alors voila j'aimerai savoir si meme si elle ne prend pas la pillule ca peu lui arriver ou si on est sur a 100 % qu'elle a rien grace au regles.

*

Je voulais seulement vous dire merci pour votre travail, j'étais stressée de pas avoir mes règles tous les mois depuis que j'ai arrêté la pilule et tout ce que je lisais sur les forums féminins m'angoissait encore plus et puis une copine m'a dit de lire les articles sur le cycle sur votre site et là je me sens beaucoup mieux c'est fou ce que ça soulage de lire une explication simple et compréhensible et des médecins qui ne prennent pas les femmes pour des connes ça court vraiment pas les rues.

*

Voici ma question : mon partenaire et moi ne supportons pas l'usage du préservatif, mais je lui autorise d'éjaculer en moi pendant mes régles, et voire 2 ou 3 jours après la fin des saignements (mon raisonnement est que l'ovule doit au moins mettre une semaine pour se reconstituer après les règles, et donc que je ne risque pas de tomber enceinte ni pendant les régles, ni une semaine après). Est-ce que mon raisonnement est vérifié ? ? (même si je sais que le cycle de chaque femme est différent) Est ce que je risque de tomber enceinte pendant cette période ? ? Merci de répondre à ma question, ma gynéco à qui j'en ai parlé refuse de me répondre, ou l'a fait expéditivement avec ses termes scientifiques que je ne comprends pas.

*

J'ai arrete la pillule depuis 8 mois et je ne suis toujours pas enceinte je pose des question cela est il normale merci de me repondre merci.

*

Bonjour

Je fais une enquête pour *Santé Mode d'Emploi* sur la vaccination anti-HPV qui a l'air tout à fait consensuelle parmi les gynécologues français, mais qui est très controversée à l'étranger — en particulier en Allemagne, au Canada, en Espagne. J'ai eu beau sillonner le Web il ne semble pas y avoir beaucoup de praticiens en exercice qui critiquent cette vaccination et les pages que vous lui avez consacrées sur votre site sont les plus claires qu'il m'ait été donné de lire. Serait-il possible d'interviewer l'un de vous à ce sujet ? Voici mon numéro de téléphone.

*

Je suis aller sur votre site l'autre jour, et j'aurai une question à vous poser à propos des implants contraceptifs. J'ai entendu dire qu'il était déconseillé d'utiliser les implants comme moyen contraceptif lors des premières relations sexuelles. Est-ce vrai ? Et pourquoi ?

*

J'ai 30 ans et mon compagnon 42, nous ne voulons pas d'enfants. J'ai « subi » — et j'emploie ce participe volontairement car j'ai l'amère impression de ne pas avoir pu prendre part à cet acte qui fait partie de la vie de la plupart des femmes — une IVG par technique chirurgicale à la fin de l'été dernier. Le jour même de mon hospitalisation, lorsque l'on me dit machinalement de bien prendre la pilule contraceptive d'ici le prochain rdv et que je réponds que ce n'est pas ce que je prévois (…), on m'envoie 2 infirmières + 1 rdv dans un bureau : on me fout la « pression » afin de la prendre. Une des raisons qui m'est avancée est : cela permet de mieux cicatriser — ? — l'utérus… Alors là je suis restée perplexe, je n'ai aucune notion en matière de médecine mais voilà, je n'y ai pas cru ! J'ai plutôt vu par là une manière un peu détournée de me dire « on ne veut plus voir traîner votre utérus dans notre service », mais par contre aucune ne prendra le temps pour discuter avec moi de « comment j'en suis venue à avorter », et donc ni de ma sexualité, ni de mes méthodes contraceptives. Ma question se résume ainsi : est-ce que prendre la pilule suite à une IVG permet véritablement de mieux cicatriser ?

*

Bonjour juste une questions je voudrais savoir si la pilule homme existe et est sorti en pharmacie car étant allergique au preservatif et n'acceptant pas la pilules et ayant un render vous cher le gynécologue pour un sterilet que dans 3 mois et voulant avoir des rapports sexuels mais en n'ayant pas peur de tomber enceinte alors reponder moi merci

*

J'ai vingt et un ans, chaque fois que j'ai mes règles j'ai mal au ventre pendant des jours et des jours je n'en peux plus les médecins me disent que c'est dans ma tête mais je ne suis ps folle, puisqu'il y a des jours où je n'ai pas mal, je ne sais pas ce que j'ai est-ce que vous pouvez m'aider ?

*

J'ai subi un avortement le 21 février a 16 semaines jaimerais savoir combien de temps dois je attendre pour retomber enceinte merci davance.

*

Je suis tombée sur votre site en tapant dérèglement hormonal sur l'internet, j'ai décidé en lisant vos articles de vous poser mes questions parce que je ne sais plus trop quoi faire, je suis un peu désespérée ! Je vais avoir 20 ans dans 3 mois, j'ai commencé à prendre la pilule Viviane vers l'âge de 17 ans et ai décidé de l'arrêter un an et demi après car je l'oubliais régulièrement, elle ne servait donc plus à rien ! De plus, cela faisait 2/3 mois que je n'étais plus règlée ! Maintenant, cela fait plus d'un an que je n'ai plus été règlée (je ne l'étais déjà presque pas lorsque je prenais la pilule et même avant je n'ai jamais eu de règles abondantes ou longues !) Je suis allée chez ma gynécologue parce que ce probleme m'embetait et je me posais beaucoup de questions forcément… De plus, mes cheveux étaient plus gras, j'avais des boutons d'acné alors que je n'en ai jamais eu durant toute mon adolescence, même avant la prise de pilule ! Ma gynécologue m'a fait faire une prise de sang qui a démontré que j'avais trop d'hormones mâles, suite à cela ma gynécologue m'a prescrit de l'Antidron pour 3 mois, une pilule par jour pendant un mois et ensuite une demi par jour pendant les 2 mois restant… Les deux premières semaines mes symptomes ont légèrement diminué puis sont réapparus en force avec en plus d'autres problemes tels que la prise de 7 kg en un peu plus d'un mois : je mangeais beaucoup plus, j'avais tout le temps faim, je n'étais jamais plus rassasiée, etc. ; je buvais énormément et devais me lever toutes les nuits pour aller aux toilettes ; j'ai fait aussi de la rétention d'eau ; je dormais mal ; Le pire de tout a été que tous mes poils ainsi que mes cheveux ont foncé que ce soit sur mes jambes, la ligne sous le nombril, ou sur la figure ! ! J'ai donc pris mon traitement pendant les 3 mois mais les effets des hormones males n'ont fait qu'empirer à la place de diminuer et/ou disparaitre ! Assez traumatisant lorsqu'on a 19 ans… Je suis retournée chez ma gynécologue après le traitement d'Antidron et elle ne comprenait pas pourquoi mon corps avait réagi ainsi, il a réagi exactement à l'inverse de ce qu'il était censé faire ! J'ai refait des prises de sang mais je n'ai pas encore reçu les résultats. Depuis, je prends la pilule Vénus (depuis 2 semaines et demi maintenant) mais je ne vois toujours aucun résultat, ce n'est pas pire bien que je commence à avoir de la barbe en dessous des oreilles mais je suis vraiment perdue, je ne sais pas du tout ce que je dois faire, je n'ose pas épiler ou raser car j'ai peur d'empirer la situation et que ca ne finisse par ne plus partir, je ne sais vraiment pas quoi faire, je n'arrive même plus à me regarder dans un miroir ou à regarder quelqu'un dans les yeux, je perds toute confiance en moi ! ! J'ai cherché des réponses à mes questions sur votre site mais je n'ai rien trouvé, c'est pourquoi je vous envoye un mail ! J'espere que vous saurez me répondre vite car je vous avoue que j'attends beaucoup de vos conseils…

*

Bonjour,

J'ai 26 ans et je suis tombée enceinte depuis 24 jours d'après l'échographie. Je suis allée à mon gynéco qui n'a fait une IVG médicamenteuse en me donnant 2 comprimés à avaler et 2 autres dans le vagin et n'a dit que j'aurai des douleurs et des saignements, Mais voilà que j'ai eu des contractions et douleurs peu intenses et non continues et une perte minime de sang et pertes oranges sans un écoulement ou saignement comme lors des règles. Maintenant je suis inquiète est-ce que l'avortement a eu lieu ou a été incomplet. Merci de me répondre et merci pour votre attention

*

J'ai eu un rapport le 16 décembre avec mon copain et le 24 décembre avec le meilleur ami de mon copain parce que j'avais rompu et je croyais que c'était pour de bon et je me sentais seule et le n'ai pas eu de règles quand je les attendais le 1er janvier et depuis mon copain est revenu il veut faire sa vie avec moi et hier je me suis mise à vomir et j'ai fait un test je suis enceinte. De qui est l'enfant ?

*

Je suis agee de 55 ans, je viens de finir de prendre la pilule contraceptive que je prenais depuis 6 ans parce que j'etais toujours menstruée. Est-ce que je dois l'arrêter ? Est-ce que je peux tomber enceinte ? Pourquoi je suis pas ménopausée ?

*

Bonjour, j'aurais une question quant aux hymens dits « élastiques »… Est-il normal d'avoir toujours un hymen quasi intact même après plusieurs rapports sexuels ? Est-ce ce que l'on appelle un hymen élastique ? Se déchirera-t-il un jour ? Merci d'avance, j'espère que vous serez en mesure de répondre à ma question (ou plutôt à mon inquiétude…) ;

*

J'aimerais savoir si le fait d'être très mince peut être un danger pour la fécondité ? Ma fille a 15 ans et je me demande quand elle aura ses règles et s'il ne faut pas s'inquiéter de sa morphologie (elle est mince 52 kilos pour 1.72). Enfin j'aimerais savoir si le fait d'être mince pourrait retarder les règles et si vous pouviez me donner quelques facteurs de retardement des règles. Car en effet, elle mange sans grossir, et parfois en ayant mangé comme quatre elle perd du poids. Même quand elle engloutit quatre tablettes de chocolat. Moi qui n'arrive pas à maigrir je ne trouve pas ça normal.

*

Comme j'oubliais tout le temps ma pilule et qu'elle voulait pas me poser ni implant ni stérilet, ma gynéco m'a dit d'utiliser un anneau vaginal et je le regrette parce que je n'ai eu que des ennuis

— il est cher et pas remboursé (je suis au chômage)

— il m'a provoqué des pertes comme jamais je n'en ai eues : très abondantes, incolores, liquides : comme de l'eau ! La sensation d'avoir toujours le fond de la culotte mouillé est très désagréable

— chaque fois que je suis constipée l'anneau redescend. Or, on ne le sent pas forcément tout de suite et j'ai failli deux fois le perdre dans les toilettes

— quand je fais l'amour mon ami sent l'anneau et il lui fait mal. Et surtout, lorsqu'il se retire, il a l'anneau autour du sexe ! Pour ma part, je trouve ça très gênant et pas vraiment agréable quand il se retire. Mais ma gynéco n'a pas trouvé ça si grave : selon elle, ça permet de « mieux se connaître » (je comprends pas ce qu'elle a voulu dire) et si mon ami a l'anneau autour du sexe, c'est qu'« il ne sait pas s'y prendre ». Je lui ai proposé de l'essayer, elle, pour voir, mais elle m'a répondu que ça n'était pas son boulot. Je lui ai demandé quelle contraception elle prenait et elle m'a engueulée en me disant que ça n'était pas mes affaires. Plus tard, on m'a dit qu'elle est mariée mais toujours vieille fille son mari est psy et il est impuissant et quand elle l'a découvert elle était mariée depuis la veille elle pouvait quand même pas divorcer le lendemain et comme elle est religieuse pratiquante elle n'a pas pu le tromper ! C'est dommage pour elle, mais je la trouve vraiment gonflée de me donner des conseils sur la contraception et de me parler comme ça de ma sexualité !

*

Voila je souffre de vaginisme et je souhaiterais faire un enfant le probleme est que je ne peux pas avoir de rapports sexuels. J'ai pris rendez vous dans un centre de procréation assistée pour faire une insémination artificielle ou bien une fécondation in vitro. Le souci c'est que je ne sais pas comment on va me faire les test de fertilité suite à mon vaginisme. Ma question est la suivante peut on avoir recours a une anésthésie générale pour les examens gynecologique ?

*

Mon amie et moi nous nous interrogeons sur les règles, en effet, nous aimerions savoir ce qu'elles deviennent pendant la grossesse, le sang de celles-ci est il « sain ». Merci de bien vouloir elucider nos interrogations, on a fait un pari et j'aimerais bien le gagner !

*

Mon mari et moi, nous utilisons parfois la méthode du coït interrompu. J'ai 45 ans, mon mari 55 ans. Est-ce qu'il est vrai ce que nous avons lu dans certains d'autres sites, que : « Le liquide pré-éjaculatoire émis bien avant l'éjaculation peut contenir des spermatozoïdes en nombre suffisant pour féconder l'ovule. » Ou « le liquide pré-éjaculatoire que produit l'homme est du liquide séminal, et contient déjà des spermatozoïdes » et donc par conséquent, cette méthode ne prévient pas la grossesse à 100 %.

*

Je m'inquiète parce que j'ai dit à mon mari que tant que je suis enceinte je ne veux pas qu'il me touche mais ce matin pendant qu'il dormait il avait une érection et comme je n'y tenais plus je me suis masturbée, est-ce que ça peut faire du mal au bébé ?

*

Bonjour j ai 33 ans j ai ete ligaturer lors de ma 4 eme cesar trompes coupees on me l a demander 5 min avant de partir au bloc alors je n ai pas reflechi et maintenant je le regrette car je veux un autre bb a un tel point de pleurer lorsque je voit n nouveau ne je meterai touten œuvre pour avoir ce bb que vont t il me proposer operation ou fiv est ce possible de realiser ce reve pourriez vous me donner des adresse pres de chez moi j habite à Tourmens je n ai pas eu de probleme pendant mes cesar ni pendant mes grossesse ma derniere cesar date d il y a 2 ans, pouvez vous m'aider ?

*

Slt moi c Lili 17ans bientot 18. pareil pour mon copain. le 4 mars ct le jr de lovulation. et ns ns soes amourachés le 3 et 4 mars. com dhab, il n'y a pa eu penetration car je suis pa prete a etre deviergée. alor il fè l semblant de penetration. souven jenlève pa mon slip mè la semène ki suivi yavè des taches de sang sur mon slip. on n a en parlé mais navons rien trouvé. Y mdi ke ya pa eu penetration donc je pe pa etre enceinte. cette semaine je constate ke mes seins ont gonflées. Je crois meme saigner mais je vois rien sur ma culotte. g mal là vers les reins mè o nivo du dos. Je suis nerveuse bien ke jen ai lhabitude. Je chauffe osi l peu suis-je enceinte ? le sperme à l'entrée du vagin peut rendre enceinte ?

*

Voilà je vous explique alors j'aimerais changer le jour où je prends ma pilule parce que sa fait que mes règles tombe presque toujours sur un week end. Je prends ma pilule le mercredi et je finis donc le mardi. Est-ce que je peux la prendre le dimanche suivant (avant les 7 jours d'arret) et être protéger ou est-ce que je ne peux pas changer de jour ?

*

Si on veut a nouveau avoir un bébé on peut retomber enceinte tout de suite ? ET COMBIEN COUTE T IL ? Merci.

*

Bonjour, À quel âge commencent les règles ? ?
Merci de votre réponse.

*

Bonjour il y a t-il une pilule sans ordonnance cest fatiguant daller chaque fois chez la gyneco pour ca.

*

Peut-on tomber enceinte si l'on a un rapport le lendemain de la dernière pilule avant les règles ?

*

J'ai fait 2 avortements dans une année (une fois en juin, l'embryon de 2 mois étais déja mort, puis une fois en octobre dans le 3ème mois. les deux par aspiration). Après j'ai commencé la pilule, puis j'ai arrêté mes règles ont suivi. En ce moment je crains de nouveaux d'etre en sainte 4 jours de retard j'ai fais un test qui a donné un résultat positif. Ce que je veux savoir c'est est ce qu'il y a risque si j'avorte une 3ème fois de ne plus pouvoir faire des enfants ? ou d'avoir des problèmes pendant la grossesse ?

*

Bonjour. Cé kan la pillule pour homme ?

*

Bonjour à vous trois !
Je voudrais tout d'abord vous féliciter et vous remercier

pour vos articles très complets et instructifs sur la contraception. Ceux-ci me permettent de me rassurer sur la faisabilité de mon choix. J'ai 30 ans et n'ai pas d'enfants et ne souhaite pas du tout en avoir pour des raisons personnelles. Je ne prends pas la pilule et suis contre son usage et la méthode de contraception définitive qui me convient le mieux aujourd'hui est la méthode de stérilisation Freedom. J'appréhende énormément les refus des gynécologues (je me suis préparée à en solliciter plusieurs) que je vais consulter du fait de mon âge… Je sais que « légalement » je peux me faire poser le dispositif Freedom afin de ne plus jamais avoir d'enfant mais est-ce que la réalité risque d'être différente ? Comment me conseillez-vous d'agir pour ne pas essuyer un refus de la part des médecins ?… Ou dois-je aller chercher dans des pays étrangers plus ouverts ? Merci de vos conseils.

TUNNEL

Je suis attachée sur une chaise, face à un mur lumineux, tapissé d'écrans de télévision. Chaque écran est occupé par le visage ou le corps d'une femme qui parle, crie sa détresse, m'enguirlande, se penche vers la caméra pour me chuchoter quelque chose, rit aux éclats, se tamponne les paupières et détourne les yeux, regarde sans arrêt derrière elle, se déshabille, se rhabille, monte sur la balance, se balance sur sa chaise, lit une ordonnance longue de trente pages, ramasse la tétine et la donne au bébé qui gigote ou me regarde placidement dans la poussette, hausse les épaules quand son mec ouvre la bouche, secoue la tête quand sa mère parle à sa place, s'énerve quand sa fille ne veut pas dire un mot, se lève vexée, tend la main vers moi, fouille son sac, relève sa mèche de cheveux, croise et décroise les jambes, me tend une enveloppe, fait tourner sa bague autour de son doigt, tripote sa boucle d'oreille, tapote ses lèvres du bout de l'index pour chercher ses mots et je suis là, attachée sur la chaise, incapable de me boucher les oreilles face à ce brouhaha.

Tout à fait en bas, à droite, sur le mur d'écrans, j'aperçois une silhouette familière. Je sais qui c'est, je l'ai sur le bout de la langue, mais comme mes mains sont attachées derrière le dossier de la chaise, je n'arrive pas à mettre le doigt dessus. C'est probablement une femme — je ne distingue pas d'hommes sur les écrans, même si je sais qu'il y en a sûrement, peut-être à l'arrière-plan. Mais quand j'essaie de la regarder de plus près, ou plutôt : quand j'essaie, par la seule force de ma pensée, de lui faire lever le nez vers la caméra, je découvre qu'elle n'en a pas, qu'elle a les paupières collées, les lèvres serrées autour de sa langue ficelée comme une paupiette.

Et elle a mon visage.

Je me réveille en sursaut et en sueur. J'ai dormi nue, et quand je repousse la couette, le froid me prend par les épaules, durcit mes mamelons et fait frissonner ma chair de poule.

Il est 6 h 45. Je sais que je ne vais pas me rendormir. Je soulève l'autre oreiller, j'y trouve le t-shirt qu'il a laissé là en partant, je l'enfile. Son odeur déclenche une contraction dans mon bas-ventre et quelque chose se met à couler entre mes fesses.

Oh, bravo…

Évidemment, il ne me reste en tout et pour tout que deux tampons et trois serviettes. Quand ça va mal, tout va mal. Il va falloir que je trouve une supérette ouverte le dimanche matin. Parce que la pharmacie de garde, je ne sais pas où elle peut être, mais sans bagnole…

Après avoir réfléchi six bonnes minutes sur la stratégie à adopter (tampon + serviette tout de suite, ou seulement serviette en attendant de voir si c'est le Niagara ou le robinet qui coule au fond du jardin ? Ou seulement tampon parce que les serviettes ont tendance à me frotter de manière un peu trop *distrayante* et si c'est juste tampon je risque d'être trop confortable et de l'oublier et de le garder plus longtemps que de raison et me retrouver avec une rupture de barrage sur le Yang-tseu-kiang avant d'avoir eu la force de sortir et de faire le tour du quartier pour en racheter…) et avoir opté pour un moyen terme (serviette seule dans une culotte pas trop serrée avec vérification périodique), j'essaie de me concentrer sur quelque chose de plus plaisant — le café, de la confiture d'abricots sur une demi-plaque de pain azyme (*il en engouffrait cinq ou six chaque matin, mais le paquet était à peine entamé quand il s'est barré, je ne vais pas le laisser se perdre*), un article hilarant dans un quelconque magazine féminin qu'une copine a oublié la dernière fois qu'elle est passée — et j'avale deux ibuprofènes avec ma première gorgée d'arabica, histoire de ne pas trop déguster dans les heures qui viennent — *ah, ma bonne dame, quel malheur quelle* plaie *d'être une femme.*

Que disait la chanson inachevée de Karma, déjà ?

Et un beau matin
Quand j'ai eu douze ans
Au fond d'la cuvette
J'ai trouvé du sang

Ah mon dieu
Ça fait peur, Maman
De se voir devenir une femme
Ah mon dieu
Ça fait peur, Maman
De saigner comme ça
Tout le temps

Normal qu'il en soit resté là, c'est un homme. Il ne sait pas — enfin, si, je pense qu'il sait, mais il ne *sent* pas, il ne se souvient pas, alors il ne peut pas écrire la suite, quelque chose comme :

Quand j'étais ado
J'avais mal au bide
Trois bons jours avant
Qu'il tremble et se vide

Et par-dessus l'marché
C'était bien ma veine
Dès qu'ça s'annonçait
J'avais une migraine

Ah, les filles !
C'était pas marrant
De subir ces tracas de femmes
Ah, les filles
C'était pas marrant
De trinquer comme ça
Tout le temps

Bon, c'est pas toujours rouge et noir, y a de bons moments aussi

Quand j'ai eu vingt ans
J'ai trouvé ça mieux
Je passais la nuit
Chez mon amoureux

Hélas ! Ce ne sont que des moments.

Mais au p'tit matin…

Le téléphone sonne. Le numéro qui s'affiche est celui de l'unité 77. J'hésite, puis je décroche.

— Tu écris encore ?

C'est la voix de Karma. (*Il est dans ma tête, en plus ?*)

— Euh… J'appelle pas vraiment ça « écrire », dis-je, surprise, de ma voix rauque des petits matins.

— Je te réveille ?

Ce matin il me tutoie…

— Non, je me suis levée il y a une demi-heure.

— Vous avez eu le temps de dormir ?

Ah, il me tutoie plus…

— Ouaaaais, bâillé-je. Pas beaucoup, trois heures, mais oui.

— J'ai vu ce que tu as fait sur le forum, c'est impressionnant. Et tu as passé beaucoup de temps à répondre…

Vous, Tu, Vous, il sait vraiment pas par quel bout me prendre…

À ces mots, ce qui s'est passé la nuit dernière remonte comme un flot autour de moi, j'ai les jambes qui se mettent à flageoler, je suis obligée de m'asseoir, je n'arrive pas à dire quoi que ce soit, sinon *Mmhhh, Mmhhh,* c'est bien pratique, finalement, ce *Mmhhh,* il faudra que je pense à le remercier de m'avoir filé ce tuyau. Et quelques autres, tout de même…

— J'espère… j'espère que je n'ai pas écrit trop de conneries.

— Je n'ai pas lu toutes tes réponses, mais dans la vingtaine que j'ai lue, je n'ai pas vu la moindre connerie, au contraire…

Je ne l'entends pas vraiment, je ne l'écoute pas vraiment, j'ai plutôt envie de continuer à dire ce qui me monte à présent à la gorge.

— C'était… beaucoup plus dur que je ne l'imaginais…

C'est à lui de faire *Mmmhh* et de laisser passer un silence.

— Je comprends. Il y a des messages difficiles. Ou surprenants.

— Elles sont toutes tellement… désespérées. Ce n'est pas du tout comme en consultation.

— Eh, non. Les femmes qui viennent en consultation sont celles qui peuvent venir. Qui ont une voiture, ou un bus, ou quelqu'un pour les amener. Et qui n'ont pas trop peur. Mais celles qui habitent au fin fond de nulle part, quand elles ont accès à une messagerie, elles écrivent ou demandent à leur sœur, à leur copine, à leur cousine d'écrire à leur place parce qu'elles n'osent pas ou n'ont jamais appris à se servir d'un ordinateur ou ne comprennent rien aux commandes et se sentent connes et impuissantes devant ce truc que leurs gamins manipulent depuis qu'ils tiennent assis. Parmi les messages il y en a sûrement qui ont été rédigés par des filles de dix ans pour leur mère ou une femme plus âgée qu'elles. Et là, bien sûr, nous n'avons que les messages de celles qui ont *accès* à un ordinateur.

— Et les autres, celles qui n'ont ni ordinateur ni moyen de consulter un médecin, comment font-elles ? Elles téléphonent à SOS-Amitié ?

— Parfois. Mais beaucoup ont peur d'être reconnues même quand elles donnent un faux prénom. Certaines appellent des animatrices de radio, comme Brigitte Lahaie — qui est la meilleure conseillère populaire que je connaisse, soit dit en passant —, ou elles parlent à d'autres femmes. À leur copine, à leur cousine, à leur voisine. Qui parfois n'en sait pas plus qu'elles, mais qui essaie de se renseigner. Ou qui leur donne les informations vraies ou fausses dont elle dispose. Ou qui les culpabilise, *Ma pauvre fille qu'est-ce que t'as donc fait là ? Ma pauvre fille, qu'est-ce que t'as pas dit là ?*

Je sens l'angoisse monter et mon ventre se tordre et des flots de sang dévaler les parois de la caverne sans fond que j'ai dedans. J'ai envie de crier et je murmure, la gorge serrée :

— Je n'ai pas su — *j'ai beau penser que je suis une superwoman, je ne suis qu'une pauvre fille, une pauvre cloche, une incapable, une ignorante, une petite merde comme les patrons nous le disaient tout le temps quand on arrivait chez eux, une petite merde bonne à rien à qui on va peut-être arriver à mettre quelque chose dans la tête si elle a l'intelligence de s'écraser devant nous pendant qu'on lui marche dessus et nous coller à la semelle parce que c'est le seul moyen d'aller loin : coller à la semelle d'un grand, d'un vrai Kador, d'un Roi, d'un Maître, et le laisser t'emmener là où il veut, et peut-être alors t'auras la chance qu'il te brosse pas sur son paillasson mais qu'il te fasse entrer dans son saint des saints et là, du fond du placard où il dépose ses écrase-merde, peut-être que tu auras l'occasion, parfois, au moment où il ouvre la porte et se penche pour prendre ses pompes à trois mille, de baigner brièvement dans sa lumière* — répondre à tout.

— Bien sûr que tu n'as pas su répondre à tout. Tu n'es pas le bon Dieu. Et on s'en fout. Parce que justement, tu ne te prends pas pour le bon Dieu. J'ai vu ce que tu as fait, et je suis impressionné. Tu as répondu à tous les messages auxquels nous n'arrivons pas à répondre, mes camarades et moi. Tous les messages qui viennent après cinq cents autres messages identiques. Ceux auxquels on est fatigué de répondre qu'il n'y a pas de réponse. Ceux qui ne posent pas de question mais n'ont personne avec qui partager leur tourment. Et toi, tu leur as répondu.

— Il y avait des questions incompréhensibles…

— Oui. Auxquelles personne ne peut donner de réponse satisfaisante. Mais tu as fait le plus important ! Tu leur as montré que tu les avais lues, que tu prenais leur message au sérieux. Tu leur as envoyé les mots d'une personne, et pas le message de réponse automatique d'une machine. Tu leur as montré que même si ce qu'elles disent n'a pas un sens parfaitement clair, il y a quelqu'un pour les entendre…

À présent, mon angoisse se transforme en colère.

— Parfois, j'ai eu le sentiment qu'elles racontaient des bobards. Ou qu'elles ne disaient pas tout. Le personnage de série télé, là, le médecin misanthrope…

— House…

— Oui, House. Dans les quelques épisodes que j'ai vus, il n'arrête pas de dire « Tout le monde ment », et ça me mettait hors de moi. Mais à présent, je me mets à penser qu'il a raison !

— Je comprends que tu aies ce sentiment mais je crois que, dans son esprit — enfin, dans l'esprit des scénaristes —, ça ne veut pas dire « tout le monde ment pour couillonner les médecins ». Ça veut dire « tout le monde ment parce que tout n'est pas facile à dire ». Tout le monde ment pour protéger quelque chose. Pour se protéger de quelque chose.

— Tout le monde ?

Pourquoi est-ce que je pose la question ?

— Bien sûr. Ce n'est pas nécessairement un secret terrible ou destructeur, mais il est suffisamment chargé de honte pour ne pas pouvoir être étalé sur la place publique. Souvent, les secrets sont décevants pour les autres, quand ils les apprennent, tant ils sont communs, tant ils pourraient être les secrets de tous et de n'importe qui. Mais pour les personnes qui les portent, ce sont des fardeaux insupportables. Et la peur de les révéler est telle qu'elles travestissent la réalité pour ne pas avoir à attirer l'attention. Elles racontent des histoires pour enrober la vérité. Ce qu'elles ne savent pas c'est que l'histoire qu'elles racontent enveloppe parfois si bien cette vérité qu'elle en dessine les contours.

Je ne comprends rien à ce qu'il me dit. Je sais que ça a du sens. Je n'arrive juste pas à le voir. Comme les gens à qui un mauvais coup sur le devant du crâne a sectionné le nerf olfactif, et pour qui une fraise n'a plus qu'un goût de flotte, ils se souviennent que ça avait un parfum, mais il n'est plus là et ils attendent avec impatience que ça revienne, si seulement ils pouvaient garder la fraise dans la bouche, mais là, c'est ce goût de flotte, cette texture d'éponge…

— Et toi, murmure Karma, tu le *sens*.

— Je sens quoi ?

— Les contours de leur histoire. La silhouette qui se dessine. Chaque fois que tu leur réponds, tu leur dis ce que tu vois, ce que tu sens dans ce qu'elles ont écrit. Quand elles liront tes messages, elles n'auront pas toujours la réponse à leur question, mais elles auront toujours le sentiment qu'à tes yeux elles existent.

— J'ai répondu, dis-je au bord des larmes — *je sens refluer le sentiment d'impuissance qui m'a envahie devant ce flot de plaintes et de malheurs, tous ces messages, toutes ces lamentations, ce tombereau de plaintes empilées, c'est comme si je m'étais aventurée derrière un camion de gravier au moment où il relevait sa plate-forme afin de décharger, pour me retrouver enfouie étouffée écrasée. Comment est-ce que je pouvais faire pour répondre à tout ça sans me laisser noyer, sans me laisser gagner par la peur le dégoût le rejet l'ironie le sarcasme le mépris l'envie de tout laisser tomber ou de les engueuler de les secouer de leur hurler de toutes mes forces en lettres capitales à quel point je les trouve veules et lâches et faibles et mièvres et connes, connes, connes, tellement connes qu'elles me rappellent ma propre connerie ma propre… mais je n'ai pas voulu me laisser faire je ne voulais pas me laisser embarquer par ça, c'est comme face aux patrons et à leurs semelles de plomb, tu peux toujours essayer de m'écraser si tu veux, tu n'y arriveras pas, je vais survivre, je vais prendre mon temps, je vais travailler millimètre par millimètre et grandir et sortir de ce trou de ce placard où tu veux m'enfermer et marcher vers la lumière qui me plaît, pas celle que tu me braques dans la gueule pour me faire obéir en affirmant que c'est la seule mais la lumière que je vais trouver moi, centimètre par centimètre au bout du tunnel que je creuserai seule sans que tu voies sans que tu saches,*

à ceci près qu'hier soir je n'étais pas seule
elles étaient là avec moi sous le gravier
et quand je déblayais pour voir la lumière

c'était aussi pour elles... —, j'ai répondu comme je pouvais.

— Pas seulement « comme tu pouvais », tu as répondu mieux que je n'aurais su le faire.

— Pourquoi ? dis-je, avec l'envie de le mordre. *Parce que je suis une femme ?*

— Non, parce que tu es moins inhibée. Plus souple, plus adaptable. Plus ouverte.

— Mais vous disiez que je suis formatée.

— Oui. Et c'est parce que tu es souple que tu as été formatée. Oui, tu t'es adaptée à ce qu'on demandait de toi, tu t'es coulée dans le moule. Mais tu ne t'es pas solidifiée dedans. Tu peux t'adapter à autre chose, même si c'est à ton corps défendant. Tu l'as montré sans cesse depuis que tu es arrivée. Tu te défends de vouloir soigner les femmes, mais tu fais face à leurs demandes. Les dogmes qu'on t'a inculqués, tu les brandis dans ta posture de docteur parce qu'ils te protègent. Mais cette nuit, dans tes réponses, face à tous ces messages, tu as été beaucoup moins défensive que les premiers jours. Tu n'es pas supérieure, tu ne les méprises pas, tu ne te moques pas d'elles, tu ne les prends pas de haut quand elles disent des choses incompréhensibles. Tu as moins peur. Tu sais à combien de messages tu as répondu ?

— Non...

— Quatre-vingt-cinq.

Putain, pas étonnant que je sois aussi crevée...

— Vous êtes à l'hosto, là ?

— Oui.

— Vous êtes de garde ?

— Mmmhh... Oui et non. Le dimanche, je viens parfois travailler à l'unité 77. Comme ça, si une femme débarque, elle trouve la porte ouverte. Et je passe un moment avec Catherine et Germaine dans la petite section. L'infirmière qui s'occupe d'elles a beaucoup de boulot. Pourquoi ?

Qu'est-ce qui te prend de lui demander ça, tu ne vas

pas y aller ! Tu es crevée. Et puis t'as pas de voiture, tu te souviens ?

— Juste pour savoir.

Il reste un long moment sans rien dire, une nouvelle fois.

— En tout cas, merci pour toutes ces réponses. Merci pour elles.

Je ne l'ai pas fait pour elles.

SCARABÉE

Je l'ai fait pour moi mais je ne sais pas pourquoi. Hier soir, quand il m'a hélée en ligne au bout de deux heures pour me dire qu'il prenait le relais, j'ai continué à répondre. Et lorsque j'avais fini de rédiger une réponse, lorsque je retournais à la liste des messages en attente, je voyais qu'il avait répondu à d'autres, de son côté, et je lisais ces questions et ses réponses, pour voir. Pour savoir.

Et chaque fois, je lisais la question et en lisant la question je préparais une réponse, et parfois il donnait la même. Et parfois, il répondait un truc auquel je n'aurais jamais pensé. Et même quand sa réponse ressemblait à celle que j'avais imaginée, il ajoutait un petit quelque chose, un bonus, trois mots qui donnaient à sa réponse une dimension supplémentaire. Et j'étais en colère. Parce que je voyais bien que mes réponses étaient compétentes, précises, scientifiquement valides, mais souvent très lourdes et peut-être inutilisables, tandis que les siennes étaient légères et drôles et lumineuses. Et généreuses, aussi. Et je voyais bien aussi pourquoi : il ne perdait pas son temps, comme je le faisais, à examiner tout ce que la femme disait, à reprendre un à un les détails hyperprécis qu'elle donnait pour expliquer ce qui lui arrivait — et qui n'étaient que les *prétextes* —, mais il mettait tout de suite le doigt sur l'essentiel, sur ce qui n'allait pas, sur ce qui la rongeait, au fond : *j'ai mal, j'ai peur, je ne comprends pas ce qui m'arrive.* Et c'est à ça qu'il répondait. Posément. Pas avec l'autorité de quelqu'un qui dit « Je sais » et se prend pour Dieu, mais avec l'assurance tranquille d'un homme qui s'appuie sur ce que les femmes lui ont dit, sur ce qu'il a vu en examinant leur corps, en entendant leurs plaintes, en écoutant leurs histoires. Quand il leur répondait — quand il leur répond — on dirait que toutes les femmes qui lui ont parlé sont là, debout en cercle derrière lui, lisent la question et lui soufflent la réponse.

Ce type me trouble.

Non, pas comme ça.

Je ne veux pas dire qu'il me met dans tous mes états de femelle en chaleur, ces états où je me retrouvais jadis, petite étudiante en médecine qui découvrait les feux d'artifice, les tremblements de terre, les tsunamis de plaisir à répétition, et implorais Pierrot de me sauter dessus, de me refaire ce qu'il savait si bien me faire — *mais où est-ce qu'il avait appris* ? Ni ces états où je me mettais il y a quelques semaines encore, alors que je me sentais pleinement femme, pleinement en possession de ma vie, de mon destin et de mon désir, au point de sauter sur Joël chaque fois que j'avais envie de lui car lui, de toute manière je n'avais jamais besoin de l'implorer, il aimait ça autant que j'aime ça, on aimait ça, on s'
— *qu'est-ce qui lui a pris de partir,* MERDE *!?*

Et donc, non, Karma ne me met pas dans ces états-là.

Non qu'il ne soit pas consommable. Mais il ne m'excite pas comme ça. Je ne me vois pas dans son lit mais je commence à pouvoir imaginer qu'il en ait mis bien d'autres que moi (ou qu'elles l'aient mis) dedans. Ce n'est pas ça. Ce qui s'est (ça me fait mal aux seins de le reconnaître, mais personne ne me dira rien, alors...) *tissé* entre nous en quelques jours est d'un tout nouveau genre.

Il me fait sentir et penser en même temps.

Quand il me regarde, quand il parle, ce n'est pas comme avec Pierrot ou comme avec lui, je sens bien un appendice hypersensible gonfler au milieu d'une cascade, d'une marée, mais pas entre mes cuisses : dans mon crâne. Ce type me branle le cerveau.

Et je ne... déteste pas ça.

Ça ressemble beaucoup à ce que je ressentais quand j'allais m'entraîner avec Enzo.

Daddy n'aimait pas beaucoup ça. Sa petite fille — même si j'avais quinze ans — passait ses samedis après-midi chez un type qui certes était son meilleur ami, mais qui avait trois fois mon âge (je me souviens que j'avais fait le calcul et qu'il me paraissait foutument vieux à l'époque). Il n'aimait pas ça. Même s'il aimait beaucoup Enzo. Et il n'avait pas peur qu'Enzo me fasse du mal, il avait confiance en lui, totalement, il savait qu'il n'aurait pas fait de mal à une mouche, il avait peur que je *me* fasse du mal, en essayant de me mesurer à lui, en tombant. Ou que je prenne un coup mal placé. Bon, j'ai pris pas mal de beignes, mais Enzo ne m'a jamais fait mal. Et puis, je me suis protégée.

— Tu veux que je *t'entraîne* ? avait dit Enzo la première fois. Pour quoi faire ?

Il se tenait sur le pas de sa porte et il ouvrait de grands yeux en me voyant là, ruisselante de pluie, après que j'avais traversé la ville à pied pour venir lui demander ça.

— Comment ça « pour quoi faire » ? J'en ai marre de voir les copines se faire emmerder. Voilà pourquoi.

Il m'avait fait entrer et m'avait pris mon imper pour le suspendre à un portemanteau.

— Ton père sait que tu es là ?

— Ben oui, j'ai répondu en haussant les épaules,

c'est lui qui m'a donné votre adresse et je lui ai dit que je venais.

— Et il n'a rien dit ?

— Non. Quand j'ai décidé quelque chose, il sait que c'est pas la peine.

— Je vois. (Je me souviens de son regard en coin.) Et toi, on t'emmerde ?

— Non, et y aurait pas intérêt !

(Je me souviens de son sourire.)

— Oui, ton père m'a dit que toute petite tu étais la terreur de ton école.

(Je me souviens avoir crié.)

— C'est pas vrai ! J'ai jamais tapé un gamin qui ne l'avait pas mérité !

— Oui. C'est ce que tu penses, mais le gamin que tu tapais, tu ne sais pas ce qu'il en pensait…

— Je sais faire la différence entre le bien et le mal !

(Je me souviens de son éclat de rire.)

— Si tu as une méthode, fais-la breveter, ton avenir est assuré !

(Je me souviens l'avoir vu se gratter le crâne pour réfléchir.)

— Je vous demande pas de faire ça pour rien. Je vous paierai !

— C'est pas la question. Pourquoi veux-tu que je te donne des cours privés ? Tu pourrais venir à la salle, comme les autres. Et c'est beaucoup plus formateur, de ne pas apprendre seule.

— Non. Je ne veux pas que ça se sache.

— Pourquoi ?

— Parce que je n'aurai plus l'effet de surprise.

(Je me souviens qu'il a hoché la tête.)

— Je vois. Mais ça va demander du temps.

— Combien ?

— Le temps qu'il faudra, *Scarabée*. Et moi, je ne vais pas m'investir si je ne suis pas sûr que tu veux le faire sérieusement.

— Comment je peux vous le prouver ?

— En venant deux fois par semaine : un soir et le samedi après-midi.

— D'accord.

— Toute l'année. Même pendant les vacances.

— De toute manière, je pars jamais, ça m'emmerde.

— Qu'est-ce que tu fais pendant tes vacances ?

— Je bosse mes matières scientifiques.

— Tu veux faire quoi ?

— Médecine.

— Je vois.

Je me souviens avoir pensé : *il m'énerve de dire qu'il voit, je sais pas ce qu'il voit, moi je vois qu'il me fait tourner en bourrique et j'aime pas ça j'aime pas ça j'aime pas ça.*

Il est resté silencieux un moment, et comme je trépignais sur place, il a dit :

— Viens, je vais te donner ta première leçon.

Il m'a fait passer de son tout petit hall dans un long couloir, et du couloir dans un bureau, et du bureau dans une salle immense qui, il me l'a expliqué plus tard, était l'atelier des artisans verriers qui habitaient la maison avant lui, bien avant lui. Quand on entrait dans la salle, on tombait sur un billard ; au fond, il y avait une cheminée et des fauteuils, et entre les deux un tapis d'entraînement.

Je l'ai vu enlever ses tongs ; j'ai ôté mes chaussures et mes chaussettes et j'ai voulu commencer à me déshabiller mais il m'a arrêtée.

— Qu'est-ce que tu fais là ?

J'ai brandi le sac que j'avais apporté.

— Je vais pas m'entraîner dans cette tenue !

— Qu'est-ce que c'est ?

— Le kimono que j'ai acheté ce matin. Le même que les gars qui s'entraînent au club.

— Tu étais drôlement sûre de toi !

— Oui ! (Je me souviens avoir pensé : *j'ai été élevée comme ça.*)

— Je vois. Mais range ton attirail, tu n'en as pas besoin pour la première leçon.

— Non ? Vous allez me faire un cours théorique, c'est ça ? C'est pas la peine. J'ai lu vos trois bouquins.

— Sans blague ?

Je les ai sortis du sac pour les lui montrer.

(Je me souviens que j'étais fière.)

— Fais voir…

Il les a pris avec une sorte de tendresse.

— Je croyais qu'on ne les trouvait plus nulle part…

— Faut savoir chercher, c'est tout.

(Je me souviens qu'il m'a regardée comme si je n'avais pas quinze ans. Comme s'il ne m'avait pas vue grandir depuis que j'en avais trois. Comme s'il me voyait pour la première fois.)

— Je peux te les emprunter ?

J'ai écarquillé les yeux.

— Euh… oui. Bien sûr. De toute manière, je les connais par cœur. Alors si ça vous fait plaisir…

— Bien sûr que ça me fait plaisir. Je ne les ai pas tenus dans mes mains depuis qu'ils ont été publiés…

— Ah bon ? Comment c'est possible, ça ?

— J'ai prêté mes exemplaires et on ne me les a pas rendus, l'éditeur a fait faillite, j'ai déménagé. Bref…

Il est allé poser les bouquins sur la table basse, entre les fauteuils et la cheminée, et puis il m'a fait signe de venir le rejoindre sur le tapis. En m'approchant du centre j'ai vu qu'il y avait un monticule blanc et des traînées blanches sur le tapis blanc crème.

— On ne peut pas le laisser comme ça.

J'ai regardé de plus près. C'était un très grand puzzle. Seuls les bords et quelques plages étaient assemblés. Le monticule, à l'extérieur des bordures, était constitué par toutes les pièces encore inutilisées.

— Combien y en a-t-il ?

— Douze mille cinq cents. Assemblé, il fera deux mètres cinquante sur quatre.

Je me suis approchée du monticule.

— Où est la boîte ?

— La boîte ?

— Pour ranger les pièces.

— Ah, mais on ne le range pas. Il n'est pas terminé.

— Quoi ?

(Je me souviens de la manière dont il s'est assis en tailleur au bord du cadre. Il a pris une pièce et l'a regardée attentivement comme si toute l'image se trouvait dedans.)

— Mais ça va prendre des mois.

— Devenir médecin, ça prend des années… Il faut être patient…

— La médecine, c'est mon affaire ! Mais vous, *je veux* que vous m'appreniez…

Il a levé les yeux vers moi et son regard m'a arrêtée net.

Je me suis assise en tailleur de l'autre côté du puzzle et je n'ai plus rien dit. Il n'a rien dit non plus mais il a continué à prendre les pièces l'une après l'autre, et à les répartir en petit tas, sans que je comprenne très bien ce qui le guidait pour en poser une ici, l'autre là, parce que, vues de ma place, toutes les pièces étaient blanches, avec peut-être de vagues légères volutes bleues à certains endroits. Au bout d'un moment, je me suis levée, j'ai fait le tour du cadre, je me suis penchée sur le monticule de pièces et j'en ai pris une grande brassée, que je suis retournée poser de l'autre côté.

(Je crois bien que je l'ai vu sourire.)

— On se met à voir le monde autrement dès

qu'on décide de bannir de son vocabulaire le verbe « vouloir »...

Damn, Enzo ! Tu fais chier d'être mort comme ça avant que je puisse...

— ... et le verbe « pouvoir », *Scarabée*.

DÉDALE

Moins essoufflée que je ne le pensais, je range le cycloville à un point d'attache libre, rue de la Maison-Vieille. En marchant jusqu'à l'entrée de la maternité, je sens que ma dernière serviette est maintenant bien imbibée et je croise les doigts en priant Dieu, le Diable et le grand balancier cosmique pour qu'il y en ait dans les tiroirs du meuble, côté soins.

La porte est ouverte, comme Karma l'a annoncé. Le bureau est ouvert, et je vérifie à deux fois que Germaine ne m'attend pas assise sur une chaise, la tête penchée, les mains fourrées dans les poches de la robe de chambre. J'entends des voix dans le bureau de la conseillère de planification. *Un dimanche ?*

Il y a bien des serviettes et des tampons dans l'un des tiroirs. Je fais une rapide estimation de la quantité nécessaire pour tenir jusqu'à demain matin, et je passe aux toilettes.

Quand j'en sors, je vois Karma assis de profil derrière le comptoir d'Aline, face à l'écran de l'ordinateur. Il tourne la tête vers moi et son visage s'éclaire.

— Ah ! C'est vous ! *Et re le vouvoiement !* Je croyais que j'avais une autre patiente. (Il fronce les sourcils.) Vous avez de nouveau une migraine ?

— Non, non, pas du tout.

J'hésite à lui dire pourquoi je suis venue. Je ne le

sais pas bien, à vrai dire. J'aurais pu aller me chercher des serviettes et des tampons ailleurs, plus près de chez moi. Mais je n'avais qu'une idée, venir ici. Et je n'arrêtais pas de buter sur le fait que ma voiture était restée devant la maternité, qu'il n'y a pas de bus pratique le dimanche, que j'étais trop fatiguée pour marcher jusqu'ici, que je n'avais pas du tout envie d'appeler quelqu'un pour me véhiculer (et puis qui, d'abord ? Pas *lui*, évidemment… Dominique ? Elle est beaucoup trop occupée avec sa juliette et leur projet de bébé et si ça se trouve, aujourd'hui elles ont l'un de leurs repas du dimanche chez les parents de l'une ou de l'autre…), jusqu'au moment où je me suis mise à « penser hors de la boîte » : *mais ma petite fille tu sais pédaler, d'accord ça fait longtemps que tu n'es pas montée sur une selle — aussi longtemps que sur un tatami* (c'est fou ce que ça m'a coupée du monde ces foutues études de médecine quand j'y pense, la seule activité physique que j'aie commencé à mon arrivée dans l'amphi de première année, quand j'y pense, c'est le sexe — et je suis sûre que même si je reste six mois sans baiser en admettant qu'il y ait encore quelqu'un d'intéressant à baiser pour moi dans cette foutue vie je saurai encore) —, *mais l'un dans l'autre, l'un sur l'autre, l'un comme l'autre ça ne s'oublie pas*. Alors j'ai sauté sur le dernier Cyclo qu'il restait au bas de mon immeuble et me voilà comme une andouille, appuyée au comptoir. Je le regarde, il me fait un bon sourire de père bienveillant qui m'énerve et je baragouine :

— Vous êtes toujours en train de répondre aux courriels du forum ?

Il baisse les yeux vers l'écran et dit :

— Non. Là, j'en avais un peu marre, je les laisse s'empiler et je fais autre chose. Tu as cinq minutes ?

(J'aime quand il passe du vous au tu, ça veut dire

qu'il se détend, qu'il est moins défensif, et ça me détend aussi.)

— Oui. Je suis libre comme l'air.

Je le regarde droit dans les yeux. Je le vois hésiter mais je suis sûre à présent — *je crois que je commence à te connaître mon bonhomme* — qu'il ne va pas poser de questions sur ma présence dans ses murs.

— Je peux te faire lire quelque chose ?

— Bien sûr.

Il ouvre un fichier, l'imprime et me tend les feuilles.

AUDITIONS

Le Parcours des combattantes par F.K.

Antoinette E., 45 ans, a un DIU hormonal et une sécheresse vaginale, elle m'interroge sur le traitement substitutif de la ménopause et la vaccination contre le HPV pour sa fille et le dépistage du cancer de la prostate pour son homme qui a 55 ans et il a déjà eu le check-up cardiologique, elle le lui a fait faire, mais ça il ne veut pas y passer, elle ne comprend pas pourquoi : « Nous les femmes on n'arrête pas de nous coller des instruments dans le vagin deux fois par an depuis qu'on est adolescentes, alors il peut bien supporter qu'on lui mette le doigt dans le derrière une fois tous les cinq ans pour que j'aie l'esprit tranquille, non ? »

*

Brigitte M., 43 ans, femme obèse et modeste, vient avec sa fille de cinq ans qui a un retard psychomoteur. Elle a un implant, que je lui ai posé il y a 2 ans 1/2. Elle vient le faire changer six mois plus tôt comme je le lui ai conseillé, étant donné son poids. Elles doivent prendre leur autocar pour le nord du département, dans une demi-heure, sinon le prochain, c'est ce soir. Je lui fais le retrait-repose en moins de 10 minutes anesthésie locale comprise, elle est tout heureuse. En partant, sa fille, qui n'a pas dit un mot (elle l'accompagne toujours, elle ne dit jamais rien), lève les bras vers moi et me fait un baiser tout mouillé sur la bouche.

*

Yasmina R., 30 ans. Elle vient retirer/reposer un implant. Elle parle de manière hésitante, avec un fort accent maghrébin. Elle est timide et souriante, elle a peur d'avoir mal. Je lui fais son retrait/repose plus vite encore qu'à la patiente précédente, sans douleur aucune. Alors que je lui mets les petits sparadraps collants et le pansement par-dessus la minuscule incision, elle risque : « Dis-moi, docteur, je peux te demander ? » Sa fille de 17 ans a des règles extrêmement douloureuses et elle me demande ce qu'il faut faire. Je lui prescris un anti-inflammatoire et lui dis de venir avec elle si ça ne suffit pas, et qu'elle la rassure : je n'aurai pas besoin de l'examiner mais si elle veut venir, elle est la bienvenue. En sortant, elle me dit : « Merci, docteur, tu es gentil. » Les patientes migrantes aussi me disent souvent ça. Je suis gentil. Qu'est-ce que ça veut dire dans leur esprit, « gentil » ?

*

Une mère venue avec sa fille de douze ans. La fille m'écoutait attentivement expliquer à la mère comment prendre sa pilule pour ne pas se retrouver enceinte.

*

Gina P., 19 ans. M'est envoyée par sa mère pour frottis « parce que son copain l'a peut-être trompée ».

Elle a peur du sida, des maladies, etc. Bref.

Je lui explique que je ne peux pas savoir si son ami l'a trompée en lui faisant un frottis.

Elle demande pourquoi. Je dis : « Parce que ça ne se voit pas. »

« Mais si je n'ai rien, ça veut dire qu'il n'a rien attrapé, non ? »

« Non, pas forcément. »

« Il peut attraper une maladie et ne pas me la coller ? »

« Oui, bien sûr, mais surtout... Il peut aussi avoir d'autres partenaires sans rien attraper... »

Elle éclate en sanglots.

Je ne supporte pas toujours très bien d'avoir à leur expliquer la vie franchement. Et puis, de quel droit je lui ai dit ça ?

*

Thérèse E., 18 ans. A accouché il y a six semaines. Déchirée +++. Saigne encore. Ne veut plus avoir de rapports sexuels de sa vie. En attendant qu'elle change d'avis, je lui pose un implant (à sa demande, mais elle est terrorisée) en lui disant que ça ne fera pas mal. Malgré l'anesthésique et les bonnes paroles et toutes mes précautions, je lui fais mal quand même.

*

Premières fois :

« J'ai quinze ans, on m'a dit qu'il fallait que je me fasse examiner une première fois, pour voir si tout marche bien. »

« C'est vraiment la première fois que je ne sens pas ce truc (le spéculum) quand un médecin me le pose. »

« Je suis venue pour prendre la pilule parce que mon ami et moi on a envie d'avoir des relations et il voulait commencer avec les préservatifs, mais moi j'ai préféré venir, je lui ai dit que je me sentirais pas en sécurité si je prenais pas la pilule, mais en fait c'était aussi pour vous poser une question. Voilà : la toute première fois, est-ce que ça fait mal ? »

« Pardonnez-la, elle est timide, c'est la première fois qu'elle vient voir un gynécologue et d'habitude elle n'en met jamais parce qu'elle dit que ça la gêne mais là j'ai insisté pour qu'elle en achète un, je trouvais pas correct qu'elle se déshabille et qu'elle se montre sans soutien-gorge. Ah bon, vous n'allez pas l'examiner ? Ah, ben alors c'était bien la peine qu'elle me fasse tout ce foin ! »

« Vous ne posez pas beaucoup de questions indiscrètes, vous. C'est bien la première fois qu'on ne me tire pas les vers du nez. La dernière fois, votre confrère d'en dessous, il n'arrêtait pas de me demander combien j'avais de partenaires et quand je lui disais un et un seul, il ne me croyait pas, il insistait : "Vous êtes sûre ? Vous êtes bien sûre ?" J'ai failli lui demander s'il n'avait pas fait un stage à la Gestapo pendant ses études, mais j'ai pas osé, quand même. »

« J'aurais jamais cru que je dirais ça un jour, mais c'est bien la première fois que je suis contente d'avoir affaire à vous plutôt qu'à une femme. »

« J'ai jamais eu mes règles correctement et là, depuis novembre dernier je les ai pile le 12 du mois, c'est la première fois que ça m'arrive, ça m'inquiète vraiment. »

*

Anita M., 28 ans. Saignements sur DIU. Cinq enfants (en 8 ans). Après une cœlioscopie pour salpingite aiguë, son gynéco (elle l'a vu à la clinique Saint-Ange mais il exerce aussi à la maternité, consultations publiques et consultations privées) lui a dit qu'elle était stérile, que c'était pas la peine de prendre une contraception. Il a déclaré d'un air hautain que ses trompes et son utérus n'étaient plus bons à rien et que c'était de leur faute, à son mari et elle, à force de courir à droite et à gauche ils avaient dû choper une saloperie ; et d'ailleurs, faire des mômes sans arrêt c'était vraiment con, de nos jours, et que finalement, cette stérilité c'était un service qu'elle se rendait. Et à la société, en plus. Toujours est-il qu'elle est ressortie sans contraception, en deuil de sa fécondité et mortifiée par les accusations de ce connard. Elle n'avait pas trompé son mari (avec cinq enfants en bas âge, elle aurait fait comment ? Dans l'ascenseur de sa tour ? — Elle vit au douzième ! Avec un livreur ?) et elle n'arrivait pas à croire que son mari ait une maîtresse. Six mois après elle était enceinte à nouveau et elle débarquait ici, pas question de se retrouver dans les pattes de ce con-*pas-du-tout*-frère, bien entendu. Elle avait demandé à la clinique de m'envoyer son dossier, qu'ils m'avaient transmis sans les notes du praticien, bien sûr, mais avec tous les examens biologiques. Cet imbécile aurait mieux fait de se taire et de regarder le résultat des prélèvements : la salpingite d'Anita était due à un Strepto B, pas à une IST, et donc ni elle ni son mari n'y étaient pour rien. Et comme sa salpingite était complètement guérie bien sûr, juste après son IVG, je lui ai posé un DIU — ce que le même gynéco avait toujours refusé de faire. Son mari (qui l'avait accompagnée ici et qui était présent quand j'ai dit ouvertement ce que je pensais de tout ça) est allé casser la gueule au gynéco. Comme le susdit n'est pas seulement très con, mais aussi, évidemment, très bien placé, il l'a envoyé en correctionnelle. J'ai fait une attestation en faveur du mari et j'ai dit à l'avocat que je suis prêt à aller témoigner à décharge, qu'à sa place j'aurais fait la même chose. (Le secrétaire de l'Ordre m'a appelé pour me déconseiller fortement d'aller au tribunal, je lui ai répondu que s'il voulait m'en convaincre il n'avait qu'à me faire sa demande par écrit — autrement dit, il peut aller se faire foutre car comme il n'est pas seulement secrétaire de l'Ordre départemental mais aussi associé du plaignant, il ne va évidemment pas me donner, par écrit, des verges pour les battre tous les deux. Ils sont très cons mais malheureusement pas à ce point…) Aujourd'hui, Anita venait parce qu'elle a mal au ventre et craignait que sa salpingite ne recommence, mais je l'ai rassurée : c'est une douleur de paroi, après cinq grossesses rapprochées elle a le droit d'avoir une hernie. Je lui ai demandé si elle voulait toujours une ligature des trompes mais elle préfère garder le DIU pour le moment — elle l'a depuis 9 mois, elle s'est habituée, elle se sent bien mieux et s'il n'y avait pas cette perspective de procès qui leur pourrit la vie, son mari et elle seraient beaucoup plus détendus tous les deux à l'idée qu'elle ne risque pas d'être enceinte tous les quatre matins, et qu'elle n'est pas stérile non plus.

*

Véronique E. A arrêté sa pilule en juillet. Retard depuis 6 semaines. Vient avec son compagnon. Timide mais contente d'être enceinte. Elle me dit : « Vous ne me trouvez pas trop jeune ? » (Elle a dix-neuf ans.) Je réponds : « Comment vous sentez-vous ? » Elle : « Moi, je suis très heureuse, on est très heureux (son compagnon acquiesce) mais c'est tout le monde autour de nous qui nous dit que c'est de la folie. » Moi : « C'est votre vie, pas la leur. » Elle : « Vous connaissez d'autres jeunes femmes qui ont eu des enfants si jeunes et qui vont bien ? » Moi (en soupi-riant) : « J'en connais une. Elle a eu sa fille au même âge que vous. » Elle : « Quel âge a-t-elle, à présent ? » Moi : « Le double de l'âge de sa fille. » Ça les a fait rire.

*

Catherine S. Vient pour se faire poser un DIU quinze jours après une IVG médicamenteuse. Très peu expressive. Elle me semble presque a-réactive. Elle sent à peine que je lui pose le DIU (ou l'exprime à peine) alors qu'elle est nullipare. Pendant toute la consultation elle me répond par des phrases de quatre mots. Si elle n'avait pas moins de trente ans, on pourrait croire qu'elle a une maladie de Parkinson. Au bout d'un moment, j'attribue ça plutôt à la sidération d'avoir subi son IVG dans des circonstances dont elle n'a pas voulu me parler mais qui semblent avoir été très, très difficiles. Et, contre toute attente, lorsque sur le pas de la porte, alors qu'elle va sortir, je dis, pour la dérider (et en le regrettant tout de suite, parce que *de quoi je me mêle* ?) qu'on peut avoir des rapports sexuels dès le soir de la pose du DIU, elle me fait un grand sourire, comme si ça la libérait. Comme quoi…

*

Révoltes récurrentes :

« Je ne savais pas que ce service existait. C'est dégueulasse de ne pas dire que vous existez. »

« Pourquoi est-ce qu'on ne m'a pas envoyée chez vous plus tôt ? »

« Pourquoi est-ce que vos collègues d'à côté ne m'ont pas dit que vous posiez/enleviez les DIU/les implants et qu'on peut choisir la contraception qu'on veut ? »

« Pourquoi est-ce qu'aucun des médecins que j'ai vus auparavant ne m'a jamais expliqué comment mon corps fonctionne ? »

« Pourquoi est-ce que certains médecins nous donnent toujours l'impression qu'on les embête quand on leur pose une question ? C'est pas leur boulot, de répondre aux questions et de nous rassurer ? Elles ont servi à quoi, exactement, leurs études ? »

« Pourquoi tous les médecins à qui j'ai demandé une ligature des trompes, avant vous, m'ont-ils traitée comme une psychotique ou une débile profonde ? Je ne VEUX PAS d'enfant. Et je ne comprends pas leur logique à la con qui consiste à dire : "Ah, mais c'est irréversible, réfléchissez-bien, vous pourriez le regretter." Qu'est-ce que c'est que ces conneries ? Quand on *fait* un enfant, c'est irréversible aussi, non ? En quoi décider de ne jamais en avoir, ça serait plus grave ou plus irréversible que le fait d'en avoir un ou trois ou huit ? Qu'est-ce qu'ils ont dans la tête, tous autant qu'ils sont ? Aussi bien les bonnes femmes que les mecs, d'ailleurs. Les gynécos femmes, quand on leur dit qu'on ne veut pas d'enfant, c'est comme si on leur arrachait personnellement leurs ovaires. Est-ce qu'elles ne pourraient pas s'occuper de leurs fesses, au lieu de venir foutre leur nez dans ce que je fais des miennes ? »

(Celle-ci était très très très en colère…)

*

Sandrine T., 21 ans. Elle me dit d'emblée qu'elle était SDF il y a peu (elle s'arrête pour regarder ma réaction, et quand elle m'entend dire : « Je comprends très bien », elle fait un sourire qui veut dire : « Non, vous ne comprenez pas, mais au moins vous ne tordez pas le nez comme si j'étais une pestiférée », et continue), ça fait seulement quelques mois qu'elle n'est plus à la rue. Elle vient parce qu'elle a des règles de temps à autre avec son implant, pas très souvent, mais quand ça arrive ça dure trois semaines.

— Et ça, explique-t-elle, c'est la galère vu que je suis SDF. Enfin, je l'étais. Mais bon, je préfère quand même avoir mon implant, d'abord ça me coûte moins cher et puis j'ai pas besoin de perdre du temps à aller faire la queue à la pharmacie, et une pilule j'aurais encore peur d'oublier. Je ne voudrais pas être enceinte. J'ai eu trop d'accidents. De la rue, de la route, du sexe… Je l'ai depuis un an et demi, j'étais dans un foyer, j'ai insisté auprès du médecin qui passait là et qui ne nous regardait même pas, il m'a envoyée à un de ses confrères qui m'a posé l'implant sans anesthésie en disant : « De toute manière vous êtes habituée à la dure. » Ensuite, chaque fois que je passais pour le voir quand je saignais trop, la secrétaire me toisait et me disait : « Vous n'avez même pas un bon d'aide médicale gratuite, je parie. » Bref, vous voyez, des gens charmants. Alors j'en ai assez de ces gens-là. C'est à cause d'eux que j'ai eu toutes ces IVG. (Elle attend que je demande « Combien ? » mais je ne dis rien.) Je suis obligée de vous dire combien ?

— Bien sûr que non. C'est *votre* histoire. Vous me dites ce que vous voulez.

Je lui ai donné un stock d'ibuprofène en lui disant que si ça ne s'arrangeait pas elle revienne, je lui poserais un DIU hormonal pour qu'elle ne saigne pas. Elle : « Mais c'est pas hors de prix ? » Moi : « Les échantillons des labos sont pas faits pour les chiens et si ça peut vous éviter de saigner, vous serez tranquille pour cinq à sept ans... » Elle : « Vous pourriez voir ma petite sœur ? Elle a quatorze ans, elle vit dans un foyer d'ados en rupture, elle est obligée de coucher avec un des éducateurs, elle a demandé qu'on lui pose un implant aussi mais on le lui a refusé. Le type qui la viole met des capotes parce qu'évidemment il veut pas qu'elle soit enceinte, mais comme il ne veut pas qu'elle couche avec quelqu'un d'autre, il a dit au médecin qu'il fallait pas qu'on lui pose l'implant. » Je lui ai dit de me l'amener n'importe quand, même un dimanche, je lui poserai son implant, bien sûr. Je lui ai aussi donné l'adresse d'une avocate qui s'occupe des adolescents et qui fait des vacations trois fois par semaine à l'aide judiciaire ; elle va l'aider à régler son compte à ce salaud d'éducateur.

*

Yrina B., trois enfants, 23 ans ! Elle vient avec une ravissante petite fille brune aux yeux marron de cinq ans qui reste sagement assise dans la salle d'attente. Elle a eu trois enfants en trois ans puis on lui a recommandé de faire une pause. Elle voudrait que je lui enlève son stérilet. Elle le porte depuis deux ans et elle commence à avoir envie d'un autre bébé. Je n'ose pas lui demander combien elle en veut. Elle me dit qu'elle va prendre la pilule pendant les mois qui viennent, mais qu'il lui est déjà arrivé de tomber enceinte sans oublier sa pilule, alors je lui dis que si elle la prend en continu, le risque d'être enceinte sans le vouloir sera infinitésimal. Elle ouvre de grands yeux : « Mais j'aurai pas de règles. » Moi : « Exactement. Ce n'est pas dangereux du tout. Ça vous inquiète ? » Elle : « Non ! C'est bien ! Je vais faire des économies ! »

*

Bernardine D., 38 ans. Son implant l'a fait passer de 85 à 108 kilos. Le médecin à qui elle a demandé de le lui enlever ne l'a pas retrouvé en examinant son bras. Il l'a envoyée à l'échographie. L'échographiste ne l'a pas trouvé non plus. Il l'a envoyée faire une IRM et (il aurait dû le savoir, puisqu'il est écrit partout qu'on ne voit pas les implants à l'IRM) le radiologue ne l'a pas trouvé non plus. En désespoir de cause, elle arrive ici. Je la fais asseoir, je lui demande où (dans son souvenir) l'implant a été inséré, elle me dit « là » en passant la main sur son biceps. Je ne sens rien, mais beaucoup plus près du coude, en éclairant correctement la peau, j'aperçois une tache blanche qui ressemble furieusement à une cicatrice d'insertion. Eh oui, l'implant est là, on le sent parfaitement rouler sous le doigt, y a plus qu'à souffler dessus pour le faire sortir, c'est tout juste si elle ne m'embrasse pas. Je lui demande si elle veut une autre contraception, elle me dit non, on a décidé d'avoir un autre enfant. Je demande combien elle en a. Elle me répond : « Sept, mais j'ai toujours voulu en avoir huit, et j'ai que des filles, cette fois-ci ça sera peut-être un garçon, pour changer. Mais après, je me ferai faire une ligature des trompes. » Je lui donne l'adresse d'un chirurgien qui ne lui dira pas qu'elle est encore jeune, qu'elle devrait réfléchir, que si jamais « elle en perd un » (à croire que les enfants ça se remplace comme les assiettes ou les nains de jardin)... Bref, un qui ne lui balancera pas les conneries monstrueuses qu'on oppose aux femmes qui demandent une stérilisation tubaire parce qu'elles *ne veulent plus* d'enfant, des conneries encore plus insupportables que celles qu'on oppose à celles qui n'en veulent pas.

(Là, c'est moi qui suis très en colère. Et c'est pas près de s'arranger.)

*

Biais de sélection :

Bien sûr que toutes les femmes de Tourmens qui vont voir un médecin pour une contraception, une grossesse, une IVG ne sont pas obèses, migrantes, immigrées voilées, seules et abandonnées, adolescentes en rupture ou mères sous-prolétaires en attente de leur bulletin d'aide médicale. Mais ce sont celles-là que nous recevons ici. Et si elles viennent ici c'est parce qu'on ne veut pas d'elles ailleurs. Essayez d'appeler un gynécologue de ville en prenant l'accent du Maghreb ou en disant que vous vivez dans une roulotte et vous verrez comment vous serez reçue. Et ce « biais de sélection » est ce qui amène presque toujours les femmes qui consultent ici. Et quand ce n'est pas le voile ou l'obésité ou l'aide médicale, ce sont les douleurs inexpliquées qui durent depuis des mois, les saignements qui pourrissent la vie, les angoisses de grossesse ou de stérilité… Toutes les choses qui nécessitent de *donner un peu de son temps* pour écouter ce qu'elles ont à en dire si on veut y comprendre quelque chose. « Mais le temps, n'est-ce pas, c'est de l'argent. Et on ne va tout de même pas en donner à toutes ces emmerdeuses, n'est-ce pas ? »

La médecine française est, purement et simplement, une médecine de classe. Un trop grand nombre de « professionnels » méprisent souverainement tous les patients et les traitent comme des enfants — et plus encore les femmes, *parce que ce sont des femmes*.

*

Angélique F., 19 ans, changement d'implant ; elle veut s'en faire poser un deuxième, elle est très contente, très tranquille, elle revit. Elle a été enceinte pour la première fois à 16 ans et a fait trois (oui, TROIS) IVG consécutives la même année avant de tomber sur un médecin qui lui propose un DIU ou un implant. Les autres lui délivraient des boîtes de pilules gratuites pour trois mois en croyant bien faire sans penser qu'elle aurait du mal à venir se réapprovisionner, elle habite à vingt-cinq kilomètres en pleine campagne, elle avait lycée le mercredi matin, le samedi les centres sont fermés et elle pouvait difficilement demander à sa mère (qui ignorait qu'elle avait des rapports sexuels) de l'amener à l'hôpital quand elle arrivait au bout de sa plaquette. Et bien sûr, quand elle allait voir un médecin pour lui dire qu'elle était enceinte, il commençait *d'abord* par l'engueuler !

*

Juliette S., 33 ans, femme manouche, 4 enfants. Vient avec l'infirmière puéricultrice héroïque qui ne travaille qu'avec des femmes du voyage et les amène toutes ici dans sa voiture. Juliette veut se faire retirer son implant : « J'ai pas mes règles et ça m'a fait grossir. » Elles ont parlé du DIU, elle est d'accord pour essayer. Elle préfère que je le lui pose aujourd'hui (« Comme ça, ça sera fait, j'aurai pas besoin de revenir, on n'est pas toujours par ici et on s'en va dans quinze jours »). Quand je pose le DIU, elle est gênée, elle se cache les yeux, elle ne sent pas la pose. Elle ne sent pas non plus le retrait d'implant, l'incision la plus petite que j'aie jamais faite, je pense. En sortant, tout étonnée que ça se soit passé sans douleur et très vite, elle me dit : « Merci, tu es gentil, monsieur le docteur. » À la réflexion, « Tu es gentil, docteur », ça veut peut-être tout simplement dire : « Tu ne fais pas mal. » *Mais nom de dieu, chez un médecin, la gentillesse ça devrait être un équipement de série, pas une option ! ! ! ! ! !*

*

Lisa D. a vingt et un ans, elle ressemble à une des héroïnes de *Primary Care*, je lui en ai parlé la première fois qu'elle est venue. Elle est ravissante, elle a des seins ronds et pleins mis en valeur discrètement mais de manière appétissante par un pull fin très décolleté à manches longues.

Elle est en jupe noire ajustée, elle a changé de coiffure, elle porte un collier métallique qui ressemble à une sculpture mobile et j'ai peur que ça la blesse mais elle me dit qu'il est très léger et qu'elle ne le sent pas.

Elle enlève son pull, elle porte un très joli soutien-gorge et sa poitrine l'est encore plus (ferme les yeux, t'es pas là pour te les rincer, mon grand).

Je lui pose un implant, deux secondes à peine. « Voilà (je soupire), c'est déjà fini. » « C'est vrai ? (elle sourit), ah, tant mieux. » Elle remet son pull, je resoupire.

Elle me dit que depuis la dernière fois, elle s'est mise à regarder *Primary Care* en streaming et qu'elle aime beaucoup.

Elle me parle de son métier (elle travaille dans une pharmacie).

Je n'arrête pas de soupirer en lui parlant. J'aimerais pouvoir lui dire qu'une consultation comme celle-ci, ça me repose des autres et que j'aimerais qu'elle dure deux heures, et même qu'elle vienne tous les jours, juste pour bavarder, mais je ne vais pas lui ouvrir mon cœur.

Dans ce métier, on doit ouvrir son cœur à celles qui ont mal pour leur montrer qu'on les soutient, et le fermer à celles qui nous font du bien pour éviter de les vampiriser.

Plus masochiste que ça, tu meurs.

Parfois, je suis malade de penser qu'un jour tout ce savoir-faire acquis pour faciliter la vie des femmes sera perdu. Ça me donne envie de pleurer.

Mais patiemment, je reste là.

Et j'attends la patiente Alpha.

Franz Karma (généraliste, Tourmens)

Je m'étais assise sur une des chaises du couloir pour lire. Quand je lève les yeux, Karma est toujours assis devant son écran, mais il me regarde ; je devine qu'il a cherché à lire mes réactions. Il sourit d'un air gêné. J'ai tellement de questions à lui poser que je ne sais pas par laquelle commencer et du coup la première sort toute seule.

— Pourquoi avez-vous écrit ça ? dis-je. Je veux dire : dans quel but ?

— Je ne sais pas encore. Pour une revue, si j'en trouve une qui en veut. (Il soupire.) Sinon, je pourrai toujours le poster sur le site.

Je pose les feuilles sur mes genoux et je réfléchis à ce que je vais dire.

— On sent que vous êtes en colère.

Il rit.

— Ah oui ? Sans blague !

Je me lève et je m'approche du comptoir.

— Moi aussi, ça me met en colère de lire ça.

Il fait pivoter son siège, croise les mains sur son ventre, bascule un peu en arrière.

— Eh bien, ça me soulage que vous me disiez ça. La colère est une des choses que j'ai envie de faire passer dans ce genre de textes.

— Oui, il y a des informations, aussi. Et puis, il y a plein de choses qui rendent perplexe... qui font réfléchir.

— Bon, dit-il. Alors je n'ai pas perdu mon temps.

— Vous avez passé beaucoup de temps à l'écrire ?

— *Mmhhh*. Trente ans.

J'éclate de rire.

— Est-ce que je peux voir un médecin ?

Je me retourne vers la porte. Karma se penche au-dessus du comptoir.

— Bien sûr, madame, dit-il.

Il lève la tête vers moi avec un regard interrogateur. J'incline le menton — *oui, bien sûr.*

Je me tourne vers la patiente.

— Vous avez même le choix, puisque nous sommes deux : préférez-vous voir un homme ou une femme ?

Elle s'approche timidement, elle sourit faiblement, elle a l'air triste et lasse. Elle dit :

— Ça m'est égal. Du moment qu'il y a quelqu'un pour m'écouter. Mais comme on est dimanche, j'avais peur...

— Ici, le dimanche, les femmes ont droit à *deux* médecins, dis-je.

DÉONTOLOGIE

Après avoir reconduit la patiente à l'entrée, je retourne dans le bureau. Karma a sorti son ordinateur portable et tape avec fureur.

— Vous notez ce qu'elle nous a raconté ?

— Non. C'est trop... Toutes les histoires que j'écris sont transformées, modifiées, mélangées. La sienne, je ne peux pas y toucher tant elle est... insupportable. Et je ne peux pas la transcrire purement et simplement, j'aurais trop peur qu'elle lise le texte et s'y reconnaisse. Non, là, j'écris le souvenir d'une patiente à qui j'ai pensé en l'écoutant. Et comme c'est un souvenir, je sais que c'est probablement faux.

— Faux ?

— Oui. Reconstruit. Nos souvenirs sont souvent très différents de la réalité. Tu n'as pas vu ça, dans ton cours de neuropsychologie psychanalytique ?

Ça existe, ça ?

Je me sens rougir jusqu'aux oreilles.

— Je n'ai pas eu de cours de neuropsychologie psycha...

— Je plaisantais. Un tel cours n'existe nulle part. Et puis, les médecins français n'ont pas besoin d'un cours sur l'inconscient : ils sont persuadés qu'ils n'en ont pas... Mais en ce qui concerne les souvenirs, je suis sérieux. Fais l'expérience suivante : rappelle-toi un film que tu aimes beaucoup, mais que tu n'as pas revu depuis plusieurs mois au moins, et choisis une scène que tu te rappelles vivement. Décris-la très précisément, comme si tu la voyais sur un écran : la position des personnages, leurs vêtements, l'angle de la prise de vues, les dialogues, etc. Une fois que tu l'as fait, va louer le film. Tu seras surprise par les différences.

Sur ce coup-là, Sensei, *je ne marche pas. Ma mémoire est rarement dans l'erreur.*

— Et vous attribuez ces différences à quoi ?

— Si j'ai bien compris, nous mémorisons au mieux ce qui est associé au plus près à une émotion. Mais comme le souvenir est stocké *avec* l'émotion (il sourit en disant ça), il se déforme, il « ploie sous l'émotion », en quelque sorte, afin de… « l'épouser et d'entrer dans la mémoire ».

— Un peu comme, dis-je, insatisfaite par sa figure de style, un peu comme une pièce de puzzle qu'on forcerait à entrer dans un espace trop étroit… et qui reprendrait sa forme quand on la sort…

Il penche la tête pour me regarder, puis se remet à écrire.

Je prends une grande inspiration et je lance la question qui me brûle les lèvres.

— Pourquoi en voulez-vous tellement aux gynécologues ?

— *Mmmhh.* C'est l'heure de la question à 100 000. Eh bien, le texte que je t'ai fait lire est un embryon de réponse.

— Mais ils ne sont pas *tous* comme ça !

— Non, bien sûr. Mais ceux qui font bien leur boulot, on n'entend jamais les femmes s'en plaindre. Le problème, c'est tous ceux qui ne le font pas. Et personnellement, je les trouve beaucoup trop nombreux. Et ce n'est pas parce qu'ils ne sont pas *tous* comme ça qu'il ne faut rien dire. On ne peut pas taire les méfaits des uns pour ménager les autres. Ou alors, il n'y a aucune raison de dénoncer les flics qui commettent des bavures, les avocats marrons, les politiciens corrompus. Se taire, c'est être complice.

— Mais la confraternité...

Il frappe du plat de la main sur la table.

— *Je conchie la confraternité!* Mes obligations éthiques vont *d'abord* aux patientes, *ensuite* aux autres médecins. Et s'il faut prendre position, je préfère me tromper *avec* une patiente plutôt qu'avoir raison *contre* elle !

L'espace d'une seconde, il reste suspendu, comme un volcan juste avant une éruption. Mais bizarrement, ça ne me fait pas peur, je sais que cette bouffée de colère ne m'est pas destinée, je vois avec quel effort il se contient, je *sens* que la meilleure chose à faire, c'est de garder les mains croisées sur mes genoux croisés, de le regarder calmement et avec une certaine surprise, et je m'entends dire sans ironie :

— *Mmhhh*. Je comprends.

Il me dévisage longuement et puis, ses épaules s'affaissent, il rougit et sourit comme s'il venait d'être pris la main dans le sac, hoche la tête, grommelle :

— Excuse-moi. Je ne voulais pas perdre mon calme.

— Je sais...

— Tu vois, dit-il en se frottant les yeux, depuis que j'ai commencé médecine, je suis guidé par une phrase, qui me revient comme un leitmotiv obsédant, et qui (son regard se dirige vers le plafond, comme pour y chercher un souvenir) nous servait presque de devise, à quelques copains et à moi... C'était une phrase de Brecht qu'on avait torturée et récrite pour la faire correspondre exactement à ce qu'on ressentait : *Celui qui ne cherche pas la vérité est lâche ou imbécile.*

Je suis prise d'un frisson intérieur qui me fait trembler des pieds à la tête et je poursuis :

— *Mais celui qui tait sciemment la vérité est un criminel.*

Stupéfait de m'avoir entendue finir sa phrase, mais aussi, je crois, en percevant cette extrême émotion dans ma voix et sur mon visage, il se penche vers moi et pose la main sur mon bras.

— Tu l'as déjà entendue ?

J'ai du mal à parler tant ma bouche s'est soudain asséchée.

— C'est une phrase que mon père répétait sans arrêt.

— Ton père. Comment s'appelle-t-il ?

— John Atwood. Vous le connaissez ?

— Non. Tu dis « il la répétait ». Il est décédé ?

— Non. Autant que je sache, il est toujours en vie. Mais je ne le vois plus.

— Depuis quand ?

— Le lendemain de mon vingt-cinquième anniversaire, il a fait ses valises et il m'a abandonnée pour partir au Canada.

— Il t'a *abandonnée* ? On n'*abandonne* pas à vingt-cinq ans !

— Quand on s'en va du jour au lendemain, c'est un abandon !

— Il est parti... sans donner d'explication ?

J'avale ma salive, je me sens de plus en plus mal.

— Il m'a appelée quelques jours plus tard, pour m'expliquer ses raisons, mais je n'ai pas voulu les entendre.

Je lui lance un regard numéro 12 — *si tu me balances un* « Mmmhh » *ou un* « Je vois », *je t'étripe* —, mais il pose le bras sur le bureau, baisse la tête, la secoue comme s'il avait du mal à comprendre.

— Et aujourd'hui ? Tu n'aimerais pas entendre ses raisons ?

— Qu'est-ce que ça changerait ?

— Je ne sais pas. Le seul moyen de le savoir...

— *C'est de poser la question au premier intéressé,*

oui, ça va, je connais la chanson. Mais ça ne m'intéresse pas, moi. Et je n'ai pas envie d'en parler.

Je me lève, je me dirige vers le placard, je déboutonne la blouse pour la ranger dans le placard, je me retourne, je le vois ouvrir la bouche, je m'arrête, j'aboie.

— *Quoi!!!?*

— Rien, je vois que tu as envie de rentrer chez toi…

— Oui, je suis crevée et puis en plus… Je suis patraque. *Qu'est-ce qui me prend de lui dire ça?* J'ai mal au bide, J'ai mes rè…

(Il hoche la tête.)

— Tu as tes raisons.

La blouse dans les mains, je réfléchis très vite et je demande :

— Qu'est-ce que vous allez faire, vous ?

— Comme tous les dimanches en ce moment : passer l'après-midi dans la petite section (il regarde sa montre), et il est temps que j'y aille, Aïcha s'en va dans cinq minutes.

— Je vous rejoins, dis-je en me reboutonnant.

— Quoi ? Tu es sûre ?

— Hey ! Ne me traitez pas comme une gamine ! Je suis encore interne dans ce service, non ?

— Si, si, bien sûr.

— Bon. Alors, je sais ce que j'ai à faire. Allez-y, puisque Aïcha doit partir. Moi, je range et je vous rejoins dans un quart d'heure.

— *Comme vous voudrez…* dit-il en s'inclinant. Et, sans un autre regard, il quitte la pièce.

MÉTAMORPHOSES

Ce n'est pas seulement pour ranger que je l'ai envoyé en avant, c'est aussi pour me changer, là-dessous c'est les grandes eaux, et si je ne veux pas me retrouver avec un pantalon complètement taché…

Assise sur le siège des toilettes, je viens d'enlever mon tampon quand *bien entendu* mon téléphone portable sonne. Mathilde — *merde elle a pas bien choisi son moment, celle-ci, mais quelque chose me dit qu'il faut que je réponde.* « Tu peux patienter juste une seconde ? » Je fourre le tampon sanguinolent dans un sachet pour le foutre à la poubelle, je me dépêche d'en mettre un autre et, les fesses encore à l'air, je m'assieds pour lui parler.

— Comment vas-tu, ma chérie ? (*Ça y est, elle aussi elle passe au tutoiement.*) Je suis passée hier comme prévu pour te prendre mais tu n'étais pas là…

— Ah, oui. Désolée. J'avais une migraine carabinée. (*Elle ne va pas me croire mais je m'en fous.*)

— Ah, je vois. Je comprends. Et tout à l'heure, j'ai appelé chez toi, ça ne répondait pas, et sur ton portable non plus, je t'ai laissé deux messages, tu ne les as pas eus ? Un dimanche après-midi, ça m'a étonnée.

— Je suis à l'hôpital.

— Ah bon ? Rien de grave ?

— Non, je suis… d'astreinte.

— Ah, tant mieux. Comme on n'a pas pu se voir hier soir, je voulais passer te prendre ce soir, pour parler de la réunion de mardi.

Elle insiste. Je ne peux pas vraiment me défiler une nouvelle fois.

— Pourquoi pas ?

— Je passe te prendre à 19 heures ?

— Si vous voulez...

— Super. À ce soir. Bisous !

Bisous !!! C'est ça. Qu'est-ce qu'elle mijote encore ? Elle n'a pas besoin de m'inviter à dîner pour me demander ce que je vais raconter à sa réunion. De toute manière, je n'ai pas grand-chose à raconter, puisque tout ce que ses expérimentateurs ont mis dans leurs dossiers c'est que leur technique est parfaitement bien tolérée. Point final. Ça va leur faire une belle jambe, aux intersexués et aux transgenres, tiens ! Et quand je dis une belle jambe...

Frustrée et énervée, tant par mon sentiment d'impuissance que par la vacuité de la « mission » qu'elle m'a confiée en grande pompe, je me rhabille, je me lave les mains et j'emprunte le couloir, puis l'escalier. Un étage plus bas, la clinique des IVG est silencieuse, bien sûr, mais la porte du sous-sol est ouverte. Quand je pénètre dans le long couloir, j'ai soudain un doute idiot. La petite section, c'est à droite ou à gauche ?

À droite. C'est à droite, j'en suis sûre. Enfin, j'en suis moins sûre au bout de cinq bonnes minutes de marche et plusieurs portes coupe-feu qui se succèdent l'une après l'autre. Je devrais rebrousser chemin mais je continue tout droit, car l'aspect du couloir est sensiblement différent de ce que je me rappelle avoir vu la première fois. Le long des murs, on a rangé de grands meubles métalliques à tiroirs, portant des dates et des lettres. Ce sont des dossiers de patients qui remontent, pour certains, à plus de trente ans. D'où sortent-ils ? J'ai vaguement entendu parler d'une remise à plat de toutes les archives de l'hôpital, et le sous-sol de la maternité est notoirement inoccupé depuis longtemps. Je pousse encore une porte et, alors que je m'attendais à retomber sur l'appartement de René, je me retrouve dans un lieu que je ne reconnais pas.

L'éclairage est moins vif que la première fois, mais je vois que l'espace est encombré par des armoires métalliques comme celles qui tapissent les couloirs. On a entassé des cartons un peu partout, y compris sur la table, et formé des tours instables. Les chaises ont disparu. La cabine de douche a été démontée, le coin cuisine est inaccessible. Seul le lit, dans le coin opposé à l'entrée, et les étagères de livres qui le surmontent rappellent que c'était, il y a quelques jours encore, le lieu de vie incongru, mais organisé, d'un être humain. C'est devenu un capharnaüm étouffant, aussi insupportable qu'une décharge.

Une forme est allongée sur le lit. Elle ne bouge pas. Elle a l'air de dormir. Mon premier mouvement est de rebrousser chemin, mais l'immobilité de la silhouette me fait gamberger. Et s'il était malade ? Et s'il avait décidé d'en finir ?

Je me fraie un chemin parmi les cartons empilés en prenant garde de ne pas les déséquilibrer et je m'approche du lit de René. Mais qui s'y est allongé ? J'ai encore dans la tête les traits d'un homme âgé mais le visage couronné d'une crinière de cheveux blancs, la poitrine qui se soulève faiblement à chaque inspiration, les cuisses maigres que j'aperçois sous la chemise d'hôpital sont ceux d'une femme. Dès que je pose la main sur son épaule, elle dit d'une voix forte :

— N'insistez pas. Je ne partirai pas. Plutôt crever.

— Qu'est-ce qui s'est passé ?

Elle ouvre les yeux, me sourit, sa voix s'adoucit.

— Ah… c'est toi, *petite Génie*. Comme tu es gentille de venir me voir une dernière fois.

— Une dernière fois ? Que vous arrive-t-il ?

Elle se redresse, désigne la pièce.

— Hier matin, je me suis réveillée avec tout ça dans ma maison. Je ne sais pas quels salauds ont jeté toutes ces ordures chez moi, mais je sais qu'ils le font pour me faire partir. Dommage pour eux, je ne pars pas. Il va falloir qu'ils attendent ma mort.

Je ne comprends rien ! Ce lieu, cette femme qui, je l'aurais juré, était un homme la première fois que je l'ai rencontrée, étaient déjà plus qu'étranges. Mais ce qui leur arrive est pire qu'un cauchemar.

— Je ne comprends pas…

— C'est pourtant bien simple : ils ne supportent pas que je vive ici, parce que mon existence leur rappelle tout ce qu'ils vomissent, tout ce qu'ils abhorrent. (Elle me prend le bras, ouvre de grands yeux, murmure.) Tout *ce qui leur fait peur*. Alors, comme ils ne parviennent pas à me chasser, ils ont décidé de m'enterrer.

— Je ne crois pas qu'on cherche à vous enterrer, euh…

J'hésite à prononcer son nom. Elle hoche la tête.

— C'est René-*e*… (Je l'entends discrètement, mais distinctement, prononcer le *e* final.) Je te l'ai dit la dernière fois, non ?

Bon, je me suis trompée, il faisait sombre, je l'ai prise pour un homme, ce sont des choses qui arrivent, le genre est une notion conventionnelle, simpliste, fluctuante, c'est pas à moi qu'on va apprendre ça mais…

— Oui. Renée… il n'y a aucune raison de rester là, on va vous trouver un autre logement, si vous venez avec moi…

— Non !

Elle se laisse retomber sur le lit, tire la couverture trouée sur elle, se tourne et se pelotonne contre le mur, et je l'entends entonner, comme une mélopée :

— Je m'appelle Renée, je n'ai pas demandé à

naître. Et quand je suis née, ils ne savaient pas où me mettre… Je m'appelle Renée, je n'ai pas demandé à naître. Et quand je suis née, ils ne savaient pas où me mettre… Je m'appelle Renée, je n'ai pas demandé à naître. Et quand je suis née, ils ne savaient pas où me mettre…

Elle ne peut pas me faire ça…

— Ah, non, non, non, je ne vous laisse pas là !

Il faut que je la sorte de là, que je l'emmène dans la petite section, il doit bien y avoir un coin où elle puisse s'installer, l'autre jour une chambre était vide, ils accepteront sûrement de la prendre avec eux.

Je me penche vers elle, je la prends par les épaules pour la tirer hors du lit, elle résiste, elle se recroqueville encore plus, alors je monte à genoux sur le lit, je la prends dans mes bras pour la soulever, elle est toute maigre, toute fluette, elle ne devrait pas peser tant que ça, je devrais *pouvoir*…

Une main jaillit de sous la couverture et me saisit le poignet fermement.

— Qu'est-ce que tu fais, poulette ? me dit une voix grave sur un ton cinglant. Je suis un peu vieux pour toi, tu ne crois pas ?

Le visage qui se tourne vers moi est celui de René. Le René de la première fois. Un vieil homme au visage léonin, aux joues mal rasées, sur lequel je distingue encore les traits de la femme qui vient de se blottir contre le mur.

Je ne suis pas effrayée. Pas même surprise. C'est comme si cette transformation était… logique. Familière. Dans l'ordre des choses.

— Je voulais vous faire sortir d'ici. Vous… Elle… Renée avait l'air si désespérée.

Je me tourne pour désigner l'amoncellement de cartons.

— Oui, dit-il. C'est tuant, je sais. Mais ça va passer. Il fallait seulement que je me repose un peu, à présent je vais me lever, je vais retrousser mes manches et mettre de l'ordre dans tout ça. (Il me sourit de toutes ses dents gâtées.) C'est pas la première fois qu'ils me font le coup, tu sais. Et tu vois, je suis encore là. (Il me fait signe de m'écarter.) Tu permets ?

Je m'écarte de lui, je descends du lit, je recule contre une pile de cartons branlants.

Il repousse la couverture. Ses cuisses ont changé. Ses bras sont plus épais. Il s'assied au bord du lit, rassemble ses cheveux derrière sa tête, les noue avec un élastique, sort un pantalon de nulle part, l'enfile, et quand il ferme la braguette je crois bien apercevoir un sexe d'homme fripé entouré de poils blancs et frisés.

— *Ah là là*, les nanas aussi, ça aime se rincer l'œil, mais elles l'admettront jamais…

Je souris, je ne réponds rien, je ne sais pas quoi dire, je me sens désarmée mais pas vraiment déroutée, il a enlevé la chemise d'hôpital et enfile à présent un t-shirt portant les mots *I am not a Number* et le chiffre 6 inscrit dans la roue d'un grand Bi, et me lance :

— On t'attend là-bas, faut pas que tu traînes ici.

— Mais tout ça… dis-je en désignant les cartons.

Il s'approche de moi, me prend délicatement par le bras.

— Je m'en occupe, je te dis. Ce n'est pas la première fois. Je suis sûr que t'as vécu la même chose déjà. C'est comme un coup sur la tête, ça nous assomme un moment, on s'apitoie sur soi-même un peu et puis à la longue on s'emmerde, alors tant qu'à faire autant s'occuper, on se relève, on commence à déménager un carton, puis un autre et bientôt on revoit la lumière…

Insensiblement, il me reconduit à la porte coupe-feu, l'ouvre derrière moi, me pousse sans violence mais fermement à l'extérieur.

— Ne t'en fais pas. Ça va aller. Va bosser.

Et referme. Me laissant là, toute bête.

Au moment où je vais tourner les talons, la porte s'entrouvre et le visage souriant de René réapparaît brièvement, juste le temps de me lancer :

— *Be Seeing You*[1].

1. Littéralement : « À vous revoir », mais aussi « Je vous ai à l'œil ».

ARMES

— Tu as fait vite, dit Karma en me voyant arriver essoufflée dans la petite section.

Je me demande s'il plaisante, mais non, il est sérieux. Je désigne le couloir derrière moi…

— J'ai pourtant… Je me suis trompée, j'ai pris à droite…

— Oui, dit-il avec un sourire, j'ai beau avoir passé des années dans ce service, ça m'arrive encore de partir du mauvais côté. Ça nous arrive à tous, même à Angèle, qui est la personne qui se trompe le moins sur cette planète.

— *Euhlamondieu!* s'écrie la voix d'Angèle, que j'aperçois assise à l'un des deux bureaux. Pour parler de moi comme ça, tu as un service à me demander!

— Pas du tout! C'est sorti de ma bouche spontanément. J'avais même oublié que tu remplaçais Aïcha…

— Comment allez-vous, Djinn? demande Angèle avec un sourire maternel.

— Pas mal… Plutôt bien… dis-je en réalisant que je la regarde vraiment pour la première fois.

Elle a sûrement plus de soixante ans, peut-être même près de soixante-dix. Elle n'est pas très grande mais très mince, ses cheveux noirs sont teints avec une nuance de roux, son maquillage délicat ne cherche pas à masquer ses rides, elle porte un chemisier noir sous sa blouse, et ses bras nus ornés de grands bracelets sont ceux d'une danseuse.

— Je suis désolée de ne pas avoir eu le temps de vous recevoir et de parler avec vous depuis votre arrivée, mais comme vous l'avez vu, nous avons beaucoup à faire.

— C'est moi qui suis désolée... Je n'ai pas *pris* le temps non plus.

— Ce zèbre ne vous en a pas laissé beaucoup ! À peine arrivée, il vous met sur la sellette ! C'est de sa faute. Comme toujours.

— Oui, dis-je, c'est toujours de la faute des hommes.

Elle ne répond pas mais me fait un large sourire.

— Quand vous en aurez fini avec votre cérémonial féministe, on pourra peut-être passer aux choses sérieuses ? intervient Karma, sur un air faussement fâché... Angèle me parlait de Catherine.

— Comment va-t-elle ? *Oh putain que c'est con comme question, ma pauvre fille, elle est en train de mourir...*

Angèle s'est levée, a fait le tour du bureau et s'est rapprochée de nous.

— Aussi bien que possible en la circonstance, dit-elle.

— Elle a... passé la barrière, tu crois ? demande Karma.

— Non, mais je crois qu'elle est devant. Elle m'a demandé d'appeler son mari pour qu'il vienne avec sa fille.

La barrière... ?

Angèle lève les yeux vers moi et surprend mon regard étonné.

— Il arrive un moment où les mourants passent un point de non-retour, où ils ne sont plus concernés par ce qui les entoure. Ça n'a rien à voir avec la douleur ou le repli sur soi, c'est un détachement, qu'on voit chez les personnes qui ne souffrent plus, ni physiquement, ni moralement, mais qui sont en train… de s'éteindre. Parfois, il arrive que, juste avant de franchir cette barrière symbolique, elles se retournent pour dire une dernière chose à leurs proches. (Elle regarde sa montre.) Jacques et Mona ne devraient pas tarder. (Elle me regarde puis s'adresse à Karma.) C'est bien que vous soyez deux. Vous pourrez les voir…

— *Mmhhh…*

Elle sourit. Nous avons fait *Mmmhh* en même temps.

Quelque chose bipe dans la poche de Karma. Il sort un téléphone.

— Je t'écoute, ma chérie.

Il est incorrigible…

— O.K., j'arrive.

Il range son téléphone et pointe de l'index vers le plafond.

— Angèle, on a une situation d'urgence, là-haut. Tu peux nous attendre un peu ?

— Je peux vous remplacer, dis-je à Angèle, si vous voulez rentrer chez vous.

— Non, tu ne peux pas, dit Karma, j'ai besoin de toi.

Et il me tire par la manche pour m'entraîner à sa suite.

— C'est Cécile. Tu te souviens d'elle ?

— Cécile ? Oui — *l'air d'avoir seize ans alors qu'elle en a vingt-trois la peur panique d'être enceinte mon poignet qui faisait mal le bus qui s'arrête par magie, son sourire* —, je me souviens. Qu'est-ce qui lui arrive ?

— Eh bien, elle revient parce qu'elle a mal au ventre et peur d'être enceinte, comme toujours. Mais cette fois-ci, elle est accompagnée.

— Son jules ?

— Pire : sa mère.

— Mais qu'est-ce que vous avez contre les mères, vous ? dis-je en lui courant après.

— Moi ? Je n'ai rien contre les mères. Je ne sais pas où tu vas chercher ça. J'aime beaucoup les mères. Mes meilleures amies sont des mères. Et la tienne, comment va-t-elle ?

Je ne lui ai jamais parlé de ma mère !

— Toujours au cimetière, je vous remercie.

— Je te demande pardon, dit-il, confus, en s'arrêtant pile au milieu du couloir. C'était de très mauvais goût de ma part, et j'ignorais…

— *No problemo*. Elle est morte en me mettant au monde, comme dit la formule consacrée. Et je ne peux pas dire qu'elle m'ait beaucoup manqué. J'ai très bien grandi sans elle.

— Toutes mes excuses encore… Celle de Cécile, dit-il en reprenant sa course, je ne l'ai vue qu'une fois, mais elle est gratinée… Elle a deux jules, deux frères, qu'elle n'arrête pas de manipuler l'un contre l'autre je ne sais pas comment…

La salle d'attente de la maternité est un bout de couloir où on a placé trois chaises et une table basse portant des revues en lambeaux datant au moins du XIXe siècle. À notre apparition dans le couloir, une femme se lève. Elle a une cinquantaine d'années usée, les cheveux très sales, un visage rougeaud, une robe marronnasse, des bas et des tennis troués. Elle est entourée de deux hommes au bas mot de dix ans plus jeunes qu'elle, taillés comme des bûcherons.

— Où est Cécile ? demande Karma.

— Ici, répond une voix sortant d'une salle d'échographie.

Elle est allongée sur un divan d'examen. Une infirmière lui prend la tension.

J'entre dans la salle d'écho. En me voyant, Cécile tend la main dans ma direction.

— Ah, c'est vous, vous êtes là, j'avais peur…

Elle a les yeux cernés, sa main et son front sont brûlants.

— Elle a 39,2°, me dit l'infirmière en jetant un regard inquiet au trio massé à la porte.

Pendant que la mère entre à son tour, Karma s'interpose devant les deux hommes qui faisaient mine de vouloir entrer ; il désigne les fauteuils de la zone d'attente, leur adresse un « Asseyez-vous ! » sec et attend que les deux gorilles se soient assis pour fermer la porte.

— Elle est déshydratée, dis-je en posant délicatement un doigt sur les lèvres de Cécile.

Je me tourne vers la mère et j'aboie :

— Depuis quand a-t-elle de la fièvre ?

— J'en sais rien ! Pourquoi vous me parlez comme ça ?

— Vous êtes sa mère, ce sont des choses que vous devriez savoir, non ?

— Elle me dit rien ! Elle va, elle vient, je sais pas où elle va traîner, moi !

Cécile me tire par la manche, je me penche vers elle, elle murmure à mon oreille.

— Faites-la partir. Je veux pas la voir. Je veux pas les voir. Faites-la partir. Je ne veux pas retourner là-bas, par pitié.

Karma s'est approché de nous. Je le regarde.

— C'est ta patiente ? demande-t-il en soulevant un sourcil.

La question me déstabilise. Je n'ai pas voulu le court-circuiter.

— Je… je ne sais pas, je…

— Je veux qu'*elle* me soigne, lui répond Cécile en s'accrochant à mon bras.

Karma incline la tête.

— Vos instructions, docteur Atwood ?

— Il faut l'hospitaliser. Mais d'abord, je vais l'examiner ici puisque j'ai l'échographe sous la main…

(Je me penche vers Cécile et je murmure) : *Pour vérifier que tu n'es pas enceinte.*

Cécile hoche la tête et me fait un faible sourire.

— Ça va me coûter combien, tout ça encore ? demande la mère.

Je regarde Karma de nouveau. Il incline la tête.

— Madame, dit-il en la prenant par le bras pour la reconduire à la porte, je vais vous demander de sortir, à présent.

— Comment ça ? C'est ma fille, je reste si je veux.

— Cécile est majeure et elle a besoin d'intimité, alors soyez assez *aimable…*

— Quoi ? s'écrie la femme en crachant en direction de sa fille. C'est comme ça que tu me remercies de tout ce que j'ai fait pour toi ? Ça ne se passera pas comme ça ! Et d'abord, je ne veux pas qu'elle soit soignée ici, je vais l'emmener ailleurs ! hurle-t-elle en se précipitant vers la porte. Jean-Pierre ! Jean-Claude ! Au secours !!! Ils veulent nous prendre Cécile ! Venez !!!!

— Oooooh merde, murmure Karma en levant les yeux au ciel. Puis, en nous regardant tous les trois, l'infirmière, Cécile et moi : « Surtout, *ne bougez pas*. »

Par la porte ouverte, je vois les deux gorilles se mettre en mouvement. Karma est déjà sur le seuil et lève les mains vers eux en signe d'apaisement.

— Allons, allons, messieurs. Ne nous fâchons pas. *Ne-nous-fâ-chons-pas.*

L'un des hommes lui envoie un coup de poing formidable. Karma esquive, le poing traverse la cloison et reste coincé entre les débris de plâtre et de bois. Pendant ce temps, Karma s'avance dans le couloir pour faire face à l'autre affreux. Le deuxième homme essaie, à son tour, de lui envoyer un pain, mais Karma s'est baissé et lui décoche un crochet sous les côtes. Le souffle coupé, l'homme se plie en deux. Les poings levés en avant dans une posture presque détendue, Karma reste immobile. Quand l'autre a repris son souffle et se redresse, ivre de colère, Barbe-Bleue lui envoie au visage trois directs en rafale, et termine par un crochet du gauche sous le menton. L'homme bascule en arrière et pulvérise la table basse.

Pendant ce temps, le premier agresseur s'est démené pour s'arracher à la cloison et, le poing sanguinolent, s'avance vers nous. Je fais signe à l'infirmière de reculer et je m'avance à sa rencontre. Il éclate d'un rire gras.

— Qu'est-ce que tu crois, que j'ai peur de frapper une nana ?

— Non, je crois que vous feriez bien de réfléchir avant de faire un pas de plus.

— Pourquoi, cocotte ? dit-il en saisissant le col de ma blouse de son poing valide. Qu'est-ce que je risque ?

Avant qu'il ait terminé sa phrase, ma main gauche s'enroule sur son poignet, ma main droite se pose sous son coude et, *sans effort, Scarabée, sans effort*, je lui retourne le bras. Avec un cri, il pivote, plie les genoux et s'affale à plat ventre, tandis que, posant mon genou droit sur son dos et pesant sur lui de tout mon poids, je lui bloque l'épaule dans une position que je sais très douloureuse.

— Vous risquez... une épaule luxée. Ça vous dit ?

— Sale pute, tu vas voir ce que je vais te faire quand tu...

— Puisque vous insistez...

J'appuie un tout petit peu plus fort. L'épaule se déboîte avec un ressaut sinistre et il pousse un hurlement bref avant de s'évanouir sous l'effet de la douleur.

— Ah là là, les brutes épaisses ne sont plus ce qu'elles étaient.

Penché vers son adversaire pour lui prendre le pouls, Karma me lance un regard désolé à travers la porte ouverte.

— J'aurais dû d'abord les avertir que j'ai boxé dans mon jeune temps… Et toi, c'est quoi, cette arme secrète ?

— J'ai fait de l'aïkido entre quinze et dix-huit ans. Malheureusement, j'ai dû arrêter quand j'ai commencé médecine…

— Tu as de beaux restes !

— C'est comme le sexe et le vélo, ça ne s'oublie pas.

Et les carabins bourrés, ça entretient…

— *Oh, bravo !* dit-il en examinant sa victime. Je crois que je lui ai cassé le nez et deux ou trois dents. Et toi ?

— Presque rien. Une épaule luxée. Ça lui fera beaucoup plus mal quand on va la lui réduire…

— On y est allés un peu fort, non ? dit Karma en se levant et en époussetant sa blouse. Toute cette violence, c'est terrible…

Je me relève à mon tour, je me retourne vers la mère de Cécile qui, figée comme une statue de sel, me regarde bouche bée.

Et là, je suis prise d'un désir irrésistible — *j'ose ? j'ose pas ? oh et puis zut !* —, je fais deux pas vers elle, j'approche mon visage tout près du sien et, après avoir ménagé une seconde de suspense, je fais :

— *BOUH !*

Elle sursaute, fait deux pas en arrière, trébuche sur une chaise et se retrouve par terre les quatre fers en l'air.

Attirés par le bruit ou appelés par une des infirmières, trois des flics en tenue qui patrouillent en permanence autour du parvis de l'hôpital débarquent, leurs godillots aux pieds et leurs matraques à la main.

— Vous arrivez bien, dit Karma sur un ton enjoué. Ces messieurs ont besoin de soins. Vous voulez bien nous aider ?

Médusés par son autorité tranquille, deux des policiers relèvent le premier homme et le menottent, pendant que leur collègue m'aide à installer le second, hurlant à chaque secousse de son épaule ballante, dans un fauteuil roulant.

— Je vous laisse vous occuper de votre patiente, docteur.

Oui, Sensei…

Et, prenant fermement la mère de Cécile par le bras, mon patron entraîne flics et éclopés en direction des urgences chirurgicales.

PASSAGE

Pendant que l'infirmière lui prélevait du sang en vue d'un bilan infectieux sommaire, je me suis lavé les mains, j'ai enfilé des gants et posé à Cécile une perfusion de sérum physiologique.

— J'ai mal…

— Où as-tu mal ?

Elle pose une main sur son bas-ventre.

— Je suis enceinte ? J'ai peur d'être enceinte. Je ne veux pas être enceinte. J'ai mal… J'ai peur…

— Qu'est-ce qui te fait penser que tu pourrais être enceinte ?

Elle se met à sangloter et secoue la tête sans répondre.

Je lutte pour ne pas me laisser gagner par sa panique. *Tu n'as pas besoin de tout savoir.* Je lui prends les deux mains.

— Si tu ne veux pas en parler, ça ne fait rien. Ça ne va pas m'empêcher de te soigner. Je peux t'examiner ?

Elle fait oui de la tête, et je l'aide à ôter son blue-jeans. Dessous, elle porte une culotte blanche de petite fille, gluante de sécrétions jaunasses.

— Depuis quand est-ce que tu as des pertes comme ça ?

— Depuis trois semaines…

Je pose ma main sur son ventre, il est tendu et sensible.

— Tu as eu des relations sexuelles, depuis trois semaines ?

Elle hoche la tête en fermant les yeux.

— Ça faisait mal ?

— Ça faisait très mal, dit-elle en sanglotant. Mais ils ne voulaient pas me croire. Ils… ne voulaient pas s'arrêter.

Elle ouvre les yeux et retient son souffle. Son regard est braqué derrière moi. Je me tourne vers l'infirmière.

— Je vais me débrouiller.

— D'accord. Je porte les tubes au labo.

Je regarde autour de moi. Aux murs, les internes et les chefs ont accroché des photos de femmes enceintes épanouies, des planches montrant des fœtus suçant leur pouce *in utero*, des listes de conseils alimentaires à respecter pendant la grossesse. Cette salle d'échographie n'est pas le meilleur endroit pour examiner Cécile, mais il me reste une chose à faire. Je prends une grande inspiration.

— Je pense que tu as ce qu'on appelle une salpingite. Une infection de l'utérus et des trompes. Tu sais ce que c'est ?

Elle fait oui de la tête.

— Ce n'est pas très grave, mais il faut qu'on te soigne dès que possible, avec des antibiotiques (je désigne le sac de sérum phy) qu'on mettra dans ta perfusion. Seulement, il faudrait qu'on sache quel est le microbe responsable. Et pour ça…

Je me retourne vers l'échographe, j'ouvre les tiroirs, j'en sors un spéculum et des écouvillons, je lui montre l'un et les autres.

— Il faut que j'examine le col de ton utérus… Tu sais ce que c'est ?

— Oui, au fond du vagin… murmure-t-elle.

— C'est ça, et que je recueille des sécrétions avec ces… cotons-tiges.

— Ça va faire mal ?

— Ça va être désagréable, *aucune femme n'aime ça*, mais je vais faire tout mon possible pour le faire vite sans te faire mal.

Elle semble réfléchir quelques secondes, hoche la tête de nouveau. Et, sans que j'aie rien demandé, avec les gestes glaçants d'un automate, elle retire sa culotte et écarte les jambes en sanglotant, les mains posées sur ses yeux.

Je pose délicatement la main sur le genou de Cécile. Elle sursaute.

CÉCILE

(Lamento)

Je voudrais être aveugle pour ne pas voir ce qui se passe. Je ne veux pas qu'ils me regardent. Je ne veux pas voir leur bouche qui murmure *Ça va, ce soir, Cécile ?* quand ils s'approchent de moi le soir en rentrant du travail et murmurent *À plus tard* quand je monte me coucher.

Je voudrais être sourde, pour ne pas les entendre s'approcher de la porte, ne pas les entendre discuter pour savoir qui des deux la franchira le premier *Cette fois-ci c'est à moi la dernière fois c'était toi / La dernière fois j'ai pas pu j'étais trop saoul / Je m'en fous cette fois-ci c'est mon tour / Bon ça va mais ne t'éternise pas comme la dernière fois / Hé mais tu sais comment elle est ! Elle bouge pas alors moi ça me coupe tous mes effets c'est plus long à venir et c'est pas comme toi la dernière fois que t'es passé le premier tu t'es endormi bordel et moi j'étais là comme un imbécile / Ouais mais j'étais fatigué putain des fois j'ai pas envie mais la vieille veut rien entendre elle veut toujours qu'on la saute c'est pas tout à fait normal qu'elle nous demande de faire ça tous les soirs bon dieu c'est qu'une gamine / C'est plus une gamine elle a vingt-trois ans et de toute manière elle a rien à dire.*

Je ne veux pas entendre la porte s'ouvrir, voir leurs silhouettes se découper dans la lumière du couloir et entrer l'une après l'autre, les entendre défaire leur pantalon, les voir danser pour l'enlever, les entendre s'approcher, sentir leur souffle sur mon nez.

Je ne veux pas les sentir me toucher, les mains de l'un qui m'écartent les cuisses — et ça me faisait mal les premières fois jusqu'au jour où j'ai pensé que ce serait fini plus vite si je ne disais rien si je les laissais faire —, les mains de l'autre qui me retournent sur le ventre et son corps qui s'allonge sur mon dos de tout son poids m'étouffer au point que chaque fois je crois mourir et parfois je ne le sens pas je ne sens plus rien je n'entends plus rien jusqu'à ce qu'il se retire et s'en aille et que l'air revienne dans ma bouche pour me remplir comme si je n'étais pleine que de ça c'est pour ça qu'on peut m'écraser comme on veut, je n'ai rien en moi que de l'air que du rien.

Je voudrais être sourde pour ne pas entendre quand le deuxième dit *J'ai fini tu peux l'appeler*, quand le deuxième ouvre la porte et dit *Ça y est c'est fait*, je voudrais être aveugle, je voudrais être morte pour ne plus la sentir entrer s'approcher se pencher me regarder me dire *Alors, tu aimes ça ?*

Je pose délicatement la main sur le genou de Cécile. Elle sursaute.

— Pardon, dis-je. Excuse-moi. Je ne vais pas t'examiner comme ça.

Je me lève, je sors un drap d'un tiroir et je l'étends sur elle.

Elle retire lentement les mains de ses yeux.

— Comment, alors ?

— Sur le côté. Tu veux bien ?

Elle me regarde et je m'attends à ce qu'elle me tourne le dos, mais elle se replie en chien de fusil, ses mains jointes devant la bouche. Face à face.

— Ah... dis-je, surprise. Si tu préfères... Alors, voyons...

Je sors une couverture, la roule en forme de cylindre et la place délicatement entre les genoux de Cécile afin de maintenir ses cuisses juste assez écartées pour l'examiner. Puis, après avoir enfilé une nouvelle paire de gants, je sors un minuscule spéculum de vierge de son étui de plastique et je le lui montre.

— Je vais glisser très doucement cet instrument, c'est un spéculum, dans ton vagin pour faire mon prélèvement. Tu veux bien ?

Elle fait oui de la tête.

Je m'agenouille près du lit d'examen. J'approche la lampe sur pied, je soulève le drap, je braque la lampe sur les cuisses de Cécile et je glisse ma tête sous le drap.

Très doucement, j'insère le spéculum, je l'ouvre lentement et je fais mes prélèvements l'un après l'autre. Quelque chose bouge au-dessus de moi. Je lève les yeux. Une main sur la bouche, l'autre soulevant le drap comme un mât de tente, Cécile me regarde. Et, aussi incroyable que cela paraisse, elle me sourit.

WOMAN IFESTE

Plus tard, après avoir administré sa première dose d'antibiotiques et lui avoir fait une échographie rapide — *Non, tu n'es pas enceinte et je vais te donner une contraception d'urgence, pour que tu sois tout à fait tranquille* —, je l'installe dans un fauteuil roulant, je la pousse jusqu'à l'ascenseur, je la fais descendre dans la petite section.

Dans la petite section, la chambre de Germaine est verrouillée, les cadenas en place.

Dans la petite section, la chambre 3 est inoccupée, mais impraticable : Karma y a installé la famille de Catherine.

Dans la petite section, la chambre 2 n'a qu'une pensionnaire, mais je ne vois pas très bien comment je pourrais faire dormir Cécile à deux pas d'une maman plus jeune qu'elle qui donne le sein à son bébé.

Alors, je prends une décision, il n'y a pas trente-six solutions, je pousse le fauteuil roulant dans la cour, je fais monter Cécile à l'arrière de ma voiture, j'accroche le flacon de perfusion à la vitre, je me mets au volant en me disant que j'ai abandonné la partie bien trop tôt, l'autre jour — c'était quand ? il y a mille ans —, et je n'ai plus qu'à fermer les yeux croiser les doigts et prier le grand balancier cosmique de rétablir l'équilibre — après tout, il a arrêté l'autobus sur un simple geste de Cécile, il peut bien, en retour, faire en sorte que le (*et moi je peux tourner la clé, c'est quand même utile quand on veut qu'un*) moteur démarre.

Et putain de bordel, est-ce la force de ma pensée, il se met à tourner!!!!

Plus tard, après avoir installé Cécile dans ma chambre et l'avoir rassurée — *Non, tu n'es pas enceinte, je te le dirais si tu l'étais, Oui, je te le jure* —, je me rappelle que Mathilde devait passer me prendre à 19 heures pour aller dîner. L'heure est déjà passée depuis belle lurette et comme je n'ai pas rechargé mon cellulaire depuis une paie il n'a pas sonné — de toute manière je n'aurais pas répondu. Elle a laissé des messages étonnés. Inquiets. Vaguement énervés. C'est tout de même la deuxième fois que je lui fais faux bond, deux soirs de suite. Si c'était ma maîtresse, elle serait sûrement en droit de se poser des questions, et moi de lui faire une réponse franche : *Non merci, ma chérie, c'était bien tant que ça a duré, mais c'est fini, restons amies*, mais là ce sont les circonstances, je hausse les épaules, je lui fais un texto : *Désolé du boulot à l'hosto je t'appelle demain*, j'éteins mon cellulaire, je mets mon fixe sur répondeur sans sonnerie.

*

Encore plus tard dans la nuit, je ne dors pas, je m'arrache au canapé, je me lève, je m'approche de la chambre, elle a voulu que je laisse la porte ouverte mais refusé que je laisse la lumière allumée dans le couloir, comme si le trou noir de la porte ouverte était moins menaçant qu'une porte fermée, moins menaçant que la lumière. Je la regarde, elle dort paisiblement.

Et puis, comme je ne vais pas me rendormir, je le sais, je m'assieds sur le canapé, j'étends les jambes sur la table basse, j'ouvre mon ordinateur, je branche le casque et, accompagnée par les voix de Stacey, de Tierney, d'Ella, de Diana, des femmes maîtresses de leur vie — ou, si elles ne le sont pas, c'est drôlement bien imité, terriblement bien contrôlé —, j'écris ceci :

Aujourd'hui les femmes ne se plient plus aux désirs des hommes.

Elles ne devraient plus se plier aux diktats des médecins ! !

Aujourd'hui, en France, les femmes ont le droit de vote, elles sont majeures et responsables au même titre que les hommes. Elles ont les mêmes droits et les mêmes obligations devant la loi. Elles décident seules d'avoir des rapports sexuels ou de les refuser, de prendre une contraception, d'avorter, d'enfanter ou de se faire stériliser. Personne n'a le droit de les asservir ou de les infantiliser.

Aujourd'hui, pourtant, lorsqu'elles sont enceintes ou ne désirent pas l'être, lorsqu'elles veulent pratiquer un dépistage du cancer du col ou faire soigner un symptôme gynécologique, les femmes sont encore systématiquement contraintes de s'allonger sur le dos, cuisses écartées, sexe exposé, dans une position humiliante imposée par les médecins sans aucune nécessité médicale.

La posture dite « à l'anglaise » (sur le côté, ou « en décubitus latéral ») permet tous les gestes gynécologiques courants ; elle permet également de procéder à des accouchements en toute sécurité, si la femme le désire ; dans de nombreux pays du monde, c'est dans cette position que les femmes sont examinées, soignées ou accouchées. Et dans cette même position, elles peuvent choisir de voir, ou non, ce que les médecins leur font.

Nous exigeons que les médecins français proposent à toutes leurs patientes d'adopter, si elles le désirent, le décubitus latéral, en lieu et place de la position gynécologique machiste et archaïque qui leur est encore imposée en ce début de XXIe siècle.

Nous exigeons que cette obligation soit inscrite dans le code de déontologie et dans le code de la santé publique, dans les guides de bonnes pratiques remis à tous les médecins en activité, dans les cours et les enseignements dirigés de toutes les facultés.

En France, au XXIe siècle, les femmes ne devraient plus être contraintes à écarter les cuisses devant les médecins !

Oui, je sais, je sais que je rêve tout éveillée. Je sais que je ne sais pas qui est ce « Nous » qui « exige ». Je sais que c'est prendre ses désirs pour des réalités, je sais que c'est un vœu pieux et je sais que c'est pas demain la veille. Je sais que les femmes plient encore sous le genou et la queue des hommes et qu'avant qu'elles ne plient plus sous le poids odieux des médecins, il y aura encore longtemps des médecins *hommes et femmes, car ce n'est pas une question de sexe, c'est une question de pouvoir,* qui continueront à leur fourrer leurs doigts, leurs instruments, leurs appareils dans le sexe sans se demander ce que ça leur fait, sans se poser la question de savoir ce qu'il y a derrière, ce que ça veut dire pour elles, sans jamais mesurer — *et je pèse le poids de mes mots* — combien cela fait ressembler les médecins à des bourreaux.

Je sais que *mes mots ne valent que ce qu'ils valent*
— mais justement, ce sont les miens
Alors ces mots, je vous les balance
avec ma rage au bout des doigts
Et cette rage me fait du bien.

ABANDON

(Lied)

Mon amour quand tu prends ma main
Poses ton front sur mon épaule
Je ne désire qu'une chose
M'abandonner

Tu m'aimes, je le vois, tu trembles
Quand tu me pénètres et m'étreins
Je te reçois si tendre et plein
Je sens que tu te laisses aller

Je suis bien, j'aime que tu oses
Poser tes deux mains sur mes reins
J'attends, les paupières closes
Dans tes bras je me laisse aller

Je t'ai vu te dresser, te battre
Partir au combat tout armé
Contre le crabe qui cherchait
À m'emporter

Tu t'es révolté, éperdu
Chaque fois que j'étais abattue
Tu as juré de ne jamais
M'abandonner

Je vois tes yeux emplis de larmes
Je t'entends au loin implorer
Je sais que tu veux me garder

Allons, c'est fini, mauvais sort
Je n'ai plus envie de lutter
Je dois partir, et je m'endors

Ô mon amour, si je m'en vais
Blottie dans tes bras vers la mort
Ce n'est pas pour t'abandonner
C'est parce que je me laisse aller,
C'est dans tes bras, abandonnée
Que ce soir, je me laisse aller

LUNDI

(Andantino)

TRANSMISSION

— Je n'ai pas besoin de repasser voir Aline ? demande la patiente.

— Je ne pense pas, dit Karma en lui serrant la main.

— Merci à tous les deux ! Merci beaucoup.

— Je vous en prie… dis-je, émue.

— Tu reviens faire les consultations avec moi, cette après-midi ? demande Karma après que la patiente a franchi la porte vitrée.

— Bien sûr. Mais il faut que je retourne chez moi à l'heure du déjeuner, pour voir Cécile. *Et vider mon stock de mouchoirs en papier.*

— Comment va-t-elle ?

— Elle dit qu'elle va bien, mais je préfère m'en assurer *in vivo*.

— Tu as bien raison.

Il pose le dossier de la patiente sur le comptoir.

— Personne d'autre ? On est au chômage technique, là ?

— Oui, dit Aline, mais je te rassure, pas pour longtemps. La patiente suivante a du retard mais elle vient d'appeler, elle sera là dans dix minutes. Cela dit, si tu t'ennuies vraiment…

— Qu'est-ce que tu me proposes ? répond Karma en ouvrant des yeux lubriques.

Elle soulève une pile de documents poussiéreux.

— De m'aider avec les dossiers d'hospitalisation

des années 1975 à 1990. Ils sont au sous-sol dans l'attente que quelqu'un veuille bien s'en occuper. Il faudrait aller ranger ceux-ci dans leur boîte et me rapporter les suivants pour que je les numérise.

— Ils t'ont chargée de quinze années d'archivage ? dis-je, scandalisée.

— Moi et toutes les secrétaires de la maternité. Et ça ne peut pas être compté en heures supplémentaires, bien sûr.

— Et tu le fais quand même ?

— Quand j'ai un moment, je vais en chercher une poignée et je les enregistre dans la base de données. Je sais que je ne devrais pas, l'hôpital devrait embaucher quelqu'un à plein temps pour le faire, mais tant que ça n'est pas fait, il faut galérer pour accéder à certains dossiers. Ou pour suivre certaines patientes à la trace…

— Pffff… fait Karma en haussant les épaules.

— Qui est la « patiente Alpha » ?

La question est sortie sans que je l'aie préméditée. Je n'ai pas eu le temps de réfléchir à ce qui l'a déclenchée.

Il me regarde, très surpris.

— Toi, tu es *vraiment* surprenante. Qui t'a parlé de ça ?

— La préface du *Corps des femmes* lui est dédiée, et dans « Le parcours des combattantes », le texte que vous m'avez fait lire, vous écrivez : *Mais patiemment, je reste là, et j'attends la patiente Alpha.*

Il éclate d'un rire bref et sonore.

— Bravo pour ta mémoire mais la mienne n'est pas terrible : j'ai oublié que j'avais écrit ça !

Il s'adosse au comptoir et croise les bras.

— C'est une expression que Bruno Sachs a inventée en souvenir d'Olivier.

— Votre ami de fac ? L'auteur du *Corps des femmes* ?

Il prend une profonde inspiration.

— Oui. Quand Olivier a disparu, nous avons décidé de prendre sa suite, de préserver et transmettre ce qu'il avait voulu partager. Ça n'a pas été de tout repos. Nous l'avons publié et mis à jour en plus du reste : Bruno avait son cabinet médical, moi je m'occupais de l'unité 77… L'un comme l'autre, nous avons régulièrement frôlé le *burn-out*. Quand l'un des deux en avait marre, il appelait l'autre. Nous avions l'un comme l'autre des moments de grand découragement en pensant que, de toute manière, nous nous battions contre des moulins à vent, et qu'avec ou sans le bouquin, nous n'arriverions jamais à changer les choses de manière sensible. Nous en voulions à Olivier de nous avoir lâchés, et nous nous sentions coupables, parfois, d'avoir envie nous aussi de baisser les bras, de partir et d'aller vivre notre vie ailleurs, en faisant un autre métier. Et puis, un jour, un miracle s'est produit… Il faut te dire que nous nous trouvions rarement ensemble dans le service, Bruno et moi : il venait consulter ou faire des IVG les jours où je faisais autre chose et on se voyait en dehors du boulot…

— Tu veux dire : les rares fois où vous *quittiez* le boulot, murmure Aline. Trois fois dans l'année…

Il se retourne vers elle mais d'un geste de la main, elle lui fait comprendre qu'il est inutile de répondre et qu'il doit continuer son récit.

Karma se racle la gorge.

— Nous bavardions ici même, accoudés au comptoir, et nous avons vu entrer un homme d'une cinquantaine d'années qui demandait à voir le docteur Manceau. Évidemment, nous étions tous les deux bouleversés. Je lui explique qu'Olivier…

— … est mort… murmure Aline en posant sa main sur le bras de Karma. Tu as le droit de le dire.

— Oui, dit Karma en effleurant de ses doigts la main d'Aline juste avant qu'elle ne la retire. Olivier est mort… L'homme semble vraiment affecté par cette nouvelle : « Quelle perte… », Bruno lui explique que nous étions ses amis, je lui raconte qu'on essaie de travailler dans le même esprit que lui, on lui parle du livre, et il finit par dire : « Alors, vous êtes ses héritiers spirituels, en quelque sorte ? », et Bruno et moi, en rougissant : « Oui, si vous voulez, c'est un peu ça ! » « Alors, c'est à vous que je vais transmettre le message. Voilà : il y a plus de vingt ans — le docteur Manceau était tout jeune interne dans cette maternité — il a accouché ma femme. Elle souffrait d'une scoliose grave qui n'avait jamais été soignée, et elle avait une déformation du bassin. Tous les médecins qu'on avait consultés disaient qu'elle ne pourrait jamais accoucher par voie basse, qu'il faudrait l'accoucher par césarienne. Mais elle ne voulait pas de césarienne, à aucun prix, et elle était sûre qu'elle n'en avait pas besoin. Et moi qui la connaissais je savais qu'elle était très sérieuse et qu'il n'était pas question de lui faire changer d'avis. J'étais de son côté, je ne pouvais pas être du côté des médecins, qui ne nous expliquaient rien, qui voulaient seulement nous imposer leur point de vue. Mais bien sûr, j'avais tout de même peur de ce qu'ils disaient. Et nous avions le sentiment que tous les médecins seraient contre nous, jusqu'au jour où une infirmière nous a conseillé d'aller voir le docteur Manceau. »

— Il était déjà connu pour ses conceptions non orthodoxes ? dis-je, étonnée.

— Surtout parmi les infirmières et les sages-femmes, répond Karma. Lorsque la patiente est allée le consulter, Olivier a regardé ses radios, les mensurations qu'on faisait avec l'échographie de l'époque, et il a dit : « Je pense que la tête du bébé peut passer. On peut essayer un accouchement par voie basse. Si le bébé ne descend pas, nous serons obligés de vous faire une césarienne, mais ça vaut la peine d'essayer. » La patiente a dit : « Mais comment ? À cause de ma scoliose, j'ai beaucoup de mal à rester longtemps allongée sur le dos... » Olivier a répondu...

Karma me regarde, comme s'il attendait la suite. Avec un grand sourire, je susurre :

— « Les femmes n'ont pas besoin de s'allonger sur le dos pour accoucher... »

— Exactement ! Et comme tout le monde était opposé à l'idée d'un accouchement par voie basse — le père de Bruno, Abraham Sachs, le seul qui aurait pu le soutenir, était déjà malade —, Olivier a décidé d'aider cette femme à accoucher en se passant de technologie médicale. Il l'a suivie de très près pour s'assurer que sa grossesse se passait sans encombre. Pendant les semaines précédant l'accouchement, il s'est tenu prêt à se rendre disponible dès qu'elle se mettrait en travail, et il a proposé de l'aider à accoucher chez elle, avec une sage-femme, pour éviter que l'environnement hospitalier ne fasse pression sur eux. La patiente et son mari ont accepté. Ils faisaient entièrement confiance à Olivier, qui leur expliquait absolument tout, comme il le faisait toujours, dans des termes simples et parfaitement clairs. Quand la patiente s'est mise en travail, Olivier n'avait pas de monitoring, bien sûr, alors il est resté tout le temps à son chevet pour écouter les bruits du cœur du fœtus à intervalles réguliers. Il a encouragé la patiente à se lever, à marcher et à déambuler dans son logement chaque fois qu'elle en avait envie, à se mettre en position accroupie quand elle avait des contractions pour favoriser la dilatation, bref : il lui a laissé mener son travail comme elle l'entendait. Évidemment, ça a permis à la dilatation de se faire plus facilement, sans angoisse. Et l'enfant est né... tout seul ou presque, sans aucun problème.

Il reste silencieux.

— Vous étiez là ? dis-je en le voyant songeur.

Il secoue la tête.

— Non, j'étais loin d'ici, à l'époque. Mais Angèle m'a raconté l'histoire plusieurs fois.

— Et comme il ne se lasse pas de l'entendre, il lui redemande régulièrement de la lui raconter, murmure Aline.

Karma sourit comme un enfant.

— Attends, mon histoire n'est pas finie. Après nous avoir raconté l'accouchement, l'homme nous dit : « Ma femme est morte d'un cancer il y a trois semaines. Les derniers jours, nous avons beaucoup parlé de notre vie passée, et en particulier de son accouchement, de la naissance de notre fils. Elle s'en voulait de n'être jamais revenue remercier le docteur Manceau de ce qu'il avait fait. Il avait tenu bon face à ses confrères, il l'avait soutenue dans son choix, il n'avait pas fait pression sur elle, il l'avait accompagnée pendant le travail et l'accouchement, il nous avait rassurés et tout cela avait été très important pour elle. Auparavant, à cause de sa scoliose, qui déformait son dos et la faisait boiter, beaucoup de gens la traitaient comme si elle était un monstre, une handicapée, et personne n'était prêt à l'écouter et à la considérer comme une personne responsable. Le docteur Manceau, lui, l'avait prise au sérieux, il l'avait traitée avec respect. Il disait que c'était normal, qu'il n'avait pas fait grand-chose, au fond, qu'elle avait mis au monde notre enfant toute seule, mais elle n'était pas d'accord. Elle disait que ce "pas grand-chose" avait tout changé pour elle. Ça avait changé sa manière de se voir, ça avait transformé complètement la mauvaise image qu'elle avait d'elle-même ; ça avait changé sa vie. Juste après l'accouchement, j'ai été muté dans une autre ville, loin d'ici, nous avons dû partir très vite, elle me répétait tout le temps qu'elle aurait voulu revenir à Tourmens pour dire au docteur Manceau quelle importance il avait eue pour elle, et combien il avait changé sa vie, mais le temps a passé, et voilà.

Alors, quand elle est tombée malade, elle m'a fait promettre, si elle ne survivait pas, de venir le lui dire. Je suis désolé que le docteur Manceau soit mort, lui aussi, je ne vais pas pouvoir lui transmettre le message, mais vous êtes ses amis, vous poursuivez son travail, ça me réconforte que son esprit soit toujours vivant, elle aussi aurait été heureuse de savoir ça. Alors c'est à vous que — *ah, tu as trouvé une place !* » Il s'est tourné vers la double porte et à ce moment-là on a vu entrer, un trousseau de clés à la main, un grand jeune homme de vingt-deux, vingt-trois ans. « Voilà, je vous présente mon fils, il a tenu à venir avec moi pour remercier le docteur Manceau de la part de sa mère. Mon grand, je te présente les docteurs Sachs et Karma, les amis du docteur Manceau, qui poursuivent son travail. Messieurs, je vous présente notre fils, Olivier. »

Franz Karma ôte ses lunettes et s'essuie les yeux.

— Quelle histoire… dis-je en essuyant les miens. *Tu aurais pu me laisser aller chercher des mouchoirs avant de me raconter ça, andouille !*

— Oui, hein ? Et nous avons beaucoup pleuré après le départ de cet homme et de son fils, parce que cette histoire avait changé non seulement la vie de sa femme, mais aussi celle d'Olivier. Laisser une femme accoucher chez elle, aujourd'hui comme il y a vingt-cinq ans, c'est le tabou absolu pour la majorité des obstétriciens. Ils stigmatisent impitoyablement toutes celles qui osent penser qu'elles peuvent se passer d'eux. Et tous ceux qui soutiennent les femmes dans cette démarche sont qualifiés d'inconscients criminels ou de traîtres. Alors, quand les obstétriciens de la maternité ont appris ce qu'Olivier avait fait, ils l'ont marginalisé, ils lui ont retiré ses étudiants et ses consultations d'obstétrique, ils lui ont peu à peu rendu la vie impossible en lui interdisant les salles d'accouchement et en intimidant les sages-femmes et les infirmières qui voulaient travailler avec lui. À la fin, il ne faisait plus que des IVG et des consultations de contraception…

— Tout ce dont les grands spécialistes ne veulent pas, murmure Aline.

— Et bien sûr, il ne l'a pas supporté. Il a quitté Tourmens, il s'est isolé dans un appartement à Brennes, il a accumulé toute la documentation qu'il pouvait rassembler, il a canalisé sa frustration dans l'écriture de la première édition du *Corps des femmes*. Et puis un soir, après avoir mis un point final à son manuscrit, il a rédigé une lettre d'adieu pour sa famille, il a fermé sa porte à clé pour que personne ne vienne le déranger et il a avalé un cocktail médicamenteux imparable…

— Quel malheur, dis-je, la gorge serrée. Vous l'avez dit à cet homme et à son fils ?

— Non. (Il remet ses lunettes.) D'abord parce qu'à nos yeux il ne s'est pas tué, il a été assassiné. Ensuite parce que nous avions convenu avec sa famille de ne jamais le révéler — les salauds qui l'ont acculé auraient eu beau jeu de dire qu'Olivier était incompétent parce qu'il était cinglé, et que son suicide en était la parfaite démonstration. Mais le désespoir, ils ne savent pas ce que c'est.

Il s'arrête, reprend son souffle, semble lutter contre le chagrin pour achever son récit.

— Nous avons décidé de dédier *Le Corps des femmes* à sa patiente, mais son mari et son fils étaient repartis sans nous donner le nom de cette femme. Bruno a décidé de l'appeler « la patiente Alpha », et d'utiliser ce terme pour désigner celle — ou celui — qui pour la première fois amène un soignant à s'engager à contre-courant, à adopter une posture déterminante pour sa vie professionnelle. Et puis…

Il hésite, se tourne vers Aline.

— Tu peux le lui dire, dit-elle, les yeux humides, elle aussi.

— Et puis nous avons signé un pacte. Tu vois, nous étions fatigués, Bruno et moi. Et nous avions souvent envie de tout envoyer promener. Mais nous avions juré de ne jamais laisser l'animosité et la connerie nous acculer au désespoir. Car au fond, quand on s'efface comme Olivier l'avait fait, on abandonne le terrain aux malfaisants… Comme lui, nous avions l'un et l'autre croisé un jour une patiente qui nous avait poussés à prendre position pour elle, *contre* les dogmes. Alors nous avons fait serment de tenir le coup jusqu'à ce que notre patiente Alpha nous fasse signe, jusqu'à ce qu'elle vienne nous dire que « cette toute petite chose » que nous avions faite pour elle et qui avait changé notre vie de soignant avait également changé la sienne. On ne sait jamais vraiment si ce qu'on fait est utile. Mais quand on apprend, longtemps après, qu'une décision chargée de sens a changé la vie *d'une* personne, on est en droit de penser qu'elle en a changé beaucoup d'autres. C'est le signal qu'on peut baisser les bras, qu'on peut aller se reposer, partir faire autre chose. Et s'il faut pour cela attendre vingt ans que la patiente Alpha se manifeste, ainsi soit-il ! Ah, sacré Bruno…

Ses épaules s'affaissent, comme si on les chargeait brusquement d'un grand poids, et je l'entends pousser un petit gémissement.

— Sachs, lui, a revu sa patiente Alpha, dis-je en comprenant brusquement. Et *Quel salaud !* il vous a abandonné pour partir *Damn !* au Canada ! *Damn ! Damn ! Damn ! Pourquoi au Canada, putain de bordel de père ?*

Franz secoue la tête en souriant.

— Non, ma belle, il ne m'a pas « abandonné ». Il a raccroché, le moment venu, comme nous en avions convenu, et il a eu raison. Il en avait fait assez, il avait le droit de vivre. Et crois-moi, ce qu'il fait là-bas, nous allons tous en bénéficier… D'ailleurs, il faut que je te raconte l'histoire de *sa* patiente Alpha, elle est très belle aussi et je l'envie beaucoup parce que la mienne, tu vois, je doute de la revoir j... ah, mais voici notre consultation en retard, on n'a plus le temps, je te raconterai ça une autre...

NOOONNNNN!!!! JE VEUX LA SUITE!!!!

REVENANTS

Avant de retourner à l'hosto, je jette un œil, par acquit de conscience, sur mes courriels. Il n'y en a qu'un. Je dois relire la signature deux fois pour m'assurer que je ne rêve pas.

Jeannie,

Hope I'm not disturbing you with this message Si bien sûr que tu me déranges, qu'est-ce que tu *haven't had the chance to speak for a while* C'est pas que j'aie spécialement envie de te parler, et tu le sais *but I'll be cruising the French countryside next month* Sacré bonhomme ! Toujours en balade, il peut jamais tenir en place, *and I thought maybe we could grab the opportunity to reconnect* C'est ça. Pour re-nouer il faut avoir déjà été *liés*, mon pote, et en ce qui me concerne *And I know you might find that strange or even a little bit awkward, but I miss you, Sweetheart.*

Je lui manque ? *Je lui manque ?* Mais qu'est-ce qu'il me chante là ? Il disparaît sans crier gare, sans explication, et *out of the blue* il m'écrit pour me dire que je lui *manque* ! ! ! Eh ben y a pas que ça qui te manque, Supercon ! Tu manques d'intelligence, de délicatesse, de…

Je suis tellement hors de moi je me mets à crier — *And don't you ever ever* EVER *« Sweetheart » me again, Moron !* — avant de me mettre furieusement à taper le clavier qui ne m'a rien fait pour lui dire d'aller au Diable *et* se faire foutre.

— Qu'est-ce que vous dites ?

Cécile se tient à l'entrée du salon, vêtue d'un pyjama trop grand pour elle et du peignoir en éponge dans lequel je l'ai enveloppée hier soir parce qu'elle frissonnait. Elle tient à la main le pied télescopique sur lequel j'ai accroché sa perf d'antibiotiques.

— Quoi ?

— Vous avez crié quelque chose en anglais, qu'est-ce que ça voulait dire ?

— Je m'énervais contre un… connard qui me balance du *Sweetheart* pour m'amadouer.

Elle s'avance lentement et regarde le salon.

— Vous avez de la chance que des hommes vous appellent *Sweetheart*. Moi, c'est pas ce genre de petit nom qu'on me donne… C'est un ancien petit ami ?

— Nan.

Elle me regarde droit dans les yeux et j'ai immédiatement envie de lui répondre.

— C'est mon *Je t'en foutrai du Daddy !* père.

— Votre père ? Vous n'aimez pas que votre père vous donne des petits noms ? Il vous a maltraitée ?

— Non ! *Il n'aurait jamais levé la main sur sa Princess Buttercup sa chérie sa beauté la prunelle de ses yeux le joyau de sa vie qu'il disait. C'était bien la peine de me dire toutes ces conneries pour* — enfin, pas comme tu as été maltraitée, toi.

— Comment, alors ?

— Il est parti. Il m'a abandonnée sans explication quand j'avais… (et au moment de le dire je prends conscience du ridicule de ces mots face à elle)… quand j'avais vingt-cinq ans… Pardon, Cécile. Je suis très conne, là.

— Pourquoi ? demande Cécile en s'asseyant près de moi sur le canapé. Ah… J'ai très mal au ventre quand je vais aux toilettes et quand je marche… C'est normal ?

— Oui, tu as une infection profonde. (Je me lève.) Je vais remettre des anti-inflammatoires dans ta perf.

Elle fait non de la main.

— Non, non, quand je ne bouge pas ça va. Restez ici. Expliquez-moi pourquoi vous êtes désolée.

— Je suis désolée de t'emmerder avec mon père alors que toi…

Elle pose la main portant sa perfusion à plat sur sa cuisse et la fixe comme si elle voulait lire le tracé des veines bleues autour de la tubulure.

— Mon père à moi est mort quand j'avais onze ans. Un accident du travail. Il est tombé d'un toit. Il était algérien et il n'avait pas de papiers. Son patron ne l'avait pas déclaré, et quand il est arrivé aux urgences, on l'a laissé sur un brancard pendant une journée entière avant de s'occuper de lui. Et chaque fois que je demandais à quelqu'un de s'occuper de lui, on me disait : « On ne peut pas, il n'a pas de papiers, on est en train de chercher une solution, mais c'est compliqué. »

— Tu étais avec lui ?

— Oui. Il s'est relevé après sa chute et il est rentré à la maison. C'était un mercredi, j'avais pas d'école. Ma mère n'était jamais à la maison dans la journée, elle travaillait encore à l'époque. Il avait un bras en écharpe et du sang partout. Je lui ai dit : « Papa, il faut te faire soigner, il faut aller à l'hôpital », et il a dit : « Non, je vais me reposer, ça va aller. » Il s'est allongé sur son lit tout habillé et quand j'ai vu qu'il s'endormait et qu'il ne réagissait plus quand je lui parlais, j'ai téléphoné aux pompiers et ils m'ont dit qu'ils venaient le chercher. Comme j'étais toute seule à la maison, ils m'ont emmenée aussi. Mais bien sûr, une fois qu'on était à l'hôpital, ils nous ont laissés. Il n'était pas midi. Quand quelqu'un finalement s'est occupé de lui, il était minuit. C'était un homme grand, mince, il avait des lunettes rondes, il venait d'arriver et il était très en colère, il me faisait peur. Je me suis mise à pleurer et d'un seul coup il s'est calmé, il s'est penché vers moi, il m'a dit : « Excuse-moi, ce n'est pas contre toi que je suis en colère, qu'est-ce qui se passe ? » Je lui ai expliqué, je lui ai montré mon père allongé sur le brancard et il m'a dit : « Viens », et il a poussé le brancard dans un box vide et il s'est mis à lui parler, à lui prendre la tension, à le déshabiller, à écouter son cœur.

— Il était seul ? Il n'avait pas d'infirmières pour l'aider ?

— Non, il y avait beaucoup de travail, tout le monde était très occupé. Il s'est occupé de lui longtemps, il s'est démené comme je n'avais jamais vu quelqu'un le faire. Sauf mon père, quand il essayait de réparer un meuble ou la machine à laver et qu'il disait : *Toi, j'te lâche pas avant qu'tu t'remettes en marche*. Mais au bout d'un moment, il a arrêté, il a soupiré, il est venu s'accroupir en face de moi et il m'a dit que mon papa était mort, et il a voulu m'expliquer mais je ne comprenais rien, je pleurais tellement parce que je le savais, je l'avais bien vu pendant qu'il s'occupait de lui et j'avais tellement peur qu'il vienne me dire ça…

Les yeux de Cécile sont rouges. Elle frotte machinalement la peau rougie autour du cathéter de perfusion. Je pose ma main sur son bras.

— Et puis il a regardé mes jambes et elles étaient couvertes de sang. Il y avait du sang par terre et sur la chaise. Je saignais depuis que j'étais assise là, je ne savais pas ce que c'était mais je me disais : « Peut-être que si je saigne assez, le bon Dieu va prendre pitié de moi et sauver mon papa. » Et le docteur a dit : « Tu as déjà saigné comme ça ? », et j'ai dit que non, c'était la première fois. Je pleurais et j'avais peur et il a dit : « Ce n'est pas grave, ma petite fille, ça va passer, c'est ce qui arrive quand on devient une jeune fille, je suis désolé que ton papa ne soit plus là, il aurait été content de voir que tu grandis, les papas ça aime voir leurs enfants grandir, même si c'est difficile pour tout le monde de grandir. » Il a appelé une dame dans un autre service, elle est venue me voir, elle m'a emmenée, elle m'a aidée à nettoyer le sang, elle m'a donné une serviette pour me garnir, elle m'a expliqué que c'étaient mes premières règles, elle était gentille.

Elle sourit.

— C'était Mme Angèle, la conseillère qui travaille avec le docteur Karma.

— Et le médecin ? Tu sais qui c'était ?

— Oui, bien sûr, c'était le docteur Karma, il n'avait pas la barbe à l'époque…

— Ah.

Elle réfléchit une seconde.

— Je sais pas ce qu'il vous a fait, votre papa (*le ton sur lequel elle dit papa, Aaaah je vais la tuer…*) mais au moins il vous a vue grandir. S'il a attendu vos vingt-cinq ans pour partir, vous n'avez rien à lui reprocher. Vingt-cinq ans c'est un âge où on est déjà parti, où on a quitté ses parents. Alors que ce soit lui ou vous, je ne vois pas bien la différence. Et puis, il avait sûrement ses raisons. Quand on part, on part. Si on passe son temps à expliquer pourquoi on part, c'est qu'on n'est pas sûr de vouloir partir. Ou d'avoir le droit de partir. Est-ce que vous l'auriez retenu s'il avait dit : « Il faut que je m'en aille et voici pourquoi » ? Est-ce qu'il *fallait* qu'il vous donne ses raisons ? Il était grand, non ? Est-ce que vous auriez perdu votre temps à donner vos raisons, vous, si vous aviez décidé de partir ? Est-ce que vous auriez aimé qu'à vingt-cinq ans il vous oblige à vous conduire comme une petite fille ?

*

Assise dans la voiture, je lève la tête vers le balcon d'où Cécile me fait signe et je m'interroge sur ces hommes disparus qui n'en finissent pas de hanter la vie des uns et des autres, y compris la mienne, et de resurgir au pire moment. Voilà, tiens, je ne peux plus entrer dans cette foutue voiture sans penser à *ce salaud* qui est parti sans même recharger la batterie qu'il avait pompée comme il m'a pompée pendant... des mois.

Comme je l'ai pompé, moi... AAAAAAAH !

On dit que les hommes ne pensent qu'avec leur queue, qu'ils sont programmés pour sauter sur tout ce qui bouge et engrosser la première idiote venue pour semer à tout vent leurs gènes d'égoïstes, mais je pense que cette vision darwinienne *totally misses the point* est à côté de la plaque. Les hommes ne sont pas des machines à baiser qu'on aime voir nous tourner autour pour décider lequel on choisira finalement d'attraper par la queue quand personne ne regarde — toute petite, comme j'aimais sucer le tube de lait concentré que mon père gardait au frigo pour son café du matin — et l'engloutir pour nous remplir. Les hommes ne remplissent pas les femmes, ils les dévorent, ils leur collent à la peau comme des sangsues, ils les consument, ils les vident de leur substance et quand elles sont toutes plates, toutes fripées, ils les laissent tomber comme de vieilles chaussettes pour des jeunes toutes pleines toutes rondes qu'ils vont liposucer à mort de l'intérieur Merde Merde Merde voilà que je me mets à parler comme une vieille femme frustrée *What have you done to me Daddy? Now I'm crying* toutes les larmes de mon corps de de de de *What am I Daddy?* monstre *Don't you ever say that, you're my baby girl Sweetheart* mais alors, pourquoi est-ce que je ne ressemble pas aux autres ?

Je mets le contact *et t'as pas intérêt à être en panne, toi* et je démarre sans regarder. Derrière moi un autobus klaxonne et freine à mort et j'imagine les trente passagers faisant un vol plané mais rien à foutre les urgences sont pas faites pour les chiens et je roule fonce blinde magne vers l'hôpital où là au moins je sais où trouver un mec qui n'abuse pas des femmes ne les suce pas jusqu'à la moelle ne les abandonne pas lui, virgule, au moins, point.

Après avoir battu le record de vitesse sur la distance Monappart-Losto, je me gare dans la cour entre la Bentley de Galleau et une BMW dernier modèle, si près que je ne peux pas ouvrir les portières pour sortir ni d'un côté ni de l'autre alors je ne fais ni une ni deux je sors par le hayon et tant pis pour Galleau, il frôle le mur d'un côté, ma caisse le serre de l'autre, il pourra toujours essayer de rentrer par son coffre, ça lui fera les pieds.

Je sens quelque chose sous ma chaussure, un bout de papier jaune dépasse de sous ma semelle, je l'ai senti en sortant de voiture mais j'étais tellement prise dans mes pensées que je n'ai pas essayé de l'enlever, je pensais qu'il se détacherait tout seul. Seulement voilà, il s'est incrusté. Je lève le pied, je le décolle, c'est un carré autocollant taché je vais le rouler en boule et le jeter mais je reconnais le mot *batterie* alors je l'examine de plus près et je lis : *Désolé d'avoir tardé* tracé de l'écriture minuscule *Voilà tu as une batterie neuve* mais parfaitement lisible *Les clés dans la boîte à gants, Bye, Joël* et brusquement je comprends que si la voiture redémarre c'est pas le grand balancier cosmique, ni la puissance de ma pensée, mais encore un coup en douce, encore un revenant, entre mon père et lui c'est vraiment la journée, qu'est-ce qui va encore me...

*

— Tu tombes bien, je t'attendais, me crie Aline en me voyant entrer. Franz a dû partir voir le directeur de l'hosto et aujourd'hui, on ne te l'a pas dit ce matin, mais c'est la Journée du Voile.

Elle désigne derrière elle la vitre de la salle d'attente dans laquelle une demi-douzaine de femmes à la tête couverte bavardent en riant.

— La Journée du Voile ?

— Oui, le lundi la consultation est ouverte en priorité aux femmes musulmanes. Depuis que certains services appliquent à la lettre la réglementation débile sur le voile, elles n'ont pas beaucoup d'endroits où consulter sans se faire regarder de travers. Alors, elles apprécient. Il y a des femmes turques, des Tchétchènes, des Serbes, des Marocaines, des Afghanes…

— Et elles viennent toutes voir… *Franz* ?

Elle sourit en m'entendant prononcer son prénom.

— Oui. Bien sûr. Pourquoi pas ?

— Je croyais… que beaucoup de femmes musulmanes ne tenaient pas trop être examinées par un homme…

Elle continue à sourire sans rien dire et je comprends pourquoi elle ne dit rien et — *bon sang mais c'est bien sûr* — j'enchaîne :

— … et justement, comme « le docteur Karma ne saute jamais sur les femmes pour les examiner sans raison », il est le médecin idéal pour parler de contraception…

— Voilà ! Expliquer le cycle, prescrire une pilule ou poser un implant ça ne pose aucun problème. Et il reçoit aussi les maris qui accompagnent leurs femmes et ont des questions à poser…

— Et les femmes qui ont besoin d'être examinées ou qui veulent un stérilet… ?

— Eh bien, *tu es là*, toi ! *Oui, mais je ne suis pas sûre que je vais…* Quand j'ai su qu'on aurait enfin *une* interne, j'ai programmé plusieurs poses pour aujourd'hui. Ça ne t'ennuie pas ?

Elle me tend un dossier, mais, devant mon air

stupéfait — *mais alors, comment faisait-il* avant *que j'arrive ?* — se reprend :

— Pardon, je te saute dessus alors que tu arrives à peine, aucune d'entre elles n'est pressée aujourd'hui, elles sont en train de bavarder, prends ton temps, va poser tes affaires.

Je hoche la tête et j'entre dans le bureau, je pose mon sac, je pends mon imper, j'enfile une blouse — la « Journée du Voile », *sans blague* ? —, je la boutonne, je retourne au comptoir — « Eh bien, *tu es là,* toi. » *Right !* —, je prends le premier dossier, je mets un pied dans la salle d'attente, en plus des femmes que j'ai aperçues, il y en a deux autres, qui sont vraiment les deux extrêmes — au point que du coup les autres ont un air presque banal —, le jour et la nuit, assises côte à côte : une brune super sexy hyper bien maquillée en jupe de cuir et escarpins tout droit sortie d'un magazine et une ado (je devine ça à ses jeans et à ses baskets) la tête *et* le visage couverts. Et brusquement, ça me frappe comme le chaud rayon de soleil qui caresse la joue quand on sort de chez soi : *Je suis là.*

ALINE ET DJINN

(Récitatifs croisés)

Je te jure, jamais je ne l'avais vue aussi heureuse, aussi enjouée, comme une petite fille qui a vu le Père Noël alors qu'elle a vraiment, vraiment, vraiment plus l'âge (ne me dis pas : « Je vois », je sais que tu vois, tu vois toujours tout, alors s'il te plaît ne m'interromps pas), chaque fois qu'elle sortait et me rapportait le dossier de la patiente qu'elle venait de voir, son sourire était encore plus large qu'en entrant et, du coup, le sourire de la femme qui sortait de consultation et retournait dans la salle d'attente rassurait celles qui attendaient. J'étais bien embêtée quand elles sont arrivées, certaines venaient de loin et s'attendaient à voir le docteur Karma, et voilà que je leur annonçais qu'il n'était pas là mais qu'il y avait un autre médecin (elles ont fait une tête de trois pieds de long), une jeune femme (ah, oui ? Elles se sont déridées un peu) très compétente (elle est gentille au moins ?), très gentille (parce que si elle n'est pas aussi gentille que le docteur c'est pas la peine, hein ?), *très, très* gentille — *vous croyez que le docteur Karma confierait ses patientes à quelqu'un qui ne l'est pas ?*

Djinn n'était pas encore arrivée, mais plusieurs patientes étaient déjà là, certaines se connaissaient, celles qui étaient déjà venues se sont mises à parler du docteur Karma et à dire que la première fois c'est vrai il fait peur, comme ça avec sa barbe plus poivre que sel et ses cheveux pas toujours bien coiffés (ah, moi, je te répète ce que j'entends, tu veux que je te raconte, oui ou non ?) mais que passé la première impression, finalement, il est charmant, il ne mord pas — bref, les bagatelles, coquecigrues et billevesées avec lesquelles on n'arrête pas de me bassiner à ton sujet, au téléphone et dans la salle d'attente, même que parfois j'aimerais entendre quelqu'une dire que tu n'as pas été gentil avec elle, que tu ne l'as pas écoutée, pas prise au sérieux — parce qu'à la fin c'est fatigant : à les entendre on croirait que tu es parfait et quand je les entends pétasser comme ça je crève d'envie de leur dire : « Vous savez, sa chère et tendre n'est pas tout à fait d'accord avec vous, rien que la semaine dernière... » Comment ça ? Bien sûr que si, j'oserais ! Je vais me gêner ! Quoi, « le respect de la vie privée » ? Je respecte la leur ! Mais la tienne et celle de ta gonzesse/celle que t'es avec/ta princesse/celle que t'es son mec/hohoho... Oui. C'est sûr, ça ne serait pas de très bon goût. Mais surtout ça ne serait pas du tout professionnel et tu me connais. N'est-ce pas ? Bon. Toujours est-il que sur ces entrefaites, juste au moment où je commençais un peu à en avoir ma claque d'entendre parler de toi comme du Messie dès neuf heures du matin, je vois entrer la petite Djinn, plutôt énervée et plutôt sombre — oui, je sais que j'ai dit qu'elle était heureuse, mais ça c'était plus tard, tu veux bien arrêter de m'interrompre et essayer de suivre, s'il te plaît ? C'est pas la peine de passer pour le champion tout terrain de l'oreille empathique si c'est pour ne même pas écouter correctement le rapport détaillé quotidien que te fait ton *excellente* collaboratrice/assistante/secrétaire. Donc, tu m'écoutes ? Bien. Qu'est-ce que je disais ? Ah oui : la petite Djinn entre, plutôt... égarée. Je lui dis qu'on l'attend avec impatience et là, pour m'amuser, comme je viens de repenser à la remarque que tu avais faite un lundi matin, je lui raconte que tous les lundis y a un concours de Miss Tchador — non je plaisante, la « Journée du Voile » — rien que pour voir comment elle réagit. Moi ? Non, pas du tout. Je ne sais pas où tu vas chercher ça. Mais elle, incroyable, non seulement elle ne cille pas alors que je m'attends à la voir faire sa tête de Schtroumpf Docteur Je Sais Tout à lunettes, tu sais, celle qu'elle nous a faite pendant toute la première journée et un peu la deuxième avant que tu la mouches — oui, je sais, tu m'as dit que c'est elle qui t'avait mouché et que c'est une patiente qui lui avait ouvert les yeux, n'empêche que si elle n'était pas venue ici, elle aurait toujours le col relevé, le scalpel entre les dents et Futur-Professeur-Atwood écrit au néon sur son bonnet de bloc, mais figure-toi que ça n'est pas cette tête-là qu'elle m'a faite quand je lui fais ma blague de la « Journée du Voile », au contraire ; ça la plonge dans la perplexité et, comme si je venais de mettre un grain de sable dans les rouages bien huilés de son cerveau de première de la classe, je la vois qui *s'arrête* de penser, elle reste en suspens, elle s'éclipse pour aller enfiler sa blouse et trois minutes plus tard quand elle revient, elle a une autre tête encore, cette fois-ci on dirait qu'elle a vu un fantôme ou la Vierge ou qu'elle vient de gagner le gros lot et qu'elle n'arrive pas à réaliser… Maintenant que je t'en parle, ça me rappelle la tête que je faisais le jour où j'ai annoncé au père de ma fille — non, je ne me suis pas vue ce jour-là mais c'est la tête que j'imagine que je faisais — que j'étais enceinte, le jour où lui il a ouvert de grands yeux et — alors que je l'imaginais détalant comme un Bib-Bip et moi Vile Coyote suspendue au-dessus du précipice pendant quelques secondes juste avant de tomber à pic et de m'écraser là-bas, tout en bas, dans un petit nuage de poussière — le voilà qui me répond qu'il m'aime et moi, fâchée *Mais ça n'a rien à voir !* et lui de sa voix à crever *Mais bien sûr que si !* et j'étais loin d'imaginer que vingt ans plus tard — non, je ne regrette rien — oui, même en sachant que c'est un homme à femmes, d'ailleurs tout le monde le sait et l'accepte, même sa fille, et puis, de toute manière, fais-moi confiance, je le surveille de près. Mais s'il te plaît, *arrête* de toujours faire dévier la conv... — *comment ça, c'est moi ?* — quoi, « la tête qu'elle faisait et que je pense que je faisais quand j'ai découvert que j'étais... » ? *Mais c'était pas une digression !* C'était exactement ce que je voulais dire ! Tu sais très bien que je retombe toujours sur ce que je voulais dire, même quand je *digresse*, comme tu dis, depuis le temps, tu devrais savoir que *la digression discursive ne fait pas obstacle à la pensée féminine, c'est un élément consubstantiel, essentiel aux élaborations conceptuelles d'un cerveau féminin notoirement multitâche*... Quoi ? Comment ça, « où je l'ai lu » ? Je viens de l'inventer ! ! ! Là, tu vois, tu m'énerves, et je commence à me demander si finalement, ce matin, quand Djinn était là, je n'aurais pas dû apprécier l'absence totale d'hommes dans le service, surtout en voyant son regard, ce regard incroyable qu'elle a fait en *ressortant* de la salle d'attente, sur les talons de la première patiente. La tête d'une femme... — oui, je savais déjà que Djinn est une femme et pas un génie asexué sorti d'une lampe magique, mais j'ai pas fini ce que je voulais dire, andouille ! — la tête d'une femme qui se sent bien. Surprenante. Magnifique.

Et ça n'était qu'un début.

Pendant le reste de la matinée, après chaque consultation, elle venait poser le dossier sur mon comptoir, elle se penchait vers moi et elle me *parlait*. Si, si ! En me tutoyant ! ! ! Je me suis dit : « Elle a bu, ou quoi ? », mais j'ai bien vu qu'il s'était passé quelque chose. Elle était complètement excitée, complètement émerveillée d'être là, de se sentir utile ! *Tu sais, je ne me suis jamais sentie utile comme ça, même après toutes les interventions que j'ai pu faire et j'en ai bouffé des écarteurs, des compresses et du catgut, depuis le premier jour où j'ai mis le pied dans un bloc et j'ai pensé c'est là que je veux passer le reste de ma vie, je croyais sincèrement que je ne pouvais pas être heureuse ailleurs, la chirurgie j'en rêve depuis que j'ai... C'est pas compliqué: quand j'étais toute petite, trois, quatre ans, mon père* (l'autre jour, c'était la première fois que je l'entendais parler de son père, on avait le sentiment que c'était le dernier des salauds, tandis que ce matin, elle avait les yeux qui brillaient chaque fois qu'elle parlait de lui) *racontait à tout le monde que j'avais fait des attelles à un ours en peluche et que j'avais demandé du fil et une aiguille pour réparer la robe d'une de mes poupées en disant qu'elle avait été attaquée par un dragon mais que tout allait bien j'allais tout arranger parce que j'étais* sirugienne (c'est mignon, tu ne trouves pas? Moi j'ai trouvé ça mignon, surtout l'air avec lequel elle essayait de retrouver exactement la façon dont elle le prononçait), *alors me retrouver enfin comme ça au milieu des instruments, c'était un rêve de toujours qui prenait forme; et pourtant, j'avais encore des années de galère devant moi parce que tu sais bien comment sont beaucoup de chirurgiens, l'idée qu'une nana entre dans leur salle d'op c'est pas seulement une hérésie c'est un non-sens une abomination une monstruosité contre nature, si tu savais les conneries que j'ai entendues dans la bouche des patrons:* « La chirurgie est en danger, à présent la moitié de mes internes sont des femmes », *je te jure il ne plaisantait pas, ou carrément les propos orduriers:* « Y a assez de sang par terre au bloc, c'est pas la peine de rajouter des utérus à talons », *et les allusions au fait que t'es pas assez musclée pour scier un fémur, que t'as besoin d'aller pisser quatre fois plus souvent qu'un mec, que tu vas pas hésiter à pondre un môme au pire moment sans te préoccuper de l'effectif, enfin, tu vois, les insanités habituelles. Moi, j'en avais rien à foutre, j'étais déjà prévenue, j'avais déjà lu et entendu tout ce qui existait sur le sujet, peu importait la quantité d'insultes ou de crasses qu'on allait me faire parce que j'étais une femme, ils pouvaient monter et descendre, je serais* sirugienne *et j'allais leur* sirugir *si fort à la gueule que leurs crinières mitées allaient voler et leurs oreilles poilues bourdonner pendant un bon moment. J'avais beau être une femme, je m'étais préparée, il faut toujours te préparer, les filles non seulement ça bosse plus, mais ça planifie, ça anticipe, ça calcule (même que ça leur fout une sacrée pétoche, nos calculs, aux mecs) et le jour où ils t'asticotent en te posant une question qu'ils pensent imparable sur telle technique de pointe, toi tu les attends au tournant, tu leur balances un revers croisé dans la gueule — par exemple l'article sur le même sujet que tu as fait venir en avant-première, et tu les achèves en disant :* « Je ne te fais pas la traduction, même en français tu aurais du mal. » *Ils sont coincés, ils peuvent pas te coller une beigne comme ils le feraient entre eux, ils peuvent pas s'énerver non plus — ça voudrait trop dire qu'ils ont morflé et qu'ils ne le supportent pas —, alors ils repartent un sourire méprisant aux lèvres mais la queue basse derrière la braguette, et ils ont beau se pavaner ensuite et t'exécuter en petit groupe une bière à la main en disant que pour être aussi dure il faut que tu sois une mal baisée ou une gouine, ou que si on te faisait un caryotype on découvrirait que tu as des couilles à la place des ovaires, ils finissent quand même par te foutre la paix. Et toi, tu continues ton petit bonhomme de chemin et tu vises le poste dont tu as toujours rêvé en sachant que si tu le décroches, c'est bien parce que tu l'as gagné. Alors tu comprends, quand on m'a envoyée ici* (et là elle me raconte tout ce que tu as deviné, sa mutation, sa déception, bref, tu connais tout ça) *j'étais très énervée, très malheureuse, très* pissed-off *comme disait Daddy* (oui, oui, oui, elle a dit « Daddy »), *et en arrivant j'avais vraiment envie d'être ailleurs, de partir, de me rendre le plus désagréable possible et de me faire virer et puis... Et puis Karma — j'arrive pas à dire Franz, tu vois, je ne sais pas comment tu fais pour l'appeler par son prénom, moi je ne pourrais pas j'aurais l'impression de lui manquer de respect* (ça m'a fait sourire, je n'ai pas répondu, je l'ai laissée continuer), *mais ça c'est moi, je sais que sur bien des plans, je suis coincée — tu vois, depuis que je suis ici, tout le monde, Karma et toi et les femmes, particulièrement les femmes, vous ne m'avez pas rejetée. Et pourtant, je sais que j'ai été odieuse en arrivant et encore, tu ne sais que ce que tu as vu, ce que tu as entendu, mais si tu savais, Aline* (là, ça m'a fait quelque chose parce que c'était la première fois qu'elle disait mon prénom en me parlant, pas seulement pour m'appeler, et j'avais l'impression qu'elle parlait à une sœur ou à une copine — alors que le premier jour c'est vraiment la dernière fille que j'aurais imaginée ayant des copines), *si tu avais su ce que j'avais dans la tête à ce moment-là, tu m'aurais fichue dehors tout de suite j'en suis sûre. Mais non, Karma n'a pas décidé de me virer ou de me changer, et les femmes je ne sais pas ce qu'elles m'ont trouvé mais certaines... enfin, j'en revenais pas — quant à toi, j'ai bien vu que tu me tolérais tout juste et là tout de suite, je veux te dire merci, parce que tu vois, je trouve que tu as eu du mérite* (là, je me suis dit que si notre interne de pointe, major de toutes ses promos depuis la maternelle, reconnaît mes mérites, j'allais demander au chef de service — à défaut d'une augmentation, qui n'est pas de son ressort — un aménagement conséquent de mes conditions de travail... Non, j'ai pas encore dressé la liste de mes requêtes, mais ne t'inquiète pas, tu devrais la trouver sur ton bureau pas plus tard que demain matin) *parce qu'à ta place, tu vois* (dit-elle avec des yeux effarés), *je ne sais pas comment j'aurais fait pour me supporter* et là j'ai pas pu résister, j'ai répondu : « Eh bien pour tout te dire, je sais pas comment j'ai fait non plus ! » Et toutes les deux on s'est regardées et on a été prises d'un fou rire pas possible au point que les femmes à côté en nous entendant se sont mises à rire elles aussi et sont venues voir ce qui nous faisait rire et en les voyant (oh, là, là, je pleure…) on s'est brusquement rappelées qu'elles étaient là (excuse-moi…) et qu'il fallait tout de même (oui, je sais, c'est contagieux, ce matin, ça a duré vingt minutes) que Djinn bosse un peu, alors… Alors… Attends, je reprends mon souffle… Alors elle est allée chercher la patiente suivante mais elle riait toujours quand elle l'a fait entrer dans le bureau et moi j'arrêtais pas de pouffer… Plusieurs fois on les a entendues rire à travers la cloison et en les entendant, les femmes dans la salle d'attente et moi à mon bureau on était prises de fou rire à nouveau.

Excuse-moi…

Rien que le fait d'en parler…

Et puis la matinée a passé comme ça, très vite, très joyeusement, jusqu'à ce qu'il ne lui reste plus que deux patientes à voir. Tu sais qui ? Je sais bien que tu n'y étais pas mais tu aurais pu voir leur nom sur le cahier de rendez-vous, t'es toujours en train de regarder si par hasard elle n'y serait pas, mais Franz, Franz, Franz, mon petit Franz, je t'ai déjà dit mille fois, ta belle inconnue, ta patiente Alpha, elle est loin, elle n'a peut-être jamais vécu à Tourmens, ni même en France, d'ailleurs, alors la probabilité que tu la reçoives en consultation est encore moins grande que celle de gagner le gros lot, j'en suis sûre. Et puis, excuse-moi de te dire ça, mais je t'ai souvent entendu dire qu'il n'y a que les salauds qui se pensent indispensables, alors ça devrait être un argument suffisant pour décider un jour de jeter l'éponge, de raccrocher, de dire Basta ! Parce que, réfléchis bien à ce que je te dis : à moins qu'elle ne se souvienne de toi — et je ne vois pas comment ce serait possible — et qu'elle débarque un jour, comme ça, la bouche en cœur, en demandant à te voir, je ne vois pas comment, en admettant même qu'elle échoue par hasard dans le service sans savoir que tu y travailles, tu pourrais deviner qu'il s'agit d'elle rien qu'en lisant son nom sur le carnet de rendez-vous ou sur la liste des consultations du jour !

Oui, je sais que ça te fait mal quand je te dis ça, et c'est pas la première fois, et c'est pas par gaieté de cœur ou par sadisme, mais parfois, ça m'emmerde de voir que tu attends quelqu'un qui ne viendra peut-être jamais parce que, tu sais que j'aime ce service, j'aime les femmes et ce que j'y fais, mais franchement, on en a déjà parlé cent fois, je ne te vois pas rester ici éternellement et perdre ton temps à attendre ta foutue patiente Alpha.

Ou même y laisser ta…

Non, rien. Laisse. J'ai eu une mauvaise pensée, c'est tout. Non, tu n'as pas besoin de la connaître, *on n'a pas besoin de toujours tout savoir*, tu te souviens ?

Mais toi, dis-moi ? Quand tu es revenu, j'étais partie chercher ma puce à la gare, mais Djinn n'avait pas encore terminé. Tu me racontes ce qui s'est passé ?

« JEANNE »

De : Karma@u77-chtourmens.net
À : Bruno. Sachs@ecoledessoignants.ca

Bruno,

On s'est longuement parlé hier soir, mais il s'est passé tout plein de choses depuis et Aline me tanne pour que je te raconte une des consultations de la journée. Du coup, comme j'ai bien peur de ne pas tout me rappeler la prochaine fois qu'on sera en ligne, je t'ai écrit un roman (enfin, une lettre-fleuve ; je n'oublie pas que le romancier, c'est toi...).

Bien sûr, tu n'es pas obligé de me répondre aussi longuement, mais toutes tes réactions seront les bienvenues — à part celle que tu me balançais sans arrêt en fac (« Mais *épouse-la* donc et qu'on n'en parle plus ! ») et qui, comme tu le sais, n'est plus une option depuis longtemps.

Je t'embrasse,
Franz

Fichier attaché : Dragonslayer.rtf :
Télécharger ? Ouvrir avec (choisir le logiciel) ?

Tourmens, lundi 25 février, 23 h 45

Djinn (Jean), notre nouvelle interne, est quelqu'un d'étonnant. En quelques jours, après être arrivée caparaçonnée dans une posture de mépris et d'opposition assez insupportable, elle a opéré une métamorphose impressionnante. Du coup, Aline, qui me demandait tous les jours pourquoi je la gardais là, est en train de me dire que je serais bien con de la laisser partir. Mais j'ai fait un marché avec Djinn, si elle n'en peut plus du service, je ne vais pas la retenir de force, et je ne la retiendrai pas.

Je sais, ce n'est pas du tout mon habitude. J'ai passé mon temps, ces dernières années — et encore plus depuis que tu es parti —, à faire fuir les internes que Collineau essayait de m'envoyer, au point que malgré la féminisation de la profession, les seuls qui tenaient le coup entre ces murs étaient les garçons gay ! Les deux ou trois femmes que j'ai vues brièvement passer ne supportaient pas mon attitude, qu'elles trouvaient soit trop paternaliste, soit pas assez, et elles n'ont jamais tenu plus de quarante-huit heures. Le petit génie (c'est le surnom que tout le monde lui donne ici sans jamais l'utiliser devant elle, comme « Barbe-Bleue » en ce qui me concerne), en revanche, s'accroche. Elle a pris une ou deux beignes, aux IVG puis en consultation, et elle a passé la nuit entière entre samedi et dimanche à répondre aux courriels du site. Le plus impressionnant, c'est que j'ai vu ses réponses se bonifier au fil de la nuit. J'imagine qu'elle a dû regarder la manière dont les habitués du site (Collineau, toi, moi, Angèle, etc.) répondent, mais elle ne singe personne, elle « adhère à l'esprit » de l'entreprise.

Bon, tu vas m'engueuler et me dire que ce genre de discours fait très « gourou qui vient de recruter une novice pour sa secte », mais pas du tout. Si tu as trois minutes, va lire ses réponses et tu verras ce que je veux dire. Elle tâtonne — et c'est bien naturel puisqu'elle débute — dans la hiérarchie des conseils à donner, il y a plein de petits trucs qu'elle ne connaît pas, mais elle a deux atouts très importants : contrairement à la plupart des « internes sergents-majors » que toi et moi avons connus au fil des années (j'allais dire « des siècles », tant j'ai le sentiment du temps écoulé), elle ne prend aucune femme de haut ; on a le sentiment qu'elle parle à des sœurs. C'est d'autant plus surprenant que sa « hauteur » était palpable le jour de son arrivée. Mais derrière cette hauteur, j'ai senti tout de suite (ne me demande pas comment et pourquoi, je l'ai juste senti, voilà) qu'il y avait autre chose. Je l'ai sentie défensive, mais pas comme quelqu'un de blessé qui essaie de se protéger : elle se défend très bien toute seule, comme je te l'ai raconté hier. Mais j'ai parfois le sentiment qu'elle est en mission au nom de quelqu'un d'autre, et non en son nom propre. Et que c'est une mission double : elle a une revanche à prendre et quelque chose à prouver au monde entier. Et les deux ne se confondent pas. Je ne vais pas te faire le détail des raisons pour lesquelles je pense ça — ce serait trop long et parfaitement futile —, je préfère te raconter la consultation de cet après-midi, tant elle me paraît illustrer sa transformation.

Ce matin, donc, pendant que j'allais voir le directeur de l'hôpital pour rediscuter du financement de l'Unité 77, Djinn a passé la matinée à s'occuper de plusieurs femmes musulmanes (tu en connais certaines : elles étaient tes patientes à Play, avant que tu partes) venues en groupe, comme souvent le lundi matin, parce que le mari d'une d'entre elles ne travaille pas et fait le taxi dans son van huit places. Quand je suis revenu dans le service, Djinn allait recevoir les deux dernières patientes.

Avec un grand sourire et beaucoup d'ironie, elle m'a proposé d'assister à sa consultation en me disant qu'il faudrait qu'on demande l'autorisation des patientes pour que je sois présent. J'ai joué le jeu, bien sûr, et c'était d'autant plus facile que la patiente qui entrait n'était autre que Stéphanie, dont tu connais le mordant.

Elle était superbe, tirée à quatre épingles, elle allait très bien, venait seulement pour faire renouveler sa prescription de traitement hormonal, et nous a confié que depuis cinq mois elle avait un ami, qu'elle l'avait rencontré quelques jours avant de partir se faire faire sa chirurgie de réassignation à Montréal (elle te remercie d'ailleurs une nouvelle fois de lui avoir servi d'intermédiaire sur place et du repas auquel vous l'avez invitée, Pauline et toi, juste avant son retour en France) et que, même si leur histoire est toute jeune (comme eux : il n'a que deux ans de plus qu'elle), « jusque-là, ça va ». De fait, elle resplendissait de bonheur, son intervention s'est très bien passée, ses cicatrices sont paraît-il invisibles, et (tu connais le militantisme quelque peu démonstratif de Stéphanie) elle voulait même nous montrer le résultat ! Djinn a répondu très délicatement que ça n'était pas nécessaire, puisque Stéphanie va bien, mais que bien sûr, la technique dont Stéphanie a bénéficié l'intéresse, est-ce qu'elle acceptait de lui donner les coordonnées du chirurgien ? Lesquelles, évidemment, étaient dans le dossier, et la conversation a obliqué (en réponse aux interrogations de Djinn, qui était manifestement aussi fascinée par l'énergie de Stéphanie que par la question transgenre en soi) sur la nécessité absolue de protéger les trans contre les bouchers qui exercent dans ce pays, et sur les mille et un obstacles administratifs que l'État français dresse devant les personnes transgenre. Il y avait quelque chose de très réconfortant dans le fait de me trouver sur le fauteuil de l'étudiant et d'écouter Stéphanie expliquer à Djinn, dont l'indignation allait croissant, qu'au Pays des Lumières, on préfère payer des congés maladie, un revenu d'insertion ou des indemnités d'invalidité plutôt que de changer monsieur en madame (ou l'inverse) et François en Françoise (ou l'inverse). J'avais devant moi ce pour quoi nous militons depuis toujours : le transfert de l'information dans ce qu'il a de plus réjouissant — d'une patiente hyperinformée à une soignante compétente et ouverte qui en fera bénéficier d'autres patientes en retour. Et aujourd'hui, plus que jamais, l'éblouissante santé physique et psychologique de Stéphanie démontrait l'ignominie et la connerie absolues de ceux qui cherchent à imposer aux personnes transgenre d'innombrables expertises psychiatriques — quand ce n'est pas, purement et simplement, une stérilisation !

Et la conversation aurait pu continuer comme ça

pendant des heures si Stéphanie n'avait pas dit : « Mais au fait, je parle, je parle, mais je ne venais pas pour moi, mais pour une copine, qui aurait besoin d'un avis médical. »

Djinn : « Vous voulez qu'on lui donne un rendez-vous ? On peut aussi lui répondre par écrit, si elle préfère. »

Stéphanie : « Non, en fait je vous l'ai amenée, et elle n'a pas pris rendez-vous, et je sais qu'il est tard, mais est-ce que vous accepteriez de la recevoir ? Elle est dans la salle d'attente. »

Bien entendu, nous étions d'accord. Stéphanie est partie chercher son amie Bahia, elle l'a fait entrer dans le bureau, elle nous l'a présentée, et l'a laissée pour qu'elle nous parle seule. Elle portait un hijab sur la tête et avait le visage voilé. Elle nous a dit qu'elle avait seize ans, et nous a montré des photos d'elle quand elle était petite fille. À la puberté (qui a débuté vers l'âge de quatorze ans et demi), son aspect avait changé : sa voix est devenue plus grave, elle a commencé (elle a découvert son visage à ces mots) à avoir de la barbe et, ce qui lui était très pénible, à faire des rêves érotiques dont elle émergeait en sueur, le sexe humide de sécrétions gluantes, qui ne venaient pas de son vagin, mais… de son clitoris érigé.

Après avoir subi deux endocrinologues (dont un de sexe féminin, mais tous deux éduqués par un ancien nazi) qui n'avaient même pas pris la peine de l'examiner mais lui avaient balancé : l'une, un diagnostic de tumeur des surrénales, l'autre, une sentence d'anomalie chromosomique, et avaient tous les deux cherché à lui imposer une hospitalisation pour « bilan complet » (en clinique, évidemment), Bahia a refusé de voir d'autres médecins. Et comme c'est une adolescente dotée d'une forte personnalité et que, dans une situation extrême, on adopte parfois des solutions extrêmes… elle a décidé, au bout de quelques mois, et au grand désespoir de sa mère et de sa jeune sœur, de masquer sa transformation sous l'apparence d'une jeune femme pieuse en couvrant sa tête et son visage. Le père — un avocat international souvent en voyage — ne l'a pas très bien pris, car quoique musulman, il n'est pas dogmatique. Mais c'est un homme bon, il aime sa fille, et il s'est dit que ça lui passerait — d'autant qu'elle porte aussi des tennis et des jeans. Évidemment, ni la mère ni la sœur cadette ne lui ont expliqué de quoi il *retournait* véritablement, elles n'ont pas voulu l'inquiéter ou le blesser, et elles ont gardé le secret « entre femmes ». Et les voilà embringuées — Bahia surtout — dans une situation inextricable.

Nous l'écoutions tous les deux avec attention, mais je sentais que Djinn était très émue par son récit. Ce qui était le plus pénible pour Bahia, c'était de ne pas comprendre ce qui lui arrivait, de ne trouver aucune explication rationnelle à sa situation. Elle avait consulté des tas de sites en ligne et compris qu'elle était une personne intersexuée mais, bombardée d'opinions différentes glanées sur différents forums, elle était incapable d'aller plus loin — à ses yeux, toutes les situations d'« ambiguïté sexuelle » étaient effrayantes et accentuaient sa confusion.

— J'avais besoin, nous a-t-elle expliqué, d'en parler à quelqu'un qui m'écouterait, qui ne me cataloguerait ni comme un cobaye à disséquer, ni comme une victime à défendre, et qui me donnerait les cartes, sans choisir à ma place l'itinéraire et la destination. Vous voyez ?

Son intelligence crevait les yeux, alors on voyait très bien.

Un jour, dans le bus, elle s'était assise à côté de Stéphanie, elles s'étaient immédiatement liées d'amitié, elles avaient correspondu par mail, et Stéphanie avait fini par lui proposer de venir consulter ici. Bahia s'attendait à voir un médecin barbu au visage d'ogre (mais « très gentil »...) et avait été agréablement surprise de constater qu'une jeune femme assurait les consultations.

— Je préférerais que ce soit vous (dit-elle en désignant Djinn) qui m'examiniez.

— Bien sûr, a répondu Djinn. (Et j'ai voulu me lever mais elle m'a fait signe de rester assis. Par la suite, je me suis fait aussi invisible que possible.) Mais il n'est peut-être pas indispensable que je vous examine aujourd'hui.

— Ah bon ? Vous pouvez me dire qui je suis sans m'examiner ?

— *Qui vous êtes ?*

— Oui, si je suis un homme, une femme ou un monstre !

— Non ! s'est écriée Djinn. Les situations d'intersexualité sont des variantes du développement sexuel, pas des maladies. Des variantes qui compliquent beaucoup la vie en raison des conventions sociales, culturelles, religieuses, mais vous n'êtes ni malade ni monstrueuse et ne laissez personne dire une chose pareille à votre sujet ! C'est pour ces mêmes raisons que je ne peux pas vous dire si vous êtes un homme ou une femme, car vous seule le savez. Vous, *qui vous sentez-vous être* ?

Avec un demi-sourire, comme si cette question la libérait, Bahia a répondu :

— Enfant, je me suis toujours sentie petite fille ; mais depuis que *ça* m'est arrivé, je ne me reconnais plus. Je ne réagis plus de la même manière. Dans mes rêves érotiques... je vois des femmes. Les garçons m'indiffèrent, ce sont les filles qui m'attirent... Alors, je ne sais plus...

— Je comprends votre confusion. Vous êtes incertaine. Mais vos... préférences, vos attirances, ne sont pas superposables à votre *identité* sexuelle.

— Non ?

— Non, a dit Djinn avec un sourire que je ne lui avais jamais vu.

— Alors, a demandé Bahia, perplexe, alors... pourquoi est-ce que je suis *comme ça* ?

Djinn a réfléchi longuement et je me tenais prêt, si elle se tournait vers moi pour me demander du soutien ou un assentiment, à lui faire signe immédiatement que je n'interviendrais pas, que je lui faisais entièrement confiance, mais je crois qu'elle avait déjà oublié ma présence et je la voyais réfléchir intensément, griffonner quelque chose sur le dossier blanc posé devant elle, le dossier dans lequel elle n'avait bien entendu rien écrit, et qui portait seulement la date de naissance, le nom et le prénom de la patiente. Plongée dans ses pensées, elle a repassé à plusieurs reprises la pointe de son stylo sur le B, le A, le H, le I, le A — je l'ai vue retenir un sourire, puis secouer la tête comme quand on rejette une idée, puis sourire franchement et, finalement, poser son stylo, braquer son regard sur les beaux yeux de sa patiente et demander :

— Pourquoi vous a-t-on prénommée « Bahia » ? Il y a une raison ?

La jeune femme a soupiré.

— C'est un prénom arabe, ça veut dire « très belle, d'une grande beauté », mais mes parents l'ont choisi aussi parce qu'ils se sont rencontrés au Brésil.

J'ai vu Djinn incliner la tête sans quitter Bahia des yeux et la regarder par-dessus des lunettes imaginaires.

— Ah... Ils sont... *originaires* du Brésil ?

— Ils sont nés en France, mais ils ont tous les deux des grands-parents brésiliens. Ils se sont rencontrés pendant un voyage à la recherche de leurs racines, en récupérant leurs valises, à l'aéroport de São Paulo... Si j'étais né garçon, ils m'auraient appelé Paul...

— Alors, a dit Djinn avec le soupir de quelqu'un qui sort de l'eau, je *crois* savoir ce qui vous arrive. Elle s'est levée, elle a fait le tour du bureau, elle s'est assise près de Bahia, et elle s'est mise à lui expliquer à quoi elle pensait.

J'ai bien compris à ce moment-là que je n'existais plus pour elles, et je suis sorti sans me faire remarquer, pour aller m'enfermer dans le bureau d'Angèle. Et là, j'ai éclaté en sanglots.

Sur le moment, j'aurais été incapable de dire pourquoi je pleurais, pourquoi je me sentais aussi ému. Et puis, en racontant cette consultation à Aline, tout à l'heure, je crois avoir compris — d'où son insistance pour que je (te) l'écrive.

Djinn est une interne *extrêmement* brillante, et je crois qu'une des choses qui m'ont le plus tôt fasciné dans son parcours, c'est son intérêt de longue date — d'après ce que j'ai compris, il date d'avant le début de ses études — pour la chirurgie gynécologique.

Cependant, à ses yeux, les techniques chirurgicales ne sont pas un but, mais un moyen. Et pour comprendre ce qui arrive à sa patiente (car Bahia a *choisi* Djinn, ça ne fait aucun doute, et c'est la deuxième fois en moins de vingt-quatre heures qu'une patiente la choisit sous mes yeux et que Djinn accepte ce choix sans la moindre hésitation) elle a procédé (tu vas rire) comme un Sherlock Holmes de la médecine : une petite fille qui devient un garçon à la puberté, des parents ayant tous deux des grands-parents à São Paulo, ça évoque irrésistiblement un déficit en 5-alpha-réductase, et si Bahia était née et vivait au Brésil ou à Saint-Domingue, où ce caractère transmissible n'est pas rare, ça n'aurait probablement pas étonné grand monde là-bas.

Mais ici, en France, il faut être un vieux routier de la différenciation sexuelle comme moi pour penser à ce genre de chose. Et c'est tout cela qui m'a donné envie de pleurer : tout, dans cette consultation — la douleur de Bahia, le mur de silence entre ses parents, la connerie absolue des médecins à qui elle a eu affaire, son enfermement vestimentaire, sa rencontre miraculeuse avec Stéphanie, sa connexion immédiate avec Djinn, l'« inexpérience savante » de celle-ci, son attitude à la fois songeuse et aidante et l'explication sur laquelle elle a mis le doigt *avec sensibilité, intuition et imagination* —, tout cela a fait remonter le souvenir de l'interne que j'étais, il y a trente ans — le jour où, connaissant mon obsession pour la différenciation sexuelle, Olivier m'a demandé de venir voir ma « patiente Alpha ».

Tout à l'heure, l'émotion qui m'a fait pleurer à chaudes larmes était le *remake* d'une sorte de « scène primitive », celle de la naissance d'une vocation. Oui, je sais ce que tu dois penser : j'ai tendance à voir ce genre de signe un peu partout. Mais est-ce si grave ? Ça ne fait de mal à personne.

Je ne sais pas ce qu'est devenue ma patiente Alpha. Je ne sais pas si ce que j'ai dit et fait, la seule fois que je l'ai vue, a eu un effet bénéfique sur sa vie. Je ne sais rien d'elle et de ce qu'elle est devenue. Et je ne le saurai probablement jamais.

Mais aujourd'hui, je me dis que ça n'a pas d'importance. Je sentais, depuis que je l'ai vue pour la première fois, que Djinn n'est pas n'importe qui. Tout ce qui s'est passé au cours des jours écoulés et de cette consultation m'a conforté dans cette idée : sous son armure de Jeanne d'Arc du scalpel, Djinn est en réalité une cousine de Buffy, une tueuse de dragons : une soignante, une pure, une dure, une vraie de vraie. Une de ces soignantes rares dont les patient(e)s de *tous les genres*, et d'abord les plus méprisé(e)s et les plus maltraité(e)s, ont terriblement besoin. La situation de Bahia est difficile, mais elle vient de rencontrer quelqu'un qui la comprend, qui l'accepte telle qu'elle est et qui va la soutenir et l'accompagner avec toute la sensibilité, l'intelligence et la force dont elle a besoin.

Bien sûr, j'aimerais garder Djinn ici pendant six mois et même plus longtemps, si j'avais un poste à lui proposer. Bien sûr, demain je serai très triste de la voir partir (ça fera juste une semaine qu'elle est arrivée), mais je me réjouis en pensant qu'ici ou ailleurs (et il vaut mieux, pour tout le monde, qu'elle aille exercer là où il y a le plus de dragons à tuer, le plus de forteresses à abattre), quoi qu'il arrive et où qu'elle aille, elle fera de grandes choses : elle soignera et elle fera du bien.

REPÈRES

Mon téléphone portable sonne juste au moment où je me gare dans la cour de l'immeuble. Mathilde Mathis. Ah, oui, c'est vrai, la présentation demain soir. Qu'est-ce que je fais ? Je réponds ou je laisse sonner ?

Je laisse sonner. Je sors de voiture, je traverse la cour éclairée comme en plein jour par la pleine lune dans le ciel sans nuage et *bip ! — un message vocal —*, je traverse l'entrée et, quand j'atteins la porte de l'ascenseur, le téléphone sonne de nouveau. Bah, dans l'ascenseur, on ne capte jamais bien. Je la rappelle quand j'arrive. Sur le palier, je sors mes clés, *bip ! — un autre message vocal —*, mais la porte s'ouvre avant que j'aie pu essayer de la déverrouiller, Cécile est là, dans l'entrée, elle a les cheveux propres et bien coiffés, elle sent bon le shampooing et le savon, elle s'est servie dans ma penderie, comme je le lui ai dit, elle a mis des jeans et un débardeur ample, et s'il n'y avait pas les cernes, moins marqués qu'hier mais tout de même, et la perf sur le pied à roulettes et le gilet bancal sur ses épaules — elle n'a pu enfiler qu'une manche, forcément — elle aurait l'air d'une copine qui en attend une autre.

Ça ne sent pas seulement le savon, ça sent aussi…

— Tu as cuisiné ?

— Oui. Il ne fallait pas ?

Il a hésité une fraction de seconde et a dit :

— Moi, c'est Joël. Je suis content d'entendre ta voix. Elle me manquait.

*

Une heure plus tard, je débarquais chez lui après m'être repassé mon petit scénario dans la tête. J'avais très peur. Très peur d'avoir tant envie de lui après vingt minutes de préliminaires au téléphone. Très peur, malgré toutes mes mauvaises résolutions suicidaires, de me jeter dans les bras d'un homme que je ne connaissais ni d'Adam ni d'Ève ni même de la veille mais du jour. Très peur parce que quelque part je sentais qu'il n'était pas une aventure d'un soir, ni d'une nuit, ni d'une semaine. Très peur de le faire fuir en le poursuivant de mon désir et mon anatomie *atypiques*.

Une minute trente-cinq secondes après mon entrée, je le poussais sur le lit pour lui faire mon petit numéro soigneusement répété. Mais au moment où je me suis retournée pour prendre la position, en brave petite soldate, hanches et fesses toutes prêtes pour une prise à revers, je l'ai senti poser la main sur mon épaule et il a dit :

— Regarde-moi.

Je me suis retournée et je me suis assise, à genoux, les cuisses serrées et les mains par-dessus pour qu'il ne *la* voie pas.

Il a dit :

— J'ai envie de toi mais j'ai envie de te voir...

*

Une heure après, après lui avoir demandé d'éteindre la lumière, après lui avoir fait jurer — *quoi ?* — que s'il ne voulait plus — *oui* —, si ça n'allait pas — *oui* —, s'il ne pouvait pas — *tu t'en rendras compte* — et

— Si, bien sûr, il faut bien que tu manges. Ça sent bon. Qu'est-ce que tu t'es fait ?

— J'ai trouvé de la lotte dans le congélateur.

— De la lotte ? Je ne savais pas que — *eh non, c'est Joël qui a dû l'acheter* — j'avais ça...

— Il y avait aussi de la viande, mais je me disais que le soir, vous préféreriez manger du poisson.

Je pose mon sac et je la regarde.

— Tu n'as pas à cuisiner pour moi...

— Non, je sais bien. Mais j'ai envie. J'ai le droit ?

— Bien sûr...

Je la regarde et je décide de la jouer franc jeu.

— Je peux te parler franchement ?

— Pourquoi ? Vous m'avez déjà parlé autrement ?

Elle me dévore des yeux. *Je suis pas sortie de l'auberge avec cette petite...*

— Je t'ai amenée ici pour de multiples raisons : la petite section ça n'était pas pratique, en gynéco tu risquais de voir revenir ta mère et les deux andouilles, dans un autre service on ne t'aurait pas prise... et puis j'ai pensé que sous antibiotiques tu irais rapidement mieux, mais...

— Vous n'allez pas me garder ici éternellement...

— Non...

— Je sais bien, et au cas où vous vous poseriez la question, *oui,* j'ai le béguin pour vous, et *oui, oui,* je sais que c'est parce que vous m'avez sauvée et soignée, ça arrive tout le temps dans les films entre les infirmières et les blessés de guerre (elle me fait un clin d'œil), alors pourquoi pas moi ? Et enfin, *oui, oui, oui,* j'ai bien compris que vous aimez les mecs, alors je ne vais pas vous harceler.

Ah ben ça.

Je m'empresse de poser mon sac et de faire semblant de regarder mon courrier pour ne pas montrer que je rougis jusqu'aux oreilles.

— Excuse-moi, je ne voulais pas te vexer...

— Mais ça ne me vexe pas ! Je trouve ça très

mignon, que vous ne vouliez pas me faire de la peine !

— Et... qui t'a dit que j'aime les mecs ?

— Ben, d'abord... Je ne sais pas comment vous expliquer, mais bon, ça se sent. Et puis, il y a quand même plusieurs photos de vous avec le même, ici. Et il n'a pas l'âge d'être votre *papa*.

— Ah bon ? — *j'ai pourtant fait le ménage pour ne plus...* — où as-tu vu ça ?

— Il y en a une sur un côté du frigo, une deuxième sur le panneau, là-bas, perdue mais pas invisible au milieu de tout plein d'autres, au-dessus de votre bureau, et une troisième encadrée dans un tiroir, sous vos *sweat-shirts*. Quelque chose me dit que vous n'avez pas encore fait une croix sur lui...

Je regarde le plafond, je me retourne vers elle — *mais ma chérie, tu sais que tu m'emmerdes ?* — et je demande froidement :

— Qu'est-ce qui te fait croire ça ?

Elle éclate de rire.

— Vous êtes facile à agacer, c'est adorable ! Comment avez-vous fait pour garder votre calme devant Jean-Pierre, hier ?

— Face aux gros cons, je ne perds jamais mon calme.

— Ah. Alors, *lui*, il doit être super fin et méga intelligent pour vous affoler comme ça rien que si j'en parle...

Si tu savais... Je la vois se mordre la lèvre, sourire. *Mais ! Tu le sais, petite garce !* Et j'ai vraiment envie de... mais non, je baisse les bras. Elle est trop forte pour moi, ce soir.

— Je vais aller me doucher, ça ne t'ennuie pas ?

— Bien sûr que non. Le poisson peut attendre.

Bon, je vais avoir du mal à échapper au dîner en tête à tête, semble-t-il.

En posant ma montre sur le lavabo, dans la salle de bains, je vois qu'il est déjà 20 h 15. La dernière patiente a quitté l'unité 77 à 18 heures. On est restés *une heure et demie* à parler ? (Je retire mon *blue-jeans* et mon pull.) Je n'ai pas vu le temps passer. Karma n'arrêtait pas de parler et j'avais du mal à en placer une, mais je n'avais pas envie qu'il s'arrête. Et il n'avait manifestement pas envie de partir. À plusieurs reprises, je me suis dit : s'il n'est pas pressé de repartir, c'est qu'il n'a personne dans sa vie. Et je me suis demandé pourquoi. Ou plutôt : *comment est-ce possible ?* Impossible qu'il n'ait pas eu, lui, l'idée ou l'envie ou l'occasion de flirter, de faire des avances ou de sauter sur l'une de six cent cinquante-trois mille femmes qu'il a vues passer dans son service. (J'ôte mon soutif et ma culotte en évitant de me regarder dans la glace.) Et impossible qu'il n'en ait pas intéressé toute une palanquée. (Je sors un drap de bain du placard et je le pose sur le lavabo, à portée de main.) Les fofolles qui adorent les nounours barbus ou qui flashent pour tout ce qui a du corps — les avocats, les militaires, les médecins. (J'entre dans la douche.) Les veuves, les divorcées, les quadra mal baisées en quête d'un homme, un vrai, qui leur fasse retrouver le plaisir oublié. (Je pose mon front contre le mur carrelé.) Les jeunes louves aux dents longues qui veulent diversifier leur patrimoine boursier, génétique ou les deux. (Je règle le mitigeur sur tiède.) Les nanas qui demandent seulement un peu de gentillesse, un peu d'attention, mais sont bien trop timides pour dire, même du bout des lèvres, ce qu'elles ont sur le cœur. (Je fais couler l'eau lentement.) Et puis les pauvres filles pas bien fines, condamnées à la chasteté pour n'avoir pas su retenir le type qui voulait bien d'elles, qui voulait bien les prendre comme elles sont (le jet à fond), comme elles viennent, la poitrine trop plate ou trop grosse, les fesses qui débordent ou qui tombent, la cellulite, les vergetures, la bouche pincée, *les vices cachés*…

Sans retirer mon front de son appui carrelé, je fais couler l'eau sur ma tête et mon cou et bien sûr ça me rappelle ce que Joël disait (je rentrais fatiguée, mais dès que je passais la porte l'odeur d'un potage ou d'une sauce qu'il avait préparée avec trois fois rien et qui avait toujours l'air d'avoir été mijotée pendant trois heures me dilatait les narines, m'attirait vers la cuisine mais il m'arrêtait en plein vol, me prenait mon sac, mes clés me poussait vers la salle de bains) : *Va prendre une douche, restes-y au moins dix minutes, et ne pense à rien, seulement à l'eau sur ta peau…* Et moi, bien sûr, je pensais à l'eau sur ma peau, et ma peau pensait à ses mains, à ses mains effleurant mes seins, et mon ventre se mettait à crier, si fort que ça me faisait… *Faut que je pense à autre chose. Pas à lui, surtout pas, plutôt à la consultation de ce matin,* et je revois le visage de Bahia, qui peu à peu se transforme en garçon, ses beaux yeux affolés malheureux, sa frayeur quand je lui ai demandé :

— Est-ce que votre père vous aime ?

— Il m'adore. Il nous adore toutes les trois.

— Alors (et j'avais du mal à retenir mon sourire parce qu'elle ne l'aurait pas compris), vous devriez lui en parler.

— Ça va le briser. Il va me trouver monstrueuse.

— Pas s'il vous adore, croyez-moi. Il va être malheureux pour vous, sûrement, mais il sera de votre côté, *père aimant et protecteur comme Daddy l'était.* Ça ne peut pas l'empêcher de vous aimer. Il n'est pas mort, il ne vous a jamais abandonnée. *Lui, au moins. Et quand c'est pas mon père, c'est mon jules, il faut croire que je suis faite pour les faire fuir… Quelle conne mais quelle conne mais quelle conne c'est pas la peine de trouver la perle rare si c'est pour la jeter par vanité par orgueil par… par un foutu machisme mal placé !* Et brusquement je me dis qu'il avait bien raison, le type qui, un soir à l'internat, essayait de m'humilier (comme si je n'avais pas déjà subi ça en cinquième lorsque j'ai poussé dans tous les sens avant toutes les autres filles et que pendant un an le regard de presque tous les garçons m'arrivait pile au niveau des mamelons) ou peut-être de me dire qu'il avait envie de moi (comme si je n'avais pas déjà compris ça au lycée) en vantant tout haut à ses potes pétés de bière et dégoulinants de rires gras mes hanches de *baiseuse,* ma bouche de *suceuse,* mes seins *felliniens* qu'il aimerait voir *en consultation privée*. Et moi, comme une conne, j'ai déclenché les sifflets et les cris de tout le groupe (« La saloooope ! ») quand, très agacée ce jour-là (sûrement par la frustration d'avoir été rejetée à plusieurs reprises par des types sur lesquels j'avais flashé), je me suis plantée devant lui et j'ai dit pour surenchérir : « Tu viens dans la chambre de garde ? » rien que pour me marrer de sa gueule quand il me verrait sous *toutes les coutures,* et lui, bien sûr, pour pas se dégonfler devant les autres, m'avait suivie sous les encouragements entonnés (*Car il bande encore ! Car il bande encore !*) de la troupe et les gémissements consternés des filles (*Quelle salope...*), derrière moi sans que jamais je le laisse me toucher, et puis je l'ai tiré dans la chambre, je l'ai fait basculer sur le lit en lui intimant l'interdiction de se lever, j'ai braqué les yeux sur son sourire incrédule, je me suis déshabillée, pour bien le voir se transformer en moue révulsée lorsque je me suis plantée devant lui, les poings sur les hanches *full frontal nudity,* en lui collant ma réalité devant le nez : « Et la tienne, elle est comment ? »

Je m'attendais à tout. J'avais déjà tout lu tout entendu et dans ma vanité de grande fonceuse à qui rien ni personne ne résiste, je me croyais invulnérable (parce que depuis longtemps Daddy m'avait briefée, depuis le jour où toute petite — j'avais quatre ans je jouais dans mon bain pendant qu'il se rasait — je lui ai demandé : *Daddy, Why do I have a boy's weenie ?*, et qu'il m'a répondu : *Oh, but Sweetie, you don't ! You have a special girl's weenie,* alors j'ai toujours su que si j'étais comme ça, c'est parce que j'avais *the best everloving Daddy,* si aimant, si protecteur, si intelligent qu'il m'avait choisi *exprès* un prénom incontournable, j'étais sa *special lovely girl,* et parce que j'avais *ce very special Daddy* j'étais préparée, armée, *j'avais quelque chose en plus*) mais je ne m'attendais pas à ce que le type a dit.

Et en cet instant, ce n'est pas la fatigue de la journée, ni le message de *Daddy* que je n'ai pas effacé hier soir après que cette garcicule de Cécile m'a donné envie de lui répondre (mais de répondre *quoi* ? putain de bordel de merde...) et surtout pas cette petite chose en bas qui, réduite à sa plus simple expression, bien au chaud entre mes lèvres, peut passer inaperçue même sous un bikini mais qui, ce jour-là, à l'internat (dans mon excitation obscène à l'idée de le flinguer, ce mec, de l'humilier, de lui en mettre plein la vue, de lui montrer *à quel point* il se fourrait le doigt dans l'œil en lui mettant sous le nez cette petite chose qui) avait pris sa dimension des beaux jours — non, pas aussi grosse, aussi longue que celle d'un mec, un vrai, un *bien membré,* mais suffisamment *proéminente* pour lui clouer le bec...

Non, ce n'est pas tout ça, à présent, qui me fait pleurer. Ce qui me fait pleurer c'est le souvenir de sa haine quand, émergeant brusquement de sa stupeur avinée, et avant de bondir hors du lit pour aller rejoindre la meute qui, contre toute attente, ne le croirait qu'à demi mais, dans le doute, me foutrait désormais une paix royale, une paix apeurée (*T'y frotte pas, à cette nana. Non, tu peux pas savoir...*) ce connard a craché : « C'est vrai, ce que tout le monde dit : *tu penses vraiment comme un mec* ! »

IDENTITÉ

Allongée sur le canapé, un bras appuyé sur la table basse, j'ai mal au dos. Ma montre s'est arrêtée, je ne sais pas quand je vais trouver le temps d'aller faire changer la pile. Il vaudrait peut-être carrément mieux que j'en achète une autre, une qui ne vaut rien, à la boutique de l'hôpital.

Je regarde les fenêtres. Il fait nuit, c'est normal, on est en février, par ce froid le jour ne sort pas très tôt.

Qu'est-ce que je raconte ?

L'horloge du décodeur, là-bas sous la télé, indique clairement… 5 :45. Donc, je n'ai pas enlevé mes lentilles.

Pourquoi est-ce que je ne dors plus ?

Mmmhh… Hier soir, Cécile m'a fait boire. Quand mon alcoolémie baisse, mes androgènes remontent et *mon capuchon de Montblanc ma petite matraque ma trique* se retrouve à l'étroit dans cette culotte trop serrée.

Qu'est-ce que j'ai dans la tête ?

Qu'est-ce que j'avais dans la tête lorsque, deux ans après avoir successivement 1° perdu Pierrot, qui était mon premier homme durable, 2° adopté la chasteté pratique des filles intelligentes qui ont autre chose à foutre — leurs études — que les mecs qui croisent leur chemin, 3° cartonné à l'internat, 4° essuyé un puis deux puis trois puis quatre puis cinq refus déprimés (*T'as vu mes notes, je suis vraiment pas en état*), agressifs (*Tu vas pouvoir demander le poste que tu veux...*), dégoûtés (*Excuse-moi je suis sûr que t'es gentille, mais moi je peux pas coucher avec une fille qui a passé la journée les mains plongées dans un cadavre*) ou franchement horrifiés révulsés haineux (*Enlève-moi ça t'es folle barre-toi c'est dégueulasse*) et une demi-douzaine de parties de jambes en l'air, j'ai finalement pensé naïvement, *Silly Sweet Daddy's Girl*, que même si tant de mecs sont bêtes au point de cracher sur une fille qui demande qu'on la tringle, je n'aurais pas trop de mal à en trouver un à couillonner. J'ai commencé à imaginer une stratégie de diversion que je pensais imparable : 1° repérer un mec sûr de lui, que les battantes ne font pas fuir ; 2° ne pas lui dire ce que je fais ; 3° avoir l'air le plus cruche possible ; 4° ne pas me déshabiller avant de l'avoir allongé sur le lit ; 5° dégrafer mon soutif une demi-taille trop petit et lui occuper les yeux les mains la bouche en lui collant mes lolos sous le nez ; 6° puis après l'avoir bien enraidi affolé, l'astiquer d'une main en gardant l'autre fermement posée sur son sternum pour l'empêcher de se relever et puis, quand il sera bien prêt et moi aussi, je n'aurai qu'à le lâcher, me retourner, lui présenter mes hanches au garde-à-vous, Allez, cow-boy, en selle ! À toi de voir, tu me prends comme tu veux, t'as le choix, je suis pas sectaire, du moment que ni mon cerveau ni ma voix ni ma mini queue ne te font débander j'ai pas les moyens d'être difficile en ce moment j'en ai marre d'être désespérée et... *Daddy à quoi ça sert que je sois spéciale avec ce truc en plus si personne ne veut de moi ?*

On the road to perdition, j'aurais pu y laisser des plumes, mon cul et ma santé, pour ne pas dire ma vie, si avant d'avoir pu mener à son terme ce plan suicidaire sur le premier malfaisant venu je n'étais pas tombée sur *lui*.

Il était assis à la seule table à demi libre dans la cafétéria-salon de thé, au premier étage du *Shogun*, la librairie du Mail. Il a levé les yeux et souri en me voyant arriver, mon barda sous le bras et une tasse de café à la main, et tout poser bruyamment sous son nez.

Il lisait *Le Carnet d'or*.

Sans réfléchir, j'ai dit :

— J'ai pas vu beaucoup de mecs lire ça.

Il a levé la tête, hésité une seconde et répondu, sourire en coin :

— Oh ça ? C'est juste par intérêt professionnel.

— Qu'est-ce que tu fais ?

— Psychologue clinicien. Et comme les trois quarts de mes patients sont de sexe féminin, il faut bien que j'essaie de comprendre ce qu'elles ont dans la tête.

— En lisant Lessing ?

— En lisant des romans.

— Woolf ? Beauvoir ? ou... Barbara Cartland ?

— Celles-là et bien d'autres, a-t-il répondu sans sourciller. Et aussi Miller, Bukowski, Updike, Roth, Irving...

— Lire les hommes, ça t'aide à comprendre les femmes ?

— Ça m'aide à comprendre les deux, mon capitaine. (Il s'est adossé au mur en étirant les bras et il a désigné mes livres.) Mieux que les traités de chirurgie...

Trois quarts d'heure de joute oratoire plus tard, je m'arrachais à regret à son sourire après lui avoir soutiré son numéro de portable — j'avais appris à ne jamais donner le mien.

Je l'ai appelé le soir même.

— Yep.

— C'est... moi. *Jean*. (Brusquement je me suis rendu compte que je ne connaissais pas son nom et que je ne lui avais pas donné le mien non plus.)

s'il était trop mal à l'aise — *tu le sentiras* —, il me le dirait simplement — *sois sans crainte* et me laisserait partir dans le noir sans m'obliger à croiser son regard — *promis* —, j'ai retenu mon souffle, je lui ai pris la main et, nos doigts entrelacés, je l'ai emmené à ma découverte.

*

Une éternité de caresses plus tard, allongés l'un contre l'autre, nos bouches s'entre-dévorant pendant que nos mains exploraient, la peur et le désir et la confiance intimement mêlés, je lui ai dit *Viens*. Très lentement, très tendrement, sans que sa bouche s'éloigne de la mienne plus d'une seconde, il s'est placé au-dessus de moi, sans me toucher. Il a murmuré :

— Quand tu étais petite, tu regardais des films de cape et d'épée ?

— Non, mais j'adorais *Lady Oscar*...

Son sexe s'est posé sur le mien.

— Alors, *En garde*.

*

Loin dans la nuit, épuisée et presque endormie, mon dos contre son ventre, enveloppée dans ses bras, l'un sur mes seins, l'autre autour de mes épaules, j'ai dit :

— Je suis bien. Je suis fatiguée.

— Je sais. C'est fatigant, de soigner...

— Oh, j'en ai pas sauvé beaucoup aujourd'hui...

Il a posé un baiser sur mon épaule.

— J'ai dit « soigner », pas « sauver »...

— Pas l'habitude.

— De soigner ?

J'avais la bouche pâteuse de sommeil.

— D'entendre dire que je soigne.

— Je vois.
— Ah, toi aussi ?
— Moi aussi, quoi ?
— « Tu vois. » Bienvenue au club des mecs qui voient.
— Tu en connais combien ?
— Toi ça fait trois.
— J'ai de la concurrence ?
J'ai resserré ses bras autour de moi pour qu'il ne s'enfuie pas.
— Non, désolée, tu vas pas t'en tirer comme ça. Le premier, c'est mon père ; le deuxième, c'était Enzo, mon professeur d'aïkido.
— C'était ?
J'ai soupiré, ouvert les yeux. La lueur bleue d'un radio-réveil éclairait faiblement nos bras.
— Il est mort. Un cancer mal opéré.
— La chirurgie, c'est pour ça ?
— Non. Je veux faire de la chirurgie gynécologique. Et *non,* dis-je, triste et irritée, c'est pas pour « me réparer ». J'ai pas besoin de me réparer. Tout marche très bien, merci.
— Je vois. J'ai vu.
J'ai fermé les yeux sur mes larmes.
— Tu vois même la nuit ? T'es drôlement fort… Quand il fera jour, t'as pas peur que je me transforme en citrouille ?
— Pas vraiment. C'est pas de ça que j'ai peur.
— T'as peur de quoi, alors ?
— De la même chose que toi.

*

C'est parce que j'avais peur que je n'ai pas voulu emménager, même au bout de deux années et d'innombrables nuits passées ensemble. C'est parce que j'avais peur qu'on s'est engueulés un soir à mon retour de l'hôpital. Et parce que je suis conne, je le vois bien à présent. Je venais d'apprendre que j'allais devoir passer six mois à l'unité 77. Et je râlais comme un putois.

— Ça va te faire du bien de voir des femmes qui ne sont pas allongées et endormies, a dit Joël en posant la main sur ma joue.

— Pas très envie.

— Je vois ça. Il y a une raison en particulier ?

J'ai ouvert le frigo et sorti la bouteille de rosé entamée, j'en ai versé dans un verre.

— Pas envie de passer mon temps le nez sur leurs fesses. Je préfère que tu t'occupes des miennes.

— Certes, mais ça n'a rien à voir et c'est pas incompatible. Qu'est-ce qui te soucie ?

— Peux pas t'expliquer. Pas envie d'en parler. Ça me fait chier, c'est tout. Je suis faite pour opérer, pas pour prendre la main.

— Tu dis des bêtises, *Love*.

— Quoi ?

— Tu n'es « faite » pour rien. On n'est jamais fait à l'avance. Tu peux faire de toi ce que tu veux.

— En tout cas, je n'ai pas envie de faire *ça*.

— J'entends. Mais, si je peux me permettre une opinion, entendre ce que les femmes ont à dire, ça ne peut que faire de toi un meilleur chir...

Brusquement, je ne sais pas ce qui s'est passé, j'ai jeté le verre contre le mur.

— *Bordel ! Ne me dis pas ce que je dois faire de ma vie ! Personne ne me dit ce que je dois faire ! J'ai pas passé quatre ans à me battre contre tout un tas de connards machistes qui ne perdaient pas la moindre occasion de me dire ce que je devais faire pour avoir droit à la même chose quand je rentre ici, tu m'entends ? Et d'abord, fous le camp ! Va-t'en ! Je ne veux pas te voir ce soir, ni les soirs qui viennent ! Tu reviendras quand je te sifflerai ! Tu entends ? Tu entends ?*

Et je sais qu'à ce moment-là, j'ai cru qu'il allait

sortir de ses gonds, me crier : *Mais qu'est-ce que t'as dans la tête, dis-moi ? Tu sais, je ne te comprends pas, je ne sais pas ce que tu veux, parfois je me demande si tu sais où tu vas*, et qu'il me colle une tarte pour me calmer et moi je lui aurais collé un pain et il m'en aurait collé une autre et ça aurait fini au lit, en rage, les vêtements déchirés et je ne l'aurais lâché *qu'après la quatrième salve putain de bordel de merde*.

Mais ça, c'est ce que j'aurais dit, ce que j'aurais fait, *parce que c'est ce que je cherchais*. Mais ce n'est pas ce qui s'est passé, bien sûr.

Il a regardé le verre brisé, la flaque de vin qui ruisselait sur le mur et le carrelage de la cuisine mais il n'a rien dit, il s'est essuyé les mains, il est allé prendre sa veste et son sac à dos et il est sorti de l'appartement et de ma vie. Ma conne de vie. Ma vie de conne.

*

— Pourquoi vous pleurez ?

Au bout du canapé, son pied à perfusion à la main, Cécile me regarde.

— Parce que je me suis trompée.

— Et vous êtes malheureuse ou en colère ?

— Les deux.

— C'est grave ? Vous avez tué quelqu'un ?

Je repousse la couverture et je m'assieds.

— Non. Mais j'ai saboté une des deux meilleures choses qu'il y avait dans ma vie.

— C'est peut-être pas irréparable.

— Je suis pas très bonne quand il s'agit de réparer mes erreurs.

— Ah bon, pourquoi ?

— Je n'en fais jamais...

Elle éclate de rire.

— Eh bien, il n'est jamais trop tard pour apprendre l'humilité !

MÈRE ET FILLE

D'où viens-tu ?
Avec qui ?
Où vas-tu ?
Pour voir qui ?
Je veux savoir
Où tu passes
Ta soirée.

Du lycée
Une copine
Au café
Ma cousine
Ne t'en fais pas
Je ne ferai pas
De bêtises

Elle me ment
Je le sais
Elle me cache
Ce qu'elle fait
Ma petite fille
Ne veut plus
Me parler

Elle me tanne
J'en ai marre
Elle surveille
Tous mes gestes
Ce pot de colle
Ne veut pas
Me lâcher

Je ne la comprends plus
J'peux plus la supporter
Elle ne veut pas me croire
Elle dit n'importe quoi
Je voudrais qu'elle me parle
Je n'veux plus l'écouter
Bon Dieu ! Je suis encore ta mère !
Et, moi, Putain ! j'ai besoin d'air !
Je pensais
J'espérais
Qu'on pouvait
Tout se dire
Je croyais
Qu'on s'aimerait
Comme des sœurs
Je l'entends
Répéter
Sans arrêt
Qu'elle flippe
À l'idée
Que je voie
Des garçons

Je voudrais
Qu'elle apprenne
Qu'elle comprenne
Qu'une femme
Pour un homme
Est facile
Ou fragile
J'espérais
Qu'elle saurait
Accepter
Qui je suis
Je pensais
Qu'elle pourrait
Se rappeler

Tu ne sais rien
Tu ne connais rien
des dangers

Tu crois vraiment
Que j'ai besoin
D'être protégée ?

Je ne la comprends plus
Je ne peux plus la supporter
Elle ne veut plus me croire
Elle dit n'importe quoi
Je voudrais qu'elle me parle
Je n'veux plus l'écouter
Bon Dieu ! Je suis encore ta mère…
Et moi, Putain ! j'ai besoin d'air !
Tu es toujours ma petite fille !
Mais laisse-moi vivre ma vie !

MARDI

(Andantino)

CARREFOUR

— *Jean* ? C'est Mathilde.

— Ah, oui, Mathilde. Désolée, je ne vous ai pas rappelée hier soir, j'étais crevée.

— Je comprends bien. Je voulais m'assurer que vous n'aviez pas oublié la réunion de ce soir…

— Non, bien sûr. Je vais passer l'après-midi à finir de la préparer.

— Formidable. Je voulais aussi vous annoncer une très, très bonne nouvelle.

— Oui ?

— Ce soir, l'un de nos invités est le professeur Beyssan, qui comme vous le savez…

— Oui, il dirige un très grand service privé de chirurgie plastique à Genève, un des tout premiers d'Europe.

— *Le* premier, d'après le dernier palmarès officiel.

— Que vient-il faire à Tourmens ?

— Eh bien, il est en France pour une série de conférences parrainées par WOPharma, et il cherche des internes prometteurs pour les former à une nouvelle technique de chirurgie plastique.

— Ah.

— Après la rencontre, je l'invite chez Pierre, le restaurant gastronomique, avec mon patron et quelques amis choisis. Voulez-vous vous joindre à nous ? Il a entendu parler de vous et a très envie de vous rencontrer. Et il m'a confié — je ne devrais sans doute pas vous le dire, mais j'étais tellement heureuse pour vous que je voulais déjà vous en parler hier, c'est pourquoi j'ai insisté… —, il m'a confié qu'il voulait vous proposer de rejoindre son équipe dès le mois prochain…

— (Silence.) C'est… inattendu et… fabuleux. Merci beaucoup.

— C'est bien naturel, ma chérie. Vous êtes une jeune femme extrêmement brillante, il est bien naturel que vos qualités vous ouvrent des portes… Et je voulais aussi vous dire que le professeur Beyssan dirige une toute nouvelle publication, *The International Journal of Reconstruction and Plastic Surgery*, et il voudrait que vous lui donniez votre compte rendu de l'étude pour le publier dans ses pages. Je peux compter sur vous ?

*

— Unité 77, centre de planification, j'écoute.

— Aline ? C'est Djinn. Est-ce que… Franz est en consultation ?

— Ah, oui, il a commencé. Les dames attendaient et je lui ai dit que tu ne viendrais pas aujourd'hui, après tout tu n'as pas arrêté, depuis une semaine. Ça va, aujourd'hui ?

— Oui… je crois. Je peux lui parler ?

— Bien sûr. Je te le passe.

— S'il te plaît.

— Ne quitte pas. On te voit bientôt ?

— Oui. Je passe demain.

— Tant mieux. Je t'embrasse…

— Moi aussi, Aline…

*

— Djinn ?

— Oui, je ne vous dérange pas ?

— Jamais. J'ai lu ton courriel. Alors, on te propose un boulot intéressant ? Tant mieux pour toi…

— Oui, mais j'aimerais en parler avec vous demain, entre midi et deux, c'est possible ?

— Bien sûr. Tu es toujours la bienvenue. Ah, que je te dise : Bahia a appelé ce matin pour te revoir en consultation. Avec sa mère.

— Ah. Que lui avez-vous dit ?

— Que… (rire) je n'avais pas ton carnet de rendez-vous et que tu la rappellerais pour lui en donner un. Même si tu pars bosser ailleurs, tu trouveras bien un moment pour les recevoir d'ici là ? Aline et Angèle sont au courant, on s'arrangera pour te laisser l'un des deux bureaux pour que tu puisses parler avec elles.

— Merci… Vous êtes vraiment…

— Merci à toi. De sa part, et de la mienne.

— J'ai fait de mon mieux…

— Non, tu as fait beaucoup plus que ça. Je ne sais pas ce qui s'est passé, et je trouve bien que ça reste entre vous, mais j'ai bien vu qu'elle est sortie extrêmement soulagée, et le fait qu'elle rappelle aujourd'hui…

— Oui, ça veut dire que quelque chose a bougé.

— Quant à moi, pour ne rien te cacher, j'étais impressionné et soulagé que tu comprennes tout de suite… comment communiquer avec elle.

— Oui. On s'est comprises très vite…

— Et c'est tant mieux, je n'aurais pas su quoi faire ; j'étais trop mal à l'aise. Elle me rappelait un patient.

— Ah bon ?

— Oui. (Silence.) Il y a longtemps, j'étais encore interne, Olivier Manceau m'a demandé de voir un bébé, en pensant qu'il avait un déficit en 5-alpha-réductase, ou un problème du même genre.

— On ne fait pas ce diagnostic chez les petits, mais chez les ados.

— Je le sais et tu le sais, mais Olivier en savait moins que toi sur le sujet, à l'époque. Et puis ça n'était pas son rayon. Son rayon, c'était les femmes enceintes. Pas leurs enfants. C'est pour ça qu'il m'avait demandé de le voir.

— Et vous, votre rayon, c'était les bébés ?

— (Petit rire.) Pas spécialement, mais, à l'époque, je m'intéressais plus au corps des hommes qu'à celui des femmes.

— Sans blague ?

— Sans blague. J'avais réalisé que les femmes pouvaient trouver un prétexte pour aller parler de leur vie sexuelle aux gynécos, mais que les hommes n'avaient pas l'équivalent. Les urologues, qui s'occupent traditionnellement de la chirurgie des organes sexuels masculins, restaient muets quand on venait les consulter pour une douleur fantôme des bourses ou une gêne à l'éjaculation. S'ils ne trouvaient pas une tumeur en palpant le testicule ou une prostatite au toucher rectal, ils n'avaient rien à leur proposer. Ni à leur dire. Et bien sûr, pas le temps de les écouter.

— Effectivement…

— Plus tard, on a vu des « andrologues » apparaître, mais à l'époque, en dehors de la chaude-pisse, d'un cancer ou d'une impuissance, l'idée que les organes sexuels des hommes avaient autant à raconter que ceux des femmes n'effleurait personne.

— Et pourquoi avez-vous choisi les femmes, finalement ?

— Un… concours de circonstances… C'est une longue histoire.

— Bon, alors vous me raconterez ça demain ! Là, vous avez des consultations !

— (Rire.) D'accord, à demain… Attends, attends ! J'ai un dernier service à te demander.

— Je vous écoute.

— Demain, je dois en principe assurer deux enseignements dirigés. Le premier en début d'après-midi pour les externes qui viennent d'arriver dans le service, le second en début de soirée pour des étudiants de dernière année, qui font des remplacements de médecine générale. Seulement, cette semaine, le nombre de rendez-vous explose. Dès qu'Aline pose le téléphone, il se remet à sonner.

— Ah bon ?

— Eh oui, depuis hier matin, le bruit court qu'à l'Unité 77, il y a des médecins sympas, dont une doctoresse qui connaît bien son boulot. Et qui ne se laisse pas impressionner par les bûcherons.

— Je vois.

— (Rire.) Comme c'est un petit peu de ta faute quand même, cette soudaine affluence, je me demandais si tu pourrais faire un des deux TD à ma place.

— Lequel ?

— Le premier. Pour celui de la soirée, j'espère que j'aurai fini. Et puis, pour ceux-là, il est trop tard. Ils sont déjà…

— Formatés ?

(Rire homérique.)

— Ne vous en faites pas. Je ferai les deux.

(Silence.)

— Tu es sûre ?

— Oui. Je vous connais, bavard comme vous êtes, vous n'allez pas pouvoir vous libérer à 19 heures. Quels sont les thèmes ?

— Le même pour les deux groupes : la contraception, *what else ?*

— *What else ?* Mais… vous êtes sûr que j'en sais assez ?

— Avec tout ce qu'on a vu et entendu la semaine dernière, je ne suis pas inquiet.

— Et de toute manière, je leur dirai de se référer au bouquin et au site…

— Excellente idée ! Ça ne va pas plaire au responsable des externes.

— Qui est-ce ?
— Galleau.
— Ah, alors… Raison de plus ! Non ?
— Si, bien sûr. Encore merci. À demain, ma belle.
— À demain… Franz.

COMMUNICATION

C'est fou ce que ça peut être difficile d'écrire à quelqu'un.

Quelqu'un qu'on a cru disparu complètement de sa vie.

À qui on pensait ne jamais plus adresser le moindre regard, le moindre mot.

À qui on essayait, de toutes ses forces, de ne plus penser.

Comme si pareille chose était possible.

Comme si on pouvait décider, comme ça, d'un seul coup, de ne plus penser à quelqu'un qui a compté au point d'occuper toutes les pensées pendant... longtemps.

J'ai envie de lui écrire, mais je ne sais pas quoi lui dire.

Je ne sais pas comment renouer.

Commence donc par ce qu'il t'a dit.

Jeannie,
Daddy

(Je ne peux pas le nommer autrement, je ne l'ai jamais nommé autrement.)

Hope I'm not disturbing you with this message

Ton message m'a surprise. Et d'abord mise en colère. Et bouleversée.

haven't had the chance to speak for a while

(Qu'est-ce que je peux répondre à ça ? Je sais que ça vient de moi si on ne parle pas. Il a fait le premier pas à plusieurs reprises et je n'ai pas voulu l'entendre. J'ai été en colère longtemps, et je n'ai toujours pas compris pourquoi. Je commence à le comprendre, depuis *Damn* !)

Depuis une semaine, depuis que j'ai été mutée dans un service où je ne voulais pas aller travailler… et « to make a long story short »

(sinon, comme c'est un vrai roman-fleuve, on y sera encore dans deux semaines)

mon immersion parmi les patientes de l'unité 77 a complètement changé ma manière de voir les choses. Je regrette tout ce silence. Je suis heureuse que tu m'aies écrit. Surtout en ce moment. J'aimerais te parler.

Appelle-moi quand tu seras sur le point de passer par Tourmens. Tu connais mon numéro de fixe. Voici celui de mon cellulaire : 06…

I missed you too. (Oh, Daddy…)

Jeannie

*

Je trouve miraculeusement une place libre dans la rue de la Maison-Vieille et pendant que Cécile sort avec le pied à perfusion, je tire son sac du siège arrière.

— Tu es sûre que ça ira ?

— Oui. Angèle m'a trouvé une chambre en ville,

et tu m'as dit qu'une fois cette perfusion-ci terminée, je peux prendre mes antibiotiques en comprimés.

— Oui, tu n'as plus de fièvre, et plus mal, n'est-ce pas ?

Elle me fait un sourire maternel.

— Non, je n'ai plus mal. Arrête de te faire du souci. Tu as déjà fait plus qu'il n'était nécessaire. Et il faut que je me retrouve un peu seule.

— Qu'est-ce que tu vas faire ?

— Chercher du boulot, pardi ! Angèle m'a dit qu'il y a des embauches dans certains services du CHU, je vais commencer par là. Comme ça, si j'ai besoin de me faire soigner, tu ne seras pas loin.

Elle me glace en me disant ça. Je ne lui ai pas parlé de la proposition qu'on doit me faire ce soir.

Quand nous passons la porte vitrée de l'unité 77, une demi-douzaine de femmes font la queue devant le comptoir d'Aline.

— Ah, Angèle m'a dit qu'elle aurait vingt minutes de retard, nous lance Aline. Et vous arrivez pile au mauvais moment. J'ai un problème avec ma base de données.

— Je peux te donner un coup de main ? demande Cécile.

— Tu t'y connais ?

— Un peu, dit-elle.

Aline se lève, lui fait signe de passer dans sa guérite, l'aide à s'installer au clavier. Au bout de quelques minutes, la base de données se remet à fonctionner.

— Voilà. Ça marche de nouveau. Je ne sais pas ce qui s'est passé, mais si j'étais toi j'installerais un autre antivirus que celui de l'hôpital.

Aline ouvre de grands yeux et nous échangeons un regard impressionné.

— Comment se fait-il… dis-je en entrant dans le bureau d'Angèle.

— Qu'une fille intelligente comme moi se soit

laissé violer pendant des mois ? poursuit Cécile avec un sourire en coin.

— Euh... oui.

— C'est la question que je me suis posée dimanche soir, après t'avoir vue face à Jean-Pierre. Je me suis dit : pourquoi est-ce que je me suis laissé faire ? Pourquoi est-ce que je ne suis pas partie ? Pourquoi, chaque fois que j'allais mal, ai-je été capable de persuader un de ces crétins de m'amener ici, sans jamais oser demander de l'aide et me sauver ? Pourquoi, quand ils me laissaient sortir, est-ce que j'y *retournais* ?

— Et, à présent, tu le sais ?

— Non, je sais seulement que j'avais peur. Mais la peur ne suffisait pas. J'étais aussi persuadée que ça ne servait à rien. Qu'ils me rattraperaient. Qu'ils me tueraient. Et surtout, que je ne valais pas qu'on m'aide.

— Tu n'as plus peur ?

— Si, bien sûr. Mais à présent, je sais ce que je vaux. Grâce à toi.

— Grâce à moi ?

— Oui. Tu vois, la semaine dernière, en te voyant courir après l'autobus, j'ai hésité à l'arrêter. Je me suis dit : « Elle a tout pour elle, cette fille. Elle est belle, elle est médecin, elle est sûre d'elle, je la déteste. Ça lui fera les pieds d'avoir à courir. »

— Mais alors ?

— Alors, rien. J'ai demandé l'arrêt du bus sans réfléchir, et j'étais en colère, et je t'ai vue monter et éparpiller ta monnaie et j'ai pensé : « Au fond, quand elle n'est pas dans son élément, elle est aussi paumée que moi ! » et ça m'a fait rire. Et puis, tu t'es avancée jusqu'au fond du bus et tu t'es assise à côté de moi, et là, je me suis dit : « J'ai passé trois quarts d'heure dans son bureau à tourner autour du pot sans pouvoir dire pourquoi j'avais si peur d'être enceinte et je ne suis qu'un numéro pour elle », et de nouveau, je t'en ai voulu, mais je m'en suis voulu, aussi, de toujours venir en pleurant, comme si j'avais douze ans, de ne pas pouvoir montrer qui je suis vraiment. Et puis…

— Oui ?

— Et puis je t'ai parlé. Et tu m'as regardée pendant plusieurs secondes, j'ai bien vu que tu cherchais à retrouver tes esprits, et la première chose que tu as dite, c'est mon prénom. Et jusqu'au dimanche je n'ai plus pensé qu'à ça. Tu avais retenu mon prénom. J'avais une valeur à tes yeux. Et quand j'ai cru que j'allais mourir, dimanche, tant j'avais mal, je me suis dit : « Il faut que je retourne à l'hôpital. Elle va me soigner. »

Mes jambes tremblent un peu et j'éprouve le besoin de m'asseoir, et je regarde Cécile. Bras levé, la main tenant le pied à perfusion, avec un rayon de soleil éclairant la poche translucide, elle ressemble à un hommage ironique à la statue de la Liberté ou à la femme drapée qui éclaire les génériques de films de la Columbia.

— Je n'aurais pas dû être ici. Je n'avais pas envie d'être ici.

— Je sais. Mercredi, tu sais, ça se sentait. Tu n'arrêtais pas de bouger sur ta chaise, tu croisais et tu décroisais les bras sans arrêt, je voyais bien que tu étais impatiente et irritée. Et dans un sens, ça me faisait du bien de sentir que tu n'allais pas bien. Ça voulait dire que tu étais comme moi. Que tu ne savais pas où était ta place. Mais dimanche, tu avais changé.

Elle s'approche et pose la main sur mon épaule. Je me lève, j'ouvre les bras pour la serrer contre moi tandis qu'elle se dresse sur la pointe des pieds et pose un baiser au coin de mes lèvres.

— Va-t'en, maintenant. Il faut que tu bosses sur ton dossier. Angèle ne va pas tarder. Je t'appellerai pour te donner de mes nouvelles.

— Promis ?

— Promis. Tu ne te débarrasseras pas de moi comme ça.

Quand je sors du bureau d'Angèle en reniflant, les six femmes sont assises dans la salle d'attente et Aline a brièvement abandonné son bureau. Au même moment, Franz sort du cabinet de consultation, un dossier à la main. Il me gratifie d'un sourire.

— Tu es venue accompagner Cécile ? Elle va bien ?

— Oui.

— Tant mieux. (Il hésite à poursuivre, reste là, debout, dansant d'un pied sur l'autre.) Dis-moi, est-ce que je t'ai parlé du site de l'ISNA ?

— L'*Intersex Society of North America* ? Je le connais…

— Eh bien, j'y ai vu hier soir un article tout récent sur le vécu des patientes ayant un déficit en 5-alpha-réductase. Tu l'as lu ?

— Non…

— Je l'ai téléchargé pour toi sur la bécane d'Aline. Attends…

Il entre dans la guérite, déplace papiers, crayons et dossiers pour trouver quelque chose sur le bureau.

— Zut, je sais pas où elle a mis les CD enregistrables.

— J'ai ce qu'il faut, dis-je en sortant de mon sac la clé USB contenant les dossiers confiés par Mathilde.

Franz branche la clé, copie dessus le fichier qu'il me destine, et me la rend.

— Merci…

— Tiens, je t'ai mis aussi un texte que j'ai écrit au sujet des personnes intersexuées. Bonne lecture. Et on se revoit quand tu repasses demain midi.

— Oui. *Pour vous dire que je m'en vais.*

Quand je franchis la porte vitrée, je pleure à chaudes larmes. J'en ai marre de pleurer comme ça sans arrêt à la moindre bricole. Une vraie fontaine. Et depuis ce matin, je ne saigne plus. Alors je n'ai même plus l'excuse du syndrome prémenstruel.

MATHILDE

Tu dormais ? Ah, tant mieux. J'avais peur de te réveiller. Oui, ma chérie, je sais que tu attendais mon appel, et je suis désolée qu'il soit si tard, mais il a fallu que je me débarrasse de mon invité d'honneur… qui m'a proposé de passer la nuit avec lui, alors il a fallu que je… *Quoi ?* Tu es folle ! Je ne coucherais jamais avec ce type-là ! Il est visqueux et brrr… je frissonne rien que d'y penser. Je suis prête à beaucoup de choses, mais pas à n'importe quoi. Oui, je sais, je sais, il m'est arrivé de passer la nuit avec un de mes invités, dans l'intérêt de la société, mais seulement quand j'en avais envie. Qu'est-ce que tu crois ? Je suis comme toi, de temps à autre, j'aime bien m'offrir une gâterie. Si c'est aux frais de la princesse, en plus… Je ne vais pas me gêner !

… Ça s'est très, très bien passé. Je suis très contente de moi. Et l'envoyé spécial du Saint-Siège… — *Ha ha ha !* — m'a félicitée pour la manière dont j'ai conduit l'affaire. Tu n'as pas sommeil ? Je peux te raconter ? Chouette…

… Attends, je m'installe dans mon lit… Voilà. Alors, à part une petite contrariété en milieu de soirée — mais je te raconterai ça tout à l'heure —, tout a vraiment marché comme sur des roulettes. J'avais le résultat des études, mes petits internes, une dizaine de chirurgiens dans ma poche, un salon privé dans le meilleur restaurant de la région, un menu et des vins exceptionnels, un invité prestigieux, du matériel vidéo qui fonctionnait parfaitement — la totale ! Mon patron m'avait déjà dit qu'il recommanderait qu'on me nomme à son poste quand il serait promu — c'est ce qui finit toujours par arriver quand on fait bien travailler les autres —, et moi, je baignais dans le bonheur.

À leur arrivée, les chirurgiens se sont tous précipités sur les cocktails, et au bout de dix minutes ils se racontaient déjà leurs histoires de chasses, et bandaient tous à l'idée du dîner. C'est fou ce que ces types sont des gamins, au fond, je n'ai jamais vu autant d'excitation que parmi les médecins, pendant les dîners où on leur présente une vedette. Il faut dire que l'enjeu est de taille : je leur avais dit à tous, en confidence, que Beyssan veut s'associer à une clinique de la région pour en faire un centre pilote de sa méthode ; je leur avais suggéré de consulter leur conseil d'administration et de m'apporter un descriptif de leur plateau technique — ainsi qu'une proposition chiffrée — que je me chargerais de transmettre à Beyssan. « Nous n'allons pas discuter de ça pendant le dîner, mais je suis sûre que le professeur Beyssan prendra très vite contact avec la clinique dont les... atouts sont les plus attrayants. » Évidemment, ils m'avaient presque tous promis de me récompenser généreusement si je les aidais à décrocher le partenariat. Je me suis bien sûr retranchée derrière mon obligation d'impartialité, d'éthique et d'équité... sinon, je risquais de me retrouver avec des cadeaux empoisonnés. Il n'est pas question que quiconque puisse remettre en cause ce partenariat en faisant état de *cadeaux* reçus par une salariée de WOPharma. Je ne suis pas folle. Et je suis trop bien payée pour courir ce genre de risque. Et puis, il y a d'autres avantages possibles...

... Oui, c'était une belle opération. Quand la soirée a commencé, j'étais très contente de mes résultats.

L'un des chirurgiens que j'avais invités, Galleau, est praticien hospitalier au CHU de Tourmens mais vient discrètement d'acheter des parts à la clinique Saint-Ange… Depuis quelque temps, chaque fois que je passais le voir, son attitude avait changé. Auparavant, il me recevait dans le couloir, entre deux patientes. Et puis il s'est mis à me faire entrer et m'a fait asseoir pour bavarder, oui, oui, il appréciait ma présence. La dernière fois, il m'a carrément invitée à dîner. J'ai vu qu'il ne portait plus son alliance, et j'ai appris, de sources bien informées, qu'il est en instance de divorce. Sa femme en avait marre qu'il la trompe avec ses infirmières. Elle n'a jamais travaillé et il lui a fait trois enfants, tous étudiants en médecine. Il va donc avoir besoin de beaucoup d'argent. La perspective de passer de la gynécologie-obstétrique publique à la chirurgie plastique en milieu privé avait donc tout pour l'intéresser. Quand il est allé demander un prêt à sa banque, il n'a pas eu grande difficulté à l'obtenir : mon patron avait passé un coup de fil la veille au conseiller financier chargé de son dossier. Bien sûr, Galleau a compris que j'y étais pour quelque chose, et son… intérêt à mon égard a encore grandi.

Bref, quand Galleau arrive — un peu en retard, mais il m'a envoyé un texto pour me prévenir — je suis en grande discussion avec Atwood, l'interne que je travaille au corps depuis trois ans. D'après tous les chefs chez qui elle est passée, c'est une chirurgienne hors pair. Elle en sait souvent plus que ses patrons sur certains sujets et il lui suffit d'assister à une intervention pour l'effectuer ensuite sans supervision, comme ces virtuoses du piano qui entendent un morceau et le reproduisent d'oreille. Je savais aussi qu'elle avait un caractère de cochon, mais qu'elle était d'une loyauté absolue envers ceux qui la bichonnent. Et depuis deux ans et demi, je l'ai beaucoup fait voyager, je lui ai offert des stages haut de gamme pour finir par lui confier l'analyse du dossier de tolérance de la méthode Beyssan. C'était purement formel, je n'avais pas besoin de son opinion pour savoir ce qu'il y avait dedans, mais la plupart des médecins — et les chirurgiens encore plus — aiment paraître et briller, alors il ne faut surtout pas faire l'économie de ce genre de babioles quand on veut les amadouer. Ils s'y habituent très bien. Et ça me facilite le travail.

J'étais un tout petit peu inquiète au sujet d'Atwood, elle avait été nommée dans un service de merde, je savais que ça ne lui plaisait pas du tout, elle m'en avait touché deux mots quelques semaines auparavant, un jour que je la croisais dans un couloir. J'avais proposé de voir ce que je pouvais faire pour la faire muter ailleurs, mais Collineau, son chef de service, était intraitable, il fallait qu'elle passe à l'unité 77 pour valider sa spécialité. Le pire service de l'hôpital. La visite médicale y est à peine tolérée, et mes collègues qui présentent des spécialités gynécologiques ont tout juste le droit d'y déposer des échantillons de pilules. Quant à moi, je venais de commencer la promotion de mon implant contraceptif à puce RFID, mais le responsable du service, Karma, a écrit un article incendiaire à son sujet dans *Soixante millions de patients*, et l'association *Consommation éthique* a appelé au boycott du dispositif en France. Ça m'a bien fait chier, parce qu'un bon nombre de praticiens du département l'expérimentaient déjà et j'ai passé des mois à les convaincre qu'il ne fallait pas se laisser troubler l'esprit. Alors je me disais que la pauvre fille devait être bien en peine là-bas, et qu'elle avait sûrement besoin d'encouragements.

Ces derniers jours, elle ne répondait plus à mes mails ou à mes appels, et je me suis dit qu'il fallait que j'assure sa participation : elle était l'une des trois internes les plus brillants que j'avais repérés et

ÉTHIQUE

Sans un mot, Aline pose son stylo, se lève, sort de sa guérite, fait deux pas dans le couloir, me prend dans ses bras et dit :

— Comme je suis contente.

— Moi aussi, tu sais…

Au même moment, Franz sort du bureau pour raccompagner la dernière patiente.

Il revient vers nous, le visage triste.

— Tu es venue nous dire au revoir ?

— Les hommes ne comprennent vraiment rien aux femmes, murmure Aline sans me lâcher. Regarde-nous bien, triple buse, dit-elle en s'adressant à Franz. Est-ce qu'on a l'air malheureuses ? Elle est venue nous dire qu'elle reste ! ! !

Le visage de Franz s'éclaire. Il se frotte la barbe pour se donner une contenance, mais je vois que ses yeux brillent.

— Je croyais qu'on t'avait fait une proposition que tu ne pouvais pas refuser…

— Qui vous a dit ça ?

— Une visiteuse médicale.

— Vous recevez les visiteuses médicales, vous ?

— En tant que patientes, pas en tant que déléguées commerciales. Elle m'a confié que depuis plusieurs semaines, dans la boîte, le bruit courait que la responsable régionale avait mis le grappin sur une jeune femme chirurgien de talent pour l'ensuivis ces dernières années à Brennes et à Tourmens. Il fallait que je puisse en présenter au moins trois à Beyssan, pour qu'il ait l'illusion d'avoir le choix. Quel que soit l'heureux élu, ça m'était égal — son transfert et son installation à Genève seraient sponsorisés par la société —, mais j'avais un faible pour Atwood. Parce que c'est la seule femme du trio, parce qu'elle est bien meilleure que les hommes de la même spécialité et parce qu'elle n'a peur de rien. Je me suis souvent dit : « Cette fille ira très loin », et j'ai toujours eu envie d'y être pour quelque chose.

Inquiète de ne pas avoir de réponse de sa part, j'ai décidé de l'appeler et, pour m'assurer qu'elle viendrait, je lui ai laissé entendre qu'elle était la seule interne en lice pour le poste créé par Beyssan. Et là, j'ai bien vu que je l'avais toujours bien en main. C'est une fille ambitieuse. Elle a vraiment envie de devenir une chirurgienne de première ligne. Et nous avons besoin d'éléments comme elle... Les vieux mandarins se plaignent que la profession se féminise, mais pour nous, c'est tout bon. Pourquoi ? Mais c'est évident, réfléchis : qui va voir les médecins ? Les nanas. Qui consomme le plus de soins ? Les nanas. Qui vit le plus longtemps ? Les nanas. Qui emmène, tire, accompagne, dépose ou pousse ses filles, ses parents et ses mecs, surtout ceux qui ne veulent pas se soigner, chez le médecin, ou font appel au médecin pour qu'il vienne les voir ? Les nanas. Pendant des milliers d'années, les femmes ont subi la domination des hommes, et se sont fait soigner par des hommes. Aujourd'hui, elles préfèrent de plus en plus souvent se faire soigner par des femmes, car elles pensent que des médecins du même sexe comprendront mieux leurs problèmes. Elles n'ont pas tort. Et c'est pourquoi il est si important pour une entreprise comme la nôtre de *sensibiliser* les femmes médecins à des questions éminemment *féminines* comme « comment puis-je rester belle et garder un corps jeune et attirant »... Oui, « et mes vergetures, et ma cellulite... ». Exactement, ma chérie ! Tu m'as parfaitement comprise !

Alors, en entendant la réaction d'Atwood, quelques heures avant le dîner, j'étais très, très heureuse. Je savais que j'avais un atout maître en main.

Elle est arrivée à l'heure, ni trop tôt ni trop tard, alors que la plupart des autres convives avaient déjà un cocktail à la main. Elle était superbe, avec ses cheveux très bruns coupés très court, à peine maquillée mais juste assez, dans une robe noire toute simple mais très ajustée et juste assez décolletée — elle a une très, très jolie poitrine, cette petite garce — et juste assez courte pour être très sexy sans être vulgaire. Bien sûr, que je suis jalouse ! Elle a un corps à crever, c'est dégueulasse ! Elle a trente ans à peine, et elle est médecin, pour elle tout est beaucoup plus facile...

Mais bon, je n'ai pas perdu la tête, tu me connais, j'ai appris à être réaliste depuis longtemps. Et pour tout te dire, je *voulais* que tout le monde la voie, que tous les mecs présents soient impressionnés, y compris Beyssan, bien sûr. Je voulais que tous les mecs présents aient envie d'elle pour que Beyssan la choisisse elle, plutôt que les deux grands dadais que mon patron a recrutés à Brennes... Quoi ? Non, le choix final, mon patron s'en fout. L'essentiel pour lui, c'est que Beyssan reparte content d'avoir un interne de premier ordre à emmener avec lui, et que les dix chirurgiens soient prêts à se former à sa technique. C'est l'objectif que lui a fixé le siège, et c'est pour ça que l'envoyé spécial était là : pour s'assurer que tout se passait comme prévu.

... Eh bien, pas exactement comme *je* l'avais prévu, mais tu vas voir comment ça s'est passé, c'est miraculeux.

J'étais donc en train de discuter avec Atwood, entourée par les deux tiers des invités, qui n'arrêtaient pas de reluquer son décolleté et le mien — ah, écoute, je sais ce qu'il faut faire, tout de même, je ne suis pas née de la dernière pluie, et j'ai une autre expérience que cette petite pétasse ! —, et Galleau, le chirurgien dont je te parlais tout à l'heure, arrive, avec au bras une blonde *incroyable*. Barbie, Playmate de la décennie. Vingt-cinq ans pas plus, des seins des fesses une bouche… À tuer ! Je te jure ! J'étais verte, parce que j'avais bien l'intention de me consacrer à Galleau pendant le reste de la soirée, alors je les accueille plutôt froidement, avec une envie considérable de renverser mon cocktail sur sa robe, mais Galleau me dit : « Je vous présente ma nièce Anastacia, qui termine son internat à Paris… Je lui ai proposé de m'accompagner. Vous n'y voyez pas d'inconvénient ? » Quand il me dit ça, évidemment, mon sourire revient tout de suite, d'autant qu'il me dit : « Mathilde, vous êtes toujours ravissante, mais ce soir… » et me lance un regard… je ne te dis que ça. Oui, oui, mais attends, attends, que je te raconte les choses dans l'ordre… Anastacia n'était pas prévue, évidemment, mais je me dis que c'est parfait, ma petite Atwood a de la concurrence, ça va la stimuler pour emporter le morceau auprès de Beyssan. Mon plan de table prévoyait d'installer Beyssan, mes trois internes, mon patron, l'envoyé du Saint-Siège et moi à la même table, mais là, j'ai eu un coup de génie — tu vas voir pourquoi —, j'ai cédé ma place à la table de Beyssan à Anastacia… Oui, mais pas à côté de lui, avec un des internes, et bien sûr j'ai assis Atwood près de Beyssan, et moi, je suis allée m'asseoir avec Charles… Eh bien, Charles Galleau !… Non, je ne t'avais pas dit qu'il s'appelle Charles… Oui, je suis d'accord avec toi, c'est très moche comme prénom, mais si je finis par l'épouser je ne suis pas obligée de le porter ! *Ha ha ha*… Aaah… Je ne te dis pas que je n'y pense pas… Mais laisse-moi continuer mon histoire.

Et donc, une fois toute ma petite troupe installée, je fais les présentations, je donne la parole à Beyssan, qui parle du développement de sa clinique et des projets de partenariat, puis aux trois internes, qui ont chacun reçu pour mission d'analyser une partie de l'étude multicentrique que la société a conduite au cours des deux années écoulées... Oui, bien sûr que la petite Atwood est passée en dernier, je l'avais assise à côté de Beyssan, je voulais qu'ils fassent connaissance et qu'il n'écoute rien de ce que disaient les deux autres mais qu'il n'ait d'yeux que pour elle quand elle irait faire son petit speech. Et je dois dire qu'elle a été parfaite, elle était tout excitée de lui parler, et Beyssan, évidemment, avait les yeux qui brillaient. Je le voyais déjà lui proposer d'aller prendre un verre avec lui après la soirée, et je me suis dit que si elle acceptait... Non, je n'en ai aucune idée, je ne l'ai jamais entendue dire qu'elle avait quelqu'un... De toute manière, une fille comme elle, ça ne peut pas garder un jules plus de trois mois, les mecs ne supportent pas qu'une bonne femme ait une vie professionnelle plus intense que la leur... Oh, elle finira par peut-être par trouver, mais ça sera probablement un type beaucoup plus âgé qu'elle, qui ne se sentira pas diminué par sa réussite... Eh oui, c'est le prix à payer quand on est jeune, belle, intelligente et douée. C'est ça, je vais la plaindre, tiens ! D'autant que, question intelligence, je n'en suis plus si sûre, à présent ! Parce que figure-toi qu'après avoir fait sa présentation, très léchée, très impressionnante, avec des diapos superbes et des tableaux incroyables, je la vois se rasseoir aux côtés de Beyssan, qui ne tenait plus en place, et les voilà qui se mettent à rire tous les deux comme deux larrons en foire. Je fais signe qu'on nous serve, et je commence à me détendre, mon patron et l'envoyé du Saint-Siège me font signe que tout se passe très bien, évidemment les deux autres internes font un peu la gueule, mais comme j'ai assis Anastacia entre eux, ils se consolent en se rinçant l'œil — oui, son décolleté était beaucoup plus vulgaire que celui d'Atwood, mais qu'est-ce que tu veux, c'est une blonde, hein ? Une vraie ? Penses-tu ! Je suis certaine que non !

Moi, je parlais avec Charles, qui était de plus en plus suggestif, de plus en plus attentif, il me faisait du genou et je le laissais faire, il n'arrêtait pas de poser la main sur mon bras et de me faire rire, bref, c'était une soirée parfaite... Et puis, brusquement, j'entends la voix d'Atwood qui dit : « Vraiment ? » Je tourne la tête vers elle et je vois son visage se transformer, comme si on venait de lui annoncer une mauvaise nouvelle. Beyssan, lui, continue à rire, il ne comprend pas ce qui arrive à Atwood, il pose la main sur son épaule, mais Atwood pose sa fourchette et sa serviette, elle se lève, elle salue Beyssan très sèchement et elle quitte la table... Je ne sais pas ! J'étais trop loin pour entendre ce qu'ils se disaient, mais visiblement, ça ne lui avait pas plu... Je me lève, je me précipite derrière elle, je la rejoins au moment où elle récupère son sac et son imperméable au vestiaire et je lui dis : *Ma chérie, ma chérie, qu'est-ce qui ne va pas ?*

Et là, elle me fait un sourire très étrange et elle me dit : « Tout va bien, Mathilde. Simplement, je viens de comprendre que je fais fausse route. Merci pour l'invitation, le dîner, la rencontre, merci pour tout », elle fouille dans son sac et me tend la clé USB sur laquelle je lui avais mis tous les dossiers de l'étude et me dit : « Tout y est, y compris mon compte rendu », et elle s'en va... Je te jure ! Aucune explication, non ! J'étais complètement sidérée et je me suis dit : « Mais qu'est-ce qu'il a pu lui raconter pour la mettre dans un état pareil ? » Je me suis précipitée vers la table, Charles y était déjà, Beyssan était sidéré lui aussi, disant qu'il n'y comprend rien, ils en étaient déjà à planifier son transfert à Genève, et brusquement, alors qu'il lui explique comment il a développé les résultats de tolérance de l'étude WOPharma à sa méthode de chirurgie plastique, elle se ferme comme une huître, elle dit : « Je suis désolée, je ne suis pas la personne qu'il vous faut », et elle s'en va. Moi, je suis en train de me demander comment je vais rattraper le coup, tu comprends, mon atout numéro un qui me file entre les doigts au moment le plus inattendu, il y a de quoi faire capoter toute l'opération, mais à ce moment-là, Charles fait signe à Anastacia de venir s'asseoir à côté de Beyssan et il dit : « Cher ami, j'aimerais vous présenter ma nièce, qui termine son internat... » Oui, donc elle a nettement plus de vingt-cinq ans... et il ajoute, « son internat de chirurgie plastique dans le service du professeur Mangel, à Paris ». Mangel ? C'est l'ennemi juré de Beyssan... Et voilà mon Anastacia qui commence à flirter avec lui et qui lui laisse entendre que Mangel lui a proposé de faire son clinicat chez lui mais qu'elle se sent... je te donne en mille le mot qu'elle a utilisé — *bridée*... Si, si, je t'assure ! Elle lui susurre qu'elle a besoin de se sentir plus libre... Et elle se demande vraiment — profonds soupirs, regard vers le ciel, battements de cil, la totale ! — ce qu'elle va faire à la rentrée... Ah, oui, une vraie petite pute allumeuse ! Mais je l'aurais embrassée, tu penses ! Et Charles aussi... Non ! Figure-toi qu'il n'était même pas au courant de la petite compétition entre internes ! Il m'a même dit après qu'il pensait ne pas voir Atwood à la réunion, il paraît qu'elle a passé la semaine à bosser dans l'unité où on l'a mutée quasi de force. Oui, il n'en revenait pas. Anastacia ? C'est un hasard, elle était de passage, elle ne savait pas que son oncle et sa tante étaient séparés et elle ne voulait pas passer la soirée à tenir la main de l'ex éplorée, elle aime beaucoup Charles, c'est son oncle préféré, c'est lui qui lui a donné envie de faire de la chirurgie...

Oui ! Tu ne trouves pas ça extraordinaire ? Mais oui, c'est encore mieux que ce que j'avais imaginé ou prévu ou... J'en suis encore toute... remuée. Je pense que pour ma promotion, c'est dans la poche. Directrice médicale pour la région Centre-Ouest ça m'irait bien... Et avec Charles, je pense que ça va aller loin... Tu penses ! Avec sa nièce dans le service de Beyssan, comment veux-tu que ça ne marche pas ? D'autant que je me suis débrouillée comme une championne au moment des adieux. J'ai fait des copies de la clé USB d'Atwood et je les ai distribuées à tous les chirurgiens, qui voulaient absolument le compte rendu d'analyse de l'étude, ils étaient ravis. Évidemment, Charles a raccompagné sa nièce chez son ex... Une fois qu'elle sera à Genève, elle fera ce qu'elle voudra, mais ce soir il n'allait pas laisser Beyssan baver sur elle ! Et moi, j'ai ramené le « professeur » à son hôtel, et comme il avait manifestement très envie de ne pas passer la nuit seul, je l'ai expédié dans sa chambre en lui disant que je lui avais réservé une petite surprise et j'ai appelé une de mes amies, qui s'occupe d'une agence d'escorts ; elle m'a envoyé une de ses plus jolies hôtesses, qui a l'habitude de ce genre... d'urgence nocturne... *Ha ha ha ha ha !* Ah, écoute, il faut ce qu'il faut ! Je ne pouvais tout de même pas laisser mon invité d'honneur sur une frustration... Ce que ça coûte ? À cette heure-là et pour ce genre de service au pied levé, ça coûte bonbon, mais ça fait partie du budget du dîner, et tout ça, ma chérie, c'est de l'investissement à long terme, tu sais... Attends ! J'ai un autre appel, sûrement mon patron pour me demander ce que j'ai fait de l'invité... Ne quitte pas... Tu es encore là ? Non, non, c'est pas mon patron, c'est *Chaaaaarles,* il est à l'entrée de mon immeuble, il monte ! Bien sûr, je te raconterai. À bientôt. Oui. Bisous... Bye-bye !

MERCREDI ET APRÈS

(Lento)

voyer bosser avec un ponte de la chirurgie plastique à Genève. Elle me demandait si j'avais une idée de l'identité de la jeune femme en question, elle avait entendu dire qu'elle bosse au CHU.

— Que lui avez-vous dit ?

— Rien. Quand elle m'a dit ça, je ne savais pas qu'il s'agissait de toi. Et de toute manière, je ne lui aurais rien dit… Il faut savoir jusqu'où se laisser manipuler par les jolies jeunes femmes qui viennent tous les ans se faire faire un frottis dont elles n'ont pas besoin…

— … et qui en profitent pour essayer de vous soutirer des informations…

— Oui, ou pour comprendre comment je fonctionne et ce que je prescris ! Chaque fois qu'elle vient, elle me demande de lui dire quelle méthode de contraception je préfère ! Et elle est toute déçue quand je lui dis : « Celle que la femme choisit. »

— Une minute ! dis-je en m'écartant d'Aline et en m'approchant de Karma. Si elle vous a dit ça avant que j'arrive, ça veut dire que vous (je pose mon index sur sa blouse) avez toujours su que je risquais de partir.

— Oui, reconnaît-il sans la moindre culpabilité.

— Mais vous n'avez rien dit.

— Non. J'ai pour principe de ne jamais laisser parasiter mes relations par ce que me disent des tierces personnes. Ça peut être faux ou exagéré ou déformé. Ça peut être aussi une manipulation. Tu sais, on m'en avait dit des vertes et des pas mûres, à ton sujet.

— Dans quel genre ? dis-je, révoltée.

— Aucun intérêt. La jalousie fait toujours parler à tort et à travers. Et je pense qu'on avait dû aussi t'en raconter de belles à mon sujet…

C'est à mon tour de rougir.

— Oui…

Je reste silencieuse, et puis je sens Aline poser la main sur mon bras.

— Bon, je crois que vous êtes censés parler, tous les deux, alors (elle s'adresse à Karma) pose donc ta blouse et allez donc manger un bout.

*

Un quart d'heure plus tard, nous entrons dans un minuscule bistro dont j'ignorais l'existence, à quelques centaines de mètres de l'hôpital. Une femme d'une quarantaine d'années, aux cheveux grisonnants coiffés en chignon, accueille Karma à son entrée et nous installe dans un coin tranquille.

— Alors ? demande Karma avant que je me sois assise. Pourquoi restes-tu avec nous ?

— Parce que je…

— Le poste de rêve n'est pas libre tout de suite, alors en attendant, pourquoi ne pas rester, c'est ça ?

— Non ! dis-je, surprise qu'il n'ait pas attendu ma réponse. Ce foutu poste, je n'en veux pas.

Il incline la tête de côté mais ne dit rien.

Je vois.

— O.K. Vous n'allez *pas* me poser la question, c'est à moi de choisir si j'ai envie d'en parler. C'est ça ?

Il me fait un très large sourire.

— Eh bien j'ai envie d'en parler, justement ! Je n'en veux pas, parce que…

Je lui décris l'étude, les dossiers, ce qu'on m'a demandé de résumer.

— Mmhhh… Une technique régénératrice nouvelle qui permettrait de soigner les grands brûlés, les femmes excisées et — pourquoi pas ? —, les adolescents ou les adultes intersexués qui en font la demande, c'est vraiment intéressant…

— Oui. Mais hier soir, en discutant avec Beyssan — et ce que vous m'avez dit tout à l'heure me l'a confirmé —, j'ai pris soudain conscience que j'avais été manipulée d'un bout à l'autre par Mathilde Mathis. Elle a joué sur mon intérêt pour ce type de chirurgie pour me recruter.

— J'ai bien compris, mais... Ce n'est pas exactement ce que tu as toujours voulu faire ?

— Si, dis-je tristement, mais ça n'est pas ce que Beyssan voulait me proposer. La clinique privée qu'il crée à Genève n'a pas du tout pour objectif de faire de la chirurgie réparatrice. Il m'a expliqué avec une grande satisfaction que son carnet de rendez-vous est déjà plein pour les dix-huit mois à venir. Mais ses futurs patients ne sont pas du tout des personnes blessées ou mutilées. Ce sont essentiellement des personnalités — pour la plupart féminines — de la haute société. Comme je l'ai vu immédiatement dans le dossier que Mathilde m'a donné à étudier, l'étude multicentrique qu'ils ont menée était essentiellement une étude de tolérance, pour éliminer les effets secondaires. Pas du tout un essai thérapeutique. *Ils ont utilisé des enfants intersexués comme cobayes, pour tester une méthode qu'ils vont proposer à prix d'or à des hommes politiques ou à des industriels vieillissants pour refaire les seins, les fesses ou la chatte de leurs... pouffiasses !*

— *Oh là !* s'écrie la patronne du restaurant, debout près de la table, crayon et carnet en main. On n'utilise pas ce genre de vocabulaire ici, ma cocotte ! T'es sûr qu'elle est fréquentable, cette fille-là, Franz ?

— Tout à fait, Corinne. Mais elle est en colère, ça lui a échappé. Apporte-nous le plat du jour et deux verres de morgon, tu veux ?

— Ça marche, toubib ! dit Corinne en rangeant son carnet dans sa poche et son crayon dans son chignon.

Je prends ma serviette en papier, et je la découpe en lambeaux parallèles strictement identiques.

— Je comprends, dit Karma. Je comprends pourquoi tu ne veux pas de ce poste et pourquoi tu as l'air si abattue.

— Oui ? Vraiment ?

— Bien sûr. Ton ambition, c'est de soigner, pas de gagner un maximum de fric. Tu te sens flouée et tu es en colère. Tu en veux à *ces gens-là* de t'avoir menée en bateau. Et, cette fois encore, un progrès médical potentiellement très important ne va pas bénéficier aux premiers intéressés, mais à ceux qui peuvent se l'offrir…

— Je suis surtout en colère… contre moi-même.

— Oui ?

— Oui, dis-je en le regardant dans les yeux. Parce que pendant trente secondes, je me suis dit : « Et qu'est-ce que ça peut foutre, que j'aille bosser là-bas ? Je vais apprendre à maîtriser cette technique et puis, dans cinq ans, j'irai la proposer à ceux qui en ont besoin. »

— O.K. Eh bien ?

— C'est dégueulasse, non ?

— Non. C'est humain. Et logique. Et je pense que toute personne dotée de scrupules et d'un sens moral l'aurait envisagé aussi. Si j'avais été à ta place, je l'aurais envisagé. Mais… qu'est-ce qui t'a fait décliner, finalement ?

— Je ne sais pas. Un mélange de choses. Le dégoût d'avoir été manipulée, appâtée comme une petite fille à qui on promet des bonbons. Et puis des phrases qui me sont revenues en tête. Une, en particulier. Que j'ai lue dans vos papiers la semaine dernière.

— Laquelle ?

— « Le corps d'un patient n'est ni un tube à essais, ni un cahier de brouillon. »

— *Mmhhh…*

— Si prometteuse qu'elle soit, la technique reste expérimentale. Il n'est pas plus… éthique de la tester sur des gens riches que sur des bébés intersexués. Alors, je vous remercie.

— De quoi ?

— De la leçon que vous m'avez donnée.

Il secoue la tête et soupire :

— Tu avais déjà du sens moral. Tu en as toujours eu. Et quant au reste, tu es comme toutes les personnes intelligentes et sensibles, quand on leur en donne la chance : tu apprends toute seule. Les leçons d'éthique, ce sont les patientes qui te les ont données. J'aurais bien besoin d'une révision, tiens.

— Que voulez-vous dire ?

— Deux plats du jour…

Une jeune femme en tablier s'approche et dépose devant nous deux assiettes portant un morceau de viande en sauce et des tagliatelles.

— Merci ! Qu'est-ce que c'est ?

— De l'agneau de l'Armistan. La spécialité de la maison.

Karma déplie sa serviette et pose son couteau sur le morceau de barbaque. La viande est si tendre qu'elle se laisse découper sans effort.

— Hier, je suis passé voir le directeur de l'hôpital. Chez lui.

— Chez lui ?

— Oui, dans son appartement de fonction. Pour lui demander de renouveler le financement du service.

— O.K… dis-je en goûtant la viande. *Mamma mia…*

— Oui, sourit Karma. Ça m'a fait la même chose la première fois. Et toutes les fois que j'en ai mangé.

— Vous êtes allé discuter de financement chez lui ?

— Pas exactement. Je suis allé le faire chanter.

J'ouvre de grands yeux.

— Sans te donner de détails… Je me suis occupé d'une personne très proche du directeur. À plusieurs reprises. Je ne lui en parle jamais, bien sûr. Mais je soigne aussi sa femme. Qui, par reconnaissance à mon égard, m'invite régulièrement à prendre le thé... (Il boit une gorgée de vin, repose le verre, me regarde.) De temps à autre, j'ai besoin de m'assurer que personne n'a la mauvaise idée de « restructurer » l'unité 77... Oh, ce n'est pas mon boulot qui m'inquiète, c'est l'idée que ce que nous avons mis en place, Angèle, Aline, les filles des IVG et moi, pourrait un jour apparaître pour ce que c'est : une structure qui rend des services à beaucoup de femmes, mais qui, dans le contexte actuel de gestion des hôpitaux, n'est pas du tout rentable.

— Et qui, de plus, hospitalise des patientes hors réglementation...

— Oui, entre autres...

— Quel rapport avec l'épouse du directeur ?

— Elle ignore, bien sûr, que je m'occupe de cette *autre* personne très proche de son mari. Et je ne lui en ai bien entendu jamais parlé. Et je ne lui en parlerai jamais. Mais parfois, comme hier, je l'appelle en lui disant que je passe prendre le thé. Elle est ravie, elle me reçoit. Et en passant, je lui exprime mon espoir que cette petite structure, où elle consulte de temps à autre et envoie certaines de ses amies, va pouvoir continuer à fonctionner tranquillement... Évidemment, elle m'assure que ce sera le cas. Que son mari, qui est en place pour longtemps — elle tient à rester ici —, fera tout ce qu'il peut pour que les choses restent en l'état. Et bien sûr, elle lui en parle le soir même. Et le lendemain, le directeur m'appelle et m'assure de son soutien.

— Je vois... Mais, vous connaissant, je suppose que vous ne diriez jamais rien à sa femme... Je me trompe ?

— Non. Mais il a quelque chose à se reprocher. Et il ne me connaît pas aussi bien que toi.

— Mais... Vous ne faites rien de vraiment répréhensible.

— Bien sûr que si. Je le maintiens dans le doute.

Si j'étais parfaitement honnête, j'irais lui dire que, quoi qu'il arrive, je ne trahirai jamais son secret. Il pourrait alors fermer l'unité et me virer sans aucune crainte !

— *Vous n'allez pas faire ça !*

Il incline la tête avec un sourire navré.

— Exactement. Je ne peux pas faire ça. J'ai décidé de faire passer ma loyauté envers les patientes *avant* mon obligation éthique à son égard… Mais ça veut dire que je n'ai pas de leçon de morale à donner ; à personne. Ne l'oublie pas quand tu fais ton autocritique. Je ne vaux pas mieux que toi. Tu seras toujours obligée de peser le pour et le contre pour prendre des décisions. Et tu verras que parfois, tu les prendras sans être tout à fait rassurée sur toi-même…

— Je m'en souviendrai, dis-je en contemplant mon dernier morceau de viande. (Soupir.) Ils en font souvent, de l'agneau de l'Armistan ?

— Chaque fois qu'un client demande à visiter la cuisine, répond Karma avec un sourire malicieux.

*

— Bon, dit-il en gravissant les marches de l'unité. Tu m'as dit pourquoi tu ne pars pas à Genève, mais tu ne m'as pas dit pourquoi tu veux rester *ici*. Tu pourrais parfaitement choisir de partir ailleurs…

Doucement, Sensei. *Si tu crois que je vais te faire une déclaration d'amour…*

— Je me suis fait plein de copines, dis-je en poussant la porte.

— *Qu'est-ce que c'est que ce bordel ?* crie Aline.

— Que t'arrive-t-il ?

— Mon ordinateur déconne !

Sur la fenêtre d'un dossier de patiente, l'écran affiche un message inquiétant :

WARNING ! ! ! POSSIBLE VIRAL THREAT ! ! !

YOUR COMPUTER IS BEING SCANNED BY COMPUTER VACCINE

— Oups ! Tu as peut-être un virus…

Mais tout de suite après, une autre fenêtre apparaît.

VIRAL THREAT TERMINATED !
THANK YOU FOR USING COMPUTER VACCINE

Et l'écran reprend son aspect normal.

— Ah, non, apparemment, ce n'était qu'une alerte…

— Ah, Cécile avait raison, alors ? dit Aline. Hier, avant de partir avec Angèle, elle a téléchargé un antivirus et elle a trouvé que mon ordinateur était infecté. Heureusement, elle l'a nettoyé.

— Infecté par quoi ?

— *Horney Pie*. Un ver qui scanne toutes les données de l'ordinateur, copie tous les fichiers contenant le mot « Confidentiel », l'envoie à tous les contacts qu'il trouve dans la boîte courriel et, pour bien te foutre dans la merde, écrit des conneries sur ton disque dur. Cécile m'a dit qu'il est plus contagieux que le rhume de cerveau, il suffit de brancher une simple clé USB sur un ordinateur infecté pour le transmettre…

Karma se tourne vers moi.

— Aïe, tu m'as prêté une clé pour que je te copie l'article de l'ISNA. Tu l'as transféré sur ton ordinateur ?

— Non, dis-je en réalisant l'ironie de la situation. Hier soir, j'ai… rendu la clé à la responsable régionale de WOPharma…

— Avec mon manifeste des personnes intersexuées dessus ? Eh bien, ça lui fera son éducation…

PRATIQUES

Oublie le secret,
souviens-toi du chagrin.

Habituellement, quand un praticien consulte en présence d'un interne, celui-ci ne dit pas grand-chose. Mais rien n'est « habituel » à l'unité 77. Alors que je m'attends à ce que Franz me demande de continuer à l'assister, comme je l'ai fait la première semaine, Aline réorganise immédiatement le planning pour que j'aie mes propres plages de consultation. Bientôt les femmes ont le choix entre deux médecins. Pas très longtemps, car au bout de trois semaines, plusieurs patientes, déjà vues ou nouvelles, demandent à nous voir tous les deux en même temps, « en duo, parce que vous faites une bonne équipe », expliquent-elles.

*

J'aime les consultations à deux. Entre deux patientes, je me laisse aller à lui poser toutes les questions que je gardais pour moi les premiers jours. Je l'interpelle sur sa manière de se comporter, ses tics, ses obsessions, ses omissions.

— Les femmes obèses, vous ne leur parlez jamais de leur obésité... et les femmes qui fument, vous ne leur dites jamais d'arrêter de fumer.

— Non.

— Mais nous sommes là pour...

— Nous ne sommes pas là pour dire ce qui est normal ou non. Nous sommes là pour accompagner. Si dès qu'une femme obèse entre ici je lui dis : « Ah, ma bonne dame, va falloir perdre du poids », je présuppose que c'est plus important pour elle que ce qu'elle vient me demander. Je mentionne l'obésité si c'est cliniquement pertinent — parce que chez elle l'obésité risque de compromettre l'efficacité de sa pilule, ou de l'exposer à une phlébite. Mais si elle a un DIU au cuivre, et si elle ne me demande pas de l'aider à maigrir, de quel droit est-ce que je me comporterais en terroriste ou en donneur de leçons ? Elle sait qu'elle est obèse. On la tanne suffisamment tous les jours — son mari, sa belle-mère, ses copines — pour ne pas en rajouter. Quand elle entre ici, elle n'est pas « une femme obèse », c'est Mme G. C'est à elle de définir ses priorités, pas à moi de lui coller une étiquette. Pareil pour les fumeuses. À trente-cinq ans je leur suggère de changer de pilule, ou de se faire poser un DIU...

— Si vous ne les avez pas convaincues avant...

— Oui... Mais avant ça, si je les terrorisais — abusivement — en disant qu'elles risquent de mourir parce qu'elles fument ET prennent la pilule, je sais bien qu'elles choisiraient d'arrêter la pilule, pas la cigarette... Et quel est l'accident le plus probable quand une femme fait des galipettes ? Un infarctus ou un polichinelle dans le tiroir ?

Parfois, les patientes aussi viennent à deux. Les mères avec leur fille, par exemple.

Celles qui amènent leur fille pour une contraception que la fille a demandée, et qui entrent parce que leur fille préférait se faire accompagner, mais qui aimeraient mieux ne pas être là — « Je l'ai accompagnée parce qu'elle avait peur, mais elle n'a pas besoin de moi... ».

Celles qui entrent alors que leur fille préférerait qu'elles ne soient pas venues et qu'on met gentiment dehors et qui reviennent ensuite, en cachette, pour demander ce qu'on lui a dit — « C'est ma fille, après tout… » « Certes, mais voudriez-vous que nous parlions de cette conversation à votre fille ? Vous êtes sa mère, après tout… ».

Celles qui ont plus de questions que leur fille, qui n'a pas encore compris pourquoi leur mère les a amenées là — « Elle me tanne parce que je traîne toujours avec le même copain et elle est sûre que je fais l'amour avec lui, mais elle délire, je l'aime bien, Arthur, il est sympa, mais pas à ce point-là, et d'ailleurs il ne le sait pas encore, mais je suis sûre qu'il est gay… ».

Celles qui ont passé l'âge de demander une contraception ou même un traitement de la ménopause et qui n'auraient jamais imaginé revoir un médecin *pour ce genre de problème*, mais que leur fille a amenées parce qu'elles ont « une boule dans le sein mais je vous préviens tout de suite, je viens pour rassurer ma fille mais je n'ai aucune intention de me faire examiner ». Alors, on rassure la fille (« Vous permettez qu'on discute avec votre maman ? ») et on bavarde avec la mère…

Les mères qui amènent leur petite fille de dix ans le jour où elles se font faire un frottis ou poser un stérilet et pas question de faire attendre la fille dans la salle d'attente, alors on procède à l'examen en expliquant tout, geste par geste, à l'une et à l'autre. « C'est bien, dit la mère allongée, comme ça le jour où elle y passera, elle sera prévenue. »

Les copines de classe qui viennent ensemble, l'une qui veut la pilule et l'autre qui soit la prend déjà et en profite pour poser des questions sur autre chose, soit ne prend rien encore mais ne serait jamais venue toute seule.

*

Les sœurs.

Une aînée à qui sa cadette, à peine plus jeune mais encore mineure, a demandé de l'accompagner pour sa demande d'IVG.

Une cadette, volontaire et maternelle, qui pousse sa sœur aînée dans le bureau, s'assied et déclare fermement : « On ne sortira pas d'ici tant que tu ne leur auras pas expliqué ce qui t'arrive. »

Deux sœurs jumelles, la trentaine passée — Marianne, mariée, deux enfants, et Marion, célibataire, dont Karma est le médecin depuis qu'elles sont adolescentes. Elles entrent ensemble en riant, nous dire qu'elles viennent toujours se faire faire leurs frottis le même jour, pour donner tous leurs antécédents et ne rien oublier, et poser les questions que l'autre a oublié de poser. Et puis, après cinq minutes de bavardage et de rires, Marianne retourne dans la salle d'attente. Restée seule, Marion devient grave et nous explique qu'elle n'a pas voulu dire ça devant sa sœur, mais qu'elle a probablement une infection sexuellement transmissible et : « Je ne veux pas qu'elle le sache parce que, vous voyez, je peux vous le dire à vous, j'ai commencé à me prostituer il y a plusieurs années mais Marianne croit que j'ai arrêté il y a deux ans... » Très éprouvée mais très digne, Marion sort du bureau et retourne s'asseoir tandis que Marianne entre à son tour et, au bout de trente secondes, fond en larmes, nous avoue qu'elle a honte comme jamais elle n'a eu honte et qu'elle voudrait bien en parler à sa sœur qui est la seule personne à qui elle pouvait parler, *avant*, mais que ce n'est plus possible, elle pourrait tout lui dire, mais pas ça : « Mais il faut que je le dise à quelqu'un alors je vous le dis à vous, depuis six mois, mon mari est au chômage, alors comme c'est vraiment dur, et que je suis toujours... (rire amer) pas trop moche, malgré mes deux grossesses, je vais travailler, à Brennes, un week-end sur deux... (gémissements) comme hôtesse… Enfin, j'accompagne des chefs d'entreprise à des dîners et parfois… je reste avec eux la nuit, parce qu'évidemment (sanglots), c'est beaucoup d'argent mais j'ai honte, tellement honte, si vous saviez, et la seule à qui je pourrais en parler… parce qu'elle me comprendrait, je ne peux pas vous dire pourquoi, c'est ma sœur, mais je ne peux pas lui parler de ça… (cascade). » Je regarde Karma, je devine que, comme moi, il a mal à l'idée que lui et moi nous pourrons en parler par la suite, mais qu'il nous est interdit de dire à chacune d'elles ce que nous savons sur l'autre… Pas même pour soulager leur souffrance. Et je suis en train de me mordre la lèvre jusqu'au sang quand je vois Karma se lever et sortir du bureau sans un mot. Une poignée de secondes plus tard, Marion entre et se précipite dans les bras de Marianne, et tandis que les deux sœurs s'enlacent et pleurent à chaudes larmes, Karma me fait signe de sortir et referme la porte. Il s'assied sur une des chaises du couloir, me désigne l'autre, et nous restons là assis, côte à côte, les bras croisés, silencieux, sous le regard perplexe mais respectueux d'Aline. Un quart d'heure plus tard, un mouchoir à la main, soudées à la hanche comme des siamoises, les deux sœurs sortent du bureau, nous saluent — l'une d'un sourire, l'autre d'un « merci » silencieux — et franchissent la porte vitrée.

— Que lui avez-vous dit ? ai-je demandé après avoir pris Karma par le bras et l'avoir entraîné dans le bureau.

— Rien. Pas un mot. Je suis seulement entré dans la salle d'attente, je l'ai regardée, elle m'a regardé, elle a compris que sa sœur n'allait pas bien, elle s'est levée d'un bond pour venir la rejoindre.

— Mais… pourquoi êtes-vous allé la voir ?

— Eh bien, j'ai fait ça sur une impulsion, mais pendant que Marianne parlait, je me souviens avoir pensé : à leur domicile respectif, elles ne sont pas en terrain neutre, et elles ne se retrouvent probablement jamais seules nulle part ailleurs. Elles vont repartir ensemble mais elles ne pourront rien se dire au milieu de la foule. Alors, certes, elles nous ont parlé séparément, en confidence. *Mais elles sont venues ensemble.* Ça veut peut-être dire quelque chose. Et si, sans se le dire clairement, elles étaient venues ensemble dans l'espoir de trouver ici un moment d'intimité qu'elles n'ont jamais, ou qu'elles s'interdisent ? Ce serait trop con de ne pas le leur proposer !

— Mais est-ce que ce n'était pas leur forcer la main au moment où elles étaient le plus vulnérables ?

— Peut-être. Je ne sais pas. Mais si ça nous faisait autant de mal, à nous, de les voir souffrir, c'est que le silence leur était intolérable. J'ai peut-être commis une erreur, mais les regarder souffrir ainsi sans rien faire, ça m'a semblé...

— Voyeur et cruel ?

— Tu vois ? Toi aussi...

*

Les couples.

L'épouse qui décrit par le menu ses pertes, ses saignements, ses démangeaisons, ses douleurs avant, pendant ou après la pénétration (« Surtout quand il me prend par-derrière, bon je sais que c'est ce qu'il préfère, et de toute manière, comme il est trop gros, quand il est sur moi, au bout de deux minutes j'ai mal aux cuisses alors j'aime autant me mettre à quatre pattes, je sais que ça sera pas long, en deux minutes il aura terminé, mais j'ai beau lui dire d'y aller doucement, il ne m'entend pas, il me secoue comme un prunier, évidemment, les hommes quand c'est pour eux, plus personne ne compte, mais qui est-ce qui a mal pendant toute la journée ensuite, hein ? Je vous le demande ! »), tandis que l'époux, sur le siège voisin, se recroqueville un peu plus à l'énoncé de chaque détail intime dans le vain espoir de disparaître à l'intérieur du fauteuil. Pour toujours.

*

Les petits jeunes, main dans la main, qui viennent dire, les yeux brillants, qu'ils ont envie de faire un bébé.

*

Les hommes qui servent d'interprète à leur femme étrangère.

*

Les couples dépareillés, comme cette femme qui décrivait, à grand renfort d'anecdotes grotesques et de noms d'oiseaux, les relations amoureuses successives (toutes plus problématiques les unes que les autres) qu'elle avait eues, au cours des trois années précédentes, en se tournant périodiquement vers l'homme qui l'accompagnait pour demander : « Tu te souviens, hein ? Tu te souviens ? » — ce à quoi l'autre répondait chaque fois, les yeux au ciel : « Oh là là, oui, quelle *saleté,* celui-là ! »

*

Un autre jour, un couple de femmes lesbiennes qui entrent ensemble pour leur frottis et découvrent que c'est une consultation à deux (quand Aline le leur a dit au téléphone, elles n'ont pas compris). Elles entrent et me préviennent d'emblée : toutes les femmes qu'elles ont vues auparavant sont à leurs yeux incompétentes, et elles se méfient des hommes comme de la peste, sauf de Karma, qui ne les a jamais prises de haut et n'a jamais fait d'allusion déplacée. L'une préfère que ce soit Karma qui lui fasse son frottis, l'autre demande que ce soit moi qui lui fasse le sien. Quand je propose à « la mienne » de sortir bavarder dans le couloir pendant que Karma examine sa compagne, elle répond : « Non, je préfère rester », et je comprends que c'est pour surveiller chacun des gestes de cet homme sur sa compagne. Lorsque Karma propose à la compagne de sortir, elle décline également et surveille *mes* gestes d'encore plus près, il me semble…

*

De temps à autre, il y a un homme seul.

— Depuis que tu es ici, on leur propose de choisir le médecin, mais ils veulent toujours voir Franz, m'ont expliqué Angèle et Aline. Ils savent qu'ici, c'est un service de femmes, et ça les gênerait de voir une femme.
— Je vois, mais… pourquoi viennent-ils ici ?
— Ah, ça ! Il faudrait le demander à Franz.
— Mais il ne me le dira pas, il est tellement secret au sujet des patients.
— Demande toujours, il te dira au moins pourquoi il les reçoit.
Je lui ai posé la question.
— Parce que pour les hommes, ce qui se passe dans leur corps est encore plus mystérieux, plus inquiétant que pour les femmes.
— Alors, dis-je sur le ton de la boutade, il faudrait aussi écrire *Le Corps des hommes…*
— Oui, répond-il très sérieusement. Et ça fait longtemps que j'y pense. Mais je n'en aurai jamais le temps. On ne peut pas tout faire.

*

Un jour, en allant chercher une patiente dans la salle d'attente, Karma voit, à travers la porte vitrée, une autre femme gravissant l'escalier. Il me fourre le dossier dans les mains, me dit : « Prends-la seule », et je le vois se précipiter à la rencontre de la nouvelle arrivante et bloquer la porte de toute la largeur de ses épaules — et je comprends que c'est pour l'empêcher de regarder à l'intérieur. Je me dépêche d'aller chercher la patiente dans la salle d'attente et de m'enfermer dans le bureau avec elle. Lorsque je ressors pour la raccompagner, Aline décroche le téléphone. « La voie est libre. » Karma sort du bureau d'Angèle avec la femme qu'il a interceptée, la fait entrer dans le bureau de consultation et me fait signe de le suivre.

Et là, cette deuxième femme nous livre (« Le docteur Karma est au courant, mais je préfère vous raconter ça moi-même ») la version en négatif de ce que la précédente m'a raconté : il y a quelques semaines, elle a découvert que son compagnon la trompait depuis des années avec une autre femme (« Elle a deux ans de plus que moi. Il n'a même pas été capable d'en trouver une plus jeune ! »), à qui il a fait deux enfants (« Moi, il m'en a fait trois »), dont il payait le loyer et la voiture (« Moi, il me payait tout, il ne manquerait plus que ça ! J'étais quand même là la première ! Mais ce salaud n'a jamais voulu m'offrir des leçons de conduite ! »), et qui partait huit jours en vacances avec elle en juillet en prétextant qu'il allait faire un stage de remise à niveau (« Avec nous, il prenait la semaine de Noël, il savait bien que sinon, je me serais doutée de quelque chose, mais je me demande ce qu'il lui racontait, à sa *pétasse* »). Quand elle a découvert ça (une nuit qu'elle faisait une crise d'insomnie, elle l'a entendu parler dans son sommeil) elle l'a mis en demeure de mettre un terme à cette histoire. (L'autre femme venait de m'expliquer qu'elle avait découvert le pot aux roses dans des circonstances identiques : il parlait si fort dans son sommeil qu'il l'avait réveillée.) Mais, depuis quinze jours, le type s'est volatilisé et chacune pense qu'il est parti rejoindre l'autre. « Je voudrais aller les tuer tous les deux, crache notre interlocutrice, reprenant presque mot pour mot ce que m'a dit l'autre furie quelques minutes plus tôt, mais je n'ai pas la moindre idée de l'endroit où vit cette *pute.* » (L'autre a dit *salope.*)

*

— L'autre jour, quand vous m'avez confié vos deux groupes de travaux dirigés, j'ai eu un sentiment de schizophrénie assez pénible.

— Raconte...

— Le premier groupe, les étudiants qui arrivent à l'hosto — ils sont tous idéalistes, enthousiastes, pleins de bonne volonté, pétris de respect pour les patients. L'idée de brutaliser les gens leur est insupportable, ils ont au contraire envie de les protéger, de les entourer, de les préserver de la violence hospitalière. Ils veulent changer le monde, et — les filles comme les garçons — ils sont pleins d'espoir d'y parvenir. Vous voyez ?

— Je vois très bien !

— Le deuxième groupe, les presque thésés qui font des remplacements, je les ai abordés en me disant qu'ils ont le même âge et donc, probablement, la même vision des choses que moi. J'ai commencé ma présentation en regardant les filles dans les yeux et en disant : « Bon, nous sommes tous d'accord, je pense, pour dire que c'est aux femmes de choisir leur méthode contraceptive, pas au médecin... », et à ces mots, tous, *à commencer par les filles*, ont sauté en l'air en me disant : « Quoi ? Il ne manquerait plus que ça ! Et si elles fument ? Et si elles baisent avec n'importe qui ? Il ne faut rien leur dire ? Vous êtes folle ou quoi ? Si on ne leur dit pas quoi faire, elles vont mourir ! » Elles étaient ivres de fureur. Et toutes et tous se plaignaient que les patients des deux sexes sont cons, ne les écoutent pas, ne veulent pas suivre leurs prescriptions. Ils vont pratiquer la médecine en clientèle d'ici quelques mois et ils sont déjà aigris, agressifs, frustrés !

— Eh oui...

— En quittant ce second groupe, je me suis demandé : « Comment est-ce possible ? Ils n'ont que quatre ans de plus que leurs camarades. Ils étaient sûrement comme eux, il y a quatre ans. Qu'est-ce qui leur est arrivé, entre-temps, pour les changer comme ça ? »

— *Mmmhh...* Et tu as une réponse ?

— Hélas, oui ! J'avais les mêmes sentiments, les mêmes illusions que les premiers, je m'en souviens très bien. Et puis je suis entrée au CHU, je suis passée dans les services de spécialité. Je n'ai plus vu les patients qu'au travers de leurs organes. J'ai croisé des professeurs paranoïaques qui nous ont terrorisés par leurs dogmes ; des phobiques qui nous infectaient de leur peur d'un procès ; des grands pervers qui faisaient tout pour nous culpabiliser. Alors, comme presque tous mes camarades, je me suis mise à voir des ennemis partout, à commencer par chaque patient qui s'adressait à moi. Et pour me protéger, je me suis fabriqué une armure. Dans le premier groupe, ils sont légers et bondissants. Dans le second, ils ont déjà leur armure. Qu'est-ce qu'on peut faire pour leur éviter ça ?

— Eh bien, tu ne leur éviteras pas ces maltraitances, mais tu peux au moins leur proposer une autre issue que le cynisme ou la phobie. Tu peux leur donner un autre exemple de comportement que ce qu'on leur enfonce dans la tête. Tu peux être *là* pour ceux qui cherchent d'autres repères et les aider à faire ce que tu as fait ici : redevenir toi-même. Tu ne pourras pas aider tout le monde, mais pour ceux qui en ont besoin et qui te trouveront, ça sera déterminant.

*

Plusieurs soirs, la même semaine, après être allée dîner avec des copains, je reviens squatter l'ordinateur d'Aline parce que le mien est en panne, et je découvre Karma dans le bureau de consultation. Il a ouvert son portable, branché les écouteurs, s'est affalé sur son siège et a posé ses pieds sur le bureau.

— Je suis d'astreinte, explique-t-il. J'en profite pour voir ou revoir des films que j'aime bien.

— Vous ne préférez pas regarder ça dans votre appartement ?

— Non. Je m'endors sur le canapé au bout de

cinq minutes. Ensuite, si on m'appelle, non seulement je suis dans les vapes, mais je suis de mauvais poil parce que je n'ai même pas pu voir le film ! Alors, je suis mieux ici. Et toi, que fais-tu là ?

— Je venais bricoler, j'ai un truc à écrire…

— Encore un compte rendu pour l'industrie pharmaceutique ?

— Non, c'est fini, ça…

— Tiens, à propos, elle t'a payé ton boulot de l'autre fois, la machiavélique Mathilde ?

— Ouaip. Mais je lui ai renvoyé son chèque par retour de courrier. Qu'est-ce que vous regardez ?

— *Barberousse*, de Kurosawa. Tu connais ?

— Non.

— Ah… Tu aimerais, je pense. C'est l'histoire d'un jeune interne japonais qui, au début du XIXe siècle, au lieu du service prestigieux où il avait prévu d'aller travailler, est muté dans un dispensaire de pauvres. Et là, il fait la connaissance d'un médecin, Barberousse, qui le prend à rebrousse-poil.

— Vous vous moquez de moi ?

— Pas du tout. Je te le prêterai, tu verras.

Quand je repars, deux heures plus tard, il me donne le DVD. Le film dure presque trois heures, mais je le regarde d'un bout à l'autre pendant la nuit.

— Qu'est-ce que tu en as pensé ? me demande-t-il quand je le lui rends.

— Un peu trop mélo à mon goût. Mais c'est très beau… La scène que je préfère, c'est vers la fin, quand les parents du petit voleur s'empoisonnent et empoisonnent leurs enfants avec eux…

— Ah, oui…

— Comme le petit voleur reste entre la vie et la mort, les femmes du dispensaire, qui l'ont pris en affection, passent la nuit à crier au fond du puits pour retenir son âme parmi les vivants. C'est… bouleversant.

— *Mmmhhh...* grogne-t-il en se tripotant la barbe, et je crois voir ses paupières briller.

Le soir suivant, je le retrouve à son bureau, les écouteurs aux oreilles.

— Tu viens encore « bricoler » ?

— Ouaip. Qu'est-ce que vous regardez ?

— *The Princess Bride.* Tu connais ?

— Vous plaisantez ? Je le regardais en boucle avec mon père.

— Sans blague ?

— Je le connais par cœur ! *Yé m'appelle Inigo Montoya ! Tou as toué mon pèrrre ! Préparre-toi à mourrirr !...* Ça me fait penser qu'il faut que je lui écrive, je n'ai pas répondu à son dernier message...

(Il lève un sourcil.)

— Vous vous reparlez ?

— On a... repris contact... Par courriel, il y a quelques semaines. Il va passer par Tourmens les jours prochains.

— Vous allez vous voir ?

— Je pense, oui...

— Ça fait combien de temps que... ?

— Presque cinq ans.

Il hoche la tête et désigne l'écran de son ordinateur.

— Tu veux que je te prête le DVD de *Princess Bride*, ce soir ?

Hésitante, je m'approche.

— Vous en êtes où ?

— Au tout début. La princesse Bouton-d'Or a perdu Wesley, l'amour de sa vie, et elle se résigne à épouser un prince qu'elle n'aime pas...

— Je peux regarder avec vous ? Cinq minutes...

— *Comme vous voudrez.*

*

— Tous ces secrets qu'on nous confie, c'est pas lourd, à la fin ?

— Ça ne peut pas être plus lourd que pour celles qui te les racontent... Ce sont leurs secrets, pas les nôtres. Tu apprendras à les entendre comme des histoires, pas comme des réalités tangibles.

— Comment ça, « des histoires » ?

— Tu n'as aucun moyen de vérifier qu'un secret est réel. Si c'est secret, c'est que personne ne le sait, par définition. Donc, ça peut être vrai ou non. Et ça n'a pas d'importance. Ce qui importe, c'est l'émotion qui accompagne le secret. Pas l'anecdote. De sorte qu'il n'est même pas nécessaire de s'en souvenir toute sa vie ! Pour ma part, j'oublie très vite presque tous les secrets...

— Mais si vous les oubliez... comment pouvez-vous les utiliser ensuite ?

— *Ah, mais tu n'as pas le droit de les utiliser, sous aucun prétexte; ni contre ni pour la personne qui te le révèle.* Tu es une soignante, pas un banquier chez qui on fait un dépôt et qui capitalise des intérêts ! Un secret, c'est un symbole, pas un instrument. S'en servir, c'est s'exposer à manipuler ou à se faire manipuler. Mettons que Mme Smith te révèle qu'une autre de tes patientes, Mme Jones, est la maîtresse de son mari. Est-ce seulement pour vider son sac, ou bien est-ce destiné à ternir l'image que tu as de Mme Jones, voire à se servir de toi pour la punir ? Tu n'en sais rien. Dans un cas comme dans l'autre, la prochaine fois que tu la verras, tu ne vas pas interpeller Mme Jones pour lui demander si elle est *vraiment* la maîtresse de M. Smith. Il en va de même si Mme Jones en personne te confie qu'elle est la maîtresse de M. Smith. Elle ne te demande pas d'*utiliser* son secret, elle te demande de l'*entendre*. Le secret qu'on te confie ne t'appartient pas et — pas plus que ton statut de médecin, d'ailleurs — il ne te confère aucun droit, aucun pouvoir, aucune autorité morale sur la personne qui te l'a livré. L'utiliser, ou même simplement le mentionner devant elle — « Je *sais* ce que vous avez fait... » —, c'est un abus de savoir, donc, un abus de pouvoir... Et le moyen le plus simple de ne pas abuser de ce savoir, c'est d'oublier... Tu vois, beaucoup de femmes nous livrent leur secret au moment où elles sont le plus fragiles, mais tu verras qu'elles ne tiennent pas du tout à ce qu'on s'en souvienne par la suite. Elles sont très reconnaissantes qu'on oublie leur secret après qu'elles nous l'ont confié. Elles ont surtout besoin qu'on l'entende *dans l'instant.* Lorsqu'une femme te confie qu'elle a trompé son mari, ce n'est pas pour être absoute — tu n'es ni grande prêtresse ni directrice de conscience —, mais ça peut être pour que tu entrevoies pourquoi elle ne veut pas de la grossesse qu'elle va interrompre. Elle a peut-être simplement besoin de lire dans tes yeux qu'elle n'est pas juste « monstrueuse » d'interrompre sa grossesse, qu'elle est humaine. Ce qu'elle te révèle, tu n'as pas besoin de le garder en tête, et encore moins de l'inscrire sur la liste de ses péchés, puisque, encore une fois, tu n'es pas là pour les comptabiliser. Alors, tu n'as pas besoin de te rappeler le secret. Tu as juste besoin de te rappeler qu'un jour *cette femme t'a confié un secret qui la faisait souffrir.*

*

Un autre jour encore, une femme de trente-trois ans entre et (elle nous le dit immédiatement) demande qu'on lui enlève son stérilet.

— Vous désirez une grossesse ou vous voulez changer de contraception ?

— Je n'ai plus besoin de contraception, je viens de divorcer, et je ne veux plus de… ce machin dans mon utérus.

— Ah, dit-il d'un ton pince-sans-rire, vous pensez que vous n'aurez jamais plus de rapports sexuels.

— Ah, je n'ai pas dit ça ! Mais pour le moment, je n'ai personne dans ma vie.

— Je vois. Mais vous pourriez rencontrer quelqu'un d'autre. Aujourd'hui, demain, après-demain…

— Peut-être, mais je ne suis pas très pressée de me retrouver avec un homme et, comme c'est mon ex-mari qui m'a forcée à me faire poser le stérilet parce qu'il ne voulait pas avoir d'enfant avec moi, je veux l'enlever, je ne veux plus rien qui me rappelle ce type. Vous comprenez ?

— Je comprends tout à fait. Mais, si on vous enlevait celui-ci pour vous en poser un autre, qui n'ait plus rien à voir avec votre ex-mari ? Vous ne croyez pas que vous seriez plus tranquille ?

— Non, non, non, non ! Si un jour j'ai besoin d'une contraception, je reviendrai vous voir. Enlevez-moi ce truc, s'il vous plaît.

— Pourquoi avez-vous tant insisté pour qu'elle garde son DIU ?

— Parce que j'ai peur qu'il lui arrive quelque chose.

— Qu'est-ce qui pourrait lui arriver ?

— À ton avis ? Bon il est difficile de savoir ce qu'il se passe dans la tête des femmes, on ne peut qu'imaginer, n'est-ce pas ?, mais elle a trente-trois ans, elle a de la personnalité, elle n'a pas d'enfant, ça m'étonnerait qu'elle ait envie de passer le reste de sa vie seule et qu'elle ne fasse pas de rencontres, du jour au lendemain. Et une partie de jambes en l'air, ça arrive sans prévenir. Un jour, j'ai entendu une femme plus âgée qu'elle me demander, elle aussi, de lui enlever son DIU. Elle venait de jeter son jules dehors. J'ai tenté de la convaincre de le garder — le DIU, pas le jules, je ne me le serais pas permis ! Elle avait quarante-cinq ans, elle l'avait depuis trois ans — le DIU, pas le jules —, elle n'avait pas du tout l'intention d'avoir d'autres enfants, elle pouvait le garder jusqu'à ce qu'elle soit ménopausée. Pourquoi le faire enlever pour revenir trois mois plus tard s'en faire reposer un autre, et courir des risques entre-temps ? Elle m'a dit : « Bon, aujourd'hui, j'ai mes règles, ça me gêne que vous m'auscultiez, mais je repasse à l'hôpital dans quinze jours, et là, pas d'histoire, vous m'enlevez ça. » Elle est repassée quinze jours plus tard, juste le temps de dire à Aline : « Vous direz au docteur que j'ai bien fait de refuser qu'il m'enlève mon stérilet, finalement. Trois jours après être venue, je me suis mise en ménage avec un ami, qui est aussi un de mes voisins de palier. »

FAMILLES

Peu à peu, je cesse d'aller prendre mes repas à l'internat et je descends manger un bout aux IVG, avec Angèle, Aïcha, Sylviane ou Héloïse. Chacune à son tour, elles me confient un bout de leur histoire personnelle. Sans jamais m'interroger sur la mienne. Il est vrai que je n'ai pas grand-chose à raconter. Pas de famille, pas de parent proche, pas d'enfant, pas d'homme. En dehors de quelques amis, que je vois de moins en moins pour ne plus me retrouver seule au milieu des couples, ou mal appariée à un type qui tantôt me déplaît, tantôt me signifie que je suis trop intelligente pour lui. Ma vie, peu à peu, se rétrécit à l'unité 77. Et, bizarrement, j'en suis de plus en plus heureuse. J'aime être là. Je m'y sens mieux que dans mon appartement, alors j'emporte mon ordinateur portable (que Cécile est passée réparer...) et, le soir, après être allée dîner chez Corinne, je reviens me brancher au réseau de l'hôpital dans le bureau de consultations ou, si Karma y est déjà installé, dans celui d'Angèle.

Un soir, Karma occupe le bureau et Angèle est dans le sien.

— Ah, c'est bien que tu sois là, dit-elle, il faut que je te parle d'une patiente qui a demandé à te voir, je lui ai donné un rendez-vous vendredi matin.

— D'accord...

— C'est Manon.

— Manon ?
— La fille d'Aline.
— Ah. J'ai entendu Aline parler d'elle, une fois, mais je ne savais pas qu'elle s'appelait Manon. Quel âge a-t-elle ?
— Vingt ans demain. La moitié de l'âge de sa mère.
— Aline a *quarante* ans ? Elle ne les fait pas…
— Non, n'est-ce pas ? Je le lui dis sans arrêt, mais tu la connais… Bon, alors je ne peux pas te dire grand-chose au sujet de Manon, mais elle m'a demandé de te transmettre un message.
— Oui ?
— Elle voulait être sûre que tu ne parleras d'elle ni à sa mère ni à son père…
— Bien sûr. (Je hausse les épaules.) De toute manière, je ne connais pas son père…
Angèle incline la tête de côté.
— C'est bien ce que je pensais… (Elle baisse les yeux, range des papiers sur son bureau, sourit faiblement.) Je lui ai dit que tu es la discrétion même, mais elle voulait tout de même que je t'en parle.
— Je comprends. À quelle heure vient-elle ?
— À 8 heures, fait-elle avec une grimace embarrassée. C'est pas trop tôt pour toi ?
— Ah bon ? Mais Aline n'arrive qu'à 8 h 30.
— Précisément.
— O.K… Bien sûr. *No problemo.*

*

Le vendredi, à 8 heures, je franchis la grille de l'hôpital. Une jeune femme se tient debout au bas des marches. Elle écrase sa cigarette et me tend la main.
— Vous êtes le… docteur Djinn ?
— Oui, dis-je en souriant de mon nouveau titre.
— Je suis Manon, la fille d'Aline.

Elle a les mêmes yeux, la même bouche volontaire que sa mère, mais la ressemblance s'arrête là. Elle affiche une apparence aussi stricte que celle de sa mère est fantasque. Elle est grande et ravissante, mais elle est coiffée au carré, porte un tailleur-pantalon et son maquillage lui donne largement plus que son âge. Et je ne vois pas l'ombre d'un tatouage, d'un piercing ou d'un bijou.

— Eh oui, dit-elle en lisant mon regard, quand on se balade ensemble, ma mère et moi, il arrive qu'on me prenne pour sa sœur aînée ! Ça me fatigue.

Mais l'apparence est une chose, la parole en est une autre. Pendant la demi-heure qui suit, ce que me raconte Manon ressemble terriblement aux préoccupations de tous les jeunes gens de son âge : rivalités et jalousies entre filles, interrogations sur les intentions des garçons, questions sur la sexualité et les maladies transmissibles, inquiétudes au sujet de la contraception, et quant à son avenir professionnel, alternance d'agressivité et de protection à l'égard de ses parents. Surtout de son père, dont elle me parle en me disant que c'est le meilleur père du monde, en évoquant force souvenirs d'enfance pour bien me faire comprendre la chance qu'elle a — elle voudrait me convaincre de l'épouser qu'elle ne s'y prendrait pas autrement, mais je sais bien que ça n'est pas ce qu'elle a en tête. C'est toujours difficile de savoir ce qui se passe dans la tête d'une femme, mais je suis la fille unique d'un père aimant, comme elle, et je comprends bien qu'en me parlant du sien, elle me parle d'un modèle dont elle peine à se détacher. Elle le décrit comme un « ogre qui fond dès que je dis *bizou papa* » et qui est « toujours très inquiet le soir tant que je ne suis pas rentrée et il insiste pour qu'après minuit je lui envoie un texto pour lui dire où je suis et ce que je fais ».

Elle tape du plat de la main sur la table.

— Mais je ne suis pas comme plein de mes

copines, moi ! Je ne couche pas à tort et à travers, je n'ai encore jamais fait l'amour, je n'en avais pas envie, aucun garçon ne me tentait. Alors il doit fantasmer que je suis restée une petite fille. Mais j'ai voulu le prévenir, j'ai essayé de lui dire qu'un de ces jours, je ne rentrerais pas du tout et qu'à 2 heures du matin j'aurais peut-être chose à… foutre que de lui envoyer un texto. D'autant que quand je rentre, il faut aussi que j'aille border ma mère quand elle est là, parce que si je ne suis pas montée l'embrasser, elle ne dort pas bien, me dit-elle.

— Vos parents ne vivent pas ensemble ?

— Si, mais on habite de l'autre côté de la ville et mon père a un petit studio tout près, alors des fois il y reste le soir pour bosser, et ma mère va le rejoindre mais des fois il ne rentre pas. Bref, ils se débrouillent, hein, ils sont grands, ils font ce qu'ils veulent.

— *Mmmhh*… Je vois.

Je vois tellement bien que j'ai soudain l'impression d'être la dernière des nunuches.

— Ça me fait plaisir, parce que lui, qui est paraît-il si compréhensif avec tout le monde, à son travail, eh ben avec moi il ne « voit » pas du tout.

— Il vous empêche de sortir ? Il vous surveille ?

— Il n'aurait pas intérêt ! Mais de toute manière non, c'est pas son genre. De toute façon, ma mère ne le laisserait pas faire.

— Bon… Mais qu'est-ce que je peux faire pour vous ? dis-je pour meubler le premier silence… au bout d'une demi-heure de conversation.

— Eh bien, je suis venue pour parler ! J'ai des parents qui n'arrêtent pas de parler, tous les deux, et moi je n'arrive pas à en placer une, mais quand ils me posent des questions il faudrait que je leur réponde sur-le-champ, même quand je n'ai rien à dire. Alors, l'autre jour, Angèle m'a dit de venir vous voir. Elle, je ne peux pas lui parler non plus, elle est trop proche de ma mère, j'aurais l'impression que je me confie à ma tante, vous voyez ?

— Je vois…

— Et elle a bien fait de me dire de venir vous voir, ça m'a fait beaucoup de bien, c'est vrai que vous êtes très sympa, très drôle. Et vous êtes très belle et très féminine, aussi, ça fait plaisir de voir ça ! J'en ai marre des filles qui me disent que je suis collet monté parce que j'aime m'habiller au lieu de m'attifer n'importe comment, et parce que je marche la tête droite, pas en regardant mes pieds.

— Eh bien, je suis heureuse d'avoir pu vous écouter. Revenez quand vous voulez…

— Ah, vous me reverrez bientôt. J'ai décidé de me faire poser un stérilet.

— Ah bon ?

— Oui. Comme ça, le jour où j'aurai envie de m'envoyer en l'air, avec ou sans préservatifs, je serai parée. Comme dit mon paternel, les parties de jambes en l'air ça arrive sans prévenir, hein ?

Elle n'a pas dû voir que sa dernière phrase, en confirmant mes soupçons, m'a transformée en statue de sel, car elle se lève, toute guillerette, me tend la main, ouvre la porte, passe la tête pour vérifier que le couloir est vide et, d'un pas de grande dame, disparaît par la porte vitrée.

Encore éberluée, je sors du bureau et je me plante dans le couloir. Au bout de quinze secondes, les têtes d'Aline et de Karma émergent ensemble de derrière le comptoir.

Espèces de crétins. Triples buses. Abrutis. Andouilles.

Je fais comme si de rien n'était, je m'approche, je dis négligemment :

— Ah, vous étiez là ? Vous allez bien, tous les deux ?

— Elle est belle, ma fille, hein ? fait Aline.

— Ah, bon, c'est ta fille ? dis-je en faisant mine d'examiner le carnet de rendez-vous.

— Oui, et la mienne, grommelle Karma.

— Ah, bon. Vous avez fait des galipettes ensemble au moins une fois, alors. *C'est bien, ça.*

Ils retiennent leur souffle, puis éclatent de rire.

— Mais je vais m'empresser d'oublier cette information confidentielle, vous savez... Le respect de l'intimité... L'objectivité du soignant, tout ça. *Pour elle,* il vaut mieux que je l'oublie.

— Bon, je vois que tu es vexée qu'on ne t'ait rien dit.

— Mais vous n'aviez rien à me dire, dis-je sur le ton le plus pincé possible. C'est votre vie privée, pas la mienne.

— Bon, mais est-ce qu'elle t'a dit du mal de nous ? demandent-ils à l'unisson.

— Puisque vous la connaissez si bien, vous n'avez qu'à le lui demander...

— Mais c'est ma fille, quand même, s'écrie Aline.

— Et la mienne ! renchérit Karma.

— Peut-être, dis-je d'un air dubitatif, mais moi, hein, tant que j'aurai pas vu le livret de famille, j'pourrai pas en être tout à fait sûre. En revanche, chuis certaine que quand elle entre dans ce bureau pour me parler, c'est *ma* patiente...

*

Ces quatre saligauds (Angèle, Manon, Aline et Karma, tous dans le même sac) m'ont mise dans un état pas possible. Pendant toute la journée, je n'arrête pas de penser à Daddy, à mon enfance, aux films, aux voyages en Angleterre, aux heures d'excitation passées chez *Harrod's* où j'insistais pour retourner, aux visites que je passais les yeux cachés sous mes mains quand, chez *Madame Tussaud's,* il insistait pour qu'on retourne au sous-sol, dans le musée des

Horreurs et des Criminels, aux histoires qu'il me lisait avant de dormir. *Damn! Damn! Damn!*

En milieu d'après-midi, je n'y tiens plus, je sors mon portable. Il est en France depuis la veille. Dans son courriel du soir, il m'a envoyé le numéro de son cellulaire. Je l'ai enregistré en appel rapide sous le raccourci *2, en me disant que de toute manière je ne l'appellerai pas, j'attendrai qu'il m'appelle, il m'a fait mariner suffisamment, s'il veut me revoir, il faut qu'il me mérite... Mais là, je n'y tiens plus, je ferme les yeux, je compose, je ne veux pas entendre sa voix, alors je tiens le téléphone loin de moi, et quand je perçois le faible « bip » qui m'invite à laisser un message sur la boîte vocale, je dis très vite : « Je m'étais juré de ne pas t'appeler, mais tu vois, je ne suis qu'une gamine qui ne sait même pas ce qu'elle veut, je sais seulement... que tu m'as manqué, tellement manqué, j'ai envie de te voir, alors appelle-moi ou viens me voir, ce soir ou demain ou dans quinze jours je m'en fous, mais *viens* ! » Et, hors d'haleine et écarlate de m'être ainsi laissée aller, je raccroche et je me précipite vers la salle d'attente pour noyer mon émotion dans celle de la patiente suivante.

*

Le soir, ni texto ni message vocal ni courriel, broyant du noir, je rentre chez moi en hurlant à tue-tête dans la voiture, maudissant ma faiblesse. « Tu penses vraiment comme un mec ! » *Mon cul, oui!* Je suis bien une nana, pareille à toutes les autres, pas foutue de se retenir d'appeler son *Daddy* à l'aide chaque fois qu'elle a du vague à l'âme en écoutant la première gamine venue lui parler du sien.

J'entre, je claque la porte, je jette mes affaires par terre, je hurle encore, et *merde, merde, merde,* marre de me sentir con comme ça, j'ouvre le frigo, je prends une bière, je la décapsule à même le bord de la table, et au moment où je la brandis à ma santé, on sonne.

On sonne. Et je ne bouge pas.

On sonne encore et là je me dis qu'il faut que je fasse quelque chose, je ne peux pas comme ça le sommer de venir et ne pas lui ouvrir, alors j'appuie sur le bouton de l'interphone pour lui ouvrir la porte et je me mets à tourner comme une folle dans l'entrée, la bouteille de bière à la main, incapable de la poser et incapable de la boire, et je ne sais pas combien de temps je tourne et vire sur place, mais j'ai le sentiment que quinze secondes plus tard, déjà, il frappe à la porte et, sans réfléchir, j'ouvre et quand je le vois, j'ouvre la bouche et je lâche la bouteille et j'ai à peine le temps de penser *Merde* qu'il a déjà tendu le bras et la rattrape au vol, et quand il se redresse avec ce sourire qui m'a toujours fait craquer, je me dis *Oh, bravo, la miss qui fait jamais de bourde, t'as pas tapé *2 mais *1, je t'avais dit qu'il fallait effacer son numéro, qu'un jour tu risquais de te tromper*, et j'ai à peine le temps de murmurer son nom que dans la seconde qui suit je l'attire à l'intérieur, je l'enlace, je l'embrasse, je le mords à pleine bouche, *oh, Joël, je regrette de t'avoir parlé comme ça, je me suis trompée, si tu savais comme je m'en veux, je sais que c'est mal — mais parfois c'est bien, tu vois, ce soir je me suis trompée, si tu savais comme je suis heureuse...*

SOUPIRS

Joël Joël Joël Joël
J'avais tellement envie de retrouver
Oui.
C'est de ta faute!
Oui, oui, oui.
qu'on s'est
que tu
Je
Tu n'avais qu'à
cette nuit tout le plaisir
s'est m'as-tu donné
tout le temps
passé ensemble
avant que je
Oui
tu es bon tu es bon tu es bon tu m'engloutis tu m'emplis tu me pffff…

Je te garde
Ne pars pas
Ne pars pas, s'il te plaît.
Ne bouge pas.
Oui
Comme ça
C'est de ta faute
Je sais que je dis n'importe quoi.

C'est de la faute des hommes si les femmes disent n'importe quoi...

Quoi ?

Je ne parlais pas comme ça « avant » ?

Avant quoi ?

Ah. Avant que tu partes... Enfin... que je te fasse partir. Que je ne te laisse pas d'autre choix que partir. Tu aurais dû me coller une tarte. C'était la seule chose à faire.

Oui. Je sais. C'était la dernière chose à faire. C'était insoluble.

Oui. Je sais. C'est de ma faute

Mais c'est de *ta* faute. C'est de la faute des hommes si les femmes perdent la tête. Voilà.

Non. C'est pas la peine de discuter.

La seule réponse possible, c'est « Oui ma chérie ».

Voilà. C'est ça.

Embrasse-moi.

Parle-moi.

Non, tu n'as pas le droit de dormir.

Quoi, 3 heures du matin ? *Seulement ?*

Tu crois que j'ai attendu tout ce temps que tu reviennes que tu me prennes que tu me pffff... *pour te laisser t'endormir à 3 heures du matin ?*

J'aime te faire rire.

Je t'aime.

*

— Je ne sais pas ce qui m'a pris.

— Tu ne sais toujours pas ?

— Non. Tu sais, toi ?

— Non...

— T'es psychologue clinicien, pourtant. C'est bien ça ? T'as pas changé de métier entre-temps ?

— Non...

— Ben, alors ?

— Alors, tu n'es pas ma patiente et même si tu l'étais, je ne serais pas dans ta tête.

— Non, et je préfère que tu sois *mmmmici*. Parce que dans ma tête, bof…

— Tu souffrais. Je ne sais pas de quoi, mais tu souffrais.

— Oui.

— Et quand on souffre…

— On accuse celui qui est là.

— Oui.

— Je ne souffre plus, tu sais.

— Non ?

— Non. J'avais peur de me retrouver à un endroit où je n'aurais pas ma place, et c'est l'inverse qui s'est produit. Je suis bien, là-bas. Je suis à ma place. Et plus personne ne m'appelle « Atwood ! ». Je suis… Djinn.

— *Jeannie*…

— Tu t'endors ?

— Oui…

— Dors, mon amour. Mais ne bouge pas…

— *Jeannie*…

— Oui ?

— Je n'ai pas mis de préservatif…

— *Oooooohmmmmmm*mais j'ai vu. Enfin… *Mmmmm*j'ai senti. Je n'ai pas oublié comment c'est tu sais, ça fait pas *si* longtemps… Enfin, si ! Ça faisait *beaucoup trop* longtemps. Alors de toute manière je ne t'aurais pas laissé partir en acheter… Quelle perte de temps… Oui je sais que je dis n'importe quoi… C'est pas grave…

— C'est pas ça mais… Ça n'aurait pas été plus prudent ?

— Pourquoi ? Tu t'es laissé sauter dessus par tout plein de filles pleines de morpions, depuis que je t'ai sottement répudié ?

— Non, mais… tu prends toujours ta pilule ?

— *Oups !*

— Tu ne veux pas que je…

— Ne bouge pas.

— Tu es sûre ?

— Certaine. On est samedi, toutes les pharmacies sont ouvertes. Ne bouge pas.

— Mais…

— Y a pas de mais. C'est moi le médecin.

— Mais il ne faut pas la prendre tout de suite ?

— Dans les soixante-douze heures. Et ça marche jusqu'à cinq jours… On n'a pas besoin de se lever *ne bouge pas* jusqu'à lundi. Au moins.

— Tu n'as pas peur ?

— Non.

— Tu avais tout le temps peur d'être enceinte, *avant*.

— Ah oui ?

— Oui. Tu ne te souviens pas ?

— Non. J'ai oublié beaucoup de choses *d'avant*…

— Tu n'oubliais jamais rien…

— Oui. Je sais. Mais depuis que je travaille là-bas, j'ai compris combien c'est épuisant de tout se rappeler. Oublier, c'est bien. Se tromper, c'est bien. Ne pas savoir, c'est bien. On a le droit d'oublier. On a le temps d'oublier. Y a pas le feu. Enfin… j'ai le feu aux fesses, mais je m'en fous, j'ai mon pompier… *Ne bouge pas !*

— Bon, tu n'as pas *complètement* changé…

— Ah bon ?

— Non. Tu es toujours aussi autoritaire.

— Pas du tout… Je suis soumise, douce, passive, offerte, ouverte, fondante, *Mmmm*femelle, quoi… Tu n'as pas remarqué… ?

— Non, tu sais bien. Je dormais.

— Ah ? Dommage pour toi… Parce que c'était *Mmmmm*bien. *Ne bouge pas*…

— Tu n'as plus peur d'être enceinte ?

— Non.

— Tu as *envie* d'être enceinte ?

— Non. Mais comme tu n'étais plus là je n'y pensais plus. Et maintenant, tu es revenu ici — *ne bouge pas...* — mais je n'ai pas peur.

— Tu vas reprendre la pilule ?

— *Mmmhhh...* Non, je ne crois pas, parce que là, tu vois, je pense que tu m'as fait tout ce qu'il faut pour avoir des triplés... Et comme j'assume, désormais, d'être à jamais insatiable — comme le sont toutes les femmes —, je vais faire tout ce qu'il faut pour que tu *recommences*. Par conséquent...

— Oui ?

— Je vais devoir prendre une décision radicale...

— Quel... genre de décision ?

— Eh bien, tu vois, tous les jours j'entends des femmes me demander s'il existe une contraception efficace « à cent pour cent ». Et je leur explique qu'il n'y a que deux méthodes efficaces « à cent pour cent ». L'abstinence totale et l'homosexualité.

— Et alors ?

— Alors, j'hésite... Toi qui es spicologue clinichien, tu me conseilles laquelle ?

— ...

— Ah, j'aime te faire rire... Mais ne ris pas tr*ooooooohhhh salaud, t'as bougé* ! Et maintenant, ça coule...

URGENCE

— Tu es sûre ?
— Oui.
— Tu n'as pas peur ?
— De quoi ?
— Qu'il… voie.
— Il verra mais ne dira rien.
— Tu lui fais vraiment confiance.
— Oui. Je sais comment il est avec les femmes.
— Oui, mais je m'en fous des femmes. C'est toi qui m'intéresses… Et ce sera la première fois, non ?
— Oui. La première fois depuis mon adolescence.
— Tu n'es jamais allée voir un médecin ?
— Je n'ai jamais laissé un médecin me regarder. Des amants, oui, des trains entiers d'amants…
— Crétine.
— Mais un médecin, jamais.
— Et s'il *voit*, tu n'as pas peur qu'il…
— Qu'il quoi ?
— Qu'il change d'attitude à ton égard ? Que ça le gêne ?
— Est-ce que tu as changé d'attitude quand tu m'as vue pour la première fois ?
— Non. Mais j'avais le sentiment de te connaître depuis… longtemps. J'étais amoureux de toi. Rien n'aurait pu changer ce sentiment.
— On avait parlé combien de temps, avant que tu

aies le sentiment de me connaître et de passer aux travaux pratiques ?

— Je ne sais pas. Je ne sais plus. J'ai oublié.

— Je parle avec lui depuis des semaines… Il me connaît, lui aussi. Il connaît la *nouvelle* moi. Mieux que toi. À côté de lui, tu es un débutant… Cela dit, tu ne te défends pas mal du tout…

— Il est amoureux de toi ?

— Non, il a déjà la femme qu'il lui faut…

— Et toi, tu es amoureuse de lui ?

— Si j'étais amoureuse de lui, je ne lui demanderais certainement pas d'être mon médecin ! Non. Je suis amoureuse de toi. Je l'étais avant de t'infliger mes conneries, je l'étais toujours avant de t'appeler — autrement, je ne me serais pas trompée de touche… Et — comme tu l'aurais constaté si tu ne dormais pas profondément depuis la seconde où tu as sonné à ma porte — je suis encore amoureuse de toi…

— Mais… comment peux-tu être sûre… ?

— Que ça va bien se passer ? Je sais. Je n'ai pas le moindre doute. Il sera délicat, respectueux et doux… Parce qu'il est comme ça. Mais toi, tu as peur ?

— Oui. Un peu.

— Tu m'aimes, tu as peur pour moi. C'est bon à entendre. Mais ne t'en fais pas, tout ira bien.

*

— Franz… C'est Djinn…

— Oui, ma belle. *What's up, Doc ?*

— Je peux vous demander un service ?

— Tout ce que tu veux. Je t'écoute.

— J'ai besoin d'une contraception d'urgence.

— Ah. O.K. C'est urgent comment ?

— Cette nuit. *Les parties de jambes en l'air ça ne prévient pas…*

— À qui le dis-tu !… Mais si c'est tout récent, ici, on a tout le *lévo*…

— Non, je ne veux pas prendre de pilule du lendemain. Je ne veux plus prendre de pilule. Je veux… me sentir comme avant. Je voudrais que vous me posiez un stérilet.

— Ah. O.K. Tu es sûre de vouloir que ce soit moi qui te le pose ?

— C'est moi qui vous le demande, non ?

— Oui.

— Et *le soignant c'est celui que la patiente choisit*, non ?

— Absolument.

— Bon, alors c'est réglé. Je peux venir cet après-midi ?

— Eh bien, je préférerais que tu attendes lundi.

— Lundi ? Mon jules va flipper si je lui dis qu'il faut que j'attende lundi.

— Tes règles remontent à quand ?

— Elles ont commencé il y a huit jours.

— Alors ça peut attendre lundi.

— Vous êtes sûr ?

— Je pourrais te dire « c'est moi le médecin, tu te souviens ? », mais tu connais les recommandations…

— Oui, en contraception d'urgence un stérilet ça se pose dans les cinq jours après le — ou les… *mmmmm* — rapports non protégés ou jusqu'au dix-neuvième jour du cycle.

— Bon. Je vois que tu n'as pas *complètement* perdu la tête.

— Si. Mais vous m'aidez, là…

— Donc, lundi, tu seras largement dans les temps. On pourrait même attendre le lundi suivant !

— Non, non ! Deux jours, c'est bien assez. Mais… je peux savoir pourquoi ?

— J'ai mes raisons.

— Vous êtes mal à l'aise à l'idée de me le poser, c'est ça ? Vous voulez prendre le temps de vous préparer psychologiquement ?…

— Ne fais donc pas d'analyse sauvage avec moi.

Ça ne me gêne nullement de te poser un stérilet. Je suis très honoré que tu me fasses confiance. Je ne voudrais surtout pas que *quelqu'un d'autre que moi* te le pose. Et, si ça peut te rassurer, je pourrais très bien te le poser dans l'heure — si c'était indispensable. Mais ça ne l'est pas, alors, *si tu veux bien,* je préfère te le poser lundi. J'ai de bonnes raisons pour ça.

— Vous m'expliquerez ?

— Tu verras ça par toi-même. O.K. ?

— O.K.

— Bon. Alors... Ah, attends ! Tu sais que le stérilet posé en urgence ne protège qu'en cas de rapport sexuel *unique,* hein ?

— Oui ! Bien sûr ! *Absolutely !* Donc, « abstinence totale jusqu'à la pose et, par prudence, pendant les trois mois qui suivent ». C'est ça ?

— C'est bien, tu connais le cours par cœur... Allez, à lundi... Bon week-end.

— Merci, à lundi... *Franz!*

— Oui ?

— Merci !

— *You're welcome.*

SOMMET

Mais non, voyons ! L'abstinence totale en attendant la pose du stérilet et pendant les trois mois qui suivent, c'était une blague ! Quand on pose un stérilet au cuivre à une femme en cours de cycle, il est contraceptif quel que soit le nombre de fois où elle a fait des galipettes les jours précédents ou en fera juste après ! Oui, je sais bien qu'il y a des millions de spermatozoïdes dans une seule goutte, mais ça ne change rien à l'affaire. Attends, je t'explique. Imagine… *Quoi ?* La chanson de Ricet Barrier que chantaient les Frères Jacques ? Oui, je la connais. Je les ai vus sur scène quand j'étais gamine, à l'époque, je ne comprenais pas ce que ça racontait, bien sûr, mais je m'en souviens très bien et plus tard, en écoutant attentivement les paroles, j'ai ri comme une folle, tant ils étaient drôles — à eux quatre, ils parvenaient à nous faire imaginer trois cents millions de spermatozoïdes agitant leur flagelle comme un fouet et bataillant pour arriver jusqu'à l'ovule. Et toi, est-ce que tu te souviens de la dernière séquence de *Tout ce que vous avez toujours voulu savoir sur le sexe*, avec — au milieu d'une troupe compacte de bonshommes en costume blanc — Woody Allen et ses grandes lunettes, racontant à ses frères à longue queue son cauchemar d'une « grande muraille en caoutchouc sur laquelle on bute et qui nous empêche de passer » ? À pleurer de rire. Mais à la fin de la séquence, il fait de ses spermatozoïdes des parachutistes et, une fois qu'ils ont sauté, on les perd de vue, évidemment, alors pour t'expliquer mon histoire de stérilet, cette métaphore ne convient pas tout à fait. Moi, tu vois, quand j'ai voulu bricoler une métaphore pour expliquer ça aux femmes d'une manière qui soit à la fois marrante, parfaitement familière et pas trop brutale, j'ai fini par trouver une analogie… Ah, ça oui, j'ai cherché, crois-moi ! J'avais d'abord essayé une image cueillie dans la nature, comme par exemple : les spermatozoïdes sont les bébés tortues qui, une fois sortis des œufs enfouis sous le sable, galopent jusqu'à la mer et s'y plongent… J'aimais bien cette image, avec le flux et le reflux de l'océan évoquant à la fois les mouvements du désir, de l'étreinte, et le flot érotique des sécrétions s'écoulant du ventre féminin… C'était beau, mais l'image n'allait pas bien loin parce que, ensuite, les bébés tortues ne cherchent pas un ovule à féconder, ils grandissent et deviennent des tortues adultes, et donc, c'était beau, poétique et tout, mais ça ne marchait pas bien, c'était même un peu inquiétant cette idée que les spermatozoïdes se transforment en tortues dans l'utérus, tu vois… Pas terrible, je suis d'accord. Alors je me suis creusé la cervelle — oui, les femmes en ont une, elles aussi, *et je t'enquiquine* — pour trouver autre chose et, un soir, sous la douche — *comment ça, qu'est-ce que je portais ?* Tu prends tes douches habillé, toi ? Oh, que t'es bête, comme si tu avais besoin de ça pour m'imaginer à poil… Mais laisse-moi continuer, tu veux ? —, donc, sous la douche, je tentais de visualiser mes spermatozoïdes — enfin, ceux d'un mec… Non, mon chéri, pas de n'importe quel mec, bien sûr, *tes* spermatozoïdes impérieux et puissants —, et brusquement, j'ai eu *un véritable éclair de Jeannie* ! Si, si, tu vas voir ! Quand on prend de la distance — c'est le cas de le dire — qu'est-ce qui, vu d'en haut, ressemble à s'y méprendre à un spermatozoïde ? Hein ? Dis-moi ? Les mecs, pourtant, ça devrait penser à ça tout de suite... Tu ne vois pas ? Je te le donne en mille : le casque d'un coureur cycliste. Tu vois ? Vue de dessus, réduite à sa plus simple expression, la forme profilée du casque de cycliste est *exactement* — si, si ! je t'assure ! — celle d'un spermatozoïde, et tu n'as qu'à imaginer que, dans le prolongement de la pointe du casque, le flagelle qui lui permet d'avancer, c'est sa roue arrière. Tu vois, à présent ? J'en étais sûre ! Ça crève les yeux ! Tes spermatozoïdes vus du ciel, ce sont les coureurs du Tour de France. Ils jaillissent de *ton gros tunnel* à pleine vitesse, par paquets, et s'élancent sur la route vaginale escarpée qui serpente vers le col du Tourmalutérus. Et ils grimpent, ils grimpent, et il y en a forcément quelques-uns qui se détachent de temps à autre, et qui entraînent le peloton à leur poursuite, et puis d'autres qui restent à la traîne, qui n'arrivent plus à pédaler, tu vois ? Et ils pédalent, ils pédalent comme des malades, au milieu des spectateurs qui leur envoient de la flotte à la figure pour les rafraîchir, ou leur passent une bouteille pour les désaltérer — tu les vois, hein ? Tu les vois nager comme des malades dans les plis du vagin, au milieu des sucs délicieux, nourrissants, revigorants de la femme toute ruisselante de désir ? —, et ils pédalent, ils pédalent, et toi, tu les observes d'en haut, grâce à la caméra embarquée dans l'hélicoptère, et tu les vois se mettre en danseuse et serpenter le long de la route tortueuse. Ils pédalent, ils pédalent, parce qu'ils savent qu'au-delà du col une superbe créature les attend et que celui qui arrivera le premier, non seulement montera sur la plus haute marche, mais en plus il pourra lui rouler un patin, à la superbe créature — on ne refuse rien au vainqueur —, et non seulement il aura le droit de secouer la bouteille de champagne pour arroser l'assistance, mais avec un peu de chance et plus si affinités, le soir, il pourra peut-être aussi lui faire goûter le puissant jet bien blanc et bien crémeux de sa petite cuvée personnelle, hein ? On ne refuse rien au vainqueur, la superbe créature ne lui refusera pas son — oui, je sais que là, c'est un peu plus douteux comme image, d'ailleurs quand je tricote ma métaphore aux patientes, cette image de champagne, je la saute… Enfin, je la leur omets… Oh, comme t'as l'esprit mal tourné, je ne la leur mets pas, je *l'omets*, oh, mais laisse-moi continuer, tu me fais complètement perdre les pédales, de toute manière dans mon exemple, précisément, *personne* n'arrive au sommet du podium. Donc, je reprends, j'appuie sur Stop, et *Zou !* Je rembobine la séquence et je nous ramène au moment où, installés dans l'hélicoptère, on survole la route, la caméra filme d'en haut le peloton qui avance, tous ces coureurs penchés en avant sur leur guidon, à présent, même de profil tu les vois, ces millions de courageux spermatocyclistes en nage qui pédalent vaillamment sous la chaleur, qui avalent les kilomètres de la route vaginale torturée de plaisir et visent la lumière, là-bas, à l'entrée du col du Tourmalutérus, en pensant à la jolie fille-ovule, la belle Fallope perchée tout là-haut sur sa trompe. À ceci près — et tu es bien placé pour savoir comment c'est les filles, que ça ne se laisse pas toujours faire quand tu t'y attends, ou quand tu voudrais qu'elles t'attendent — que la fille-ovule en question *n'a pas du tout envie* de voir les trois cents millions de spermatocyclistes shootés à l'EPO (ou à une quelconque pilule à bandaison) lui passer dessus (pas plus que la Fallope n'est heureuse à l'idée qu'ils lui rentrent dedans, d'ailleurs) ! Mais alors, pas du tout ! Seulement, le temps presse, impossible pour la fille-ovule de filer à l'anglaise — elle n'a pas de vélo, elle ! —, les spermatocyclistes se rapprochent et bon, jusqu'ici, ils ont une petite bouille sympathique, à pédaler comme ça, penchés sur leur guidon, mais quand ils auront passé le col, ça sera une tout autre histoire, ils vont se transformer en horde d'Attila, débouler sur la steppe endométriale et je te raconte pas la suite, tu l'imagines sans peine. Que faire ? se demande la jolie fille-ovule. Appeler au secours ? Sonner de la trompe pour demander de l'aide ? Non, c'est une fille moderne, elle sort son cellulaire et appelle le grand prêtre barbu en toge blanche qui officie deux rues plus loin. Car le grand prêtre en toge blanche, lui, connaît les secrets de la création et il sait exactement ce qu'il faut faire pour éviter à la jolie fille-ovule une marée de trois cents millions de spermatocyclistes et un sort pire que la mort. Il saisit un grand bâton, il le dresse vers le ciel et il invoque… *DIU-Tout-Puissant !* Évidemment bien sûr, comme le grand prêtre est vraiment dans les petits papiers de DIU-Tout-Puissant, il obtient la communication tout de suite et, tel Moïse dans *Les Dix Commandements*, il lévite, il s'élève au-dessus de la route vaginale sur laquelle *ton bon mmmgros tunnel* continue à cracher ses pelotons en folie, il étend ses bras et brandit son bâton magique au-dessus des spermatocyclistes. Et voici que, du serpent-fil de cuivre enroulé autour du bâton magique, les molécules, les ions de cuivre pleuvent et se transforment en une nuée de moucher*ions* agressifs qui, emportés par le vent DIUvin, obscurcissent les cieux et jettent la confusion parmi les spermatocyclistes qui se mettent alors à tourner dans tous les sens et à jouer les autos-tampon sur la route vaginale à présent plongée dans les ténèbres. Et, par la volonté de DIU-Tout-Puissant, par nuées, les moucherions de cuivre se répandent et piquent cruellement les cuisses des spermatocyclistes et les empêchent de pédaler, crèvent leurs pneus et les empêchent de rouler. Et DIU sait que c'est dur, quand on s'échine à pédaler et qu'on crève ou qu'on est crevé, on est obligé de descendre et de continuer à pied. Et si, tout autour, tous les camarades spermatocyclistes ont crevé ou mettent pied à terre au même moment, ça bloque le peloton forcément et ça arrête complètement la course. Car les moucherions sont tellement nombreux qu'ils se répandent partout et peu importe le nombre des spermatocyclistes qui jaillissent de ton gros — et *mmmm*bon — tunnel et s'élancent à l'assaut de la route vaginale pour atteindre le col du Tourmalutérus, ils ne rencontrent que confusion devant la nuée innombrable, et crevaisons sous les cruelles piqûres. Oui, bon, je sais que c'est un peu épique, comme représentation, un peu trop judéo-macho version chapelle Sixtine, mais sous ma douche, Vénus sortant du bain, forcément, j'avais vu grand. Pour expliquer ça plus posément aux filles, j'ai revu le budget à la baisse et je m'en suis tenue à une version moins biblique — encore que, plus biblique que ça, comme situation, franchement… — en collant de plus près à la roue de la métaphore sportive : les cyclistes, le col du Tourmalutérus, la fille-ovule naïve, mais pas stupide, qui a compris que l'organisateur de la course l'a embobinée en lui faisant miroiter un passage à la télé, qu'elle risquait de se retrouver en cloque après le passage des spermatocyclistes — parce qu'on les connaît, ces gars-là, contrairement à ce que le mot laisse entendre, ils ne sont pas tous exclusivement de la pédale. Et donc, la fille-ovule, qui réserve peut-être ce qu'elle a sous le châssis à un type en Ferrari, décide d'appeler au secours le représentant local des forces de l'ordre — en l'occurrence un garde-chasse barbu, qui n'y va pas par quatre chemins, charge trois tonnes de clous dans la remorque de son tracteur, se place au sommet du col et les répand sur la chaussée, provoquant les carambolages que tu sais. Ou alors, quand ça n'est pas urgent à la minute, il loue un DIU-citerne — un stérilet hormonal — et déverse des tonnes et des flots et des litres d'hormonuile bien gluante sur la route vaginale si bien que les spermatocyclistes agglutinés en gros amas pédalent désormais vainement dans la chouc*route*. D'ici à ce qu'ils s'arrachent à cette glu, le barbu et la jolie ovule auront joué la fille de l'air... Tu vois, c'est pas compliqué à expliquer, les sciences de la vie, il suffit de trouver les images qui conviennent, et tout le monde comprend...

*

Je ne sais pas si ça te fait rire, mes bêtises, mais ce matin, en roulant vers l'unité 77, comme je n'étais tout de même pas très rassurée (oui, je sais. Vendredi, samedi et dimanche, quand on n'était pas tous les deux en train de s'entreprendre sans se méprendre, de s'enlacer sans se lasser de s'entre-dévorer et de s'endormir — et moi de me réveiller en sursaut pour vérifier que je ne rêvais pas, que tu étais bien là, que la stupeur, la torpeur, la sueur, les vagues fluides et collantes qui me baignaient des pieds à la tête étaient bien celles des étreintes à répétition, des corps embrasés, de l'amour fou —, vendredi, samedi et dimanche, disais-je, je faisais la fière, je jouais les divas, pendant qu'on jouait la bête à deux dos, que je buvais ta corne d'abondance pendant que tu taquinais ma flûte de Pan, mais ce matin), j'ai repensé à cette métaphore, aux cyclistes, à la route vaginale, si tranquille et si paisible juste avant l'orage — et ça m'a fait rire, j'en avais bien besoin, ça m'a donné du courage, parce que, tout de même, je n'en menais pas large.

J'allais, pour la première fois depuis que je suis adulte, me mettre nue devant un homme qui n'était pas mon amant et, pour la première fois de ma vie, gravir les marches de l'escabeau, poser mes fesses nues au bord du vide, basculer en arrière pour m'allonger et, en même temps, lever les jambes, écarter les cuisses, poser les pieds sur les étriers et donner en spectacle mon sexe de femme parfaitement formé, aux lèvres roses et délicieuses, à la vulve ourlée, à la toison soyeuse — ce sexe délicat, tendre, juteux, ce sexe si parfaitement féminin s'il n'était incongrûment surmonté par un clitoris droit comme un i, long comme deux capuchons de stylo, et qui, indépendamment de ma volonté, s'enraidit comme le bâton de Moïse.

Pour la première fois de ma vie, j'allais montrer mon *intersexe* à un médecin, et j'avais une bonne raison pour ça : depuis trois jours, à défaut de beaucoup dormir, je partageais de nouveau la couche de l'homme qui avait pour la première fois aimé mon *étrangeté*, qui m'aimait depuis qu'il m'avait rencontrée et qui m'aime encore en cet instant. (N'est-ce pas ? Bon. Quoi ? Non, c'est juste pour vérifier.) Et certes, j'allais me livrer à cette exhibition pour la bonne — que dis-je ? *l'excellente* — cause anticonceptionnelle, sous les yeux d'un homme que je respecte et qui me respecte, et j'y allais en sachant que rien de mal ne pourrait m'arriver, mais tout de même : j'étais dans mes petits souliers, et je n'arrêtais pas de penser au jour où j'avais agressé un type à l'internat en lui collant ma corne de licorne dans la narine — ou pas loin. Et, en gravissant les marches vers la porte vitrée, je me suis demandé : ne suis-je pas aujourd'hui en train de faire la même chose, ne suis-je pas en train d'imposer à quelqu'un qui ne m'a rien demandé un spectacle qu'il n'a pas cherché à voir ? Est-ce que je n'abuse pas de la bienveillance et de la compréhension de mon mentor, de mon Sensei, de l'homme qui m'a aidée à me redécouvrir, du guide qui m'a initiée aux secrets de l'âme féminine, en lui mettant ainsi mon anatomie sous le nez ?

Et puis je me suis dit : « C'est peut-être un test, au fond. Pas un de ces tests qui vous sont, comme le pensent certains, envoyés par le ciel ou l'enfer, mais un test que je me fais passer à moi-même. Peut-être que le fiasco de l'internat, ce n'est pas l'homme à qui je me suis présentée nue qui l'a subi. C'est moi. Peut-être que j'ai aussi besoin de me sentir moi-même, en dehors du désir irrésistible de rendre à un connard la monnaie de sa pièce, ou du désir irrépressible de faire des galipettes avec l'homme que j'aime, mais sous le regard de quelqu'un qui se tient entre les deux, à distance respectueuse. »

Et puis, lorsque je suis entrée dans le couloir de l'unité 77, j'ai vu que quelque chose avait changé : la double porte, là-bas, juste après le bureau d'Aline, était grande ouverte. Et, sortant de l'une des chambres de garde, au-delà, la lumière du jour éclairait le sol du couloir. Je me suis avancée jusqu'à la lumière et j'ai vu que la chambre avait été réaménagée en cabinet de consultation. On avait installé un bureau près de la fenêtre, délimité une zone d'examen au moyen d'un grand rideau mobile, abattu la cloison du cabinet de toilette pour installer une armoire à instruments, et transformé la zone de douche en cabine de déshabillage.

Quand j'entre dans ce nouveau cabinet de consultations, Franz Karma est en train de se laver les mains.

— Ça te plaît ?

— Beaucoup. Mais… c'était prévu ?

— Oui et non. La maternité a aménagé de nouvelles chambres de garde près des salles d'accouchement, alors j'ai dit que j'avais besoin d'un bureau supplémentaire, puisqu'à présent on est deux.

— Vous voulez dire…

— Oui. C'est *ton* bureau. Bienvenue.

J'ai envie de lui sauter au cou et de l'embrasser, mais je me retiens, je ne veux pas lui donner le sentiment que je suis une petite fille qui remercie son père du cadeau qu'il lui fait. Et ce n'est pas ça. C'est bien un cadeau, mais pas celui d'un père à une fille. C'est le cadeau de bienvenue qu'on fait à celle qui vient prêter main-forte, qui se joint à la communauté, à l'ouvrage collectif.

Alors, je joins les mains devant mon visage et je m'incline en signe de remerciement et d'humilité et, en réponse, il s'incline à son tour.

Il s'essuie les mains, ferme la porte du cabinet de consultation et demande :

— Tu as eu le temps d'aller t'acheter un *déyu* ?

Je sors une boîte oblongue de mon sac.

— J'ai couru l'acheter samedi soir, cinq minutes avant la fermeture de la pharmacie.

— Ah bon ? dit-il en me faisant un clin d'œil. Je pensais que tu allais passer tout le week-end au chaud...

— Ah, je l'aurais fait si j'avais eu encore de quoi nourrir cinq personnes pendant trois jours.

— Cinq personnes ?

— C'est une plaisanterie de Joël. Mon *chum*. Quand je suis très... amoureuse, il paraît que je mange comme quatre.

— Je vois, dit-il en recevant délicatement la boîte que je lui tends. Est-ce que tu as des questions à me poser, ou...

— Non, dis-je, je connais la musique. Et, de toute manière, vous allez tout m'expliquer au fur et à mesure, n'est-ce pas ?

— Oui.

Il se dirige vers la paillasse pour préparer son plateau d'instruments et j'entre dans la cabine de déshabillage.

— J'enlève seulement le bas, n'est-ce pas ? dis-je sur un ton pince-sans-rire.

— *Comme vous voudrez*. Tu as vu ? Nous avons aussi acheté des chemises pour les patientes.

Sur l'étagère où on en a empilé plusieurs, j'examine brièvement une chemise mi-longue, d'un joli vert, à bouton-pression, très simple, dans le genre de celles qu'on voit les femmes porter dans les films américains.

J'ôte mon slip, et je frissonne.

— Je peux garder mes chaussettes ?

Je l'entends rire. J'aime l'entendre rire.

Je sors de la cabine de déshabillage, je me regarde dans la glace. J'ai mis une de tes chemises ; ainsi, même si je me tiens très droite, elle couvre le haut de mes cuisses, je ressemble à Jacqueline Bisset dans *Bullitt*, je trouve ça très sexy et aussi plus pudique, je n'ai pas envie de lui montrer mon pas-si-simple appareil avant le tout dernier moment, avant de m'être installée sur la table.

Je m'avance vers lui, en chaussettes, je le vois se retourner lentement, me sourire, étendre le bras, murmurer « Bienvenue » et écarter le rideau à glissière pour révéler une table d'examen neuve, une table que je n'ai jamais vue, et, quand il me voit chercher l'escabeau, il me montre qu'il l'a placé sur le côté. À ce moment-là, brièvement, je ne comprends pas bien ce qui se passe, je ne trouve pas mes repères, c'est un peu normal, je ne suis jamais montée sur une table d'examen gynécologique, *moi*...

Mais, comme il le fait toujours avec elles toutes comme avec moi en cet instant, il me guide de la voix, m'invite à monter sur la table, et me dit :

— Tu vois, le poids des conditionnements est fort, pendant des années je me suis plaint qu'il était impossible d'avoir du matériel adéquat, que l'administration ne voulait rien entendre, mais quand tu es arrivée, j'ai commencé à me dire : mais pourquoi est-ce que je me laisse bloquer par ça ? Si j'ai envie de travailler avec du bon matériel, je peux me l'offrir, et puis c'est tout, et donc, tu vois, cette table je l'ai achetée grâce à toi (et à ces mots, je réalise que cette table neuve est au moins une fois et demie plus large que les tables classiques, je vois Franz sourire à ma surprise et à mon trouble, quand je comprends que la table n'a pas d'étriers, que ses deux extrémités sont — *what else?...* — placées à l'horizontale, et qu'il m'invite à m'allonger sur le côté, à lui tourner le dos et prendre la *posture anglaise*) en me disant que ce sera plus confortable, plus pudique, plus discret : *les femmes ne devraient pas avoir à écarter les cuisses pour se faire soigner*.

CRYPTE

J'étais aux anges. La vie me souriait. J'aurais voulu danser comme Julie Andrews à Broadway dans *My Fair Lady* et chanter à tue-tête au milieu des prés comme… la même, dans *La Mélodie du Bonheur* — la marmaille en moins, *DIU merci* ! J'allais avoir trente ans et j'avais un boulot génial, je bossais avec des gens merveilleux qui étaient devenus plus que des amis (nous avions pris l'habitude de dîner tous ensemble une fois par mois, chez les uns ou les autres), je filais le parfait amour, ma vie était pleine… et j'avais retrouvé Daddy.

Il était passé un matin me voir à l'unité 77, avant mon arrivée. En montant les marches j'ai aperçu une silhouette en grande conversation avec Aline, qui — d'après ce qu'il m'a raconté par la suite — lui décrivait la fille parfaite, la copine la plus chouette et le médecin de sexe féminin idéal, dans cet ordre. Il me tournait le dos quand je suis entrée, mais j'ai reconnu ses épaules tout de suite et, en me retenant de crier à tue-tête, je me suis approchée sans bruit, l'index devant la bouche pour qu'Aline ne vende pas la mèche, et puis j'ai fait ce que je faisais toute petite, j'ai posé mes mains sur ses yeux et j'ai dit : *Guess Who ?*[1], d'une toute petite voix, et je l'ai senti

1. « C'est qui ? »

frémir, hésiter puis répondre : *Let me see… How many guesses do I get, O Genie ?*[1], avant de se retourner, de m'enlacer : *Hello my beautiful girl ! I missed you so much, Sweetheart…*

Il n'est pas resté longtemps, ce matin-là, il avait des gens à voir mais il voulait me faire la surprise, et nous avons dîné ensemble le soir, sans Joël, sans même parler de lui, parce que les retrouver tous les deux en l'espace de quelques semaines c'était beaucoup à la fois, je voulais les garder pour moi, refaire connaissance, ne pas les mettre trop vite tous les deux dans le même panier de peur de briser leur coquille et de me retrouver brouillée avec l'un ou l'autre ou les deux. Oui, je sais, c'était peut-être excessif, toute cette prudence, mais même heureuse et lumineuse et nageant dans le bonheur, je préférais prendre mon temps et, si j'avais un conseil à donner aux filles dans la même situation, je leur dirais qu'avant de présenter les deux hommes-de-leur-vie-actuelle, l'un à l'autre, surtout quand l'un et l'autre ont une forte personnalité, il vaut mieux marcher sur des…

*

— Euh… Tu ne lui as pas parlé de moi ? me demande Joël, par-dessus l'entrecôte qu'on vient de déposer devant lui sur la grande table en bois rustique à laquelle nous sommes installés, au *Moustique*.

— Non. Pas encore. Je ne lui ai pas parlé de plein de choses, d'ailleurs. J'y vais mollo, parce que je sens qu'il a des choses à me dire, mais apparemment

1. « Voyons… À combien d'essais ai-je droit, ô Génie ? » N.B. : Le mot anglais *Genie* (qui se prononce Djinie) désigne un génie (un djinn) comme celui de la lampe d'Aladin. Le mot anglais signifiant une personne de génie (comme Einstein) est *genius*.

sans savoir par quel bout commencer, alors je mets à profit certaines notions de *psychologie appliquée* — qu'un type que je connais vaguement m'inflige tous les soirs à la *mmm*badine, en ce moment — et je lui raconte ce qui m'est arrivé toutes ces dernières années... et quand je vois qu'il est prêt à saisir la balle au bond, je le laisse me dire ce qu'il a envie de raconter sur le moment. J'ai le sentiment qu'il tourne autour du pot, mais je ne sais pas même pas quelle forme il a, ni même de quel genre de pot il s'agit, pot-aux-roses attention ça pique ou pot-au-feu attention ça brûle...

Joël fait signe à la serveuse et lui demande le grand poivrier.

— Tu crois qu'il a eu des ennuis ? Qu'il te cache quelque chose ?

— Je ne sais pas. C'est comme s'il attendait que je lui pose une question bien précise pour pouvoir me donner la réponse qu'il a préparée depuis longtemps.

— Je vois. Et comme pour la Djinn nouvelle, *quand on pose des questions...*

— *On n'obtient que des réponses* — oui, tu vois mon dilemme : je ne veux surtout pas lui faire subir un interrogatoire en règle ; si seulement j'en savais un peu plus...

— Ça va venir, dit-il en faisant généreusement voleter le poivre sur la viande saignante. Laisse-lui le temps. Laisse-toi le temps.

Il découpe un morceau de steak, soulève sa fourchette au ralenti comme une fusée Titan et lui fait décrire une trajectoire parabolique en direction de ma bouche.

— Comment savais-tu que... ?

— Je l'ai lu dans tes yeux.

*

— Djinn, j'ai besoin de toi.

Mon portable a sonné en plein milieu d'une consultation ; en voyant qu'il s'agissait de Cécile, j'ai répondu.

— Ça ne va pas ? Tes symptômes ont réapparu ?

— Si, si, non, non, ça va bien, très bien même, mais après-demain, c'est la date anniversaire de la mort de mon père, et j'ai envie d'aller sur sa tombe, je n'y suis pas allée depuis longtemps et je n'ai pas envie d'y aller seule ; je sais que je te préviens au dernier moment, mais est-ce que tu…

— Bien sûr ! Après-demain, en fin d'après-midi, je suis libre, tu veux que je passe te prendre ?

*

J'ai toujours détesté les cimetières. Et je n'avais pas mis les pieds dans l'un d'eux (à l'église, oui, malheureusement, pour les obsèques du père, de la mère, du frère, de la sœur d'une copine de classe, mais je n'ai jamais suivi les cortèges) depuis l'âge de sept ans. Ma tante Marie, la sœur aînée de ma mère, venait de succomber à « une longue maladie », et Daddy, un matin, m'avait réveillée en m'annonçant que nous irions suivre son enterrement. Ça m'avait paru bizarre, parce que cette tante, nous ne l'avions jamais vraiment fréquentée, j'avais seulement quelques souvenirs d'elle quand j'étais encore toute petite, une femme au visage maigre et triste que je n'avais jamais vue que de très loin, à l'autre bout de la longue table, les rares fois où nous allions déjeuner chez mes grands-parents, et à qui je n'aurais pas été capable d'associer le moindre attribut — tandis que je me souvenais bien du menton de mon grand-père, qui piquait quand il m'embrassait, ou de l'odeur des cheveux de ma grand-mère. Mais Daddy tenait à ce que nous y allions — j'avais fini par comprendre que c'était aussi pour aller fleurir la tombe de ma mère, qui avait tout de même été sa femme, ou sa compagne, enfin quelque chose puisque j'étais là — puisque je suis là aujourd'hui pour le raconter —, mais il ne m'avait jamais parlé de leur relation quand j'étais enfant et j'avais très bien grandi sans interroger quiconque à ce sujet.

Daddy n'a pas vécu une vie de moine ; il m'a toujours parlé librement et clairement de sexualité, très tôt, *forcément*, et ne s'est jamais caché d'en avoir une même s'il ne l'a jamais affichée ; pendant mon enfance, je lui ai souvent vu des amies, certaines ont même vécu un certain temps dans notre orbite, mais jamais sous notre toit, et jamais assez longtemps pour que je m'attache vraiment, comme si j'avais toujours su que ça n'était pas possible. Je savais qu'il avait une vie d'homme, la vie du corps d'un homme — comme j'aurais un jour une vie de femme ; et que dans une vie d'homme, des femmes peuvent passer, mais que pour qu'une femme s'attache à lui, il fallait qu'elle soit vraiment spéciale. La preuve : ma mère n'avait pas traîné dans sa vie, dès l'arrivée de celle qui était devenue *Daddy's special girl*, elle m'avait cédé la place.

Je sais, c'est bizarre : une enfant qui perd sa mère à la naissance et qui ne pose *jamais* la moindre question à son père par la suite — mais qui pose sur sa mère le regard qu'on pose habituellement sur un père de passage, dont le rôle se limite à semer sa graine et à disparaître, en la considérant comme une simple *génitrice* — et qui se satisfait tout à fait de grandir avec son père et n'en demande pas plus, comme si elle avait senti qu'il n'y avait aucune question à poser : c'est comme ça et puis voilà, c'est incroyable, non ?

Quelle incroyable histoire. La phrase m'est venue au moment précis où je garais la voiture sur le parking désert, devant le cimetière. Aujourd'hui, à presque trente ans, je prenais pleinement conscience de l'inquiétante étrangeté d'une histoire familiale à laquelle il manquait vraiment beaucoup de pièces — pas autant qu'au puzzle d'Enzo le jour où il m'a invitée à le terminer avec lui, mais tout de même assez pour que, d'un seul coup, la simplicité apparente de la fable vengeresse que j'avais entonnée des milliers de fois (« Ma mère est morte quand je suis née. J'ai toujours vécu seule avec mon père. Non, il n'a pas abusé de moi. Je vais très bien merci. Et *chez vous*, comment ça va ? ») en réponse aux questions que me posaient mes copines, leurs parents, nos profs ou les mecs qui me prenaient vraiment à rebrousse-poil (*Touche pas à mon père, connard !*), m'apparaisse en cet instant — après avoir tourné la phrase-puzzle dans tous les sens, remplacé la première pièce par une autre prise ailleurs sur le tas de mots en stock de mon esprit, permuté les deux suivantes et glissé une quatrième dans l'espace virtuel qu'elles délimitaient — dans toute sa clarté : *Cette histoire est incroyable.*

— Ça ne t'ennuie pas, tu es sûre ? demande Cécile, la main sur la poignée de la portière.

— Pas du tout. Au contraire, ça me fait plaisir que tu m'aies demandé ça. Je sais à quel point ton père était important pour toi et combien il te manque.

Tandis que moi, ma mère…

La tombe est mal entretenue, couverte de mauvaises herbes, nous nous mettons à les arracher et, tandis que je ramasse les débris d'un pot cassé depuis bien longtemps pour les fourrer dans un sac-poubelle, Cécile passe le balai sur la dalle funéraire.

Quand nous avons terminé, Cécile se plante devant la tombe, joint les mains devant elle et regarde intensément, sans un mot, avec un imperceptible mouvement des lèvres qui laisse deviner qu'elle lui parle, le portrait en pied de son père — un homme moustachu et souriant, clope au bec, en manches de chemise, une main dans la poche de son pantalon, l'autre tirant sur l'une de ses larges bretelles. Et puis, au bout de quelques instants, elle lui sourit en retour, soupire et dit :

— Est-ce que ta mère est enterrée ici ?

— Ici ? Tu veux dire dans *ce* cimetière ? Oui. Dans le caveau familial. On y a aussi enterré ma tante Marie, puis mes grands-parents.

— Tu as des cousins ?

— Du côté de mon père ; ils vivent au Canada. Mais ma tante n'a jamais eu d'enfant, elle n'a jamais quitté ses parents.

Elle s'approche de moi, me prend la main.

— Tu veux qu'on aille sur la tombe de ta mère ?

Sa question me surprend… parce que je l'attendais. Je l'espérais.

— Oh… Je ne sais même pas si j'arriverais à retrouver le caveau… La dernière fois que je suis venue ici, j'avais sept ans. Quand mes grands-parents sont morts, dans un accident de voiture, j'en avais quatorze, je passais l'été en Angleterre, mon père ne m'a pas prévenue, nous n'étions pas très proches de toute manière, et je n'ai pas assisté à leurs obsèques.

— Je t'ai entendue plusieurs fois dire que tu te souviens de tout…

— Ces derniers temps, j'ai appris à oublier… Mais essayons…

Je fourre les mains dans les poches de mon imperméable, je lève les yeux vers le ciel bleu dans lequel naviguent quelques nuages, il fait frais mais beau, il y a déjà des bourgeons aux arbres, je me mets à marcher comme si c'étaient mes jambes qui me conduisaient. Cécile me prend par le bras ; le contact de sa main, le frôlement de son corps à mon côté me rassurent, et je m'avance, tranquillement, sans hésitation perceptible, dans l'allée centrale, en direction du fond du cimetière, sans perdre de vue, presque hors champ, à droite, le haut clocher de la cathédrale de Tourmens. Arrivée à une fourche, je m'engage à droite et nous remontons l'allée qui semble avoir été tracée pile dans l'axe de la haute flèche de la cathédrale. C'est une flèche très haute, très effilée, percée — au niveau de la plateforme des cloches — d'orifices qui, à cette distance, évoquent le chas, bizarrement placé à mi-hauteur, d'une aiguille.

À mesure que nous nous avançons, la flèche semble peu à peu s'enfoncer derrière le mur dressé au fond du cimetière. Lorsque son « chas » disparaît, je m'arrête pile et je désigne, à ma droite, une vaste dalle de marbre vert sombre.

— C'est ici.

La stèle indique « Famille Mergis ».

La dalle funéraire porte quatre noms.

Camille Mergis	Marie Mergis
Louis Mergis	Marie-Louise Mergis

— Ta mère s'appelait Camille, comme la chanteuse, remarque Cécile.

— Oui, mais c'est à peu près tout ce que je sais d'elle.

— Ça fait longtemps qu'on n'a pas dû nettoyer…

Tellement longtemps que personne n'a touché ce pot, juste sous le nom de ma mère, j'ai l'impression qu'il était déjà posé exactement au même endroit la dernière fois que je suis venue.

— Il n'y a plus personne pour le faire, dis-je.

— On va le faire ensemble. C'est la tombe de ta maman.

— Oui.

Pendant que j'arrache les mauvaises herbes autour de la dalle, Cécile entreprend de déplacer les jardinières et les pots pour la nettoyer.

— Djinn…

Je lève la tête. Cécile est debout, tenant un pot contenant un arbuste fané. Elle s'écarte de la dalle, me tend la main, me fait signe de la rejoindre.

— Regarde.

Camille Mergis 1965-1981	Marie Mergis 1949-1988
Louis Mergis 1925-1995	Marie-Louise Mergis 1928-1995

— Oui, c'est bizarre, hein ? Ma grand-mère portait les prénoms de son mari et de son aînée…

— C'est pas ça… Ta mère avait *seize ans* quand elle t'a eue ?

— Quoi ? Qu'est-ce que tu racontes ?

— C'est ce que disent les dates…

Je lis, je relis, je fais le calcul, *cinq ôté de onze, six,* je secoue la tête, *non, je me trompe,* je recommence et pourtant *cinq et six font onze,* c'est bien ça, je suis abasourdie, je sors même un stylo et un papier de ma poche et je refais l'addition en long, en large et en travers. *Ce n'est pas possible. Cette histoire est incroyable. Cette histoire est impossible.* J'ai envie de hurler, mes jambes se dérobent, je suis à genoux, je vois la dalle de plus près, je lis, sans la moindre émotion, le prénom de ma mère, Camille, et je me dis : *C'est bête, ce pot de fleurs est posé juste sur l'année de sa naissance, mon année de naissance est écrite juste à côté mais pourquoi on ne peut pas lire la sienne ?* Et je lâche la main de Daddy, je saute à pieds joints sur la dalle et j'essaie de déplacer le pot rempli de fleurs rouges qui masque les nombres après le 1 et le 9 mais une main me saisit par la manche et me tire en arrière si fort que je trébuche et je me retrouve assise par terre.

— *Ne touche pas à ça, c'est sale !*

C'est ma grand-mère. J'essaie d'expliquer ce que je voulais faire mais elle me lance un regard qui veut dire : « N'insiste pas. »

Je regarde mes mains, elles ne sont pas sales, je ne comprends pas, je l'ai vue arriver avec le pot entre les mains, elle venait de l'acheter. Je me relève, j'époussette ma salopette, j'aime les salopettes, je préfère ça aux jupes, Daddy me tend la main, *c'mon, let's go, Sweetheart*, je la prends, il me conduit, j'entends ses pas sur le gravier, je me retourne, je vois ma grand-mère les bras au ciel, les épaules secouées par des tremblements — à présent je comprends que ce sont des sanglots —, et mon grand-père droit comme un i, la main levée vers elle n'osant pas la toucher, tandis que, là-bas, au bout de l'allée, sur la flèche de la cathédrale qui lentement s'élève au-delà du mur, l'œil du chas me regarde.

Je ne peux plus bouger. Je suis toujours à genoux, effondrée, face à la dalle de marbre aux noms et aux dates incompréhensibles, la petite fille s'en va là-bas avec son papa mais moi je reste là, tremblante comme une feuille, j'ai mal partout j'ai envie de pleurer mais rien ne vient je ne sais pas ce que je dois pleurer je ne sais pas où je suis ce que je fais ici je sais seulement que je m'appelle Djinn, Jeannie, Jean, Djinnie, j'ai froid, il fait jour et en même temps il fait nuit je ne peux pas me mettre debout, je ne vais pas pouvoir conduire il faut que j'appelle Joël. Viens me chercher, viens me chercher je ne peux pas je ne sais plus, mes bras sont tendus devant moi, les doigts posés sur les dates.

— Djinn ? Qu'est-ce qui t'arrive ? Djinn ?

Je sens, très loin, Cécile me secouer par la manche.

Je tremble et je crie :

— Appelle… Joël. Appelle-le… Qu'il vienne…

Elle fouille la poche de mon imperméable, sort mon cellulaire, mais je la vois le tourner dans tous les sens, le laisser tomber sur le sol, je fais un effort surhumain, je me penche pour le ramasser, je le tiens à deux mains, mes mains tremblent si fort que je n'arrive pas à lire ce que je fais, j'appuie comme je peux sur * et 1, une fois, deux fois, trois — et quand je vois que la flèche appel s'affiche sur l'écran je dis : « Appelle… » et là je ne sens plus rien, je ne vois plus rien, je ne sais pas combien de temps s'écoule, et j'entends courir sur le gravier, des mains me soulèvent, des bras me soutiennent, on m'aide à me mettre debout et à avancer dans l'allée, Cécile en pleurs marche devant moi, elle dit des mots que je ne comprends pas, je regarde derrière moi, il n'y a personne devant la tombe, plus personne. Ne me laisse pas, Joël, emmène-moi — *It's me, Jeannie, I'm here,* je suis là. — *Daddy?* — Oui, ma petite fille, *c'mon, let's go, Sweetheart*.

DONJON

Il était une fois, il y a très longtemps, un château

Je suis allongée sur le dos au fond d'un lit à très hauts bords, j'ai des petits bras potelés avec de petits poings au bout, de petits poings qui gigotent et descendent jusqu'à ma bouche se faire sucer miam puis s'éloignent puis retombent brusquement sur mon nez aïe.

Dans le ciel rectangulaire des visages effarés horrifiés atterrés sont penchés sur moi, me regardent les yeux écarquillés — *Mais qu'est-ce que c'est ?* —, des moues de dégoût — *Quelle horreur !* —, des larmes — *Quel malheur !* — des gémissements — *elle ne peut pas rester, on ne peut pas la laisser dans cet état, il faut absolument qu'on demande à un médecin de la voir…*

Je ne veux pas qu'ils appellent un médecin, je ne veux pas qu'on me touche. Je ne veux pas qu'un médecin foute ses sales pattes sur moi. Pas question qu'ils touchent à un seul de mes cheveux. Je suis belle, un jour je ferai de grandes choses et d'ailleurs, je vais commencer par me mettre debout. Je n'ai qu'à m'accrocher au bord et…

De toutes mes forces je dresse le poing au ciel — *je ne me laisserai pas faire* —, le petit bras potelé s'allonge et grandit, le petit poing s'ouvre, mes doigts se referment sur le dossier du canapé et je m'assieds.

— Regardez !

Ils sont là tous les trois, Joël, Cécile et mon père. Assis en rond autour de moi. Cécile se tord les mains, elle a vraiment une tête fatiguée, la pauvre, on dirait qu'elle n'a pas dormi. Mon père est assis de l'autre côté de la table basse, penché en avant, les doigts croisés, le visage très sombre, on dirait qu'il a pris un coup de vieux, pauvre Daddy. Joël est livide, les traits creusés, assis au bout du canapé — *Qu'est-ce qui se passe mon chéri ?* —, mes jambes sont posées sur ses cuisses, ses mains sont serrées autour de mes chevilles. Très fort. Je suis en pyjama, enveloppée dans une couverture.

J'ai mal à la tête. Ce n'est pas une migraine mais le mal de tête de la cuite ou des pleurs ou de la grippe, le mal de tête d'après qu'on a été rouée de coups passée à tabac battue à mort ou presque.

Il fait nuit.

J'ai la bouche pâteuse, le cerveau embrumé, je ne sais pas ce que j'ai bu et pourquoi j'ai une gueule de bois pareille, mais je dois en tenir une bonne.

Qu'est-ce qu'ils ont à me regarder comme ça ? Est-ce que quelqu'un est mort ?

— J'ai dormi ? Quelle heure est-il ? *Daddy ?*

— 6 h 30. Tu es... catatonique depuis hier soir. Nous étions en train de nous dire qu'il allait falloir appeler un médecin ou t'hospitaliser.

Je me frotte le visage.

— Quoi ?

— Tu ne te souviens pas ? demande Cécile, d'une toute petite voix.

— De quoi ?

— D'être venue au cimetière avec moi.

— Au... cimetière... *Oh, Daddy...*

Ma gorge se serre, tout revient en même temps, je m'affale contre le dossier du canapé, je cherche la main de Joël, je tends la main vers mon père, il fait mine de se lever.

— *I'm here, Sweetie.*

— Ne bouge pas !

— Doucement ! murmure Joël en posant son bras autour de mon épaule.

— Je vais bien, je vais bien, je veux seulement le voir. *I'm sorry, Dad.* Je veux seulement que tu sois en face de moi, je veux te voir, t'entendre et te poser des questions, d'accord ? (Je sens la brume se dissiper d'un seul coup, tout me revient, le cimetière, la dalle, le pot de fleurs, les années qui ne collent pas, la phrase haineuse de ma grand-mère.) Ça y est, ça y est, je me souviens, ça me revient. Je ne suis pas en colère, je n'ai pas peur, j'ai juste besoin de reprendre pied, d'accord ? *Okay, Daddy ?*

— *All right...*

— Tu es sûre ? demande Joël.

Je prends une grande inspiration.

— Je suis sûre. Je vais bien. J'ai un peu mal au crâne mais je vais bien. J'ai eu... un choc. Mais ça va. Je ne vais pas en mourir. Il me faut juste le temps de remettre les pièces en place... J'ai soif. Boire... Frais...

Cécile se précipite vers la cuisine, revient avec un verre bourré de glaçons, verse de l'eau dessus. Je vide le verre, je le lui tends, elle le remplit une nouvelle fois, ça coule sur les côtés sur mes joues mon menton je m'en fous, j'en bois quatre l'un après l'autre, c'est frais ça fait du bien, je m'essuie la bouche avec ma manche.

— Donc, dis-je...

Leurs yeux s'écarquillent, je me sens sourire, ce serait presque comique si ça n'était pas aussi cruel, c'est moi qui suis restée dans les vapes, ils attendent la suite comme si, pendant mon... *absence*, j'étais partie dans la quatrième dimension chercher une explication, comme si j'avais rencontré un esprit, qui m'avait transmis un message, le sens de la vie, le fin mot…

Mais je sais que la vérité est *ici*, et pas ailleurs.

— Donc, cette histoire est incroyable, *et* elle est impossible.

— Quelle histoire ? demande Joël, et je lis sur son visage que, pendant les heures où je n'ai pas été consciente, il a cessé de respirer, de vivre, de sentir, et que son cœur vient à peine de se remettre à battre.

Je penche la tête vers lui, je pose mes lèvres fraîches sur ses lèvres sèches.

— Mon histoire, *Love.*

Je désigne mon père.

— Joël, je te présente mon père, John Atwood. *John*, je te présente mon *chum*, Joël.

— On s'est déjà…

— Peut-être, mais je ne veux pas le savoir. Ce que je *veux* savoir, ce que je *dois* savoir, c'est qui est Camille, et qui est ma mère. Et pourquoi, *John* — et je vais continuer à t'appeler John tant que je n'aurai pas la réponse, parce qu'en cet instant, je sais très bien qui sont Cécile et Joël, mais je ne sais plus très bien qui tu es, ni pourquoi j'ai reçu un coup sur la tête, hier au cimetière. *Who are you, John Atwood* ?

— *I'm your father.* Je suis ton père, sois-en certaine.

— Vraiment ? Sans l'ombre d'un doute ? Habituellement, on peut remettre en cause l'identité du père, pas celle de la mère, mais en ce qui me concerne, je ne suis plus sûre de rien, alors tu me permettras d'émettre quelques réserves…

Il devrait se raidir, mais non, ce que je viens de dire ne le met pas en colère, il est sûr de lui.

— Je suis ton père. Et je t'ai élevée…

— Oui, mais est-ce que tu m'as *engendrée* ?

— Oui. Quand tu étais petite, je nous ai fait faire à tous les deux une analyse d'ADN.

— Alors, tu n'étais pas sûr ?

— Bien sûr que si, j'étais sûr. Tu es ma fille et même si le test avait dit le contraire, tu n'aurais pas cessé de l'être. Je ne l'ai pas fait pour me rassurer mais pour te protéger.

Je fais un grand soupir. Cécile sourit.

— C'est ton papa ! dit-elle maladroitement. C'est déjà ça...

— Oui. Non, ce n'est pas « déjà ça ». C'est du solide, j'ai besoin d'un appui solide pour continuer à avancer... *Dad,* Camille n'est pas ma mère, n'est-ce pas ?

— Non.

— Qui est ma mère ? Marie ?

— Oui.

Je ne vais pas te demander comment vous vous êtes rencontrés, ce qui s'est passé entre vous. Ça ne me regarde pas. Ce qui me regarde, c'est comment vous m'avez faite, et pour ça j'ai pas besoin d'un dessin. Question suivante...

— Qui est Camille ? La sœur de Marie ?

— Non, répond John.

— Alors, dit Joël, si elle n'est pas la sœur de Marie...

— C'est sa fille ! murmure Cécile. Camille est ta sœur, Djinn...

Et dans le haut donjon de ce château,
vivait une princesse emprisonnée

Je regarde mon père.

— Je ne sais pas, dit-il en secouant la tête.

Bon dieu mais c'est bien sûr. Je hoche la tête, *it all makes so much sense*[1], et je poursuis à sa place :

— Tu ne sais pas si Camille est ma sœur... ou mon frère.

1. Ça tombe tellement sous le sens...

Ses yeux, brusquement, se mettent à verser un Niagara de larmes.

— *Oh, God!*

— *Oh, Daddy!*

Je me lève, mais ça tourne encore un peu, je me laisse retomber sur le canapé, je tends la main vers lui, *Viens*, il s'assied près de moi, je me serre contre lui mais c'est plus pour le soutenir et le consoler que pour me rassurer, c'est mon père, il l'a toujours été, il est là, il ne peut rien m'arriver, à mon tour de le soutenir.

— *Jeannie, I'm so sorry.*

— *It's okay, I'm okay, Dad. I can handle it*[1].

Je ne te demanderai plus pourquoi tu ne m'as rien dit, tu es mon père tu as fait du mieux que tu as pu, qui suis-je pour te juger? Je n'ai pas vécu ta vie. Je me regarde, je vois qui je suis, tu peux être fier, tu n'as rien à te reprocher je n'ai rien à te reprocher.

— Parle-moi. Dis-moi ce que tu veux, ce que tu peux, mais parle-moi. Donne-moi des bribes, des miettes, même sur un très grand puzzle, quelques pièces ça peut suffire à suggérer *the Big Picture*.

Je dis ça en pensant qu'il ne pourra pas me répondre, mais on dirait que je l'ai libéré, bientôt les paroles coulent au même rythme que ses larmes.

— Marie-Louise Mergis, ta grand-mère, était une femme richissime, extrêmement influente, de la haute bourgeoisie de Tourmens. Elle donnait les réceptions les plus prisées, elle entretenait les relations les plus étroites avec les hommes politiques et les industriels les plus en vue de la région, et même du pays. Elle était l'une des figures les plus admirées de la ville. On disait aussi d'elle que c'était une des personnes les plus charmantes qui soient. Mais dans l'intimité, c'était une personnalité toxique, perverse

1. Ça va, je vais bien, papa, je vais tenir le coup.

et manipulatrice, qui s'est toujours comportée en tyran et a complètement terrorisé et étouffé son mari et sa fille… Elle les harcelait et les martyrisait affectivement. Elle vérifiait toutes leurs allées et venues. Elle contrôlait leurs moindres faits et gestes. Malgré cette surveillance de tous les instants, à l'âge de quinze ans, Marie s'est retrouvée enceinte… d'un de ses camarades de classe… Sa mère l'a su immédiatement. Elle l'a emmenée loin de Tourmens et, sept mois et demi plus tard, elles sont revenues avec une petite fille prénommée Camille, que Marie-Louise et Louis ont déclarée comme étant la leur. Le sexe anatomique de Camille était *incertain*, mais Marie-Louise avait décidé dès sa naissance qu'elle était qu'elle serait, quoi qu'il arrive, une fille. Il n'y avait pas de discussion possible. Tout en maintenant soigneusement Marie à distance et en la traitant désormais comme sa bonne à tout faire, elle s'est employée à faire de Camille la fille parfaite. Elle l'a habillée comme une poupée, lui a appris à se comporter en singe savant, et surtout elle a consulté tous les chirurgiens de France et de Navarre… Au fil de sa courte vie, Camille a été opérée sept fois. La dernière fois, deux semaines avant ta naissance. Chaque fois que Camille était hospitalisée, Marie-Louise s'arrangeait pour rester dans sa chambre et ne jamais la quitter des yeux. Mais elle n'a pas pu *tout* contrôler…

Je lis dans ses yeux ce qu'il est sur le point de dire.

— Camille est morte — ou *mort*… — des suites de sa dernière intervention.

Un jour, un preux chevalier s'approcha du château
Et entendit les soupirs de la princesse

Mon père incline la tête.

— Quelques jours après l'hospitalisation, pendant que ses parents étaient au chevet de Camille, Marie m'a appelé, désespérée. Elle était enceinte de huit mois et demi, elle avait réussi à cacher sa grossesse, je ne sais comment, mais elle venait de se mettre en travail. Elle m'appelait à l'aide.

— Tu ne *savais pas* qu'elle était enceinte ?

— Non. Elle ne m'avait rien dit. Cela faisait plusieurs mois que je ne pouvais plus la voir.

Personne ne dit rien dans cette foutue famille.

— Il est temps que ça change...

— Quoi ?

— Continue...

— Marie était certaine que sa mère, quand elle découvrirait sa grossesse, lui prendrait une nouvelle fois son enfant...

— *Votre* enfant.

— Oui, mais jusqu'au moment où elle m'a appris ton existence, je n'étais rien pour toi. Je n'avais aucun droit. Et je ne pouvais plus la voir. Marie-Louise ne la laissait plus sortir. Elle avait relâché son emprise sur elle une première fois, à l'adolescence, puis pendant l'année qui avait précédé ta naissance, parce qu'elle se consacrait intégralement à Camille. Mais elle allait finir par découvrir que Marie était *de nouveau* enceinte...

Il hésite. Je ne dis rien. Il soupire et poursuit :

— Marie était persuadée de ne jamais pouvoir s'arracher à son emprise. J'avais pourtant fait tout mon possible pour l'aider... Elle ne m'avait rien dit jusque-là parce qu'elle en était incapable. Tu comprends ?

— Oh, oui, je comprends. Très bien. Elle revivait la même épreuve une deuxième fois.

— Oui, mais cette fois-ci, quand je lui ai répondu, je lui ai dit — et elle l'a senti et compris quand je me suis précipité chez elle pour l'emmener à l'hôpital — qu'elle n'était plus seule. Elle avait désormais quelqu'un sur qui s'appuyer. Elle avait tardé à faire appel à moi, mais il n'était pas trop tard.

— Qu'avez-vous fait ?

— Une sage-femme de mes amies, et le jeune médecin avec qui elle travaillait, nous ont accueillis et nous ont fait comprendre qu'ils l'aideraient à accoucher en retardant le plus possible les procédures administratives, pour que nul ne sache qu'elle était à la maternité. Et nous avons décidé de quitter la ville très vite après ta naissance, dès que Marie s'en sentirait la force. Nous irions ensuite déclarer ta naissance ensemble. Marie avait toujours cru impossible d'échapper à sa mère, mais elle trouvait des forces nouvelles en pensant à cet enfant qui avait un père. À cet enfant qui, cette fois-ci…

De nouveau, des cascades de larmes jaillissent de ses yeux. Je sens moi aussi les larmes couler le long de mes joues.

— Qui, cette fois-ci, serait un enfant *normal*…

Il cache sa tête entre ses mains.

— *I'm so sorry, Jeannie.*

— *Don't be sorry, Daddy, you dont have to be sorry of anything, you didn't do me any harm*[1].

— *I know, but*… Marie… Ta mère… Quand elle t'a vue, elle a… perdu pied.

— Quand elle t'a *vue* ? Oh, murmure Cécile. Je devrais peut-être m'en aller ?…

— Si tu bouges, je te recolle une salpingite ! dis-je en la désignant de l'index, et, immédiatement, surprise par la violence de ma réaction, j'éclate en sanglots : *Oh mon dieu !* Pardonne-moi, Cécile, je ne suis pas… faite comme tout le monde, mais je ne suis pas un monstre… comme ma grand-mère…

Cécile se lève, s'assied sur la table basse et me prend la main, je ne sais plus combien de mains s'étreignent à présent, mais au bord du puits de chagrin sur lequel nous sommes penchés tous les

1. Ne sois pas désolé, papa, tu n'as pas à t'excuser de quoi que ce soit, tu ne m'as rien fait de mal.

quatre, nos têtes se touchent et plus personne ne lâche prise.

— Je ne sais pas comment tu es faite, Djinn Atwood, murmure Cécile, mais je sais que tu as…

— *Des couilles ?* dis-je en sanglotant de plus belle.

— Mais non… enfin, *si* ! Mais je sais surtout que tu as en toi trop de respect et d'honnêteté pour être un monstre. Alors, arrête de dire des conneries !

Je reprends mon souffle.

— *Daddy*… Continue.

Avec difficulté, il s'arrache à notre étreinte, se lève, marche vers la fenêtre, reste debout devant la vitre.

— Marie a perdu pied, elle est devenue folle. Elle s'est mise à réclamer sa mère, elle parlait comme une petite fille, elle ne voulait plus me voir, elle ne voulait plus m'écouter, elle refusait même…

— Quoi ? Dis-le…

— De te regarder, de te prendre dans ses bras. J'ai fait tout ce que j'ai pu…

Ils s'aimèrent et leur amour donna naissance à un merveilleux enfant

— Je le sais, j'en suis sûre, tu n'as rien à te reprocher…

— *Oh, but I do !* s'écrie-t-il. *And I had*[1]. *Une heure* après ta naissance, Marie-Louise est apparue. Un médecin de la maternité, qui la connaissait, l'avait prévenue. Elle n'était pas loin : Camille avait été opérée dans la section gynécologie et sa chambre se trouvait deux étages au-dessus des salles d'accouchement… Quand je l'ai vue entrer, j'ai cru que je devrais la tuer pour l'empêcher de te prendre. Mais tu ne l'intéressais pas. Et Marie, devant témoin,

1. Oh, mais si ! J'avais quelque chose à me reprocher, alors !

avait déclaré qu'elle ne voulait pas de toi, elle t'avait rejetée, elle avait appelé sa mère. Pour Marie-Louise, c'était une victoire ; une preuve de la toute-puissance qu'elle exerçait sur sa fille. Elle lui a dit de se rhabiller et l'a emmenée sans même t'accorder un regard. Ensuite, elle s'est employée à se venger.

— Qu'est-ce qu'elle t'a fait ?

— Pour commencer, bien sûr, elle m'a fait virer de mon travail…

— Pour avoir séduit une cliente de ta banque ?

Il se tourne vers moi, sourit tristement.

— Je ne travaillais pas dans une banque, à l'époque, *Sweetheart*. J'ai trouvé un boulot de guichetier plusieurs semaines après ta naissance.

— Tu ne m'as jamais dit ça ! Ah, je savais que tu méritais mieux que ce boulot !!! Que faisais-tu, avant de pointer des chèques ?

— Je… travaillais à l'hôpital psychiatrique.

— Dans les bureaux ?

— Dans les services. (Il s'adresse à Joël.) Je suis heureux qu'elle vous ait rencontré, Joël, et je suis sûr que ça n'a rien à voir avec un œdipe mal assimilé… Comme disait Freud, « parfois, un cigare est juste un cigare »…

— Mais, dis-je, *qu'est-ce que tu racontes* ?

Joël sursaute.

— Il raconte… qu'il était psychologue.

— Psychologue de l'enfance… Camille était une de mes patientes, je l'ai reçue à de nombreuses reprises au cours de son adolescence, le médecin de famille nous l'avait adressée — et avait réussi à convaincre Marie-Louise de nous l'amener — pour l'aider à combattre la dépression profonde que ses interventions successives avaient provoquée. J'ai rencontré Marie un jour qu'elle l'accompagnait, tandis que Marie-Louise harcelait l'un des psychiatres pour savoir ce que Camille disait… Tu comprends pourquoi, quand tu dis que je n'ai rien à me reprocher, c'est loin d'être vrai ?

— Comment ça ? Tu as *abusé* de Camille ? Tu as aidé Marie-Louise à la martyriser ?

— Bien sûr que non !

— Tu n'as pas *séduit* Marie non plus ?

— Non. Mais j'ai compris le lien qui les unissait, Marie avait besoin de parler à quelqu'un et comme elle ne pouvait pas venir me consulter seule, elle m'a téléphoné. Il y avait chez elle une douleur insupportable. Je ne pouvais pas lui tourner le dos et lui dire : « Je ne dois pas vous écouter. » Alors, nous avons parlé. Beaucoup. De fil en aiguille… nous sommes tombés amoureux. Ce n'était pas une relation anodine… Mais même si Marie, elle-même, n'était pas ma patiente, j'étais le thérapeute de sa fille-que-sa-mère-faisait-passer-pour-sa-sœur en assignant tout le monde au silence. Tomber amoureux d'elle, la laisser tomber amoureuse de moi, c'était une transgression.

— Mais tu ne l'as pas violée, merde ! dis-je en bondissant sur mes pieds. Tu as essayé de les aider, Camille et elle, à échapper à ce dragon, tu as aimé ma mère, tu m'as faite, tu m'as reconnue et élevée, alors j'en ai *rien à foutre* de la transgression ! C'est monstrueux de t'avoir fait ça ! Et tu n'as rien à te reprocher !

— *Jeannie,* dit Joël en posant la main sur mon bras pour me calmer.

— Quoi ? Qu'est-ce — *Touche pas à mon père !* — qu'il y a ?

— Tu as le droit de pardonner tout ce que tu veux à ton père. Mais accepte d'entendre que lui, il a des reproches à se faire…

Bordel de merde, la prochaine fois que je tombe amoureuse, il faut que je choisisse un type plus con, pour avoir raison au moins une fois de temps en temps quand je pète les plombs. Ah, comme je t'aime,

Joël, je t'aime mais putain de bordel de merde que c'est dur ! Allez, respire, Scarabée, respire, tu es au tapis, mais tu n'es pas encore battue, le dragon t'a collé une trempe, mais tu as encore quelques tours dans ton sac. Et tu as toujours ta lance...

Je vois mon père regarder Joël et incliner la tête en signe de remerciement.

— O.K. Qu'est-ce qu'elle a fait d'autre, cette salope ?

Mais une méchante sorcière
jeta un sort sur les amants

— Elle nous a enchaînés... Le lendemain de ta naissance, je suis allé remplir une reconnaissance de paternité à la mairie. On m'a répondu qu'il fallait faire signer la déclaration par la mère. Sans hésiter, je me suis rendu chez les Mergis, avec la ferme intention de prévenir les autorités si Marie-Louise séquestrait ta mère. Marie-Louise m'a fait entrer. Elle m'a appris que la nuit précédente Camille était morte des suites de son intervention. Aux yeux de Marie-Louise, seule Camille avait de la valeur. Marie n'était plus sa fille, mais son esclave. Toi, en tant que fille d'une esclave — et d'un étranger —, tu n'en avais pas non plus. *Mais si sa fille chérie avait, pendant son séjour à la maternité, mis un enfant au monde...*

— Tu veux dire...

— Elle a pris le document vierge, y a inscrit le nom de Camille, et l'a fait glisser devant moi sur la table.

— *Elle voulait que tu reconnaisses être le père de l'enfant d'une de tes patientes ? ? ? Pour te faire jeter en prison ?*

— Non, dit Joël sombrement, *pour garder le pouvoir.*

— Exactement. En me faisant signer, elle nous

maintenait, toi et moi, entièrement sous sa coupe, tout en nous gardant à distance. Tu comprends : elle ne voulait pas s'embarrasser de toi, tu n'avais pas suffisamment de valeur pour ça. Mais je lui rendais service : j'allais m'occuper de toi et, en tant que père naturel de sa petite-fille, je devrais répondre de toutes les décisions te concernant devant le conseil de famille qu'elle présiderait. Tant que tu n'étais pas majeure, je ne pourrais pas t'emmener loin d'elle.

— Et surtout, reprend Joël, ce document faisait officiellement de Camille une femme, en lui assignant le rôle héroïque d'une mère morte en couches… Ainsi, Marie-Louise gagnait sur tous les plans.

— Mais *pourquoi* as-tu signé ?

— Si je n'avais pas signé, tu aurais été considérée comme étant née « sous X » — car lorsqu'elle avait accouché, ta mère…

Ma mère…

… n'avait pas donné son nom. Tu aurais été confiée aux services sociaux et adoptée sans jamais rien savoir de tes origines. Je t'aurais perdue à jamais.

— C'est… *diabolique,* dit Cécile…

Je reste sans voix un long moment. Horrifiée, Cécile se serre contre moi. Joël, à son tour, s'est levé et arpente la pièce de long en large.

— Tu aurais dû refuser ! Après tout, m'abandonner, c'était aussi me faire échapper à ce monstre. Et tu aurais été libre.

Les yeux de mon père s'écarquillent.

— Je n'y ai pas pensé une seule seconde, ma petite fille. Je n'ai pensé qu'à une seule chose : je ne voulais pas qu'on te fasse du mal. *En acceptant de signer un pacte avec ce démon, je pouvais vous protéger, toi et ton secret.*

Mon secret…

… l'interne qui avait accouché Marie était un type merveilleux. Quand il t'a mise au monde, il n'a fait aucun commentaire, il t'a posée sur le ventre de Marie pendant quelques minutes, puis il t'a fait passer dans mes bras pour que je te donne un bain. Quand je me suis penché pour te mettre dans l'eau, j'ai vu… comment tu étais faite. Mais l'interne se tenait près de moi, il me parlait pour me rassurer, et toi tu ouvrais de grands yeux, tu me regardais… Je me suis mis à te parler, et ensuite, il n'y avait plus que ça qui comptait : je te regardais, je te parlais, tu me regardais, tu m'écoutais. J'étais le père d'un bébé nouveau-né et ce bébé écoutait ma voix comme si… (sa voix s'étrangle) comme s'il m'avait reconnu.

Et chargea un dragon de tuer l'enfant

— Cet interne, te rappelles-tu son nom ? dis-je avec difficulté.

— Bien sûr, je ne l'oublierai jamais. C'était le docteur Manceau.

Olivier…

— Il a voulu ensuite te montrer à Marie. Marie a demandé si tu étais un garçon ou une fille. Et bien sûr, ni lui ni moi nous ne pouvions répondre. Elle a compris tout de suite, elle a perdu la tête, elle s'est mise à hurler. Il lui a fait un sédatif, il t'a confiée à moi, il a demandé aux sages-femmes de nous laisser le temps, à tous les trois, de digérer ce qui arrivait, de ne pas appeler le pédiatre tout de suite. Tu étais en pleine forme, tu n'avais besoin de rien… sauf d'un biberon, et je pouvais te le donner. De sorte que lorsque Marie-Louise est apparue, Marie était assommée par le sédatif, tu n'avais encore ni nom ni genre, et personne n'avait mentionné ta… particularité devant ta grand-mère. Je te tenais dans mes bras, tu dormais paisiblement, Marie-Louise a emmené Marie mais ne t'a jamais regardée, elle ne m'a même pas demandé ton sexe. Peu de temps après, un pédiatre est passé pour t'examiner. Il ne m'a posé aucune question, ne m'a rien expliqué et, alors que tu avais été parfaitement calme depuis ta naissance, tu t'es mise à hurler : il te secouait comme un prunier... Sur ce, très froidement, il m'a déclaré qu'il faudrait probablement « arranger ça » et t'opérer. J'étais désemparé, incapable de savoir ce qu'il fallait faire, terrorisé à l'idée que Marie-Louise apprenne ton secret et te fasse subir les mêmes violences qu'à Camille, je me sentais complètement démuni. Une heure plus tard, le docteur Manceau est revenu me voir, je lui ai raconté le passage du pédiatre, il m'a rassuré en me disant que ce type-là n'avait pas son mot à dire, qu'il allait appeler un ami spécialiste. Celui-ci me conseillerait sur la marche à suivre.

— Un spécialiste ? Un autre gynécologue ?

— Pas un gynécologue, un chirurgien d'une autre spécialité : il venait de terminer une intervention sur un rein, il me l'a dit en arrivant. Mais je n'ai pas retenu son nom.

Lance ! Yves Lance était urologue avant de prendre les urgences en charge...

— Que t'a dit le chirurgien ?

— Que tu étais en pleine forme, qu'il me déconseillait de te faire opérer, qu'à défaut d'en être sûr je devais faire confiance à mon intuition de père pour choisir ton sexe, et que si je me trompais, le jour venu, il ne serait pas trop tard pour t'aider à assumer ton identité telle que tu la ressentais...

Ce n'est pas possible, j'ai dû l'entendre...

— Quel type formidable !

— Il était infiniment plus doux que le pédiatre. Il ne t'a pas malmenée, lui, il t'a prise dans ses bras, il t'a parlé, et tu as ouvert les yeux, comme tu l'avais fait lorsque je t'avais donné ton bain, quelques minutes après ta naissance... Et puis il m'a conseillé de quitter l'hôpital sur-le-champ, pour que les pédiatres n'aient pas le temps de remettre la main sur toi. Et de te choisir très vite un prénom. Je t'ai laissée une heure de temps et, après le détour obligé chez Marie-Louise et muni du faux document qu'elle m'avait fait signer et avait signé elle-même à la place de Camille, je suis allé te donner un nom. Quand j'étais adolescent, j'avais des amis québécois qui, par provocation, ne m'appelaient pas John mais Jean. Et quand j'étais enfant, je regardais une série télévisée qui s'appelait *I Dream of Jeannie*. Je t'ai appelée « Jean ». Sur ce point-là, au moins, je ne pouvais pas me tromper.

— Tu ne t'es pas trompé sur l'autre point non plus, *Daddy Dear*. Tu as senti que j'étais une fille, tu m'as élevée comme telle, et je suis en mesure aujourd'hui de te confirmer — *même si je pense comme un mec* — que ton intuition de père était exacte.

— Je n'ai jamais eu aucun doute à ce sujet, tu sais...

Le chevalier prit l'enfant sur son dos
et le mit en sécurité

— Mais, si je n'intéressais pas Marie-Louise, pourquoi m'as-tu emmenée déjeuner le dimanche chez mes grands-parents ?

Il se gratte le crâne et revient s'asseoir en face de moi.

— Tu ne l'intéressais pas en tant que personne. Mais, même s'il fallait assumer la réputation inconfortable d'avoir eu une fille enceinte à seize ans, tu étais son trophée, elle avait besoin de toi. Après m'avoir fait signer la reconnaissance de paternité, Marie-Louise voulait que je me tienne à sa disposition pour te montrer à ses amies chaque fois que ça lui chanterait. Mais je ne me suis pas laissé manipuler à ce point. J'étais un jeune psychologue, je n'avais que trente ans...

L'âge que j'aurai bientôt.

… mais je n'étais pas né d'hier et même si elle me tenait, elle ne me contrôlait pas. Je n'étais pas son mari, je n'étais pas l'une de ses filles. Elle dépendait de moi autant que je dépendais d'elle. J'ai décidé de contre-attaquer et de passer chez elle sans la prévenir, chaque fois que ça me chantait, pour la déstabiliser. Quand je débarquais au beau milieu d'une réception à laquelle je n'étais pas invité, en tenant dans mes bras un bébé magnifique, elle *ne pouvait pas* me mettre dehors : tu étais sa petite-fille… Nos visites impromptues perturbaient complètement son monde bien ordonné, et cela, *sous son toit*. Alors, elle a décidé de négocier… et nous avons convenu que je t'amènerais un dimanche sur deux. Ça lui permettait de garder le contrôle ; pour moi, c'était vivable et c'était important : ça permettait à Marie de te voir. Et à toi de voir ta mère. Même de loin, je tenais à ce que tu la voies…

— Je ne me souviens pas être retournée là-bas souvent après… l'*enterrement de « tante Marie »*…

Son visage, pour la première fois depuis tout à l'heure, se détend un peu.

— Nous n'y sommes retournés que pendant quelques mois. Trois semaines après la mort de Marie, ton grand-père Louis a fait une attaque, qui l'a laissé aphasique, très dépendant et… tout à fait indifférent aux brimades de son épouse. Du jour au lendemain, ta grand-mère s'est retrouvée sans personne sur qui exercer sa tyrannie. Chaque fois que nous allions la voir, elle était plus irritable, plus impatiente. Elle n'était plus la femme autoritaire tantôt glaciale, tantôt volcanique qui terrorisait tout le monde. Elle perdait tout contrôle. Et, pour la première fois, elle s'est trouvée face à quelqu'un qui *n'avait pas du tout peur d'elle.*

— Qui ?

— Mais toi, ma grande ! À mesure que tu grandissais, tu montrais une force de caractère exceptionnelle. À l'école, tu te battais contre les grands qui maltraitaient les petits. Tu adorais certains de tes instituteurs, mais tu invectivais ceux qui brimaient les enfants. Quant à ta grand-mère, lorsque, le jour de nos visites, elle voulait te faire dire ou faire ce que tu ne voulais pas, tu la regardais dans les yeux et tu lui répondais tout simplement : « Non, Mamy. » Tu n'avais absolument pas peur d'elle. Tu n'as jamais eu peur d'elle. Tu as commencé à parler très tôt, et à l'apostropher directement, en particulier quand elle s'adressait à Marie. À trois ans, un jour qu'elle lui parlait de manière méprisante, tu l'as regardée et tu as dit : « Mamy méchante ! » Ça l'a laissée sans voix. *Elle n'avait jamais vu ça.* Plus tard, tu avais sept ou huit ans, un jour qu'elle se mettait à malmener Louis, parce qu'il n'arrivait pas à manger seul en raison de sa paralysie, tu l'as prise par le bras, et avec une force incroyable tu l'as jetée par terre en lui disant : « Laisse Papy tranquille ! » Je revois très bien la scène : elle était assise par terre, tu lui faisais face, les poings serrés, debout dans ta salopette, et j'ai lu dans ses yeux qu'*elle avait peur de toi*. Elle s'est mise à décommander nos déjeuners et m'a bientôt fait savoir qu'elle ne tenait plus à nous voir. Et comme tu ne la réclamais pas non plus… Quelques années plus tard, ils sont morts, elle et son mari, dans un accident de voiture. C'est elle qui conduisait…

— *Crève, saleté !* murmure Cécile.

— Voilà, *Sweetheart*. Tu sais tout.

— *Mmmhh*… Presque. Il reste *des trous dans le puzzle, il va falloir que je soulève le tapis pour trouver les* deux ou trois choses à régler…

— Lesquelles ?

— Eh bien, pour commencer, même les morts ont besoin de reconnaissance. Marie… *Maman*… et Camille méritent qu'on répare ce que cette salope de Marie-Louise leur a fait, et qu'on rétablisse la vérité. Et puis, tout ça ne répond pas à une question qui me tracasse depuis que tu m'as envoyé ton premier courriel, fin février.

— Laquelle ? Pourquoi je ne t'ai pas expliqué tout ça quand tes grands-parents sont morts ?

— Non. Ça, je crois que je le sais. (Je lui fais un clin d'œil.) Du moins, je peux l'imaginer. J'avais quatorze ans quand ils sont morts. Tu avais peur — tout psychologue que tu étais — que j'aie du mal à encaisser. Plus tard, j'ai fait médecine, j'étais obnubilée depuis très longtemps par la chirurgie réparatrice des organes sexuels. J'imaginais à l'époque que c'était essentiellement par sympathie, par fraternité pour tous les *misfits* de la sexualité. Était-ce le moment de me perturber en me racontant un secret de famille qui tournait précisément autour de cette région ? Bref, tu n'as rien dit, comme tous les parents, parce que tu attendais le « bon moment ». Seulement, le bon moment mettait vraiment de la mauvaise volonté à se présenter… *Et le jour où tu as eu envie de partir vivre ta vie, tu n'allais pas me balancer ça à l'aéroport, et je t'en remercie, Daddy*.

Il éclate de rire.

— Je vois que tu as *vraiment* pris des cours de psychologie !

Je repousse la couverture, je me lève, je fais deux ou trois pas. Ça va, ça ne tourne pas trop.

L'enfant grandit en force et en bravoure

— J'ai appris, mais pas en cours — ni (je souris à Joël) sous les draps… Depuis quelques semaines, j'écoute des femmes me raconter leur vie à longueur de journée. Elles m'ont aidée à comprendre que même les mauvaises raisons peuvent être respectables. Parfois, on n'a tout simplement pas le choix.

Alors, c'est vrai, j'ai du mal à accepter que tu m'aies, d'un côté, aidée à m'assumer telle que je suis, et que, d'un autre côté, tu aies été incapable de me raconter mon histoire. (Je m'approche de lui.) Seulement, aujourd'hui je sais que je n'avais pas besoin de tout comprendre tout de suite, qu'il faut du temps... J'ai été secouée, c'est vrai, mais je n'en suis pas morte. Et je ne peux pas négliger les conséquences que tes décisions ont eues, pour toi comme pour moi : tu as *choisi* de te soumettre à la tyrannie de cette femme, pour me protéger de sa malfaisance... Tu aurais pu m'abandonner. Tu aurais pu te sentir trahi par Marie, et reporter ta frustration sur moi. Mais non. Avec ton soutien, j'ai grandi, j'ai fait les études que je voulais, et j'ai même évité, *malgré moi*, de devenir complètement stupide. Et hier, je me disais que j'étais pleinement heureuse.

— Tu ne l'es plus aujourd'hui ?

— Je suis trop secouée pour penser en termes de bonheur. Mais je ne vois qu'une chose : quand je suis née, tu étais là ; quand j'ai grandi, tu étais là ; quand j'ai reçu le choc de ma vie, hier, tu étais là — décidément, pour quelqu'un qui se félicitait de ne jamais se tromper, je n'arrête pas de découvrir qu'on peut se tromper avec bonheur... Je me demande si je ne vais pas composer mes numéros de téléphone les yeux fermés, dorénavant ! Et ce matin, tu es là pour me raconter l'histoire que j'avais besoin d'entendre. Rien de ce que tu viens de me révéler ne remet ma vie en cause. Au contraire : ça en éclaire bien des aspects !

Et ça me permet d'ôter mon armure.

À présent, je suis triste et en colère en pensant à ce qu'ont subi Camille et Marie mais je ne me sens pas dévalorisée par cette tragédie et, surtout, *je ne souffre pas*. (Je me frotte la tempe.) J'ai juste... très mal au crâne mais je pense que ça fait partie des choses… normales, en l'occurrence. Alors (je lève la main vers le visage de mon père et je la pose sur sa joue) je voulais te dire… (les larmes me montent aux yeux, une nouvelle fois, *merde, je croyais qu'il n'y en avait plus*)… *Thank you, Dad…*

Il me prend dans ses bras.

— *You've changed so much, Darling…*

— Tu trouves ? Pas trop, quand même ?… Tu me reconnais ?

— Je t'ai reconnue avant même que tu naisses. C'est irréversible.

*

Ébranlés, mais apaisés — du moins, pour l'heure —, nous sommes assis tous les quatre autour d'un petit déjeuner préparé collectivement.

— Quelle question voulais-tu me poser tout à l'heure ?

— Tu ne me donnes pas signe de vie pendant cinq ans mais le jour *précis* où j'ai besoin de toi, tu es là. Ça paraît proprement miraculeux, mais comme je ne crois pas aux miracles, je m'interroge : m'as-tu écrit pour reprendre contact — Un : parce que tu pensais que c'était le « bon moment » ? Deux : parce que tu vas te marier et tu veux ma bénédiction ? ou Trois : parce que tu as une maladie en phase terminale et que tu veux m'embrasser une dernière fois avant de mourir ? Réfléchis bien avant de me répondre…

— *None of the above, Sweetie*[1]. Qu'imaginais-tu ?

— Eh bien, ce que les femmes soupçonnent toujours chez les hommes : que tu avais une idée derrière la tête.

— J'en avais une, je te l'ai écrite. Tu me manquais.

1. Rien de tout ça, ma chérie.

J'avais envie de te voir. Le désir, ce n'est pas un motif suffisant ?

Et un jour,
ayant atteint l'âge de raison,
l'enfant prit son épée
et partit tuer
le dragon

BLASON

J'ai pris ma journée. Il va me falloir au moins ça pour me glisser sous le tapis, repérer les pièces manquantes, les épousseter, m'assurer qu'elles n'ont pas été déformées, déchiquetées, malmenées par le temps. Et vérifier que ce sont les bonnes. On ne sait jamais, un fabricant de puzzle tordu aurait pu en glisser une qui n'ait pas la bonne forme — un W au lieu d'un X ou, pour ce qui nous concerne, un X au lieu d'un Y.

Marie-Louise est morte, mais je dois m'assurer que la volonté maléfique (*le ventre de la bête immonde*) qui a tué ma mère et Camille, et nous a enchaînés et assignés au silence, mon père et moi, ne lui a pas survécu.

Et puis, je veux savoir qui a mutilé ma sœur, mon frère. Je veux connaître le nom de ceux qui l'ont assassiné(e).

Et ces noms, je sais où les trouver.

Et puis, j'ai quelqu'un à remercier.

*

Je pourrais prendre l'entrée principale, mais c'est par ici que j'y suis allée pour la première fois, et c'est sur mon chemin, alors j'entre par l'unité 77. Il est 13 h 45. En passant devant leurs portes ouvertes, je vois que le cabinet de consultation et le bureau d'Angèle sont vides. Mais j'entends un bruit de clavier dans le secrétariat.

— Qu'est-ce que tu fais là, ma chérie ? me demande Aline en me voyant apparaître devant son comptoir. Je pensais que tu prenais ta journée.

— Je vais procéder à une *recherche dans l'intérêt de ma famille*. Et saluer quelqu'un. Comment va ?

Le front d'Aline s'assombrit.

— Moi, ça va. C'est Franz qui m'inquiète. Il est de plus en plus triste. Il n'arrête pas de dire qu'il a peut-être raté sa vie.

Ébahie, j'ouvre les bras et je regarde le ciel.

— Comment ça, raté sa vie ? Et toi ? Et Manon ?

— Ce n'est pas de *notre* vie qu'il parle, mais (elle désigne le couloir) de celle-ci, de ses choix professionnels. Et quand il est comme ça, il n'arrête pas de délirer sur sa patiente Alpha, ça me gonfle. J'ai fini par lui dire qu'il devrait t'en parler, à présent vous êtes deux, si jamais c'est toi qu'elle vient consulter…

Je secoue la tête : *Ma chérie c'était peine perdue.*

— Je parie qu'il t'a répondu : « Pas question ! Je ne vais pas demander à Djinn d'interroger toutes les femmes qui sont nées avec tel ou tel type de syndrome pour me prévenir que l'une d'elles a le bon profil ! Ce serait ignoble, pour l'une comme pour l'autre ! » Ou quelque chose du même genre.

— Ah, tu le connais bien, mon bonhomme, dit-elle en soupirant.

— Et lui me connaît bien. Il sait pertinemment que, si je la voyais, je ne pourrais pas en parler. Mais parfois — je crois l'avoir compris ces jours-ci — ce qui est le plus présent à notre esprit n'est pas toujours l'essentiel. Ce n'est peut-être pas vraiment *elle* qui l'obsède. Peut-être n'est-elle qu'un prétexte. Peut-être qu'elle *représente* quelque chose. Et si c'est le cas, tu peux peut-être l'aider à mettre le doigt dessus. Vous vous parlez beaucoup, et tu le connais depuis longtemps, ça peut t'aider…

Elle fait non de la tête.

— Quand cette histoire lui est arrivée, on ne se connaissait pas, j'avais… douze ans, par là. Et, tu vois, plus tard, il m'a parlé de toutes les femmes qu'il avait connues, mais sur ce sujet-là, il est toujours resté très secret.

— Je vois.

Elle hésite une seconde puis se lance.

— On s'est rencontrés quand j'avais dix-neuf ans. (Elle tend l'index vers l'autre côté du couloir.) Dans le bureau d'Angèle.

— Ah ?

— *Mmmhh !*

Je vois qu'elle est prête à m'en dire plus, mais aujourd'hui, je n'ai pas le temps.

— J'aimerais bien que tu me parles de cette époque, mais… Si tu veux bien, pas ici. Dans un endroit plus tranquille.

Son visage s'éclaire.

— On se fera une sortie, alors ?

— Très bonne idée. (Je regarde la montre que mon père m'a prêtée.) J'y vais.

— On te revoit, aujourd'hui ?

— Je ne crois pas.

Elle m'embrasse.

Je franchis la double porte du couloir de la maternité et je prends l'escalier qui descend aux IVG.

*

Le couloir des IVG est vide, j'entends des bruits de vaisselle dans l'office. Cette fois-ci, après avoir passé la porte du sous-sol, je prends volontairement à droite. Je sais exactement où je vais.

Le long du couloir, les grands meubles métalliques à tiroirs, portant des dates et des lettres, sont toujours là. Je devrais pouvoir y trouver ce que je cherche.

Je franchis, l'une après l'autre, les portes coupe-feu, en examinant soigneusement les étiquettes apposées sur les tiroirs. 1989, 1987, 1983... Je pousse encore une porte.

La pièce a changé. Ce n'est plus une chambre, c'est un bureau carré. Contre les cloisons, on a installé des meubles à tiroirs comme ceux qui tapissent les murs du couloir, mais aussi des armoires métalliques, des placards à dossiers, de grandes étagères portant des cahiers, des livres, des liasses de feuilles, des dossiers cartonnés, des registres, mais aussi de vieilles machines informatiques — un Amstrad, un Apple IIc, un PCAT, un Olivetti à deux lecteurs... Des boîtes de disquettes souples... Un vrai petit musée de l'informatique personnelle.

— Bonjour, Djinn.

Je me retourne, et je ne reconnais pas tout de suite la personne qui se tient derrière moi. C'est une femme d'une soixantaine d'années, au visage fripé mais souriant. Ses cheveux longs, noirs et striés de mèches blanches, sont retenus par des barrettes. Elle porte une blouse sur un chemisier et une jupe. Ses mains sont plongées dans ses poches. Sur sa poitrine, un badge porte un nom et un titre : « R. Serling. Rédactrice. »

— Re-Renée ?

— Vous vous souvenez de mon nom, c'est gentil.

Mais je vous ai vue deux fois déjà et les deux fois vous étiez un...

— Ça a changé, ici... dis-je, troublée comme je le suis chaque fois.

— Oui, c'est beaucoup mieux aménagé ! Maintenant, je peux travailler.

— Travailler ? Que faites-vous ?

— Eh bien, je m'occupe des archives de l'hôpital Nord.

— Ce sont des dossiers de patients ? dis-je en désignant les étagères et les armoires.

— Entre autres. Il y a aussi les dossiers administratifs des médecins et du personnel. Et puis des documents plus techniques…

— Depuis quand… *travaillez-vous* ici ?

— Oh, mon Dieu ! Depuis toujours. Je suis désolée, les autres fois que vous êtes passée, je n'étais pas dans mon assiette, nous n'avons pas pu parler, mais les filles m'ont dit beaucoup de bien de vous. Et donc, c'est vrai ? Vous allez rester travailler quelque temps avec Franz et Aline et Angèle ?

— Oui, dis-je, puisqu'ils veulent bien de moi…

— Mais c'est aussi parce qu'ils ont appris à vous apprécier, j'en suis sûre. Et réciproquement…

Je me sens rougir.

— Oui. Vous avez raison. Je ne les appréciais pas à leur juste valeur, quand je suis arrivée ici.

— Non. Vous étiez très en colère. Et très inquiète.

— Oui…

Comment sait-elle ça ?

— J'ai connu ce genre de flottement, moi aussi. Mais j'ai fini par me trouver.

Elle désigne le bureau qui l'entoure.

— Longtemps, ce lieu a été à mon image. Fluctuant. (Elle rit.) Mais depuis quelque temps, nous allons beaucoup mieux. Oh mon Dieu, excusez-moi ! Je bavarde, je bavarde, et je vous fais perdre votre temps. *Que puis-je faire pour vous ?*

J'hésite un instant.

— Je cherche un dossier de patient.

Elle sort de la poche de sa blouse un crayon et un petit carnet et se met à noter comme une serveuse qui attend la commande d'un convive. Alors que, dans mon souvenir, elle faisait une tête de moins que moi, je réalise qu'aujourd'hui elle a ma taille. Je regarde ses chaussures. Elle porte des talons plats.

— Quel *genre* de patient ? dit-elle avec un sourire malicieux.

— Si seulement je le savais.

— Connaissez-vous son nom ?

— Mergis. Prénom : Camille.

— Son sexe ?

— Féminin. Officiellement.

Renée hoche la tête.

— Sa date de naissance ?

— 1965. Je ne connais pas la date exacte.

— Le service dans lequel elle a été hospitalisée ?

— La gynécologie.

— Très bien, dit-elle en tournant la page de son carnet. Je n'aurai pas de mal à la trouver.

J'ouvre la bouche, elle voit que j'hésite.

— Oui ?

Et merde. Je ne suis pas obligée de le lire.

— Eh bien, s'il était possible d'en chercher un second. Mais pour mettre la main dessus, ça risque d'être plus difficile.

— Faites-moi confiance. Connaissez-vous son nom ?

— Non.

— *Mmmhh*... Son sexe ?

— Incertain.

— *Mmmhh*. Le service où il a été hospitalisé ?

— C'était un bébé de quelques jours ou quelques semaines. Alors la néonatologie, je pense.

— Ah, c'est bien, ça... La date de son hospitalisation ?

— Il y a longtemps, mais quand ? Je sais que le docteur Manceau travaillait là-haut.

— *Mmmhh*... Encore un renseignement précieux.

— Oui, mais je ne peux rien vous dire d'autre, je ne crois pas.

— Le nom d'un autre médecin qui s'en est occupé, peut-être ?

— Oui, bien sûr ! Franz Karma.

— *Bien*. Voyez-vous autre chose ?

— Non, malheureusement…

— Eh bien, je vais voir ce que je peux faire, dit-elle en rangeant son carnet. Mais comme vous le savez, afin d'en préserver la confidentialité, les dossiers des patients ne sont accessibles à des tiers que pour des motifs très précis…

— Ah. Oui, je comprends… Mais je ne sais pas si *mes* motifs…

Elle ouvre une boîte métallique posée sur le bureau.

— Je vais vous donner des fiches à remplir, une pour chaque patient. Je suis désolée de vous embêter, mais vous connaissez l'administration…

Elle désigne un des fauteuils, pose devant moi deux fiches bristol rectangulaires portant les mots « RECHERCHE DE DOSSIER », une case pour les **informations sur le patient**, une autre pour **l'identité et le statut du demandeur** et, dans une case spéciale, le **motif médical de la requête**.

Je remplis soigneusement les deux premières cases de chaque fiche et je réfléchis un long moment à ce que je vais bien pouvoir inscrire dans la troisième.

Finalement, sur la fiche de Camille, j'écris *Étude rétrospective* ; sur l'autre : *Étude prospective*.

Je les tends à Renée. Elle fait le tour du bureau, s'assied, les examine, me regarde par-dessus ses lunettes, incline la tête, sort un tampon de son tiroir, tamponne la première, tamponne la seconde, se lève.

— Je vous fais patienter ?

Elle disparaît derrière une armoire.

Je regarde ma montre. On dirait qu'elle s'est arrêtée.

— Je peux peut-être revenir plus ta…

— Tenez, me dit-elle. Je suis désolée, j'ai été un peu longue à mettre la main dessus, mais parfois, les choses qu'on a sous le nez sont celles qu'on ne voit plus.

Elle me tend un épais dossier dans une chemise jaunie, constellée d'innombrables pastilles de couleur collées les unes sur les autres, comme autant de traces des consultations et hospitalisations successives. Ma gorge se serre. C'est le dossier de Camille.

— C'est bien ça ?

— C'est bien ça, dis-je. Mais j'imagine que vous aurez plus de difficulté à trouver le second…

— Oh, pardon ! Toutes mes excuses ! J'aurais dû le poser dessus !

Elle glisse la main sous l'épaisse chemise jaune et en ressort une autre, mince, blanche et anonyme. Je l'entrouvre, j'aperçois quelques feuilles, je la referme aussitôt.

— Mais… il n'y a pas de nom.

— Ah, oui… L'ancienne chemise était en lambeaux. J'ai glissé le dossier dans une chemise vierge.

— Et… Vous êtes sûre que c'est bien celui que je cherche ?

— D'après les informations que vous m'avez données, c'est le bon dossier. Vous voulez vérifier ?

Je ne peux pas, ce n'est pas ma patiente.

— Non, non, je vous fais entièrement confiance. Combien de temps puis-je les garder ?

— Aussi longtemps que vous en aurez besoin. Mais n'oubliez pas de me les rapporter, n'est-ce pas ? Si jamais quelqu'un d'autre voulait les consulter…

Elle se retourne vers le bureau, me tend les fiches que je viens de remplir.

— Voulez-vous signer ici pour attester que je vous les ai confiées ?

Je sors un stylo de ma poche, et j'appose deux fois ma signature.

LANCE

Tandis que j'arpente le couloir en direction des urgences, je sens les deux dossiers me brûler les doigts. Je n'ouvrirai pas le dossier blanc. Ce n'est pas à moi de le faire. Mais j'ai mal au ventre en pensant à ce que je vais trouver dans le dossier de Camille. Je ne suis pas prête à lire les comptes rendus opératoires, je ne sais même pas si j'ai envie de les lire. Qui veut lire la description des tortures qu'ont subies les prisonniers des camps aux mains des médecins nazis ? Et ce n'est pas ce que je veux savoir. Je veux seulement savoir qui étaient ces nazis-là, qui ont torturé et tué mon aîné(e).

Je monte l'escalier, et je débouche dans le couloir des urgences. Pour une fois, le service est très calme. C'en est presque inquiétant. Deux aides-soignantes prennent le café dans l'office. Un quatuor — un brancardier, deux infirmières, une interne — joue à la belote. On se croirait dans le premier quart d'heure d'un épisode d'*Urgences*… juste avant un grand carambolage meurtrier sur l'autoroute. Je serre les dossiers contre moi.

La porte de Lance est ouverte, comme toujours ; le personnel des urgences sait qu'on peut venir le solliciter à tout moment. Je frappe au chambranle de la porte et je passe la tête. Allongé sur le vieux canapé défraîchi de la pièce qui lui sert tout à la fois de bureau, de salle de réunion pour ses internes et de bibliothèque, Yves Lance lit tranquillement *Le Canard enchaîné*. Il lève la tête et, en me reconnaissant, me décoche un large sourire par-dessus ses lunettes de lecture. L'autre jour, pendant ma garde, il m'a dit que je lui rappelle sa fille…

— Je vous dérange ?

— Pas le moins du monde. Comment vas-tu ?

Je prends une profonde inspiration.

— Ça pourrait être pire.

— Assieds-toi, dit-il en retirant ses jambes et en tapotant le canapé.

Il désigne les dossiers posés sur mes genoux.

— Tu voulais me parler d'un patient ?

— Non, je viens vous remercier.

— De quoi, grands dieux ? me dit-il avec une surprise amusée.

— Eh bien, vous avez… *beaucoup* fait pour moi.

— Tu es trop bonne. Tu es très douée, tu sais. J'ai hâte que ton patron te lâche un peu et te laisse faire quelques gardes ici.

— Oh, c'est prévu, mais je ne venais pas pour ça. Voilà, je vous explique. Il y a de nombreuses années, quand vous faisiez encore de l'urologie, Olivier Manceau vous a demandé un avis chirurgical au sujet d'un bébé intersexué…

Le sourire de Lance s'élargit, mais il fait non de la tête.

— Je pense que tu fais erreur.

— Pou-pourquoi ?

— Parce que je ne me suis jamais occupé de ce genre de chirurgie. Je ne pense pas qu'on m'aurait demandé mon avis.

Je pose la main à plat sur la chemise constellée de pastilles.

— Mais je sais que les urologues ont opéré…

— Oui, mais nous avions deux équipes, à l'époque. Et je dirigeais celle qui ne touchait pas à ça. Si Olivier a demandé un avis à quelqu'un, ce n'est pas à moi. Et, le connaissant, je suis sûr qu'il n'a pas sollicité l'agrégé qui dirigeait l'autre équipe : il le détestait absolument. Non, quand il avait besoin d'un avis chirurgical, a fortiori urologique, il appelait son pote.

— Bruno Sachs ?

Lance ouvre de grands yeux.

— Non, Franz. Franz Karma. Il était interne de chirurgie, à l'époque. Tu ne le savais pas ? C'était l'un des meilleurs ; l'agrégé le considérait comme son dauphin. Franz lui a d'ailleurs, malheureusement, souvent servi d'aide opératoire, sur ce type d'intervention…

J'entends ce qu'il me dit, mais je ne comprends pas. Je me repasse la phrase en boucle mais je ne comprends pas mieux. Je ne veux pas comprendre. Je baisse les yeux vers le dossier de Camille. Une chape de glace et de plomb vient de s'abattre sur moi. J'ouvre le dossier, et j'ai l'impression que la couverture pèse une tonne. Sur la toute première feuille est agrafé un certificat bleu.

Nom : Camille Mergis.
Cause du décès : septicémie postopératoire.
Identité du praticien ayant constaté le décès : Dr Franz Karma, interne en urologie.

*

Je ne me souviens pas avoir dit le moindre mot. Je ne me souviens pas être sortie du bureau de Lance. Je ne me souviens pas avoir descendu l'escalier du sous-sol. Je ne me souviens pas avoir couru à perdre haleine. Je me souviens seulement de la douleur dans ma poitrine, de l'étau dans ma gorge et des larmes dans mes yeux.

Je ne me souviens pas avoir gravi les escaliers des IVG. Je me souviens m'être trouvée devant la double porte, m'être arrêtée une fraction de seconde et l'avoir poussée à toute volée.

Je ne me souviens pas s'il y avait quelqu'un dans le couloir, je me souviens seulement que la porte était ouverte, que je suis entrée dans le bureau et que Barbe-Bleue était là, penché, tel un vieil homme, sur son ordinateur portable et une pile de feuilles dactylographiées couvertes de notes.

Je me souviens avoir claqué la porte, avoir levé le dossier au-dessus de ma tête et l'avoir jeté sur lui, sur le bureau, en envoyant valdinguer les feuilles et l'ordinateur.

Je me souviens avoir crié :

— Bourreau ! Assassin ! Salaud ! *Tou as toué* Vous avez tué Camille ! *Mon frère*... ma sœur... ! *Préparre-toi à* — je vais vous tuer ! ! !

Je me souviens l'avoir vu se lever, le regard effaré, les cheveux hirsutes, la barbe en bataille. Je ne me souviens pas s'il m'a touchée ou non, mais je me souviens seulement avoir eu brusquement peur, très peur de lui, et j'ai reculé jusqu'à l'armoire. Je me souviens que je me suis laissée glisser à terre, et que j'ai pleuré, la tête entre les mains.

Je me souviens avoir pensé : je vais le tuer, je vais mourir, je veux le tuer, je veux mourir.

Je me souviens l'avoir entendu s'approcher.

Je me souviens avoir pensé : qu'il en finisse. *Qu'il finisse le sale travail qu'il a commencé.*

Je me souviens avoir entendu une chaise bouger.

Je me souviens avoir entendu quelque chose tomber sur le sol.

Je me souviens avoir ouvert les yeux, et vu Franz Karma, livide, debout devant moi, le dossier de Camille entre les mains.

Je me souviens l'avoir entendu respirer très fort, comme quelqu'un qui cherche de l'air.

Je me souviens avoir entendu la porte s'ouvrir et

Aline apparaître sur le seuil. Je me souviens avoir entendu Karma dire : « *S'il te plaît*, laisse-nous. »

Je me souviens l'avoir vu s'asseoir, lourdement, sur une des chaises de patients. Il a dit : « Laisse-moi te parler… »

J'ai crié : « Taisez-vous ! Il n'y a rien à dire. Vous m'avez menti. Vous m'avez caché quel bourreau vous étiez ! »

Je me souviens que ma peur, lentement, a fait place à la colère.

Je me souviens qu'il essayait de ranger les feuilles éparpillées du dossier et qu'il ne voyait rien parce qu'il n'avait plus ses lunettes, elles étaient tombées et gisaient sur le sol. Je me souviens qu'il faisait Non de la tête.

— Tu ne peux pas être la sœur de Camille… Qui avait une sœur, plus âgée… Et leur mère ne pouvait plus…

Je me souviens que sur son visage, la stupeur a fait place à la compréhension.

— Sa mère, c'était Marie ! Camille était ton frère…

Je me souviens m'être mise debout d'un bond *épée à la main faisant face au dragon* et j'ai crié :

— Qui vous dit que c'était un garçon ? Comment *osez-vous* dire que c'était un garçon, vous qui l'avez…

— C'est lui qui me l'a dit.

Comme si j'avais reçu une gigantesque gifle, ma colère s'est calmée d'un coup. J'ai reculé lentement jusqu'à la fenêtre et j'ai dit : « Parlez. »

DRAGON

Je voulais être chirurgien. Je voulais opérer pour guérir. Retirer les tumeurs, remplacer les organes malades par des organes sains, réparer les blessures, corriger les… anomalies.

Je n'avais pas de fantasme particulier, je voulais toucher à tout. Je n'étais pas pressé. Je me disais qu'un jour je trouverais ma voie. J'ai présenté le concours de l'internat et j'ai été reçu… à une très bonne place.

J'avais été étudiant dans la section de Lance et j'avais tout de suite aimé ce grand bonhomme. Il était drôle et fin, c'était un artiste de la chirurgie et il n'avait pas son pareil pour s'asseoir au lit d'un patient, lui tenir la main et le rassurer à la veille d'une intervention. Il était bon et il était droit. Je voulais lui ressembler. Quand j'ai été nommé à l'internat, j'ai choisi un poste en urologie. Mais comme j'avais été très bien classé, l'agrégé, Mangel, le numéro deux du service, m'a pris dans sa section et s'est proposé de me former.

C'était un bon chirurgien.

Mais c'était un grand malade.

Il était obsédé par la chirurgie des organes sexuels. Alors qu'il savait bien que c'était impossible, il rêvait d'être le premier à greffer un pénis et des testicules cent pour cent fonctionnels. En attendant — pendant que Lance transplantait des reins, réparait des vessies et soignait des cancers —, Mangel mutilait tout ce qui lui passait entre les mains. Il faisait sauter les prépuces des garçons au moindre prétexte. Il arrachait les prostates chaque fois qu'un homme avait du mal à pisser. Il opérait les hommes impuissants en insérant dans leur sexe une côte flottante prélevée sur leur thorax. Et, par-dessus le marché, il traquait les enfants intersexués.

Pour comble de malheur, il s'était trouvé un jumeau encore plus maléfique : Gelmann, un chirurgien gynécologue aussi obsédé par le sexe des femmes que Mangel l'était par celui des hommes. Ils se sont mis à faire équipe, et à se partager les *cas intéressants*. Camille était l'un d'eux. Gelmann, à qui Mme Mergis l'avait montré peu après sa naissance, quinze ans auparavant, avait décidé immédiatement de lui ôter un pénis qu'il jugeait « insuffisamment développé » afin de lui donner un aspect « plus proche de la féminité ». Et puis, périodiquement, poussé par une mère qui ne demandait que ça, il l'avait « remodelé », il lui avait fabriqué des grandes lèvres, une ébauche de vagin, qu'il s'est mis, lorsque Camille a atteint l'âge de la puberté, à « retoucher » périodiquement pour les faire correspondre à son âge. Pour lui donner un aspect proche de ce qu'il imaginait être la perfection.

Il l'a massacré. À seize ans, Camille avait des troubles urinaires dramatiques, provoqués par les interventions répétées. Gelmann a demandé à Mangel de réparer les dégâts qu'il avait provoqués. La mère… enfin, la grand-mère de Camille était très possessive, très autoritaire. Elle a exigé que l'intervention ait lieu dans le service de gynécologie, où elle contrôlait tout le monde.

Gelmann et Mangel avaient prévu de faire subir à Camille une grande intervention de reconstruction et d'y œuvrer ensemble. Il s'agissait d'éliminer tous les tissus « masculins » de son corps et de les remplacer par des organes « féminins » qu'ils fabriqueraient eux-mêmes. Camille était devenue leur « grand projet ». Ils se voyaient déjà publier un article triomphant dans toutes les revues médicales du monde…

Tout naturellement, Mangel m'a demandé de l'assister.

J'étais son interne. Refuser d'assister mon patron, c'était impensable. J'avais vingt-quatre ans, j'étais un chirurgien doué, j'apprenais mon métier, j'étais encore imbu du fantasme de toute-puissance qu'éprouvent tous les médecins à certains moments de leur formation. Dans le cas de Camille, de plus, j'avais le sentiment naïf de contribuer à *réparer* une erreur de la nature, pour rendre sa féminité à une jeune fille qui, par malchance, en avait été privée par une anomalie de son développement.

La grande intervention s'est très mal passée. Camille a fait plusieurs hémorragies sur la table. Puis, à plusieurs reprises pendant les jours qui ont suivi, des sutures ont lâché. Et puis, elle… *il* s'est mis à faire plusieurs surinfections, l'une après l'autre. Une fin d'après-midi, quinze jours après l'intervention, j'étais de garde, on m'a appelé à son chevet. Chaque fois que j'avais vu Camille dans le service, au cours des deux semaines précédentes, il était prostré, mutique, douloureux au point d'être incapable d'articuler le moindre mot. Et l'omniprésence de sa « mère » n'arrangeait rien. Curieusement, ce jour-là, Mme Mergis n'était pas présente. On était venu la chercher pour régler un problème urgent et, pour la première fois, les infirmières avaient pris l'initiative d'appeler un interne au lieu de déranger les chirurgiens à leur domicile, comme la mère l'exigeait habituellement. Quand je suis arrivé, Camille souffrait le martyre, ses plaies ne guérissaient pas, et bien entendu personne ne voulait lui donner de morphine. Il n'y en avait pas dans le service, la morphine était gardée sous clé à l'époque, il fallait remplir des bons de toxiques nominatifs et il n'y avait pas d'autres antalgiques puissants à disposition. J'ai appelé Olivier, qui mettait régulièrement des morphiniques de côté pour ce genre de situation. Il m'en a donné plusieurs ampoules. J'ai fait une première injection à Camille. Mais, alors que je m'attendais à ce qu'elle l'assomme, elle l'a sorti de son repli. Grâce à la morphine, il avait l'esprit bien plus clair. J'étais resté près de lui pour m'assurer qu'il souffrait moins. Il m'a pris par le bras et m'a dit : « Vous êtes le premier à me faire autant de bien, vous savez ? »

J'ai répondu que j'étais aussi un des chirurgiens qui l'avaient opéré ; à ce titre, j'étais responsable de lui, et je ne voulais pas qu'il souffre. Il m'a regardé et il a dit : « Alors, aidez-moi à arrêter ça. » Je ne comprenais pas ce qu'il me disait. Il a poursuivi en me racontant, dans le moindre détail, chaque intervention qu'il avait subie, chaque complication, chacune des exhibitions humiliantes auxquelles Gelmann l'avait soumis en le faisant examiner par ses nouveaux internes ou par des médecins venus étudier ses « techniques de pointe ». Au fil des années, il était devenu son cobaye préféré. Moi qui n'étais dans le service que depuis trois mois, j'ignorais tout ça. Et j'étais resté aveugle à ce que j'aurais pu voir.

Camille a désigné l'ampoule vide de morphine et m'a dit :

— Qu'est-ce qui se passerait si vous m'injectiez plusieurs ampoules à la fois ?

J'ai eu terriblement peur, parce qu'il sortait brusquement d'une période de longues souffrances, et il ne voulait pas y retomber. J'étais passé en psychiatrie. Je savais très bien qu'au moment où ils sortent de la prostration, ceux qui ont souffert intensément décident parfois de passer à l'acte.

Il a insisté :

— Je vous demande seulement de me répondre.

Que se passerait-il ? J'ai le droit de le savoir : il s'agit de mon corps, il s'agit de ma vie.

J'ai répondu :

— Ça dépend. Certaines personnes s'endorment profondément et se réveillent longtemps après. D'autres font un arrêt respiratoire.

— Alors, peut-être que je dormirais ?

— Oui. Peut-être.

— Mais vous n'en savez rien ?

— Non.

Il a réfléchi et a dit :

— Savez-vous si je suis un homme ou une femme ?

La question m'a frappé en plein visage. Je ne me l'étais jamais posée.

— Vous êtes… nous essayons de vous donner une… anatomie de femme.

— Mais vous n'en savez rien ?

— Non.

Et je me suis entendu ajouter — et cette phrase m'a fait frissonner des pieds à la tête… — « Je ne suis pas dans votre tête. »

Il a serré mon bras plus fort, pour que je ne m'éloigne pas ; il a désigné son corps sous le drap.

— Est-ce que j'aurai des enfants avec *ça* ?

— Non…

— Est-ce que je pourrai faire l'amour comme une femme… « normale » ?

— Je ne sais pas…

— *Et savez-vous seulement comment je me vois, moi ?*

— Non…

— Je suis un petit garçon mutilé par sa mère pour le punir de ne pas être la petite fille parfaite dont elle a toujours rêvé.

— Vous… pensez que vous êtes un garçon ?

— Moi, *je suis dans ma tête*. Et, dans ma tête, *je suis un garçon*. Je l'ai toujours su. Je me suis toujours senti ainsi. Je n'ai jamais compris pourquoi ma mère m'habillait en fille et me faisait opérer. Je déteste ce corps dans lequel elle m'oblige à vivre, avec la complicité des médecins. Je le détesterai toujours et je ne veux pas vivre avec. *Mais vous n'en avez pas d'autre à me proposer!*

Je savais que Camille était suivi par des psys. Je lui ai demandé s'il leur avait parlé de tout ça. Il m'a répondu qu'il l'avait dit, redit, répété, mais que ça n'avait eu aucun effet. Et d'ailleurs, les psychiatres, qui se retranchaient derrière le secret médical, refusaient d'en parler avec les chirurgiens ou même avec sa mère. Un psychologue avait tenté, devant lui, de faire entendre à Mme Mergis que Camille avait son mot à dire, mais elle avait refusé de l'écouter.

D'un seul coup, face à ce garçon de seize ans qui parlait comme un adulte plus mûr que ceux qui l'entouraient, je me suis senti petit, mesquin, stupide. Je ne m'étais jamais posé la question de savoir ce qu'il ressentait. Personne ne se la posait. Tout le monde était persuadé que la question ne se posait pas. Et comme sa mère ne laissait personne l'approcher...

Après m'avoir longuement parlé en pleurant, Camille s'est calmé, il m'a regardé comme on regarde un égal, et, d'une voix très posée, il a dit :

— Je ne veux pas vivre dans ce corps. Alors, je vous jure, vous m'entendez, *je vous jure* que le jour où je sortirai de cet hôpital, j'arracherai les cordons des rideaux de ma chambre, et je me pendrai. Je veux mourir, je *vais* mourir, mais (sa voix s'est cassée) je ne veux pas mourir *étranglé,* je ne veux pas mourir terrorisé à l'idée que ma mère puisse entrer dans ma chambre et arrête mon geste, me ramène à l'hôpital et m'oblige à continuer cette vie. Je veux cesser de souffrir. Je voudrais, simplement, m'endormir...

J'avais beau être chirurgien, je savais reconnaître le désespoir, et son désespoir m'a fait peur. Je me suis écarté de lui et j'ai dit :

— Je suis désolé, je ne peux rien faire pour vous.

Il a repoussé le drap qui le recouvrait.

— Non, vous n'êtes même pas capable de réparer les saloperies que vous m'avez faites !

Ses pansements étaient tachés de sang, de pus et d'urine. Tout son bas-ventre n'était qu'une gigantesque plaie. Nous savions tous les deux que personne ne pourrait jamais réparer ça.

Je lui ai tourné le dos, je suis sorti. J'ai fermé derrière moi, je me suis adossé à la porte. Mon cœur battait comme si j'avais couru un marathon. J'avais envie de pleurer et de frapper la première personne qui passait. Et puis j'ai entendu la voix de Camille qui disait, tristement, en pensant que je ne l'entendais plus :

— Vous êtes sorti pour ne plus me voir ou m'entendre, *mais moi, je suis toujours là*...

Alors j'ai rouvert la porte et j'ai dit :

— Moi aussi, je suis là.

KARMA

Il a dit : « Est-ce que vous pouvez rester avec moi jusqu'à ce que je m'endorme ? Je ne veux pas être seul quand je vais m'endormir. »

Je suis resté avec lui et je lui ai tenu la main. Il s'est endormi en quelques minutes. J'ai remis dans ma poche la seringue et les ampoules vides, je suis sorti, j'ai fermé la porte et je suis allé parler avec les infirmières. Quand je suis retourné dans la chambre, c'était fini.

Oui, Djinn, j'ai tué Camille. J'ai tué ton frère. À présent, tu sais comment.

De quel droit avez-vous fait ça ?
Il ne savait pas ce qu'il disait.
Vous auriez pu essayer d'arrêter cette machine infernale…
Vous vous êtes fait manipuler. Par un enfant.
Comment avez-vous pu ?

— Je sais ce que tu penses, murmure Franz. Comment ai-je pu m'arroger le droit de faire ce que j'ai fait ? Et, d'ailleurs, qui te prouve que tout cela a bien eu lieu comme je te l'ai raconté ? Qui te prouve que je dis la vérité ?

Je ne réponds pas.

— Rien, ni personne. Je suis seul avec ça. Je vis seul avec ça depuis trente ans bientôt. Je n'en ai parlé à personne. Pas même à Olivier. Pas même à Aline.

J'ai la bouche sèche.

— C'est pour ça que vous avez abandonné la chirurgie ? (Ma voix se met à gronder.) *Parce que vous vous sentiez coupable d'avoir tué un être humain ?*

J'ai dit ça pour qu'il se défende, pour qu'il essaie de justifier son geste et me donne un millier de bonnes raisons. Et j'espère bien qu'il va me les donner pour que je les lui renvoie toutes à la gueule, l'une après l'autre. Mais il baisse la tête et, au bout d'un long silence, il répond.

— Tu ne vas pas comprendre, mais même si je ne me pardonne pas d'avoir tué Camille, je ne regrette pas mon geste…

Il voit qu'effectivement je ne comprends pas, il hoche la tête et poursuit.

— Après sa mort, j'ai le sentiment d'avoir passé des heures, des jours, des semaines, je ne sais plus, à avancer comme un zombie. Je ne savais plus ce que je faisais, ce que je voulais — et encore moins qui j'étais. Je croyais avoir fait ce métier pour soigner et réparer. Mais, pour Camille, je n'avais fait ni l'un ni l'autre. Et puis un jour, je ne sais quand, Mangel m'a arrêté dans le couloir et, avec un sourire complice, m'a dit : « *J'ai un beau cas pour toi.* Un des pédiatres vient de me signaler un nouveau-né mal foutu. Évidemment, il faut intervenir. Sinon, cet enfant et sa famille seront malheureux toute leur vie. Examine-le et décide toi-même comment tu vas l'opérer. *Tu as toute ma confiance.* » Je me rappelle avoir répondu comme dans un rêve : « Est-ce que vous savez si c'est un garçon ou une fille ? » « Ah, mais non, je n'en sais foutre rien ! Mais bon, *quelle importance* ? » « Comment saurons-nous, alors, si ce que nous allons faire ne va pas le mutiler ? *De toute manière,* ce sera une mutilation... »

Il m'a souri, il a mis la main sur mon épaule et il a dit : « Eh bien, c'est un risque à courir. Mais rassure-toi, si c'est un garçon, et s'il vient demander qu'on le répare, tu seras exactement l'homme qu'il lui faut pour lui en greffer une neuve. »

Et là, j'ai compris que de toute manière je ne ferais jamais le poids contre les saigneurs, les coupeurs de haut vol. Ils seraient toujours plus forts et plus nombreux que moi. Chaque fois que je dirais : « Je n'opère pas », il y aurait quelqu'un pour le faire à ma place. J'avais choisi l'urologie pour soigner, pas pour mutiler les sexes, et sûrement pas pour greffer des couilles ou, pire encore, *un pénis artificiel à la place de celui que j'aurais amputé vingt ans plus tôt* ! Et je ne pouvais pas non plus rester là, les regarder massacrer des enfants et, chaque fois que je n'en pourrais plus de les voir souffrir, *soulager ma conscience en les arrachant de mes mains à leur souffrance*. Je ne pouvais ni rester complice ni devenir bourreau. Alors, j'ai compris que je devais partir. Mais avant, je pouvais faire quelque chose pour l'enfant qu'*en toute confiance* on m'envoyait opérer.

À la maternité, j'ai été accueilli par Olivier, terrorisé à l'idée de voir Mangel débarquer et soulagé de me voir arriver à sa place. Je l'ai rassuré. Et puis je suis allé voir le bébé, et quand j'ai vu la manière dont son père la tenait dans ses bras — *la tenait dans ses bras ?* — et tremblait à l'idée qu'on lui fasse du mal, je me suis dit : je fais peut-être une connerie en disant à son père de l'emmener loin d'ici, loin de mon scalpel, mais si c'est une connerie, je la fais avec eux, pas contre eux. J'ai rassuré le père, je lui ai conseillé de partir aussi vite que possible, d'élever son enfant, de la regarder grandir…

Qu'est-ce qu'il me raconte ?

— Attendez… Votre « patiente Alpha », c'est elle ?

— Oui.

Il déconne complètement…

— Qu'est-ce qui vous fait croire que c'était une fille ?

— Je ne sais pas, dit-il en haussant les épaules. C'est ce que j'ai senti. Je l'ai tenue dans mes bras.

— *Mais vous n'en savez rien !* dis-je, ivre de fureur de me sentir brusquement prise au piège dans quelque chose que je ne comprends pas.

— Non, je n'en sais rien.

Je hurle à tue-tête à présent.

— *Vous ne savez rien du tout ! Vous n'avez jamais rien su ! Même ce que vous faites ici, vous n'êtes pas sûr que ça serve à quelque chose !!!*

Il lève les yeux vers moi, surpris par ma violence soudaine.

— Non, tu as raison, je n'en sais rien. Aujourd'hui, je ne sais plus rien…

— Et vous p-pensez vraiment, di-dis-je en bafouillant que ce-ce… cette *chimère*… va revenir vous tenir la main ? Qu'elle va réapparaître par l'opération du Saint-Esprit, et vous dire : « C'est pas grave, M'sieu Karma. Vous avez bien fait de tuer Camille, et de me laisser partir, au lieu de me mutiler comme lui. Je vous félicite ! Vous avez ma bénédiction ! » C'est ça ?

— Non. Je pense qu'en m'imposant d'attendre quelqu'un qui ne viendra jamais, je me résous à ne jamais me pardonner ce que j'ai fait. D'ailleurs, la seule personne qui aurait pu me le pardonner…

— *Je ne pourrai jamais* vous pardonner ça !

Il me lance un regard farouche, et je sais qu'il dit vrai.

— Je ne te l'ai pas dit pour que tu me le pardonnes.

— *Alors pourquoi ?*

— Je te le dis parce que tu as cherché à savoir ce qui est arrivé à Camille...

Celui qui ne cherche pas la vérité est lâche ou imbécile...

— ... et parce qu'il fallait que ce soit dit.

... mais celui qui tait sciemment la vérité est un criminel.

La pièce, une nouvelle fois, se remet à tourner. Je suis sur un manège, des licornes de bois galopent autour de moi.

Par terre, au milieu des papiers renversés, gît une chemise de dossier blanche, immaculée.

Qu'est-ce que cette pièce de puzzle fout donc sous le tapis ?

Mécaniquement, le cerveau vide, je la ramasse.

Elle est blanche, mais elle doit bien aller quelque part.

— Allez, dis-je bêtement. Ne pleurez plus ! Vous allez pouvoir remettre la main sur votre petite *protégée*. Tenez ! J'ai sorti son dossier.

— Son... dossier ? Comment l'as-tu trouvé ?

— Ce n'est pas moi, c'est Renée, l'archiviste.

— Qui est Renée ? demande-t-il, effaré.

Je ne vois pas bien où la placer.

— Peu importe, dis-je en tapant du pied, c'est le bon dossier, c'est le sien ! Ouvrez-le et vous saurez son nom, vous pourrez la rechercher. Elle sera sûrement ravie... elle saura peut-être (*Damn !*) vous consoler, elle...

Apparemment, il ne voit pas non plus.

— Tu l'as lu ?

— Bon Dieu non ! Vous savez bien, pourtant, que je ne ferais jamais une chose pareille ! Ce n'était pas ma patiente, mais la vôtre ! Vous avez tué mon frère, mais vous me l'avez rendu. Alors, lisez ce foutu dossier ! Je veux... *que nous soyons quittes* !

Il secoue la tête encore une fois et regarde longuement le dossier sans l'ouvrir.

Mais qu'est-ce que je fous là ? Je devrais m'en aller. Je ne devrais pas m'apitoyer sur ton bourreau, Camille...

Je me détache de Karma et je franchis l'espace qui me sépare de la porte, pour sortir définitivement de sa vie et le bannir à jamais de la mienne.

Mais au moment où je pose la main sur la poignée, j'entends un gémissement. Et, comme une conne, *Damn ! Damn ! Damn !* je me *putain de dieu* retourne.

Franz a ouvert la chemise blanche. Il tourne les feuilles l'une après l'autre, une fois, deux fois, soupire puis referme le dossier et le pose sur le bureau.

— Eh bien ? Vous savez qui c'est, à présent ! C'est tout ce que ça vous fait ? ? ?

Il lève vers moi un regard douloureux.

— Non, je ne sais pas qui c'est. Je ne le saurai jamais.

Quelque chose ne va pas.

Je fais un pas vers lui.

— Ce n'est pas son dossier ?

Cette pièce ne s'insère pas. Elle a pourtant la forme appropriée.

— Oui et non. C'est bien d'elle qu'il s'agit, mais ce n'est pas son dossier, c'est un dossier d'obstétrique. Et il ne contient rien qui m'aide à la retrouver. Il ne mentionne pas son nom. Ni celui de sa mère.

Peut-être en la tournant dans l'autre sens, Scarabée. Oui, c'est ça...

— Mais alors... Comment savez-vous que c'est le sien ?

— Il porte le nom d'Olivier et la phrase que j'ai griffonnée, en vrai bon chirurgien, pour qu'on leur foute la paix, « *Organes génitaux RAS* », et puis ma signature. (Il aperçoit sur le sol le certificat bleu qui s'est détaché du dossier, se penche pour le ramasser.) Je l'ai vue… le lendemain de la mort de Camille. Je ne me rappelais pas que c'était aussi près… (Il lève les yeux vers moi.)

Je suis la reine des connes.

— Comment as-tu fait pour le retrouver sans son nom ?

Je suis la…

— Je n'avais pas… besoin du nom. J'avais la date.

— Quelle date ?

— Franz, je suis la…

— Je vois bien que tu es là, ma belle, s'écrie-t-il, mais de quelle date parles-tu ?

Pourquoi est-ce qu'il me la coupe, à présent, ce crétin ?

— Du 17 mai 1981.

La date que j'ai écrite sur la fiche.

— La date de l'accouchement ? Qui te l'a donnée ?

— Mais… Je l'ai toujours sue…

Je tends la main vers lui comme si j'allais tomber.

— … c'est ma date de naissance…

Le dossier glisse sur le sol.

— Ta…

Il se lève…

Tu comprends, à présent, oui ou merde ? Tu comprends, ou il faut vraiment que je te le dise en grande pompe, avec les tambours, les trompettes, les trémolos et les violons ? Tout le monde aurait déjà compris… Enfin moi j'ai compris quelle conne quelle conne quelle conne cinq secondes avant…

… et s'avance vers moi en m'ouvrant ses bras je lui ouvre les miens il me serre contre lui je sens tous les bras les sanglots je ne sais plus si c'est lui si c'est moi *je voudrais tant vous dire tout vous dire à la fois d'abord les mots magiques mais j'ai peur de ne pas bien les dire, j'ai peur que mes sanglots couvrent le son de ma voix* alors je le repousse, je ne le lâche pas, je le tiens à bout de bras, pour qu'il me voie bien désormais et, à travers nos larmes, je hurle : *Ah, vraiment vous êtes chiant, de ne pas me laisser finir mes phrases ! Ne me coupez plus jamais la parole comme ça, vous entendez ? S'il y a bien quelqu'un à qui il ne faut pas la couper, c'est à moi ! Vous ne vouliez pas le voir et moi non plus, les choses qu'on a sous le nez sont celles qu'on ne voit plus !* Eh bien, oui, je suis là ! Et je suis la patiente Alpha !

FINALE

(Andante Respettoso)

Je ne sais pas comment finir.

Mais une histoire comme celle-là, est-ce qu'elle se termine ? Est-ce que ça n'est pas vaniteux de vouloir lui mettre un point final, comme si la vie était un roman ou un film auquel il faut une conclusion bien nette, bien… propre ?

Est-ce si important que ça, d'avoir le dernier mot ?

Et de toute manière, elle n'est pas finie, cette histoire, elle continue, avec d'autres personnages, mais ce sont les mêmes chemins, les mêmes obstacles, les mêmes donjons, les mêmes dragons à combattre et les mêmes héroïnes et héros en blouse blanche avec leurs épées abaisse-langue de bois et leurs lampes tempête pour plonger dans les entrailles de la vie — et leurs stylos, leurs papiers pour essayer d'y comprendre quelque chose.

Même si souvent on a l'impression que ça ne sert à rien, qu'on n'y comprendra rien.

Mais tant qu'on n'est pas mort, on n'est pas vaincu.

Tant qu'il y a de la vie, la lutte continue.

La seule vraie défaite, c'est la fuite.

Et si j'ai appris quelque chose ici, c'est à faire face.

Au bout du couloir, les deux battants de la porte vitrée ne sont pas tout à fait joints. Un rai de lumière triangulaire se projette sur le revêtement de sol plastifié. À travers l'une des vitres translucides, j'aperçois une silhouette en ombre chinoise.

Je m'arrête.

Parce que j'ai peur.

Peur de ne pas savoir et de ne pas savoir faire.

Peur de ne pas être à la hauteur.

J'ai appris tant de choses pendant toutes les années écoulées. Est-ce que je saurai m'en servir ? Est-ce que je vais m'en souvenir ?

Je suis là, devant la porte, et puis la silhouette en ombre chinoise se met à bouger et d'un seul coup, comme dans un éclair, tout me revient.

Si tu veux être à la hauteur t'as qu'à régler le fauteuil !

Je souris, je pousse la porte et j'entre.

Il y a du soleil. À ma droite, le bureau de la conseillère est ouvert. À ma gauche, une jeune femme vient de poser son sac sur le comptoir du secrétariat.

— Bonjour, Djinn ! dit Cécile.

— Bonjour, Cécile !

La jeune femme me salue sans ouvrir la bouche.

— Bonjour, mademoiselle… Je suis le docteur Atwood.

— Prends ton temps, dit Cécile, je m'occupe du dossier de cette dame.

— Merci.

Il fait chaud dans ce couloir. J'ôte mon imperméable.

— J'ai posé le courrier sur le bureau. Tu as reçu une carte postale !

J'entre dans le bureau. Il n'est guère plus grand que celui où j'ai commencé. À droite, une cloison en bois fixée à deux rails métalliques tendus entre sol et plafond sépare la pièce en deux. Côté fenêtre, on a installé un bureau et, de part et d'autre de celui-ci, deux fauteuils à roulettes et deux sièges confortables. Côté porte, le coin le plus sombre, réservé à l'examen gynécologique et aux soins, est équipé d'une table d'examen très large, aux pieds chromés. Il y a une petite cabine de déshabillage au fond.

Je pose mon sac sur le bureau. J'ouvre l'armoire. J'y trouve une série de blouses blanches pendues sur des cintres métalliques. Sur la poche de poitrine de la première, je lis : « Jean Atwood, médecin ».

J'enfile une blouse et je range mon blouson dans l'armoire.

La carte postale représente une grande ville à gratte-ciel, au bord d'un lac. Je la retourne : *Bon Baisers de Toronto, Il n'est pas sûr qu'on rentre... J'adore ta nouvelle ! (Aline) Et nous, tes chansons (Franz, John),* je la pose en souriant et je ressors dans le couloir. La jeune femme referme son sac et pénètre dans la salle d'attente.

Je reste là, debout, sans rien dire. Puis je m'approche du comptoir. Sur le formica bleu, je trouve la liste des consultations de la matinée. Je lis :

Unité 77 — Centre de Planification.
Docteur Atwood
Mardi 20 février.
9 h 00, Coralie A.
9 h 15, Suzanne B.
9 h 30, Dominique C...

— Angèle passera tout à l'heure nous montrer les photos du mariage de sa petite-fille, dit Cécile.

— Oh, là là ! J'espère que personne ne m'a prise en photo après 2 heures du matin... J'étais complètement... Joël a appelé ?

— Oui, il recevra ta patiente... (Elle consulte son cahier.) Vendredi matin.

— Tant mieux...

— Il m'a demandé si tu aurais le temps de déjeuner avec lui à midi.

— Qu'as-tu répondu ?

— Que c'était peu probable, vu que tu passes la journée avec un autre…

— Qu'est-ce qu'il a dit ?

— Qu'il t'aime. *What else?* C'est bête, un homme…

Je regarde ma montre. 9 h 03. *Il m'avait dit 9 heures.*

Cécile aperçoit mon geste et me sourit :

— Il ne va pas tarder. Tiens, d'ailleurs, le voilà !

Je me retourne vers la porte vitrée. Une silhouette apparaît en haut des marches.

Tout droit, un petit sac à dos à la main, il entre. Tandis que la porte se referme derrière lui, il s'avance dans ma direction, murmure timidement :

— Je suis en retard, je suis désolé… Je suis le nouvel interne.

— Ne vous en faites pas, dis-je pour le rassurer. Je vous présente Cécile.

Il sourit et tend la main à Cécile qui se lève et lui tend la main par-dessus son comptoir.

Je lui désigne la porte du bureau.

— Venez par là, qu'on bavarde. Vous avez une blouse ?

— Oui, dit-il en désignant son sac.

Je le fais entrer et asseoir. Nous parlons cinq minutes. Je lui décris le service, je lui explique ce que nous faisons ici. Je demande s'il a des questions, et j'y réponds. Mais je ne lui demande pas quel médecin il a envie d'être, quelle médecine il a envie de faire : il a bien le temps de le découvrir lui-même. Quelque chose me dit, à sa manière de me sourire, qu'il est content d'être ici. Il a *choisi* de venir.

Pendant qu'il ôte son blouson et enfile une blouse, je sors chercher la première patiente.

— Mademoiselle A. ?

Elle émerge de la salle d'attente, je lui désigne le nouvel arrivant debout dans le couloir.

— Est-ce que vous permettez à notre interne d'assister à la consultation ?

Elle fait oui de la tête, je l'invite à entrer, à s'asseoir et, en m'installant derrière le bureau, je dis :

— Que pouvons-nous faire pour vous ?

Elle se met à parler, d'une voix assurée. Elle vient de la part de sa cousine, qui est suivie par le docteur Karma. C'est elle qui lui a conseillé de venir. Elle lui a dit qu'ici elle serait bien traitée. « Vous voyez, mon histoire est très très compliquée. » *No problemo, c'est la spécialité de la maison*... « Et je ne sais pas très bien par où commencer, mais voilà... »

Près de moi, l'interne a sorti de son sac un énorme bloc sur lequel il note frénétiquement chaque parole de la patiente. Je lève la main vers elle.

— Excusez-moi une seconde.

Elle s'interrompt. Je me tourne vers l'interne, je lui prends doucement le bloc et le stylo des mains et je pose le tout sur le bureau.

— Vous écrirez plus tard... Peut-être.

Puis, sans le materner plus longtemps, *il finira par trouver sa place,*

je me tourne vers la patiente

et je m'ouvre à ses plaintes, à ses peurs, à ses pleurs,

ses espoirs, ses désirs, ses échecs, ses plaisirs,

je me fonds dans son air, son couplet, sa ballade,

son chant solo montant du chœur des femmes.

NOTES BIBLIOGRAPHIQUES

L'audacieux (mais imaginaire) www.lecorpsdesfemmes.net, animé par Bruno Sachs et Franz Karma en souvenir d'Olivier Manceau, s'inspire de mon propre site internet mais va beaucoup plus loin : des rubriques telles que « Violences infligées aux femmes par les médecins » et « Tous les sexes sont dans la nature » n'existent pas sur mon *Winckler's Webzine*. Elles devraient. Je ne saurais donc trop recommander aux personnes concernées ou intéressées par la question de l'intersexualité (et aux médecins qui ne veulent pas mourir idiots...) de consulter le site en anglais de l'ISNA (Intersex Society of North America — www.isna.org), qui milite vigoureusement contre la « normalisation chirurgicale » imposée aux nouveau-nés et nourrissons dont les organes génitaux ne sont pas « conformes » aux canons médicaux ; ainsi que celui (en plusieurs langues, dont le français) de l'Organisation Internationale des Intersexués (OII—www.intersexualite.org).

Tout ce que vous pouvez apprendre — et que les médecins français devraient savoir — sur les démarches de transition sexuelle est abordé dans *Changer de sexe. Identités transsexuelles* (Le Cavalier Bleu), l'excellent et éclairant livre d'Alexandra Augst-Merelle et Stéphanie Nicot — qui anime par ailleurs un site très engagé et bourré d'informations, Trans Aide (www.trans-aide.com).

Le dialogue du chapitre « Partage » (page 213) consacré à la « posture anglaise » doit beaucoup au remarquable article de Betty Bednarski et Vivian McAlister, « Literature and Obstetrics : Reading Maternal Posture in Jacques Ferron's "Little William" », in : *Literature and Medicine,* 21, n° 2 (Fall 2002), 216-241. « Le petit William », beau texte de Jacques Ferron, écrivain-médecin québécois (1921-1985), engagé et féministe, raconte comment un jeune médecin voit son arrogance machiste ébranlée le jour où, sans un mot et sans son aide, une femme met son enfant au monde couchée sur le côté.

Le chapitre « Polyphonie » (page 335) contient des versions modifiées, récrites ou inspirées par une poignée des dix mille courriels reçus *via* mon site (www.martinwinckler.com) entre août 2003 et mai 2009. Merci à toutes celles et à tous ceux qui m'ont écrit. J'espère ne pas avoir dénaturé le sens de leurs paroles.

Les discussions et notions concernant la contraception qui émaillent les consultations de Jean A. et Franz K. s'appuient sur des notions scientifiques avérées, au jour où j'écris ceci (printemps 2009). Ces notions sont expliquées en détail sur mon site et dans les deux manuels que j'ai publiés (*Contraceptions mode d'emploi*, J'ai Lu 2007 ; *Choisir sa contraception*, Fleurus, 2007), mais le meilleur site francophone sur le sujet est sans aucun doute www.masexualité.ca, dont le contenu est rédigé par l'association des gynécologues-obstétriciens canadiens.

Bien entendu, les marques de médicaments citées dans le texte, ainsi que la technique « révolutionnaire » mise au point par WOPharma, sont imaginaires. Les rapports de séduction entre industrie et jeunes praticiens, malheureusement, ne le sont pas. Comme le révélait une étude de Grande, Davis et coll. parue dans la respectable revue *Archives of Internal Medicine* en mai 2009 (*Arch Intern Med.* 2009 ;169(9) :887-893), le simple fait qu'une entreprise de médicament offre des blocs-notes publicitaires gratuits à des étudiants en médecine influence les prescriptions ultérieures de ces derniers. Dans le même numéro, un éditorial rappelle que seuls le soutien, la vigilance continue et l'intégrité de leurs enseignants peut éviter aux futurs médecins de succomber au chant des sirènes industrielles.

REMERCIEMENTS

Merci, avant tout, aux patientes et patients de tous les sexes et de tous les âges qui m'ont fait confiance du premier au dernier jour. J'ai plus appris, en les écoutant, que je ne pourrai jamais l'écrire.

Merci aux soignantes et soignants qui m'ont accompagné et inspiré — en particulier Sabine Chéenne, Dominique Devisse, Frédérique Fichet, Yvonne Lagneau, Brigitte Lahaie, Flavia Luchino, Frédérique Mauduit, Danièle Perrier, Céline Plard, Hélène Vauconsant, Pierre Ageorges, Philippe Bagros, Pierre Bernachon, Jacky Collet, Michel Dugay, Alain Gahagnon, Guy Giniès, Christian Grosse, Greg House, Dougal Jeffries, Édouard Korenfeld, Yves Lanson, Patrick Nochy, Arko Oderwald, Bruno Schnebert, Ange Zaffran.

Merci à celles et à ceux qui aujourd'hui ou depuis toujours nourrissent mon imaginaire et/ou soignent mes histoires : Betty Hanson, Ita Kasrilevitch, Nelly Miguérès, Élodie Arriola, Betty Bednarski, Rita Charon, Marie Darrieussecq, Antonie Delebecque, Jennie Gellé, Camille Laurens, Vibeke Madsen, Fanny Malovry, Emmanuelle Mignaton, Hélène Oswald, Nada Oudghiri, Claude Pujade-Renaud, Anne Roche, Camille Roser, Cherie Smith, Victoria Thérame, Sandrine Thérie, Adélaïde Veegaert, Isaac Asimov, René Balcer, Irving Berlin, Vincent Berville, Brian Boyd, Arthur Conan Doyle, Michael Crichton, Stanley Ellin, Tom Fontana, Thierry Fourreau, George Gershwin, Jean-Paul Hirsch, Akira Kurosawa, Marc Lapprand, Bill Lawrence, Maurice Leblanc, Philippe Lejeune, Christian Lehmann, Patrick McGoohan, Barack Obama, Arko Oderwald, Paul Otchakovsky-Laurens, Jean-Luc Mengus, Randy Pausch, Georges Perec, Cole Porter, Samuel Shem, David Shore, toute la famille Zadounaïsky et Daniel Zimmermann.

Merci à toutes celles et tous ceux qui m'ont accueilli et

soutenu à Montréal, en particulier Andrée Duplantie et Yves Chabot, Monique Duplantie, Christine Brassard, Béatrice Godard, Claire Faucher, Claire Garnier, Dominique Deslandres, Francine Léger et bien sûr Marie-France Lemaine et Christiane Charette, à Erwan Leseul et aux Éditions de l'Homme, aux membres valeureux de la librairie Olivieri et aux gangs du CREUM (Centre de Recherches en Éthique) et du département de Philosophie de l'Université de Montréal : Ryoa Chung, Christine Tappolet, Martin Blanchard, Daniel Weinstock, Héloïse Côté, Caroline Gendreau, Will Colish, Peter Dietsch, Radu Dobrescu, Robert Huish, Matthew Hunt, Mauro Rossi, Manuel Toscano-Méndez.

Je remercie chaleureusement le personnel et les adhérents du Bowling Club du Mans pour leurs encouragements et leurs conseils.

Pour leur inspiration et leur soutien indéfectibles, je dois beaucoup, et quotidiennement, à Blossom Dearie, Carole King, Diana Krall, Ella Fitzgerald & Louis Armstrong, Jane Monheit, Joni Mitchell, Julie London, Rose Murphy, Stacy Kent, Tierney Sutton, Mama Béa Tekielski, Tony Bennett, Bill Evans, James Taylor, John & Paul & George & Ringo, Neil Young, Rufus Wainwright, Holmes & Watson, Mark Greene & John Carter, Jack McCoy & Michael Cutter & Connie Rubirosa, Lilly Rush, Sam Spade & Jack Malone, Alan Eppes et ses fils, Buffy & Angel and the *Scooby Gang*, sans oublier bien sûr le doux Fezzik, l'indestructible Inigo Montoya, l'intrépide Princesse Buttercup et le *terrible* Pirate Roberts.

Le 6 mars 2008, à Tours, je suis allé boire un thé à la cafétéria de « La Boîte à Livres », où je rôdais lorsque j'étais étudiant. Puis je suis allé faire un tour à la faculté de médecine où, trente-cinq ans plus tôt, j'ai commencé ma formation… Là, dans une salle de bibliothèque qui, à l'exception de quelques étagères supplémentaires, n'avait pas beaucoup changé, au milieu des étudiants silencieux, j'ai pris les premières notes préparatoires à l'écriture de ce livre. Merci aux libraires et bibliothécaires qui ont fait connaître mon travail au cours de ces dix dernières années ; merci aux lectrices et aux lecteurs — et tout particulièrement aux étudiant(e)s en médecine. Aux uns et aux autres, je souhaite bon vent en ces temps difficiles.

Merci, enfin, aux proches petits et grands — famille et amis, présents ou lointains.

Et, plus que jamais, merci, *Vous*.

Tourmens, 7 décembre 2008 — Montréal, 17 mai 2009
martinwinckler@gmail.com

DU MÊME AUTEUR

Aux Éditions P.O.L

EN SOUVENIR D'ANDRÉ, 2012 (Folio n° 5736)

LE CHŒUR DES FEMMES, 2009 (Folio n° 5198)

HISTOIRE EN L'AIR, 2008

LES TROIS MÉDECINS, 2004 (Folio n° 4438)

PLUMES D'ANGE, 2003 (Folio n° 4271)

LÉGENDES, 2002 (Folio n° 3950)

LA MALADIE DE SACHS, 1998 (Folio n° 4233)

LA VACATION, 1989 (Folio n° 5737)

ABRAHAM ET FILS, 2016

Chez d'autres éditeurs

Littérature

LES INVISIBLES, Fleuve Noir, 2011

LA TRILOGIE TWAIN :

Tome 1 : UN POUR DEUX, Calmann-Lévy, 2008

Tome 2 : L'UN OU L'AUTRE, Calmann-Lévy, 2009

Tome 3 : DEUX POUR TOUS, Calmann-Lévy, 2009

LE NUMÉRO 7, « Néo », Le cherche midi, 2007

À MA BOUCHE, « Exquis d'écrivains », NiL, 2007

LE MENSONGE EST ICI, Librio, 2006

CAMISOLES, Fleuve Noir, 2006

NOIRS SCALPELS (ANTHOLOGIE), Le cherche midi, 2005

MORT IN VITRO, « Polar Santé », Fleuve Noir, 2003 ; Pocket, 2004

LE MYSTÈRE MARCŒUR, L'Amourier, 2001

TOUCHE PAS À MES DEUX SEINS, « Le Poulpe », Baleine, 2001 ; Librio, 2003

L'AFFAIRE GRIMAUDI (en coll. avec Claude Pujade-Renaud, Alain Absire, Jean-Claude Bologne, Michel Host, Dominique Noguez, Daniel Zimmermann), Éditions du Rocher, 1995

Essais

DR HOUSE, L'ESPRIT DU SHAMAN, Boréal, 2013

PETIT ÉLOGE DES SÉRIES TÉLÉ, 2012 (Folio 2 € n° 5471)

CONTRACEPTIONS MODE D'EMPLOI, 3e édition, J'ai lu, 2007

LES DROITS DU PATIENT, avec Salomé Viviana, Fleurus, 2007

CHOISIR SA CONTRACEPTION, « La santé en questions », Fleurus, 2007

TOUT CE QUE VOUS VOULIEZ SAVOIR SUR LES RÈGLES, Fleurus, 2007

J'AI MAL LÀ, Les petits matins / Arte, 2006

SÉRIES TÉLÉ, Librio, 2005

LES MIROIRS OBSCURS, grandes séries américaines d'aujourd'hui, Au Diable Vauvert, 2005

LE RIRE DE ZORRO, Bayard, 2005

ODYSSÉE, UNE AVENTURE RADIOPHONIQUE, Le cherche midi, 2003

SUPER HÉROS, EPA, 2003

NOUS SOMMES TOUS DES PATIENTS, Stock, 2003 ; Livre de Poche, 2005

CONTRACEPTIONS MODE D'EMPLOI, Au Diable Vauvert 2e édition, 2003

C'EST GRAVE, DOCTEUR ?, La Martinière, 2002

LE CORPS EN SUSPENS, sur des photographies de Henri Zerdoun, Zulma, 2002

LES MIROIRS DE LA VIE, histoire des séries américaines, Le Passage, 2002

EN SOIGNANT, EN ÉCRIVANT, Indigène, 2000 ; J'ai lu, 2001

GUIDE TOTEM DES SÉRIES TÉLÉVISÉES (en coll. avec Christophe Petit), Larousse, 1999

LES NOUVELLES SÉRIES AMÉRICAINES ET BRITANNIQUES, 1996-1997 (en coll. avec Alain Carrazé), Les Belles Lettres / Huitième Art, 1997

MISSION : IMPOSSIBLE (en coll. avec Alain Carrazé), Huitième Art, 1993

Traductions

UPDIKE & MOI de Nicholson Baker, C. Bourgois, 2009

GOODNIGHTS de Patrick Zachmann, Biro, 2008

DANS LES COULISSES DU RIDEAU DE FER de Rosner Julius, Le cherche midi, 2003

MANUEL DES PREMIERS SECOURS, Croix-Rouge française, Flammarion, 1998

CHRONIQUE DU JAZZ de Melvin Cooke, Abbeville, 1998

LE JOURNALISTE de Harry Mathews, P.O.L, 1997

CANARDS MORTELS de Patrick Macnee, Huitième Art, 1996

L'ARTICLE DE LA MORT de Patrick Macnee, Huitième Art, 1995

GIANDOMENICO TIEPOLO de Harry Mathews, Flohic, 1993

LA MAÎTRESSE DE WITTGENSTEIN de David Markson, P.O.L, 1991

CUISINE DE PAYS de Harry Mathews, P.O.L, 1990

*Tous les papiers utilisés pour les ouvrages
des collections Folio sont certifiés
et proviennent de forêts gérées durablement.*

*Impression Novoprint
à Barcelone, le 28 mars 2022
Dépôt légal : avril 2022
1er dépôt légal dans la collection : février 2017*

ISBN 978-2-07-272267-7 / Imprimé en Espagne

541395

Paul Schallweg
Die Meistersinger von Miesbach
und andere bayrische Opern

rosenheimer
raritäten

Paul Schallweg

Die Meistersinger von Miesbach

und andere bayrische Opern

Mit Zeichnungen von D. Klama

Rosenheimer

Vierte Auflage 1990

 ISBN 3-475-52272-1
Das Buch erscheint in der Reihe »Rosenheimer Raritäten« im Rosenheimer Verlagshaus Alfred Förg GmbH u. Co. KG, Rosenheim. Gedruckt wurde es in der Druckerei Wagner GmbH in Nördlingen und gebunden bei Conzella in München. Umschlag und Zeichnungen stammen von Dieter Olaf Klama, München.

Inhalt

Die Meistersinger von Miesbach

oder
Wia der Oberförster Stolz den
Stadtschreiber Beck ausgstocha hat

(Musik-Vorspiel)

1. Akt: *Wia's gschnagglt hat*

Pfingsten neunzehnhundertzehn.
Vui Leut san in der Kircha gwen.
Der Weihrauch hängt im Gotteshaus,
das Festtagsamt des is boid aus.
Der Pfarrer klappt sei Meßbuach zua,
druckt d'Schliaßn nei in aller Ruah.
Heut braucht er wieder ewig lang,
d'Leut drucka scho im mittlern Gang.
De meistn denka scho voraus,
was macha, wenn de Kirch is aus.
So gehts hoit bei a langer Meß.

›Kreuzbirnbaam, daß i net vergeß,
an Schweinsbratn aus'm Rohr raus z'doa,
glei, wenn i hoamkumm, denkt di oa.
Mitn Knödlwasser hat's no Zeit.
Was koch i für a Suppn heut?
Hätt der Pfarrer kürzer predigt,
waar bis zwölfe ois erledigt.

So werds hoit wieder hoiwe oans –
Abndbrot hab i aa no koans.
Der Mo konn d'Arwad net ermessn,
der sitzt se hi und wui sei Fressn . . .‹
Dahinter glei a anders Wei,
de denkt, daß Bsuach kriagt uma drei.
›Ausgerechnet Tante Marie!
Mein Gott, froh und glückle waar i,
hätt ich s' nur scho wieder drauß!
Was de schwofed is a Graus,
redt a gschlagne Stund alloa
und frißt Kuacha no für zwoa!‹
Männer san im Geiste scho
drübn im Wirtshaus glei nebn o,
sehng se dort scho Kartn mischn.
Mei, und 's Bier werd owezischn!

In der achtn Bank weit hint,
kniat ein wunderschönes Kind,
's Büachl in der gfoitna Hand,
wias der Leibl gmoin habn kannt.
Schaugat füre zum Altar,
wenn dazwischn der net waar,
den s' scho seit'm Gloria
mit de Augn frißt – mein Gott, naa,
werst ihr scho verzeihn de Sünd,
daß sie gar koa Andacht findt.
Des da dort, des waar der Mo!
Zwoamoi hat er umgschaugt scho,
nirgends anderster ois wia,
ganz alloanig hi zu ihr.

Fili uni genite –
's Herz des bleibt ihr pfeigrad steh.

Jetza lacht er her zu ihr!
's Everl gibt se größte Müah,
daß de andern Leut net sehng,
wia sie rot werd und verlegn.
Am Schluß, vorm Deo Gratias,
da hatses gwußt: er wui ihr was . . .

So denkt a jeds grad wias eahm taugt.
Der Pfarrer hat sei Gmoa ogschaugt.
Fromm sehng s' alle zu eahm hin
und so war er wieder zfriedn.
D' Leut habn dreigschaugt recht versenkt,
ma woaß ja net, was jed's so denkt.

De Meß, de ist lateinisch gwen,
und 's Volk hat weiter nix zum redn,
denn lateinisch konn's ja net,
z'Miasbach hat ma bayrisch gredt.
Mancher hätt da dro sei Freud ghabt.
Jeder Mensch hat für sich Zeit ghabt,
daß ma denkt sich was ma wui
und ma hat des schöne Gfui,
wenn ma dableibt bis zum Segn,
daß ma in der Kirch is gwen.

Ma woaß hoit net, was echt, was Schein is,
»Dank sei Gott« – bloß auf lateinisch –
hat der Ministrant na gsagt,
der an Weihbrunnkessl tragt,
der Pfarrer spritzt sein Segn no aus
und scho rumpelns oisam naus.

's Everl bleibt im Friedhof steh,
an Vata siehgt s' ins Wirtshaus geh.

Vom Turm tuats halbe zwölfe schlagn.
»Madl, derf i di was fragn?«
Sagt da plötzlich hinter ihr,
oana, der durch d'Seitntür
scheinbar aussakemma is.
Und da gibts ihr glei an Riß,
draaht se um und schaugtn o –
Und da steht er scho der Mo,
der sie in der Kircha grad
so verdeifet oglacht hat!

»Madl«, sagt er, »hör ma zua,
Deandln wißt i ja grad gnua,
aber du stichst alle aus.
Woaßt, i bin in Münga z'Haus,
da gibts Weiber übernand,
zehne hätt i an der Hand,
koane hat mi intressiert,
– aber jetza is passiert!
Bist verheirat oder net?
I muaß' wissn, Madl, red!«

»Ledig waar i scho«, hats gmoant,
hat se an an Grabstoa gloahnt,
d'Füaß habns beinah nimma tragn,
traut se kaam a Wartl sagn.
's Herz des pumpert wia verruckt,
zittert hats und gschwitzt und gschluckt.

»Geht denn des so schnell bei dir?
Woaßt so vui wia nix vo mir!«
»Madl«, sagt er, »denkst vui zvui,
d'Liab de geht nur nach'm Gfui,

schnaggln muaß da innen drin,
wenns net schnagglt hats koan Sinn!
In der Kirch beim Gloria,
steh i in der Bank so da,
auf amoi gibts mir an Stich,
draah mi plötzlich um und siech,
wias du dastehst! Deine Augn!
Ko schier nimma wegaschaugn.
Woaßt, ma denkt im Lebn so zamm,
was ma für a Frau möcht ham.
So müaßts sei und so und so,
schließlich glaabt ma selm net dro,
daß de gibt, de wo ma möcht
und i moan, i siech net recht,
draah mi um, i woaß net wia,
stehst zwoa Meter weg von mir.
Und scho gibts mir einen Riß,
mein Gott, denk i, schau *des is!*
Madl, sag mir, obs' d' mi magst,
wennst mir nur des oane sagst,
daß du hast des gleiche Gfui,
na ko kemma, was da wui.
Was aa für a Wendung nimmt,
zreißn dua i ois was kimmt!
Woaßt, bei mir werd net lang gfacklt –«

»Ja, bei mir hats grad so gschnagglt,
ehrlich, i bin ganz dakemma,
mechast du mi wirkli nehma?
Wia i dasteh, kost mi habn!
Nur grad oans muaß i no sagn:
Leicht hat 's ganze gar koan Zweck.
Woaßt, da is der Sixtus Beck,

der Bezirksamtssekretär,
der is hinter meiner her.
Und des waar der ganz verkehrter,
so ein Hamme, so ein gscherter,
dreggad isa, wüast und greißlich,
dauernd bsuffa und net häuslich.
Moant, ois waar er wunder wer,
der Bezirksamtssekretär!
Hat mi hundertmoi scho gfragt,
und der Vata hat scho gsagt,
wenn er morgn beim Gstanzlsinga,
daat an erstn Preis erringa,
nacha hätt er nix dagegn,
– vorausgesetzt i daat ihn mögn –
daß i mi verlob mit eahm,
aber liaber wui i sterbn!«

»Deife«, sagt der ander drauf,
»sowas regt mi direkt auf.
D'Liab de kost doch net dazwinga
mit an blädn Gstanzlsinga!«

»Freile net, da hast scho recht.
Es guit ja aa nur, wenn i möcht.
Woaßt, der Vata druckt mi hoid,
weil mir gar koa Mannsbuid gfoit.
›Madl‹ sagt er, ›bin's scho gwohnt,
der wo dir gfoid, lebt am Mond!
Z'Miasbach oder anderswo,
findst du nia an soichan Mo!
In der ganzn Stadt werd gredt:
›Sagns, heirat Eahna Tochter net?'«
Da legt er sein Arm um sie.
»Madl«, sagt er, »jetzt kimm i!

Sei net traurig, hab an Muat,
d'Hauptsach, mir zwoa san uns guat.
Muaßt ma grad no sagn, wia d' hoaßt,
i bin der neue Förster, woaßt,
und i schreib mi Walter Stolz,
leb vom Jaagern und vom Holz.
Was ma fehlt no, is a Wei,
aber des is jetzt vorbei.
Und wia sag i na zu dir?«

»Everl«, sagts no grad mit Müah,
alles weitre hats verschluckt,
denn dann hat er s' schier dadruckt.
»Madl«, sagt er, »mi hats packt!«
Damit is aus der erste Akt.

(Musik)

2. Akt:
Wia oana 's Kammerfensterln probiern wollt

Kuahnacht is über Miasbach gwen.
De Leut san längst im Bett scho glegn,
und brennt a Liacht, kurz da – kurz dort,
geht höchstens oana an Abort.
Oder, was ja aa passiert,
daß irgendoan in d'Haxn friert
und daß er aufsteht in der Nacht,
an Hofa hoaßes Wasser macht,
a Wärmflasch sich ins Bett neiduat,
scho kimmts in Fluß, des koite Bluat!
De Müah is wert, könnts sagn, was mögts,
denn koite Füaß san was verreckts.

An andrer machts auf seine Weis.
Sei Bluat bewegt sich woi im Kreis,
bloß stockts eahm scho a ganze Weil,
in einem andern Körperteil.
Er braucht koa Wärmflasch und koa Liacht,
a jeder woaß, was nacha gschiacht,
er draaht se rum und wieder num,
dann sagt er plötzlich »Wally kumm!«
und schliaft zu seiner Frau ins Bett,
da werd na weiter nix mehr gredt.

Gleich nebn der Kirch, am scharfn Eck,
da steht des Haus vom Sixtus Beck.
Trotzdem er hat a Fuaßbad gmacht,
findt er koan Schlaf in dera Nacht.
Der Apotheker hat scho gsagt:
»Sixtus, wenn's di nachtlings plagt,
da huift koa Fuaßbad, koa Arznei,
du brauchst nix anders, ois a Wei!
Kimmst eh so zammazupft daher.
Du! Ois Bezirksamtssekretär!
A Wei wenns d' hast, de richt de zamm,
so nimmt hoit oane, in Gottsnam!«

In jedm Lebn gibts an Moment,
in dem der Mensch koan Hoit mehr kennt.
Oft hat er denkt: des pack i nia,
dann packt er's plötzlich wie ein Stier!
Verdrängt is alles was ihn hemmt,
der ganze Körper dampft und brennt.
Des bläde Fuaßbad is für d'Katz!
Der Sixtus springt mit einem Satz
raus aus'm Bett, in d'Hosn nei,
»Der Deife hoi mi, jetzt muaß sei!«

An Janker no und Strümpf und Schuah,
dann no a schneller Blick auf d'Uhr:
hoiwe zwölfe, scho weng spät.
Hat s' an tiafn Schlaf is bläd.
Is leicht grantig, wenn i's weck,
kriagt s' ma gar am End an Schreck.
Saudumm waars, wenn s' recht laut plärrt,
daß der oide Pogner hört.
Nacha stopf i ihr scho 's Mei.
Weiba woin hart oglangt sei.
Wenn s' na siehgt, wia hoaß i bi,
nacha flackt se si scho hi.
Deife, na kos was dalebn.
Ois, was drin is, wer i gebn.
Und damit sie ja net glaabt,
i hätt nur Interesse ghabt,
daß i s' zammpack, Deife nei!
Weng Romantik möcht scho sei!
A Musi, de mei Liab ozoagt,
de glüstig macht, und 's Herz dawoagt!
Da Sixtus langt in d'Schubladn nei,
links hintn, da müaßts drinna sei.
Hans Sachs, der Heimatpfleger sagt,
wer des bei sich im Janker tragt
und zu an Fenster aufesteigt,
damit se ebbas zammageigt,
und Angst hat, daß s' koan guatn raucht,
mit dem fangst d'Weiber, wia mas braucht.

Auf gehts, Sixtus, höchste Zeit,
as Haus vom Pogner is net weit,
de Hauptstraß bis zum Bäcker Zwick
und dann rechts nei a kurzes Stück

und dann schräg links – zum Gasthof Zweng,
– da brennt a Liacht, des hat er gsehng –
vorbei am neua Spritznhaus,
scho steht er dort am Pognerhaus.
Er speibt in d'Händ, geht zur Remis,
weil da a lange Loater is.
Er nimmts und stellts an d'Mauer hi,
im ersten Fenster rechts schlaft *sie*.
De Oidn schlaffa hintn naus.
De hörn des nia durch's ganze Haus.
Der Oid is dorad, sie is krank,
und Hund habns aa koan, Gott sei Dank.

Er laßt se no a wengerl Zeit.
Ois is so ruhig weit und breit.
A Lüftal waaht, der Flieder riacht,
da spürt er's, wias eahm aufakriacht,
de gaache Liab, der hoaße Druck.
Sixtus, los, es gibt koa Zruck!
Er steigt de erste Sprossn nauf,
de zwoate dann, de dritte drauf.

Bei der viertn, liabe Leut,
laßts ma schnell a wengal Zeit.
Zwischndrin is ebbas gschehng,
net weit weg, im Gasthof Zweng.
Wer da sitzt, den kennt a jeder,
Hans Sachs, der oide Heimatpfleger.
Rund um eahm so fuchzehn Leut.
»Burschn«, sagt er, »seids ma gscheit!
Laßts de oidn Bräuch net sterbn,
des Guate muaß erhoitn werdn.
Ja mei, was habn mir früher gmacht.
San net bloß in d'Maiandacht!

Nachtlings hat se no was grührt!
Und was is heut? Seids alle müad!«

In dem Moment stürzt oana rei:
»Der Sixtus steigt beim Everl ei!«
Der Daxer wars, mit Schaum vorm Mund.

»Des is net mögle, sonst bist gsund?«
Schrein alle durcheinander glei:
»Der Sixtus steigt beim Everl ei?«

»Glaabts mas!« hat der Daxer gsagt.
»I siechn, wiara d'Loater tragt
und zum Fenster himaschiert.
Schickts euch, eh no was passiert!
Leut, stehts auf, habts koane Boin,
a jeds von uns hätts 's Everl woin,
jedm hat si d'Hand ausgschlagn
– der schiache Depp brauchts aa net habn!«

Der Daxer war no net am End,
da sans scho alle außegrennt.
Der Sachs sitzt plötzlich gann alloa.
Er is scho oid, was soi er doa!
Er trinkt sei Bier schö langsam aus,
steht auf und schaugt zum Fenster naus.
's is finster drauß, er ko nix sehng.
Was werd jetzt mit'm Sixtus geschehng?
Mitn Everl gar? Sie tuat eahm leid.
Wenn er no jung waar, des waar gscheit.
Dann daat er s' nehma bei der Hand
und gang mit ihr am Wiesnrand,
daat ihr vom Frühling was erzähln,
ois andere, des kaam von selm.

Wer soi s' jetzt heiratn, 's is zum Woana,
von dene gschertn Glaachen koana.
Jeder glaabt se woaß wia schneidig,
oana is dem andern neidig.
Dean se da um mi versammeln,
plötzlich rennas wia de Hammeln.
Ausdrück habns und raffa deans,
oiwei no verruckter werdns.
Die Welt zerfoit in Zank und Streit.
Für oan wia mi werds langsam Zeit.
Ma ko des ganze net versteh.
»Da Zenzi, nimm dei Geld, i geh.
Drei Brot, an Pressack und zwoa Bier,
achtzg Pfenning machts, der Rest ghört dir.
De Oidn werdn hoit gern verlacht.
Mei schönes Miasbach, guate Nacht.«

De Burschn san beim Feuerhaus
und ziahng de große Spritzn raus.
»An Schlauch hi, leise, machts koan Lärm!
Der Sixtus derf uns ja net hörn.
Zwoa Mann an d'Pumpn, oans an Schlauch,
glei schwoaman weg, den Klätzndauch!«

Der Sixtus aber steht hoch obn
und hat se langsam füregschobn.
Meisalstaad is drin im Haus.
Jetzt ziahgt er de kloa Musi raus
und hebt se nomoi höher nauf
as Fenster steht a Handbreit auf.

(Musik) (Maultrommel oder Mundharmonika)

»Everl, bist drin?
Schaug außa zu mir!
I hab was im Sinn!
Bin hoaß wia a Stier!«

(Musik)

»Everl, schaug raus,
bist drin oder net?
I hoits nimmer aus,
i wui in dei Bett.«

(Musik)

Auf oamoi duat wer einen Schrei.
»Paß auf, jetzt hauts di eine glei!«
So hört er hint de Burschn plärrn,
er woit se schnell nach hintn kehrn.

Der erste Strahl, der geht vorbei
pfeigrad in d'Menschakamma nei.
De ganze Bettstatt is dawoagt,
dann hats'n arschlings einegschwoabt.

Ich brauchs euch weiter net beschreibn.
Ma woaß ja, wia's so Burschn treibn.
Es hat net bloß an Sixtus goitn.
De mehran von de Burschen woitn,
– so Lackln san ja furchtbar gschert –
daß aa as Everl eigspritzt werd.
Doch de war net im Zimmer drin.
Sie hat zum Walter gsagt: »I kimm,
wenn der Vata schlafa duat
gega neune hinter 's Guat.

Unterm Holler is a Bank,
und recht hoamle, Gott sei Dank.«

Wenn der Holler kimmt in d'Blüah,
hat a Mo koa große Müah,
wenn er nur grad findt de recht,
nacha kriagt er, was er möcht.
Der oa hats leicht, der ander schwer.
So, jetzt ghört a Musi her.

(Musik)

3. Akt: *'s Gstanzlsinga*

Deife, is da des a Lebn!
Volksfest is in Miasbach gwen.
In der Fruah um sechse scho
fangas mit de Böller o.
Und um zehne is na Kirch.
's Weda is aa gar net schiach.
Draußn auf'm freien Feld
steht a riesigs Blachazelt.
Außn rum drahn Karussell,
a »Haut den Lukas« is zur Stell.
Um a Fünfal kriagst a Gfrorns.
A Kind zoagns her, a totgeborns,
des hat zwoa Köpf in Spiritus.
Für a Zwanzgal machst fünf Schuß
auf a große Schütznscheibn,
drübn duat oana Feier speibn.
Glei nebno ko'st alles habn,
was ma braucht für Geist und Magn.
Bärndreck, gweichte Amulettl,
Kreuzal an am suiwan Kettl,

Gummiguatl, Wetterkerzn,
Liebesberl und Kuachaherzn,
Andachtsbuidl, groß und kloa,
Rosnkränz aus Birknstoa.
Kinder schrein zum Kasperl nauf:
»Kasperle, paß auf, paß auf.
Hinter dir is Krokodui!
Siehgst net, daß di fressn wui!«

Jessas, Fressn, apropo,
Brotzeit, de gibts nirgendswo.
Essn kriagt ma nur im Zelt,
a hoiwe Stund, nachdem mas bstellt.
Denn um sechse wars scho voi.
Eng wia in an Hennastoi
sans beinanderghockt de Leut.
Und um sieme war's so weit,
daß de Festlichkeit beginnt.
»Auf der Alm da gibts koa Sünd«
singt ein strammer Männerchor.
Dann tretn junge Madln vor,
singa 's Liad vom Jaagersbua,
Fenster auf und Fenster zua.
De gsungna Sachan kemma zerst,
weils d' es späta nimma hörst,
denn wenns bsuffa san de Brüada,
singas ihre eigna Liada.
»Es war ein Schütz« und soichan Schmarrn,
haun in Tisch nei wia de Narrn.
Vom Gamsgebirg und Büchsnknall,
»Es braust ein Ruf wia Donnerhall«,
»Warum ist es am Rhein so schön«,
»Wo die grünen Tannen stehn«.

Ois nächstes kummt a Blasmusik,
dann a kloans Theaterstück.
Der oide Sachs sitzt vorn am Tisch,
in der Hand an kloana Wisch,
wo 's Programm ist aufnotiert.
Er war a wengal irritiert.
Wenn de oisam bsuffa san,
schmeißn s' eahm des ganz Programm.

»Leut, bevor ma weitertrinka,
fang ma o mitn Gstanzlsinga!«
hat er oiso lauthois plärrt.
»Wer fangt o, so wia ses ghört?
A anderer, der singt dagegn.
Sixtus, daazt du oiso mögn?«

»Vom Mögn, da is scho gar koa Red.
Doch i konn heut leider net.
I hätt mi ja der Sach gern gstellt,
doch i bin so arg erkält.
Hörtses, wia i huastn tua,
laßts mi liawa heut in Ruah!«

»Sixtus«, hat der Sachs drauf gsagt,
»wenn di so der Huastn plagt,
nacha sagst de Gstanzln so!
Wer is na der andre Mo,
der an Sixtus redt dagegn?
Der soi jetza füretretn!«
Neamand rührt se, ois is staad,
nur ganz hint, der oane grad,
kimmt daher und stellt se hi:

»Leut, woits wissn, wer i bi?

I leb vom Jaagan und vom Holz.
I bin der Oberförster Stolz!«

»So, des waar der zwoate Mo.
Auf gehts Leut, jetzt fang ma o!«

(Musik)

Beck: »Du bist ja aus Münga,
bleib da, wos d' highörst!
Du kimmst bloß nach Miasbach,
weilst in Münga nix werst!«

(Musik)

Stolz: »Vorm Deandl sein Fenster
hams a Spritzn higmacht.
Kimmt der rechte Bua net,
rutscht er aus bei der Nacht!«

(Musik)

Beck: »In Münga gibts Flitscherl,
de passn für di!
Aber a Miasbacher Deandl
laßt koan Stadtara net hi.«

(Musik)

Stolz: »De Miasbacher Deandln
san ganz narrisch auf mi.
De lassn an Jaaga
no allaweil hi.«

(Musik)

Beck: »Du saudumma Jaaga,
laß d'Madln in Ruah!
Mir braucha koan Jaaga,
ham Wuidschützn gnua!«

(Musik)

Stolz: »Bist naufgstiegn zum Madl,
es hat dir nix gnützt,
Dafür hams dirs Arschloch
mit Wasser ausgspritzt.«

(Musik)

Beck: »Du saudumma Jaaga,
i werd dafür sorgn,
daß di wieder hoamschicka,
liaber heut ois wia morgen!«

(Musik)

Stolz: »Du bist vom Bezirksamt,
aber hast nix zum redn.
Du konnst dir nur d'Haxn
unterm Schreibtisch vertretn!«

(Musik)

Beck: »Und du bist a Förster
und hast nix zum doa!
De Miasbacher Baam,
de wachsn von alloa!«

(Musik)

Stolz: »Wennst jetza net 's Mei hoitst,
verzähl i genau,
was gestern passiert is,
du wampade Sau.«

(Musik)

Beck: »Was gestern passiert is,
geht neamand was o.
Mir foit nix mehr ei,
jetzt bist du wieder dro.«

(Musik)

Stolz: »Du saudummer Schreiber,
dir foit nix mehr ei,
wennst nix mehr zum sagn hast:
sitz di hi und hoits 's Mei!«

(Musik)

Der Sixtus war a gschlagna Mo,
er hat versunga und verdo.
So geht des Volksfest seinen Gang.
Zwoa junge Leut hoits nimma lang.
Verliabte san hoit gern alloa,
so gehngas auße alle zwoa.

»Everl«, sagt er, »hör auf mi,
oa Gstanzl hab i no für di.
De andern warn a wengerl hart,
drum hab i oans für die aufgspart:

»O du liabs Schatzale,
bist mei kloans Spatzale,
Everl, mei Butzale,
bist mei kloans Schnutzale!
's Fenster werd offa sei,
laßt mi ins Kammerl nei!
D'Bettstatt, de werd se biagn,
wern ma vui Kinder kriagn.
Madln drei, Buama drei,
oana muaß a Jaaga sei!
Everl, mei Schatzale,
hab di so gern.«

Der Ring des Nibelungen

Das Rheingold

oder
De Gschicht von de
goidana Äpfe

Vorspruch

Wer Äpfe ißt lebt ewig lang.
Sie fördern deinen Wasserdrang
und aa in Leber, Darm und Hirn
konnst ihre Heilkraft deutlich spürn.
Gerät dein Stuhlgang dir nicht zügig,
macht Äpfeessen ihn gefügig.
Der Apfe huift aa gega Gicht
und wer net aus de Augn raussiecht,
weil 's ganze Bluat im Kopf drin is,
soi Äpfe essn, des huift gwiß.
Wer Äpfe ißt, ganz frisch vom Baam,
kriagt nia a Glatzn, derfts mas glaam.
Von Rheumatismus keine Spur,
machst jedes Jahr a Äpfekur.
A Mensch, der laufend Äpfe speist,
im hohen Alter net vergreist,
der Kalk nicht seinen Kreislauf hemmt
und er bleibt jung und stets potent.

Noch manche Krankheit waar zum sagn,
de man mit Äpfe konn verjagn.
Sehr gut is aa der Apfesaft,
weil er bei Fieber Lind'rung schafft
und aa bei Bronchialkatarrh
wirkt Apfesaft ganz wunderbar.
Wer abends einen Apfe ißt,
des Tages Ärger schnell vergißt.
Nimm ihn mit Andacht in dei Hand
und iß ihn langsam mit Verstand.
Und legst dich dann in d'Bettstatt nei,
dann schlafst du oisboid ruhig ei.

So stimmt des woi, de best Arznei
im Lebn kannt leicht der Apfe sei.
Nur wenns amoi an End zuageht,
dann hilft dir aa koa Apfe net.
Wenns d' aufgebn muaßt moi deinen Geist,
konnst Äpfe essn, bis di zreißt.
Umsonst. – Es geht dahi mit dir.
Da huift dir aa koa Doktormüah.
Nur oans kannt helfa in der Not.
A goidna Apfe gegan Tod.
Doch der wachst nirgends auf der Welt,
den konnst net kaffa für dei Geld.
Der kimmt nur vor im Märchen drin,
da hat er aa sein rechtn Sinn.
So, Leut, paßts auf, seids alle gricht,
jetzt fang ma o mit dera Gschicht.

Erstes Buid

De oidn Götter habn scho gwußt,
wia schee daß is de Fleischeslust.

A Fabelwesen, Riesen, Zwerge,
habn Weiber ghabt oft ganze Berge.
So spürt auch König Alberich,
der Nibelung, an Drang in sich
und taucht zu seinem Zeitvertreib
tiaf drin im Rhein nach einem Weib.

A Madl, des an Fischleib hat,
ist zwar für d'Liab net 's beste grad,
doch war der Alberich scho froh,
wenn er an Busn datschln ko.
Da schwimma aa scho drei daher.
»Da schnappst dir oane, is net schwer!«
Scho moant er, er hätt oane gfischt,
is eahm des Luada durchegwischt.
Da schwimmt de zwoate hinterm Riff,
fast hat er s' scho im Untergriff,
da schwimmt s' eahm, glitschig wia a Lurch,
durch seine gspreiztn Haxn durch.
Scho kimmt de dritte auf eahm zua –
»I wui dir doch nix, bläde Kuah!«
schreit er wia sie a Wendung macht
und hinterm Felsn fürelacht.
Doch dann passiert was wunderbars,
a zauberhafter Liachtschein war's,
der plötzlich runterkimmt vo obn,
»Varreck, was isn des da drobn?«
Der Alberich hat d'Augn verdraaht.
»Jetzt möcht i doch scho wissn grad,
wem ghörtn des, was isn da?«

»Hast nia was ghört vom Rheingold, ha?«
sagt da de jüngste von de drei,
d'Wellgunde. »Hoitst net glei dei Mei!«

schreit da d'Floßhilde, »Blöde Goaß,
a Gheimnis is, des koa Mensch woaß!«

»Geh weiter, hab di doch net so!
Des wüaste Zwetschgnmandl da
versteht doch nix von Gold und Macht,
du siehgst doch, wia er deppad lacht.«

Ma woaß ja, d'Weiber san oft blöd,
wenns ratschn, na dabremst as net,
da gehts dahi in einem Fluß
und was kimmt raus – nix wia Verdruß!
Was streng geheim is, ganz egal,
muaß rausgratscht werdn auf jedn Fall.
Erst wenn der letzte Stoff ausgeht,
werd's eahna Angst, doch dann is z'spät.
Und so passierts', daß diese drei
net eher hoitn eahna Mei,
bis ausgredt is der letzte Satz
vom edlen Nibelungenschatz.

Der Alberich spitzt fein de Ohrn,
eahm geht koa oanzigs Wort verlorn:
Wer je des Goid tuat wegatragn,
so hört er de drei Weiber sagn,
de ganzn Brockan, de da liegn,
der ko damit de Welt besiegn.
Wenn er an Ring schmiedt aus dem Gold,
dann kannt er macha, was er woit!
Sei Macht gang über d'ganze Welt
und wer si eahm entgegenstellt,
den werd de Kraft des Rings zerschlagn!
Nur oans, des muaß ma aa no sagn:

Er derf gar niamois zu an Wei,
muaß euwei brav alloanig sei.
Er derf net liabn des ganze Lebn
und grad an soichan duats net gebn,
der des a Lebn lang zammabracht,
denn zerst kimmt d'Liab und dann kimmt d'Macht!

»He Alberich ko'st des versteh,
bei dir daaz scho glei gar net geh!
Di packad d'hoaße Liab im Nu,
des gibst doch zua, du Lustmolch du!«

Des hättns net sagn soin, ohne Zweife.
Der Zwerg rennt auf, ois wia der Deife.
»Auf d'Liab verzicht i!« schreit er no,
reißt's Gold an sich – und rennt davo.

Zwoates Buid

Der Wotan sagt in aller Fruah
zu seinem Weib: »Jetzt horch moi zua:
Die Burg Walhall steht fertig da
und trotzdem werd i net recht froh.
Zwoa Riesn habn uns baut des Haus,
i Depp mach einen Baupreis aus,
daß sie, wenn 's schlüsselfertig steht
und alles schee in Ordnung geht
bis auf de letzte Kellerstiagn,
de Freia zum vernaschn kriagn.
O Fricka, sag, was mach ma nur?
I bin net gnickad von Natur,
doch unsre heißgeliebte Freia
is mir ois Baupreis doch scho z'teia.«

Der Wotan war no net zu End,
da kemma d'Riesn aa scho grennt.
Der Fasolt hint, der Fafner vorn:
»Walhall is pünktlich fertig wordn!
Schaug s' o, de Burg, de gfoit dir gwiß!
Raus mit der Freia, Zahltag is!
Sag ja net, daß vielleicht net wui,
oa Wei für zwoa is eh net zvui!«

Der Wotan kratzt se an seim Kinn.
»Ihr spinnts woi, des is niamois drin!
I gib mei Schwaagrin net so Raudi,
des ganze war doch bloß a Gaudi!«

Ma merkt, daß ein Germanengott,
der neirutscht in a Gwissnsnot,
sich wia a Schlanga außawindt.
Des is net göttlich, wia i findt.

Da siecht ma wia de Freia grad
halb nackad außakimmt vom Bad.

Da hat's der Fafner wissn mögn:
»A Gaudi, sagst? Des woi ma sehng!«
Er springt mit einem Satz zur Freia,
fahrt ihr krawottisch untern Schleia,
wahrscheinlich hätt er s' packt mit Gwoit –
in dem Moment schreit oana »Hoit!«
Der Loge war's, der Gott des Feuers
und der sagt glei was ungeheuers:

»Leut, horchts, es is was schlimmes gschehng,
glei draaht se d'Welt um, werdses sehng

und uns werd boid der Deife holn:
Der Alberich *hat's Rheingold gstohln!*
De Macht des Rings, de liegt bei eahm!
Der bringt uns alle in's Verderbn!
Los, reißts euch zamm, schaugts net so blöd,
habts mi verstandn oder net?
Es geht ums Rheingold, liabe Leut,
begreifts denn net, was des bedeut?
Wenn der damit a Dummheit macht,
dann zreißts uns oisam, guate Nacht!
Woin mir net 's ganze Gspui verliern,
dann muaß sofort no was passiern!«

Der Wotan is zu Stoa erstarrt.
»Mir bleibt doch wirklich nix erspart!
Sogar ois Gott hast net dei Ruah.
I woaß boid nimmer, was i dua.«

Der Fafner laßt die Freia steh,
eahm kummt da eine Pfunds-Idee:
»He, Wotan, bring uns 's Rheingold zua!
Ois Baupreis waar uns des Sach gnua.
Na brauchat ma de Freia net,
i find, des waar doch gar net blöd.
Mir nehma s' jetza mit ois Pfand,
und bringst uns 's Rheingold bis heut abnd,
na gebn mir 's Madl wieder frei,
natürlich unversehrt! – Schlag ei!«

Der Wotan druckt net lang mehr rum,
»Los, auf zur Erdn, Loge kumm!
Der Giftzwerg muaß des Goid hergebn,
es geht um unser Überlebn!«

Die Götter, derf ma net vergessn,
habn täglich goidne Äpfe gessn.
Dadurch sans jung bliebn und potent,
so wia mas hoit von Göttern kennt.
Hättn s' soiche Äpfe nimmer ghabt,
waarn s' oisboid restlos zammaklappt.

Nur oans hat ghabt de Zauberkraft,
daß soiche Äpfe heraschafft.
Nur d'Freia war dazua imstand,
sie war der Äpfelieferant.
Täglich is in Gartn ganga,
de goidna Äpfe runterz'glanga.
Oan für'n Wotan, oan für d'Fricka,
für'n Baldur duats oan owazwicka.
Für'n Donar oan, den Donnergott,
die Erda ißts gern als Kompott.
Und für sich selber aa no oa,
ois Liebesgöttin täglich zwoa.
Der Loge siehgt se aa net gnua,
und so weiter und so zua.

Drum war der Wotan so drauf aus,
daß' schnellstens wieder kimmt ins Haus.
Damit das Lebn sich nicht erschöpfe
zwengs dene blädn goidna Äpfe.

Drittes Buid

Der Alberich, der wüaste Zwerg,
hat ghaust tiaf drin im finstern Berg.
Er hockt auf seinem gstoina Goid
und denkt, was er draus macha soit.

Er sagt zu seinem Bruader Mime:
»Du schmiedst an Tarnhelm, nacha kimm i
und zoag dir seine Wunderkraft!«

Der Mime hat's in vier Stund gschafft.
Der Tarnhelm hat eahm sehr guat gfoin,
drum hätt er'n selber bhoitn woin.
Der Alberich kriagt glei a Wuat
und setzt'n auf den goidna Huat
und hat mit unsichtbare Händ
sein Bruada oane auffebrennt.

Da kimmt der Wotan scho daher
und sagt: Der Tarnhelm gfoit eahm sehr!
Der Loge hat desselbe gsagt
und nach de Möglichkeiten gfragt,
in was ma sich verwandeln kannt.
»Probier's amoi, da san ma gspannt!«

Der Alberich war narrisch stoiz.
»I führ euch alles vor, was woits!
Da gibts de allertollstn Sacha!
Jetzt möcht i sei a wuider Dracha!
Schaugts her, i setz jetzt auf den Huat!«
Der Wotan schreit: »Mei, is des guat!«

Tatsächlich is der Alberich
mit einem Schlag ein greißlichs Viech,
zehn Meter lang und dickbeleibt,
mit einem Maul, das Feia speibt.

»Großartig!« hat der Wotan geschrian.
»Da mecht ma schier glei Angstn kriagn!

Unglaublich, liaber Alberich!
– Und wia is mit an kloana Viech?
A Krötn, moan i, waar recht schee,
doch fürcht i hoit, des werd net geh.
Der Helm spricht nur auf große o,
i findn trotzdem praktisch so.«

»Doch!« schreit der Zwerg, »des buidst dir ei,
a kloans Viech konn's genau so sei!
Wenn 's d' wuist, na konnst es sofort sehng,
i setz an Helm auf, scho is gschehng!«

Tatsächlich hupft a Krötn rum,
a batzlaugads, glitschigs Trumm.
Der Wotan springt glei auf sie hi
und packt s'. »Du Depp. Jetzt hab i di!
So Bürscherl, jetza ghörst der Katz!
Sei froh, wenn i di net derbatz!«

Der Loge, der is aa glei da
und reißt an Zwerg an Tarnhelm ro.
Der schreit no: »So ein fauler Trick!«
Dann ziahngs'n an an Kaiwestrick
zur Oberwelt hoch drobn am Berg.

»Jetzt paß moi auf, du wüaster Zwerg:
Du ruckst sofort mitn Rheingold raus!
Mir laßn di net eher aus!«
Der Wotan schaugtn drohend o,
da hat der Zwerg an Plärra do.
Und aus an finstern Loch im Berg,
da grawen lauter Gartnzwerg
und schleppn 's ganze Goid daher,
der Wotan grinst, 's werd euwei mehr.

Sie dean 's eahm schee vor d'Füaß hilegn.
Der Alberich knirscht mit de Zähn,
wia s' na an Tarnhelm legn dazua.
Der Wotan siehgt se no net gnua.
»Was is mitn Ring? Den möcht i aa!
I glaab, du wuist mi bscheißn, ha?«

Da werd der Alberich kaasbleich.
»An Ring? – Nur über meine Leich!«
Und druckt den Roafn todbewußt
an sei behaarte Hennabrust.

Der Wotan koa Erbarmnis kennt,
reißt eahm den Roafn aus de Händ,
des letzte und des beste Stück.
Der Loge löst den Kaiwestrick.
»So, Alberich, des waars für heut!
Tua di net ärgern und sei gscheit.
I wißt net, was a Kloana soit
mit so vui Macht und so vui Goid!
Du daazt damit nur Blödsinn treibn!
A Kloana soi a Kloana bleibn!
Mir Götter brauchas zum Regiern,
des muaß doch nei'geh in dei Hirn.
Woaßt, Macht, des is nix für de Kloan,
verstehst? – und jetzt gehst schee brav hoam!«

Ma muaß versteh, was jetzt duat gschehng.
Der Zwerg hat se ois Herrgott gsehng.
De Macht vom Ring in seine Händ –
do hat er si im Rausch darennt.
De ganze Welt ghört jetza eahm,
und wer dagegn is, der muaß sterbn!

Nur er schafft o, nur er alloa,
und alle andern müaßn doa,
was er se eibuid in seim Hirn.
Glei heut no woit er's ausprobiern.
Glei heut no woit er's kostn, d'Macht –
und d'Welt hätt gschaugt, wenns plötzlich kracht!
Was war er für ein blödes Vieh!
Jetzt habn s'n pratztl, ois is hi.
Schier zrissn hätt's 'n voller Zorn.
»Ihr habts mi bschissn hint und vorn!«
Er hat in Bodn gstampft voller Wuat
und hat an Kopf kriagt rot wia Bluat,
hat Luft gschnappt und nach Wortn gsuacht
und dann auf bayrisch außegfluacht:

»Götter woits ihr sei? – Pfui Deifi!
Daß aa Probleme habts, begreif i,
doch – brockts euch moi a Suppn ei,
brauchts net so hinterfotzig sei!
An koide Füaß soids oisam sterbn,
da Boanafraß soi euch verderbn!
Und jeden, der den Ring besitzt,
soin s' schlagn, bis daß er d'Seel nausschwitzt.
Und wer ihn net hat, soi se giftn.
Und Mord und Totschlag soi er stiftn!
Verfluachter Goaßdreck, so ein Scheiß,
Varecka soi ois scheiberlweis!
Daß d' ruachad bist, des hab i gwißt,
bluatsaure Mare, so ein Mist!
Daß d' sowas zammbringst macht mi baff,
du haglbuachna Schlauderaff.
Du Grattler, du dafaida Wicht,

mit dei'm dafurchtn Wimmerlgsicht!
Gsottwampads Rindviech, Waglhund,
du Glaache, du dahauda Spund.
Du Kaiwe du, du Klätznsepp,
hoamduckada Kanackndepp,
du Schliffe du, du Habergoaß,
samt deim verdammtn Göttergschmoaß.
De goidna Äpfe soin dafain,
euch in der Gurgl stecka bleibn,
bis zammabrechts und nimma könnts,
ihr zwoamoi gselchtn Himmestenz!
Ja, gega Kloane, da gehts o!
Ihr Hammen kemmts scho aa no dro!
Euch ziahngs no d' Füaß weg unterm Bauch,
Ihr Ruachaköpf, ihr Klätzndauch!«

So hat er Gift und Galle gspiebn,
de Augn hats eahm glei außatriebn.
Dann duat er nomoi einen Schroa
und grawed in a Loch im Stoa.

Da kemma d'Riesn scho daher,
sie wartn nimma länger mehr.
De Freia habns glei mit dabei,
wias ausgmacht is, so muaß aa sei.
Sie möchtn 's Goid zum Berg aufgschlicht,
bis daß ma d'Freia nimmer siecht.
Scho legn s' de Brockan auf oan Hauf,
zum Schluß geht aa der Helm no drauf.
Daß 's letzte Batzerl is verdeckt,
werd aa der Ring no zuaweglegt.
Der Wotan schreit: »Ich blödes Vieh!
Des ganze Rheingold geht dahi!«

Was dann passiert, is intressant.
Der Fluch vom Zwerg is euch bekannt:
›An jedn, der den Ring besitzt,
soins schlagn, bis daß er d'Seel nausschwitzt.‹
Schon wirkt der Fluch des Alberich:
Der Fafner möcht des Goid für sich.
Er haut an Fasolt oans aufs Gnack
und der foit zamm ois wia ein Sack.

Und was mitn Rheingold dann passiert,
in dera Gschicht uns net berührt.
Mir blattln heut net weiter füre,
des nächste Stück hoaßt »Die Walküre«.
Merkts euch für heut, ös liabn Leut;
daß Goid und Macht bringt wenig Freud.
Und was des Ganze eignlich soi,
verzähl i euch aa andersmoi.
Zum Schluß folgt mit Trompetenschall
der Göttereinzug auf Walhall!

So nimmt das Drama seinen Lauf.
Der Wotan schaugt zur Burg hinauf.
Er sagt zur Fricka und zur Freia:
»Das Bauwerk kommt mir ziemlich teia!
Der Kastn konn so schee net sei!
Doch jetzt is wurscht, jetzt ziahng ma ei!
Du, Fricka, hoist a guates Tröpfe,
du, Freia, bringst glei goidne Äpfe.
De kemma sofort aufn Tisch,
dann san ma wieder jung und frisch.
Uns Götter bringt ma net zu Fall –
Sei mir gegrüßt, o Burg Walhall!«

Die Walküre

oder

Das Heldendrama am Watzmann

Vorspruch

Leut, glabts mas, was i euch jetzt sag,
– so gern ma anders denka mag –
as Lebn is weithi nur a Schlacht
um Geltung, Eigennutz und Macht.
Und was im Vordergrund passiert
und unser Herz so leicht berührt,
an Liabschaft, Freundschaft, Politik,
wenn welche ziahng am gleichn Strick,
von Eintracht redn mit lautm Mund –
im allerletztn Hintergrund
leit oft nur oans des ganze Strebn:
der Drang nach Macht und Überlebn!

So geht's aa da in unsrer Gschicht
– aa wenn mas net so offn siecht –
im Letztn um a oanzigs Ding:
um d'Macht vom Nibelungenring!

Erster Akt

Germanensippn, wia bekannt,
habn sehr oft Kriag gführt mitanand.
Der Siegmund hat in jungen Jahrn
scho bitterböses Leid erfahrn.
Sei Muatter habn s' am Herd erwürgt,
sei Zwillingsschwester wegagführt,
verzogn auf Nimmerwiedersehng,
es san scho gscherte Hammeln gwen.
Sein Vata, muaß i leider sagn,
habn s' gestern erst im Woid daschlagn.
So rennt der Siegmund, unser Held,
im Kampf versprengt quer über's Feld.

Sei Waffenrüstung war verlorn,
er hat nix ghabt mehr hint und vorn.

Im Woid suacht er an Platz für d'Nacht,
weil er 's net länger mehr damacht.
De ganzn Boana dean eahm weh.
So bleibt er vor a Hüttn steh,
geht einfach nei und schaugt se um.
Koa Mensch is drinna in der Stubn.
Nix rührt se, neamand kimmt daher
und doch is d'Hüttn scheint's net leer.
Sie muaß bewohnt sei, des is gwiß,
weil alles so schee aufgraamt is.
Doch weil eahm weh duat 's ganze Gstell,
flackt er se auf a Bärenfell
am Fuaßbodn neban Ofa dro,
macht d'Augn zua und fangt 's Ruaßln o.

Da kimmt a junge Frau in d' Stubn
und wia s' den Mo siehgt, reißt ses rum.
A Fremder! Mei, der Mo is krank!
Jetzt macht er d'Augn auf, Gott sei Dank!
Der Blick! Ihr Herz fangt 's Zittern o.
»Werst gwiß an Durscht habn, guater Mo!«

Sie gibt eahm Wasser aus an Horn.
»Jetzt fui i mi wia neugeborn!«
sagt er, nachdem er trunka hat.
»Jetzt möcht i bloß no wissn grad,
wer mir de Labung hat gewährt
und wem de schöne Hüttn ghört.«

»Der Hunding«, sagt s', »des is mei Mo
und dem ghört aa de Hüttn da.

Bei uns is gmüatlich, oder net?
Woaßt was, jetzt trinkst a wengerl Met!«

Sie schenkt den süaßn Saft eahm ei,
hängt selber zerst ihr Züngerl nei.
Ma woaß, des san so Weibertricks.
Der Siegmund siehgt nur sie, sonst nix,
und trinkt an Met aus ohne Müah,
der geht ins Bluat wia Wiesnbier.

Da kimmt aa scho der Hunding rei.
An Siegmund foit nix bessers ei,
er gibt an falschn Nama o
und sagt, er suachad irgendwo
nach einer Jungfrau, de mit Gwoit
a ungliabts Mannsbuid heiratn soit
und drum waars allerhöchste Zeit,
daß er sie von dem Kerl befreit.

Der Hunding is se sofort gwiß,
daß er desselbig Mannsbuid is.
Er sagt zum Siegmund: »Horch moi zua:
du konnst gern dableibn bis morgn fruah.
Du bist in Not, du kriagst an Platz,
jedoch morgn fruah, da ghörst der Katz.
Du bist der Feind von meiner Sippn,
drum kriagst mei Messer zwischn d'Rippn.
Doch 's Gastrecht is natürlich heilig,
da is ois ander net so eilig.
Des sella Mannsbuid, des bin i.
Schlaf guat, morgn früah dastich i di!«

Rasch geht der Hunding aus der Stubn
zum schlaffa in sei Kamma num.

Der Gast hat eahm scho glei net gfoin,
jedoch, was hätt er macha soin . . .
Der Kerl, des siecht ma ganz genau,
hat Ähnlichkeit mit seiner Frau.
»Sieglinde«, sagt er, »schau mi o,
i fürcht, daß i net schlaffa ko.
Der Kerl da drübn der paßt mir net.
Du steigst sofort zu mir ins Bett.
Z'erst schüttst ma no a Trankal zamm,
oans mit an Spritzer Baldrian,
net zvui, na wer i zeitig wach!
Was schaugstn so, kumm, mach dei Sach!
Glei wenn i aufsteh muaß er sterbn,
na brauchst koa Frühstück mehr für eahm.«

D'Sieglinde hat eahm 's Trankal gricht,
so hinterrucks, daß er net siecht,
wia s' eineschütt den ganzn Saft,
damit er grad mit Fleiß verschlaft.
Der Hunding merkt nix und schluckts no
und fangt sofort as Schnarcha o.

Der Siegmund sitzt drübn in der Stubn
und schaugt se grad a wengerl um
und denkt se, so a dumme Gschicht:
i wart jetzt, bis mi der dasticht.
I hab koa Schwert und aa koa Axt,
a blöde Sach, konnst sagn, was d' magst.
Und wenn i auf mei Kraft vertrau
und eahm mei Faust an Schädl hau,
im hoaßn Zwoakampf in der Fruah,
dann sticht der Hundling vorher zua,
rennt mir sei Schwert – grad wias eahm taugt –
in d'Brust nei, daß hint außaschaugt.

Und geh i auf eahm los mitn Stui,
dann hab i aa a unguats Gfui.
A Stui, a Tischfuaß und so Graffe
– des is koa ehrenwerte Waffe.
So schaugt er ratlos um sich rum
ob er net findt a passend's Trumm.
Da gibts eahm auf amoi an Riß!
– Ob des net jetzt a Wunder is? –

Im Hunding, liabe Leut, is gsteckt
ein ganz moderner Architekt!
Er hat inmitten seiner Stubn
an Baam ghabt, so a Riesntrumm.
Der streckt de Äst wia lange Arm
durch's Dach, wo Löcher drinna warn.

Und was steckt drin im dickn Stamm? –
A Schwert! A Schwert! – Ma möchts net glaam!
Zwoa Meter lang bis hi zum Knauf,
da gang a Ochs ois Schaschlik drauf!
Jetzt ko eahm gar nix mehr passiern,
jetzt soi 's der Hundling nur probiern!
Doch so weit kummt 's net, liabe Leut,
die Tür geht auf, an Meter weit,
aus der Kammer schwebt d'Sieglinde,
ziemlich unzweideutig find i.

»Hab nur koa Angst, mei liaber Schatz,
der Hunding schlaft ois wia a Ratz!
Er hat mi um an Schlaftrunk bitt,
i hab eahm Baldrian nei'gschütt,
den ganzn Vorrat, den i hab,
da schlaft er bis morgn nachmittag.

Mir is so komisch in der Brust,
wia i di gsehng hab, hab i gwußt:
du bist der Held, du hast de Kraft,
du bist der oanzge, der des schafft!

Siehgst da des Schwert im Eschnstamm?
Ziahgs raus, na geh i mit dir zamm!
Des hat a Fremder einegstessn,
wia mir beim Hochzeitsmahl san gsessn.
I moan, i hör ihn heut no redn,
so voller Gheimnis is er gwen.
'Wer's rausziahgt', hat er gsagt der Mo,
'dem ghört des Schwert!' und is davo.
Inzwischn habn 's scho vui versuacht,
habn zogn und gschwitzt und gschnauft und gfluacht,
daß eahna d'Augn hat außabatzt,
des Schwert steckt drinna, grad wia gmatzt.
Es rührt se um 's Varecka net,
doch der, der jetza vor mir steht,
– mei bebends Herz mi net belüagt –
du bist der Mo, der 's außaziahgt!«

In dem Moment duat's einen Krach,
der Frühlingswind braust über 's Dach
und reißt, grad wia mit Geisterhand,
de Tür auf an der hintern Wand,
so daß ma auße siehgt in d'Nacht
mit ihrer ganzen Lenzespracht.
Der Wonnemond am Himme glänzt
und hat sein Honig runtertrenzt,
der auf de Wipfen sich ergiaßt
und über Zweigerl runterfliaßt,
sich ausbroat über Gras und Moos.
Im Dickicht drin is aa was los,

da singt a Vogerl wunderbar,
daß endlich, endlich Frühling waar.
Daß d'Winterstürme san vorbei . . .
Da schreit der Siegmund: »Jetzt muaß sei!
Des Schwert muaß raus, ko's geh wia's wui!
Sieglinde, oh, i hab des Gfui,
daß Liebesgluat mei Herz zerfrißt,
i ahn', daß du mei Schwester bist!
I steh zu dir, mir zwoa ghörn zamm!
Raus mit dem Schwert da aus'm Stamm!«

D'Sieglinde schmeißt se an sei Brust.
»O Bruaderherz, i hab's doch gwußt,
daß du mei Retter bist, mei Held!
Nix trennt uns mehr auf dera Welt!«

Scho geht der Siegmund hi zum Baam
und ziahgt des Schwert – ma möchts net glaam –
mit einem Rucka aus'm Holz.
»Sieglinde!«, schreit er voller Stolz:
»Jetzt san ma frei, jetzt geht's dahi!
I kämpf jetzt nur no mehr für di!
Und wenn uns Tod und Deife droht,
des Schwert huift uns aus aller Not.
Jetzt haun ma ab, du ghörst jetzt mir!«
Scho rennas oi zwoa naus zur Tür.

O Wonnemond, o hoaßes Glück!
De brennad Liab kennt koa Zurück!
Und was na drauß im Woid habn do,
des denkts euch selm, mi geht's nix o.
Ganz damisch warn s' vor lauter Gluat.
Ma fragt se: Geht denn sowas guat?

Bruader, Schwester – paßt des zamm,
normalerweise – i glaabs kaam.
Doch was bei Meister Wagner steht,
des müaßts euch merka, Leut, des geht!
Bruader, Schwester, wias grad kimmt,
am End kriagn s' gar mitnand a Kind? –
Scheints hat er se da gar nix gschissn.
No ja, der Richard werd's scho wissn.

*

Der Hunding schnarcht no in der Fruah.
Erst wia's scho geht auf Mittag zua,
da macht er d'Augn schee langsam auf
und schaugt schnurgrad zur Decka nauf.
»Sieglinde«, sagt er, »d'Nacht is rum,
i steh jetzt auf und geh in d'Stubn
und stich dem Kerl mei Messer nei.
Du bleibst so lang no liegn dawei.
Und hab ihn na auf d'Seitn graamt,
dann ess ma 's Frühstück mitanand.
Na siehgst koa Bluat in aller Fruah,
na, Schnuggale, was sagst dazua?«

Der Hunding draaht se langsam um.
»Sieglinde, he, de Nacht is rum!«
Dann siecht er 's laare Bett von ihr
und rumpelt auf ois wia a Stier
und rennt im Hemad nei in d' Stubn.
»Sieglinde, he, wo bist denn, kumm!«
Dann schaugt er hi zum Eschnstamm,
und woaß na, daß 'n bschissn habn!

As Schwert is weg und aa sei Wei!
Er hupft in d'Hosn mit an Schrei,
nimmt schnell an Prügl in de Händ
und is zur Hüttn außegrennt.

Zweiter Akt

De Gschicht mit Siegmund und Sieglinde
verbreit se schnell in alle Winde.
Koa Wunder, daß der ganze Fall
sich rumratscht auf der Burg Walhall.
Der Wotan is sofort im Bilde
und ruaft ois erstes nach Brünnhilde,
de ois Walküre macht ihrn Dienst,
ein schönes Weib, wias d' seltn findst.
Da mischt se d'Fricka ei, sei Wei,
de is hoit überoi dabei.

Der Wotan hat scho seinen Plan:
er möcht an Hunding abgmurkst habn,
bevor an Siegmund er daschlagt.
»Den brauch i nämlich!« hat er gsagt.
»Denn aufn Siegmund konn i baun,
der muaß ma 's Rheingoid außahaun!«

Doch d'Fricka sagt: »Des is a Schmarrn,
den spannst du nicht vor deinen Karrn!
Du derfst net moana, i bin blind.
Der Siegmund is dei ledigs Kind
und aa d'Sieglinde is von dir!
De Kinder könna nix dafür.
Wenns du nur siehgst an Weiberrock,
du runterkummna Hurenbock,
dann gehst scho los ois wia a Stier.
Was laffa Kinder rum von dir!
Schaama müaßt ma se für di.
Werst sehng, du machst di selm no hi.
Du bist a Gott, machst soichn Mist!
I woaß, daß du's aa gwesn bist,

der 's Schwert hat einegsteckt in Baam,
daß alles laft genau nach Plan.
Und jetzt laßt gar a Bluatschand zua!
Pfui Deife, sag i, mir waar's gnua!
Was kimmt aus dera Sach scho raus? –
Der Bankert derf mir net in's Haus!
Der Hunding muaß d'Sieglinde kriagn
sonst gibts an Krach, daß d' Fetzn fliagn.
I wui de Lumperei net habn,
i gib net nach, des derfst ma glaam!
Schau, daß de Gschicht in Ordnung kimmt,
bevor d'Sieglinde kriagt a Kind!
Der Bankert daat mir heut scho leid.
Jetzt schwörst ma auf der Stell an Eid ...«

»An Eid?«Dem Wotan platzt der Kragn.
»Na guat, damit ma uns vertragn.
Der Hunding soi d'Sieglinde kriagn,
d'Brünnhilde werd de Sach scho biagn.
Dann werd de Gschicht in Ordnung bracht.
Mein schönes Rheingold, guate Nacht!
Wenn jetzt der Hunding in seim Zorn
zum Schlag aushoit, is ois verlorn,
denn nur der Siegmund waar imstand,
nur er hätt's in der starkn Hand,
daß er mir 's Rheingold wieder bracht,
an Ring und damit alle Macht.
Doch wenn der Hunding ihn daschlagt ...
So, Fricka, jetzt is alles gsagt.
Du bist ein Weib, verstehst es nicht,
für di guit nur die Ehepflicht.«

»Genau so is«, sagt d'Fricka hart,
»du woaßt, was i von dir erwart,

und weiter hab i nix zum sagn.«
Sie draaht se um und steigt in Wagn,
hühott, hühott, scho fahrts davo
und zruckbleibn duat a gschlagna Mo.
Der Wotan hat zu nix mehr Lust.
Daß sie dagegn ist, hat er gwußt,
doch is' no nia so happig gwen.
Verfluachter Mist, is des a Lebn!
Net moi ois Gott hast mehr dei Freud,
nur zwengs dem blädn Weiberleut!
De mischt se doch in jede Sach
und dauernd hat er mit ihr Krach!
Vor Ärger möcht er schier vergeh.
Schee staad verdämmern, des waar schee!
Und nix mehr wissn von dem Kaas!
So flackt er se stoamüad ins Gras.
Da kimmt d'Brünnhilde scho daher.
»Sag, Vata, brauchst mi nimmermehr?
Du hast ma gruafa, is was los?«

»Ja, sitz de her zu mir ins Gras!«
D'Brünnhilde war a folgsams Kind
und setzt si nebn ihrn Vata gschwind,
und der verzählt ihr ois was war,
vom Rheingold und der großn Gfahr,
daß alles nimmt a grausligs End,
kaam nur der Ring in falsche Händ.
»Der Siegmund«, sagt er, »waar der Mo,
der mir des Gold beschaffa ko.
Doch d'Fricka hoit, de dumme Goaß,
moant, daß sie alles besser woaß.
Der Hunding, sagt s', muaß bleibn am Lebn,
d'Sieglinde werd eahm wieder gebn.
Der Siegmund aber, der muaß foin!

O mei, was hätt i macha soin!
Du woaßt ja, wia mei Oide denkt,
wia de oan zuasetzt und bedrängt.
Moralisch is ma überlegn,
drum los, Brünnhilde, jetzt muaß gschehng!
Du sorgst dafür, daß ois so kimmt,
so wia 's de Fricka hat bestimmt.
Dua ja schee folgn, sonst gibt's an Krach!
Los, jetzt reit zua und mach dei Sach!«

D'Brünnhilde legt ihr Rüstzeug o
und macht se auf ihrn Gaul davo.
Ob s' duat, was ihr der Vata sagt,
erfahrts jetzt glei im letztn Akt.

Dritter Akt

Es muaß am Watzmann gwesen sei:
in Berg senkt sich a Sattl nei
und links und rechts a gaacher Spitz,
grad wia a ferner Göttersitz.
Im Sattl hatschn s' staad dahi,
vorn geht der Siegmund, hintn sie.
Noch immer brennt de hoaße Liab,
doch d'Stimmung is a wengerl trüab.

»Der Hunding hat a schnelles Roß,
oh Siegmund, sag, was dua ma bloß,
wenn der uns eihoit dann is aus!«

»Geh weiter, mach dir do nix draus!
I *wui* doch direkt, daß er kimmt!
Na kriagt er oane auf'n Grind.

Schau her, des Schwert, des Riesntrumm,
oa Schlag damit, scho is er stumm.«

Da fangt d'Sieglinde 's Woana o.
»Woaßt, Siegmund, er is hoit mei Mo!
I mag ihn net, des gib i zua,
und trotzdem find i hoit koa Ruah.
I bin eahm durchbrennt wega dir.
O Siegmund, mei, es kost' mia Müah,
daß i dir sag, wia's um mi steht!
Ob des mit uns zwoa zammageht?
Woaßt, Bruader – Schwester duat net guat!
Und Kinder aus'm gleichen Bluat!
Wenn i da drodenk, werd mir Angst.
Moanst net, daß besser waar, du gangst
alloa dein Weg und laßt mi steh? –
Und duat ma 's Herz aa no so weh ...
Du woaßt, i liab nur di alloa –
O Siegmund, sag, was soi i doa?«

Da ziahgt er sie an seine Brust.
»Sieglinde, habn mir net ois gwußt? –
Wia's kummt, so kummt's, mir habn uns gern.
Werst sehng, uns leit a guater Stern!«

Da hörn s' auf oamoi ein Geklirr,
und scho kimmt aus dem Felsgewirr,
bewehrt mit Rüstung, Schild und Speer
d'Brünnhilde auf de Zwoa daher.
»He, Siegmund«, ruaft s', »mit dir is aus!
Du gehst jetzt hoam ins Vaterhaus!
Der Wotan sagt, du muaßt jetzt sterbn,
du waarst a ledigs Kind vo eahm.
Es schickt se net, daß d' zammagehst

mit deiner Schwester da, verstehst.
Sie is dir deswegn aa verwehrt,
weil sie dir nämlich gar net ghört.
Sie ghört an Hunding und net dir,
du laßt de Finger weg von ihr!
Der Hunding kimmt jetzt glei daher
und oans geht drauf, du oder er.
I werd mein Schutz – Befehl vo eahm –
an Hunding leihn und du muaßt sterbn.
Wenns d' tot bist kimmst auf jedn Fall
zum Wotan aufe nach Walhall.
Des moan i, waar a Trost für di.
Jetzt kimmt der Hunding, glei bist hi!«

Tatsächlich sprengt mit Schaum vorm Mund
der Hunding übern Felsengrund.
An Mordstrumm Prügl in de Händ.
Sei Gaul is wia der Deife grennt,
daß d'Funkn gschlagn hat aus'm Stoa.

»Was soi i in Walhall alloa?«
schreit da der Siegmund ganz entsetzt.
D'Brünnhilde schaugt a weng verletzt.
»Wiaso alloa? Jetzt redst an Schmarrn!
Zehn Madln hänga dir am Arm!
A jeder Held in Burg Walhall
hat seinen eignen Weiberstall.
Da feit se nix, des ghört zum Haus,
da is der Wotan scho drauf aus! «

Da reißt der Siegmund d'Arm in d'Höh
»Brünnhilde, konnst mit net versteh?
Dei Harem intressiert mi net,
begreifst denn net, um was mir geht?

Den Weiberstall, den könnts euch sparn!
D'Sieglinde muaß mit aufefahrn!
Moanst net, daß du des deixln konnst?
I liab nur sie und neamand sonst!«
Da ziahgt d'Brünnhilde d'Nasn nauf.
»Sie steht net auf mein Zettl drauf!
Davo is leider gar koa Red.
Nur du muaßt sterbn und sie no net.«

Was jetzt passiert, des megst nicht glaam
und Leut, de koa Verständnis habn
für des, was hoaße Liab vermag,
de werdn net fressn, was i sag.
Der Siegmund langt an Schwertgriff hi.
»I wui net tot sei ohne sie!
Des ganz Walhall des gfreut mi net,
wenn sie net stirbt und mit mir geht!
Sieglinde, ach du Wonnemund,
i woaß, es is mei letzte Stund!
Koa schönas Weib hats jemois gebn,
du bist des Höchste in mein Lebn.
I konn net sagn, wia i di liab,
doch is koa Unglück, wenn i stirb!
I nimm di mit auf meiner Roas,
weil i koan andern Ausweg woaß!
Die Burg Walhall leucht scho von fern,
Sieglinde, ach, jetzt muaßt du sterbn!
Entsetzlich, wenn i di so siech,
verzeih, wenn i di jetzt dastich!«

Scho hebt der Siegmund hoch sei Schwert,
a Stich in d'Brust is net verkehrt.
Da is glei tot und spürt koan Schmerz.
»Sieglinde, ach, dein zuckend Herz!«

Sie reißt zurück ihr dünnes Hemd,
der Busn quillt herent und drent.
Sie hoit eahm hi de zarte Haut,
da schreit d'Brünnhilde gellend laut:

»Hoit ei! D'Sieglinde braucht net sterbn,
de Gschicht muaß anders opackt werdn!
I schütz net Hunding, sondern di!
Du bleibst am Lebn und er werd hi.
Denn euer Liab ergreift mei Brust.
I hab des wirkle net so gwußt,
daß euer irdisch Liab so brennt!
Paßts auf, da kimmt der Hunding grennt!«

An Siegmund, wia er staunend siecht,
daß anders nausgeh soi de Gschicht,
haut's plötzlich rum, er woaß net wia,
hoit zruck sei Schwert no grad mit Müah.
»I woaß boid nimma, was i dua!«

D'Sieglinde macht ihr Hemad zua.
Und dann is scho der Hunding da,
springt grimmig von sein Pferdl ro.
Scho saust sei Prügl durch de Luft.
»Jetzt ghörst ma«, schreit er laut, »du Schuft!«
Hat wuatig auf'n Belle zuit,
d'Brünnhilde aber hoit ihr Schuid
dazwischn, daß nix ko passiern.

»Jetzt derfst koan Augnblick mehr verliern!
He, Siegmund, renn eahm nei dei Schwert,
so wia ses für den Lackl ghört!«

Der Siegmund hat sofort kapiert,
reißt hoch sei Schwert – was dann passiert,
des möcht ma wiederum net glaam,
denn plötzlich duat der Wotan nahn
und bricht akkrat in dem Moment,
wos d' moanst, jetzt gehts mitn Hunding z'End,
des Schwert vom Siegmund ausanand.
Der schaugt mit Grausn auf sei Hand...
Nur grad der Griff is eahm no bliebn!
Da packt'n d' Angst, »Brünnhilde, kimm!
I hab koa Schwert und gar nix mehr,
gib mir a Trumm zum zuaschlagn her!«

D'Brünnhilde aber rührt sie net
ois waar's ihr wurscht, wia's weitergeht.
Seitdem der Wotan kemma is,
hats offensichtlich selber Schiß.
Der Siegmund is mit laare Händ
schnell auf 'n Hunding zuawegrennt
damit er eahm an d'Gurgl fahrt,
der aber hat auf des scho g'wart,
haut eahm mit Wucht an Prügl nauf
direkt auf d'Schädeldeckn drauf.

A Augnblick und scho is gschehng,
der Siegmund foit in gstreckter Läng
auf d'Stoana hi und bleibt dort liegn.
Was irdisch war, is irdisch bliebn.
Sein neuer Leib fahrt nach Walhall,
direkt in großn Heldensaal.

Nach diesm Mord kimmt jetzt der Schluß.
Er war ein oanziger Verdruß.
D'Brünnhilde klaubt de Trümmer zamm,

de auf de Stoana rumglegn san
vom Heldnschwert, des Nothung hoaßt.
Dann is zu ihrem Pferdl groast
und reißt d' Sieglinde aa no mit.
Der Hunding schreit »Laß da, i bitt!«
Doch de zwoa Weiber sitzn scho
und reitn auf ihrm Gaul davo.

D'Sieglinde wui net mehr zu eahm,
des is eahm klar, drum wui er sterbn.
Es trifft ihn, daß i des no sag,
im nächstn Augnblick der Schlag.
Er ächzt und foit auf d'Stoana hi.
»I wui net lebn mehr ohne sie!

De Weiber san ja so verdorbn!«
Mit der Bemerkung is er gstorbn.

D'Brünnhilde reit ois wia der Wind.
Verzweifed sagt d'Sieglinde hint:
»I ko niamois mehr glücklich werdn,
geh laß mi runter, i möcht sterbn.«

D'Brünnhilde draaht an Kopf zu ihr
»Geh, sei net dalkat, bleib bei mir!
I konn dir nämlich prophezeihn:
du werst net lang alloanig bleibn.
Grad jetzt, Sieglinde, derfst net sterbn,
horch auf: du kriagst a Kind vo eahm!«

Erst spaater, wias glei finster war,
da sagt Brünnhilde: »Jetzt is gar.
I reit jetzt rechts nauf nach Walhall,
für die bleibt woi koa andre Wahl,
ois daß d' den Weg da gradaus gehst,

solang, bis d' vor a Höhle stehst.
Drin liegt der Nibelungenhort.
Der Riese Fafner wohnt da dort.
Dem bringst de Stücka von dem Schwert,
na werst scho sehng, was weiter werd.«

*

D'Brünnhilde reit alloanigs zua.
Sie findt heut gar koa rechte Ruah.
Sie traut sie schier dahoam net nei.
Der Wotan werd stinksauer sei,
weil sie net folgsam gwesn is.
Vorm oidn Herrn ham s' oisam Schiß.

Da steht er aa scho an der Tür.
»Brünnhilde!« schreit er, »Her zu mir!
Du Saufratz, du, i werd dir's lehrn,
des, was i sag, ins Gegnteil kehrn!
Konnst du net folgn, du freche Dirn?
I woaß, ihr Weiber habts koa Hirn!
Machts alles nur mit Herz und Gfui,
und koane tuat mehr, was i wui!
Du bist entlassn ab sofort
und kimmst an einen fernen Ort.
Soist schlaffa muatterseelnalloa
bei Tag und Nacht auf hartm Stoa!«

»Hör auf, des hab i net verdient!
Des war doch gar koa große Sünd.
Du hast verlangt, was d'Fricka wui
– und i hab ghandlt nach mein Gfui.
De hoaße Liab von dene zwoa! –
Du hättst bestimmt desselbe doa.«

Des findt der Wotan gar net schlecht.
»Insofern hast an wengerl recht.
Doch was i gsagt hab, des werd gmacht,
du kimmst an d'Felsn no heut nacht!
Doch soi's a Hoffnung für di gebn,
a Möglichkeit zum Überlebn.
Rings um den Stoa soin Flammen sei,
bei Tag und Nacht a Feuerschei,
und nur der allergrößte Held,
der sich der Gluat entgegenstellt,
und durch de Flammen durcherennt,
und sich de Haxn net verbrennt,
und net vom Feuer werd verschluckt
und dir a Bußl aufedruckt,
der kannt di rettn ganz alloa ...
Jetzt fort mit dir zum Wendlstoa!«

*

Dort wo heut Oberaudorf liegt
und ma zum Wendlstoa naufsiehgt,
und aa weit drin in Bayrischzell,
am Sudelfeld war alles hell,
rings um an Wendlstoa hats brennt.
Manch tapfrer Held is einegrennt,
doch koana kimmt bis hi zum Stoa,
d'Brünnhilde schlaft und bleibt alloa.
Bloß oana hat des große Glück
und der hoaßt, wia des nächste Stück.
A Bursch is gwen mit Riesenkraft.
Ihr werds euch wundern, was der schafft.
Und daaz des heut no wissn mögn,
na blattlts um, – na werdses sehng.

Siegfried

oder
Der Kampf mit dem Drachenviech

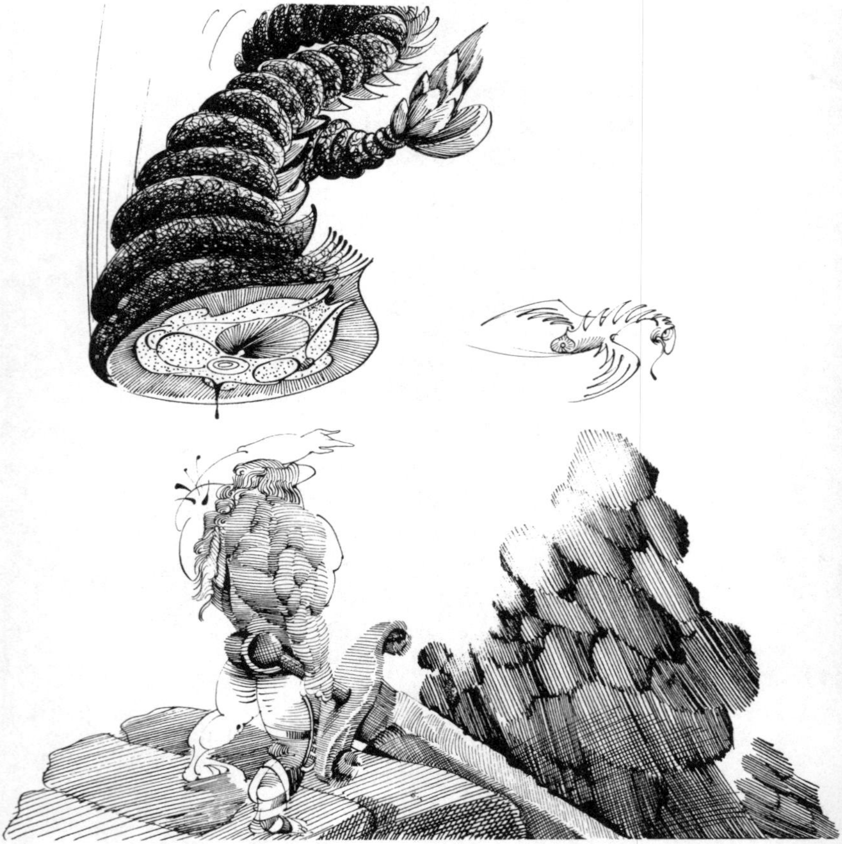

Des Kind vom Siegmund kimmt zur Welt,
ma ahnt sofort: des werd a Held!
Sei Muatter stirbt, der Bua wachst her,
er geht bei einem Schmied in d'Lehr.
Der Bruader war's vom Alberich.
Der hat den Lausbuam gern bei sich
und zoagt eahm wia ma Waffn schmiedt
und brochne wieder zammakitt.
Boid ko der Lehrbua mehr wie er,
hat Trümmer Pratzn wia ein Bär,
und wias'n außetreibt in d'Welt,
des werd in diesem Stück erzählt.

Der Mime war a guater Schmied,
doch manchmoi kimmt er nimmer mit.
Wenn er a Schwert fürn Siegfried macht,
dann haut der's zamma, daß ois kracht!
Der Bua hat einfach zu vui Kraft
und obndrei steht er scho im Saft.
Boid gehts mit Weibergschichten o.
Der Mime is scho nimmer froh
und eines Tags in aller Fruah,
da sagt der Siegfried gradaus zua:
»Jetzt sagst mir, wer mei Vata is,
des möcht i do scho wissn gwiß.
Und wer mei Muatta war, sagst aa,
sonst bleib i nimmer länger da!«

Der Mime is a wengerl bös:
»Gib net so o, was waar denn des!
De Jugend haut ja schnell aufs Blech,
zerst ziahgt mas groß und na werds frech!

Dei Muatter is d'Sieglinde gwen,
hat gebn für di ihr junges Lebn.
Dein Vata – konnt s' ma grad no sagn –
hat oana in der Wuat daschlagn.«

Der Mime holt a brochas Schwert.
»Schau her, des hat dei'm Vata ghört.
Dei Muatta hat mir's damois bracht.
I hätt's gern wieder zammagmacht,
bloß woaß i net mit was und wia,
– und seitdem liegt des Glump bei mir!«

Der Siegfried springt wia gstocha hi
»Des is des rechte Schwert für mi!
Des richst ma her, so schnell ois geht,
in zwoa Stund schau i nach, wias steht!
Und ko i's bis dahi net habn,
na schlag i de ganz Bude zamm!«

Der Mime is a weng verstört,
»Was wuist'n mit dem Mordstrumm Schwert?«

Da platzt an Siegfried glei der Kragn.
»Zum Kaas schneidn wui i's gwiß net habn!
Los, geh an d'Arwad, Mime, kumm!
I wui in d'Welt naus mit dem Trumm.
Mir paßt's net länger mehr bei dir!
Der Woid is nimmer mei Pläsier.
Dauernd in der Schmiedn hocka,
zwischnnei moi Schwammerl brocka ...
Naa, naa, mei Liaba, jetzt is gar,
du woaßt, i kimm jetzt in de Jahr ...
Doch redn ma nimmer lang mehr rum.
In zwoa Stund, wenn i wieder kumm,

muaßt mit der Arwad fertig sei!
Was is denn? Schaugst so damisch drei!«

Der Mime is verzweifelt schier.
So lohnt der Saubua eahm de Müah,
de er zwanzg Jahr lang hi'verschwendt,
bloß daß er jetzt in d'Welt nausrennt!

»Siegfried«, sagt er, »liaber Bua . . .«,
aber der hört nimmer zua,
springt scho über Moos und Stoa
und der Mime bleibt alloa.
Doch net lang, da kimmt scho wer,
pfeigrad auf sei Schmiedn her.
A Wanderer mit finsterm Gschau.
Der Mime werd aus eahm net schlau,
wia der eahm sagt, er kaam weit her,
grad wia vom Jenseits ungefähr.
Er machad gern a kurze Rast
und foid eahm weiter net zua Last.

Der Mime macht a zwidans Gsicht,
hat brummt und eahm an Stui higricht.
»Woaßt«, sagt er, »i hab net vui Zeit.
I muaß des Schwert no schmiedn heut.
In zwoa Stund muaß des fertig sei!«
Dann blast er schnell ins Feuer nei.
»Da fangst am bestn gar net o!«
sagt da zu eahm der fremde Mo.
»A so a Krischbal schafft des nia,
da machst dir besser gar koa Müah!
Wett ma, daß du des net woaßt,
wia der tapfre Recke hoaßt

und was eahm für a Eigenschaft
gibt a soiche Wunderkraft,
daß er schmied'n ko des Schwert,
wia ses für an Moasta ghört?«

»Wia soi i wissn, Deifi nei,
wer woi der Wunderschmied werd sei!«
Der Mime hat a unguats Gfui.
Was woi der Depp da von eahm wui?

Da hebt der ander laut sei Stimm:
»Du armer Blechschmied, so vernimm!
Des Schwert is gsteckt im Eschnstamm
und nur a Held schmiedt's wieder zamm,
der nia im Lebn sich gforchtn hat!
A oanziga is so auf Draht!
A oanziga, der ko des gwiß,
der net moi woaß, was Fürchtn is!«

Da werd's an Mime zwoaraloa.
Angst fahrt eahm eine bis ins Boa.
Doch wia er fragn wui, wer des waar,
– sei Lehrbua woi, der Siegfried gar? –
da steht der Fremde plötzlich auf
und sagt koa oanzigs Wort mehr drauf,
koa Dankschön und koa Pfüadegod,
scheint's hat der Lackl des net not,
geht auße und verschwindt im Woid.

Der Mime woaß net, was des soit.
Wer kannt jetzt des woi gwesn sei? –
Ja freile, jetza foits eahm ei!
Wer führt scho so a gschwoine Red,
ois waarn de andern oisam blöd?

Ereignisschwanger, ungewöhnlich ...
der *Wotan* war des höchstpersönlich!
Doch was der Kerl bloß von eahm wui?
Der Mime hockt se auf an Stui
und stützt sein dumpfn Kopf in d'Händ,
war des der Anfang scho vom End? –

Grad wia vorbei san de zwoa Stund,
da kimmt er scho der junge Spund.
»Wia habn mas, Mime, hast es gricht?«
Doch wia er na de Trümmer siecht,
de oiwei no net zammgmacht san,
da haut er eahm schier d'Schmiedn zamm.

»Los, Mime, bist a fauler Knecht!
Fangs arwadn o, sonst gehts dir schlecht!
Hast wieder zwoa Stund Brotzeit gmacht?
Jetzt hast no Zeit bis heut auf d'Nacht
und wenns dann no net fertig is ...«

Da schreit der Mime voller Schiß:
»I brings net zamm, des derfst ma glaam,
nur oana kannt de Muskln habn:
der nia im Lebn a Angst hat kennt ...«

»Los, Mime, schau daß 's Feuer brennt!«
Der Siegfried tritt zum Schraubstock hi.
»Wennst du net wuist, na mach's hoit i!«
Er nimmt a Raschbe in sei Hand
und feilt de Trümmer ausanand,
daß lauter kloane Bröckerl san.
De tuat er in an Tiegl zamm

und stellt s' auf d'Gluat, daß flüssig werdn.
Der Mime schaugt eahm zua von fern.
Sei Gsicht is finster und verdruckt
und plötzlich is er zammazuckt . . .
Wenn jetzt der Siegfried giaßt des Schwert,
dann laaft de ganze Gschicht verkehrt:
dann geht *der* auf den Dracha los!
Verdammter Mist, was dua i bloß?
Der is imstand und macht des Viech
maustot kaputt mit einem Stich.
Dann ghört der Nibelungenschatz
an Siegfried, diesem jungen Fratz!
Und aa der Ring, der Tag und Nacht
von diesem Lindwurm werd bewacht,
den nimmt der Gloiffe dann mit sich!
An Mime wurmt des fürchterlich.
Es muaß was gschehng, des derf net sei!
– Und scho foit eahm a Ausweg ei:

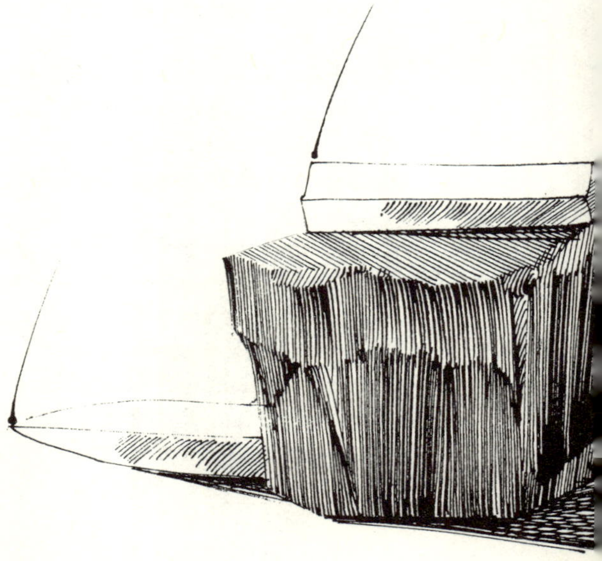

Des Drachnviech werd Feuer speibn
und höllisch umanandertreibn,
und geht der Wurm dann endlich ei,
dann werd der Siegfried durschtig sei.
Und dann is er – der Mime – schnell
mit einem frischn Trunk zur Stell,
da is a Pulver einegmischt,
des sauft er aus, daß grad so zischt.
Drauf werd's eahm sofort damisch und
scho foit er um, der junge Spund.
Dann bringt er 'n um und grabt'n ei
– dann is der Weg zum Rheingold frei!

Der Mime springt vor Freud in d'Höh,
ganz narrisch über sei Idee.

Der Siegfried schütt den Eisenbrei
schee langsam in a Gußform nei.
Ins koite Wasser no damit,
dann werd der Griff no onegschmiedt
und fertig is des Wunderschwert,
des eigentlich an Wotan ghört.

Der Siegfried schreit: »Jetzt gehts dahi!
Jetzt gibts koan Gegner mehr für mi,
den i net zammhau auf oan Schlag!«
Und strahlend wia der junge Tag
hebt er sei Schwert zur Decka nauf
und haut dann auf'n Amboß drauf
und der zerfoid, genau nach Maß
– ois waars a warmer Leberkaas –
grad in zwoa Hälfte ausanand.

»So, Mime, jetza bin i gspannt,
was auf mi zuakimmt in der Welt.
Jetzt bin i erst a rechter Held!
Ois erstes kimmt der Dracha dro,
was weiter werd, des sehng ma scho.
Und nix mehr hoit mi da am Ort!«
A Juschroa no – dann war er fort.

An Mime hats an Hintern ghaut,
und wia er eahm so nacheschaut,
da denkt er se: Di kriag i scho,
du junger Spund – kimmst aa no dro!
Der Schlaftrunk is scho zammagschütt,
den nimmt er in a Flaschn mit,
an hoibn Liter ungefähr . . .
scho rennt er hinterm Siegfried her . . .

Der wüaste Dracha ruaßlt grad,
nachdem er vorher gfressn hat,
was in sein Ranzn einegeht.
Jetzt liegt er da, an Schwanz eidreht.
Sei Anblick der war fürchterlich.
Vom Wesn her ein böses Viech,
hat er am Tag und in der Nacht
de ganze Zeit nix anders gmacht
ois gfressn, gschlaffa, Feuer gspiebn,
am ärgstn aber hat er's triebn,
wenn irgend so ein blödes Schaf
eahm gstört hat beim Verdauungsschlaf.
Dann is aus jedm Körperloch,
aa oft no zwoa drei Stund danach,
a Höllenfeuer außazischt,
mit Ruaß und Schwefedampf vermischt.
Dazwischen Gluat und schwarzer Rauch,
ois waar der Deife in seim Bauch.
Doch net der Satan war im Viech,
– der zoagt se net so öffentlich –,
der Riese Fafner steckt dahint
und wacht, daß neamand einekimmt
in d'Höhle, wo as Rheingold liegt.
Nur wer den schiachn Wurm besiegt,
hoit sich den Nibelungenring.
Fürn Siegfried war des woi a Ding!
Er kimmt daher mi'n Wunderschwert.
Der Fafner, wiaran schleicha hört,
macht d'Augn a paarmoi auf und zua
und schreit: »Verfluacht, i wui mei Ruah!«
Der Siegfried aber schmeißt an Stoa
und trifft genau sei Nasnboa.
Der Dracha ziahgt sei Schnauzn hoch
und zischt aus jedm Nasnloch

a Feuer raus, daß alles brennt.
Der Siegfried is auf d'Seitn grennt
und packt das Viech von hintn o.
Da schreit der Dracha: »Jetzt bist dro!«
und hebt sein meterdickn Schwanz,
der Siegfried is auf Draht und spannts
und springt dem Viech in d'Flankn nei,
da müaßt a toter Winkl sei.
Dort is der Kampf net leicht verlorn,
denn Feuer speibt er nur von vorn.
Da hebt der Drachenwurm sei Brust,
der Siegfried aber hat scho gwußt,
wo 's Herz is von dem wüastn Viech
und macht mi'n Schwert an tiafn Stich.
Der Riesenleib is zammazuckt
und hätt an Siegfried boid dadruckt,
wenn er net schnell auf d'Seitn springt,
– a Wunder, wia eahm des gelingt!

Der Dracha bleibt am Stoabodn liegn
und hat no oamoi Feuer gspiem.
Er kriagt vor Angst an Überdruck,
der Siegfried merkts und springt glei zruck.
Es war Erregung höchstn Grads,
aus alle Löcher spritzt der Baaz,
Schwefe, Ruaß und rote Gluat,
es war der Ausdruck letzter Wuat,
dann hat er no an Zuckra doa,
des schwarze Bluat rinnt übern Stoa.
Jetzt reißt er 's Maul auf, höchst ergrimmt,
bis zu de letztn Stockzähn hint,
speibt nomoi Feuer, Ruaß und Dampf,
dann geht zu End der Todeskampf.

De ganze Bosheit laft eahm aus
und gstunka hat's, es war a Graus.

Wia 's letzte Tröpfal rinnt davo,
da fangt er plötzlich 's woana o.
Der ganze Zorn is außegspiem,
nur Todesangst is übrigbliebn.
Wia oana, wenn's an End zuageht,
no schnell a Vaterunser bet,
so sagt er no mit letzter Kraft:
»O Siegfried, mei, du hast es gschafft,
jetzt geht's dahi, i muaß jetzt sterbn,
drum wui i dir no was vererbn.
Wenns d' in die Höhle einegehst,
stehst plötzlich vor an Schatz, vastehst?
Den hat der Alberich verfluacht,
und wer damit sei Glück versuacht,
muaß oisboid sterbn, des siehgst an mir.
Drum, liaber Siegfried, rat i dir:
bevors d'n nimmst, denk drüber nach,
obs d' glücklich wer'n kost mit dem Sach.«

Des war de letzte Red von eahm.
Dann hat er gsagt: »Jetzt muaß i sterbn,
es gibt koa Rettung mehr für mi!«
A Zuckra no, dann war er hi.

In der Brust vom Drachnviech
steckt des Schwert no von dem Stich.
Der Siegfried hat's schnell außazogn,
was dann passiert, is fei net glogn:
Sei Finger werd dabei voi Bluat,
er schlecktn ab – und des is guat.

Was wunderbars passiert mit eahm:
ois, was de Vögl zwitschern dean,
des konn er Wort für Wort versteh,
und scho piepst oana aus der Höh:
– A weng a Wunder möcht scho sei.
»He, Siegfried geh in d'Höhle nei
und nimm an Tarnhelm und den Ring,
des san ganz wunderbare Ding!«

Da rennt der Siegfried a scho zua
und siehgt se an dem Sach net gnua,
was in der Höhle ganz weit hint,
er ois für schöne Schätze findt.
Er nimmt an Tarnhelm und an Ring,
des ander Zeug des laßt er liegn,
rennt wieder auße aus'm Berg,
da steht vor eahm der Gartnzwerg.

»Mime«, sagt der Siegfried glei,
»was schleichst di hinter meiner drei'?
Ich brauch di nimmer zu mei'm Glück,
de Schnufflerei de hab i dick!«
Der Mime bucklt bis zum Bodn.
»Sieg Heil, dir, großer Heldensohn!
Dastocha is des Drachnviech,
jetzt tuast saumüad sei, wia i siech.
Und weil des Kämpfn durstig macht,
hab i dir was zum Trinka bracht.«
Er giaßt a Flaschl nei ins Horn.
»Des trinkst, na bist wia neugeborn!

Der Vogl aber singt sogleich:
»Siegfried, net! Sonst bist a Leich!

Der Mime wui den Schatz alloa
und hat an Schlaftrunk einedoa.
Wenns d'eischlafst, na ersticht er di!
Beherrsch di, sonst is alles hi!«
An Siegfried packt der helle Zorn.
»Du schiacher Zwerg, jetzt bist verlorn!
Vergiftn wolltst du mi, du Schuft!«
Scho saust sei Riesenschwert durch d'Luft.
»A Baaze bist, des hab i gwußt!«
As Schwert sticht in sei Hennabrust.
Der Mime duat sein letztn Schroa
und foit dann leblos aufn Stoa.

Er kimmt jetzt nicht mehr vor im Stück.
Ma hat dadurch mehr Überblick.

Zum Schluß uns bloß no intressiert,
was mit dem Siegfried woi passiert.
Der siehgt se plötzlich recht alloa,
er braucht hoit irgendwas zum doa.
A Held steht ständig unter Dampf
und geht nix zamma mit an Kampf,
so fahrt er auf an andern Gleis,
wo Dampf abgeht auf zarte Weis.

Scho singt der Vogl auf'm Ast:
» O Siegfried, nur koa falsche Hast!
I woaß, du fühlst dich so alloa,
i fliag voraus zum Wendlstoa!
Des, was du brauchst, des is a Wei,
drum gehst jetzt hinter meiner drei.
Dann werst du sehng am Gipfe obn
a wunderscheene Weibsperson.

Doch buid dir ja net ebba ei,
du brauchst bloß higeh, scho ghörts dei!
Da kaam a jeder Depp daher,
waar ringsum net a Flammenmeer,
durch des ma durch muaß, gehts wias wui.
Scho mancher Held war fast am Zui
und is dann doch zum bittern End,
wia eine Bratwurst zammabrennt.
Es hoaßt: es daat an Heldn gebn,
der niamois Angst ghabt hat im Lebn . . .«

»O liaber Vogl, des bin i!
Los, fliag, i möcht sofort dort hi!
Des Wei muaß her, egal wia's geht,
was aa paasiert, i fürcht mi net!«

Der Siegfried stoßt an Brunftschroa aus.
»Los, liaber Vogl, fliag voraus!
I brauch a Wei, des derfst ma glaam!«

Da hebt der Vogl sich vom Baam.
»So komm«, piepst er, »ich bin im Bilde:
da gibts nix anders, wia d'Brünnhilde!«

*

As Feuer brennt am Wendlstoa,
am Gipfe obn schlaft ganz alloa
a guats Stück weg vom Felsnrand,
d'Brünnhilde in ihrm Panzergwand.
A Wunder, daß ses no net zwickt,
wo s' scho drei Jahr lang droma liegt.

Sie schlaft dahi in einem Stück,
sie werd net mager und net dick.
Sie trinkt nix, net amoi Kaffee,
drum muaß a net zum bisln geh.
Aa geßn hats nix de drei Jahr,
so daß koa Grund zum Aufsteh war.
Sie werd net runzlad und net oid,
net überhitzt und aa net koit,
bleibt euwei schee gleich temperiert,
und hat se no koa bisserl grührt
und niamois sich auf d'Seitn draaht,
wenn grad a koiter Wind herwaaht.
Sie werd net bucklad und net krumm,
sie bleibt gleich gscheit und aa gleich dumm.
Sie hat nix draamt und aa nix gspürt,
sie war aufs beste konserviert.

A Zuastand von besondrer Art,
der oan zwar mancherlei erspart,
jedoch wer schlaft, versaamt a vui.
Wer überoi dabei sei wui,
weil er im Lebn was leistn möcht,
für den is dauernd schlafa schlecht.
Und so verstandn is a Straf
der ewig lange Götterschlaf.

Leicht kunnt ma sagn, des waar net schlecht,
wenn oans sei Wei erhoitn möcht,
daß ewig jung bleibt und gleich schee
und nia verstaubn daat und vergeh.
Daß er sich so a Mittl kaft,
damit sei Wei genau so schlaft.

Da muaß i sagn, des waar net guat,
– was nutzt a Wei, des ruaßln duat! –
Und Gott hat uns des bissal Lebn
zum Lebn und net zum Schlafa gebn.

Wia gsagt, des Mittl waar a Schmarrn,
doch daß ma jetza weiterfahrn:
Vom Inntal rauf in aller Fruah
da kraxlt wer an Gipfe zua.
Der Siegfried war's, der junge Held,
rennt wia a Gams durchs Stoanafeld
und wia er dann vorm Feuer steht,
da schreit er laut: »I fürcht mi net!«

Da tritt a Mo eahm in de Quer,
hat in der Hand a Mordstrumm Speer
und sagt zu eahm: »Was foit dir ei!
Du laßt de Finger von dem Wei!«

Der Wotan war's, der oide Herr,
eahm gfoit de Gschicht scho längst net mehr.
Wenn eahm der Bankert pfuscht ins Gäu,
is leicht mit seiner Macht vorbei.
»Schaug, daß d' di schleichst, du junger Spund!
Des Feuer brennt aus guatm Grund!
Du laßt des Wei da drobn in Ruah,
hab, wo i hischaug, Ärger gnua!«

Der Wotan reißt sein Speer in d'Höh.
»Jetzt sei net so verruckt und geh!«
Da hebt der Siegfried aa sei Schwert.
»Und i sag, daß de meine werd!«

Scho foit er übern Wotan her,
as Schwert saust runter aufn Speer
und bricht'n mittn ausanand.
Da hat der Wotan endlich gspannt,
daß wenn a Mo steht in der Brunst,
a jedes Mittl is umsunst.

Der oide Gott steht ohne Schwung,
er fuit de große Dämmerung,
boid geht's dahi mit seiner Macht,
nix bleibt mehr von der ganzn Pracht.
Sei Bappn hängt eahm bis zur Brust,
es fehlt eahm plötzlich jede Lust.
Dann sagt er dumpf: »Na gehst hoit zua!
I hab den ganzn Schmarrn so gnua,
Neamd tuat mehr des, was i eahm sag,
so werd des Götterlebn zur Plag.
I geh jetzt aufe nach Walhall,
suach Trost bei meinem Weiberstall.
Dort geht der Ärger zwar net aus,
wenns d' so vui Frauen hast im Haus,
muaß dauernd Differenzn gebn,
's is nimmer schee des Götterlebn ...«
A müader Blitz is runtergfahrn,
und nimmt an Wotan unterm Arm
und hebt'n hoch in d'Woikn nei.

Jetzt is der Weg für'n Siegfried frei!
Er hat koa bissal Angstn kennt
und is ins Feuer einegrennt.
Was dann passiert is wundersam:
de ganzn Flammen brecha zamm!
Verlöschn duat de rote Gluat,
der Siegfried schreit: »Jetzt siech is guat!

Des Wei, wia's liegt am Gipfe drobn,
oa Felsn no, na bin i obn!«
Scho is er siadad hoaß auf sie
und springt wia eine Gams dahi.
Koa Stoaschlag konn ihn hoitn mehr
und kimmt a gaache Wand daher,
nix is eahm z'bröcklad oder z'steil,
er braucht koan Hakn und koa Seil.
Und nach a guatn hoibn Stund,
da steht er obn am stoanan Grund
und schaugt net naus ins weite Land,
es gibt nur oans für sein Verstand:
des Wei, des dort am Felsn liegt!
Doch was er da so blitzn siehgt,
is doch koa Gwand net von an Wei!
's schaugt aus, ois daats a Mannsbuid sei!
Verfluachter Goaßdreck, jetzt werds recht,
wo er ein rundlichs Weibsbuid möcht,
liegt da mit brettlebner Brust
– des nimmt oan glei de ganze Lust –
ein Kerl mit einem Panzerhemd,
ja kruzitürknschlappramment!
Der Kopf is mit an Helm bedeckt,
nur 's Gsicht, des is a wengerl gschleckt –,
Umsonst de ganze Kraxlerei,
des is a Mo und nia a Wei!

Der blöde Vogl drunt im Woid,
den wenn er siecht, den macht er koit!
Der hat'n herglotst mit seim Gsang,
an hoibn Tag an Inn entlang
und dann no rauf zum Wendlstoa,
jetzt steht er da und konn nix doa,

weil da – des hat der Vogl gwußt –
a Mo liegt mit a blechan Brust.
Da kriagt der Siegfried eine Wuat,
und reißt dem Mannsbuid, des da ruaht,
den Helm vom Kopf mit einem Ruck,
da hauts'n aa scho machtig zruck,
denn unterm Blech quillt wunderbar
a langes, blondes Lockenhaar!

Du liaber Himme, ko des sei?
Des, was da liegt des is a Wei!
Der Siegfried hat se nimmer kennt,
reißt wia varuckt am Panzerhemd.
Des langt se o ganz brettlebn,
– an Reißverschluß hats no net gebn –
des bringt'n schier um sein Verstand,
des Wei is einegschmiedt ins Gwand!
's is höchste Zeit, daß auszogn werd!
Scho langt der Siegfried an sei Schwert
und schneidt des Eisnglump entzwei
– jetzt liegt der holde Busn frei!
O zarter Anblick! Welche Lust!
Der Siegfried hat ja no net gwußt,
daß so was mollads wachsn ko,
des scheenste Spuizeug für an Mo!
Er saugt se fest mit hoaßer Gier
und konn se nimmer hoitn schier.
Erst wiar er geht auf hoibe Kraft
und sie no euwei weiterschlaft,
da kriagt s' a Bussl aufn Mund,
da duats auf oamoi stöhna und
– macht d'Augn auf, strahlend hell und süß,
jetzt siecht er's erst, wia schee sie is
und druckt s' an sich, daß fast erstickt.

»O Siegfried, Held, ich bin entzückt!
Drei Jahr lang lieg i scho da rum,
wia eine Tote steif und stumm
und ko nix denka und nix redn
und mir net oamoi d'Füaß vertretn.
A harte Straf, des sag i dir!
O Siegfried, Held, jetzt ghörst du mir!
Du bist mei Mo, i liab des hoaß,
ganz wurscht, ob des der Wotan woaß!
Der hätt mei Rettung außegschobn,
bis i dafeit waar da herobn.
Doch jetzt is alles Leid vorbei!«

»Brünnhilde, mein geliebtes Wei!«
sagt er und druckt s' wia wuid an sich.
»Dei Schicksal, des war fürchterlich!
Doch wia's du sagst, jetzt is vorbei.
Erlaubst as scho, i bin so frei ...
Hast nix dagegn, wenn i di trag,
du brauchst a weiche Unterlag!«

Er hebt s' in d'Höh und geht a Stück.
»Brünnhilde, jetzt kimmts 's große Glück!«
Dann legt er s' sanft ins weiche Moos
a Busserl no – und dann gehts los ...

Und damit san ma scho am End
und wer den Lauf der Dinge kennt,
der woaß, daß jedes Licht sich dreht,
zerst aufesteigt, dann untergeht.
Net ewig bleibt der junge Schwung
– am Ende folgt de *Dämmerung*.

Götterdämmerung

oder

Wia zum Schluß ois hi war

Vorspruch

Wer 's letzte Stückl hat verdaut,
der merkt scho, was se zammabraut.
Die Macht der Götter is boid aus,
der Wotan siehgt se nimmer naus.
Zvui Weibergschichtn is net guat.
Wenn sich vermischt des Götterbluat
mit irdischer Vergänglichkeit,
dann werd's aa für de Götter Zeit,
daß sie ihr Zeugl packa zamm
– des bisserl Macht, was grad no habn –
und in d'Versenkung einefoin,
denn was de Menschnkinder woin,
de Wotan in de Welt hat gsetzt,
– de kämpfn doch zuguaterletzt
für 's eigne Glück und net für eahm
und was mi'n gstoina Rheingoid dean,
des werdn ma jetza glei dalebn.
Der Reichtum hat an Deife gsehng!

*

Der »Siegfried« hat in Bayern gspuit,
für'n Schluß, da brauchts a anders Buid:
– de oidn Götter kriagn scho d'Reißn,
de »Dämmerung« passiert in Preißn.

In einer Halle obn am Rhein,
da sitzt bei einem Glaserl Wein
der König Gunter und sei Schwester
und außerdem a ganz a kesser
Recke, der sich Hagen schreibt,
der wo de zwoa zum Heiratn treibt:

»A König muaß verheirat sei!
I wüßt für di a saubers Wei!
Am Gipfe liegt 's vom Wendlstoa,
da schlaft sie muatterseelnalloa.
A Feuer brennt um sie herum.«

Der Gunter sagt: »Geh weiter, kumm,
moanst, daß i bis da nunter renn
und mir de Haxn recht verbrenn!
D'Brünnhilde waar mir zwar scho recht,
sie is der Typ, auf den i specht,
guat gwachsn mit a festn Brust,
auf sowas hätt i dengerscht Lust
und gang sofort zum Wendlstoa ...«

»I woaß, da bist d' a Nummer z'kloa!
Du brechast zamm vor lauter Angst
bevors d' ins Feuer einegangst!
Es gibt nur oan, der des dapackt,
und dir d'Brünnhilde wegaschnappt:
der *Siegfried* ko des ganz alloa.
Er nimmt des Wei vom Wendlstoa!
Doch bleibt er nur oa Nacht bei ihr,
und kimmt er eines Tags zu dir,
dann schütt ma eahm a Trankal ei,
daß er vergißt des scheene Wei,
vergißt de Nacht vom Wendlstoa,
– dann ghört d'Brünnhilde dir alloa!«
Der Hagen war ganz groß in Form,
er is a Stückl größer wordn.
»Und du, Gutrune«, hat er gmoant,
und hat se nah zu ihr higloahnt.
»Jetzt kimmt erst no des allergrößt:
du kriagst an scheena Mo, verstehst,

des Saftal, des der Siegfried trinkt,
a hoaße Liab zu dir erzwingt!
Soboid er's gschluckt hat, geht's dahi,
werst sehng, na geht er los auf di!«

Gunter und Gutrune war'n
beim letztn Wort vom Stui hochgfahr'n.
Wias hoit so geht in so an Stück:
wer kimmt im nächstn Augenblick? –
Damit de Gschicht schnell weitergeht
und koa Verzögerung entsteht,
– Der Siegfried! Wia ko's anders sei!

»Da is er ja, der Held! Kimm rei!«
Der Gunter zoagt se hocherfreut,
»Ja weils d' nur da bist, des is gscheit!«

Der Siegfried sagt: »Mei liaber Mo,
i biet dir meine Dienste o.
I hab mei Schwert, des Nothung hoaßt,
des is a Wunderwaffe, woaßt!«

»Und was hast außerdem dabei?«
möcht da der Hagen wissn glei.
»Vielleicht an Nibelungenhort?
Was hast'n da für Zeugl dort?«

Der Siegfried zoagt an Tarnhelm her.
»Den hab i mitbracht und net mehr.
Des ander Rheingoid liegt no unt,
i wißt net, wia i's braucha kunnt.«

»Was is mi'n Ring, wo hast'n den?«
»Den hab i der Brünnhilde gebn.

I hab koa Meinung von dem Sach,
und was i mit dem Helm da mach ...«

Da schlagt der Hagn sich ans Hirn.
»Um Gottes wuin, tuan net verliern!
Der zaubert di an jedn Ort.
Du setzt'n auf – und scho bist fort!
Der Wunderhelm verwandlt dich
in jedn Mensch und jedes Viech.
Gib ja guat obacht auf den Huat,
der is für hundert Sachn guat!«

Kaam is der Hagn fertig gwen,
da steht d'Gutrune scho danebn.
Sie tragt a Trinkhorn in der Hand.
»Willkommen, Siegfried!« sagt s' scharmant.

Der Siegfried nimmt an tiafn Schluck
und scho gibts eahm an gaachn Ruck.
Der Zaubertrank verdraaht sein Sinn,
es reißt'n zur Gutrune hin.
»O schönstes Weib, o holde Lust!
A hoaße Liab zerreißt mei Brust!
I ko net sei mehr ohne di,
o sag, Gutrune, magst du mi?«

D'Gutrune schaugt'n gschamig o.
»O großer Held, i mag di scho!
I wißt koan bessern Mo für mi!«
Dann schaugts zu ihrem Bruader hi.
Der Siegfried hat sofort kapiert
und sagt zum Gunter tiefgerührt:
»Ganz ohne Wei, des is a Mist.
Nachdem du jetzt mei Schwager bist,

bring i dir gern de rechte zua,
de mag di gwiß und is schee gnua:
d'Brünnhilde is vom Wendlstoa,
i hab mit ihr zwar nix zum doa . . .«

»D'Brünnhilde, naa, um Gotteswuin!
I wer doch net mi'n Feuer spuin!
I schwitz scho jetzt bei der Idee,
daß i für sie durch d'Flammen geh!«

»I woaß, des bringt nur oana zamm
und des bin i in Deifes Nam.
I setz an Tarnhelm auf und geh
– paß auf, du muaßt mi recht versteh! –
ois König Gunter hi zu ihr,
dann bring ich s' rum, des sag i dir.
D'Brünnhilde is dann ewig dein,
drauf trink ma jetzt a Glaserl Wein!«

Der Gunter hebt a Glas in d'Höh.
»Des is ja eine Pfunds-Idee!
Komm her, na trink ma Bruaderschaft,
daß alles reibungslos verlaaft.
He, Hagen, du trinkst aa glei mit,
besiegln ma den Bund zu dritt!«

Der Hagen hat recht gstinkad gschaugt,
eahm hat de ganze Gschicht net taugt.
»Machts ihr, was woits, mir is des wurscht,
i trink net mit, i hab koan Durscht.
I hab mit dera Gschicht nix z'doa!«
Der Hagen, der erstarrt zu Stoa.

Der Gunter drängt: »Mir fahrn sofort!«
Der Siegfried sagt: »Mei Schiff steht dort.
Rheinaufwärts habn ma ganz schee z'doa,
dann reit i num zum Wendlstoa.
D'Brünnhilde hat ma gebn ihr Roß,
a schneller Haflinger-Koloß,
reit pfeigrad über d'Woikn hi.
Du bleibst im Schiff und wartst auf mi.
Nach zwoa, drei Tag is ois vorbei
und du kimmst endlich zu deim Wei.«

So packt der Siegfried zamm sei Sach.
D'Gutrune schaugt eahm traurig nach,
wia er mi'n Gunter geht zum Schiff.
Scho hat er d'Ruader fest im Griff
und fahrt, obwois stromaufwärts geht
und aa der Wind net günstig steht,
dahi mit einem Affenzahn,
zwoa Manner und a Roß im Kahn.

Der Hagen schaugt recht grimmig drei,
a Weibergschicht is net des sei.
Er denkt nur an a oanzigs Ding:
des is der Nibelungenring.
Wenn den d'Brünnhilde bringt daher,
dann waars doch gwiß für eahm net schwer,
daß er mit irgendwelche Schlich
den goidna Ring dann reißt an sich.
Potzdeifenei, dann waar er gstellt,
dann ghört eahm alle Macht der Welt!

So geht dahi de Lumperei,
a jeder denkt nur an des sei.

De ganz Moral is boid verhunzt
mit Zauber und Verwandlungskunst,
mit Luag und Truag und Hinterlist
a jeder sich sein Teil zuamißt.
Grad gschwindlt werd und ghetzt und glogn,
a jeder is mit einezogn,
ob Gott, ob Riese oder Held,
as Goid vergift de ganze Welt.
A jeder möcht de Macht für sich,
so wirkt der Fluch des Alberich!

Am Wendlstoa das Feuer brennt,
grad leuchtn tuat's herent und drent.
Die Flammen züngeln liachterloh.
D'Brünnhilde warmt se d'Haxn dro.
Sie schaugt moi sauer und moi süaß,
vom Wartn kriagt ma koide Füaß.
Sie sitzt am Fels, hat nix zum doan.
Wann kimmt der Siegfried endlich hoam?
Am End hat er a andre gsehng
in seiner Hitz – und scho is gschehng.
Doch naa, sie hat ois Liebespfand
den goidna Ring an ihrer Hand!

D'Waltraute, das Walkürenweib,
hat gsagt zu ihr »Brünnhilde, treib
de Gschicht net z'weit, gib her den Ring,
na dua ma des verfluachte Ding
ins Wasser zruck vom Vater Rhein
und scho waar Friede allgemein.
Die Götter waarn vom Fluach erlöst . . .«
Doch sie is glei stocknarrisch gwest:
»Du spinnst! Der Ring bleibt schee bei mir!
I bin net blöd, des sag i dir.

Den Ring hat mir der Siegfried gebn
ois Liebespfand für's ganze Lebn!
Zum Wotan sagst, i bin verliabt,
weshalb sich da nix zammaschiabt.
I gib den Ring net aus der Hand,
da bin i eisern, hast des gspannt?«

Drauf is d'Waltraute nach Walhall.
Der Wotan kriagt an Wuatanfall,
wia eahm d'Waltraute ois bericht.
»Ja gibts denn so a blöde Gschicht!
Da siehgt mas wieder«, hat er gschrian,
»wenn d'Weiber sich in oan verliabn,
na konnstas für nix anders habn,
dawuzzln kannstas und daschlagn!
Ganz wurscht, was um sie rum passiert,
und wenn de ganze Welt krepiert,
sie sehng nix und sie hörn nix mehr,
aa wenn ois zammbricht um sie her,
sie lebn nur ihrer Liebesbrunst,
so daßd as glei dagarma kunnst!
Wenn ois no lang so weiterlaft,
dann san ma boid oisam verkaft.
Dann zünd ma o de Burg Walhall
mitsamt dem ganzn Weiberstall!
I selber gib mi aa mit drei',
damit a Ruah is, Deifenei.«

*

Wia gsagt, d'Brünnhilde sitzt am Stoa,
hat d'Füaß ans Feuer onedoa.
Ihr Herz is scho a weng verstimmt,
weil ihr Geliebter lang net kimmt.

Da plötzlich hat s' in d'Staadn paßt,
und hört wia oana fröhlich blast.
Des is der Siegfried mit sein Horn!
Da kimmt er an der Felswand vorn!

Scho fliagt d'Brünnhilde eahm entgegn,
im letztn Augnblick hat s' gsehng,
daß da a Fremder vor ihr steht.
(Damit a jeder woaß, wia's geht,
sei gsagt, daß woi der Siegfried war,
doch macht er se auf de Weis rar,
daß er an Tarnhelm aufgsetzt hat
und dadurch ausschaugt akkurat,
ois wia der Gunter, denn s' net kennt.)
Da werd er a scho frech und rennt
mit einem Bocksprung auf sie zua.
»Schleich di!« schreit s', »i möcht mei Ruah!«

Doch er sagt »Madl, jetzt ghörst mei!
I glaab, es werd des Beste sei,
wennsd' in dei Höhle einegehst,
i kimm dann nei zu dir, verstehst.
Doch vorher möcht i no den Ring.
Dua net lang rum, gib her des Ding!«

D'Brünnhilde kämpft mit letzter Kraft.
Nach kurzm Raffa hat er's gschafft.
Er hat an Ring und schiabt'n ei.
»So, Weib, jetzt gehst in d'Höhle nei,
dann siehgstas scho, wia's weitergeht,
hab nur koa Angst, i friß di net.«

Da macht d'Brünnhilde langsam kehrt,
der ander aber ziahgt sei Schwert,

zum Zeichn daß er ihr nix wui,
alloa scho zwengs'm Ehrgefui.
Sei Liab zu ihr is ja begrabn.
Der Gunter soi des Deandl habn.

D'Brünnhilde geht in ihr Gemach
und er – steigt ihr platonisch nach.

Inzwischen hat in Preißn obn
sich ein Gewitter zammagschobn.
Der Hagen hat an Gast bei sich,
sei Vata war's, der Alberich.
Der hat a fürchterliche Wuat!
»Varecka soi de ganze Bruat!
Der Deife«, schreit er, »soi den hoin,
der mir den goidna Ring hat gstoin,
und der ihn jetzt hat, soi dro sterbn!
He, Hagen, es muaß ghandlt werdn!
Der Siegfried hat, du woaßt, den Ring
und hat koa Ahnung von dem Ding.
Wenn der jetzt kimmt vom Wendlstoa,
na gibts für di was wichtigs z'doa.
I woaß, du bist a gschickter Mo,
Wia's d'as machst, des siehgst na scho.
Auf jeden Foi: der Ring muaß her,
ganz wurscht wia's geht, i sag net mehr!
Hast verstandn? Dann sag ja!«

Der Hagn steht stockfinster da.
Er nickt mi'n Kopf und sagt koa Wort,
drauf geht sei Vater wieder fort.

Doch weiter laft sofort de Gschicht,
so pausnlos, ma glaabt des nicht.

Der Alberich is no net weg,
da kimmt der Siegfried scho um's Eck.
Per Tarnhelm is er – ungelogn –
in fünf Sekundn aufagflogn.
»Der Gunter sagt, er kimmt per Schiff,
er hat d'Brünnhilde fest im Griff.
Und alles geht den rechtn Gang.
Heut abnds is festlicher Empfang!«

Um sechse rum war's dann so weit,
da stehn sie zum Empfang bereit.
De Ehrengarde blast in's Horn,
da kemmas scho: der Gunter vorn,
sei Braut de ziahgt er ungefähr
wia a verreckte Katz daher:
de gebrazzelte Brünnhilde!
Sie is für's Erste net im Bilde.
Doch wia s' na siehgt an Siegfried steh,
da zittert s' und werd weiß wia Schnee.
D'Gutrune schwanzlt neba eahm!
Und wias' verliabt mitnander dean!

»Brünnhilde«, sagt der Gunter laut,
»der Siegfried hat jetzt eine Braut.«

»Jawoi« sagt da der Siegfried glei,
»d'Gutrune is ab heut mei Wei.«

Da zreißt d'Brünnhilde schier der Zorn.
»Pfui Deife, bin i bschissn wordn!«

Sie siehgt den Ring an Siegfrieds Hand
und scho is vollends durcheinand.

»Den Ring hat mir der Gunter gstoin,
der Hamme hätt von mir was woin,
doch i hab nur an Siegfried gern.
Da konnst do glei stocknarrisch wer'n!«
Sie hat vor Wuat in Bodn neigstampft.

»Brünnhilde!«, mahnt der Siegfried sanft,
»der Gunter is dei Mo, net i,
i hab für di zwar Sympathie,
doch mehr is leider hoit net drin.
Des ganze Gschroa hat wenig Sinn.
Der Gunter is a gstandner Mo,
mit dem bist wirkle net schlecht dro!«

Da siecht d'Brünnhilde nur no rot,
sie schreit vor Zorn und Liebesnot,
denn wenn ein Weib so ausgschmiert werd,
so hinterfotzig und so gschert,
so herzlos und so ungeniert,
– koa Wunder, wenns' na explodiert:
»Ihr moants woi alle, i bin blöd!
I wui des Zwetschgnmandl net!
Der Siegfried hat mir Liebe gschworn,
i gib de Gschicht no net verlorn!
Er is mei Mo und neamand sonst,
und wenns d' di net erinnern konnst,
mei liaber Siegfried, nacha schwörst ...«

»I bin do net auf's Hirn gfoin, hörst!
Brünnhilde, du beleidigst mi!
i liab d'Gutrune und net di!«
Der Siegfried schwört an heilgen Eid.
»Brünnhilde, red koan Schmarrn, sei gscheit!«

Da hat d'Brünnhilde d'Froasn kriagt.
»Leut, glaabts eahm net, der Mo der lüagt!«
Sie bricht schier zamm vor Schmerz und Gram.
»Des muaßt ma büaßn, derfst mas glaam!«

Der Siegfried denkt se: Geht's wia's wui,
eahm werd des auf die Dauer z'vui.
Es springt nix raus, des hat er gspannt.
Er nimmt d'Gutrune bei der Hand
und geht mit ihr in d'Halle nei.

Der Gunter schaugt recht finster drei.
Er kimmt se ziemlich deppad vor.
Was war er für ein irrer Tor!
Jetzt hab i, denkt er, den Salat,
den mir der Siegfried zammgmischt hat!

D'Brünnhilde hat, ma glaabt des nicht,
jetzt nur no blankn Haß im Gsicht
»Rache!« schreit s' mit gaacher Wuat,
»des büaßt der Schuft mit seinem Bluat!«

»Ganz recht«, sagt da der Hagen glei,
»des zoihst eahm hoam, i huif dabei!
Brünnhilde, Mensch, des is a Ding,
na kriagst den Nibelungenring!
Dann liegt de ganze Macht bei dir!
Der Kerl muaß sterbn, i bin dafür!«

So hat er gredt, doch innerlich
da denkt der Baaze nur an sich.
Er redt zum Schein nur so daher,
den Ring – den wui natürlich *er!*

Nur grad der Gunter ziahgt net recht.
»Mei Schwester denkad von mir schlecht!«

An Hagen packt de Ungeduid.
»Sie woaß doch nix von deiner Schuid!
Den Ärger konnst dir leicht ersparn,
wer's gwesn is, derf neamd erfahrn.
Des Gheimnis wissn nur mir drei!«

»Wenn 's so is, bin i aa dabei!«
hat drauf der Gunter finster gsagt.

So war as Gwissn nimmer gfragt.
Ein Racheplan werd ausgeheckt,
der einen finstern Mord bezweckt.

Wer 's »Rheingold« glesn hat, der woaß:
nur grad der Ring macht alle hoaß!
Es schürt den Haß ganz fürchterlich
der Fluch des König Alberich:
»An jedn, der den Ring besitzt,
soins schlagn, bis daß er d'Seel nausschwitzt.
Und wer ihn net hat, soi se giftn,
und Mord und Totschlag soi er stiftn!«

De Mörder san scho auf'm Sprung
– boid kimmt de große Dämmerung.
Gwen is in der Fruah um sieme,
Morgenröte leucht am Himme.
Am greana Rhein das Jagdhorn schallt,
drei Manna stehna dort am Wald.

Der Gunter hat zum Hagen gsagt:
»Jetzt moan i, waar a Brotzeit gfragt.«

Der Siegfried, der hat nix dagegn.
So macha sich's de drei bequem.
A jeder ißt a Brot mit Wurscht.
Dann fragt der Hagen: »Habt's an Durscht?«
und zoagt a kloane Flaschn her.
»Es is net vui, i hab net mehr.«

Der Siegfried nimmt ois ersts an Schluck
und gibt de Flaschn wieder zruck.

»Mir mögn nix«, sagn de andern zwoa
und habn de Flaschn wegadoa.

Es war a starkes Gegengift,
des oan sofort ins Herz neitrifft,
und d'Liab verändert auf oan Schlag.
A Mordserfindung ohne Frag.

Der Siegfried springt sofort in d'Höh
und schreit auf bayrisch »Dulliö!«
Sei Hirn is plötzlich liacht und klar.
Jetzt woaß er wieder, was er war!
Erinnerungen brecha auf,
wia er den steilen Berg is nauf,
wia er durch's Feuer durchekimmt
und wia er findt des scheene Kind
und wia er nacha – schwaar auf Draaht –
des resche Madl zammpackt hat.
Es jucktn wieder bis aufs Boa
de hoaße Nacht vom Wendlstoa!

De Reue bricht aus seinem Mund:
»Was war ich für ein gscherter Hund!

Brünnhilde, konnst du mir verzeihn,
i wui jetzt ewig bei dir bleibn!
D'Gutrune intressiert mi net.
Wia war i bloß so seltn blöd!
Nur du, Brünnhilde, bist mei Glück.
I kimm sofort zu dir zurück!
I liab di hoaß, des derfst ma glaam,
ois ander war a böser Draam!
Brünnhilde, komm an meine Brust!
I hab des einfach nimmer gwußt,
daß i de scheene Liebesnacht
bei dir am Gipfe hab verbracht!
Hernach war plötzlich alles gar,
ois ob ma 's Hirn ausgrunna waar!«

So war der Siegfried plötzlich hoaß
in geiler Inbrunst, und wer woaß,
was ois passiert waar an dem Tag,
kaam plötzlich net der harte Schlag.

Er sagt no: »Komm, o liabstes Kind!«
Da sticht der Hagen eahm von hint
an spitzn Speer in Buckl nei.
Der Gunter schreit no: »Muaß des sei?«

Es war ein schauerliches Buid.
Der Siegfried reißt no hoch sei Schuid
und möchts an Hagen aufeschlagn,
– es war entsetzlich, muaß i sagn –.

Der Speer sitzt mittndrin im Herz.
Der Siegfried spürt an kurzn Schmerz,
grad wiar er's Schuid hat in der Höh,
da konn er nimmer länger steh.

»Brünnhilde!« schreit er, »Du alloa!«,
dann bricht er zamm, foit auf'n Stoa
und haucht sei Heldnseele aus.

Der Hagen ziahgt sein Speer no raus.
Das Jagdgefolge kimmt daher.
De meistn Leut bedauern sehr,
daß unser junger Held is tot.
Sie tragn ihn nei ins Morgenrot.
Recht schwer und düster is ihr Gang,
sie singa einen Trauergsang.

Ein Heldenleben is zu End.
Ma riacht scho, quasi, wia ois brennt.
Jetzt is bloß no a Katznsprung
zur allerletzten Dämmerung.

*

D'Gutrune wart auf ihren Mo.
Sie war beim Aufsteh scho net froh,
»Schatzerl«, hat s' zum Siegfried gsagt,
»daß d' ja glei hoamkimmst nach der Jagd.«
Und jetzt is scho fünf Stund lang Tag . . .
Da trifft s' auf oamoi schier der Schlag.
A Trauerzug kimmt dumpf daher,
a fuchzehn Manner ungefähr.
Ihr wer'n de Knia schee langsam weich,
denn in der Mittn tragn s' a Leich.
Dann duat s' an Schroa und ringt de Händ,
wia s' schließlich na ihrn Mo erkennt.

»Manner«, sagt s', »wer hat des do?«
und schaugt dabei ihrn Bruader o.

»Gunter, warst es du vielleicht?«
Der Bruader zittert und erbleicht.
»Ja wias d' nur sowas denka konnst,
der Hagen war's und neamand sonst!«

Da tritt der Hagen vor si hi.
»Jawoi i nimm den Mord auf mi.
Der Grund is klar: i wui an Ring,
es geht nur um des kloane Ding,
ois ander is ma völlig gleich!«
Scho geht der Hagen hi zur Leich
und wui an Ring vom Finger ziahng...

»I wer dir glei dei Gstell verbiagn!«
schreit da der Gunter voller Gier.
»Tua d'Pratzn weg, der Ring ghört mir!«

Der Hagen ziahgt sei Schwert und schreit:
»Is guat, na bist der zwoate heut,
den i dastich, mir is des gleich!«
– Und scho gibts wieder eine Leich.

Mit einem Loch von vorn bis hint,
daß hint und vorn as Bluat rausrinnt,
verstirbt der Gunter auf'm Stoa.
D'Gutrune siecht's und konn nix doa.

Der Hagen setzt zum Endspurt o.
Der Siegfried hat den Ring no dro!
Sei Hand hängt runter bleich und steif.
Scho langt der Hagen nach dem Reif...
Da fahrt eahm 's koide Grausn nei.
Der Tote rührt se! – Konn des sei?

Hebt drohend seine Hand in d'Höh,
da werd der Hagen weiß wia Schnee,
schreit auf und foit an Hintern hi.

Im nächstn Augenblick kimmt *sie*,
de eigentliche Hauptperson,
de alles wieder richtn konn,
daß alles Mordn hat a End,
der ganze Saustoi niederbrennt:
D'Brünnhilde, de Walkürenmaid,
zum heeren Opfertod bereit.
Ihr Streitroß Grane hat s' dabei,
a wengerl Glanz möcht euwei sei.
Sie geht zum totn Siegfried hi
– de Sach is net ganz leicht für sie –
und ziahgt den Ring von seiner Hand,
der gwen is einst ihr Liebespfand,
wia sie so muatterseelnalloa
hat gwart hoch drobn am Wendlstoa.

Dann sagt s' mit Trauer in der Stimm:
»Horchts auf, ihr Manner, i bestimm:
de Leich werd feierlich verbrennt!«
Und scho san d'Manner oisam grennt,
habn Holz aufgschlicht zu einem Stoß
und wia der war genügend groß,
habn s' d'Leich vom Siegfried aufetragn,
daß d'Flammen könna drüberschlagn.
Es war ein schauerliches Buid.

»De Flammen löschen alle Schuid!«
sagt drauf d'Brünnhilde ernst und stolz
und schmeißt a Fackl nei in's Holz.
Scho brennt hellauf der ganze Stoß.

D'Brünnhilde schwingt se auf ihr Roß
und reit mit einem wuidn Schrei
pfeigrad in's geile Feuer nei.

Der Hagn bruit: »Was is mi'n Ring?
Du blöde Goaß, gib her des Ding!
Den muaß i habn, sonst wer i grante!
Mach schnell, du oide Roßbointante!«

D'Brünnhilde aber hört ihn net.
Ihr Leib im Feuer untergeht.
Ihr Roß verschmort, das Fett verspritzt,
de Funkn fliagn, der Himme blitzt.
Geopfert wer'n muaß net nur sie,
aa mit de andern geht's dahi.
De Zeit is reif, das Maß is voi,
daß alles zammabrennt werdn soi.

De Flammen euwei höher steign.
Auf Burg Walhall dean s' »Feuer!« schrein.
Zu spät! De Brunst is scho am Tor
und alle wimmern laut im Chor.
Umsonst, de Lohe frißt sie auf,
de ganze Herrlichkeit geht drauf.

Der Baam, der goidne Äpfe bringt,
mit einem Krach an Bodn hisinkt.
Koa Wasser is zum Löschn da,
die Fricka brennt, die Freia aa.

Der Wettergott hat gschimpft und gfluacht
und schnell noch einen Regn versuacht.
De Flammen aber bleibn net steh,
ois muaß verbrenna und vergeh.

Der Loge schreit als Feuergott:
»I hab's net ogschafft, sapperlott!
Weg mit dem Feuer, aber schnell!«
Da brennt er scho am ganzn Gstell.

Die Macht der Götter is vorbei,
der Sturm haut ois in d'Pfanna nei.
Das Feuer koa Erbarmnis kennt,
der ganze Weiberstall verbrennt.
Es frißt se euwei höher nauf,
als Letzter geht der Wotan drauf.
Er steht hoch obn auf einem Turm,
ringsum tobt scho der Feuersturm.
Er schreit: »Ich hab des kemma sehng,
bin dauernd bei de Weiber glegn!
War zu vui Mensch, zu wenig Gott.
Jetzt häng i drin, ich Idiot!
Es gibt koa Rettung mehr für mi!«
A Schnapprer no, dann war er hi.

Der Sturm hat d'Nordsee aa erfaßt
und 's Wasser druckt in wuider Hast
in Rhein nei, daß er überlaft.

Der Hagen schreit: »I bin verkaft,
wenn mir der goidne Ring net bleibt!«
Da siecht er scho, wia's Wasser treibt.
Er steht voi Angst am Feuer dort
und denkt, i renn so lang net fort,
bis 's letzte Steckerl duat verglüahn,
na brauch i nur an Ring rausziahng!

Da kimmt der Vater Rhein daher,
reißt seine Strudl kreuz und quer.
Der grimme Hagen schluckt und speibt,
bis eahm nix anders übrig bleibt,
ois daß er nimmer weiterschnauft
und elend unt am Grund dasauft.

So hats'n dann ins Meer naustriebn.
Zum Schluß is neamd mehr übrigbliebn.
Nur grad der oide Vater Rhein
tuat froh nach seine Töchter schrein.
D'Wellgunde bringt an Ring daher,
jetzt gibts koan Mord und Totschlag mehr.
Das Goid liegt wieder unt im Rhein.
So schwelgt in Lust der ganz Verein.
D'Floßhilde macht an Freudensprung,
d'Woglinde – vor Begeisterung
nimmt ihre Schwestern bei de Händ,
der Reigentanz nimmt nia a End.
Der oide Vater Rhein schaugt zua,
so schliaßt de Gschicht in selger Ruah.

Doch leider gibts no Goid und Geld
und Macht auf dera schnödn Welt,
was immer wieder Unruah stift
und 's Miteinandersei vergift.
Der Kampf um d'Macht werd net vergeh,
so lang de Welt no bleibt besteh.

Doch koana was mit nübernimmt
wenn er ins Jenseits nüberkimmt.
Drum gib i euch den guatn Rat
– weil 's letzte Hemd koa Taschn hat –
gebts net zu vui auf Goid und Macht,
weil's doch zerrinnt de ganze Pracht!

Der, wo des bessere betreibt,
net gierig is und oafach bleibt,
der foit amoi, wenn d'Welt verbrennt,
pfeigrad in Gottes guate Händ.

Der bayrische Tannhauser

oder

Oamoi so – oamoi so. Glanz und Elend
des bayrischen Minnesängers Heinrich Tannhauser

*Der Rhythmus der Verse ist so angelegt,
daß bei dem Wort Tannhauser die Betonung
auf der zweiten Silbe liegt.*

In Tann – da wo heut Siegsdorf liegt –
wo ma zum Hochfelln nübersiehgt,
da hat vor siebenhundert Jahr,
wia Baiern unter an Herzog war,
a Bauer glebt so schlecht und recht
mit seiner Frau, zwoa Söhn, oan Knecht.
Sei Hausnam war »Beim Roidlthiem«
er selm hat se Tannhauser gschriebn.

Von de zwoa Buama hat der Kloa
net gern a harte Arwad doa.
›An Heinrich‹, hat der Vadda denkt,
›hat Gott a bsondre Gabe gschenkt.
Er ko scharf denkn und guat redn
und aa sei Meinung spitz vertretn,
und singa tuat er so vui schee,
drum moan i hoit, es müaßad geh
– und waar für uns aa net verkehrt –
wenn er am End gar geistle werd.‹

So hat der Bua recht fest studiert,
am Sonntag hat er ministriert,
er war net dumm, des muaß ma sagn,
ma hat'n könna oisam fragn.
Und wenn a Fest war in der Gmoa,
is er vorn dro gwen ganz alloa
und hat an scheena Spruch vortragn,
und selm dazua sei Harpfa gschlagn
zur Gottes und der Menschn Ehr.
»Wo hat der Bua des nur grad her?«
habn d'Leut sich gfragt. »Ma möchts nicht glaam:
jetz ist er an de neunzehn kaam
und stellt se hi und spuit und singt,
wia's unseroans nia zammabringt!

Woaß Gott, was aus dem Buam no werd!
– A Pfarrer waar scho net vakehrt.«

Was schließlich aa no gsagt wern soi,
is des, daß er so zwoa, dreimoi
in jeder Woch, des sell is gwiß,
zum Venusberger ganga is.
Der Venusberger hat weit draußd
mit seiner Frau Justina ghaust.
Am Fuaß vom Venusberg is gwest,
sei Hof des war der allergrößt.
De Afra war des oanzig Kind.
Der Bauer woit net, daß so gschwind
a Mo daherkummt, den sie mag,
und wegaheirat auf oan Schlag.
Drum hat er aufpaßt wia ein Hund,
daß koana eahm ins Haus neikummt.
Nur grad der jung Tannhauser war
in seine Augn koa soiche Gfahr.
Weil der doch auf nix anders zuit,
ois daß er mit ihr Harpfa spuit.
»Mei Afra hat Musik im Bluat«,
drum, hat der Vata gmoant, waar's guat,
wenn sie sich Kenntnisse verschafft
und hat ihr drum a Harpfa kaft.
So habn de zwoa recht liab und brav
manch Liadl über zwoa Oktav
mitnanda gspuit mit Terzn drin,
mit Unter- und mit Oberstimm
und habn probiert so mancherlei –
und neamd hat se was denkt dabei.

Karsamstag war's, zwölfhundertzwanzg,
da sagt der Vata: »Bua, mir langt's!

Es kummt mir dengerscht grad so für,
ois gangads boid dahi mit mir.
I hab lang gnua glebt, daat i sagn
und ois, was not duat, zammatragn
und hab ois Christnmensch mei Zeit
auf Gott ausgricht und d'Ewigkeit.
Und foits an Herrgott trotzdem ei,
daß des net langt in Himme nei,
na sag i eahm: ›Schaug nunter da
zum Dörfe znachst am Chiemsee dro,
da lebt der Heinerle, mei Bua,
des werd a Pfarra, – is des gnua?
Was i versaamt hab in mein Lebn,
des werd ganz gwiß des sei dagebn.
I hab zwanzg Jahr lang gspart für eahm,
damit der Bua ko geistle werdn.
Es war net leicht, das Lebn is hart,
vom Maul hab i mir's wegagspart!
Boid singt er 's erste Kyrileis!
– Derf i jetz eine auf de Weis? –‹
Dann werd da Herrgott sagn zu mir:
›Na geh hoit rei zur Himmestür!
Hast eh gnua gschuft, i muaß di lobn,
soist habn dein Friedn da herobn!‹
Siehgst, Heinerle, so müaßads geh.
Des waar mei Rechnung. Kost vasteh?«

Der Vata sperrt a Schubladn auf
mit pergamentne Schrieb obn drauf
und ziahgt a suiwas Kastl für.
»Siehgst, was da drin is, des ghört dir.
Zwoahundert Goldstück, kloaweis gspart,
und wia an Christi Himmefahrt

de oide Roidltant is gstorbn,
de nia was ghabt hat hint und vorn,
hat s' mir an Strumpf voi Goldstück gebn
und gsagt dazua: ›Im ganzn Lebn
hab i nur gwerglt, gspart und darbt,
– nix is vergessn, nix vernarbt!
Hob nia an Mo ghabt, der mi tröst,
bin allawei nur einsam gwest
und einsam steig i in mei Gruabn,
drum ghört des Geld da für dein Buam!
Wenn der amoi an Pfarra werd,
– i lieg dawei scho in der Erd –
dann derf er nia koa Wei net habn
– des ko a Mannsbuid schwer vertragn –
sei Lebn werd ähnlich wia des mei,
wenns Nacht werd, werd er einsam sei.
Und deswegn is des Geld für eahm,
i habs net nötig, i muaß sterbn,
und er konns braucha zum Studiern,
's muaß vui no eine in sei Hirn!‹
So hat sie gsagt, de Roidltant,
druckt mir den Strumpf voi Goid in d'Hand,
spritzt no a Lackal Weihbrunn dro
– und hat ihrn letztn Schnaufra do.

Gott gib der Roidlin d'ewge Ruah!
Jetzt liegts an dir, mei liaba Bua,
daß d' fest studierst und nix versaamst
und möglichst boid auf d'Hochschui kaamst.
Daß d' Pfarra werst, so schnell ois geht,
des is mei Wunsch und mei Gebet.
Und d'Roidltant im Himme drobn,
werd owaschaugn und werd di lobn!«

Da sagt der Heinerle, sei Bua:
»Mei liawa Vata, 's Geld is gnua!
Mei Lebn steht fest, des derfst ma glaam,
i schwör dir's, daß i nix versaam!«

Am andern Tag ist Ostern gwest.
Zum Hochamt kemma feine Gäst,
ein adligs Fräulein Karolin
mit ihrer Bas Marie Christin.
Sie warn von Salzburg auf der Roas
und weil's recht föhnig war und hoaß,
habns' zwoa Tag Pause gmacht in Tann,
bevor s' nach Landshut weiterfahrn.
Quartier habn s' gmacht beim Unterwirt,
weil der am bessern aufserviert
und aa de schönern Zimma hat,
mit Himmebett sogar und Bad.

De ganze Kirch is voi bis hint.
Der Pfarra hat a Liad ogstimmt:
»Wir preisen dich Herr Jesus Christ,
weil du für uns erstanden bist!«
Er singt des erste Versal vor,
dann singt de Gmoa – und dann am Chor
singt grad ois wia a Cherubin,
so machtig war sei junge Stimm,
und wirblt seine Harfngriff,
daß gwurlad hat im Kirchnschiff,
der jung Tannhauser – ganz alloa –
und wia verzaubert hört de Gmoa

Tannhausers Osterlied

Halleluja, Halleluja!
Dankts an Herrgott, denn er wui ja,

daß ma alle miteinanda
auferstehn in weiße Gwanda!
Wenn er net aus'm Grab waar gstiegn,
waar alles in der Finstern bliebn.

Halleluja, Halleluja!
Dankts an Herrgott, denn er wui ja,
daß ma durch sei Kreuz und Leidn
teilhaft wer'n der ewgen Freudn.
Wenn er net waar lebendig wordn,
waar jede Hoffnung uns verlorn.

Halleluja, Halleluja!
Dankts an Herrgott, denn er wui ja,
daß ma fröhlich san und singa
und uns an sei Liab verdinga!
Wenn er uns hätt sei Wort net gebn,
waar Traurigkeit des ganze Lebn.

Halleluja, Halleluja!
Dankts an Herrgott, denn er wui ja,
daß ma alle mitananda
auferstehn in weiße Gwanda,
wenn d'Erdn auseinanderbricht
und alles werd des jüngst moi gricht.

Des is des letzte Gsangl gwen.
Der Pfarra hat no gebn sein Segn
auf gfarbte Oa und Brot und Soiz,
auf Osterlamm und Butterschmoiz,
und na san s' auße zu der Tür.
Der oid Tannhauser hat mit Müah
as Woana grad no unterdruckt
und Rotz und Wassa owegschluckt.

Der Heinerle, sei Bua, der hat
aa so schee gsunga heut, wias grad
a Engelsstimm net bessa kannt.
Da werd s' a Freid habn d'Roidltant!

A Bäurin mit an woachn Gmüat
geht hi zu eahm und sagt: »Des Liad,
des war für mi a Himmesgsang,
da kannt i zuahörn stundnlang!
Es war für mi des allerschönst!«
– Und hat in 's Schneitztuach einetrenzt.
A andre hat nix eiliga,
ois daß sie sagt: »A Heiliga
werd aus deim Buam, des sag dir i,
da braucht's koa bsondre Phantasie!
So, wia der gsunga hat vom Chor
– hat Gott mit eahm was bsundas vor!«

Das adlig Fräulein Carolin
mit ihrer Bas Marie Christin
steht vor der Kirch und gibt scharmant
dem jung Tannhauser ihre Hand.
Und wia er s' an de Lippn führt
und zart mit einem Kuß berührt,
da waachlt linde Frühlingsluft,
mit einem Hauch von Fliederduft
und Ruch von quellendem Jasmin,
daß glei verneblt war sei Sinn.

»Tannhauser heißt er, wie ich hör.
Vernehm er gleich, was ich begehr.
Will er mir zu Gefallen sein,
dann stell er sich heut abend ein

beim Unterwirt im Hofgeviert,
wo sich ein Fenster öffnen wird.
Dort sing er, was ihm kommt in Sinn,
für mich und meine Bas Christin!
Daß er die Harfe nicht vergeß,
die er gespielt hat in der Meß!«

So hat sie gsagt, die Carolin,
mit ihrer zuckersüaßn Stimm
und no dazua ganz hoamle leis,
daß sie sich auf a bsondre Weis,
bei eahm bedankt für seine Müah,
sie wissad selber no net, wia.

*

Schee Wetter war's am Ostertag,
erst gega Abnd is auf oan Schlag
a schwarze Woikn auffazogn.
Beim Unterwirt san d'Schwaibal gflogn,
habn aufgregt ihre Schnabln gwetzt
und sich dann unter's Vordach gsetzt.
Im Hof hint is scho finster gwest,
a Windstoß fahrt in d'Buachaäst.
A Amserl laßt ihr Singa sei
und kuschlt se ins Efeu nei.
Hat eh grod paßt, denn glei drauf is
durchs Godal nebn da Remis
a andrer Sänger aufmarschiert,
der wo a Harpfa mit sich führt.
Beim Ziachbrunn auf der stoanan Flur,
da stellt er sich in Positur
und glangt a glei in d'Saitn nei
bevor er singt sei Melodei.

Zerst C und E und G und C, (Harfe! Dur-Akkord!)
klingt sammetwoach und wunderschee!
Drauf A, C, E, a wengerl harb,
(Harfe, Moll-Akkord)
so kriagt sei Liad de rechte Farb.
Im erstn Stock, da rührt se was,
a Fenster geht – jetzt singt er los:

»Mein Gmüat ist mir verwirret gar,
mein's Herzens Schöne bei mir war
und ladet mich zu Singen ein,
vor ihrem Fenster ganz allein.
O holdes Mädchen, süße Lust,
verwirrst das Herz mir in der Brust,
es wird noch gar verbrennen schier,
verschließt du mir dein Kammertür.
Zur Maienzeit, zur Maienzeit,
da ziehen wir zu zweien weit ...«

Wohin er wollte mit ihr ziehn,
– is eahm im Maul drin stecka bliebn.
Denn wia er singt, so schö er's ko,
da fangt's auf oamoi 's Tröpfeln o.
A Blitz is einegfahrn in d'Nacht
und glei drauf hat a Donner kracht.
Da schreit er: »Mensch, was soi i doa!«
und hört im erstn Stock an Schroa
und siecht, wie d'Carolin oisboid
Händ über Kopf nach hintn foid.

Im selm Moment fangt's Giaßn o,
daß d' moanst, sie schüttns mit Kübln ro.

Doch er nimmt alles gern in Kauf.
»Da Blitz hat s' gstroaft, da muaß i nauf!«
Und britschalnaß, daß Gott erbarm,
nimmt er sei Harpfa unterm Arm
und rennt zur Tür und nauf auf d'Stiagn,
ins Zimmer nei – und i müaßt lüagn –
so blöd hat er no niamois gschaugt! –
Wia doch de Weiba 's Schwindln taugt!
Sie steht vor ihrem Himmebett
und lacht 'n o so liab und nett,
ois hätt s' scho gwußt, daß ois so kimmt.
Und wias 'n uman Hois na nimmt
und sagt, sei Gsang war wunderbar
und daß er hoit ihr Ritter waar,
und daß er ihr hoit so vui gfoid,
da laafts eahm nunter hoaß und koit.

Die Bas Christin, sagt s', is net da,
de waar mit'm Wirtssohn irgendwo.
Da stellt er d'Harpfa nei in's Eck,
wirft schnell sein naßn Janker weg
und reißt as Madl an sei Brust,
hat's schier dadruckt und zammabusst,
denn was ma vorher no net woaß –
und jäh passiert – macht doppelt hoaß!
So hat er s' packt auf gaache Art,
so wia der Blitz vom Himme fahrt.
Hat net lang rumdo, net lang gredt,
hat s' einfach aufezogn auf's Bett.
Sie woit no sagn, doch jetzt net glei,
doch bis sie gschaugt hat, war's vorbei.
Sie hat si des aa so net denkt
und war dann schier a weng gekränkt.

Doch nacha is recht gmüatle wordn,
er hat ihr Liab und Treue gschworn.
Sie waar de erste in sein Lebn,
für eahm daaz nia a andre gebn,
und was ma hoit so zammaschmacht
und oft kaam herhoit über Nacht.

Drauß is a Donnaweda gwest,
da flackt se guat im driggan Nest.
Wia's nacha zuawegeht auf d'Fruah,
war draußn aa allmähle Ruah.
Das Amserl fliagt aus seinem Nest
und hockt se in de Buachaäst
und singt, weils 's Renga aufghört hat,
des Schönste, was ihr eifoid grad.

Da rührt se ebbas drin im Haus:
der jung Tannhauser schleicht si raus.
Er zittert, denn es war net warm.
Sei Harpfa tragt er unterm Arm
und leise, daß'n neamd ko hörn,
wui er sich hintn außeschern.
Doch vorn am Eck von der Remis,
da gibts eahm auf amoi an Riß.
Am Godal nebn der Hollerstaudn,
da wui eahm wer an Weg verbaun.
A Weiberleit, des siecht er glei,
vafluachter Mist, wer werd des sei?
Zwoa Schritt no, jetza woaß er's gwiß,
daß d'Venusberger Afra is.

»Was tuast'n du da in der Fruah?«

»Was i da dua? Hast jetza gnua

von dera adelign Goaß?
Auf so an Trampe bist du hoaß!
Siehgst net, daß de bloß hergricht is,
a Stadthur mit an scheena Gfriß!
O Heinrich, i hab so vui Angst,
daß d' ebba mit dem Luada gangst!
Wenns d' mi verlaßt, i sag dir's glei,
dann woaß i weder aus noch ei.
I hab di ja a so vui gern
und ohne di – do muaß i sterbn.
Und d'Leut werdn spottn –›schaugtses o,
der größte Hof – und findt koan Mo!‹
Obwois bekannt is, daß mir zwoa
scho lang mitnanda habn was z'doa!«

An dera Stell hat d'Afra gschluckt
und müahsam 's Woana unterdruckt.
Da sagt er: »Madl, sei net dumm,
wer sagt'n, daß i nimma kumm?
Du gfoistma und i mag di gern,
doch muaß do net glei gheirat werdn.
Du machst dir da ein foisches Buid.
Mir ham mitnanda Harpfa gspuit
und wenn ma nimma Harpfa spuin,
gehts neamd was o, – um Gottes Wuin!«

Drauf sie: »Du redst vom Harpfaspuin,
ois daß d' net merka und net fuin,
daß ganz was anders uns verbindt!
Vom Harpfaspuin da kriagst koa Kind!
I kriag a Kind, damits d' as woaßt,
des, wenns a Bua werd, Heinrich hoaßt,
so wia der Vata! – Jetza red!
Wuist mi jetzt heiratn oder net?

Wenns d' ja sagst, na vergiß i gern,
des schwör i dir bei dene Stern,
und weida nimma außegrast,
daß d' bei der Goaß da gschlaffa hast.«

Der jung Tannhauser sagt koa Wort
und stiert in Bodn nei in oan fort.
Dann draaht er se so hoiwad um
und druckt sein Arm um d'Harpfa rum.
Dann brummt er leis: »Ich möcht jetzt geh.
I bin jetzt müad, des wersd' versteh,
und wegn dem Kind, da redn ma no,
hab nur koa Angst, des kriagn ma scho.«

Kaam hat er gsagt des letzte Wort,
hat er si umdraaht und is fort.
De Afra steht jetzt da alloa
und denkt, der hat a Herz aus Stoa,
hat sich ans Gatterl onegloahnt
und bitterlich in d'Nacht neigwoant.

*

Am Ostermontag in der Fruah,
da oid Tannhauser hat koa Ruah,
und weil mit'n Schlaffa nix mehr geht,
steigt er scho zeite aus'm Bett.
Und schaugt, bevor er geht in Stoi
– des duada eignle jedesmoi –
in d'Wohnstubn nei, damit er siehgt,
ob alles an sei'm Platz no liegt.
Doch auf der Schwelln gibts eahm an Riß.
De Schubladn, wo as Geld drin is,
de is erbrocha und am Tisch
do siecht er an papierner Wisch.

Sei Hand, de zittert, wia er'n nimmt.
Und wiara na zum Lesn kimmt,
da fangt er pfeigrad 's Woana o,
a so vui weh hat eahm des do.
Er glaabt net, daß des wahr sei soi,
drum liest er's laut a zwoates moi:

»Mei liaba Vata, muaßt vasteh,
so konnts mit mir net weitergeh.
Du hast es recht guat gmoant mit mir,
doch Pfarra werad i gar nia.
Hast in mi neibenzt jedn Tag,
doch niamois gfragt, ob i aa mag.
I möcht a großer Sänger werdn,
mit adelige Leut verkehrn.
Des Geld, was du hast gspart für mi,
des is deswegn no lang net hi.
Und des aa von der Roidltant
– moanst, daß sie des im Himme spannt? –
i brauch des, daß i rumfahrn ko.
Und wenn i bin a gmachter Mo
und hochberühmt bin auf der Welt,
dann kriagst es zruck des ganze Geld.
I hab dir's gschworn, des derfst ma glaam,
daß i auf koan Foi was versaam,
drum hab ich mit der Carolin
und ihrer Bas Marie Christin
in aller Hoamlichkeit heut nacht,
mi aufn Weg nach Landshut gmacht.
In Landshut wartn s' scho auf mi.
Wenn oans guat singa ko, wia i,
dann hat er dort a sichers Brot.
Es grüßt dich Heinrich – pfüat di God!«

In Landshut auf der Trausnitz drobn,
im Rittersaal, do habn s' oan ghobn.
Der Herzog Ludwig war verreist,
drum hat der Hof alloanig gspeist.
Und weil a Schweinsbratn durstig macht,
sans sitznbliebn no bis in d'Nacht,
warn lustig und habn ungeniert
den herzoglichen Wein probiert.
Verschiedne Gäst warn aa dabei,
und d'Stimmung war scho ziemlich frei!
An guatn Tropfn wenn ma nimmt,
koa Hintern mehr vom Stui hochkimmt.
Do sitzt der Herr von Löwenmaul
und schlürft, ois wia ein Droschkengaul.
Der Ritter Franz von Greifenklau,
der junge Spund, war aa scho blau.
Und neba eahm, der Junker Fritz,
der laart sei Hafal auf oan Sitz.
Aus Frankenland, ein Herr von Wurm,
war voi ois wia ein Wasserturm.
Graf Jaromir, ein Bsuach aus Wien,
hod zwoamoi scho ins Eck neigspiebn.
Der Ritter Kunz von Eggebrecht
hat gsagt, jetzt waar sei Rüstung recht.
Des blecha Zeug, des gaab an Hoit,
damit er net vom Stui rofoit.
Nur grad beim Trinka und am Klo
wersd' mit der Rüstung net recht froh.
Sei Frau Roswitha neba eahm,
hat denkt, sie müaßt vor Lacha sterbn.
Beim Schlafa sagt s', waar's grad aa so,
wenn sie sich vorstellt, daß ihr Mo
mitn blechan Nachthemd laag im Bett,
so angenehm waar des grad net.

Da schreit der Graf von Falkenstein:
»Was seids denn es für ein Verein!
A weng a Musi möcht scho sei!
Mei Frau, de schlaft scho hoiwad ei!
De Stimmung is scho unterkuit.
Is neamand da, der Harpfa spuit?
Und der uns singt a Liadl fix?
Könnts ihr bloß saufa und sonst nix?«

Das adlig Fräulein Carolin
sitzt mittn in der Gsellschaft drin
und hebt die Hand und sagt ganz zart,
daß vor der Tür drauß oana wart.
Der Rittersmann Tannhauser singt
so schee, wias koana zammabringt.
Und wenn sie aufhörn mitn Dischkriern,
dann daazn jetza einaführn.

Natürlich warn s' oisam dafür
und Carolin macht auf die Tür
und, mit der Harpfa in der Hand,
kommt, wia a Prinz aus fernem Land,
der jung Tannhauser reimarschiert
und alles hat glei applaudiert.
Jetzt steht er in des Saales Mittn,
er ist net ganga, sondern gschrittn,
und ozogn war er elegant
mit einem langen Rittergwand
vom ersten Schneider aus der Stadt,
der nur fürn Adel garwad hat.
Und so, ois waars a große Gnad,
wenn er a Liadl singa daat,
is er auf einen Hocker gstiegn
– wirft noch an Blick auf d'Carolin –

und streckt dann aus den rechtn Arm
und is in d'Harpfa einegfahrn.

Zerst C und E und G und C (Harfen-Akkord)
klingt sammetweich und wunderschee,
dann A, C, E, – aa wengal harb, (Harfen-Akkord)
so kriagt sei Liad de rechte Farb.

»Hoit!« hat auf oamoi oana gschrian,
»Z'erst muaßt no unsern Wein probiern!
Da hast an Becher, guada Mo,
den saufst jetzt aus und dann fangst o!«

Der Wein war guat, der Becha groß,
er trinkt'n aus und singt dann los ...
Er war a wengal durchanand,
doch d'Leut warn bsuffa, habn nix gspannt.
Er singt vom Wonnemonat Mai,
dann foit eahm was vom Winter ei.
Vom stillen Herd zur Winterszeit,
beim Kartnspuin hob i mei Freud.
Von Erntezeit und Hollerblüah,
as Denkn macht eahm sichtlich Müah.
Wenn dann die Flur vom Frost befreit,
dann is der Winter nimmer weit.
Vom Schlittenfahrn und Sommerlust,
von Auferstehung im August.
Vom Venusbergerhof in Tann
und daß er zruckkimmt irgendwann.

Von Liebesleid und Abendwind,
vom Harpfaspuin und von an Kind.
Dann singt er von der Frühlingszeit,
wenn alle Wegal san verschneit,

von Minnesang und Frauenehr
und daß er kaam nach Landshut her,
weil da sei Allerliebste wohnt,
die fest in seinem Herzen thront.
Von Mannesmut und Reiterlust
und daß er immer schon hätt gwußt,
daß er ein großer Sänger waar
von dem s' no redn in tausnd Jahr.
Und lauter so an blädn Schmarrn.
Und d'Leut, de klatschn wia de Narrn
und sagn: »Neamd singt so schee wia er.
Wo hat der Mensch des nur grad her?
Der is doch an de zwanzge kaam
und so a Stimm! Ma möchts nicht glaam.
Der stellt se hi und spuit und singt,
wia's unseroans nia zammabringt!
Ma hat vo eahm no nia was ghört –
woaß Gott, was aus dem Mo no werd!«

*

In Tann, von wo er auszogn is,
da war's für alle Leut scho gwiß:
»A Baaze werds, a Hurengsell,
der nia lang bleibt an oana Stell!
Und wenn ihn mir dawischn daan,
dann hängad ma'n an nächstn Baam!«

Aus dera Absicht is nix wordn,
denn boid hat se sei Spur verlorn.
Beim adlig Fräulein Carolin
is der Tannhauser net lang bliebn.
Der Herzog kummt von seiner Roas,
drum werd der Bodn in Landshut hoaß.

De Leut ham nämle scho erzählt,
daß er dahoam mi'n ganzn Geld
bei Nacht und Nebe durchbrennt waar,
er lebad ständig in der Gfahr,
daß d'Häscher kemman und eahm hoin
und davor hätt er große Boin.
Drum hat er sich von Landshut druckt,
bei Nacht – ois hättn der Bodn verschluckt.

*

»Der suacht des irdisch Paradies,
wo's Weiber hat und lustig is!«
habn manche gsagt und doch nix gwußt.
»Und wer seim Gsange zuawelust,
is wia verzaubert und verhext!
Er singt so schee, daß d' moana mögst,
a Engl kunnt's net bessa schier!
Doch wenn er drauß is bei der Tür,
dann merkst nix von an Engl mehr,
dann rennt er hinter d'Weiber her,
de er verhext hat mit seim Gsang!
Und koane widersteht eahm lang.
Und wenn er in an Wirtshaus singt,
der Wirt eahm glei an Humpn bringt
und hoit de ganze Zech eahm frei,
denn d'Leut de drucka grad so rei
und kemma grennt von nah und fern,
de wundersama Liadln z'hörn.«

De Versal de er gsunga hat,
warn niamois net de frömmstn grad.
Und d'Leut habn gsagt, sei Welt de waar
mit jeder Liebsnacht aus und gar.

Was weida is und 's Lebn zammhoit,
des sagt er net, des laßt'n koit.
Ois waar de Welt oa Hurenbett!
Ois gaabs koa Not, koa Arwad net!
Ois bleibast ewig jung und frisch!
Ois kamad 's Brot von selm an Tisch!
Ois daat der Wein de Sorgn vertreibn,
und nix davo mehr übrigbleibn!
Ois gabads nix, wia Fleischeslust,
ois hätt er von nix Höherm gwußt.

De Burschn habn se amüsiert,
de Madln sich a weng scheniert.
Dagegn ham gmoant de oidn Leut,
er gangad mit sei'm Gsangl z'weit.
Drum hat aa gsagt manch bösa Mund:
er stand mi'n Deife selm im Bund!

Was d'Leut verzähln beim Glasl Wei,
des muaß net euwei d'Wahrheit sei.
Was tratscht werd so von Haus zu Haus,
wennst d'Hälfte glaabst, langts aa scho aus.
So schlecht war der Tannhauser net,
wia damois ganga is de Red.
Oft is er a Hallodri gwen,
hat nix auf Gott und d'Hoamat gebn,
hat sich a lustigs Lebn eigricht
und Versal auf Frau Venus dicht.
Doch is eahm eigfoin dann und wann
da Venusberger-Hof in Tann.
›Was is aus meina Afra wordn?
Des Kind, des is scho längst geborn!
Wia gehts mein Vata? Lebt er no?‹
Dann war er plötzlich nimma froh,

und was ihn druckt hat in der Stund,
des gibt des traurig Liadl kund:

Waar i dahoam bliebn!
Unruhigs Bluat!
Hätt's mi net naustriebn,
waar alles guat!

Hätt i a Herz ghabt,
wia du für mi,
waar i net furttrabt
d'Straßn dahi.

Hätt i an di denkt,
warst ja so liab,
hätt's mi net furtdrängt,
grad wia an Diab.

Waar i bei dir bliebn,
laagast bei mir,
waar net ois abgschni'n,
wißt i von dir!

Wann's amoi koit werd,
daß Gott erbarm,
d'Heuschupf mei Stoi werd,
macht net recht warm.

Waar i dahoam bliebn!
– Jetza is z'spaat,
alles is ogschni'n,
alles verwaaht.

So traurig is er seltn gewen,
hat sich glei selm an Stösser gebn,
a Glasl Wein, a lustigs Liad –
und scho war's weg, des schwaare Gmüat.
Und weita gehts zum nächstn Wirt,
zum nächstn Ort, wo se was rührt.
Am Dorfplatz unterm Lindnbaam,
de kemman d'Leut zum Hoagascht zamm,
do singt er eahna ebbas für
von Maienzeit und Hollerblüah
und von an Junga, der für d'Nacht
sich d'allerschönste Hoffnung macht:

»'s Liabsliad vom Tannhauser«

Siehgst Lisei, do waar i,
d'Leut sagn, bist a Rare,
und weil i des woaß,
zwengs dem bin i hoaß!

Der Hirsch duat an Brunftschroa,
da Hahn boizt am Woidroa,
und i bin net faad
und maulorglt staad.

Siehgst Lisei, so bin i,
wennst wuist, nacha kimm i,
und wuist nacha net,
is weida koa Red.

I hab's ja guat troffa,
as Fensterl is offa,

brauch bloß einesteign,
na duat se was geign.

Siehgst Lisei, der Mond leucht,
der Kater am Bodn schleicht,
und i packs jetz aa,
du sagst scho net naa.

De erste Zeit vom Wanderlebn,
de war recht lustig und bequem.
As Geld vom Vata war so vui,
daß er sich gleist hat, was er wui:
a vornehms Gwandl, guats Quartier,
und daß eahm 's Roasn macht koa Müah,
an Schimmi von der edlen Raß!
So is er grittn auf der Straß
nach Passau nunter und nach Wean,
in Salzburg war er bsonders gern
de mehra Zeit und hat recht fromm
im Kloster gsunga und im Dom.
Und mancher Fürst und mancher Abt
hat Freud an seine Liadln ghabt.

Doch nix langt ewig auf der Welt,
boid is verputzt des ganze Geld.
Der Winter schickt de erste Gfrier,
drum hätt er gern a warms Quartier.
Doch wer koa Geld im Sackl hat,
der findt net leicht a Liegastatt.
Mi'n Singa kimmt er aa net zrecht,
a rauha Hals, der macht se schlecht.
De Kältn hat sei Stimm okratzt,
der ganze Wohllaut war verbatzt.

Grad wia a stumpfe Saag hat's doa.
– Auf oamoi war er arm und kloa.
Und obndrei is eahm zuatragn wordn,
sei oida Vata waar vastorbn,
daß z'letzt der Kumma um sein Buam
eahn einegsteßn hätt in d'Gruabn.
Da is er ganz verzweifelt gwen
und woid boid selber nimma lebn.
»O liaba, liaba Vata mei,
wia konnt i nur so lumpad sei!
Jetzt bist im Himme, hast dei Ruah,
und i, dei undankbarer Bua,
muaß friern und hungern auf der Straß.
I woaß, auf mi war koa Verlaß,
des Elend is mei g'rechter Lohn
– kost mir verzeihn im Himme drobn?«

A koita Wind pfeift übern Weg,
sei Gwand war zrissn und voi Dreck.
Der Schimmegaul is eahm dafrorn,
z'letzt waar er selber boid vadorbn,
wenn net der Bruada Cölestin
vom Zangerkloster nah am Inn,
eahm d'Armapfortn aufgmacht hätt.
»Kumm rei, zum Weidageh is z'spät!
Bist eh ganz fiabrig um de Augn!
A warme Suppn werd dir taugn.
Was hastn drinna da im Tuach? –
A Harpfa und a Liadabuach!
Des trifft se guat, habn eh Verdruß
mit unserm Bruada Musicus.
De Gicht biagt eahm de Finger krumm,
wenns d' für eahm einspringst, waar's net dumm.

Choralbegleitn is net schwer
und Harpfaschlagn zu Gottes Ehr,
doch wennst di net berufn fuist,
und liawa für de Weiba spuist,
dann sags frei raus und dua net lüagn,
a Nachtquartier kost trotzdem kriagn.«

Der jung Tannhauser foit auf d'Knia
und hoit 'as Woana nur mit Müah.
»O Bruada Cölestin, hast recht!
I war bis jetzt a so vui schlecht.
Doch fürderhin sois anders wern,
i wui mi bessern und bekehrn.
O liawa, guata Cölestin,
i hab nix anders mehr im Sinn.
I wui bei euch im Kloster lebn
und neamd wia Gott die Ehre gebn!
Mach, daß i dableibn derf bei euch!
Gott lohnt dir des im Himmelreich!«

Der Cölestin fragt schnell an Abt
und der hat aa koan Einwand ghabt.
So is der jung Tannhauser bliebn,
hat in der erstn Nacht no gschriebn
a Dankgebet an liabn Gott,
der selber irdisch Leid und Not
hat auskost in seim Erdnlebn,
des ogfangt hat in Bethlehem,
im Schupfa auf an Arm voi Heu,
wo Ochs und Esl warn dabei.
A Verserl über d'heiligst Nacht
– mit Harpfamusi – hat er gmacht.
Sei ganze Inbrunst gibt er dro.
Des Weihnachtsliadl, des geht so:

»'s Weihnachtsliadl vom Tannhauser«

A Frau und a Mo auf der Roas,
de legn se für d'Nacht in an Stoi.
D'Maria is froh, denn sie woaß,
daß jetzad ihr Kindl kriagn soi.

Der Engl hat gsagt, daß des Kind
aus himmlischer Gnad werd geborn,
daß Gott sich der Menschn onimmt,
denn sunst waarn ma oisam verlorn.

D'Maria foit nieder auf d' Knia
und hoit se am Joseph fest ei,
schaugt nunter zum Kindl mit Müah,
dem s' jetzad a Muatter derf sei.

Sie ahnt no net, was no ois kummt,
wui nix, wia a Muatter eahm sei,
und wenn amoi obricht de Stund,
dann schickt sa se, wia Gott wui, drei.

De Welt is hoit koa Paradies,
an Liab und an Demut, da feits.
Wia 's Kindl auf d'Welt kemma is,
is gwachsn scho 's Holz für sei Kreuz.

Des Liadl is sei Einstand gwest
und wia er's singt zum Weihnachtsfest,
habn manche schier vor Rührung gwoant.
Der Abt Konradus hat glei gmoant:
»A so was hab i no net ghört!
Woaß Gott, wos aus dem Mo no werd!

Grad wenn a Engl singa daat!
No nia wars in der Kirch so staad.
A Stimm, grad wia vom Himme ro,
ganz wurscht wias geht, der Mo bleibt do!
Und Harpfa spuit er so vui schee!
O heilige Cäcilie,
huif, daß 'n net in d'Welt naustreibt
und daß er euwei bei uns bleibt!«

Der jung Tannhauser sagt glei »Ja,
Herr Abt, natürlich bleib i da!
I wißt für mi nix schönas mehr,
ois Harpfaspuin zur Gottes Ehr!
Benedicamus domino!
I schwörs, i bleib auf ewig do!
Glorificetur dominus –
ois euer Bruader Musicus!«

An jung Tannhauser sei Verspruch,
war gwiß ein ehrlicher Versuch,
ein frommer Christnmensch zu werdn.
Er war ja aa im innern Kern
a guate Haut vom Vata her,
nur grad der weibliche Verkehr,
der hat eahm hoit an Kopf vadraaht,
doch is im Lebn ja niamois z'spaat,
wenn oana rechte Reu vaspürt
und sich vorm Herrgott niederkniat
und sagt, i bin a Sünder gwen,
i bitt di, tua mir's hoit vagebn,
i bin hoit schwach, des woaßt ja so,
benedicamus domino.

Am Tag, wo's Christkind is geborn,
is Bruada Musicus er wordn.
Am Festtag Epiphanias
da hat er gspuit und gsunga, daß
de ganze Kirch hätt' woana mögn.
Am Liachtmeßtag zum Kerznsegn,
da hat er so schee Harpfa gschlagn,
daß d'Leut habn trenzt beim Liachtatragn
und wia s' dann Ostern gfeiert habn,
do kemma d'Leut vo weit her zamm.
Der Gsang vom Bruader Musicus,
der war für sie a Hochgenuß.
Des fromme Auferstehungsliad
des reißt oan hoch des ganze Gmüat.
»Halleluja, halleluja,
dankts an Herrgott, denn er wui ja,
daß ma alle mitananda
auferstehn in weiße Gwanda!«

Und dann, am Osternachmittag,
hat sich ois g'ändert auf oan Schlag.
Neamd ko an Mensch ins Herz neischaugn,
und was der Glanz in seine Augn
in Wirklichkeit z'bedeutn hat,
und was sei Hirn beschäftigt grad
und welcher Sach er nachehängt,
is oft was anders, ois ma denkt.

Der jung Tannhauser hat mit Müah,
wenn d'Sonn hat gscheint in aller Früah,
und d'Vogerl so schee gsunga habn,
sei Lust vadruckt in Gottes Nam.
Und mittn in der Fastnzeit,
da hat's ihn scho a wengal greut,

daß er sei Freiheit hat vaschenkt.
Und manchmoi hat er se na denkt,
wenn's Frühjahr kimmt und d'Sonna lacht,
daß er des nimma lang damacht.
An Ostern dann so nach und nach
– der Geist is willig, 's Fleisch is schwach –
da hat er gwußt: jetzt gehts dahi,
des Klosterlebn is nix für mi!
Und wia er nach'm Osteramt
no schnell sei Sach hat zammakramt
und alles wickelt in a Tuach,
sei Harpfa und sei Liaderbuach,
und na in Gartn nuntergeht,
am Zaun dort a jungs Madl steht.

«O liawa Bruada Musicus,
von Herzn an liabn Ostergruß!
Wia schee ihr wieder gsunga habt!
Ihr seid a Meister, hochbegabt!
Und euer Harpfa, welch Genuß!
O liawa Bruada Musicus,
wia gern gang i bei euch in d'Lehr!
I gaab ja alles dafür her!«

An jung Tannhauser gibts an Riß –
valiabt is 's Madl! Des is gwiß!
Wenn oans de Augn a so vadraaht
und sagt, daß alles hergebn daat,
dann woaß er, was de Stund hat gschlag'n
und scho passiert's! – Was soi ma sag'n! –

Der Geist is nimmer willig gwen,
vom Fleisch da brauch ma garnet redn.

A Kuttn fliagt durch d'Frühlingsluft,
zum Vorschein kummt die weltlich Kluft,
de er scho drunter oghabt hat.
»Liabs Madl, bist de rechte grad!
Paß auf, i kimm, i bin jetzt frei,
wui nimma Klostabruada sei!«

Er gibt an Handkuß übern Zaun
und zwängt se durch de Hollerstaudn,
steigt über d'Lattn mit sei'm Sach
und ziahgt sei Harpfa hintn nach.
As Madl schaugt a weng vadutzt,
und er, net dumm, hat des glei gnutzt,
nimmt s' um an Hois, druckt s' an sei Brust
und gibt ihr voller hoaßa Lust
a Bußl und glei nomoi oans.
»Du liabes Trutschale, du kloans,
was machma jetzt, es muaß was gschehng,
komm schnell mit mir, bevor s' uns sehng!«
Er nimmt sei Harpfa übers Kreuz.
»Hab nur koa Angst, i woaß was gscheits!
Mir renna über d'Wiesn num,
du nimmst mei Packl, jetza kumm!«
As Madl woaß net aus no ei.
»Du liaba Himme, muaß des sei?
Wenn grad nur oana siehgt uns zwoa,
na woaß des morgn de ganze Gmoa!«

Da nimmt er sie scho bei der Hand,
»Dumms Madl, frag net dein Verstand!
Was 's Herz dir oschafft, des muaßt doa,
im Woid drübn san ma ganz alloa ...
Doch wenns d' net magst – i zwing di net,
wenns d' Angst hast vor an dumma Gred!«

Da hat sie nimma anders könnt,
und is mit eahm durch d'Wiesn grennt.
Koa Mensch hat s' gsehng, der Woid nimmts auf,
de hoaße Liab kennt koan Vaschnauf ...

Kathrinchen is ihr Name gwen.
De erste Liab in ihrem Lebn
hat s' gstroaft ois wia a gaacha Blitz
und ihrn holdseligsten Besitz
verlierts im woachn Sterndalmoos.
As Glück war kurz, de Reu war groß,
denn wia da Rausch vorbei is gwen,
sagt er: »Jetzt müaß ma weitersehng ...
In euerm Dorf da hoits mi net,
da braacht i di und mi ins Gred.
I geh jetzt fort, vertrau auf mi,
in drei, vier Wocha hoi i di.«

's Kathrinchen wart umsonst auf eahm.
Er macht se aufn Weg nach Wean
und denkt net an des Madl zrück,
denn wo er hikimmt hat er Glück.
Ma woaß ja wia's oft is im Lebn,
des oamoi geht oan ois danebn,
des andermoi geht alles guat,
wurscht, was ma opackt, was ma duat.
Schnell kimmt er wieder zu an Geld
und schwingt si auf zur feina Welt.
Sei Sangeskunst bringt hohe Ehr
und mancher edle Lehensherr,
ja mancher hochgeborne Fürst,
moant, daß er doch bei eahm bleibn müaßt,

als Dichter und als Musicus.
Doch wenn s' so redn, na macht er Schluß.
Und biatn s' eahm aa no so vui,
sagt er doch, daß er weiter wui.
»De Goldstück mir scho nützadn,
bloß hab i hoit koan Sitzadn!
Pfüa God, Herr Fürst, morgn gehts dahi,
des lange Bleibn is nix für mi!«

Dem jung Tannhauser gehts net schlecht.
Mit Roß und Saumtier und zwoa Knecht
ziahgt er jetzt stolz durchs Bayernland.
Sei ganzes Auftretn und sei Gwand
deut darauf hi, daß er mit Macht
nach hohen Ehrn und Würdn tracht.
Er singt aa in koan Wirtshaus mehr
und pflegt koan niedrign Verkehr.
Er geht in Schlössern aus und ei
– a weng a Adel möcht scho sei –
vom Grafn aufwärts sans' eahm recht
und wenn a anderer was möcht,
den fahrt er glei lateinisch o
mit de paar Brocka, de er ko
vom Ministriern her no in Tann.
Nur zwischn'nei, so dann und wann,
wenn er a Madl siehgt vom Land,
dann schaugt er net so aufn Stand;
wenn s' eahm verliabte Augn hidraaht,
dann is des Wiesal aa scho gmaaht.
A kloane Liabschaft so nebnher,
des macht eahm weiter koa Beschwer,
da nimmt er mit, was kimmt und geht.
Wia's hinterher mi'n Madl steht,

des druckt'n net, des laßt'n koit,
nur was de Lust eahm bringt, des zoiht.

So is er grittn hoch zu Roß
von Land zu Land, und jedes Schloß
hat offne Türen ghabt für eahm,
von Landshut nunter bis nach Wean,
von Nürnberg runter bis Tirol.
Auf aller edlen Frauen Wohl
hat er de scheenstn Liadln geschriebn,
doch is er nirgends länger bliebn,
denn immer, wenn s'n gfeiert habn,
dann packt er boid sei Zeugl zamm,
und sagt, daß er jetzt weiterroast,
des lange Bleibn, des machad foast.

Durch Münchn is er aa durchzogn,
nur grad um Tann macht er an Bogn.
Oft foit eahm zwar sei Hoamat ei.
Was werd woi mit der Afra sei
und mit dem Kind, des hat vo eahm? –
Doch traut er se net hi um's Sterbn.

Und dann, in seine besten Jahr,
da suacht er auf amoi a Gfahr.

A Abenteuer waar eahm recht.
Zerst woaß er selm net, was er möcht.
Dann hat er plötzlich a Idee
und schifft se ei auf d' hohe See
von Brindisi zum Heilgn Land,
stolz kämpft er in sei'm Rittergwand.
Doch hat er boid de Lust verlorn,
für's Kämpfn war er net geborn.
Aa hat's 'n wenig intressiert,
wer in Jerusalem regiert
und wem de heilgn Stätten ghörn.
Fanatisch sei, des liegt eahm fern.
Da hat er's liaber mit der Ruah,
zum Streitn – da gibts andre gnua.

Aa war's da untn ziemlich hoaß,
drum bricht er ab de weite Roas
und schifft se wieder hoamwärts ei
und kimmt in ein Schlamaßl nei!

Bei Korfu bricht a Sturmwind los,
de Welln san kemma riesngroß
und brecha 's Schiffei ausanand.
Da hat er nacha endlich gspannt,
wia schnell a Unglück kimmt daher.
Zwölf Stund lang treibt er auf'm Meer
und hoit se an an Brettl fest
und wia koa Hoffnung nimma gwest,
da fangt er 's Woana o und schreit
zum Herrgott, daß er ois bereut,
was er im Lebn versündigt hat:

»O Herrgott, huif, des oamoi grad,
und ziahg mi außa aus'm Meer,

dann sing i nur zu deiner Ehr
so lang i leb, des schwör i dir!«
Da krallt er se mit letzter Müah
an einem spitzn Felsn o.
Des übrige hat d' Brandung do.
Sie schwoabtn nauf in weichn Sand.
Zwoa Fischer tragn ihn weg vom Strand
und legn ihn glei in 's Krankenbett.
So war sei Lebn no oamoi grett.

*

Es schwört se leicht in großer Not,
doch besser is a schneller Tod,
ois wenn der Mensch sein Schwur net hoit
und wieder neu in d' Sündn foit.

*

Der jung Tannhauser werd schnell gsund,
drum hat er aa koan weitern Grund,
daß er no lang in Korfu bleibt
und weil eahn s' Hoamweh weitertreibt,
so roast er nach Venedig nauf
und hoit se nirgends länger auf,
singt überoi zur Gottes Ehr,
kriagt da und dort a kloans Salär,
gelegentlich a Schlückal Wei,
doch geht er nia in 's Wirtshaus nei,
hat aa mit Weiber nix zum doa
und ziahgt sei Straßn ganz alloa.

Oft is eahm weh um's Herz und koit.
›Tannhauser‹, denkt er, ›werst hoit oid!‹
Des eisig Bad im Mittelmeer
– und is aa scho zwoa Monat her –

des hat eahm d' Gsundheit außazogn.
Sei Buckl is a weng verbogn,
nur d' Stimm, de is no eisern da
und weil er so schee singa ko,
hat er a kloane Freundschaft ghabt,
moi mit an Pfarra, mit an Abt
zwengs seinem schönen Kirchngsang.
So hat er gführt drei Monat lang
ein frommes Lebn zur Gottes Ehr.
Drei Monat – und koa bisserl mehr . . .
denn wia er nach Tirol neikimmt,
da is er plötzlich anders gstimmt.

In Bozen macht er erste Rast,
is bei an oidn Freund zu Gast,
bei einem gwissen Graf von Schlern,
dem Weinberg und zwoa Schlösser ghörn.
Des is der größt Hallodri gwen,
hat gführt a ehrvergeßnes Lebn.
Der Wein und d' Weiber warn sei Ois,
a wengerl Jagd no höchstnfois,
a scheene Musi ab und zua,
an guatn Fraß, dann war a Ruah.
Sonst hat er koa Bedürfnis kennt.
und d' Weiber – san eahm nachegrennt.
Schier jeden Abend war a Fest,
da hat er s' einezogn in's Nest.
Und wia der oid Tannhauser kimmt,
da war er sofort hochgestimmt.
»Tannhauser, Bruaderherz, o mei,
schaugst aus, ois daazt im Elend sei.
Wia hast du früahra Harpfa gschlagn,
und d' Weiber bizlt, net zum sagn!

Kimmst schier daher, ois waarst am End.
Is nix mehr drinna, was di brennt?
Is nix mehr drinna, was di juckt?
Am End hast alles nur verdruckt?
Bist ebba gar a Frommer wordn,
hast irgend so a Dummheit gschworn?«

»Naa!« hat der oid Tannhauser gschrian.
»I möcht koa oanzge Freud verliern!«
und foit an Grafn um an Hois.
»I bin nur abbrennt, des is ois!«

Und so bricht aus mit einem Schlag,
was in eahm drin war ohne Frag:
der ganze liaderliche Hang,
der nur durch äußerlichen Zwang
a gwisse Zeit is ghoitn gwen.
Und wia's hoit oft so is im Lebn:
der Mensch geht auf an schmalen Steg,
der Deife steht eahm schnell im Weg
und ladt 'n zu a Danzei ei
– wia anders kimmt ma sunst vorbei? –
Scho hupft ma zua, moi links, moi rechts,
am End steht allawei was schlechts.
Der Abgrund wart scho, schaug no hi.
»Mei Liaba, jetzt is z'spaat für di!«
der Deife lacht und ziahgt 'n ro.
Sagt's selber, Leutln, is net so?

Der Deife war der Graf von Schlern.
»Von jetzt ab muaß ois anders werdn!
Tannhauser, reiß di gfälligst zamm
und sei mei Freund in Deifes Nam.

Du werst sofort neu ausstaffiert,
du woaßt ja, was de Weiber rührt!
A neue Harpfa soist du habn
und uns de scheensten Stückln schlagn
und singa wia in früahra Zeit.
Heut abnds is glei a Festlichkeit
beim edlen Graf von Fabulaun.
Da gehng ma hi, de Leut werdn schaun.
Da findt a Sängerwettstreit statt
und jetzt bist du da, akkurrat!
Werst sehng, du machst den erstn Preis
und werst glei eigführt auf de Weis!
Schaug, daß d' in d' Kleiderkammer gehst
und suach da raus des allerbest!
Los, wasch di, putz di, richt di her.
Du kennst den adlign Verkehr!
Beim edlen Graf von Fabulaun
san immer nur de scheenstn Fraun,
grad wiastas wuist, a jeds Format,
Tannhauser, auf geht's, sei auf Draht!
I gfreu mi narrisch auf des Fest.
Du aa? – Bist grad no zögernd gwest,
doch jetza leuchtn deine Augn.
O Freund, Tannhauser, da werst schaugn!
Des werd a Fest mit Gloria,
denn ois, was Nama hat, is da,
de bestn Sänger von Tirol –
und dann kimmst du – Mensch des werd toll!
Du werst den größtn Beifoi kriagn,
werst sehng, wia da de Weiber fliagn!«

Der oid Tannhauser reißt se zamm.
»Guat, gehng mas o in Deifes Nam.

I woaß zwar no net, was i sing
und ob is aa recht zammabring . . .«

»Ach was!« sagt da der Graf von Schlern,
»werst sehng, du werst der Erste werdn!
Jetzt gehst, vui Zeit is nimmermehr,
– i bringt dawei a Harpfa her.«

*

Was singt ma scho zur Maienzeit?
Was macht so froh und 's Herz so weit?
Was treibt zu Lust und Lobgesang?
Was drängt nach Wort und hellem Klang?
Was greift ma in de Saitn nei?
Was formt de schönste Melodei?

Es ist das Lob der schönstn Fraun
im Schloß vom Grafn Fabulaun!
Was je der Lenz in Wallung bringt,
der edlen Damen Reiz besingt,
ertönt an feierlichem Ort
in Ton und wohlgesetztem Wort.

A jeder singt nach Herzenslust,
hat wunderbare Hymnen gwußt,
und wer der allerbeste war,
des is am Schluß durchaus net klar.
Da rührt se ebbas vorn am Tor.
Zwoa Männer tretn zur Bühne vor.
Der oane war der Graf von Schlern.
Der sagt, er bracht da einen Herrn,
der wunderbar zur Harpfa singt
und gern a Liad zum Vortrag bringt.

»O edler Graf von Fabulaun,
ich bitte sehr um ihr Vertraun.
I woaß, mir habn uns sehr verspät',
doch hoff i trotzdem, daß no geht.
Mir habn am Weg a Panne ghabt,
a Pferdl is uns zammaklappt.
Wenn's recht is, gehn ma d'Sach glei o.
Tannhauser hoaßt der guate Mo,
Er is ois Dichter weit bekannt
und kimmt direkt vom Heilgen Land.«

Des mit dem Pferdl hat scho gstimmt,
doch wia's im Lebn hoit oft so kimmt,
bis der Ersatz eitroffa is,
habn s' trunka zwoa, drei Liter g'wiß
vom allerbestn Kaltrer See.
A Wirtshaus war glei in der Näh.
So sans recht guat in Stimmung gwen.
Graf Fabulaun hat's Zeichn gebn.

»Nun gut, Tannhauser, sing er frei!
Als Fremder er willkommen sei!
Ein Lied zu holder Frauen Ehr!
Silentium! Wir freun uns sehr!«
Und auch die Gräfin Annelie,
schaut huldvoll zum Tannhauser hi.
Der siecht den Grafen komisch o
ois machat'n de Gschicht net froh.
Dann tuschlt er zum Graf von Schlern
»Mir foit nix ei, was soi jetzt werdn?
Du gibst groß o und redst di woi,
– i woaß net, was i singa soi!
Grad des, was i hätt biatn woin,
des is ma aus'm Hirn nausgfoin.

I woaß koan Rat, mei Kopf is laar.
I glaab, des allerbeste waar,
i draah mi um und renn davo,
denn i blamier mi so und so.
Des gscheitste is, du lafst mit mir,
de kloane Streck bis hi zur Tür,
des kannt zu zwoat woi besser geh
und d'Harpfa – laß ma einfach steh.«

Der Graf von Schlern, kaasweiß im Gsicht,
hat zischt: »Du Depp, des geht doch nicht!
Jetzt reiß di zamm und sing a Lied,
a woache Unterlag für's Gmüat.
Denk nach, dann foit dir glei was ei,
zur Not derfs aa was lustigs sei.
Nur singa muaßt und Harpfaspuin,
fang endlich o, um Gotteswuin!«

»Was lustigs? – des is a Idee!
Mei Hirn is voi vom Kaltrer See!
A lustigs Liadl woaß i scho!«
So fangt der oid Tannhauser o
und langt in d'Soatn, daß grad rauscht,
ganz maisalstaad habn s' alle glauscht,
welch artig Liad der Fremde singt
und gar vielleicht den Preis erringt.

»Giglgaglgugl hupf auf d'Höh!
Madl, bist oider Schnee,
aus und vorbei is d'Nacht,
hast dei Sach recht guat gmacht,
morgn kimmt a andre dro,
bin i scho froh.«

Dazwischn a kloans Harpfaspui.
D'Leut rucka schwer auf ihre Stui.

»Giglgaglgugl hupf auf d'Höhn!
Madl, mir langt's, i geh,
d'Nacht is erst hoiwad rum,
glaab, daß i nimmer kumm,
morgn kimmt de nächste dro,
bin i scho froh.«

Dazwischn wieder Harpfaspui
und d'Leut fahrn hoch aus ihre Stui.

»Giglgaglgugl hupf auf d'Höh!
Madl, i ko versteh,
daß di zu mir herlegst,
weil du mi heiratn mögst,
morgn kimmt a andre dro,
bin i scho froh.«

Dann nomoi a kloans Harpfaspui,
net oana bleibt mehr auf sein Stui.
Empörte Rufe da und dort.
Der Sänger setzt sei Liadl fort,
verneigt sich vor Frau Annelie
und singt mit Inbrunst an sie hi:

»Giglgaglgugl hupf auf d'Höh!
Legst di auf's Kannabä!
Zier de net gar a so,
bist heut de zwoate scho.
Morgn kimmt de nächste dro
Bin i scho froh.«

Des Liad hätt no fünf Strophn ghabt,
doch nach der viertn habn s'n gschnappt.
Graf Fabulaun tuat einen Schrei
und winkt Bewaffnete herbei.
De ganze Gsellschaft is entsetzt
und tiaf im Ehrgefui verletzt.

Der oid Tannhauser, wiar er siecht,
daß, scheint's, sei Liadl net entspricht
und daß der Graf und sei Verein
ganz wuatig durcheinanderschrein,
und daß Soidatn kemma soin,
da kriagt er fürchterliche Boin
und rennt mit lange Schritt zum Tor
und naus an Gang zur Treppn vor,
doch d'Treppn is am andern End,
er is in d'falsche Richtung grennt.

Da is a Tür – de reißt er auf,
da haun s' eahm scho an Prügl nauf.
D'Soidatn hoin ihn ei von hint,
da siecht er, wo er sich befindt!
Sankt Michael mi'n Suiberhelm! –
Es war pfeigrad de Schloßkapelln!
Der Michael hält hoch den Speer,
der oid Tannhauser denkt: ›Gib her!‹
und reißt de Stanga schnell an sich
der erst Verfolger kriagt an Stich,
dann nix wia füre zum Altar,
weil da a großer Leuchter waar.
Der kannt ois Waffe dienlich sei,
da hoin ihn scho d'Soidatn ei.
De habn ihn schnell in Kettn glegt
und z'tiafst in's Turmloch einegsteckt.

Da Stoa is hart, de Kettn ziahgt,
so liegt er, bis der Rausch verfliagt.

*

Der Graf von Schlern war herzlich froh,
daß er kimmt ungeschorn davo.
Er hat se hoamlich staad verduft
und draußn in der frischn Luft
no lang ois wia a Roßknecht gfluacht.
»Der wenn a oanzigsmoi versuacht,
daß er no Gastrecht hat bei mir,
dann schlag i'n um glei an der Tür.«

Graf Fabulaun war tiaf empört.
»Der Schurke is den Strick net wert,
mit dem man hängt an nächstn Baam!
I wui den Mensch net bei mir habn.
Er derf im Turm net länger sei,
des bracht mein Haus nur Unglück ei.
De Kirchnschändung is a Sünd,
de net so leicht Verzeihung findt,
und daß er unser Fest hat gstört,
auf böse Art, is unerhört;
doch daß er edler Damen Ehr,
de meiner Frau und anderer
hat tiaf beleidigt und verletzt –
drauf ghört a harte Strafe gsetzt!
Doch wenn ich ihn sterbn laß auf der Stell,
dann kaam der Kerl sofort in d'Höll.
Doch is net guat, was ewig brennt,
de härtest Straf muaß habn a End.

A Buße waar des Best für eahm,
des bracht a Hoffnung in sei Sterbn.
Er ziahgt mi'n Pilgerzug nach Rom!
Papst Urban soi im Petersdom
Erlösung spendn von der Schuid
und wenn er se erleichtert fuit,
der Kerl, dann soi er hoamwärts ziahgn.
Er werd vom Papst a Buße kriagn,
a schwaare wohl, des gschiacht eahm recht,
so moan i, endt de Gschicht net schlecht.
Denn jeder Mensch, ko sei wia's wui,
hat schließlich Anspruch auf a Zui.
A rechte Buß is net für d'Katz,
der Herrgott hat für jedn Platz,
daß oana nach der schwerstn Sünd
durch Reu und Leid in Himme kimmt.«

*

Der oid Tannhauser ziahgt nach Rom,
hat Fuaßweh ghabt und Kohldampf gschobn.
Soidatn habn ihn stets bewacht,
daß er net durchbrennt in der Nacht.
Und nach sechs Wochen war er unt.
Papst Urban siecht koan rechtn Grund,
daß er de Schuid eahm weganimmt.
»Ma woaß ja, was tagtäglich kimmt
zwengs Sündennachlaß und Dispens.
Wer laufend sowas macht, der gwöhnt's.
A jeder wui Verzeihung habn,
hernach gehts wieder nei in Grabn!
Der Heilge Stui is doch koa Klo,
wo jeds sein Dreck neischmeißn ko

und – weil er Reu und Leid vergißt –
hernach macht wieder neuen Mist.«

Der oid Tannhauser hat eahm hoit
sei ganze Lebensgschicht erzoiht.
Wia's mit der Afra ogfangt hat,
»Herr Papst, es war a Dummheit grad.
Mir habn mitnander Harpfa gspuit
und sie hat auf was anders zuit
und gsagt, sie kriagt a Kind von mir!
Da konn i wirklich nix dafür.
Mein Vata hab i sehr verehrt.
Sein Wunsch, daß i a Pfarrer werd,
den konnt i leider net erfuin,
denn schließlich hab i aa an Wuin.
Drum bin i durchbrennt in der Nacht
und hab's na boid zu ebbas bracht.
I bin ein großer Sänger wordn,
hab Musi gspuit für Hochgeborn!«

So hat er ausbroat 's ganze Lebn,
vor allem des, was guat und scheen.
»Herr Papst, Sie werdn's vielleicht net glaam,
wia sich de Pfarrer grissn habn,
daß i am Chor a Liad vortrag
zur Meß am Sonntag vormittag.
Bloß oans, Herr Papst, des gib i zua,
an Weiber hab i ghabt grad gnua,
an jedm Finger oane, zwoa,
sie habn mi plagt – was soi i doa?«
Zum Schluß da hat er no bericht
de allerletzte dumme Gschicht
mitn edlen Graf von Fabulaun.
»Herr Papst, Sie derfa mir vertraun:

i war hoit bsuffa, des is ois!
I hab a arge Schuid am Hois,
des siech i ei und bitt recht scheen,
daß mir de schwaare Sünd vergebn!«

Der Papst schaugt lang den Sünder o.
»Woaßt, wenn i wissad, liaber Mo,
daß d' tiaf im Herzen drin bereust
und niamois mehr so arg entgleist,
– von Heiligwerdn is ja koa Red –
doch ehrlich gsagt: i trau dir net.
Drum pilgerst jetza hoam nach Tann
und tragst an Stoa in Gottes Nam.
Der werd dir auf'n Buckl gschmiedt,
so schleppst dei Sündnpackl mit.
Wenns d' hoamkimmst, werst von Gott erfahrn,
ob Reu und Leid genügend war'n
und ob der Herrgott dir verzeiht.
Jetzt gehst, dei Weg is schwer und weit.
Wenns d' unterwegs moi mutlos bist,
dann denk nur an Herrn Jesus Christ
und an de Last vom Kreuzesstamm,
de war vui schwerer, derfst mas glaam.«

Der oid Tannhauser hat glei gstöhnt,
er war des schwaare Tragn net gwöhnt.
D'Soidatn nehman gleich in d'Mitt
und habn den Stoa eahm aufegschmiedt.
Er war so an zehn Kilo schwer.
Der oid Tannhauser ächzt daher,
ois kaam er niamois bis nach Tann,
drum macht er Pause dann und wann.
Oft hat er gsagt, er möchat sterbn.
Ein Pilgerzug geht hinter eahm

und bet und singt bis spät in d'Nacht,
des hat eahm wieder Stärkung bracht.

D'Soidatn vom Graf Fabulaun
habn gsagt: »Dem Mensch is net zum traun!
Der oa geht vorn, der ander hint,
damit er uns net Reißaus nimmt!«
So kemmans guat bis Bozen nauf.
Da sagn d'Soidatn: »Mir hörn auf!
Mir habn nur grad bis Bozen Dienst«,
und habn dabei recht damisch grinst.
»Jetzt konnst'n runterdoa den Stoa!«

– Der Sünder aber geht alloa
mit'n Stoa am Buckl weiter zua,
sei Buße war eahm no net gnua.
An dieser Haltung konn ma sehng,
daß is a Wunder mit eahm gschehng.
Er geht den letztn schweren Gang
ganz ohne äußerlichen Zwang.

Und wia der Herbst scho geht ins Land,
da steht er an a Felsnwand
und werd net fertig mit'n Schaugn,
der Chiemgau liegt vor seine Augn!

»O Herrgott!« sagt er, »was für Müah!«
und foit vor Dank auf seine Knia.
»Jetzt hab ichs gschafft, jetzt is vorbei!
Was werd woi mit der Afra sei?

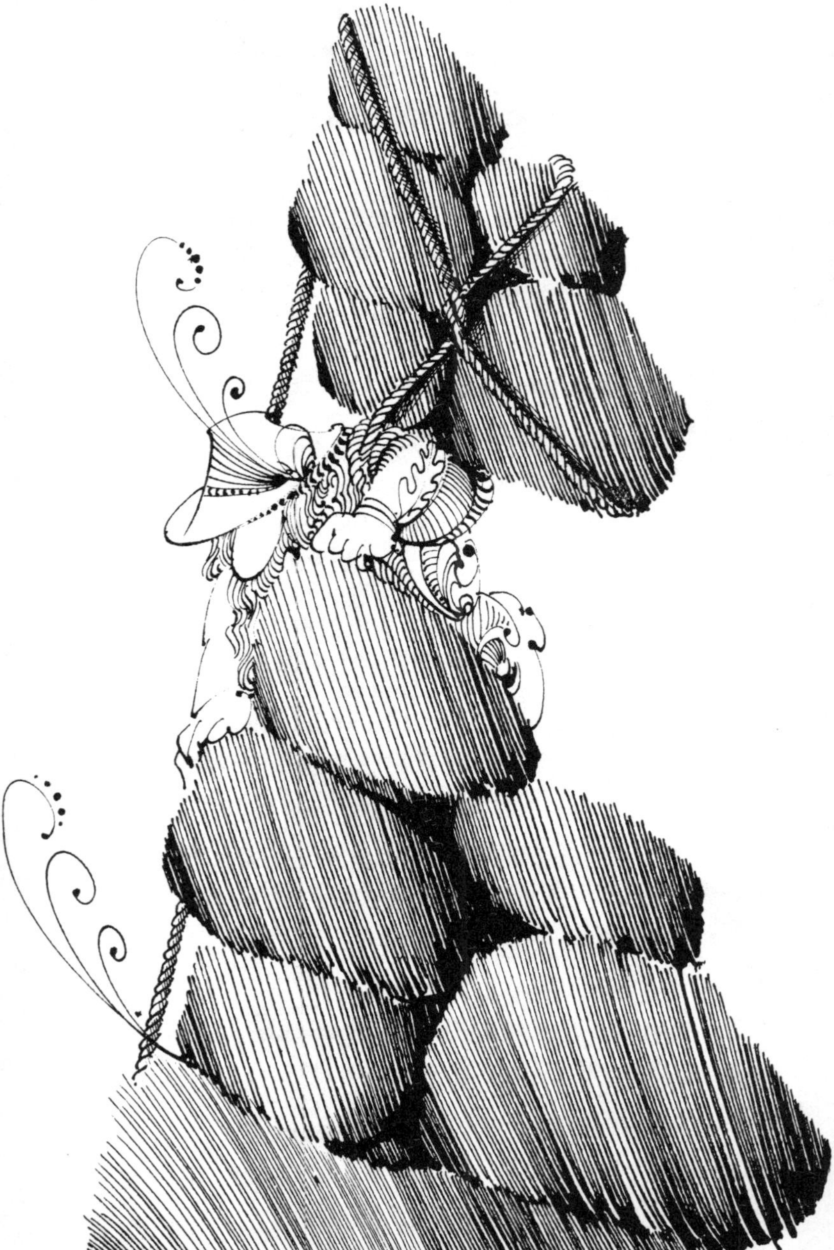

Da drübn liegt Tann, i ko des sehng!
Was is in dene zwanzg Jahr gschehng?«
Er hat se an de Felswand gloahnt
und Rotz und Wasser außegwoant.
A Mönch, der mit eahm ganga is,
hat gmoant, jetzt waar de Buß scho gwiß
zum guatn End bracht, muaß ma sagn,
er bräucht de Last net weitertragn.
Er macht eahm weg den schwaaren Stoa
und laßt den Mo mit sich alloa.

Der oid Tannhauser macht an Schritt
und sagt: »Du liaber Gott, i bitt,
nimm weg von mir de Schuidnlast,
i moan, mei Buße reichad fast.
I hab alloa nur glebt für mi,
mei Lebtag lang nix do für di.

I war a Lump, des gib i zua.
Jetzt brauch i grad a wengerl Ruah,
damit i mir ko überlegn,
wia's weitergeht. I hab scho gsehng:
Der Mensch derf net für sich bloß lebn,
er muaß *für andre* was dahebn.«

Dann geht er Richtung Tann davo
und was er dann hat weiter do,
des woaß koa Mensch auf dera Welt,
neamd hat mehr was vo eahm erzählt.

I ko nur oans sagn, liabe Leut:
Die göttliche Barmherzigkeit
– hat er aa wia a Baaze glebt –
hat aa für eahm an Platz aufghebt.

Don Giovanni auf bayrisch

oder
Der Graf Hallodri von Lenggrias

Erster Akt

Z'Lenggrias is Feierabend gwen.
Es war a Tag mit starkn Föhn.
A scharfer Mond am Himme steht.
In Wegscheid läutn s' zum Gebet.
's Brauneck werd schwarz, a Stern leucht her,
der Himme dunklt mehr und mehr.
Der Koiwehof liegt in der Ruah,
es geht scho glei auf neune zua.

Ma mag no net ins Haus neigeh,
der Abnd heraus is so vui schee.
De Arwad ruaht, as Herz werd weit,
der Tag sinkt nunter – Hoagaschtzeit.

Vom Tal raus weht a warmer Hauch.
Am Bankerl neban Fliederstrauch
sitzt 's Annamirl, de Händ im Schoß.
Der Ottokar, wo bleibt er bloß?
»Am Dienstag um a neune rum,
konnst rechnen, daß i zu dir kumm.«
So hat er gsagt, der Ottokar,
der pünktlich wia a Zoager war.
Und kaam er jetzt, waarn s' ganz alloa.
Der Vadda woit heut nix mehr doa,

er hoit den starkn Föhn net aus,
er müaßad no a wengerl raus,
so hat er gsagt, er möcht zum Wirt,
da gang a Schafkopf zamm zu viert.

O, wenn der Ottokar nur kaam,
heut paßad alles so schee zamm,
de ganzn Umständ, einfach ois
und sie war bizlad bis zum Hois.

Doch jetza, an der Leitn hint,
da siecht ma, daß wer runterkimmt!
Und is inzwischn aa scho Nacht,
des flotte Gangwerk, des er macht,
der broate Oberlandlerhuat,
– da schiaßt's ihr aa scho nei ins Bluat! –
des is ihr Bua! Und scho rennt s' los,
schneidt d'Kurvn ab durch's nasse Gras.
Der ander geht glei auf sie zua.
»Ja weils d' nur da bist, liaba Bua!«
sagt sie und wirft se an sei Brust.
– Im nächstn Augnblick hat s' gwußt,
daß des a ganz a andrer war
und niamois net ihr Ottokar.

Sie reißt den Kopf hoch, schaugt'n o.
Und er sagt: »Madl, jetzt bist dro!
Hast gmoant, i bin der Ottokar,
ois ob des grad so wichtig waar!«
und packt sie glei krawottisch zamm.
»I liab di, Madl, derfst mirs glaam!«
Sie kennt des Gsicht und aa de Stimm.
»Du Wüastling!« schreit s' im wuidn Grimm
und reißt se los und rennt davo.

»Geh zua, i hab dir doch nix do!«
schreit er und laft dahinter her,
da steht a Haufa in der Quer.
Sie ziahgt a Gawe aus'm Mist.
»A Graf wuist sei – a Hamme bist!«
Geht mit de Zinkn auf eahm los,
an Graf werd de Gefahr zu groß,
er draaht se um und laft davo,
de Zinkn nah am Hintern dro.
Sie treibt'n nei ins Eck vom Stoi
und woaß dann doch net recht, was soi,
schmeißt d'Gawe weg und rennt ins Haus
und woant se auf'm Diwan aus.

*

Der Graf, des muaß i schnell erklärn,
is oana von de feiner Herrn,
de nur 's Vergnügn woin und sonst nix
und de mit raffinierte Tricks
auf fesche Weiber spekuliern.
Was anders hat er net im Hirn.
Er war fast ständig auf der Roas
und immer nur auf Liabschaft hoaß.
Und war sei Interesse groß,
dann ladt er 's Madl auf sei Schloß.
Sagt 's Madl, daß net kumma kannt,
dann geht de Gschicht aa ambulant.
Und alles klappt, ois wia am Schnürl,
– nur heut grad net mitn Annamirl.
Sei Nama is net weiter gfragt.
I sag euch nur, wia d'Leut habn gsagt:
»Sperrts d'Madln weg, nehmts 's Gwehr in Hand,
– der Graf Hallodri is im Land!«

An Diener hat er aa no ghabt,
der is eahm dauernd nachetrabt.
Der war im Dienst bei Tag und Nacht
und hat eahm d'Weiber zuawebracht.
Sei Nama der is Uli gwen.
Was der erzählt, des werds dalebn.

*

Der Koiwevadda sitzt beim Wirt.
Es geht koa Schafkopf zamm zu viert.
Er trinkt alloa a Hoiwe Bier,
dann geht er wieder naus zur Tür.
Der Föhn liegt schwer auf seiner Brust,
so hat er aa zu nix mehr Lust
und macht se übern Hoamweg her.
A dreißig Meter ungefähr
vorm Haus da macht er plötzlich Hoit.
Zerst woaß er gar net, was des soit,
wia's Annamirl in großer Not
an Grafn mit der Gawe droht.
Dann is eahm plötzlich alles klar,
daß des a so a Baaze war,
der 's Annamirl woit überfoin
– den soi doch glei der Deife hoin!
Scho laft er num, so schnell ois geht,
in d'Waschküch, wo a Prügl steht...
Inzwischn is as Annamirl
ins Haus neigrennt zum andern Türl.

Der Graf steht neban Hennaschlag.
»O Jungfer, hört doch, was ich sag!
Ich mach ihr artig Reverenz!«
»I helf dir glei, du blöder Stenz!«

Der Vadda rast glei wia a Stier
mitn Prügl aus der Waschhaustür.
»Du laßt de Finger von mein Kind!«
Der erste Schlag geht auf'n Grind,
der zwoate geht eahm nei ins Kreuz,
der dritte geht in d'Luft bereits.
Der adelige Delinquent
is wia ein Windhund wegagrennt
durch d'Wiesn, nüber bis zum Bach,
der ander eahm mitn Prügl nach.
Der Vadda hätt, des muaßma sagn,
an Grafn gar vielleicht daschlagn.
Da drüber rechtn hat koan Sinn,
bei so an Föhn is alles drin.
Scho war er ganz in seiner Näh,
da bleibt der Graf auf oamoi steh,
hoit eahm a spitzigs Messer hi.
»A Ruah gib, sonst dastich i di!«
Der Koiwe hat net bremsn könnt
und is ins Messer einegrennt.
Der Stich geht direkt nei ins Lebn,
der Koiwe hat sein Geist aufgebn.

Wia alles scho vorüber war
kimmt schnell daher der Ottokar.
»O Annamirl entschuldige,
daß i so spät no einageh.
I hab dein Vadda renna sehng,
grad so, ois waar a Unglück gschehng!«

Da tuat as Annamirl an Schroa.
»Los, Ottokar, du muaßt was doa!
Der Vadda is im Wirtshaus gwen,
vielleicht hat's da a Raffats gebn.

Beim Schafkopf kimmt er leicht in Streit,
wir müaßn schaugn, 's is höchste Zeit!«

Sie renna schnell auf d'Wiesn naus.
A hundert Meter weg vom Haus,
am Bach, wo's nimmer weitergeht,
da liegt a Mo und rührt se net.
As Annamirl foit hi auf d'Knia.
»O Vadda, sag doch was zu mir!«
Sie siehgt des Messer in der Brust
mit Hirschhorngriff und hat net gwußt,
wer so a Messer b'sessen hat.
Der Ottokar, der buckt se grad
und ziahgt as Messer aus der Brust.
Er hat genau so wenig gwußt,
so lang er's oschaugt und studiert,
wer so a Messer bei sich führt.
A Messer war's mit Doppelschliff,
mit goidna Knauf und Hirschhorngriff.

Dann tuat er einen lautn Schwur:
er gaab net eher mehr a Ruah,
– und wenn er selber dabei foid –
bis daß den Kerl der Deife hoit.

*

Der Graf is einegrennt in d'Nacht
und wo der Bach a Kurvn macht,
da bleibt er steh und langt an's Hirn.
»Da möchst doch an Verstand verliern!«
Wo is sei Messer, Deife nei,
des muaß doch in der Taschn sei.

Dann plötzlich aber hat er gwußt,
des steckt im Koiwe seiner Brust.
Schnell zruck, daß neamd des Messer findt!
Da siecht er, daß vom Hof wer kimmt
und sich beim Koiwe z'schaffa macht.
Jetzt hängt er drinna, guate Nacht!
Verfluachter Goaßdreck, so ein Mist,
daß er des Messer da vergißt!

Zweiter Akt

Beim Brucknfischer in Lenggrias
sitzt auf der Bank ein junges Gmüas.
Sie hat im Gasthof übernacht.
Der Wirt hat ihr grad 's Frühstück bracht.
Sie roast an Graf Hallodri nach.
Nia werd sie eahm verzeihn de Schmach!
Er duat, ois hätt er s' heiratn mögn,
is fuchzehn Nächte bei ihr glegn.
Sie hat eahm alles gebn, was hat.
»Ich Depp! Jetzt hab i den Salat!«
sagt s' zu sich selbst und haut in Tisch.
»Den Baaze wenn i heut dawisch!
Nach fuchzehn Nächte rennt er fort
und laßt sie ohne Abschiedswort!
Wia schee waar alles mit eahm gwen,
ein Liebesrausch des ganze Lebn!
›Elvira‹, hat er immer gsagt,
›woaßt, unser hoaße Liab, de tragt!
Nia hat mi so ein Weib erhört!‹
– Dann rennt er weg, der Lump der gschert.«

Sie duat an Zuacker in Kaffä
und dann werd s' plötzlich weiß wia Schnee.
Die Tür geht auf – und wer kimmt rei?
Der Graf Hallodri – Deife nei!

D'Elvira reißt's glei hoch vom Sitz,
rennt auf eahm zua ois wia der Blitz.
»Du Haderlump, jetzt hab i di!
I gib mei ganze Liab dahi,
i schenk dir alles, was i bin
und hab nix anders mehr im Sinn
ois wia nur di, nur di alloa.
I glaab, du hast a Herz von Stoa!
Liegst fuchzehn Nächt bei mir im Bett!
Wer hat denn ogfangt, i war's net!
Du bist mir nachgrennt Tag und Nacht
und hast am Fenster Musi gmacht,
bis i na sag, soist einageh.
O mei, de Nächt warn so vui schee!
Wias d' gsagt hast dann, i waar de Erst!
– Hallodri du, dawuzzlt ghörst! –
Nach fuchzehn Nächt in aller Früah
schleichst naus zur Lieferantentür!«

Der stolze Graf war sehr verlegn.
Er hätt s' zum Deife wünschn mögn.
»Elvira, laß dir's doch erklärn!
I schwör's, es liegt mir völlig fern ...
I liab di heut no grad a so!
– Entschuldige, i muaß auf's Klo!«

Da kimmt der Uli rei zur Tür.
»He, Uli, red doch du mit ihr!

I muaß ganz schnell auf's Häusl geh.
Des Weibsbuid wui mi net versteh!«
Scho war er drauß. Der Uli grinst.
Dann denkt er ›Scheiße, Dienst is Dienst!
und wui s' mi auf der Stell daschlagn,
mir bleibt nur oans, de Wahrheit sagn.‹
»Mein Fräulein, regn Sie sich net auf,
es ändert doch nix am Verlauf.
Wenn oans so fesch is, ois wia Sie,
dann geht's hoit eines Tags dahi.
Und schließlich warn S' net unberührt
und was passiert is, is passiert!«

D'Elvira war a weng verwirrt.
»Er hat mi ganz gemein verführt!
I waar de Erste, hat er gsagt,
i war verliabt und hab's eahm glabt.«

»De Erste? – Fräulein san S' net bös,
nur wenn ma blöd is, glabt ma des!«
Der Uli langt sein Ranzn her,
da liegt obnauf a Büache quer.
»Des lange Redn hat koan Sinn,
im Büachl da steht alles drin.«

Er hoit ihr draus a Buidl hi.
»Schaugn S' her, des is de Annemie.
A buidsaubers Madl
mit zuckrige Wadl,
mit Augn wia der Himme,
d'Stirn weiß wia a Schimme,
G'sicht rot wia a Kerschn
– wer ko se beherrschn?

Der Graf sicher net!
Und wias hoit so geht,
er ladt s' auf sei Schloß ei
und sie wui net hart sei,
dazua is koa Grund,
›aber nur auf a Stund!‹

Im Eckerl san gstandn
vier Hofmusikantn
und spuin Menuett
und er war *so* nett.
D'Musik geht zu Herzn,
am Tisch brenna Kerzn,
der Wein is so leicht,
so hat er's erreicht.
Um oans in der Früah,
da hat er koa Müah.
Sagt ›Madl, jetzt kimm i,
i trag di in Himmi!‹
und tragt s' in sei Bett,
dann werd nix mehr gredt.
Der Wein tuat des sei,
er denkt ›jetzt ghörst mei‹,
sie denkt ›in Gotts Nam‹
und scho packt er s' zamm.

Denn wissn S', i schreib alles auf.
I nimm de Arwad gern in Kauf,
denn später is moi intressant,
was alles drin waar, wenn ma kannt
und wenn der Mensch koa Gwissn hätt'!
Schaugn S' her, des is d'Elisabeth!«
Scho is des nächste Buidl dro,
d'Elvira schaugt nur grad a so.

»A buttrige Henna!
An de kannst di gwöhna.
Schaugn S' bloß des Profil o,
wia d'Venus von Milo.
A Gmüat, wia a Lamperl
und doch a kloans Schlamperl.
Auf d'Männer is hoaß,
obwoi koana woaß,
daß jemois hätt nachgebn.
Sie is mit koan zammglegn.
Da kimmt ihr in d'Quer
mei gnädiger Herr.

Er sagt ihr: ›I woaß scho,
an dir is nix Hoaß dro,
du bist jung und frisch,
aber koit wia a Fisch.
I woaß, daß d' net onimmst,
und net in mei Schloß kimmst,
oa Nacht bei mir wohnst,
weils d' as net konnst!
Du steigst in koa Bett nei,
i wui dir net bös sei,
umsonst waar de Müah,
du konnst nix dafür.‹

Da fahrt's ihr glei eine:
›I bin gerne de deine,
liaber heut ois wia morgn,
da brauchst di net sorgn!‹
Da sagt er: ›Wenn's so is,
wui i sehng, ob was dro is,
ob's Madl woi kannt
– und packt s' ambulant!

Er hat se schnell an d'Frauen gwöhnt.
De Annemie, des war de zehnt.
A jede werd im Buach drin gführt,
mit Nama nur und numeriert.
Und hat er moi a bsondre ghabt,
dann werd a Buidl einepappt.
D'Elisabeth mit Konterfei,
des is die Nummer hundertdrei.

Sie stehna aa im Büachl drin,
Sie san der Foi zwoatausndsiebn
und obndrei ois Rekord bekannt
mit fuchzehn Nächte hintranand!«

»Hörn S' auf, i konn des nimma hörn,
da möcht ma glei stocknarrisch werdn!«
D'Elvira is ganz bleich vor Zorn,
ihr Haltung geht total verlorn.
Mit einem Zittern in der Stimm
sagt s': »Wissn S', ärgern hat koan Sinn.
Lang geht des nimmer so dahi!
Der Sündn fürchtn möcht ma si!

A Mensch, der soiche Sachn macht,
den hoit der Deife über Nacht.
De merkn S' Eahna«, sagt s', »von mir!«
und dann rennt s' auße zu der Tür.

Dritter Akt

Heut is a Hochzeit in Lenggrias.
Varecka möchst, des geht in d'Füaß:
A Polka und a Siebnschritt,
beim Landler tanzn s' alle mit.
's Hirtamadl, Masianner,
d'Madln hupfa um de Manner,
d'Manner schwanzln um de Madl,
lurn nach Unterröck und Wadl,
weiter aufe geht nix zamm,
weil s' so schwaare Röck ohabn.

Der Hiasl aus der Jachenau
macht d'Hofer Zenz zu seiner Frau.
Sie hat nur wenig, er hat nix,
ois wia sei Stellung und sei Büx.
Er is a Jaaga beim Herrn Graf,
a Schlappschwanz, a geduidigs Schaf.
Warum de Zenz den Hias grad nimmt,
wias auf den Lätschnbene kimmt,
warum koan andern, grad an Hias,
des woaß koa Mensch von ganz Lenggrias.

Sie selber wissn's freile gnau:
Die Zenz war in der Jachenau,
a Basl bsuacha auf zwoa Stund.
Zum Ratschn gibts ja so vui Grund,

damit de Freundschaft net verrost
und so versaamt s' de Vierepost
und bleibt a Nacht lang bei der Lies.
Des trifft se guat, weil Maitanz is.
Beim Postwirt is die Luft zum schneidn,
de Madln quietschn, d'Buama schrein.
Da rennt der Hiasl glei zu ihr:
»Bist vo Lenggrias? Sag, tanzt mit mir?«
Sie tanzt fast nur mit eahm alloa,
so gehts dahi mit dene zwoa.
Der Hiasl hupft, der Hiasl schiabt,
ma moant er hätt se scho verliabt,
doch zum verliabn da war er z'bläd,
er hat nur tanzt, weil's so guat geht.

Da kemma a paar Männer her
und sagn: »He Hias, was tuast mit der?
De is net aus der Jachenau,
laß d'Finger weg von dera Frau!
Habn selber gnua so junges Gmüas,
brauchst net de Schnoizn aus Lenggrias!«

Da hat an Hias der Trotz opackt.
Wenn oana so was zu eahm sagt
und moant, er kannt'n kommandiern,
dann kriagt er glei a rote Birn
und tuat erst recht grad andersrum.
»Geh weiter, Zenzi«, schreit er, »kumm!
De woin net, daß ma uns verliabn,
jetzt dean ma grad mit Fleiß oan schiabn!«

Er hat de Zenz krawottisch packt,
hat ihr verliabte Worte gsagt

und ihr aus lauter Trotz und Zorn
am Hoamweg ewge Treue gschworn.
Und seit dem Maitanz war der Hias
schier jedn Sonntag in Lenggrias.
De Zenzi hat eahm alles glabt,
a gwisses Mitleid mit eahm ghabt.
Allmählich war s' dann doch gerührt,
no ja – und so is hoit passiert.
Sie war net hoaß und aa net koit
und hat nur gsagt: »Na packmas hoit!«

So feiern s' Hochzeit jetzt de zwoa.
De Zenzi sitzt am Tisch alloa.
Sie hat grad d'Kosten zammazählt,
a Hochzeit kost a Haufa Geld.
Bloß guat, daß net vui Leut da san,
a zwanzge, dreißge kemma zamm.
Der Hiasl hat zu ihr scho gsagt,
»Woaßt, unser Hochzeit is net gfragt.
Zum Beispui aus der Jachenau,
i sag dir's glei, da kimmt koa Sau!«
Jetzt isa grad in d'frische Luft.
Der Onkel Franz is aa verduft.
De Musi hat a Pause gmacht,
auf oamoi hört s', daß oana lacht.
A feiner Herr is vor ihr gwest,
der ghört net zu de Hochzeitsgäst.
Mei, hat der Mo ein fesches Gwand!
Und lacha konn er, so scharmant!

»Das Fräulein Braut? Ich hab die Ehr!
I setz mi glei zu Eahna her.
Sie schaugn a wengerl einsam drei,
soi des vielleicht a Hochzeit sei?

Und welcher is denn Eahna Mo,
da drauß vielleicht, der Oakopf da?
Der hat mit seine Freund grad gredt,
daß er garniamois gheirat hätt,
wenn's drinna in der Jachenau
net gsagt hättn, nimm dir ja koa Frau,
de net von da is, dummer Hund!
Nur des alloanig war der Grund.
Nur grad aus Trotz, verstehn Sie mi?
Mir tuat des furchtbar leid für Sie.
Denn wissn S', wenn i ehrlich bin,
des ganze hat doch gar koan Sinn!
Doch leider bin i hoit z'spät dro:
I waar für Sie der rechte Mo!

Ma hoaßt mi Graf Hallodri zwar,
doch wichtig is net des, was war,
denn hättn S' mi a wengerl gern,
– mei ganzes Lebn kannt anders werdn!
Sie waarn genau de Frau für mi!
I woaß, es is net leicht für Sie.
Doch machas mir a oanzge Freud
und kemmas mit de ganzn Leut
zu mir auf's Schloß ois meine Gäst,
dann feiern ma a großes Fest!
Is des a Vorschlag, Fräulein, sagn S'?
Schnell gehngas naus zu eahm und fragn S'!
Ihr Mo hat sicher nix dagegn,
der fuit se sehr geehrt, werdn S' sehng.

Reich mir die Hand mein süßes Kind!
Gedankn san no lang koa Sünd.
Kimm auf mein Schloß und reiß di zamm,
es reut mi nix, des derfst ma glaam.

Mir lassn's rauschn, was grad geht.
Mein Diener Uli, der versteht,
ein großes Fest zu arrangiern!
Ein Graf werd Sie zum Tanze führn!
Und ois, was steht in meiner Kraft,
an Musikantn, Dienerschaft,
an Essn, Trinkn und no mehr
des biet ich auf zu Ihrer Ehr!
Was is jetzt, pack ma's o de Gschicht?«

Die Zenzi macht a komisch Gsicht.
So hat er oiso gredt, der Hias!
Boid wissn's alle in Lenggrias,
daß er hätt gar net heiratn mögn,
nur grad aus Trotz war alles gschehng!
So ein Schlawiner, so ein Schuft,
den Kerl setz i heut nacht an d'Luft!
Der steigt net eine in mei Bett.

»Herr Graf«, sagt s' laut, »Sie san sehr nett!
Ich dank hoit für de große Ehr.
Paßts auf, ös Leut, horchts alle her:
der Graf hat uns auf's Schloß eigladn
zu Wein und Bier und Festtagsbratn.
Packts euer Glump und gehts glei los,
um sechse treff ma uns im Schloß!«

Der Hias, der kimmt grad rei vom Hof
und Zenzi sagt: »Was schaugst so doof?
Du hörst doch, daß ma eigladn san,
los mach di fertig, packma zamm!«

Der Hias war wirklich vui zu bläd,
ois daß er merkt, um was da geht.

»Zum Graf sagst? Oiso gehngma hoit,
mir is des recht, wenn er ois zoit.«
In dem Moment is was passiert,
was no zu Schwierigkeiten führt.

D'Elvira steht auf oamoi da
und sagt zum Graf: »Ja, den schaug o!
De Braut da soi de nächste sei!
Du Sittenstrolch, was foit dir ei!«

Zur Zenzi sagt s': »San S' net so dumm,
werdn S' sehng, der Mensch kriagt Eahna rum.
Der schwanzlt um sie her und lüagt,
bis daß er Sie in's Bett neiziahgt!
Bleibn S' da und gehngas net zu eahm,
der Kerl bringt Eahna in's Verderbn!«

Die Zenzi hört gar net auf sie,
sie schaugt nur auf'n Grafn hi
und der sagt: »Machts euch da nix draus,
de spinnt, de ghört ins Irrenhaus!
Was de erzählt, is alles blöd!
Was is jetzt, gehngma oder gehngma net?«

Da hat de ganze Gsellschaft gschrian:
»Auf, los, mir woin koa Zeit verliern!«

Ma woaß ja, wia de Menschn san,
wenn s' irgendwo a Gwißheit habn,
daß ebbas umasunst hergeht,
dann rennas alle grad wia bläd.
Dann habn s' bloß Hunger no und Durscht
und die Moral is eahna wurscht.
Die Masse Mensch gibt da nix drauf.
So nimmt das Schicksal seinen Lauf.

Der Uli steht im Hintergrund,
er woaß, jetzt kimmt sei große Stund.
Um sechse san de Leut im Schloß,
ein Wink vom Graf, scho rennt er los.
In zwoa, drei Stund is alles gricht,
er woaß, wia s' nausgeh soi de Gschicht.
Er kennt de raffiniertn Tricks.
Er is bloß Diener und sonst nix,
wer zoit, schafft o und die Moral
is eahm – ois Diener – ganz egal.

D'Elvira hat nix weiter gredt,
aa sie woaß, wia des außegeht.
Ihr tuat des arme Madl leid,
doch d'Weiber werdn ja niamois gscheit.
Sie war ja aa ein blödes Schaf,
schlaft fuchzehn Nächte mit'n Graf.
Sie konn des ganze net versteh.
Es müaßt doch moi a End hergeh!
Sonst hoit der Deife no d'Moral.
Und scho rennt s' auße aus'm Saal.
Doch was der Deife letztlich packt,
erfahrts jetzt glei im letztn Akt.

Vierter Akt

Der Kerznschein leucht übern Tisch.
An Aal in Salbei, Räucherfisch,
Sardinen-Toast, an nix werd gspart,
und Sellerie nach Genfer Art,
des is ois Vorspeis auftragn wordn.
Für Männer gibts an scharfn Korn.

De Damen trinka leichtn Wein,
an hellen Krätzer aus Lagrein.
De Diener renna kreuz und quer
und bringa neue Teller her.
Wenn oan des feine Zeug net schmeckt,
für den werd glei was anders deckt.
Ein Meeresviech in kloane Scheibn,
scho wennstas oschaugst, kannst di speibn.
Dann Krabbensülze, Zwiefe-Toast.
»Der spinnt doch, was des Zeug bloß kost!«

A Musi spuit a Menuett,
net so, daß glei in d'Haxn geht,
und doch a so, daß jeder spürt,
wenn s' lauter spuin, wohi des führt.
Sie schmeichlt wia a Frühlingswind,
der vom Karwendl außakimmt,
a wengerl harb, a wengerl süaß,
ganz langsam geht's na doch in d'Füaß.
In d'Füaß, ins Herz und aa ins Hirn,
der Wein is leicht und doch zum spürn.
So kimmt des oa mitn anderm zamm,
de Kerzn no, ma möchts nicht glaam:
de noble Welt is doch was Groß!

»Mein Fräulein, möchtn S' noch a Soß?«
A Diener da, a Diener dort,
der oa rennt mit an Teller fort,
der ander bringt a neu's Gericht.
»Mein Herr, de Krem is ein Gedicht!
Ein Löfferl, wenn's gestattet is!«
»Mein Gott, de Umständ und des Gschiß!«
»Na haun s' ma hoit an Schopfa nei,
der Baaz werd net glei giftig sei!«

Der Graf Hallodri sitzt weit vorn,
wo d'Musi spuit auf der Emporn.
Hoch ragt die adlige Gestalt.
Die Zenzi neba eahm hat gstrahlt.

Der Hias sitzt bei de andern Leut,
eahm macht de Gschicht koa bsondre Freud.
Doch schöpft er durchaus koan Verdacht,
er freut se auf sei Hochzeitsnacht.

Die Zenzi aber sagt zum Graf:
»I woaß, daß i beim Hias heut schlaf.
Doch denk i an de Nacht mitn Hias,
dann kriag i jetzt scho koite Füaß!«
Natürlich hat s' des nur so gsagt.
Der Graf hat nix zum Thema gfragt.
Er war se seiner Sach scho gwiß
und hat nur gmoant: »Kumm, Zenzi, iß
und trink an Wein, der geht ins Gmüat,
woaß Gott, was alles no passiert!«

»Woaß Gott, was alles no passiert«,
a zwoatsmoi sagt er's, weng verwirrt,
denn wia er grad zur Tür hischaugt,
da siecht er, was eahm gar net taugt.
D'Elvira kimmt todernst daher,
dahinter no zwoa andre mehr,
der Ottokar und 's Annamirl,
schee hintranander, wia am Schnürl.

»Zum Deife nei, was woin denn de!
He, Uli, de soin wieder geh!
De ghörn net zu de Hochzeitsgäst,
de san net eigladn zu mein Fest!«

Der Uli aber hört des net,
weil er am hintern Eingang steht,
wo Speis und Trank werd einatragn.
Alloa der Uli hat zu sagn,
wia d'Esserei ihrn Ablauf nimmt,
wann des und wann des nächste kimmt.
Er gibt zum Graf a Zeichn hi,
so quasi, jetza kemma Sie
an d'Reih, daß zu de Gäste sagn,
was jetzt de Diener einatragn.

Der Graf schaugt zu der Musi nauf,
a kurzer Tusch, dann steht er auf
und klatscht in d'Händ, sagt »liabe Leut,
i glaab, jetzt werd's allmählich Zeit
für's Hauptgericht! Habts Appetit?«
Da kemmas aa scho rei zu dritt.
Der Uli vorn wia ein Tambur
in Uniform mit goidna Schnur,
in seiner Hand an gschnitztn Stab
und hinter eahm im Facketrab
zwoa Diener, de a Schale tragn
mit einem Riesn-Hammebratn.
De Musi spuit a schnelles Stück
aus Mozarts kleiner Nachtmusik.
– Nachtmusik und Hammebratn –
des paßt net zamm, i muaß scho sagn.
Des war a Panne der Regie.
Der Uli schaugt zur Musi hi.
»Ös Deppn, hab i euch net gsagt,
wenn ma an Hamme einatragt,
dann soits an Militärmarsch spuin
und net grad des, um Gotteswuin.

Den Mozart spuit ma in der Nacht!
In Zukunft werd ois schriftlich gmacht!«

Und wia de Musi aufghört hat,
da steht der Graf scho kerzngrad,
schaugt huldvoll über seine Gäst.
»Jetzt kimmt der Höhepunkt vom Fest!
Jetzt eß ma einen Hammebratn,
wer ihn transchiert, da brauchts net fragn,
i mach mi selber drüber her,
des is ma eine bsondre Ehr.
Wo is a Messer, auf gehts, Leut!«

Der Uli fluacht ois wia net gscheit.
»Wenn ma net alles selber macht!
Z'erst spuins' de Musi von der Nacht,
jetzt legn s' koa Messer hi zum Bratn,
den Küchnchef, den kannst daschlagn!
Los, hoits a Messer, aber schnell!«

Da is der Ottokar zur Stell,
langt eine in sei Jaagagwand
und hat a Messer in der Hand.
A Messer mit an Doppelschliff,
mit goidna Knauf und Hirschhorngriff.

Der Graf tuat einen wüastn Schroa,
werd weiß, ois wia a Kieslstoa.
Jetzt steht der Deife neba eahm,
sei ganze Hoffnung bricht in Scherbn.
Da geht der *Koiwe* auf eahm zua!
»He, Koiwe!« schreit er, »Gib a Ruah!

Und schneidad sagt der Ottokar:
»I moan, daß des a Messer waar,
mit dem ma sowas macha kannt.
Vielleicht aa sonst no allerhand!«

Der Graf nimmt ’s Messer schnell an sich,
sei Ausschaugn, des is fürchterlich.
»Da kimmt der Koiwe, laßts euch sagn!
Den Kerl habn s’ doch scho längst begrabn.
Der Koiwe is, i siechn guat,
der Koiwe is in seiner Wuat,
weil i den Mensch dastocha hab,
der Kerl verfolgt mi aus’m Grab!«
Er hoit des spitzig Messer hi.
»A Ruah gib, sonst dastich i di!«
Da foit eahm ’s Messer aus de Händ.
Der Graf Hallodri is am End.

Der Uli schaugt glei ganz entsetzt.
»Du großer Gott, was dean ma jetzt?
Der arme Graf, um Gotteswuin!
De Musi muaß des überspuin.
He, Musikantn, spuits oan auf,
was habts denn auf’m Zettl drauf?«

Der Dirigent schaugt ängstlich ro.
»Wenn s’ jetzt transchiern, was paßt denn da?
Mir spuin einfach des nächste Stück,
des is de Kloane Nachtmusik!«

De Nachtmusik hat neamand ghört.
Was jetzt passiert, is unerhört.

Es is de Stund vom Ottokar!
»Leut, wißt's jetzt, wer der Baaze war,
der wo an Koiwe hat ermordt?
Paßts auf, da rennt er aa scho fort!«

Der Graf Hallodri springt zur Tür,
und d'Leut eahm nach ois wia de Stier.
De Weiber kreischn, Teller fliagn,
»Schnell, schickts euch Leut, den müaß ma kriagn!
Wenn der an Koiwe umbracht hat,
dann bring man nei in d'Münchner Stadt
zum Gricht, damit er aufghängt werd,
so, wia's für den Schlawiner ghört!
Los, rennts und hoits'n auf, den Schuft!«

Der Graf erreicht de frische Luft,
laft durch'n Park und naus zum Tor,
dann schnell zur Jaagerleitn vor,
rechts nüber, wo der Friedhof is,
da suacht'n neamand, des is gwiß.
Schnell über d'Mauer und in d'Büsch ...

»Den Hundling, wenn i den dawisch!«
schreit scho ganz nah der Ottokar,
der hinter eahm der erste war.

Der Graf steht an an frischn Grab
und denkt se: ›Was i nur grad hab?
De Haxn werdn auf oamoi schwer,
der Schnauferer geht kaam mehr her
und 's Kreuz is steif, ois wia a Baam
im Magn drin ziaghts ma alles zamm!‹

Dann siecht er Kränz und Blumasträuß,
und alles draaht se rum im Kreis.

»He, Koiwe!« schreit er, »gib a Ruah!
Des was d' ma do hast, is Sach gnua!
I wui mei friedlichs Weiterlebn,
he, Koiwe, hörst, a Ruah soist gebn!«

Da tuats auf oamoi einen Schlag
und d'Nacht werd hell, ois wia der Tag
de Kränz, de fanga 's leuchtn o,
de Blumasträuß habn Liachtln dro
und aus'm Grab da kimmt a Stimm:

»He, Graf Hallodri, jetzt vernimm:
Du wuist a friedlichs Weiterlebn?
Da laßt se leider nix dahebn.

Zwoatausnd Madln zerst verführn
und dann auf oamoi Reue spürn
und moana, daß ois guat werdn könnt,
mei liawer Freund, da hast di brennt!
Naa, naa, du Depp, so geht des net.
Da waarn de andern alle blöd,
de garwad habn des ganze Lebn!
A weng Gerechtigkeit muaß gebn.

I bin im Himme, woaß Bescheid,
daß di der Deife hoit, no heut.
Du hast nur ge'rbt und Geld verputzt
und niamois gfragt, was andern nutzt.
Verführn woits d' aa mei Annamirl!
Renn i net aus'm Wachhaustürl
und hau dir oane auf'n Grind,
woaß Gott, was los waar mit mein Kind!
Drauf hast mir an der Leitn ent
dei stehads Messer einegrennt.
Des steht mit auf der Rechnung drauf.
Glei kimmt der Deife, na geht's auf.

I wui net habn, daß d' ewig brinnst
und niamois net in Himmi kimmst,
doch zerst muaß d' büaßn, des is klar.
Wenn nach'm Tod koa Straf net waar,
dann daat a jeder was er möcht.
Sag selber, hab i da net recht?
Der Herrgott wui Gerechtigkeit.
So Graf Hallodri: Jetzt is Zeit!«

Was dann passiert is, liabe Leut,
is gestern gschehng und gschiacht no heut:
daß Feuer übern Menschn kimmt
und er samt Haut und Haar verbrinnt.
Verworfn net in Ewigkeit,
verworfn doch auf gwisse Zeit.
Wenn oana gar nix anders kennt,
sei bisserl Zeit nur drauf verwendt,

Natürlich war bei ihnen als glücklichem jungem Paar auch der Wunsch nach Kindern aufgetaucht. Und als sich Niklas vor neun Jahren angekündigt hatte, waren sie vor Freude ganz aus dem Häuschen gewesen. Nach seiner Geburt blieb Nora zu Hause und genoss es, jeden einzelnen Entwicklungsschritt ihres Sohnes mitzuerleben. Drei Jahre nach ihm brachte sie ihre Tochter Marie zur Welt, und die Bilderbuchfamilie war komplett. Nora hatte in den ersten Jahren alle Hände voll zu tun gehabt. Es war ein schönes Gefühl, ihren beiden Kindern alles an Liebe, Sicherheit und Geborgenheit geben zu können, was nur möglich war. Max war ebenfalls stolz auf seine Familie, stieg beruflich in dieser Zeit jedoch die Karriereleiter weiter hinauf und war deshalb wenig zu Hause. Nora strich gedankenverloren über Kunos Kopf. Wann hatte es eigentlich angefangen, dass leise Zweifel an ihrem Leben aufgekommen waren? Voller Trauer dachte sie an ihre Freundin Sophie. Sie hatten sich so gut verstanden. Ihr Tod hatte in Nora ein geradezu unaussprechliches Entsetzen ausgelöst, eine Lücke hinterlassen, die sich seitdem nie wieder geschlossen hatte. Nach außen hin war sie ihrer Familie, vor allem Sophies Mann Alexander und seinem Sohn Patrick, zwar die absolut zuverlässige und besonnen handelnde Freundin gewesen, aber innerlich hatte sie sich nur zusammennehmen können, weil sie ihre eigenen Kinder und Patrick vor weiterem Kummer hatte bewahren wollen. Kurz darauf war Alexander mit Patrick aus Hamburg weggezogen, um mit ihm in der Nähe seiner Eltern neu anzufangen.
Nora sah ihn noch einmal bei sich in der Küche sitzen; die Kinder waren in der Schule und Max im Büro. Sie hatte Kaffee eingeschenkt und sich zu ihm an den Tisch gesetzt. Nach einer Weile des Schweigens hatte er zu ihr aufgesehen. »Nora, du warst ihre beste Freundin. Sag mir: War sie glücklich?« Sie hatte ihn erschüttert angeschaut und gerade zu einer Antwort angesetzt, als er sagte: »Nein, bitte lass dir Zeit! Ich möchte eine

ois hätt er von nix anders gwußt,
für nix, ois wia sei eigne Lust,
dann gschiacht, was gschehng muaß in der Gschicht:

Der Himme auseinanderbricht,
a Blitz fahrt von de Woikn ro,
a Häufal Mensch verbrennt wia Stroh.
Nur grad a Augnblick is gwen,
dann hast vom Grafn nix mehr gsehng.
A schwarzer Rauch is aufegstiegn.
A Bröckal Aschn siehgst no liegn.
Sonst is nix übrigbliebn von eahm.

Leut, laßts euch d'Stimmung net verderbn!
An Graf Hallodri gibts net mehr.
Und schaug i grad so um mi her,
dann siech i lauter nette Leut.
Der Deife kimmt bei euch net weit.

Und meine Damen, meine Herrn,
a Predigt liegt mir völlig fern!
A wengerl Lust, des möcht scho sei
– doch buids euch ja net zu vui ei!
Der Deife steckt in jedm drin,
des zu verleugnen hat koan Sinn.
Doch steht a Engl aa danebn,
der helft euch scho de Gschicht dahebn.

So wünsch i euch a scheene Zeit
und guatn Rutsch in d'Ewigkeit!